자
전
적 취
ℱ
향
Ⅰ

자전적 취향 I

1판 1쇄 찍음 2020년 7월 23일
1판 1쇄 펴냄 2020년 7월 31일

지은이 | 윤 달
펴낸이 | 정 필
펴낸곳 | (주)뿔미디어

기획 · 편집 | 박경희, 권지영, 김신혜
표지 디자인 | 우 물

출판등록 | 2002년 9월 11일 (제1081-1-132호)
주소 | 경기도 부천시 소향로 17, 303(두성프라자)
전화 | 032)651-6513 팩스 | 032)651-6094
E-mail | scarlets2012@hanmail.net
블로그 | http://blog.naver.com/dahyangs
비북스 | http://b-books.co.kr

값 13,000원

ISBN 979-11-6565-362-0 04810
ISBN 979-11-6565-361-3 04810 (세트)

자전적 취향

윤달 장편 소설

FEEL PREMIUM EDITION

—❋— I —❋—

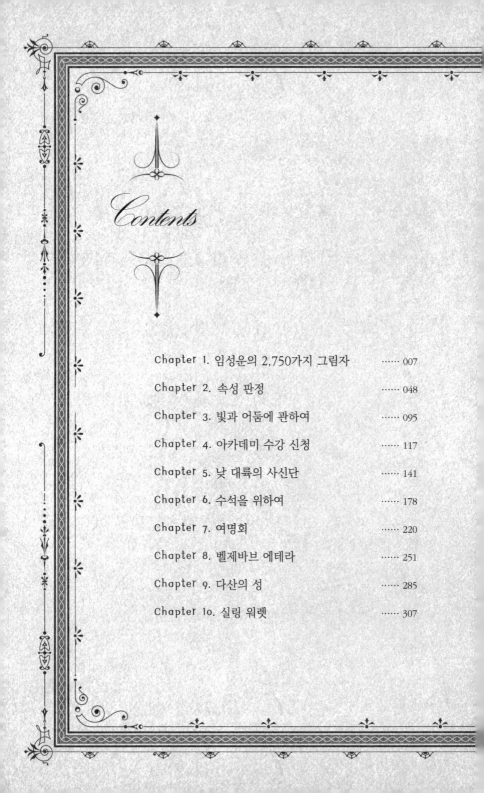

Contents

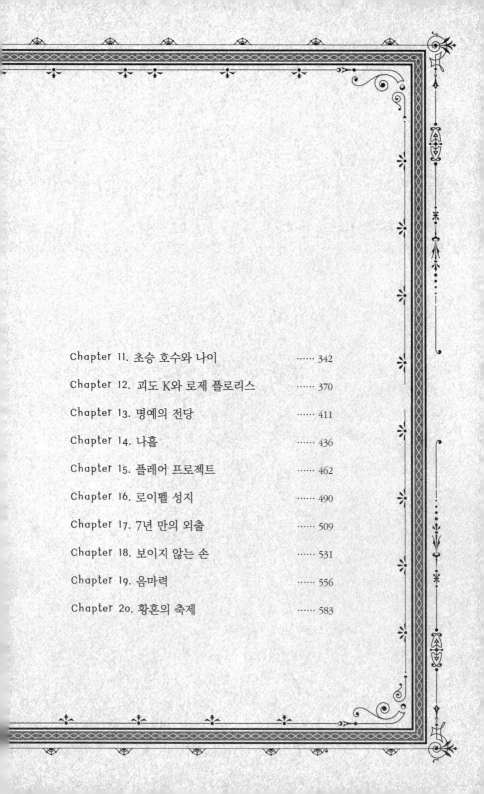

임성운의 2,750가지 그림자

마왕을 남주로 야설 써서 대박 쳤다가, 진짜 마왕님에게 고소당했다. 마계 입성 1년 차, 세이린 폴룩스의 현재 상황을 요약한 한 문장이었다.

마왕성으로 향하는 택시 안에서 그녀는 계속 생각했다. 소설은 소설일 뿐인데, 마왕님께서 왜 고소장을 날리셨을까?

단언컨대 아무런 범죄도 저지른 사실이 없었다. 즉, 소설 속에 마왕성의 일급비밀을 폭로하거나, 사실은 마왕님의 성적 기능이 불구라거나 하는 내용을 넣은 적이 전혀 없었다.

'내 글엔 마왕님 존함도 안 나오는데, 대체 왜!'

물론 소소한 악행으로 활기를 얻는 마물들에게 독촉장이나 고소장을 주고받는 건 귀여운 장난에 불과했다. 그러니 별거 아닌 일로 치부하면 그만이지만 문제는 그 발신인이 마왕이라는 사실.

"미치겠네, 진짜!"

세이린이 머리를 쥐뜯든 말든 택시는 마왕성 앞에 부드럽게 정차했다. 눈인사를 하고 택시에서 내린 세이린은 하는 수 없이 마왕성의 정문으로 다가갔다.

평온한 일상으로 되돌리기 위해 어서 이 오해를 풀어 버리리라.

주먹을 불끈 쥐는 그녀를 이상하게 본 경비병들이 달려왔다.

"아가씨, 마왕성은 허가받은 자만 출입할 수 있습니다. 이만 돌아가 주십시오."

"허가는 모르겠고 고소장은 받았는데……."

"예?"

세이린은 눈을 질끈 감고 마음을 다잡았다. 그래, 쪽팔려 하지 말자. 이건 분명 고소장이 아니라 표창장이나 상장이 잘못 날아온 걸 거야.

애당초 제 삶이 이 이상으로 복잡해지기란 불가능해 보였다.

열아홉에 막을 내린 인간계에서의 첫 번째 삶에서, 세이린은 로맨스 소설을 외울 기세로 읽던 평범한 여고생 유이린이었다. 다만 요절보다 슬픈 사실이 있다면, 여중에 이어 여고에 진학하게 된 탓에 남자 손 한 번 못 잡아 봤다는 것.

그 원한이 강했던 탓인지 두 번째 삶은 저승에서 처녀 귀신으로 보내게 되었다. 마땅히 할 일이 없으니 매일 언니 저승사자들과 음담패설이나 하면서.

'대단하군. 이 정도 음기는 자네가 유일해.'

무려 염라대왕님의 칭찬도 받았으니 열심히 나쁜 생각, 야한 생각 한 보람이 있었다.

그러던 어느 날, '음란 마귀' 자격으로 마계 영주권이 나왔단다.

덕분에 곧바로 마계에서 세 번째 삶을 시작해 영혼도 소멸하지 않았고, 한 번 보면 눈을 뗄 수 없는 영롱한 보라색 눈동자와 산홋빛 은발까지 얻었다. 게다가 처녀 귀신 라이프 내내 구상했던 소설은 출판하자마자 마계 최고의 베스트셀러로 등극하기까지.

2권으로 완결 낸 마스터피스의 제목은 〈임성운의 5,500가지 그림자〉. 물론 마계 스타일대로 전권 미성년자 구독 불가였다. 해당 작품은 1인칭 시점의 여자 주인공이 마왕성의 은밀한 별궁에 기거하며 마왕과 아찔한 연애를 하는 얘기로, 마계에 사는 마물들에게는 소소한 악행을 즐기는 것이 곧 착한 일인지라 본의 아니게 권위 있는 상도 수십 개나 받았다.

한데 이 책이 바로 이번 고소장의 고소 사유였다.

'그래, 인생 3회차 짬밥이 있지. 고작 고소미 정도로 평정을 잃지 말자. 이번 생은 누가 뭐래도 내 욕망 다 충족하고 뜰 거라고.'

마음을 다잡은 세이린은 눈앞의 새카만 갑옷을 입은 병사에게 문제의 고소장을 내밀었다. 하루에도 몇 번씩 꺼내 본 탓에 본래 모습을 알아보기 어려울 정도로 구깃구깃했다. 고소장을 앞뒤로 훑어보던 병사는 곧 눈살을 찌푸렸다.

"이, 이 필체는……!"

"전하께 어서 야설 써서 고소당하신 그분 오셨다고 전해!"

"아니, 저기……."

세이린이 울상을 지었다. 아무래도 이번 생은 여기서 수치사로 끝날 듯했다.

마왕성에 들어온 세이린은 고소인을 알현하기 위해 걸음을 옮겼다. 철저한 폐쇄 정책을 유지하는 마왕성의 내부 구조물들은 유럽의 고성처럼 고풍스러웠다. 다만, 보도 자료나 풍문으로 접했던 빽빽하게 늘어선 근위병이나 수많은 하녀들은 코빼기도 보이지 않았다.

'제릴 포스트 기사에 나온 거랑은 많이 다르네.'

이곳 마계에서 그녀가 사는 곳은 인간계의 21세기 도시와 다름없는 탓에 이국적인 양식의 성이 꼭 영화 세트장처럼 느껴졌다. 규칙이나 질서, 문명의 발달이나 시간의 흐름을 무시하고 뒤죽박죽 섞인 모습이 아주 마계다웠다.

세이린은 새침하게 평하며 걸음을 옮기다가 잠시 멈칫했다. 음흉한 생각들이 차올랐다.

'설마 마왕님이 나한테 사적인 관심이 있으신 건 아니겠지?'

세이린은 자신을 백 미터 뒤에서 힐끗 보기만 해도 아름다움에 반해 사흘을 상사병으로 앓아눕는다는 소문을 숱하게 들었다. 그뿐인가. 마계 최고의 인세를 받는 몸답게 영 앤 리치, 돈까지 많았다.

'듣자 하니 마왕님이 그렇게 잘생기셨다던데…….'

음란 마귀의 입꼬리가 씩 올라갔다. 물론 마계에서는 왕족의 초상화나 사진 촬영 등이 법으로 금지된지라, 마계로 넘어온 지 1년이 지난 지금도 그녀는 마왕의 얼굴을 알 수 없었다. 그럼에도 계속 그렇고 그런 생각이 들었다.

'내가 마음에 들었으니 후궁이 되라고 하면 어떡하지?'

드디어 이론으로나마 '완벽'하게 익힌 그렇고 그런 일들을 실전에서 써먹어 볼 때란 말인가.

'7년 전 혜성처럼 나타나 전쟁을 종식시킨 영웅이시라니, 몸도 좋겠지……?'

세이린은 엉큼한 미소를 애써 지우며 알현을 위해 마련된 홀에 들어섰다. 그곳에는 달빛 수정과 황금으로 호화롭게 장식된 옥좌만이 덩그러니 놓여 있었다.

한번 앉아 보고 싶다는 불경스러운 생각이 조금씩 들기 시작할 때쯤.

"클라우드 슈테른 전하 납시오!"

우렁찬 목소리와 함께 문이 벌컥 열렸다. 대하 사극으로 왕실 예법을 독학한 세이린은 TV에서 본 대로 얌전히 자세를 낮추었다. 곧 위풍당당한 발걸음 소리가 들렸다.

세이린은 그가 당연히 옥좌로 나아가는 것이라 여겼다. 하지만 그녀의 짐작과는 달리, 마왕은 곧장 세이린의 앞에 섰다. 시야에 먼지 한 점 없이 깨끗하게 닦인 구두가 불쑥 튀어나왔다.

그런데 이 구두, 왜 낯설지 않은 걸까.

"드디어 다시 보는군."

"……!"

문이 쿵 닫힘과 동시에 근위병들이 들고 있던 새카만 칼날들이 세이린의 목을 엑스 자로 에워쌌다.

"세이린 폴룩스. 필명 유일. 고개를 들도록."

목 근처의 칼날들이 더욱 바짝 조여 왔다. 고개를 들지 않으면 베일 듯했다. 세이린은 고개를 찬찬히 들었고, 그에 따라 평생 한 번 알현하기도 어렵다는 마왕님의 모습이 그녀의 시야에 들어왔다. 새카만 구두, 구김살 하나 없는 제복, 황금색 견장, 날렵한 턱선. 그리고……

"네가 나를 뭐라고 불렀더라."

반반하게 생겨서는 재수 없는 말만 내뱉던 입과 안하무인인 성격을 나타내

듯 높은 콧대. 악을 형상화한 듯한 시커먼 눈동자와 머리카락.

"기억나지 않는다면 내가 대신 말해 주지. '재수 부재중인 놈'."

이런 미친. 세이린의 눈동자가 거세게 요동쳤다. 저절로 그에 관한 정보들이 머릿속에 떠올랐으나 차마 입 밖으로 꺼내 놓을 수가 없었다.

'어떻게 그때 그놈이 잠행 나온 마왕일 수 있어? 자애로운 성군 이미지는 다 조작이야?'

그렇다. 둘은 이미 만난 적이 있었다. 물론 그 당시 세이린은 눈앞의 남자가 마왕이라는 것을 몰랐지만.

□ ■ □

때는 어언 일주일 전. 〈임성운의 5,500가지 그림자〉 외전 원고를 넘기고 홀 가분해진 유일 작가는 공원 벤치에서 따사로운 햇살을 느끼고 있었다. 물론 마물답게 한잔 걸친 채로.

"캬아……."

고작 와인 한 모금에 거나하게 취한 음란 마귀는 한참 후에야 누군가가 자신을 빤히 바라보고 있다는 사실을 눈치챘다. 술이 훅 깰 정도로 수려한 미남. 그 것도 자신이 환장할 정도로 좋아하는 제복 차림.

세이린은 자신을 눈에 담은 남자가 어떤 반응을 보이는지 잘 알고 있었기에 돌아갈 필요를 느끼지 못하고 곧바로 직구를 던졌다.

"반했어요?"

일이 있어 근처를 배회하던 밤 대륙의 왕, 클라우드는 그 말을 듣곤 인상을 찌푸렸다. 벤치에 슬라임처럼 늘어진 마물이 있기에 도시 경관을 고려해 파출 소에 옮겨 두려고 했건만, 이건 또 무슨 개 풀 뜯어 먹는 소린가.

"무슨 소리를 하는지 모르겠군."

그때, 심플하게 답하고 제 갈 길 가려는 마왕을 붙잡듯 세이린이 벤치 위로 풀썩 쓰러졌다. 순간 그의 눈이 커졌다. 벤치와 한 몸이 된 세이린 때문은 아니었다. 그녀가 베개 삼아 베고 있는 책. 세이린이 빈손으로 나오기 뭐해 책꽂이에서 아무 생각 없이 뽑아 왔던 한 권의 책이 그의 시선을 강탈했다.

'이 책은 분명⋯⋯.'

클라우드가 애써 침착한 목소리로 물었다.

"이 책에 대해 아는 게 있나?"

"마계에 딱 두 권뿐인 로맨스 소설인데요. 관심 있어요?"

"이 책이 시답잖은 연애 얘기였다고?"

"뭐라고요?"

세이린은 발끈했다. 그도 그럴 것이, 문제의 책은 자신이 쓴 〈임성운의 5,500가지 그림자〉 애독자 한정 커버 버전이었으니까. 특별 이벤트라 단 한 명의 팬을 위해 제작된 것으로, 작가인 덕분에 그녀 또한 한 권 소장하고 있었다.

"웃기는군. 네가 왜 발끈하지?"

"제가 이 책을 쓴 작가거든요."

"⋯⋯뭐라고?"

"웃겨. 시답잖은 연애 얘기라니. 여자 손 한 번 못 잡아 봤을 것 같은 작자가."

빠직. 마왕의 이마에 핏줄이 돋았다.

"그러는 너는."

"말 돌리는 거 보니 사실인가 보네?"

"마물로서 자각은 있는 건지. 이딴 시시콜콜한 소설 쓸 시간에 나쁜 짓을 하나 더 하는 게 어떤가."

"이, 이딴 시시콜콜한 소설?"

"왜, 할 말 있나?"

마왕이라는 지위에 걸맞게 악랄한 비웃음을 내비친 클라우드는 세이린을 무시하고 걸음을 옮겼다. 자신이 누구인지도 모르는 백성을 상대할 마음은 없었다. 세이린의 불평을 듣기 전까지는 분명 그랬다.

"뭐 저딴 재수 부재중인 놈이 다 있어! 완전 재수 없어."

마왕은 못 들은 척 애써 걸음을 옮겼다. 혈압이 쭉쭉 오른 탓인지 가슴이 이상할 정도로 거세게 두근거렸다.

"······가만 안 둬."

자신이 누구인지 모른다면 알려 주는 것도 성군이 해야 할 일 중 하나이리라. 클라우드의 입꼬리가 비뚤게 올라갔다.

□ ■ □

그날의 기억을 완전히 떠올린 세이린은 망연자실했다. 차라리 아예 기억을 못 하게 술을 사발로 들이켤 것을. 클라우드는 그녀의 마음을 읽은 것처럼 조소했다.

"알아보니 저승에서 처녀 귀신으로 살다 넘어왔더군. 음란 마귀로 산 전력을 보니 네가 나를 조롱한 게 얼마나 주제넘는 짓이었는지 확실히 알겠어."

아무래도 얼굴과 인성은 반비례한다는 말이 사실인 듯했다. 클라우드가 작게 턱짓했다. 그러자 뒤따라온 희끗한 수염을 가진 노년의 남성이 고개를 숙였다.

"말씀하시지요, 전하."

"허위 사실을 유포한 책에 금서(禁書) 조치를 취할까 하는데, 왕실 도서관장의 의견은 어떤가."

허위 사실 유포라는 말을 들은 세이린은 안심했다. 자신이 쓴 소설엔 아무런 허위 사실도 들어 있지 않다고 자신했기 때문이었다. 하지만 클라우드가 책을 펼쳐 앞으로 보란 듯이 내미는 순간, 세이린은 좌절했다.

Q. 마왕성과 관련된 묘사가 자세하다. 비결이 있나?
A. 글쎄. 사실 이 소설은 내 자서전이다. 내가 여주인공이다.

'저, 저 치졸한 자식!'

마왕이 문제 삼은 건 소설의 본문이 아니라 후기 부분이었다. 〈임성운의 5,500가지 그림자〉가 모두 실제 있었던 일이라는 농담조의 진술.

'아, 망했다. 금서로 지정되는 순간 난 끝인데······.'

더는 책을 못 파는 건 당연하고 여태까지 번 돈도 다 토해 내야 한다. 아니, 거기에 그치면 다행일지도 모른다. 상대가 마왕이니 지위를 이용한다면 사형도 충분히 가능할 것 같았다. 세이린은 살기 위해 자본주의 사회에서 학습했던 울먹거리는 눈빛 공격을 시전했다.

"이건 누가 봐도 농담······."

"내 눈엔 그렇게 안 보이는군."

"마왕님 시력에 문제가 있으신 게 아닌지······."

클라우드가 세이린을 노려봤다. 가슴이 뛰는 걸 보니 이번에도 혈압이 오른 것이리라. 그는 신경질적으로 입을 열었다.

"내 젬에 걸고 맹세하지. 고소 취하는 없다. 네 책이 허위 사실을 유포하는 것으로 판정되는 순간 금서로 지정한다."

마력의 원천이며 마물의 심장이나 다름없는 젬에 맹세했다는 건 목숨을 걸고 지키겠다는 소리였다. 당연히 무르지도 못하고, 맹세를 없었던 것으로 하려면 젬을 깨부숴야만 한다. 즉, 죽어야 했다.

그러나 기습 맹세에 안절부절못하고 있는 것은 세이린뿐만이 아니었다. 왕실 도서관장, 페일 세이건이 놀라 소리쳤다.

"전하! 금서로 지정되면 책의 내용을 접한 자들 모두가 처벌된다는 것을 모르십니까!"

"어차피 두 권뿐인 책이 아닌가. 한 권은 빌리아가······."

"그럴 리가요. 이 아가씨의 소설은 마계의 베스트셀러입니다. 비전하께서 가지신 그 한 권이 전부가 아니란 말입니다! 현존하는 마물의 절반 이상이 이 책을 읽었습니다······!"

"······뭐?"

순간 장내가 초상집에 버금가는 분위기로 바뀌었다. 세이린은 고개를 빼꼼 들었다. 금서로 지정되는 순간 마물 절반이 콩밥 먹는다니 이젠 목에 힘 좀 줘도 괜찮으리라. 그녀가 콩밥 먹으러 혼자 가는 일은 없겠다며 좋아하고 있을 때, 도서관장이 무언가를 생각해 낸 듯 입을 열었다.

"한 가지 방법이 있긴 합니다만······."

고소 취하는 없다고 젬에 맹세했으면서. 무슨 방법?

"책에 담긴 내용이 허위 사실이 아니라는 판정을 받아 내시면 됩니다."

저게 무슨 소리야?

"판정은 최대 444일 뒤까지 미룰 수 있고, 마계 법에 따라 유포 내용의 절반 이상이 사실이면 허위 사실 유포에 해당하지 않습니다."

눈을 깜빡이는 세이린과 반대로 클라우드는 미간을 문질렀다.

"네 말은, 그러니까……."

"기한 안에 유일 작가의 책 내용 절반만 사실로 만들면 됩니다. 전하."

자기 무덤을 판 셈이니 우리 마왕님 속이 얼마나 쓰리실까. 세이린은 피식 웃음이 나려는 걸 꾹꾹 참았다. 그런데 무언가가 이상했다. 도서관장이 그녀를 측은하게 내려다보고 있었다.

"아가씨. 책 절반을 사실로 만들어야 할 것 같은데…… 책이 여자 주인공 1인칭 시점이지 않습니까."

"그게 왜…… 헉."

1인칭. 세이린은 그제야 책의 내용 절반을 현실로 만들려면 마왕이 남자 주인공, 자신이 여자 주인공 역할을 해야 한다는 사실을 깨달았다.

'이런 미친. 내 책 야설인데……!'

갑자기 머릿속이 아수라장으로 변했다. 처녀 귀신 출신이라 실전 경험이 없어서 글 쓸 때도 자료 조사하다 죽는 줄 알았는데, 이젠 글을 현실로 만들어야 한단다. 그것도 고소장 보낸 놈이랑.

세이린은 고개를 휘휘 저었다. 그렇다고 책이 금서가 되면 사랑하는 독자님들께서 콩밥을 먹는다니 못 하겠다고 뛰쳐나갈 수도 없는 노릇이었다.

'그러게 왜 그렇게 충동적으로 젬에 맹세를 해?'

세이린이 자신을 맹렬히 씹고 있다는 것을 눈치챈 클라우드는 낮은 목소리로 물었다.

"죽이면 어떻게 되나."

"젬의 판정을 최대한 뒤로 미루려면, 작가를 살려 두어야 합니다. 전하."

내가 죽는 순간 판정이 시작된다니 적어도 444일 동안은 안전하겠군. 계산을 마친 세이린은 안도의 한숨을 내쉬었다. 마왕성이 내부의 일을 철저히 감추는 데에는 다 이유가 있었다. 마왕 성격이 이렇게 개차반인 거, 온 마물들이 다 알아야 할 텐데.

클라우드는 억지웃음을 짓는 세이린을 처치 곤란 애물단지 보듯 내려다봤다. 쳄의 맹세는 이미 엎질러진 물. 즉 되돌릴 방법이 없었다. 그렇다면 최대한 빨리 플랜 B를 설계하는 것이 현명하리라.

'일단, 이 책부터 원위치시켜야겠군.'

그가 이동 마법진을 그리려 할 때였다.

"비전하 납시오!"

문지기가 갑작스레 외쳤다.

'비전하라면 왕비님?'

문 쪽으로 고개를 돌린 세이린은 감탄사를 내뱉었다. 밤 대륙의 왕비는 절로 감탄사가 나올 정도로 우아했다. 새하얀 피부가 돋보이는 남색 드레스와 손에 쥔 쥘부채. 왕비인 것치고는 소박한 옷차림이었지만, 이목구비가 화려한 탓에 오히려 인간으로 분한 여신 같았다. 옆으로 땋아 반묶음 한 긴 금발은 강렬한 태양 아래의 해변처럼 황금빛이었고, 성스러운 백합 장식으로 고정되어 있었다. 붉은 눈동자는 이글거리는 태양의 표면을 연상시켰다.

빌리아리아 에테라. 머리부터 발끝까지 화창한 날의 오후를 연상시키는 귀족적인 미인이었다.

"……여긴 무슨 일이지, 빌리아?"

클라우드는 모르는 척 물었지만 그 이유를 짐작하고 있었다. 애지중지하는 책이 사라졌다는 사실을 눈치챈 것이리라.

"소녀, 부끄럽습니다."

작게 속삭인 빌리아리아 왕비가 더 아름답게 웃을수록 클라우드의 얼굴엔 그림자가 내려앉았다. '부끄럽다'는 말이 할 얘기가 있으니 주변 마물들을 물리라는 둘만의 암호인 까닭이었다.

"도서관장만 남고 모두 돌아가도록."

"그것들은 조심히 내려 두고 가거라, 로자리."

빌리아가 하녀들이 가져온 나무 궤짝들을 가리키며 말했다. 안에 무슨 귀한 것이 들어 있는지 인삼 선물 세트처럼 금색 비단으로 싸인 상자들이었다. 하녀들이 사라지자 클라우드가 어이없다는 듯 말했다.

"쇼윈도 부부가 부끄럽긴 무슨."

"그럼 네가 왕비 해, 클라우드. 왕비 자리가 얼마나 보는 눈이 많은데."

지킬 박사와 하이드급의 캐릭터 반전을 보며 세이린은 경악했다.

'더 충격받을 것도 없다고 생각했는데……!'

성군이라 일컬어지며 노예제 폐지라는 전설적인 업적을 남긴 마왕의 자애로운 이미지는 다 조작이었다고 쳐. 하지만 왕비님까지 이러실 줄이야. 더군다나 무언가가 이상했다. 햇살 같은 비전하가 아까부터 자신의 눈치를 보는 듯했다.

착각인가 하고 넘어갈 즈음.

"세상에. 유일 작가님! 무례를 용서하세요."

빌리아가 그녀를 귀빈 대하듯 우러러봤고, 그 모습을 본 마왕은 조소를 흘렸다.

'……이 둘이 부부라고? 완전 현실 남맨데?!'

세이린이 당황하든 말든 빌리아는 단호히 명했다.

"페일 세이건. 무슨 일이 있었는지 보고하세요."

도서관장은 여태까지 있던 일을 차분히 정리해 주었다. 고소부터 책 절반을 자서전으로 만들어야 하는 현 상황까지. 이야기를 들은 빌리아는 이를 으득 갈았다.

'하긴. 사랑하는 남편이 다른 여자와 2,750가지 스킨십 퍼레이드를 벌여야한다는데, 어떤 부인이…….'

세이린은 다 이해한다는 듯 고개를 끄덕였다. 하지만.

"클라우드. 네가 감히 사랑하는 우리 유일 작가님을 건드리겠다고? 설마 내가 침실에서 매일 작가님 책만 읽어서 보복하는 거야?"

"분명 말했을 텐데. 순순히 내 요구를 들어주는 게 좋을 거라고."

예기치 못한 말에 세이린의 눈동자가 떨렸다. 요구라니. 방금 들어서는 안될 남의 사생활을 들은 것 같은데.

'아니, 대체 재수 부재중인 마왕이 무슨 요구를 했길래?'

빌리아와 클라우드가 잠시 다투는 동안, 음란 마귀의 머릿속에 침실에서 할 수 있는 모든 요구가 좌라락 지나갔다.

"기초 교육 현황 조사서를 꼭 자기 전에 줘야겠어? 온종일 네가 시킨 일 하 느라 죽어나는 사람한테?"

이건가? 아니면 이거……?

"원로 귀족들에게 과외 받으며 자란 공주님은 공교육의 중요성을 모르겠 지."

"나한테 침실은 유일 작가님 책을 읽거나 자는 곳이거든?"

설마, 그, 그거……?! 아니, 아무리 마계가 개방적이라고 해도……!

빌리아와 클라우드가 나누는 대화와는 별개로, 세이린은 혼자 딴생각에 빠 져 극단으로 치달아 가고 있었다. 빌리아가 세이린의 붉어진 얼굴을 확인하고 깜짝 놀라 물었다.

"작, 작가님. 괜찮으세요?! 얼굴이 빨개요."

세이린은 자신의 안색을 찬찬히 살피는 왕비의 행동에 흠칫 굳어 버렸다. 그 제야 자신이 들은 대화 내용이 머릿속에 입력되었다. 침실에서 기초 교육 현황 조사서라니. 보도 자료에 나오던 잉꼬부부 모습과는 달라도 너무 달랐다.

세이린이 어쩔 줄 모르고 당황하는 것을 본 빌리아는 이 사달을 일으킨 마왕 을 째려봤다.

"클라우드. 앞으로 어쩔 생각이야? 작가님 신변에 무슨 일이라도 생겨서 〈 임성운의 5,500가지 그림자〉 외전이 안 나오면 난 콱 죽어 버릴 거야. 알았 어?"

외전이라니. 세이린은 설마 하는 마음에 슬쩍 고개를 들었다.

아니나 다를까.

"팬이에요, 유일 작가님! 이렇게 만나 뵐 줄은 몰랐지만, 이게 5,500가지 그 림자를 빚어낸 금손……."

빌리아는 세이린의 손을 꼭 잡고 조심스레 쓰다듬었다. 마왕은 그 행동을 즉 각 비웃었기에 그녀의 눈총을 샀다.

"대체 내 책은 언제 가져간 거야? 설마 내 침실에 들어왔어?"

"갔겠나? 내가?"

안 그래도 굳어 있던 세이린의 입이 쩍 벌어졌다. 공식 행사에선 사이좋은 마왕 부부의 현실이 각방이라. 이걸로 여태까지 마계 소시민인 자신이 보고 들은 마왕성 보도 자료는 다 언론 조작이었다는 것이 확실해졌다.

혼란에 빠진 세이린과 달리 빌리아의 머릿속은 꽃밭이었다. 어쩐지 일만 하는 기계, 클라우드 슈테른이 요 며칠 삐그덕거린다 싶었건만.

'이놈이 여자를 데려오다니. 이건 다신 없을 기회……!'

다른 왕비라면 왕의 총애를 빼앗길지도 모른다는 불안에 사로잡혔을 상황이었지만, 빌리아의 경우에는 사정이 좀 복잡했다. 그녀는 전쟁 전까지만 해도 낮 대륙의 최고라 불리던 명문가, '에테라'의 공주였다.

7년 전, 전쟁 마지막 날. 왕위 계승권까지 뺏어 간 밉상 남동생의 목숨을 지키기 위해 클라우드와 계약한 게 화근이었다.

'황제가 되도록 돕겠다니. 내가 미쳤지……!'

마음에도 없는 놈과 쇼윈도 부부 생활을 하는 것도 슬슬 구역질이 났다. 그런데 자신과 손끝도 스치지 않는 데다 후궁 건의도 칼같이 잘라 버리던 클라우드가 여자에게 관심을 보이다니.

'……물론 그 형태가 고소장이긴 하다만.'

더군다나 그 상대는 유일 작가. 친히 SNS를 구독할 정도로 〈임성운의 5,500가지 그림자〉의 팬인 빌리아는 회심의 미소를 지었다. 작가님이랑 클라우드랑 잘 되면 나는 폐위되고, 유일 작가님 외전은 나오고. 이만큼 완벽한 계획이 또 있을까.

세이린은 세상에서 가장 의미심장한 눈웃음을 보이는 왕비에게서 슬쩍 물러났다. 그러나 빌리아가 그녀를 붙잡았다.

"작가님, 일단 오신 김에 사인 좀……."

금빛 보자기에 싸인 궤짝 속에 들어 있던 것은 모두 세이린의 책이었다. 클라우드는 그것들이 표지만 다를 뿐 모두 같은 내용이라는 것을 알아챘다.

"같은 책을 여러 권 사는 이유를 모르겠군."

"저건 소장용, 이건 리미티드 에디션…… 역시 여기에 제일 먼저 받아야겠어요."

빌리아는 클라우드의 손에 들린 책을 빼앗았다.

"네가 이 책은 세상에 두 권밖에 없다고 하지 않았나?"

"이건 애독자 한정판. 유일 작가님 것과 내 것, 해서 총 두 권."

세이린은 고개를 끄덕였다. 왕비의 손에 들린 것은 책이 기록적인 매출을 낸 덕에 출판사 측에서 특별히 제작한 한정판으로, 일정 기간 동안 제일 돈을 많이 쓴 독자에게 선물한 친필 사인본이었다.

'역시 이건 비전하의 책이었어. 내 책이 무슨 내용인지도 모르는 클라우드 마왕이 어떻게 애독자 한정판을 가지고 있나 했네.'

사건의 전말을 파악한 유일 작가와 마왕의 희비가 교차했다. 클라우드는 미간을 문지르며 짜증스레 물었다.

"빌리아. 네가 두 권이라던 게 설마……."

"애독자 한정판 버전을 두고 한 말이었어."

두 마물의 대화를 들은 세이린은 증거를 포착한 탐정처럼 눈을 번뜩 떴다. 마왕님이 이 표지를 보고 시비를 건 이유를 이제야 알겠다. 자기 사업 기획안을 깡그리 무시한 채로 소설만 읽는 왕비님께 엿 먹이기 위해 핑곗거리를 찾다가 공원에서 그 책의 작가를 본 거겠지. 고래 싸움에 새우가 고소당한 셈이었다.

'내, 내 마생은 누가 보상해 주지……?!'

억울해 죽을 것 같지만 애써 웃음을 지어 보이며 사인을 하자 빌리아는 책을 껴안고 아이처럼 좋아했다.

"작가님…… 사용하신 테이블은 의자랑 세트로 유리관에 보관해 놨다가, 에테라로 돌아갈 때 가보로 가져갈게요."

빌리아는 시녀들에게 리본과 유리관으로 가구를 포장할 것을 명했다.

리본. 그리고 매듭. 클라우드의 머릿속에 잠깐 훑어본 책의 내용이 스쳤다.

"작중에서 여자 주인공이 마왕의 손목을 넥타이로 묶었다더군. 왜 그런 짓을 하지?"

세이린은 반사적으로 움찔했다.

'아니, 왜 봐도 하필 그런 장면을……. 다 알면서 짓궂게 물을 건 또 뭐야?'

하지만 빌리아는 피식 웃으며 어깨를 으쓱했다.

"괜찮아요, 작가님. 마왕님은 아무것도 모르시거든요. 진짜 몰라서 물어보는 거예요."

처녀 귀신인 내가 이렇게 빠삭한데 건장한 성인 남자, 그것도 원하는 만큼 후궁을 들일 수 있는 밤 대륙의 마왕이 아무것도 모른다니. 고개를 갸웃하는 세이린에게 빌리아가 웃으며 답했다.

"진짜로요. 우리 마왕님, 마생 7년 차라. 작가님도 1년 전쯤에 자연 발생하셨죠?"

슈테른력 6년에 자연 발생한 세이린은 고개를 끄덕였다. 처음엔 초파리도 아니고 자연 발생이라니, 싫었지만 진짜였다.

마계에서 마물이 태어나는 방법은 부모를 통하는 것과 자연 발생 두 가지가 있는데, 이계, 즉 저승에서 넘어온 세이린은 후자였다. 모든 것이 뒤죽박죽 무질서한 마계는 나이를 1년에 한 살씩 먹는 게 아니라 길 가다 껌 밟듯 우연히 성장한다. 그래서 '나이' 개념이 없긴 하지만, 자연 발생한 마물들은 발생 순간부터 다 큰 모습을 하고 있었다.

"클라우드도 7년 전에 밤 대륙 남부에서 자연 발생했어요. 스물다섯 살의 모습으로."

자연 발생한 지 7년이나 지났는데 아무것도 모른다니. 세이린이 의아한 얼굴을 하자 빌리아는 부채를 펴 입가를 가리곤 아주 작게 소곤거렸다.

"남녀 관계나 사랑에 대해서는 아무것도 몰라요. 자연 발생하자마자 전쟁을 끝낸 다음 계속 일만 해서."

법적, 사회적, 공식적으로 부인 되시는 분께서 이렇게 말씀하시니 세이린은 믿을 수밖에 없었다.

"클라우드의 목표는 마계의 유일한 황제가 되는 것이지 이쪽이 아니라서요. 일 중독자라 사교계에는 관심도 없고요. 나라 다스리는 데 필요한 모든 건 저기 있는 도서관장이나 저한테 배웠는데……"

빌리아의 입매가 살며시 올라갔다.

"사랑은 저희 전공이 아니라. 저는 첫사랑이 망하는 바람에 사랑을 진작 포기했고, 페일 세이건은 독신주의자거든요."

클라우드는 별다른 반응을 보이지 않았다. 빌리아의 말이 틀리지 않기도 했거니와, 사랑이니 연애니 하는 것은 정말로 그의 관심 분야가 아니기 때문이었다.

"그나저나, 마계의 평화를 위해 〈임성운의 5,500가지 그림자〉를 현실로 만들어야 한다니……"

빌리아는 세이린의 어깨를 툭툭 두드렸다가, 클라우드 마왕을 가리켰다.

"오래 보면 저 성격에도 적응하긴 하시겠지만, 일단은 얼굴만 보세요, 작가님. 얼굴만."

세이린의 보랏빛 눈동자가 클라우드에게로 향했다. 찬찬히 훑어보니 무표정일 때는 고혹적인 데다 수려하고, 인상을 조금만 찌푸리면 짐승처럼 관능적이기까지 했다. 마계에도 신이 있는지는 모르겠지만 재수 부재중인 성격 가려 주려고 참 정성껏 빚었구나 싶었다.

'……근데 갑자기 이 얘기는 왜 하시지?'

세이린이 눈을 마주하자, 여전히 책을 꼭 안고 있는 빌리아가 살풋 웃으며 속삭였다.

"작가님이 가르치시면 딱일 것 같은데. 우리 아무것도 모르는 마왕님."

세이린은 필사적으로 고개를 저었다. 고소미를 시전한 마왕에게 자신도 못 해 본 사랑을 가르치라니. 이게 말이나 되는 소린가. 더군다나 저 '사랑'이라는 단어는 '남녀 관계의 모든 것'을 함축하는 단어였다. 절대 안 돼.

단호해진 유일 작가의 얼굴을 본 빌리아가 입을 열었다.

"클라우드는 뭐든 빨리 배워요, 작가님."

아무리 마생 7년 차의 스펀지 같은 이해력을 어필한다 해도 안 되는 건 안 된답니다, 왕비님.

클라우드 또한 질색했다. 처녀 귀신이었다 음란 마귀 자격으로 마계 영주권을 받은 마물이 자신을 가르친다니. 있을 수 없는 일이었다.

"난 이미 일주일 동안 이거 생각이 계속 나서 일에 집중 못 했어. 더는 얼굴 마주하기도 싫군."

"전하의 집중력에 문제가 생긴 것 아닐까요?"

나름 반박의 말을 내놓은 세이린은 속으로 혀를 찼다. 거참. 아무리 인성이 파탄 났다지만 멀쩡한 마물한테 '이거'라니. 공권력이 무서워서 참을 수밖에 없는 게 한이었다.

빌리아는 신경전을 벌이는 둘을 보며 어깨를 으쓱했다.

"하지만 젬의 맹세는 어쩔 수 없잖아요? 전하께서 사랑해 마지않는 마물들을 전과자로 만드시려는 게 아니라면."

"책의 절반을 현실로……."

클라우드는 머리를 짚었다. 그와는 대비되게 왕비의 입꼬리는 하늘을 향하고 있었다.

"역시 이럴 때는 어려운 것부터 차근차근 해 나가는 게 좋겠죠, 작가님?"

"네? 그건 좀……."

세이린은 이번에도 고개를 저었다. 그도 그럴 게, 〈임성운의 5,500가지 그림자〉는 그야말로 '욕망' 그 자체였다. 아무것도 모른다는 마왕님과 어려운 것부터 실행에 옮겼다가는 잘난 얼굴에서 눈물이 뚝뚝 떨어지는 꼴을 보게 될지도 몰랐다.

'물론 울어도 섹시하겠…… 큼. 이게 아니지.'

잠깐 음란 마귀의 본분에 충실할 뻔했던 세이린은 얼른 정신을 차렸다. 이럴 때가 아니었다. 해결책. 해결책을 찾아야 한다.

문득 무언가를 떠올린 세이린이 조심스레 물었다.

"도서관장님. 판정은 작품 전체를 놓고 하는 것인가요?"

"그렇습니다."

"그럼 외전 원고를 수정하겠습니다. 아직 편집장님만 봤을 테니."

세이린의 말에 빌리아가 깜짝 놀랐다.

"안 돼요. 흐름이 깨진단 말이에요! 더군다나 그 소설의 생명은 수위인데!"

'아니, 지금 수위가 문제가 아니라니까요, 비전하!'

하지만 세이린의 생각에도 여태껏 고수위를 넘나들다가 갑자기 유치원에서 봐도 될 것 같은 외전을 쓰는 것은 말이 안 됐다. 흐름이 깨진다는 말이 맞았다. 그렇다고 작품 속에 등장하는 어마어마한 장면들을 현실로 만들 패기는 없었다. 아무래도 방법은 하나뿐인 듯했다.

"그럼 외전을 한 권 더 쓸게요."

총 네 권으로 분량을 늘린 다음 그중에서 괜찮은 장면만을 골라 실행한다. 이것이 세이린이 생각한 최선이었다.

"세상에. 작가님, 괜찮으시겠어요?"

괜찮냐고 묻는 것치고는 빌리아의 표정이 너무 좋았다. 추가 외전이라니. 생각지도 못한 횡재가 아닌가.

"어쩔 수 없죠, 뭐. 편집장님도 이해해 주실 거예요."

세이린이 덤덤히 대답했다. 고개를 슬쩍 돌리자 왠지 말이 없다 했던 클라우드 마왕이 포기한 듯 책을 뒤적이고 있었다. 〈임성운의 5,500가지 그림자〉 1권을. 그러다 무언가를 발견했는지 펼친 페이지를 테이블 위에 내려 두었다.

"'임성운'이 누구지?"

"책 속의 여자 주인공이 남자 주인공을 부르는 애칭이에요."

그녀의 소설에서는 내내 마왕의 이름이 나오지 않았다. 1인칭 여자 주인공이 남자 주인공을 부르는 건 '임성운'이라는 애칭이 전부였다.

"유이린이라는 이름은 또 뭐야?"

"제 인간이었을 때 이름이요."

"하긴. 자기 이름을 썼으니 실제로 있었던 일이라는 허무맹랑한 후기를 남긴 거겠지. 알 만하군."

다시 또 시비였다. 이렇게 된 이상 세이린은 뻔뻔하게 나가기로 했다.

"큼큼. 그런데요, 마왕님. 여자 주인공이 반말하는 캐릭턴데……."

어이없다는 듯 허, 하는 헛웃음만이 들려왔다. 빌리아가 재빨리 상황을 중재했다.

"어쩔 수 없죠. 작가님. 반말 정도는 너그러운 마왕님께서 이해해 주실 거예요."

그 너그러운 마왕이 지금 저를 죽일 듯 보고 있는데요, 왕비님. 세이린은 바짝 조여 오는 긴장감에 침을 꿀꺽 삼켰다.

결국 세 마물은 도서관으로 자리를 옮겨 신변 보증서, 아니, 계약서를 작성했다. 마물들의 안전을 도모하기 위해 〈임성운의 5,500가지 그림자〉 절반을 현실로 만드는 데 협조하겠다는 내용이 주를 이뤘다. 물론 엉뚱한 사건에 휘말린 세이린을 위한 보상 또한 두둑이 준비되어 있었다.

"저를 왕실 작가로 임명하신다고요?"

"그럼요, 작가님만큼 왕실 작가 자리에 어울리는 마물은 찾기 힘든걸요?"

눈을 휘둥그레 뜨는 자신의 최애 작가에게 빌리아가 대답했다. 이렇게 하면 마왕성의 일원이 되므로 내부의 일을 폭로할 위험이 사라진다. 죽을 때까지 글을 써야 한다는 의무도 추가되는 셈이었다.

그 외에도, 마왕성은 유일 작가에게 추가 외전 및 차기작 집필을 위한 지원을 아끼지 않는다는 조항 등이 길게 이어졌다. 이 모두가 빌리아 왕비의 사심이 가득한 계약 사항이었다.

"……계약을 성실히 이행할 것을 젬에 맹세하지."

클라우드는 불편한 심기를 여실히 드러내며 맹세했다. 순간의 화를 참지 못해 이 무슨 일이란 말인가.

물론 충동적으로 젬에 맹세한 것은 전적으로 자신의 잘못인지라 불만스러워도 할 말이 없었다. 하지만 유일 작가가 방글방글 웃을 때마다 속이 뒤틀렸다.

"추가 외전 집필 기간 동안 잘 부탁드립니다, 전하."

손은 또 왜 내밀어. 악수라도 하자는 건가?

"……네가 머물 별궁을 생각해 봤는데, 역시 호수가 보이는 곳이 좋겠군."

클라우드는 공중에서 어색하게 머무르고 있는 세이린의 손을 가볍게 무시하며 말했다.

소설의 여자 주인공이 마왕성의 별궁에서 기거한다는 설정 탓에 머무를 공간을 마련해 줘야만 했다. 기간은 2,750가지 그림자를 끝낼 때까지.

집필 및 계약 이행을 위한 지원인 탓에 무상으로 제공하게 되었지만 세이린은 엄연히 별궁을 빌려 쓰는 세입자로서 잠시 머무는 것뿐이었다. 안 그래도 못마땅한 상황에 손님 대접까지 해 줄 마음은 없었다.

클라우드는 그 짧은 시간 동안 최적의 장소를 찾아냈다. 가장 멀고, 가장 방치된 곳. 두 가지 조건에 부합하는 별궁을 지정해 준 클라우드는 뒤도 돌아보지 않고 자신의 집무실로 향했다.

□ ■ □

피곤했다. 짜증 때문인 것도 같았다. 오늘 해야 할 일은 진작 끝냈지만, 충동적으로 저지른 실수 때문에 영 찝찝했다. 아직 시작도 하지 않았건만 얼른 이 어이없는 상황을 끝내 버리고 싶었다. 집무실로 돌아온 클라우드가 손을 까딱였다. 그의 마력이 문제의 베스트셀러, 〈임성운의 5,500가지 그림자〉를 책상 위에 내려 두었다.

'빌리아는 이딴 시답잖은 연애 소설이 뭐가 재미있다고⋯⋯.'

어쨌든 책의 내용을 파악해야 뭐라도 할 수 있으리라. 클라우드는 턱을 괸 채로 책장을 넘겼다. 물론 극도의 효율성을 추구하는 마왕답게 한 손에는 펜을 든 채였다.

빈 종이에 표를 그린다. 최소한의 시간과 공을 들여 최대한의 분량을 현실로 만들 수 있는 부분을 찾아 메모한다. 두 권의 책을 다 읽었을 때, 30줄짜리 표는 빽빽이 차 있었다.

'한 달이면 되겠군.'

하루에 한 칸씩. 30일 동안 최대한 빨리, 많이 현실로 만들기.

책에 나온 대로 입을 맞추고 껴안거나 팔다리를 얽거나 그 이상의 일을 실행해야 한다는 게 내키지 않긴 했다. 다른 누구도 아닌, 며칠 동안이나 골머리를 앓게 했던 세이린이라는 여자와는 더더욱. 하지만 마물들의 평화를 위해서라면 못 할 것도 없었다. 어차피 실수를 바로잡기 위한 사무적인 일이 아닌가.

'어차피 늘 하던 연기인데.'

클라우드는 수하에게 이른바 '30일 컷 진도표'를 별궁에 전달하라고 명했다. 사랑이니 연애니 하는 것들에 관심 끄고도 지금껏 잘만 살았다. 남과 살갗을 스친 기억이 없으니 타인에게 흥미가 일던 적도 없었다. 그저 하루빨리 왕권을 안정시키기를 바라는 백성들을 위해 무려 7년이라는 시간 동안 빌리아와 부부인 척 연기를 해 왔다.

이번에도 별반 다르지 않으리라.

"……."

그런데 막상 읽기 시작하니 〈임성운의 5,500가지 그림자〉는 생각보다 괜찮았다. 이게 무슨 일인가 싶을 정도로. 기대 이상으로 흥미진진한 데다 감정선도 제법 탄탄했다. 팔랑팔랑 돌아다니기를 좋아하는 처녀 귀신 음란 마귀가 썼다고는 믿기지 않을 정도로.

클라우드는 무심결에 표지를 열었다. 이 책의 내용 절반을 실행에 옮겨야 하니 아예 외워 두는 것도 나쁘지 않을 듯했다.

'어때요, 마왕님?'

어디선가 놀리듯 애태우는 세이린 폴룩스의 목소리가 환청처럼 들려왔다. 클라우드는 고개를 휘휘 저었다. 창문에 비쳐 보이는 얼굴이 평소보다 붉은 듯도 했다. 왠지 집무실 문을 잠가야 할 것 같았다.

□ ■ □

비슷한 시각, 세이린은 별궁 청소를 마치고 기진맥진하여 쉬고 있었다.

'망할 마왕. 호수 뷰 별궁을 준 이유가 있었어!'

무료로 임대받은 보금자리는 영 포근하지 않았다. 하루 이틀 방치한 것이 아닌 듯 실내 전체에 뿌옇게 내려앉은 먼지. 거미도 버리고 떠나 버린 듯 축 늘어진 거미줄. 더럽다기보다는 공포 체험을 위해 일부러 꾸며 놓은 폐가를 연상시켰다.

"겨우 끝났네……."

별궁 자취 생활의 시작을 청소로 장식한 그녀가 어깨를 톡톡 두드릴 즈음 창가에 우편물이 도착했다. 세이린은 종이봉투를 열어 내용물을 살폈다. 시험이

30일 남았을 때부터 쓰는 플래너처럼 보이는 표가 몇 장 들어 있었다. 맨 위에 큼지막하게 적힌 제목은 고소장에서 본 필체와 같은 모양이었다.

"제목이 〈30일 컷 진도표〉? 이게 뭐야?"

표의 한 칸 한 칸을 살핀 그녀는 경악했다. 칸마다 오늘부터 30일 후까지의 날짜가 정갈한 글씨로 적혀 있었고, 그 아래에는 책의 절반을 현실로 만들기 위한 계획들이 빼곡했다. 추가 외전을 완성할 때까지 기다릴 것도 없이 30일 컷으로 이 지긋지긋한 관계를 끝내려는 의도가 분명했다.

그런데 오늘 날짜 옆에 적힌 이 부분은……!

[1권 19쪽, 69쪽, 96쪽.]

몇 번이고 교정을 봤기 때문에 세이린은 저 페이지들에 어떤 장면이 있는지 똑똑히 기억하고 있었다.

'이런 미친.'

이대로라면 당장 오늘 밤, 재수 부재중인 마왕과 하룻밤을 보내야 할지도 몰랐다. 다급해진 세이린은 본궁 쪽으로 총알처럼 뛰어 갔다.

마왕님은 여기 계실 것이라는 안내를 받고 도착한 공간. 종잇장 같은 저질 체력을 자랑하는 세이린은 숨을 몰아쉬며 주변을 빠르게 훑어봤다. 얼른 이 말도 안 되는 '30일 컷 진도표'를 수정하고 싶은데 대체 어딜 가신 건가. 그의 방에 들어와 노크를 하고 방 안의 다른 문을 열어 봐도 안에는 개미 새끼 한 마리 없었다.

임성운 역할을 수행하실 분께서 그새 두 권짜리 책에 빼곡히 들어차 있는 욕망을 샅샅이 읽고 진도표까지 만들었다고 생각하니 현기증이 밀려왔다.

'미치겠네, 진짜. 왜 골라도 그렇고 그런 장면들만 고른 거야!'

사실, 세이린도 그 이유가 자신의 글 때문임은 알고 있었다. 수위 장면은 섬세한 묘사가 생명이라 손잡는 것만 해도 두세 줄을 서술했다. 감촉, 느낌, 배경, 분위기, 기분 등등을. 반면 수위 장면이 아닌 부분은 그냥 짧고 명료하게 썼다. 손을 잡았다, 처럼.

그러니 스킨십이라는 것에 무지한 데다 관심까지 없는 마왕은 같은 시간 동안 더 많은 문장을 클리어할 수 있는 고수위를 택했으리라.

'이럴 때가 아니다, 세이린. 얼른 마왕님을 찾아서 이 사태를 수습해야……!'

벌컥. 아무 생각 없이 두 번째 문을 연 그녀는 들고 있던 종이 뭉치를 툭 떨어트렸다. 살색, 살색의 향연이었다. 허리에 수건을 두른 채로 새카만 머리를 털어 말리고 있는 클라우드 마왕의 등빨. 젖은 머리카락에서 떨어져 떡 벌어진 어깨에 잠시 머물렀다가 하염없이 아래로 미끄러지는 물방울. 척추를 따라 깊게 팬 허리선. 숨 쉴 때마다 움직이는 선명한 근육들.

'아니, 왕비님. 얼굴만 보라면서요. 몸 좋다는 말은 안 하셨잖아요……!'

급기야 마왕이 뒤돌아보는 게 슬로 모션으로 보이기까지 했다. 그녀는 눈을 피하려 애썼으나, 애석하게도 음란 마귀의 시선은 탄탄한 가슴팍에 고정된 상태였다.

"보통은 못 본 척이라도 하지 않나?"

마왕이 경멸 어린 눈으로 그녀를 바라보며 말했다.

"……죄송합니다."

"죄송하다기엔 넋 놓고 보는데."

"……."

시야에 가득한 살색들에 세이린은 문득 어지럼증을 느꼈다. 보통 사극에서는 왕이 목욕하고 나오면 하인들이 달라붙어서 물기도 닦아 주고, 옷도 입혀 주고 하던데 왜 이 왕은 혼자 다 하는 건가.

그녀를 휙 지나쳐 욕실을 나서려던 마왕은 잠시 멈칫했다. 바닥에 떨어진 서너 장의 종잇장들은 제 손으로 만든 진도표였다. 조금의 동요도 없이 낱장의 진도표를 내려다보던 마왕은 알았다는 듯 눈썹을 비뚤게 올렸다.

"밤이 될 때까지 기다릴 인내력은 있을 줄 알았는데."

"……네?"

세이린이 창밖을 내다봤다. 밤 대륙의 짧디짧은 낮이 반쯤 지나 어느덧 노을이 내려앉고 있었다.

'밤까지 기다릴 인내력? 아직 밤이 아니긴 한데…….'

진도표에 대한 것을 항의하러 온 마물에게 이 무슨 말인가. 의아해하던 세어린은 잠시 후 들려오는 그의 말에 얼굴을 훅 붉혔다.

"직접 찾아오기까지 할 줄이야. 성질 한번 급하군."

아니, 그런 용무로 온 거 아니거든요!

"하긴, 이런 말도 안 되는 상황은 최대한 빨리 종결시키는 게 나아."

그 말도 안 되는 상황 만드신 게 누군데!

세이린이 억울해하든 말든 마왕은 가뿐히 그녀를 들어 올렸다. 그리고 지극히 비즈니스적인 목소리로 말했다.

"별거 없더군. 눈 감아. 최대한 빨리 끝내지."

눈 깜짝할 사이에 공간이 바뀌었다. 오로라처럼 부드럽게 흔들리는 실크 캐노피와 벨벳 침구가 있는 마왕의 침대 위. 세이린은 자신을 침대 위에 내려 두는 클라우드에게 소리쳤다.

"잠, 잠깐만요! 저한텐 선택권 없어요?"

그는 귀찮다는 듯 시선을 내리깔며 손으론 그녀의 구두를 벗겨서 아무 곳으로나 내던졌다. 몸을 감싸고 있던 무언가가 휙 사라지는 노골적인 감각. 세이린은 당황해서 어쩔 줄 몰랐다.

클라우드는 은근히 그 반응을 즐기는 듯했다.

"이 상황을 얼른 끝내기로 합의해 놓고 무슨 선택권? 아. 불 꺼, 말아?"

"아니, 그 선택권 말고……."

"하긴, 달도 뜨기 전에 찾아온 이유가 있겠지."

"제 취향 그런 쪽 아니거든요?"

"이제 네 취향은 내가 더 잘 알 것 같은데."

그야 내가 쓴 야설을 달달 외웠다니. 이럴 때일수록 침착해야 한다고 세이린은 스스로에게 되뇌었다. 일단 당장 눈앞에 보이는 살색을 차단해야 증발해 버린 사고력이 돌아올 터였다.

"일, 일단 꺼 주세요."

"어련하실까."

클라우드는 성가셔 죽겠다는 얼굴을 하고 손가락을 튕겼다. 순간 환하디환

했던 침전이 암흑으로 가득 찼다. 갑자기 어두워진 탓에 마력도 젬도 없는 세이린의 시야는 캄캄해졌다.

하지만 클라우드는 달랐다. 어둠 속성을 지닌 그는 놀라 뻣뻣하게 굳는 세이린의 모습을 선명하게 볼 수 있었다. 자수정처럼 오묘한 보랏빛을 내는 눈동자가 자그맣게 떨리다 주변을 탐색하듯 바삐 움직이는 모습. 가늘게 떨리는 어깨. 이러지도 저러지도 못하고 몸을 움츠리는 세이린 폴룩스. 모든 것이 영화의 클로즈업 씬처럼 선명하고 강렬하게 보였다.

무엇보다, 자신이 무심결에 품에 가두다시피 한 왕실 작가를 뚫어져라 지켜보고 있다는 사실이 그를 놀라게 했다.

"유이린."

"……!"

으르렁거리는 짐승처럼 낮게 깔린 목소리에 세이린이 반사적으로 몸을 움찔했다. 닿을 듯 말 듯 한 그의 손끝이 긴 머리카락을 한쪽으로 쓸어 넘겼고, 귓가를 스치며 건너와 뺨 언저리에 와 닿았다. 세이린은 조용히 숨을 참았다.

'아니, 왕비님. 마왕님 아무것도 모른다면서요!'

그 재수 없는 마왕의 손길이라는 게 믿기지 않을 정도로 부드러웠다. 아직 아무런 일이 일어나지 않았음에도 온몸에서 힘이 쭉 빠져나갔다.

설마, 처녀 귀신으로 너무 오래 살아서 남정네의 양기에 꼼짝 못 하는 영혼이 된 건가. 세이린은 위기 상황을 돌파하기 위해 손을 펼쳐 내밀며 말했다.

"잠, 잠깐만요. 진짜 책에 나온 걸 전부 독학하셨어요?"

"어."

독학으로 하버드도 갈 사람이 여기 있네. 세이린은 이 상황을 믿을 수 없었다. 자신에게 '사랑'의 처음과 끝을 찍소리도 못 하고 배우리라 생각했던 숙맥 마왕이 갑자기 독학을 하셨단다. 그것도 내가 쓴 야설로.

'어떡하지, 진짜……?'

세이린은 좌절했지만 문제는 그것뿐만이 아니었다. 〈임성운의 5,500가지 그림자〉가 워낙 취향대로 쓴 글이라, 마왕이 앞으로 할 일들은 취향 적중일 게 뻔했다. 상대가 고소장 날린 재수 부재중인 마왕만 아니었다면 박수를 치며 좋아할 상황인데, 뭐 이런 경우가 다 있담. 세이린은 아이러니한 상황에 한숨을 내쉬려다가, 마왕이 코앞까지 다가와 있다는 것을 깨달았다.

이런 미친. 아무 말, 아무 말이라도 해야 한다.

"식, 식사는 하셨어요?"

"……."

"사, 사탕은요? 잠들기 전에 사탕 먹는 소소한 악행이 마물들에겐 그렇게 중요하다던데……."

"유이린."

세이린 폴룩스라고 안 부르고 책에 나온 대로 유이린이라고 하는 것 좀 보소. 오랜만에 불린 인간일 때 이름인지라 세이린의 가슴이 두근거렸다.

"내가 겁나나?"

나지막한 그의 목소리에 머리가 핑그르르 돌았다. 목소리는 왜 깔아요, 전하. 거리는 왜 좁히시고! 겁나냐는 질문에 곧장 고개를 끄덕인다면 마계의 구성원이 아님을 스스로 증명하는 셈이었다. 소소한 악행과 나쁜 장난을 사랑하는 이 세계의 마물들이라면 이런 상황을 오히려 즐길 테니. 세이린은 목소리를 짜내듯 대답했다.

"겁을 내긴 누가……!"

누가 들어도 겁먹은 듯 떨리는 목소리가 나오긴 했지만.

이 정도 거리라면 입술 달싹이는 소리도, 마른침을 삼키는 소리도 그에게 다 들릴 것 같았다. 짙은 눈썹 아래로 내리뜬 눈동자는 이 이상 관능적일 수 없을 만큼 섹시했고, 캄캄한 눈동자 안에 담긴 게 오로지 자신뿐인 게 아찔했다.

"왜. 잡아먹기라도 할 것 같나?"

그렇게 말하는 마왕님 얼굴은 왜 이리 가깝고, 대사는 또 왜 이렇게 아찔할까. 코끝이 스치는 걸 보니 금방이라도 입 맞출 것 같았다.

"난 지금 널 안고 싶은데."

이런 미친. 음란 마귀의 얼굴이 펑 터지기 직전까지 달아올랐다.

"아니, 저, 마왕님…… 마음의 준비가 아직…… 아무리 여기가 개방적인 마계라지만 전 마음에도 없는 상대랑 처음을 보내는 건……."

"내가 마음에도 없나?"

"마왕님은 안 계신데 얼굴이랑 목소리랑 등빨은 이미 제 마음 영주권……"

내가 무슨 소리를 하는 거야, 지금! 세이린은 망연자실했다.

클라우드는 얼굴에 생각을 다 드러내는 그녀를 가만히 구경했다. 자신이 악행으로 활기를 얻는 마물이라 그런지 괜히 웃음이 났다.

"할 말은 끝났나?"

"헙…… 넵."

또 당황하는군. 클라우드는 입꼬리를 힘주어 내리며 무미건조한 목소리로 말했다.

"그럼 나도 할 말을 하지. 대사야."

"네?"

"대사라고. 세이린 폴룩스. 자기가 쓴 글도 기억 못 하나?"

클라우드는 멍하니 자신을 바라보다가 얼굴을 더욱더 붉히는 세이린에게 무언가를 내밀었다. 백금을 녹여 만든 얇은 사슬 끝에 세공된 달빛 수정이 달린 펜듈럼이었다.

"달빛 수정에 마법식을 넣었으니 책의 내용을 현실로 만들 때마다 빛날 테지."

지금도 펜듈럼은 옅게 빛나고 있었다. 그 말인즉, 책의 내용을 현실로 만들었다는 소리. 세이린은 그제야 중요한 사실을 떠올렸다. '내가 겁나' 부터 '안고 싶다' 까지. 모두 자신이 〈임성운의 5,500가지 그림자〉에 쓴 대사였다.

'……나는 무슨 생각으로 마음 어쩌고 하는 대답을 한 거지?'

삽질도 이런 삽질이 없으리라. 세이린은 민망함과 쪽팔림 사이의 격한 감정을 느꼈다.

"설마 내가 진짜 널 안고 싶어 한다고 생각한 건 아니겠지."

예상대로 마왕의 사정없는 비웃음이 들려왔다. 세이린은 그야말로 수치스러워 죽을 것 같았다.

"그, 그러게 왜 그렇게 서두르세요? 놀랐잖아요!"

"벗은 몸이나 멍하니 보던 마물이 할 말은 아닌 것 같군."

"……옷은 언제 다시 입으실 거예요?"

"우울할 땐 야한 게 최고라던 게 누구지?"

우울할 땐 야한 게 최고. '유일 작가'를 검색하면 연관 검색어에 뜰 정도로, 그녀가 밥 먹듯 SNS에 싸지르는 말이었다. 세이린은 진작 이미지 관리를 하지 않은 것을 후회하며 쏘아붙였다.

"웃겨. 누가 마왕님 몸 야하대요?"

물론 그렇게 생각하고 있긴 했다. 입 밖으로 낸 적 없을 뿐.

"누가 보고 오해하기 전에 당장 옷 좀 입어 주세요."

"오해할 짓 하는 게 앞으로 해야 할 일인 건 알면서 하는 소린가?"

"그건…….."

"그래서, 앞으로 어쩔 생각이지? 마음에도 없는 사람이랑은 털끝도 스치기 싫다고 하지 않았나?"

"제가 언제 털끝도 스치기 싫다고 했어요! 같이 잘…….."

누가 소소한 악행으로 살아가는 마물들의 왕 아니랄까 봐, 가지고 노는 게 수준급이었다. 그는 저가 원래 한 말을 기억하고 있는 게 분명했다.

"잘, 뭐."

잘 생각 없다고요, 재수 부재중인 클라우드 슈테른 전하.

"잘 해 볼 생각 없다고요."

"난 내 백성들이 처벌받는 걸 원치 않아."

"그렇다고, 저게 말이나 되는 계획이에요?"

그녀가 욕실 문 앞에 떨어진 〈임성운의 5,500가지 그림자〉 30일 안에 현실로 만들기 진도표를 가리켰다. 첫날인 오늘은 워밍업이라는 핑계인지 뭔지 다른 날보다 수위가 약했다. 하지만 뒤쪽으로 갈수록, 특히 마지막 열흘은 글자만 봐도 낯이 뜨거워질 정도로 가관이었다.

"내 분석은 완벽해. 어느 부분이 말이 안 된다는 거지?"

"이게 어떻게 가능해요? 연애를 글로 배웠어요?"

"남 말할 처지가 아닐 텐데."

"큼…….."

물론 사랑을 글 및 영상 자료로 배운 음란 마귀는 할 말이 없었다.

"정말 하루에 이걸 다 하는 게 가능하다고 생각하세요? 마음에도 없는 저랑?"

세이린은 작전을 바꿔 날짜별로 빽빽한 목표 진도를 가리켰다. 그러나 이번에도 클라우드는 아무 문제 없다는 듯 반응했다.

"마음은 나도 없고, 시간은 계산해 봤어. 밤새우면 돼."

"……한 달 동안 마왕님이랑 같이 밤을 새우라고요?"

"밤새우는 게 마음에 안 드는 건가, 아니면 나랑 새우는 게 마음에 안 드는 건가?"

"둘 다 마음에 안 드는데, 후자가 조금 더."

"왕실 작가 자리까지 내준 마당에 더 이상 네 의견 따위 반영할 생각 없어."

벼랑 끝에 몰린 세이린은 작전을 변경하기로 했다.

"전하. 최대한 빨리 추가 외전을 쓸 테니 그때까지만이라도 진도표를 수정해 주세요, 네?"

세이린은 자본주의 사회에서 익힌 필살의 눈빛 공격을 시전했다.

반달 모양으로 애교스레 접힌 눈을 마주하자 그는 왜인지 할 말을 잃고 물러날 수밖에 없었다. 시간을 끌수록 비효율적이리라는 것을 알면서도.

"……외전 집필은 석 달 안에. 그 이상은 안 돼. 새로운 진도표는 곧 보내 주지."

클라우드가 시선을 피하며 말했다.

□ ■ □

다음 날, 호수가 보이는 별궁. 이른 아침에 일어나 청소를 하다 피곤을 못 이기곤 다시 낮잠에 빠진 세이린은 일몰이 다 되어서야 일어났다.

"아, 맞다…… 여기 마왕성이었지."

마왕성의 별궁은 그녀의 포근한 집, 트와일 힐즈의 펜트하우스와 달라도 너무 달랐다. 낯선 기상이었지만, 인생 3회차 짬밥이 있어서인지 적응하지 못할 정도는 아니었다.

삐거덕거리는 침대에서 일어난 세이린은 능숙하게 기지개를 켜곤 1층으로 내려왔다. 유일한 물 공급원인 마당의 펌프는 오늘도 돌로 만든 듯 뻑뻑했다.

"별궁도 왕궁인데 시설이 왜 이래!"

세이린은 없는 팔 근육을 총동원하여 마중물을 붓고 펌프질을 해 댔다.

'대체 이놈의 마왕성에 얼마나 있어야 하지?'

갑작스런 마왕성에서의 생활 이후로 처음 하는 근본적 질문이었다. 젬의 맹세 때문에 야설의 절반을 현실로 만들어야 한다. 아무것도 모르던 마왕은 그새 '사랑'을 자신이 쓴 글로 독학하고는, 30일 만에 모든 상황을 끝내잔다.

"대체 하루에 몇 번이나 할 수 있다고 생각하는…… 이게 아니지."

세이린은 제 입을 틀어막았다. 아무튼. 만일 5,500가지 그림자, 아니, 그 절반인 2,750가지 그림자를 현실로 만든다고 한들, 왕비님이 순순히 보내 줄 것 같진 않았다. 그녀는 분명 마왕을 꺼리는 눈치였다.

고향인 에테라에 돌아가는 것이 빌리아의 꿈이라면 문제는 더 복잡했다.

'마물들은 성군인 마왕님이 100년쯤 집권하길 바라겠지.'

왕비가 자리를 공석으로 두고 낮 대륙으로 튄다면 반발심을 드러낼 마물들이 넘쳐 난다. 그러니, 왕비 자리에 누군가를 앉히려고 할 터.

'나한테 아무것도 모르는 마왕님을 가르치라고 하셨으니…… 에이, 설마.'

어느 때보다도 '설마가 사람 잡는다'는 말이 선명히 떠올랐다. 어쨌든 지금 내릴 수 있는 결론은 간단했다. 당분간 마왕성에서 자취하게 생겼다. 물론 쉽게 할 수 없는 특이한 경험은 집필의 밑거름이 된다지만 이건 아니었다. 왕실 작가라는 명예만으론 이와 같은 시간 낭비를 보상받을 수 없었다.

분노의 펌프질을 이어 가던 세이린의 머릿속에 기막힌 아이디어가 반짝였다.

'아카데미 추천 서명이나 해 달라고 할까?'

아카데미. 밤 대륙과 낮 대륙 사이의 중립 지대, 아르디노에 있는 마계 유일의 교육 기관. 시험 전형으로 입학하려면 수능 뺨치는 입학시험을 치러야 한다고 해서 세이린은 들어갈 생각조차 하지 않고 있었다.

하지만 일종의 특별 전형인 추천 전형이라면 얘기가 달랐다. 추천권이 있는 자에게 서명 하나만 받으면 입학 확정이라지 않던가.

"그래. 죽이 되든 밥이 되든 아카데미 구경이라도 하고 만다."

세이린이 주먹을 불끈 쥐었을 때였다. 스르륵 검은 구름이 피어오르더니, 일순간 사람의 형상이 나타났다. 머리부터 발끝까지를 새카만 방어구로 감싼 모습. 손에는 건틀릿을 끼고 얼굴엔 투구를 장착해 피부색조차 보이지 않았다. 눈동자의 색깔도, 머리색도 보이지 않는 그야말로 그림자 같은 기사였다.

"깜짝이야!"

"놀라게 해서 죄송합니다, 아가씨!"

그림자처럼 새카맣던 첫인상과 달리, 기사는 놀란 세이린에게 친절한 목소리로 말했다.

"저는 그림자 기사단장, 코로나라고 합니다."

"아……."

마계에 여섯뿐인 기사단장 중 하나라니. 세이린은 황급히 예를 갖춰 인사했다.

"편히 대해 주십시오, 아가씨."

분명 투구에 얼굴이 가려져 있는데도 웃는 것처럼 느껴져 세이린도 따라 웃었다. 그가 팍팍하고 답 없는 마왕성에서의 생활을 잘 버티라고 하늘이 보내준 천사처럼 느껴졌다.

코로나는 세이린이 작동시키던 펌프를 손끝으로 살짝 건드렸다. 곧 맑은 물이 폭포처럼 쏟아져 나왔다. 세이린이 감탄하며 반짝이는 물줄기를 멍하니 바라보기를 잠시.

"아가씨, 이것을 전해 드리라는 전하의 명을 받고 왔습니다."

코로나가 버건디색 리본이 묶인 선물 상자를 그녀에게 내밀었다.

전하의 명이라니. 벌써 불안해진 세이린은 달달 떨리는 눈으로 코로나를 잠시 바라보다 상자를 열었다. 아니나 다를까. 흰 종이 몇 장이 가장 위에 놓여 있었다.

[진도표]

세 글자를 보는 것만으로도 볼이 화끈거렸다. 도망치듯 방으로 돌아온 세이린은 사형 선고서를 보듯 진도표를 보고 또 봤다.

[1권 55~67쪽 오늘 오후 4시, 침전.]

비교적 수위가 낮은 부분인 걸 보니 마왕이 그녀의 건의 사항을 반영한 게 분명했다.

'내가 썼으니 수위가 없진 않겠지만……'

세이린은 오늘 실행에 옮겨야 할 부분이 어떤 장면인지 떠올려 봤다. 1권 55~67쪽. 여주인공과 남주인공이 마왕성의 파티에서 빠져나와 밀회를 벌이는 장면. 파티 장면인 만큼, 책의 내용을 현실로 만들기 위해서 준비해야 할 것이 많을 듯했다. 세이린은 두려움 반 설렘 반으로 코로나가 주고 간 상자를 열었다.

안에는 작중 유이린이 입고 있는 것으로 묘사되는 검은 드레스가 들어 있었다. 정말로 자신의 책을 꼼꼼히 독학한 것인지 무릎을 덮는 길이인 데다 등이 깊게 파인 디자인이었다. 아무리 첫인상이 최악이었다지만 인정할 것은 인정해야 할 듯했다. 마왕의 암기력과 이해력, 학습 능력은 상상을 초월했다.

"재수 부재중만 아니었으면 진작……"

벌컥!

"……세이린 폴룩스. 지금이 몇 신데 아직도 준비가 덜 된 거지?"

"엄마악!"

세이린은 툭 튀어나온 마왕의 목소리에 놀라 그만 의자에서 굴러떨어졌다.

코앞에서 마물이 넘어졌으면 제 백성인 만큼 일으켜 줄 만도 하건만, 팔짱 끼고 한심하게 내려 보기만 하다니. 세이린이 무릎을 문지르며 쏘아붙였다.

"남의 방에 노크도 없이……!"

"노크했어. 준비 좀 빨리할 수 없나?"

살펴보니 진도표에 오후 4시까지 준비를 마치라고 나와 있었다. 세이린은 클라우드의 손목시계를 흘긋 봤다. 3시 40분. 머리부터 발끝까지 화장에 단장에 치장까지 하기엔 시간이 턱없이 부족했다.

"클라우드 전하……"

그녀는 들고 있던 드레스 자락을 꼭 쥐며 마왕을 애절하게 올려다봤다. 클라우드는 귀찮아하면서도 손가락으로 짧은 소리를 냈다. 마력이 세이린의 온몸을 감싸자 마치 마법소녀가 변신하는 장면처럼 옷차림이 바뀌었다.

세이린은 탄성을 내지르며 거울 앞으로 달려갔다. 그녀의 산호색 은발과 보랏빛 눈동자에 무척 잘 어울리는 옷차림이었다. 들고 있던 등이 파인 디자인의 드레스를 힘들이지 않고 입은 데다, 화장에 구두까지. 빗장뼈를 따라 자리 잡은 레이스도, 무릎 아래까지 쫙 달라붙는 드레스 핏도, 모든 게 완벽했다.

'이래서 마물은 마법을 배워야 한다니까.'

세이린은 아카데미 입학 추천 서명을 꼭 받아 내리라고 다시 한 번 다짐했다.

허리까지 오는 머리카락을 쓸어 넘기다 문득, 따라붙는 시선을 느낀 그녀였다.

"뭘 그렇게 빤히 보세요, 전하?"

"······얼른 따라오기나 해."

□ ■ □

살다 살다 마왕의 침전에 차려입고 들어오게 될 줄이야. 그것도 벌건 대낮에. 세이린은 빙빙 주변을 둘러보다 오늘 빼야 할 진도 부분을 되짚었다.

"제 기억으론 제가 사랑한다고 고백하고, 화이트와인을 마신 다음에, 마왕님이 제 드레스를 찢으면 끝이에요."

좁은 폭의 드레스가 무릎 아래까지 내려오는 탓에 그녀는 종종걸음으로 침대에 걸터앉았다. 오늘 현실로 만들 장면에서도 이 불편을 해소하기 위해 남자 주인공이 드레스 밑단을 찢는 것이었다.

방은 인위적으로 세팅된 촬영장의 느낌을 풍겼다. 침구의 색과 재질도, 클라우드와 세이린도 모두 소설에 묘사된 대로였다. 클라우드는 영화감독 역할을 하게 될 펜듈럼을 잘 보이는 곳에 걸어 두었다.

"5시에 기사단장 보고 받아야 해."

"빨리 눕기나 해요, 그럼."

음란 마귀가 오늘 진도에 해당하는 페이지를 펼쳤다. 어디 보자. 완전히 풀린 채로 목에 걸쳐진 넥타이와 벌어진 셔츠라……

"전하. 제가 보고 싶은 건 아닌데, 작중 남자 주인공이……"

"벗으라고?"

과거의 나는 왜 이렇게 욕망에 충실한 글을 썼는가. 세이린이 눈을 가리기도 전에 그의 제복 재킷이 별 망설임 없이 소파 위로 던져졌다. 그가 핏줄이 불거진 손으로 넥타이의 매듭을 대각선 방향으로 쭉 잡아당겨 끌렀다. 드러난 셔츠의 맨 윗단추가 깔끔히 풀려 나가고, 그 아래도 툭, 툭……

"손 틈 사이로 다 볼 거면 눈은 왜 가리지?"

클라우드가 어이없다는 듯 쏘아붙이자, 세이린은 꿀 먹은 벙어리가 되었다.

"외울 기세군."

"제, 제가 언제 그렇게 빤히 봤다고!"

자연 발생할 때부터 소악행을 즐기는 마물이다 보니 마왕은 이 상황을 가벼운 해프닝 정도로 여기는 듯했다. 얼굴이 터질 것 같은 건 오히려 처녀 귀신 출신인 세이린이었다.

'……전쟁 영웅이라 그런가, 무슨 놈의 마왕 몸이 이렇게 좋아.'

쇄골의 중심부를 따라 뚜렷이 갈라져 내려오는 가슴 근육과 빈틈없이 탄탄한 복근이 숨 쉴 때마다 조금씩 움직였다. 나는 기왕 남자 주인공을 벗길 거면 화끈하게 다 벗기지, 왜 셔츠를 걸쳤다고 써서 애매하게 팔뚝을 가렸을까. 세이린이 작은 후회를 할 때, 클라우드가 준비를 마쳤다.

"최대한 빨리 끝내지."

세팅도 끝났으니 이제 서로 마주 보고 누워 대사만 치면 끝이었다. 한참을 머뭇거린 끝에 세이린은 모델이라고 해도 믿을 만큼 매끈한 몸을 바로 한 뼘 앞에 두고 어정쩡한 자세로 누웠다. 그런데 왜, 눈을 못 맞추겠지?

"시간 없다고 말했을 텐데."

"아, 알았어요. 감정 좀 잡고요."

"감정을 왜 잡아."

허허. 마왕님을 잡을 순 없잖아요. 세이린은 심호흡을 한 뒤 겨우 눈을 맞췄다.

"······사랑해, 임성운."

슬슬 화이트와인이 담긴 잔이 손에 잡힐 타이밍이건만, 마왕은 피식 웃을 뿐이었다.

"난 아닌데."

아니, 남자 주인공 역할 하는 분이 이걸 거절하면 어떡해? 세이린이 황당함에 눈을 동그랗게 떴다.

"시간 없으시다면서 왜 없는 NG를 만드세요?"

"네가 진심인 것 같아서, 나는 아니라고."

"저도 아니거든요?"

자고로 이럴 때 필요한 건 마법의 주문이었다. 세이린은 얼굴만 보자는 기도문을 속으로 세 번 읊은 뒤 다시 입을 열었다.

"사랑······해요."

"아닐 텐데."

"······아, 좀!"

"네가 아니라길래."

"재밌어요?"

"조금."

이럴 거면 시간 없다는 말은 왜 해?

"사랑해요."

"얼마나?"

"아, 저기요, 마왕님."

"시간 없어. 다시 하지."

적반하장도 유분수지!

"사랑해요."

세이린은 그의 눈빛이 진중해졌음을 눈치챘다. 이제야 제대로 할 마음이 생긴 듯했다. 클라우드는 손을 까딱여 잔에 화이트와인을 채우곤 그중 한 잔을 그녀에게 권했다. 와인 잔이 맞부딪히며 짠 소리가 나자 마왕의 손끝이 드레스 밑단을 서서히 찢어 올렸다. 세이린은 천이 찢기는 소리와 은근히 노골적인 그의 얼굴 때문에 애꿎은 화이트와인을 원샷했다.

"으음……."

그런데 느낌이 이상했다. 마치 머리가 한 바퀴 핑 돌고 제자리에 돌아오는 듯했다. 허벅지 중간까지 드레스가 찢기자 펜듈럼이 반짝 빛을 냈다. 그러나 오늘 진도를 마무리했음에도 클라우드의 표정은 좋지 않았다.

"……눈이 풀렸군."

그의 얼굴이 서서히 당황과 긴장으로 물들었다.

"음란 마귀. 이런 장면은 없던 걸로 기억하는데."

"장면? 무슨 장면?"

"……네가 내 몸 위에 올라타는 장면."

뭐라는 거야, 이 마왕이. 세이린은 분명 이렇게 말하고 싶었다. 하지만 느른해진 발음으로 전혀 다른 문장이 튀어나왔다.

"꼭 장면에 있는 것만 해야 해요?"

아무런 대답도 하지 않은 채로 마른침만 삼키는 마왕의 목울대가 들렸다 가라앉았다. 세이린이 홀린 듯 무릎걸음으로 다가와 얼굴을 가까이할 때, 그의 심장은 높은 곳에서 떨어질 때처럼 꽉 조여들었다.

"고작 와인 한 잔 마시고 취한 건 아닐 테고. 미쳤나?"

"왜요. 미치겠어요, 전하?"

"……."

클라우드는 고양이처럼 제 몸 위로 기어오르는 세이린을 멍하니 올려다봤다. 주량 때문은 아닌 듯했다. 그렇다면 저주일까. 아무래도 상관없었다. 중요한 것은 자신의 머리카락을 흩트리는 그녀에게서 시선을 뗄 수 없다는 사실이었다.

"나한테 이러는 의도가 뭐야."

"전하, 그건 제가 묻고 싶은 말인데. 저한테 왜 이러세요? 싫으면 밀어 내시지, 왜 젬에 쓸데없는 맹세를 하셔서어……."

분명 싫으면 밀어 내라고 했는데, 왜 허리를 바짝 끌어당기는지. 몸에 힘이 들어가지 않는 탓에 세이린이 푹 끌려갔다. 거리가 가까워질수록 마왕이 자신을 바짝 올려다보는 꼴이었다.

사극에서 보면 왕들은 뭔가가 자기 위에 있는 것을 건방지게 여기던데 왜 이 마왕은 내 머리카락만 손가락에 배배 꼬시나. 눈을 내리뜬 세이린은 입꼬리를 슬쩍 말아 올렸다.

"왜 그렇게 보세요, 전하?"

"……네게 짜증이나 화가 난 게 아니라면, 나도 내가 왜 이러는지 모르겠군."

"괜찮아요. 마생 7년 차면 모를 수도 있죠. 그나저나……."

세이린의 힘없이 뜨겁기만 한 손끝이 그의 이마에 닿았다. 만취 상태로 보니 그의 준수한 얼굴에서 새삼 빛이 났다. 미간에서 콧날, 콧날에서 입술까지 떨어지는 선이 곧고 날카로웠다. 잘생긴 걸로 하버드 정시 뚫겠어, 아주. 축 늘어진 채로 세이린은 연신 고개를 끄덕였다.

'무슨 남자 입술이 이렇게 예쁘냐. 뽀뽀하고 싶게.'

세이린이 무심결에 자신의 입술을 혀로 축였다. 그러자 그가 커다란 손으로 눈가를 덮어 더 이상 제 입술을 바라보지 못하도록 했다. 눈가에 닿은 손이 시원해서 세이린은 얼굴을 느른히 비볐다.

"마왕님 손 시원해서 좋……"

말을 채 끝내기도 전에 손보다 조금 따뜻한 입술이 느껴졌다. 고개를 비스듬히 기울이고 입을 맞춰 나긋하고 말캉하게 맞물린 입술. 와인으로 촉촉이 젖어 달콤한 데다 혀끝으로 맛볼 때마다 머리가 배로 어지러워지기까지 했다. 눈을 가리고 있던 큰 손이 제 얼굴을 그러쥐었을 때, 세이린의 흐느적거리는 정신이 무언가를 상기했다.

아무리 생각해 봐도 이런 장면은 책에 없었는데.

"왜 키스해요?"

"그러는 네 손은 왜 내 등으로 향하지?"

"좋아서요, 전하."

그녀의 대답에 마왕은 당황했다가, 시선을 피했다가, 뜨거운 한숨을 쉬며 되물었다.

"……좋다고?"

"어떻게 사람 등빨이 이러냐…… 아, 사람 아니지 참. 그래도 최고는 목소리랑 얼굴이지."

"목소리?"

"응. 완전 섹시해요."

"입 다물고 자는 게 내일 후회가 없을 텐데."

아이를 어르듯 사근사근한 말투. 마왕이 이런 목소리도 낼 줄 아는 남자던가. 세이린은 그의 붉어진 눈가를 무의식적으로 쓰다듬었다.

"예뻐요."

다짜고짜 예쁘다니. 기분 나쁠 법도 했으나 전쟁 영웅 마왕은 애교와 교태에 면역이 전혀 없었다. 도저히 감당할 수 없을 정도라고 판단한 클라우드는 코로나를 불렀다. 다급한 주군의 목소리에 그림자 기사단장이 연기처럼 나타났다.

"부르셨습니…… 헉."

"못 본 걸로 하고. 이 사태를 해결할 누군가를 데려와 줬으면 좋겠군."

"마왕성 출입이 가능한 자들 중 알아보겠습니다."

코로나가 말을 마치기 무섭게 세이린이 축 늘어졌다. 아무래도 찬밥 더운밥 가릴 때가 아닌 듯했다.

"아무나 데려와. 마왕성에 언제부터 질서가 있었다고."

코로나는 깍듯이 고개를 숙이곤 다시 연기처럼 사라졌다. 클라우드가 옆으로 넘어갈 뻔한 세이린의 몸을 단단한 팔로 받쳤다.

"음란 마귀. 왜 이렇게 비틀거려."

"졸린 것도 같고……."

"그럼 자."

"나랑 같이 잘래요?"

"……뭐?"

"낮잠 싫어해요?"

세이린이 악동처럼 얄궂게 웃었다. 어떻게 그 재수 없던 사람 손길이 이렇게 부드러울까. 아, 이게 다 글을 잘 쓴 탓이다. 글을 기가 막히게 쓰니까 그걸 보고 익힌 마왕이 이렇게 예쁜 짓만 골라 하지.

세이린은 축 늘어진 몸으로 콧소리만 흘렸다. 자신이 마왕을 덮치듯 누웠다고는 자각하지도 못한 채였다. 그가 머리를 넘겨 주는 것도, 잘생긴 얼굴로 다가와서는 또다시 솜사탕 먹을 때처럼 조심스럽게 키스하는 것도 좋았다. 성질 급한 사람이 이럴 때만 한없이 느려지는 것도 마음에 든다.

'하긴, 내 취향 그대로 익힌 사람인데.'

세이린이 만취한 부장님처럼 소리쳤다.

"오케이. 오늘 진도표에 나온 2,750가지 야한 짓 다 끝내 버리면 나한테 뭐 해 줄래요?"

"……뭐?"

찔러도 피 한 방울 나올 것 같지 않던 마왕이 당황해서 입술을 맞물다니. 세이린은 키득키득 웃으며 당황한 그의 대답을 기다렸다.

"원하는 것이라도 있나?"

연신 침묵을 지키던 클라우드의 물음에 세이린은 눈동자를 굴렸다.

"마물로 만들어 주세요. 겉돌지 않는 진짜 마물."

"지금도 충분히 음란 마귀인 것 같은데."

"아니이……"

그게 아니잖소, 이 마왕아. 세이린이 입술을 비죽 내밀었다.

"다른 건?"

"아, 맞다. 아카데미 추천 서명……."

"아카데미? 그런 결정을 지금 충동적으로 내리면 후회할 텐데."

"웃겨. 충동적으로 쟴에 맹세해서 이 사달을 만든 게 누구더라……?"

자신이 생각해도 우스웠는지, 클라우드가 답지 않게 픽 웃었다.

"추천은 사인만 하면 끝이긴 한데. 그 일을 해 줬을 경우 내게 무슨 득이 있지?"

"다 가진 마왕이 뭐가 더 필요해? 매일 뽀뽀라도 해 줘요?"

장난스러운 제안을 듣고도 그는 인상을 찌푸리지 않았다. 어이없음을 여실히 드러내는 조소를 흘릴 뿐.

"······같이 미쳤는지도 모르겠군."

그는 마력을 일으켜 깃펜을 집어 들었다. 잉크 대신 어둠 속성의 젬에서 흘러나온 새카만 마력이 펜촉을 적셨다. 펜을 쥔 그는 자신의 이름을 어디에 적을지 잠깐 고민하다, 세이린을 제 몸 쪽으로 끌어안았다.

드레스가 등이 팬 디자인인 탓에 드러난 허리. 그 매끈한 허리 위로 펜촉이 유려한 곡선을 그리며 움직였다. 등허리가 저리듯 간지러운 탓에 세이린은 엷은 탄성과 함께 몸을 움츠렸다.

"아픈가."

"······조금."

세이린은 웅얼웅얼 대답하며 마왕의 가슴팍으로 축 늘어졌다. 방금까지만 해도 피부에 서늘한 기운이 있었건만. 왜인지 지금은 품으로 파고들어도 시원하기는커녕 더워지는 것 같았다. 열이 오르니 안 그래도 어지럽던 머리가 핑 돌았다. 취기가 머리부터 발끝까지 퍼진 게 분명했다.

그녀가 무거워지는 눈꺼풀을 스르륵 내리 닫을 때였다.

"전하. 아가씨의 친구를 데려왔습니다."

조금만 더 천천히 돌아왔어도 좋으련만. 총알처럼 돌아온 코로나를 작게 원망하며 클라우드는 고개를 돌려 훼방꾼을 훑어봤다. 은발에 가까운 연보라색 머리카락과 제비꽃색 눈동자가 세이린과 무척 닮아 있으면서도 그녀보다 조금 더 성숙해 보이는 남자였다.

"알데바란. 전하께 예를 갖추십시오."

코로나가 근엄하게 말했다.

"딜런 알데바란이 전하를······ 헉."

클라우드는 자신과 왕실 작가를 보곤 입을 쩍 벌리는 남자의 정체를 기억해 냈다. 딜런 알데바란. 〈임성운의 5,500가지 그림자〉를 펴낸 출판사 '데몬'의 사장 겸 편집장. 워렛을 중심으로 고도의 성장을 이룬 알데바란가(家)의 막내. 듣자 하니 세이린 폴룩스의 거의 유일한 마계 친구라는 것 같았다.

'……친구?'

클라우드의 눈매가 가늘어졌다. 표정이 좋지 않기는 딜런도 마찬가지였다. 술만 들어갔다 하면 사고를 치는 음란 마귀의 입을 진작 꿰매 버렸어야 했다.

'그러게 술 좀 작작 마시랬더니……! 일어나기만 해 봐라!'

딜런이 제 말이라곤 절대 얌전히 듣지 않는 세이린을 망연자실한 얼굴로 바라볼 즈음, 클라우드가 품에 축 늘어진 세이린을 쓰다듬으며 물었다.

"알데바란. 이게 어떻게 된 일이지?"

그건 제가 묻고 싶습니다. 딜런은 턱끝까지 차오른 말을 차마 내뱉지 못했다.

"술만 입에 댔다 하면 이렇게 되는데, 제 생각엔 무언가 이유가 있는 것 같습니다."

"상태를 보니 단순히 술 때문은 아닌 것 같군. 저주거나, 다른 이유야."

"아마 자고 일어나면 기억 못 할 겁니다."

"아무것도?"

"예, 전하. 괜찮으시다면 수면 마법을 걸어 주시겠습니까?"

클라우드는 제 몸을 더듬으며 새근거리는 왕실 작가를 더 깊게 재우며 픽 웃었다.

"이번엔 기억할 수밖에 없을 텐데."

Chapter
2

속성 판정

나른한 햇살이 눈두덩이에 닿자 눈이 번쩍 떠졌다. 느른히 기지개를 켜니 상쾌함이 온몸을 지배했다. 세이린은 세상에서 가장 해맑은 미소를 지으며 침대에서 일어났다.

툭. 발끝에 무언가가 치였다. 아래로 시선을 내린 세이린은 경악했다.

"딜런? 몰골이 왜 이래? 습격이라도 당했어?"

평소처럼 올나잇 파티를 다녀왔다고 생각하기엔 너무나도 수척한 얼굴이었다. 마치 밤새 골똘히 고민하다 잠든 것처럼. 출판사 일로 무슨 문제가 생겼나. 아니면 누나들이랑 가족 여행 계획이라도 잡혔나? 허가받지 않은 자들은 들어올 수 없다던 마왕성에 딜런이 어떻게 들어왔는지부터가 의문이었다.

"딜런, 괜찮아?"

딜런은 아무리 어깨를 잡고 흔들어도 죽은 것처럼 미동도 없다가, 세이린이 떠다 준 물을 마시고서야 좀비처럼 신음하며 깨어났다. 그는 일어나자마자 세이린을 제 앞에 앉히곤 훈계를 시작했다.

"자기, 거기 앉아 봐. 내가 어디 가서 술 마시지 말라고 했어, 안 했어?"

"했지. 근데 그건 왜?"

항상 보살 같던 친구가 아찔한 기억이라도 떠올린 듯 얼굴을 파랗게 물들였다가, 마른세수를 한다. 세이린은 조금씩 불길한 예감에 휩싸였다.

"무슨 일 있었어……?"

"이런 상황이 스무 번쯤 있었거든? 자기가 술에 혀만 담갔는데도 그날 일을 전혀 기억 못 하는 거."

어쩐지 너무 상쾌하더라. 불길함에 사로잡힌 세이린은 간절한 목소리로 무슨 일이 있었냐는 질문을 건넸다. 딜런의 표정이 심각해 듣기도 전에 등골이 서늘해졌다.

"어제 밤샘 회의하고 돌아왔는데, 마계에 여섯 명밖에 없는 기사단장님 중 한 분이 친히 찾아오셨더라. 자기는 기억 안 나겠지만 완전히 취해 있었고, 나는 당황했고."

"끝? 별일 없었던 거 아냐?"

"아니, 여기서부터가 하이라이트. 마왕님은 나보다 더 당황했고."

"잠깐. 마왕님 얘기가 왜 나와? 불안하게."

"마왕님 셔츠가 다 풀려 있었어. 자기는 그 위로 고양이처럼 기어올라 안겨 있었고."

세상에나. 세이린은 한참이나 입을 벌린 채 현실을 부정했다.

"술 함부로 마시지 말라는 교훈 주려고 급조한 농담이지……?"

"나도 농담이었으면 좋겠다. 자기를 별궁에 옮긴 다음 코로나 경이 다 말해 줬어. 고소장부터 진도표까지."

세이린은 그럴 리 없다며 고개를 저었다. 어떻게 이 모든 상황이 하나도 기억나지 않을 수 있단 말인가!

"그리고…… 자기가 부탁해서 아카데미 추천 서명을 해 줬다고 하던데. 내가 어제 뒤졌을 땐 그런 건 없었어."

"농담이시겠지. 마왕님이 취중에 한 부탁 들어주실 분도 아니고."

"농담이라면 다행이고. 이번에도 하나도 생각 안 나?"

세이린은 고개를 끄덕였다. 아무리 자신이 쉽게 취한다지만 여태까지는 큰

일을 친 적이 없으니 괜찮았다.

이번, 아니, 어제가 문제지.

"딜런. 나 뛰어내릴까?"

"에이. 겨우 키스 한 번…… 아니지, 한 번이 아닐지도 몰라. 사실 키스만 했는지 아닌지도 모르겠네. 난 코로나 경 따라 늦게 들어간 거라."

"나랑 마왕님이랑 얼마나 같이 있었는데?"

"한 시간 정도 같이 있었다던데."

"……."

이게 말이나 되는 일인가.

세이린은 창밖의 호수로 시선을 옮겼다. 죽자. 스스로의 의지로. 지금쯤 날이 풀려 초승 호수 물도 따뜻할 거다. 하지만 자신이 죽는 순간 마왕의 젬의 맹세 때문에 독자님들이 전부 콩밥 먹는다는 생각을 하니 걸음이 떨어지지 않았다.

"마왕님이 이 김에 날 이판사판 수용소에 넣어 버리면 어떡하지?"

"아니야. 어제 내가 본 전하의 눈빛은……."

딜런은 쉬이 말을 잇지 못했다. 어제 본 클라우드 마왕의 눈빛에 서린 감정은 짜증이나 분노가 아니었다. 신비한 것. 가지고 싶은 것. 아끼는 것. 무언가 귀한 것을 조심히 다룰 때나 드러나는 눈빛.

"왜 말을 하다 말아? 눈빛이 뭐?"

"자기가 입금 확인했을 때나, 곤잘레스 나쵸 셰프 레스토랑에 갔을 때랑 비슷했어."

"그게 뭐야……!"

수용소에 처넣기는커녕 오히려 숙취를 돌볼 하녀를 보내 줄 기세였지. 뒷말을 삼킨 딜런은 복잡한 얼굴로 주머니에서 무언가를 꺼냈다. 아무것도 기억하지 못할 세이린을 위해 마왕성에서 일하는 친구를 통해 구한 특효약이었다.

마명 808. 일명 마계에서 가장 비싼 마법의 음료. 끊긴 필름을 조각조각 맞춰 취중의 흑역사를 떠올리게 하는 기능이 있는 숙취 해소제였다.

뚜껑을 열자 거부감이 팍팍 드는 씁쓸한 냄새가 코를 찔렀다.

"어제 무슨 일 있었는지 궁금하지? 얼른 마셔."

딜런이 마명 808을 슬그머니 내밀었다. 세이린도 자신에게 선택지가 없음을 알고 있었다. 마왕에게 망언이라도 했다면 서둘러 혀 깨물고 죽는 게 편하리라.

눈 딱 감고 마명 808을 원샷하자 계속 울렁거리던 속이 놀랍도록 편해졌다. 동시에 어제 마왕과 보냈다던 문제의 한 시간이 조금씩 기억나기 시작했다.

'사건의 발단은 진도표 클리어였군.'

아직까진 그리 큰 문제가 없는 듯했다. 하지만 클라우드가 넥타이를 풀고 셔츠를 열어젖히는 장면이 떠오르는 순간부터 그녀의 얼굴이 펑 달아올랐다.

'아니야. 어쩔 수 없었어. 책 내용을 현실로 만들어야 내 소설을 읽어 준 마물들이 콩밥 안 먹는다잖아. 원작 재현이었다고!'

딜런이 세이린에게 무슨 일이냐고 물을 즈음, 누군가가 문을 두드렸다. 선명한 노크 소리를 들은 둘은 눈을 마주했다. 이곳에 멋대로 나타날 작자들은 있어도 정중히 노크를 하고 올 마물은 없을 텐데.

세이린이 바짝 긴장한 채로 말했다.

"들, 들어오세요!"

부드럽게 문이 열리자마자 의외의 인물이 보였다. 딜런과 세이린은 자동으로 벌떡 일어났다. 클라우드 슈테른의 영향권 아래에 있는 밤 대륙, 아니, 마계의 마물이라면 모를 수가 없는 얼굴이었다.

옅은 하늘색 머리카락. 깊은 바다를 녹여 빚은 듯 푸른 눈동자. 마계를 수호하는 기사단, 그중 가장 높은 직책인 기사단장의 제복.

"처음 뵙겠습니다, 아가씨."

가장 눈에 띄는 것은 역시 허리춤에 찬 두 자루의 검이었다. 푸른 마력이 폭풍처럼 휘모는 달빛 수정이 칼자루에 큼지막하게 박혀 있어 단번에 시선을 끌었다.

"왕, 왕실 작가 세이린 폴룩스가 밤의 푸른 기사단장, 아벨 시엘리아 경을 뵙니다."

아벨 시엘리아. 폭정 시대의 영주들을 죽이는 것으로 전쟁을 종결시킨 마왕이 살려 둔 물 속성의 영주 출신 기사단장. 거짓과 눈속임이 난무하는 마왕성이었지만 그는 정말로 맑고 깨끗했다. 일순간 오로라 같은 깨끗한 빛이 밀려오는 듯했다.

"컨디션은 어떠신가요, 아가씨?"

세이린은 목소리마저 깨끗한 그에게 차마 어젯밤의 일이 스멀스멀 떠오르기 시작해서 수치사할 것 같다고는 답할 수 없었다. 어색한 웃음이 잠시 흘렀다.

"전하께서는 아가씨가 극단적인 선택을 할지도 모른다고 겁을 주시던데."

싱긋 짓는 아벨의 웃음은 참으로 아름다웠지만 지금은 상황이 상황인지라 마냥 좋아할 수 없었다.

'어떡해. 마왕님은 다 기억하시나 봐⋯⋯!'

그렇지 않고서야 자신에게 기사단장을 보낼 이유가 없었다. 가련한 음란 마귀가 초승 호수에 뛰어내리면 젬에 한 맹세에 따라 곧바로 판결이 내려지고, 그러면 마물 절반이 전과자가 되니까. 참으로 고마운 배려였다. 보내도 하필 순수하기 그지없어 보이는 기사단장님을 보내셔서는. 세이린은 정신이 아득해지는 것을 느끼며 한숨을 쉬었다.

음울한 표정을 본 아벨이 말했다.

"극단적인 선택은 안 됩니다, 아가씨. 모처럼 아카데미 추천 서명도 받으셨다고 들었는데."

"제가요?"

"전하께서 말씀하셨습니다. 오늘이 등록 마감일이니 등록 마법을 사용해 드리겠습니다. 서명을 보여 주십시오."

딜런과 세이린은 일순간 어리둥절해졌다. 도대체 그놈의 입학 추천 서명은 어디에 있단 말인가.

"마왕님이 서명을 해 주셨다고 농담하신 건 아닐까요?"

"아닐 겁니다. 추천인 명단에 아가씨의 이름이 올라가 있습니다."

"아무래도 서명이 담긴 쪽지를 잃어버린 것 같습니다."

딜런이 진심을 담아 말했다. 밤새 침대 밑과 별궁 마당까지 샅샅이 뒤졌으나 아무것도 발견하지 못했기 때문이었다. 아벨은 별문제 아니라는 듯 웃으며 말했다.

"아가씨. 원하신다면 추적 마법을 사용해 드리겠습니다."

"그래 주시겠어요?"

아벨은 푸른 마력으로 작은 얼음 조각을 만든 다음 짧은 주문을 외웠다. 그러자 얼음 조각의 끝이 세이린을 가리켰다. 정확히는 세이린의 몸을.

기사단장인 그가 비교적 간단하다는 추적 마법에 실패했을 리는 없다. 하지만 얼음 조각은 분명히 자신을 가리키고 있었다. 세이린이 의아한 눈을 할 때였다.

'잠깐. 어제…….'

때맞춰 마명 808의 효과가 세이린의 기억을 모두 되살려 냈다. 허리에 닿던 펜촉의 감각까지도. 세이린은 양해를 구하고는 황급히 욕실로 들어가 상의를 벗었다. 뻣뻣한 목을 최대한 뒤로 돌려 뒷모습을 거울에 비춰 본 순간 머릿속이 아찔해졌다.

클라우드 슈테른

'아니, 마왕님. 어쩌자고 입학 추천 서명을 허리에 하셨어요……?'

그래. 어제 입었던 검은색 드레스가 등이 트인 디자인이었던 건 기억한다. 근데 어떤 마물이 아카데미 입학 추천 서명을 몸에 해 주냐. 손바닥이나 손등도 아니고, 보여 줄 수도 없는 등이랑 허리 사이에.

세이린은 상의를 다시 입고 침착한 척 욕실 밖으로 나왔다. 고개를 느리게 끄덕이자 무슨 뜻인지 알아채고 경악하는 딜런의 얼굴이 볼만했다.

"저, 아벨 경. 서명은 더 찾아봐야 할 것 같습니다."

세이린이 애써 웃으며 말했다. 한 글자, 한 글자를 발음할 때마다 민망함이 차올랐다. 아벨은 돕지 못한 것에 대해 미안함을 드러내며 눈인사를 하곤 물러났다.

"입학 등록은 늦지 않게 하겠습니다. 도와주셔서 감사합니다."

그러나 세이린은 절대 아벨 시엘리아에게 허리의 서명을 보일 수 없다고 생각했다. 기개 높은 기사단장님이 질색하며 뒷걸음질이라도 쳤다간 진정 수치스러워 죽으리라.

아벨이 별궁에서 빠져나가자마자 딜런과 세이린은 일사불란하게 움직였다. 먼저 딜런이 분노의 펌프질로 욕조에 넘칠 만큼 물을 부은 다음 따뜻하게 데웠다. 세이린은 머리를 쥐뜯으며 한 시간 동안이나 목욕물 안에서 첨벙거렸다.

"자기, 지워져?"

딜런이 욕실 밖에서 간절한 목소리로 물었다. 그러나 세이린은 도저히 희망적인 얘기를 해 줄 수가 없었다.

"물 닿으면 더 진해지는 잉크도 있나?"

"뭐라고?"

허리의 서명은 지워지기는커녕 어째 점점 진해지는 듯했다. 욕조에 복숭아향이 나는 특급 입욕제를 들이부어도, 목욕솔로 서명을 박박 문질러도 변화는 없었다. 문제는 그뿐만이 아니었다. 시간이 지날수록 마왕과 보냈던 시간이 차츰 자세히 떠올랐다.

'이런 미친. 뽀뽀만 좀 한 줄 알았는데 생각보다 더 수위가 높았잖아……!'

이놈의 손은 왜 자꾸 마왕님 어깨에 달라붙었는가. 복근은 왜 또 더듬었어.

그것 말고도 가장 큰 문제가 하나 더 있었다. 마왕은 사랑은 물론 스킨십에도 무지하다고 하지 않았던가.

'설마, 나랑 한 게 첫 키스야……?'

오 마이 갓. 술김이면 마물답게 금품이나 털었어야지, 왜 첫 키스를 훔쳐? 물론 첫 입맞춤인 건 이쪽도 마찬가지였지만, 먼저 취한 것도 자신인지라 할 말이 없었다.

'키스를 내가 먼저 했던가?'

입술이 부드럽게 맞물렸다는 사실만이 선명히 기억났다. 동시에 허리의 서명이 마왕의 벌일지도 모른다는 생각이 들었다.

'직접 용서를 빌어야 지워 주신다는 건가……?'

보그르르르. 세이린은 목욕물 아래로 푹 잠수했다가 호수 괴물처럼 벌떡 일어났다. 이럴 때가 아니었다. 얼른 마왕님의 화를 풀어야 한다. 결심한 그녀가 머리를 말리며 욕실에서 나왔을 때, 딜런은 침대 옆 협탁에서 발견한 무언가를 읽고 있었다.

"이게 그거야? 그…… 진도……."

세이린은 자포자기한 심정으로 밝은 목소리를 냈다.

"따란. 〈임성운의 5,500가지 그림자〉 1년 컷 진도표. 원래 30일 컷이었는데 수정해 달라고 했어."

"다행이긴 한데 키스가 몇 번이야."

딜런이 믿을 수 없다는 듯 말하자 세이린은 쓴웃음을 지으며 어깨를 으쓱했다. 일일이 세다간 흰머리만 생길 것 같아 포기한 지 오래였다.

"껴안기에, 고백에…… 이러다 없던 마음도 생기겠는데."

"무슨 뜻이야, 딜런?"

"자기. 우리 집안 가훈이 뭔지 알아?"

"물질이 있는 곳에 마음이 있다, 아냐?"

"그게 과연 돈 얘기일까?"

"뇌물 얘기지."

"큼큼…… 맞긴 한데. 내가 하려는 말은 그게 아닌 거 알잖아."

세이린은 이미 영혼이 없는 웃음을 지었다. 딜런이 무슨 말을 하고 싶은지는 금방 눈치챘다. 살갗이 맞닿고 숨을 섞다 보면 마음도 뒤섞일지 모른다는 일종의 경고겠지.

"마음은 무슨. 언제 이판사판 수용소에 수감될지 모른다니까."

"글쎄, 내가 어제 본 전하는 자기를……."

"편집장님, 왜 말을 하다 말아?"

"나도 전하의 의중을 모르겠다."

하긴. 입학 추천 서명을 허리에 해 주는 마왕의 심리를 누가 알겠어. 어깨를 으쓱한 세이린은 옷장 앞에서 잠시 망설였다. 옷을 잘못 골라 입었다가 누군가가 허리의 서명을 보기라도 한다면 망신도 그런 망신이 없을 듯했다. 원피스를 집어 든 다음에도 허리가 팬 디자인은 아닌지 몇 번을 확인하고서야 옷걸이에서 빼낸 그녀였다.

"딜런. 내가 내일까지 아무런 소식이 없거든 트와일 힐즈에 있는 내 집이랑 내 소유의 부동산들은 다 네가 가져."

"끔찍한 소리 하지 마, 자기."

"다녀올게."

준비를 마친 세이린은 재빨리 별궁을 나섰다. 딜런은 손을 흔들어 주면서도 괴물에게 바쳐질 제물을 바라보는 것처럼 세이린을 안타까이 바라보았다.

□ ■ □

침착하자, 침착해. 원래 호랑이 굴에 들어가도 솟아날 구멍은 있는 거다.

'……솟아날 구멍이 아니라 정신만 차리면 사는 거였지, 참.'

세이린은 후, 하고 숨을 내쉬며 마왕성의 본궁에 들어갔다. 일 중독자라던 마왕님은 집무실에 계실 것이다. 다행인지 불행인지 왕실 작가의 집무실행을 막아서는 마물은 아무도 없었다. 보고를 마치고 집무실에서 막 나온 코로나를 제외하고는.

"아, 아가씨……."

"코로나 경……."

시커먼 투구 사이로 눈이 보이진 않지만 분명 저를 보고 동공이 흔들린 듯했다. 그림자 기사단장님. 당신은 너무 많은 걸 봐 버렸소. 세이린은 애써 입꼬리를 올렸다.

"저…… 클라우드 전하 안에 계시나요?"

"방금까지 기사단장들의 보고를 받으셨으니, 안에 계실 겁니다."

코로나가 슬슬 시선을 피하며 집무실의 문을 열어 주었다. 역광을 받으며 앉아 보고서를 검토 중인 클라우드는 세이린을 보고도 별다른 격한 반응을 보이지 않았다.

"무슨 일이지?"

세이린이 눈을 반짝였다. 혹시, 어제 일에 개의치 않는 건가. 마왕답게 나쁜 일의 허용 범위가 남다르다던가.

"앞으로 술은 입에도 대지 않는 게 좋을 것 같더군."

······그럴 리가 없지.

"죄송합니다."

세이린이 잽싸게 고개를 숙였다. 사과라는 의외의 반응에 클라우드는 턱을 괴며 찬찬히 입을 뗐다.

"네겐 어젯밤이 사과해야 할 일인가?"

"······네?"

세이린이 슬며시 고개를 들어 그의 눈치를 봤다. 물론 마물 사회는 그녀가 상상하는 것 이상으로 개방적이었다. 장난으로 하는 키스 정도야 소소한 악행 축에도 끼지 못할 정도였으니.

"사과 안 해도 돼."

오. 의외로 쿨한 면이 있으시네.

"나도 격하게 미안할 일 하나 만들도록 하지."

쿨하다는 거 취소. 아직도 함무라비 법전식 사고방식을 하는 분이 계시다니. 일단 처벌받지 않는다는 게 중요하다고 생각한 그녀가 입술을 맞물 즈음이었다.

"아카데미 등록은 했나?"

클라우드가 무미건조한 목소리로 물었다. 세이린은 기다렸다는 듯 입을 뗐다.

"혹시 서명을 다시 해 주실 생각은 없으신가요? 아니면 추천을 취소해 주시거나."

"이번엔 어디에."

"A4용지나, A5용지나, 포스트잇에요. 도대체 입학 추천 서명을 허리에 해 주신 이유가 뭐예요?"

"이유?"

그 이유를 찾지 못해서 한숨도 자지 못했고, 생애 처음으로 기사단장 보고를 미뤘다. 그런 클라우드가 세이린의 질문에 대답할 수 있을 리 없었다.

"네게 선택권을 주지."

또 이 선택권 얘기라니. 이미 학습한 바가 있는 세이린은 새침히 대답했다.

"불 꺼 주세요."

"……그 선택권 말고."

"큼큼…… 저번이랑 같은 선택권인 줄 알았네."

"아카데미에 다니겠다는 말에 책임을 지고 그 대가를 치르든가, 매일 밤 나한테 와."

세이린이 의문에 가득 찬 얼굴을 했다.

"……당연히 전자. 후자는 무슨 맥락이에요?"

아카데미 다니라고 대놓고 말하긴 미안했나? 아니면 딜런 말대로 입술이 닿으니 심경 변화라도 생기신 건가. 설마, 어제 키스한 게 좋았나? 세이린이 잠깐 사이에 5,500가지 망상을 시작했다.

"매일 밤 오라는 데 이유가 하나밖에 더 있나? 얼른 외전 쓰고 나가라고."

클라우드가 찬물을 끼얹어서 금방 끝나 버렸지만.

"……그럼 아카데미 선택지는요?"

"네가 강의 들으러 가면 마왕성 시끄러울 일이 없으니까."

그럼 그렇지. 은근히 실망하는 기색을 표하는 그녀에게 클라우드가 물었다.

"아카데미 등록은 했나?"

"서명을 허리에 해 주셔서…… 남한테 보여 줄 수는 없잖아요?"

"귀찮게 하는군. 위, 아니면 아래. 빨리 대답해."

아무래도 인생은 선택의 연속이라는 말이 사실인 듯했다. 세이린은 아리송한 그의 말을 곱씹었다. 위, 아래. 이건 또 무슨 선택지란 말인가.

"아래요."

선택지 구성에 특별한 의미가 있는 것 같지는 않기에 세이린은 아무 대답이나 했다. 대답을 들은 마왕은 한쪽 팔로 그녀를 높이 안아 들었다.

"그런데요, 전하. 등록 마법은 어떻게 써요?"

"마력으로 한 서명을 손으로 잠시 덮었다 떼지. 그럼 자동으로 아카데미 측에 연락이 가."

손? 잠깐만. 그럼 위냐, 아래냐 물어본 건 뭐지? 세이린은 묻기도 전에 그 말이 무슨 뜻인지 깨달았다. 무릎에 닿은 마왕의 손이 점점 위로 올라오는 게 느껴졌다. 서명은 허리에 있고, 입은 것은 하필이면 플레어 원피스다. 이대로라면……

"전하, 위, 위요! 위! 임성운, 위! 잠깐만요, 진짜!"

"또 왜."

어떻게 이 중요한 문제에 아무런 일도 아니라는 듯한 얼굴을 보일 수 있나. 세이린이 발끈했다.

"아래가 이 아래인 줄 알았으면 당연히 안 골랐죠……!"

아무리 생각해도 치마 밑단부터 서명이 있는 허리까지는 너무 멀었다.

원피스에서 손을 뗀 클라우드 전하는 귀찮아 돌아가시겠다는 얼굴을 하고 세이린을 바라봤다. 그 얼굴조차 숨이 멎을 정도로 수려한 것이 역설로 느껴졌다.

위에서 보니까 더 짜릿하게 잘생겼다. 하긴, 셀카도 괜히 카메라 들고 찍는 게 아니리라. 잠시 상황을 잊은 음란 마귀가 황홀한 얼굴로 마왕을 바라봤다.

"……뭘 기대하는진 모르겠지만 난 네가 원하는 거 해 줄 생각 없어."

그가 까칠하게 말했다. 곧 세이린은 눈을 질끈 감았다. 반사적으로 하려던 말대답도 쏙 들어갔다. 마왕의 조심스런 손끝이 원피스의 어깨끈을 만지작거리다가 끌어 내린 탓이었다.

"생, 생각 없으시다면서요!"

"……이런 걸 원했나? 괜히 음란 마귀 자격으로 마계 영주권이 나온 게 아니군."

디테일은 좀 잊으셨으면 좋겠는데.

"사인을 허리에 했으면 등 단추를 풀어야지, 왜 어깨끈을 내려요?"

"내가 네 옷 구조까지 외우고 사는 줄 아나? 그런 건 좀 진작 말해."

또, 짜증 내지. 또! 세이린이 입술을 비죽였다. 그 와중에 팔 힘이 좋아 안아 올린 자세가 안정적이었다. 덕분에 잠깐 엿봤던 전쟁 영웅 마왕의 단단한 팔뚝이 팝업 메시지처럼 계속해서 생각났다.

"허리."

"허리 생각은 안 했거든요······!"

"무슨 소리야. 숙이라고. 단추 풀라며."

"큼큼······."

민망함에 혀를 씹으며 허리를 조금 숙이자 균형 잡기가 어려워졌다. 세이린은 어쩔 수 없이 마왕의 목을 끌어안았다.

"잡으라고 한 적 없는데."

"그럼 넘어져요?"

"네가 넘어지든 말든은 내 관심 밖이라."

클라우드는 그녀의 등 언저리에 손을 가져갔다. 보이지 않으니 손끝의 감각으로 단추를 찾아야만 했다. 세이린 또한 그러한 상황을 알고 있었다. 그런데도 손길이 느껴지니 어쩔 수 없이 심장이 뛰었다.

"······빨리해 주세요."

"하고 있어."

빨리하라는 말을 괜히 했다. 세이린은 아랫입술을 깨물었다. 그가 기껏 손으로 더듬어 찾은 단추를 풀어 볼 생각도 안 하고 잡아 뜯는 게 여실히 느껴졌다.

"살살 좀 해요."

"······내려갈 생각은 없나?"

확실히 어디 앉아서 서명을 찾는 게 훨씬 빠르고 안전할 듯했다. 하지만 그러면 후끈 달아오른 자신의 얼굴이 다 드러나리라. 세이린은 필사적으로 고개를 저었다.

허리 부분의 작은 단추들을 겨우 푼 마왕은 예고도 없이 등에 손가락을 가져다 댔다. 간지럼을 잘 타는 세이린의 몸에 반사적으로 힘이 들어갔다. 그는 개의치 않고 무심한 목소리로 물었다.

"······허리 어디쯤 있나."

"중간?"

"그렇게 말하면 내가 어떻게 알아."

"으음…… 그쯤?"

"여기?"

세이린이 눈을 질끈 감았다. 살살 하라는 말을 들은 그가 손을 조심조심 움직이기 시작했는데, 이러니 더 간지러워 미칠 것 같았다.

"거기…… 앗, 좀 더 안쪽."

마침내 서명의 위치를 찾은 클라우드는 손으로 그것을 덮고 마력을 불어넣었다. 세이린이 작은 신음을 흘렸다.

"아픈가?"

"조금. 이 정도는 참을 수 있어요."

정전기가 튀는 것처럼 따끔하기를 잠시. 클라우드가 허리에서 손을 뗐다. 드디어 다사다난한 아카데미 등록이 끝났다는 신호였다.

"이제 내려놔도 되나?"

"네…… 악!"

이렇게 짐짝처럼 내려놓다니! 세이린은 울컥하며 옷매무시를 가다듬었다. 등의 단추를 다 푼 바람에 옷은 입은 건지 벗은 건지 모를 정도로 반쯤 걸쳐져 있었다. 그녀가 겨우 옷깃을 여몄을 때였다.

클라우드가 유심히 바라보고 있던 집무실 문을 확 열어젖혔다. 예상대로 무언가가 훅 딸려 왔다.

"……빌리아. 언제부터 거기에 있었지?"

왕비의 이름이 나오자 세이린도 기겁하며 문 쪽을 바라봤다. 왜 하필 이런 타이밍에 찾아오셨을까. 그보다, 비전하의 뺨은 왜 발그레 물들어 있는가.

빌리아는 자리에서 일어나며 청순하게 웃었다.

"어머, 죄송해요, 전하. 누군가와 같이 계실 줄은."

"……뭔가 오해하고 있는 것 같은데."

빌리아에게 관심을 기울이지 않는 클라우드와 달리 세이린은 알 수 있었다. 저건 분명 오해가 아니라 '오예!' 하는 얼굴이라는 것을.

옷을 급히 여미고 있는 세이린과 어딘가 불만족스러운 얼굴을 하고 있는 클라우드를 번갈아 본 빌리아가 환히 웃었다. 더 이상의 오해를 막기 위해 세이린은 자리에서 일어나며 외쳤다.

"이만 가 보겠습니다!"

작가님도 참. 부끄럼 타시긴. 빌리아가 호호 웃으며 클라우드를 바라봤다.

"전하. 왕실 작가님을 위해 별궁으로 향하는 이동 마법진을 열어 주시겠어요?"

"……."

빌리아의 제안을 수락하는 게 영 내키지 않았지만 클라우드는 마법진을 열었다. 세이린은 주인 닮아 새카만 이동 마법진에 폴짝 뛰어들었다. 별궁으로 향하는 이동 마법진은 그렇게 닫혔다.

밤 대륙의 왕과 왕비, 둘만이 남게 된 집무실에 적막이 감돌았다.

"이것 때문에 왔어. 보고서."

아직 열려 있는 문을 닫은 빌리아 왕비는 오늘 자 마계 사건 사고 보고서를 내밀며 은은히 웃었다. 집무실에 들어서면 매번 자신이 왕비로 끌려왔는지, 무급 노동자로 끌려왔는지 아리송해졌지만 이번만큼은 아니었다.

'벌써 단둘이 시간을 보내신다, 이거지? 장하다, 장해.'

즉위 이후로 일정을 한 번도 미룬 적 없던 클라우드가 어제 처음으로 기사단장 보고를 미뤘다. 어쩐지 고소장 때부터 좋은 조짐이다 싶었건만. 빌리아가 흡족하게 웃자 클라우드는 도끼눈을 했다.

"뭐가 좋다고 웃지?"

"클라우드. 작가님이 좋아?"

"은근슬쩍 말 돌리지 마."

"이젠 좋아하는 정도가 아니라 사랑인가?"

"……난 사랑 같은 거 안 해."

얼씨구. 빌리아는 애처럼 구는 마왕을 놀리고 싶었다.

"뭐 하나 알려 줄까, 클라우드? 마물이 사랑에 빠지면 상대에게서 과일 향을 맡는다더라."

"쓸데없는 소리 할 거면 나가."

짜증스레 대꾸한 그에게 문득 생각나는 것이 있었으니. 세이린의 아카데미 입학 서명을 등록할 때 맡았던 달큰한 복숭아 향이었다. 그러고 보니 어젯밤 무심결에 키스했을 때도 복숭아 향이 났던 것 같았다.

"……빌리아. 그 말이 사실인가?"

"진짜겠어? 작가님한테 좋은 향 나는 거, 나도 맡았거든."

클라우드는 피식 웃는 빌리아에게 신경질적으로 펜 한 자루를 집어 던졌다.

"에테라로 돌아갈 큰 그림을 그리나 본데. 네가 젬에 한 맹세를 잊었나? 기초 교육 체제 개혁 전까지는 안 돼."

이번엔 클라우드가 피식 비웃었다. 그가 던진 펜을 가볍게 잡아챈 빌리아는 문득 자신이 했던 젬의 맹세를 떠올렸다.

7년 전. 전쟁의 마지막 날.

클라우드 슈테른은 폭정으로 마물들을 굶겨 죽이던 영주들을 쓸어 버렸다. 모든 백성들이 원하던 힘을 가진 그였으니 무리도 아니었다.

빌리아에게서 왕좌를 빼앗아 간 남동생 벨제바브 에테라 또한 클라우드의 숙청 대상이었다. 벨제바브는 낮 대륙 마물들의 등골을 알차게 빼먹고도 팔팔 끓여 사골까지 우려먹었으니 할 말은 없었다.

그러나, 새카만 마력의 창이 남동생의 젬을 부숴 버리려는 순간.

'잠, 잠깐만요…….'

빌리아는 클라우드를 막아섰다. 온몸을 바들바들 떨며 무릎 꿇었다. 왜인진 모르겠으나 동생을 살리기 위해서라면 무엇이든 해야 할 것 같았다.

'이 애를 살려 주신다면 원하시는 건 뭐든…….'

그때 자신을 내려다보던 클라우드의 감정은 연민이었을까, 분노였을까. 한참을 침묵하던 그가 선언하듯 자신에게 말했다.

'내가 원하는 건 단 하나. 마계의 유일한 황제가 되는 것.'

이미 여섯 영주의 젬이 가루가 되어 핏물에 쓸려 나간 후였다. 빌리아에게는 선택권이 없었다.

'……당신이 마계 최초의 황제가 되도록, 최선을 다해 돕겠다고 젬에 맹세하겠습니다.'

어둠 속성의 쩸에 밀려 달달 떨리는 빌리아의 바람의 쩸이 맹세를 받아들였다.

'그때 내가 왜 그랬지?'

아직도 빌리아에게는 풀리지 않는 의문이었다. 어쨌든 동생 벨제바브는 클라우드를 돕겠다는 빌리아의 맹세 덕에 죽지 않고 봉인되는 것에 그쳤다. 그 대가로 빌리아는 일만 하는 마왕 아래에서 제국 선포의 기틀을 마련하느라 매일 과로에 시달려야만 했다.

급하게 맹세한 탓이 컸다. 언제까지 돕겠다, 하고 기간을 정해 맹세했어야 했건만. 그냥 '돕겠다'고 맹세한 지금은 클라우드가 풀어 줄 때까지 노예나 다름없는 신세였다. 밤 대륙에 와서 정치 교습 다음으로 한 일이 노예제 폐지의 법제화라는 게 역설적으로만 느껴졌다.

"지금 네가 에테라로 돌아가면 왕위 계승 서열 1위겠군."

클라우드가 말했다. 빌리아는 느리게 눈을 감았다 떴다.

클라우드가 계약에 따라 벨제바브를 살려 준 덕에 에테라의 왕실은 형식적이긴 해도 남아 있었다. 때문에 클라우드가 황제가 되는 것을 반대하는 마물들이 암암리에 에테라 성을 찾곤 한다는 것을 마왕성 측도 인지하고 있었다. 모든 것은 벨제바브를 죽인다면 깔끔하게 해결될 일이었으나 마왕은 빌리아와의 약속 때문에 벨제바브를 죽이지 못했고, 에테라의 왕조와 방계의 귀족들은 거슬리지만 너무 작아 뽑지 못하는 가시처럼 잔존했다.

물론 클라우드 슈테른이 마왕으로서 마계에 지대한 영향력을 행사하고 있는 지금, 에테라의 왕위 계승 서열을 논하는 것은 아무런 의미가 없었다. 곧 클라우드가 마계 전체의 황제가 될 것이 분명했으니. 그럼에도 빌리아는 에테라의 왕좌에 잠시나마 앉아 보고 싶었다. 봉인되어 행동 불능 상태인 벨제바브에게서 원래 제 것이어야 했던 왕관을 돌려받기를 바랐다.

"그래. 그러니까 돌아갈 거야."

빌리아의 대답을 들은 클라우드는 피식 웃었다.

"에테라에 남아 있는 것이라곤 폐허가 된 성뿐일 텐데."

"백성들도 있지. 아직도 에테라에 맹목적으로 충성을 맹세하는 백성들."

"그들과 힘을 합쳐 내게 폭동이라도 일으킬 생각인가?"

"천만에. 벨제바브보다는 너를 따르는 게 낫다고 알려 주려는 것뿐이야. 그들은 에테라의 이름으로 설명해야만 알아들을 테니까."

"……."

"아무튼, 밤샘은 제가 할 테니 미래의 황제께선 사랑이나 하세요. 군주가 배우자도 후계자도 없이 혼자 있으면 백성들이 불안해하니까."

클라우드는 앉아 있는 자신과 달리 서 있는 탓에 자신보다 조금 높이 있는 빌리아의 얼굴을 올려다봤다. 정치 스승으로 삼은 것을 후회해 본 적이 없을 정도로 그녀는 늘 백성을 생각했다. 마계를 위하는 것. 그것이 자신과 그녀의 유일한 공통점이었다.

"빌리아. 보고서 다시 써 와. 어제 보고서처럼 논리적이지 않군. 마음에 안 들어."

물론 일중독이라는 공통점도 있었다.

□ ■ □

달빛 수정으로 만든 화려한 샹들리에와 벽장에 진열된 호화로운 와인들. 부드러운 바닥의 러그와 색색의 부채들이 놓인 왕비의 처소.

"모두 나가 보렴."

자신의 방에 돌아온 빌리아가 신경질적으로 소리쳤다. 방을 정리하던 모두가 고개를 숙이고 종종걸음으로 나가는 가운데, 오직 한 명의 하녀만이 제 자리를 지켰다. 왕비는 그녀의 존재를 당연하게 받아들이곤 중얼거렸다.

"또 까였어."

빌리아는 퇴짜 맞은 보고서를 하녀에게 내밀었다. 하녀는 신속히 보고서를 제 위치에 가져다 둔 후, 책장에서 〈임성운의 5,500가지 그림자〉 방수 버전 두 권을 꺼냈다.

"목욕물을 준비해 두었습니다, 비전하."

"그래. 고마워."

능숙한 손길이 빌리아의 탈의를 도왔다. 태어날 때부터 왕족이었던 빌리아에게는 익숙한 도움이었다.

"로자리. 과일 좀 가져다주겠니?"

빌리아의 말에 고개를 꾸벅 숙이며 민첩하게 움직이는 하녀의 이름은 로자리. 빌리아가 마왕성에 입성하는 순간부터 그녀를 모셔 온, 만능 특급 하녀였다.

욕조에 들어간 왕비의 머릿속은 복잡했다. 마왕이 더러운 성질을 드러내는 건 하루 이틀 일이 아니니 상관없었다. 그보다도 별궁에 들어가 불편한 생활을 하고 있을 유일 작가님이 걱정되었다. 혹시나 하는 마음에 유일 작가의 SNS를 체크했지만 마왕성 입성 이후 새로운 게시 글이 없었다.

'성이 마음에 안 들어서 뛰쳐나가시면 어떡하지? 마왕성에 진절머리가 나서 차기작이 안 나오면?'

그녀의 고민이 깊어질 무렵, 로자리가 에테라산 바람꽃을 목욕물에 띄웠다. 빌리아는 로자리를 바라보다 옅은 눈웃음을 지었다. 로자리라면 저가 원하는 바를 이루도록 확실히 도울 터. 왕비의 붉은 눈동자가 깊게 일렁였다.

"너와 떨어지는 건 내가 에테라에 돌아갈 때나 벌어질 일이라고 생각했는데."

왕비의 청천벽력 같은 이별 선언에 로자리의 호박색 눈동자가 동그래졌다.

"비전하께서 에테라로 가신다면 저도 따라가겠습니다."

전쟁 통에 마왕성의 하녀가 된 이후로 어딜 가든 천덕꾸러기 신세였던 자신을 기르다시피 곁에 둔 왕비였다. 기사단장을 시켜 몰래 속성 판정까지 받게 해 주시지 않았던가. 부자도, 아카데미 학생도 아닌 자신이 미약하나마 마법을 쓸 수 있게 된 건 분명 왕비님이 베푸신 자비 덕분이었다.

"충성을 다하겠습니다. 그러니 어딜 가시든 저도 데려가 주세요."

"그게 아니란다. 네가 나를 도와줬으면 해."

빌리아가 로자리를 쓰다듬었다. 누구의 신임도 거뜬히 받아 낼 수 있을 만큼 똑똑하고, 유능하고, 따스하기까지 한 하녀. 지금의 작가님께 꼭 필요한 존재가 아닌가.

"작가님을 곁에서 모시렴. 거절한다면 목을 치겠지만, 명을 따른다면 에테라로 떠날 때 너도 데려갈게. 어떻게 할래?"

"기꺼이 명을 받들겠습니다, 비전하."

"최선을 다해 모시렴. 불편한 것 하나 없어 사랑에 쉬이 빠지도록."

비로소 세이린 복지부가 신설되는 순간이었다.

ㅁ ■ ㅁ

가까스로 자취방에 돌아온 유일 작가는 기절하듯 잠에 빠졌다가 겨우 일어났다. 조금 더 자고 싶었지만 어디선가 대화 소리가 들려오는 탓에 그럴 수 없었다. 소음의 근원지를 확인하기 위해 창문을 연 그녀는 곧 놀란 얼굴을 했다.

"꼬맹이, 얼른 내려와!"

"레이 필드 경?"

낯선 이의 방문일 것이라는 예상과는 달리 둘이나 아는 얼굴이 있었다. 기사단장인 아벨 경과 레이 경. 두 남자가 이름 모를 아가씨 한 명과 함께 찾아온 것이다.

"딜런한테 들었던 것보단 별궁 상태가 좋은데? 걘 꼬맹이 네 일이면 항상 엄살이라니까."

세이린을 꼬맹이라고 부르는 이는 레이 필드. 딜런 알데바란과 음주 가무를 함께 하는 절친으로, 무려 밤 대륙의 땅 속성 마스터, 금빛 기사단장이었다.

항간에선 크림색 머리카락과 비취색 눈동자를 무기 삼아 여자들의 마음을 연쇄 절도하는 걸로 유명했다. 항상 챙 넓은 모자를 쓰고 허리띠에 권총과 채찍을 차고 다니는 걸로 미루어 보아 본인은 카우보이 컨셉을 미는 듯했다.

"코로나 경이 청소를 도와주시기 전엔 유령의 집 같았어요. 무슨 용도로 쓰이던 곳인지 궁금해질 정도였다니까요."

"……창고라고 해도 좋을 것 같습니다. 버리기 아까운 필요 없는 것들을 보관하는 곳이라고 불린 건물이니."

세이린의 툴툴거림에 답해 준 것은 푸른 기사단장, 아벨 시엘리아였다. 세이린은 그가 클라우드 즉위 전까지 시엘리아의 영주였던 사실을 기억해 냈다.

시엘리아. 밤 대륙 중추 지역의 지명임과 동시에, 그곳을 통치하던 가문의 이름. 7년 전 전쟁 때, 푸른 기사단장은 자신의 껨을 부수지 않은 것에 대한 감사로 이 성을 바쳤다고 했다.

'⋯⋯아무리 그래도, 시엘리아면 전쟁 전 밤 대륙에서 가장 강했던 가문인데.'

세이린은 별궁을 방치한 이유를 도무지 납득할 수 없었다. 그녀를 따라 별궁 건물을 바라보던 아벨이 문득 물었다.

"그건 그렇고. 아가씨, 아카데미 등록은 마치셨습니까?"

"네! 아까 전하께서 도와주셨어요."

"별일이네요. 전하께서 추천 서명에, 입학 절차까지 친히 도우시다니."

세이린은 애써 웃었다. 이야기를 들어 보니 가장 강한 추천권을 가지고 있는 마왕님은 여태까지 한 번도 추천 서명을 해 주신 적이 없다는 것 같았다. 맨 처음 추천 서명을 받은 건 영광인데, 기왕이면 허리 말고 종이에 해 주시지.

"전하께선 아가씨를 특별히 생각하고 계신 것 같습니다."

고소인, 그리고 피고소인. 떼려야 뗄 수 없는 사이긴 했다.

"보셨다면 아시겠지만, 곁에 누군가를 두시는 분이 아닙니다. 대부분의 일을 스스로 하시거나 그림자 기사단을 소환해 명을 내리시죠."

아벨이 엷게 미소 지으며 설명했다. 세이린은 작게 고개를 끄덕였다.

"제가 알고 있던 것과 실제 마왕성이 많이 달라서 놀랐어요."

"하하⋯⋯."

별궁에 찾아온 세 마물은 무언가를 숨기듯 세이린의 시선을 피했다. 마왕성 언론 조작의 끝을 알게 된다면 외부인인 유일 작가가 학을 떼리라.

세이린은 시선을 옮겨 두 기사단장과 함께 온 아가씨를 바라보았다. 기사단장과 함께 왔으니 귀족일 확률이 높았다. 왜, 영화에서 보면 왕비님의 환복이나 산책을 돕는 여인네들이 여럿 있지 않던가. 가끔 마왕성에서 신문사에 넘겨주는 보도용 사진에서도 귀족들이 곁을 지켰던 걸로 기억했다.

그러나 마왕성의 언론 조작 실태는 세이린의 상상을 초월했다.

"꼬맹이. 어디 가서 말 안 하겠다고 맹세하면 놀라운 비밀을 하나 가르쳐 주지. 마계에 귀족은 더 이상 없다고 생각하면 돼. 밤 대륙엔 아예 없고, 낮 대륙에도 몇 가문뿐이야."

"그, 그럼 보도 자료에 나온 산책 같이 하시던 분들은……."

"다 눈속임이야. 인력 모자랄 때면 남자 기사들이 여장도 해."

이런 미친. 이놈의 마계는 대체 얼마나 뒤죽박죽 엉망인 걸까. 아무리 보여 주는 게 중요하다지만 귀족이 하나도 없다니. 그간 미디어를 통해 보아 온 가짜 귀족들은 마왕이 밤 대륙의 귀족을 모두 정리했다는 사실을 숨기기 위한 것인 듯했다.

레이는 할 말을 잃은 세이린에게 말을 붙였다.

"아무튼. 이 아가씨는 로자리. 비전하께서 너를 위해 친히 보내 주신 하녀지."

세이린은 로자리를 빤히 바라보았다. 자세히 보니 일전에 왕비님을 처음 뵈었을 때 잠깐 스쳤던 기억이 났다. 다갈색 머리카락을 양옆으로 내려 묶은 로자리는 세이린을 향해 공손히 고개를 숙였다.

"오늘부터 아가씨를 모시게 된 로자리라고 합니다."

호박색 눈동자만큼이나 따뜻함이 서린 목소리였다. 그러나 세이린은 손을 휘휘 저었다.

"제게 하녀라니, 당치도 않아요."

"이미 비전하께 아가씨를 위해 봉사하겠다고 약속드린 몸입니다. 편하게 대해 주세요."

윗사람의 명을 받고 왔다니 차마 돌려보낼 수도 없고. 세이린은 잠시 고민하다 말했다.

"음…… 그럼 마왕성에 빠삭한 룸메이트라고 생각할게요. 로자리라고 불러도 괜찮을까요?"

"물론입니다, 아가씨."

귀족적인 첫인상을 가진 로자리가 하녀라니. 마왕성은 인력을 얼굴 보고 뽑는 건가. 어쨌든 세이린은 이 넓고 쓸쓸한 별궁을 같이 쓸 누군가가 생겼다는 사실이 기뻤다.

"로자리. 괜찮다면 내일부터 마왕성 구경시켜 주세요!"

"내, 내일이요?"

로자리가 눈을 둥그렇게 뜨고 물었다. 너무 갑작스럽게 약속을 잡은 건가, 하고 생각할 즈음.

"꼬맹이. 설마 내일이 무슨 날인지 모르는 건 아니지?"

"무슨 날인데요?"

"아카데미 입학식이잖아. 입학시험도 쳐야 하는데, 진짜 몰라?"

"네……?!"

이건 또 뭔 소리야? 세이린이 돌처럼 딱딱하게 굳었다. 추천 전형으로 아카데미에 입학하면 시험을 안 보는 줄 알았건만. 이야기를 들어 보니, 추천 전형으로 입학한다고 해서 입학시험이 면제되는 것은 아니란다. 세이린이 망연자실한 얼굴로 물었다.

"입학시험 점수로 반을 가른다고요?"

"그럼 무슨 기준으로 반을 나누겠어?"

레이가 당연하지 않냐는 듯 물었다. 아벨 또한 서글서글한 웃음을 지으며 그녀를 위로했다.

"아가씨, 걱정하지 마십시오. 입학 허가 서명을 받은 마물은 점수가 아무리 낮아도 퇴학당하지 않으니까요."

한 치의 의심도 없이 하위권으로 예상하시다니. 세이린은 시무룩해졌다.

"입학은 할 수 있는 거겠죠?"

"물론입니다. 다른 분도 아니고 전하의 추천 서명을 받으셨으니까요."

"전하의 서명은 뭔가가 다른가요?"

"일단 아카데미에 등록하게 되면 누구의 추천을 받았는지는 교직원들만 알 수 있습니다."

정석대로 설명하는 아벨과는 달리 레이는 어깨를 으쓱했다.

"그런다고 애들이 모르겠어? 이미 소문 다 났을걸? 다른 사람도 아니고 아카데미의 주인이 추천인이라는데."

"아카데미의 주인이라고요……?"

"망해 가는 학원이나 다름없던 아카데미가 지금처럼 거대해진 건 모두 전하의 뜻이지. 내가 다닐 때만 해도 건물이 하나였어."

"레이 경도 아카데미 나오셨어요?"

"그래, 꼬맹아. 여기 푸른 기사단장이랑 같이."

어쩐지. 껄렁껄렁한 우리 레이 경께서 성실하고 올곧은 아벨 경이랑 친하신 데에는 다 이유가 있었어. 세이린이 그제야 알았다는 듯 고개를 끄덕이자 레이는 떨떠름한 얼굴을 했다.

"아무튼, 우리 왕실 작가님께서 내일 입학식에 늦지 않도록 최선을 다해 다오, 로자리."

"……그 느끼한 말투는 뭐예요?"

"시끄러워. 늦으면 교수 권한으로 F 줄 테니까, 시간 맞춰서 와."

"레이 경, 교수 일도 하세요?"

세이린의 질문에 분위기가 묘하게 싸해졌다. 또 무언가 비밀이라도 있는 것처럼. 레이가 민망한 듯 시선을 피하며 그 이유를 설명했다.

"……전하께서 마법 좀 쓴다 하는 귀족들을 죄다 숙청해 버리셔서 인력이 부족해. 우리라도 가르쳐야지."

정녕 한 세계가 이렇게까지 주먹구구식으로 돌아가도 괜찮은 것이란 말인가. 선망의 직업 1위인 기사단장의 현실이 투잡이라니. 세이린은 영혼 없는 웃음을 흘렸다.

기사단장이 자리를 비운 후 세이린과 로자리는 별궁의 소파에 앉아 이런저런 이야기를 나누었다. 잠시 말이 끊어지자 로자리는 세이린의 안색을 살폈다. 흙빛이었다.

"아가씨, 괜찮으세요? 혹시 저 때문에 불편하신가요?"

"아니에요, 로자리!"

세이린은 손사래를 쳤다. 그녀의 표정이 좋지 않은 이유는 간단했다. 시험

공화국에서 인생 1회차를 보내고 온지라 아무런 준비 없이 시험을 보자니 양심이 콕콕 찔린다는 것이었다.

"아무리 생각해도 시험 범위를 한번 훑어봐야겠어요."

세이린이 벌떡 일어났다.

"시험 범위에 해당하는 책을 구해 올까요, 아가씨?"

"그래 주겠어요?"

잠시 후 로자리가 세이린의 책상 위에 책들을 가지런히 내려 두었다. 머리에라도 한 대 맞는다면 기절할 듯한 벽돌 두께의 책이 열 권, 무려 열 권이었다.

'사법 고시 본다고 해도 믿을 만한 시험 범위일세. 과목명은 또 왜 이래?'

세이린이 눈을 가늘게 떴다. 국어, 수학, 과학은 그렇다 치고. 마물학? 마력학? 연금술? 죽기 전, 예비 고3이 되도록 쭉 해 온 대학수학능력시험 대비 공부 따위로 커버할 수 있는 과목이 아니었다.

"로자리. 늦지 않으려면 내일 몇 시까지 준비해야 할까요?"

"늦어도 일곱 시에는 출발해야 할 것 같아요."

"……그럼 열두 시간 정도 남았네요?"

오케이. 이렇게 된 이상, 1분에 한 바닥씩 보는 깜빡이 공부법으로 간다. 세이린이 눈을 번뜩였다.

□ ■ □

다음 날. 시간이 어떻게 흐르는지도 인식하지 못한 채 반수면 상태로 아벨과 함께 아카데미로 이동한 세이린은 수험표를 받고 곧장 시험장에 들어갔다. 시험지를 받고 제출하기를 몇 번 반복하니 입학시험은 끝이었다.

'뭐야, 범위만 많지 별거 없네. 시험 시간도 짧고.'

휘청거리는 세이린을 아벨이 붙들었다.

"아가씨, 괜찮으십니까?"

"졸린 것만 빼고 괜찮아요. 어쨌든 시험이 끝났으니까요."

"수고하셨습니다, 아가씨."

역시 친절하고 따뜻한 푸른 기사단장님이 최고인 듯했다.

"바쁘실 텐데 괜히 시간 뺏어서 죄송해요."

"아닙니다. 이래 봬도 교수는 교수이니, 궁금한 게 있으면 무엇이든 물어보세요."

매점과 식당, 자판기의 위치가 유일한 궁금증이던 세이린은 가만히 입술을 맞물었다. 다행히 푸른 기사단장은 적당한 대안을 제시했다.

"시간이 조금 있으니 캠퍼스 구경이나 시켜 드릴까요?"

사실 세이린은 캠퍼스에 대한 환상이 큰 편이었다. 대학교 입학은커녕 수시나 정시 원서도 써 보지 못하고 죽었으니. 그 시간에 공부나 한 자 더 하겠다는 괜한 고집 부리지 말고 캠퍼스 투어라도 좀 다닐 걸 그랬다. 지금 후회해 봤자 의미가 없다는 것을 누구보다 잘 아는 그녀는 아벨의 설명에 귀를 기울였다.

"이 건물에서는 주로 기초 마법과 체술 강의를 들으실 겁니다. 저 건물은……."

"와……."

과연 마물들이 다니는 학교는 달라도 확실히 달랐다. 고성 뺨치는 디자인에, 정원의 규모 또한 엄청났다. 주변 풍경도 그녀가 알던 밤 대륙과는 상당히 달랐다.

'하긴, 아카데미는 황혼 지대에 있으니까.'

낮 대륙과 밤 대륙 사이 어느 대륙에도 속하지 않는 중간 땅. 아카데미는 황혼 지대 남부인 아르디노에 있어서, 가로수나 길가의 꽃, 음식이 대륙과 달랐다.

"그건 그렇고, 아벨 경 강의를 들으려면 어떻게 해야 하나요?"

세이린이 눈을 빛내며 물었다.

"글쎄요. 일단 전하께서 저를 찾는 일이 없어야 하겠지요."

아벨은 농담조로 말했지만 이는 어느 정도 사실이었다. 코로나가 이끄는 그림자 기사단이 사실상 기사단의 역할을 다 하고 있는 지금, 다른 기사단장들은 단원들을 훈련시키는 시간을 제외한 나머지 시간을 아카데미 출강으로 보냈다. 주군의 명은 특별한 경우이니 부관에게 강의를 맡기거나 휴강을 하는 식으로 수업을 대체했다.

"운이 따라서 아벨 경 강의를 들을 수 있으면 좋겠네요."

"부디 그렇게 되길."

어쩐지 낯간지러워 세이린은 괜히 주변을 둘러봤다. 낮과 밤 대륙에서 몰려온 마물들이 수없이 많았다. 도심에서 멀리 떨어진 이곳에 이토록 많은 신입생이 몰리는 이유는 하나였다. 클라우드 마왕이 아카데미 출신 인재를 적극적으로 등용한다는 사실.

'내가 아는 그 까칠하고 재수 부재중인 분이랑 동일 인물이 아닌 것 같단 말이지.'

문득 허리의 서명이 생각나 발치의 돌멩이를 톡 차 냈을 때였다.

"신입생은 저쪽인데. 곧 축사가 시작된다는 말을 못 들었나?"

익숙한 재수 부재중인 목소리가 들렸다.

"오셨습니까, 전하."

아벨은 마왕이 갑자기 튀어나와도 놀라지 않고 예를 갖추었지만, 세이린은 그저 뻣뻣하게 고개만 숙였다. 물론 누군가를 깜짝 놀라게 하는 게 소소한 악행의 기본이긴 했다. 하지만 이렇게 뜬금없는 타이밍에 등장하시다니.

"여긴 무슨 일이세요?"

"입학식 축사. 세이린 폴룩스에게 할 말도 있고."

클라우드가 담백하게 덧붙였다. 최근 잘못한 것이 없는 세이린에겐 그 말이 의아하게만 들렸지만.

"제게 무슨 말씀을 하시려고."

"지금 말해?"

"지금 말 못 할 이유라도 있나요?"

"오늘 진도……"

"잠, 잠시만요!"

진짜로 말 못 할 이유가 있을 줄이야. 세이린이 곤란해 죽겠다는 얼굴을 하자 아벨은 반걸음 물러났다.

"그럼 저는 이만 가 보겠습니다. 두 분, 이야기 나누십시오."

푸른 기사단장님이 사라지니 시야가 갑자기 어두워지는 것 같았다. 세이린은 방방 흔들던 손을 내려 두었다. 클라우드가 뚱한 목소리로 비아냥거렸다.

"갑자기 표정이 어두워지는군."

"밤을 새워서 공부했더니 피곤한가 봐요. 오래 걸었더니 다리도 좀 아픈 것 같고."

"누가 보면 전쟁이라도 치른 줄 알겠어."

진짜 전쟁 영웅이 말하니 세이린은 할 말이 없었다.

"밥은."

"아벨 경이 주신 샌드위치 먹었어요."

"네 상태는."

"오늘도 예쁘고 상큼한 데다 발랄하기까지 한 것 같습니다, 전하."

"……."

하여간 농담도 못 해요. 굳어 버린 얼굴을 마주한 세이린은 민망함에 연신 헛기침을 하다 물었다.

"제 상태는 왜 물으세요, 전하?"

"정해진 분량을 현실로 만들어야 하는데 네가 곯아떨어지면 곤란하니."

"진도 말인데, 오늘만 건너뛰실 생각은……."

"없어."

"피곤한데에……."

"말꼬리는 왜 늘이지?"

"혹시나 먹힐까 해서요. 딜런은 이러면 쉽게 해 주던데."

"이유를 모르겠군."

"제가 귀여워서 그런 게 아닐까요?"

"……."

씨알도 먹히지 않는 듯했다. 세이린은 클라우드에게 꾸벅 고개 숙인 다음 신입생들이 모여 있는 쪽으로 몸을 돌렸다. 터덜터덜 걸어가는 세이린을 클라우드는 입술을 맞문 채로 바라봤다.

□ ■ □

세이린은 선배들이 나눠 주는 아카데미에 대한 자질구레한 정보가 담긴 책자를 받곤 줄 맞춰 섰다. 책자에 따르면 아카데미는 인간계의 대학과 여러모로 비슷했다. 일단 등록금이 비쌌다. 수강 신청을 직접 해야 하고 공강 일도 만들 수 있다. 물론 다 제쳐 두고 제일 좋은 건 점심시간과 간식 시간을 마음대로 짤 수 있다는 것이었지만.

'진짜 입학식 같다.'

주변 어디를 봐도 각양각색의 신입생들이 긴장한 듯 굳은 미소를 머금고 있었다. 세이린처럼 도시의 옷차림을 한 사람도 있었고, 드레스에 티아라까지 갖춘 화려한 옷차림도 종종 보였다. 뿔, 날개, 비늘, 세 번째 눈, 더듬이. 인간형 마물이 아닌 마물들도 종종 보였다.

'……그래도 음란 마귀로 마계 영주권 딴 나보단 덜 희귀하겠지만.'

세이린은 기지개를 켜곤 대열에 합류했다.

"곧 입학식이 시작됩니다! 정숙해 주세요!"

누군가의 우렁찬 목소리가 울림과 동시에 웅성거림이 소곤거림으로 바뀌었다. 폭풍 전야의 침묵이 끝나는 순간.

"까아아악! 클라우드 전하!"

"클라우드 전하 만세!"

마왕 부부가 연단에 오르자 미친 듯한 박수갈채가 쏟아졌고, 재학생과 신입생, 종족을 불문한 열렬한 찬양이 시작되었다. 더 놀라운 것은 마왕의 얼굴이었다. 살랑이는 바람 때문에 조금씩 흩날리는 머리카락 아래로 보이는 자애로운 미소.

'나도 저 성군 스마일이 연기일 것이라곤 생각도 못 했었지.'

세이린은 얌전히 연단을 올려다봤다. 클라우드는 연단의 마이크를 톡톡 두드려 상태를 확인하더니 나지막한 목소리로 말했다.

"입학시험 때문에 피곤할 테니, 앉아서 하지."

순간 어둠 속성의 새카만 마력이 운동장 전체에 뻗치며 전교생이 앉고도 남을 만큼의 의자가 세팅되었다. 고소장 때문에 잠깐 잊고 있었으나 역시 마왕은 마왕. 곳곳에서 그를 향한 존경과 감사의 눈빛이 터져 나오는 게 당연하다고 느껴질 정도였다.

"아카데미는 잼을 보유한 우수한 마물들이 더 강해질 수 있도록 교육하는 기관이다. 그 힘을 잼이 없는 무속성 마물들을 보호하는 데에 사용하도록 하는 게 취지라고 할 수 있지."

마왕의 입학 축하 연설이 시작되자 격앙된 분위기가 순식간에 차분해졌다. 연설이 진행되는 와중에 세이린은 싸한 눈길을 느꼈다.

'누가 날 쳐다보나?'

고개를 돌리니 웬 에메랄드색 머리카락을 가진 남자애가 그녀를 빤히 바라보고 있었다.

'설, 설마. 이게 말로만 듣던 '캠퍼스 커플' 플래그……?'

음란 마귀의 기대에 부응하려는지 남자는 인파를 헤치며 다가와 세이린의 옆자리와 그녀를 번갈아 바라봤다. 세이린은 옆자리가 비어 있음을 그에게 어필했다. 그가 의자에 몸을 내려 두는 짧고도 긴 시간 내내, 머리색과 같은 진한 에메랄드색 눈동자가 지그시 세이린을 바라봤다.

'우와…… 예쁘다.'

머리도, 눈도 이성적인 푸른 계통이라 그런지 학교를 배경으로 한 로맨스 소설에 꼭 나오는 지적인 전교 회장 캐릭터가 떠올랐다.

"신입생?"

그가 물었다.

"네. 그쪽은요?"

"저도 신입생. 시험은 잘 봤어요? 시험 문제 엄청 쉽던데. 눈 감고 풀어도 충분하겠더라고요."

세이린은 전교 1등이라고 해도 믿을 그의 자신감 넘치는 말에 아무런 대답도 못 하고 눈만 깜빡였다. 보긴 잘 봤지. 잘 풀지 못했을 뿐.

"나는 커밋 글레이시아. 같은 신입생이니까 말 편하게 해요."

"저는 세이린 폴룩……."

"알아요."

"……제 이름을 아신다고요?"

난 당신 처음 보는데 당신이 내 이름이랑 얼굴을 어떻게 알아? 세이린이 빤히 바라보자 커밋은 귓속말을 하듯 작게 말했다.

"당연히 알죠. 마왕의 후궁이 될 사람인데."

마왕님은 나 말고 이 사람을 허위 사실 유포로 고소하셨어야 했다. 세이린이 피식 조소를 흘렸다.

"그런 헛소문은 어디서 들어요? 제 얼굴은 또 어떻게 아시고?"

커밋 글레이시아는 아쉬운 듯 눈썹을 늘어뜨렸다.

"아, 헛소문이에요?"

세이린은 격하게 고개를 끄덕였다. 후궁이라니. 그게 말이나 되는가. 마왕과 자신은 그저 2,750가지 그렇고 그런 일을 현실로 만들어야 하는 사이일 뿐이라고 덧붙이고 싶었지만, 그랬다간 더 깊은 오해를 살 듯하여 입을 다물기로 했다.

커밋은 세이린의 속도 모르는 채로 말했다.

"아까 아벨이랑 산책하길래 화제의 그 아가씨인 건 알았고, 헛소문은 항상 들죠. 재테크에 관심이 많아서."

"……푸른 기사단장님이랑 친하세요?"

"아뇨. 옆에 없으니까 이렇게 부르지."

세이린은 남자의 정체를 파악하려 애썼으나 별 소용이 없었다.

'겉모습을 보아하니 인간형 마물인 것 같긴 한데.'

학비가 상당한 아카데미는 보통 부를 축적한 가문의 자제들이나 이름뿐인 귀족 집안의 영애들이 입학했다. 그런 자들은 겉모습부터 자신의 출신을 드러내는 편이었다. 하지만 눈앞의 남자는 아무것도 드러내지 않았다. 특별한 버릇도 없고, 옷은 그저 후드 티에 반바지.

세이린이 추리에 열중하는 탐정처럼 빤히 바라보자 커밋이 먼저 입을 열었다.

"나한테 궁금한 거 있어요?"

"무슨 일 하세요?"

"직업? 세이린 양 먼저."

'마계 최고의 미성년자 구독 불가 소설'의 작가라는 말은 차마 할 수 없는 세이린이었다.

"그냥 뭐…… 프리랜서? 말 편하게 하세요."

"그럴까, 세이린?"

태세 전환도 빠르신데. 이 민첩함은 혹시……

"주식 해. 재테크랑 겸해서."

역시 주식. 발 빠른 정보에 민첩함이 생명이긴 하지.

"수완은 어때요?"

"사람 죽으란 법은 없던데? 엄청 잃기도 하는데, 어느 날은 쭉쭉 오르고."

세이린은 직감했다. 아, 이 사람이랑은 친하게 지내면 안 되겠구나. 즐길 만한 나쁜 일이 곧 선한 일인 마계에서는 주식이 최고 인기 스포츠 비슷한 위치긴 하지만, 소중한 제 돈을 날릴 생각은 없었다.

"걱정하지 마. 너한텐 안 권해."

커밋은 마음을 읽은 것처럼 말했다.

"보통 처음부터 권하진 않지……요."

"말 편하게 하라니까."

세이린이 눈썹을 으쓱였다. 그럼, 뭐. 사양 않고.

"커밋. 나를 왜 빤히 보고 있었어?"

"……설레서."

다시 존재감을 드러내는 캠퍼스 커플 플래그에 세이린이 눈을 반짝였다.

"후궁 관련 주식을 잔뜩 사 놨거든. 근데 딱 네가 나타난 거야. 오를 조짐이지."

아니었군.

"지금이라도 다시 팔지 그래?"

시답잖다는 세이린의 반응에 커밋은 단호히 고개를 저었다.

"주식은 그렇게 하는 게 아냐. 땅에 묻어 두고 시간에 맡기는 거지."

의심의 눈초리가 부담스러웠는지 커밋은 괜히 연단 쪽으로 시선을 옮겼다. 앞으로 갖게 될 힘으로 다른 마물을 돌보라는 마왕의 축사가 어느새 끝나고 왕비의 차례였다.

허리 아래까지 내려오는 화사한 금발과 루비처럼 반짝이는 붉은 눈 앞에서는 티아라의 보석도 한 수 접고 들어가야 할 것 같았다. 세이린과 함께 아름다운 밤 대륙의 왕비를 홀린 듯 바라보던 커밋이 입을 열었다.

"빌리아리아 에테라."

"……원래 사람 이름 그렇게 잘 아는 것처럼 막 불러?"

세이린은 거의 왕실 소속 근위병이라도 된 것처럼 빌리아를 감쌌다.

"잘 알지. 미인 많기로 유명한 에테라의 최고 미인. 마계 최초의 여왕이 될 뻔했던 사람."

체계가 뒤죽박죽인 마계도 귀족이나 왕족은 지극히 부계 중심인 데다 보수적이기까지 했다. 현재까지 마계에 여성이 즉위한 적은 한 번도 없다고 했다.

"지, 덕, 체 뭐 하나 빠지는 게 없고, 폭정으로 쇠락하는 에테라 왕족 중 유일하게 백성의 사랑을 받았지. 마계에 딱 여덟 개밖에 없다는 보물 중 하나인 '릴리트 에테라'를 물려받은 사람이기도 하고."

"릴리트 에테라?"

"머리에 있는 백합 장식 보이지? 바람 속성의 보물이야. 에테라 가문이 대대로 가지고 있어서 그렇게 불러. 너 마왕성에서 온 사람 맞아?"

고소당해서 마왕성에 살게 된 사람한테 뭘 바라는지, 원. 세이린이 어깨를 으쓱했다.

"뭐, 보물도 물려받았고, 백성들 지지도 어마어마해서 본인도 당연히 여왕이 되리라 생각했겠지."

"그런데 왜……."

"남동생 벨제바브 에테라가 태어났을 때, 왕족 아가씨는 자기 밥그릇을 사수할 줄 몰랐어."

즉, 남동생이 비전하의 왕위 계승권을 빼앗아 갔단 얘기로군. 전쟁이나 영주 시대에 관한 일은 이상할 정도로 감춰져 있었기에 세이린은 아는 것이 적었다.

"진짜 왕비님이랑 아는 사이야?"

"당연하지. 물론 빌리아리아 에테라는 커밋 글레이시아를 모르겠지만."

"보통 그런 걸 모르는 사이라고 하지. 대체 그런 얘기들은 다 어떻게 알아낸 거야? 커밋, 너 스토커야?"

여자 주인공이 마왕성에 기거하는 글을 쓰기 위해 자료 조사를 한 터라, 세이린도 마왕성에 대한 정보를 많이 알고 있는 편이었다. 그런데 저가 모르는 것을 이 남자는 어떻게 이렇게 잘 아나. 그녀의 질문을 예상한 듯 어깨에 힘이 들어간 커밋은 당당하게 말했다.

"세상의 모든 지식을 알고 싶으면 주식 정보지를 봐. 일명 찌라시라고 하지."

"반은 맞고, 반은 거짓이라는 그 주식 정보지를?"

……아무리 생각해도 얘랑은 같이 다니면 안 되겠다. 세이린은 슬쩍 물러났다.

□ ■ □

다음 날. 로자리가 세이린을 깨운 건 정오가 다 되어서였다. 이론 시험은 어제 다 봤으니 오늘은 느지막이 나가 속성이 무엇인지 판정만 받으면 할 일 끝이었다.

"아가씨, 슬슬 일어나셔야겠어요. 속성 판정을 받기 전에 들르라는 전하의 명입니다."

"전하의 명이라……."

세이린은 좀비처럼 일어났다. 당연한 말이지만 아카데미 입학 준비가 끝났다고 해서 끝내야 할 진도표가 사라지는 것은 아니었다. 재빨리 오늘 현실로 만들어야 할 부분대로 준비를 마친 그녀가 마왕의 침전으로 걸음을 옮겼다. 인간뿐만 아니라 마물도 적응의 동물인 것일까. 이젠 마왕님을 가까이에서 봐도 두려움에 떨지 않았다.

'……근데, 오늘은 마왕님이 떠시네.'

세이린이 믿기지 않는다는 듯 클라우드의 얼굴을 빤히 봤다. 그의 양쪽 입꼬리가 미세하게 떨리고 있었다.

"전하, 무슨 일 있으세요?"

"일은 무슨 일."

세이린은 곧 마왕님의 입꼬리가 왜 이 모양이 되었는지 알 수 있었다. 분명 어제 성군 스마일을 연기한 후유증이리라.

'이럴 때 보면 정말 대단하다니까.'

개차반인 성격 숨기려고 마왕성 내의 일을 철저히 감추고, 백성들이 보고 싶어 하는 모습을 연기하다니. 자신이라면 절대 하지 못할 일이었다. 마왕님은 존경의 시선을 시비 정도로 파악한 것 같았지만.

"······왜 그렇게 보지?"

"존경스러워서?"

"마음에도 없는 소릴 하는군."

"제 마음에 뭐가 있는지 전하께서 어찌 아시나요."

세이린이 새침한 얼굴로 눈썹을 으쓱하자, 클라우드가 피식 비웃으며 쏘아붙였다.

"네 마음에 있는 건 얼굴, 등빨, 목소리뿐이라고 했던가?"

"어흐흑······ 그런 건 좀 잊어 주시면 안 될까요?"

"싫어."

그 와중에 클라우드의 널따란 등을 떠올린 음란 마귀였다. 절로 올라가는 그녀의 입꼬리를 본 마왕이 인상을 찌푸렸다.

"왜 실실 웃는지 모르겠군. 누가 보면 입학시험 수석이라고 전화라도 받은 줄 알겠어."

"수석은 전화 와요? 그럼 혹시 모르니······."

세이린은 휴대폰 볼륨을 올렸다. 클라우드가 픽 비웃었다.

"너한테가 아니라 나한테 오겠지. 그런 전화는 후견인한테 먼저 와."

"언제부터 제 후견인이셨어요?"

"가족이 없는 자연 발생 마물들은 추천인을 후견인으로 등록하더군."

"그렇다면……."

세이린이 침대에서 일어나 협탁에 놓인 전화기의 볼륨도 최대로 조정해 두는 것을 본 마왕은 어이없다는 듯 조소만 흘렸다.

"삽질 그만하고 빨리 일어나 끝내지. 시간 없어."

"마왕님만 시간 맞춰 아카데미 가야 하는 거 아니거든요?"

대대로 속성 판정은 마왕의 참관 아래 진행되었다. 물론 세이린이 속성 판정을 받는 이번에도 마찬가지였다.

"늦지 않게 올 궁리나 해."

"어디 보자, 오늘은 쉽네요."

세이린은 말을 돌리며 진도표를 바라봤다. 오늘 그녀가 할 일은 10분 동안 안겨 있는 게 끝이었다. 클라우드는 그녀의 목에 입술을 가져다 대거나, 몸이 기울어지지 않게 안고 있어야 했지만. 클라우드는 침대 모서리에 걸터앉은 다음 세이린을 안아 올렸다.

작품 내용상 임성운의 다리 위에 앉는 게 아니라 침대 모서리에 무릎을 꿇고 마주 앉아 있는 상황. 목에 팔을 두르지 않으면 당장이라도 뒤로 넘어갈 자세였다. 세이린은 하는 수 없이 잘생긴 얼굴을 끌어안았다. 그러자 마왕이 내쉬는 호흡이 훅 느껴졌다. 조금씩 오르락내리락하는 어깨와 가슴, 단단한 팔뚝까지도.

"음란 마귀. 얼굴은 왜 붉히지?"

감각이 배로 예민한 마왕은 음란 마귀의 심리 변화를 금방 눈치챘다.

"어제 너무 무리했더니 몸살감기가 도졌나……."

세이린은 최선을 다해 뻔뻔하게 굴었지만 클라우드는 전혀 믿지 않는 눈치였다. 방 안에 정적이 감돌았다.

"……아무 말이라도 좀 해 주세요, 전하."

"대사가 없는데 무슨 말을 해."

"10분 동안 끌어안고 있기만 해요, 그럼?"

더군다나 무릎 꿇은 자세를 만만하게 생각했던 그녀는 죽을 맛이었다. 운동부족이라 벌써 허벅지가 땅기고 다리가 후들거렸다.

"몇 분 남았어요?"

"9분."

"……그렇게 한심하게 봐도 없는 근력이 생기진 않는답니다, 전하."

평상시에 운동 좀 할걸. 지금 후회해 봤자 나아지는 것은 없었다. 세이린은 이를 악물고 참았다. 이 역경의 시간을 버티면 아벨 경에게 아카데미에 바래다 달라고 부탁할 수 있으리라.

'힘내라. 세이린 폴룩스! 얼마 남지 않았어!'

그녀가 금방이라도 끊어질 듯한 목소리로 물었다.

"몇 분 남았어요? 3분?"

"……8분 40초."

이런 미친. 조급해진 그녀가 마왕을 독촉하기 시작했다.

"전하. 목에 뽀뽀는 언제 하실 거예요?"

"성질 한번 급하군."

"다리 아파 죽겠단 말이에요."

다음부턴 여자 주인공의 근력 상태도 고려해서 글을 써야겠다고 다짐할 즈음. 클라우드가 자신의 허벅지를 한 번 내려다보곤 무미건조하게 말했다.

"앉든가."

"……앉아도 돼요?"

"허리만 안고 있으면 되는 거 아닌가?"

세이린에겐 선택권이 없었다. 그녀는 마왕의 다리 위에 앉았고, 졸지에 그의 허리에 다리를 감는 다소 민망한 자세를 취했다.

"다리는 왜."

"죄송해요. 저는 다리를 쭉 못 뻗어요."

"신체에 무슨 문제라도 있나?"

"그런 건 아닌데, 몸이 워낙 뻣뻣해서."

클라우드는 기가 차 말을 잇지 못했다. 아카데미에 입학했으니 체술 과목을 들어야 할 텐데. 이렇게 근력이 없어서야 시험 기간에 고생할 게 뻔했다. 세이린에게 잔소리를 늘어놓고 싶은 충동을 느꼈지만 얼굴 사이의 거리가 너무 가까웠다.

아까 자세에선 세이린의 얼굴이 위에 있어서 괜찮았는데, 클라우드는 코앞에 있는 왕실 작가에게 면역이 없었다. 그사이 힐끗 훔쳐보고 있던 것을 눈치챈 것일까. 그녀의 무르익은 붉은 입술이 나긋하게 열리더니, 달콤한 글자들을 쏟아 냈다.

"얼른 뽀뽀해 주세요."

"······뭐?"

"시간. 슬슬 다 되어 가거든요."

"······."

소설 재현 얘기였군. 클라우드는 허리를 받치곤 남은 한 손으로 세이린의 머리카락을 어루만졌다. 세이린에겐 그 한없이 부드러운 손길이 아찔하게만 느껴졌다.

'······안거나, 뽀뽀하거나 둘 중 하나만 쓸걸. 왜 둘을 동시에 써서는.'

세이린은 그의 시선을 피했다. 소설대로, 드러난 목과 어깨 사이에 그의 입술이 닿았다. 깃털이라도 닿은 듯 발끝까지 간지러움이 퍼진 순간 갑작스레 전화벨이 울렸다.

소설 내용상 유이린의 허리를 놓을 수가 없는 임성운은 손을 까딱여 수화기를 끌어당겼다. 마법으로 공중에 뜬 수화기가 바로 옆에 있는데도 그녀에겐 전화 내용이 전혀 들리지 않았다.

"무슨 일이지, 스피카 블랙?"

어제 종종 들리던 아카데미 총장의 이름이 나오자 세이린이 눈을 동그랗게 떴다.

'나 진짜 수석이야?'

전화를 받은 클라우드는 그녀의 표정이 밝아지든 말든 가느다란 목선을 얕게 깨물었다.

'뱀파이어도 아닌 분이 송곳니는 왜 이렇게 날카로워.'

그녀가 움찔하자, 마왕은 제 입술이 닿았던 곳을 엄지로 느리게 문지르며 말했다.

"세이린 폴룩스의 후견인은 내가 맞는데. 무슨 일이지?"

클라우드의 손이 자연스레 탐스러운 그녀의 머리카락으로 옮겨 갔지만 정작 세이린 본인은 다른 곳에 정신이 팔려 있었다.

'이런 미친. 설마설마했더니 나 진짜 장학금 받아?'

제 할 말만 대충 내뱉던 클라우드가 갑자기 머리카락을 만지던 손으로 수화기를 집어 들었다.

"……그게 사실인가?"

왜요, 왜, 무슨 일인데! 세이린이 소리가 나지 않게 입 모양으로 물었고, 클라우드는 시끄럽단 듯 째려봤다.

"……이따 보지."

전화를 끊은 마왕은 한숨을 쉬며 세이린을 바라봤다. 딱 얘를 어떻게 하지, 하는 얼굴이었다. 하긴. 후궁 얘기가 계속 나오는데, 내가 더 유명해졌다간 감당하기 어렵겠지. 세이린은 다 이해한다는 듯 고개를 주억거렸다.

"무슨 짓을 한 거야?"

아는 문제를 일부러 틀릴 수는 없잖소, 마왕님. 세이린이 실실 웃었다. 이 역사적인 순간을 우리 엄마가 못 본다는 게 천추의 한이다. 엄마, 내가 마음만 먹으면 공부 잘한다니까! 다음 생에 열심히 하겠다고 한 약속 지킨 거다, 나!

하지만 수석 소식을 전한다기엔 마왕의 목소리가 너무도 담백했다.

"유이린. 한 과목만 빼놓고 나머지 과목 다 낙제점 받는 게 가능하기나 한 일인가?"

"네?!"

엄마, 미안. 이번 생도 글렀나 봐. 세이린은 믿을 수 없었다. 어떻게 이런 일이 벌어질 수 있나.

하지만 클라우드는 쐐기를 박듯 말했다.

"국어 빼고 다 낙제라더군. 아까 수석 어쩌고 한 건 누구지?"

접니다, 세이린 폴룩스. 하지만 이렇게 대답하기엔 세이린도 자존심이라는 것이 있었다. 일단 자기변호부터 해야 하리라.

"모르는 문제는 없었어요. 답을 몰랐을 뿐이지."

"지금 장난하나?"

아뇨, 울고 싶은데요. 세이린은 클라우드의 냉랭한 눈을 보며 물었다.

"……추천 전형으로 들어가면 입학시험은 그렇게 중요하지 않잖아요, 그렇죠?"

"총장이 자격 미달인 학생 추천한 건 아니냐고 묻더군. 이 정도면 입시 비리라고 하던데."

입시 비리라니, 너무해. 세이린은 금세 시무룩해졌다. 아니, 우리 이린이가 공부 좀 못할 수도 있지 되게 기죽이시네.

"원칙적으로 낙제 성적 받은 마물은 후견인과 상담을 받아야 하는데, 난 시간 없어. 빌리아랑 다녀와."

"왕비님이랑 다녀오면 저야 좋긴 한데……."

세이린이 말끝을 흐리며 생각했다. 설마 내가 낙제생이라 쪽팔려서 같이 못 가겠다 하시는 건 아니겠지.

□ ■ □

곧 세이린은 빌리아와 함께 아카데미행 차에 타게 되었다. 운전대를 잡은 로자리가 백미러를 보는 폼이 예사롭지 않았다. 빌리아가 낙제 같은 것은 아무 일도 아니라는 듯 햇살같이 환한 웃음을 지을 때마다 세이린은 양심의 가책을 느꼈다.

"걱정 마세요. 그냥 얼굴 보는 자리니까. 총장 상담이 대수인가요?"

낙제생은 할 말이 없답니다, 왕비님.

"작가님에겐 더 중요한 할 일이 있는데 말이죠."

분명 저 '중요한 일'은 '진도표 실행에 옮기기'와 '외전 작업'을 말하는 것이리라.

"……비전하는 정말 제가 클라우드 전하의 곁에 있기를 원하세요?"

세이린이 단도직입적으로 물었다. 마왕과 7년이나 같이 있었으면 아무리 그를 싫어하는 왕비님이라고 할지라도 미운 정이라도 드는 게 정상이라고 생각했기 때문이었다. 하지만 빌리아의 대답은 깔끔했다.

"그럼요. 작가님. 제가 왜 작가님을 클라우드의 반려로 밀고 있는지 궁금하시죠?"

세이린이 그 이유를 궁금해하지 않을 리가 없었다. 주식 정보지에 통달한 커밋 글레이시아도 둘의 결혼 이유는 모르는 것 같았으니까. 그녀가 얌전히 기다리자 빌리아가 입을 뗐다.

"저는 클라우드 손끝만 스쳐도 속이 울렁거리거든요. 마왕님이 어둠이라는 이속성을 지니신 덕분에 검은색도 싫어졌어요. 7년 전 전쟁이 끝나던 날. 갓 자연 발생한 어둠이 날뛰는 걸 봤거든요."

빌리아는 아무렇지도 않게 전쟁의 마지막 날에 대해 이야기했다.

"뭐, 동생을 해쳤다는 이유로 클라우드를 원망하지는 않아요. 어차피 누군가가 해야 했을 일이니까. 클라우드가 봉인하지 않았다면 제가 죽여야 했을 수도 있어요. 백성들이 그걸 원했으니까요. 아버지에 이어 동생까지 제정신이 아니었거든요. 폭군 중의 폭군이었죠. 그 풍요로운 에테라에서 굶어 죽는 백성 수가 매년 증가할 정도였으니."

세이린은 쉬이 반응할 수가 없었다.

물론 폭정은 에테라만의 문제가 아니었다. 세이린도 언젠가 책에서 본 적이 있었다. 밤 대륙, 낮 대륙 할 것 없이 영주들은 영지의 마물을 착취했다. 때문에 낮 대륙과 밤 대륙, 어디에도 속하지 않은 중립의 땅인 황혼 지대로 몰래 도망가는 자들도 있었다지 않던가.

"남동생은 제 왕위를 뺏어 간 걸로도 모자라 백성들을 굶겨 죽이기까지 했죠. 그런데…… 하나 남은 혈육이라 그런가? 막상 죽어 가는 모습을 보니 살려야 한다는 생각이 들더라고요."

"그래서 클라우드 전하를 돕기로 계약하신 거예요?"

"그렇죠."

계약을 잘못해서 착취당하고 있지만. 빌리아는 마왕의 더러운 성격을 세이린 앞에서 굳이 드러내지 않기로 했다.

"정치 교습을 해 줄 자신도 있었고, 에테라 직계라는 혈통을 이용해 왕위에 오른 것에 정당성도 줄 수 있었고."

'나였으면 우느라 아무 생각도 못 했을 것 같은데.'

세이린은 새삼 빌리아가 대단하다고 생각했다.

빌리아는 즉위 초기의 클라우드를 떠올리며 한숨을 쉬었다.

"처음엔 클라우드도 제가 하라는 대로 했죠. 결혼도 했고, 국고를 풀었고……."

"결혼하는 게 비전하의 뜻이었나요?"

"네. 자고로 왕조는 정통성이 생명이거든요. 아무리 전쟁 영웅이라고 해도 자연 발생 이속성이 갑자기 왕이 되는 건 너무 뜬금없잖아요. 아무튼, 그때가 제일 편했는데. 클라우드가 아무것도 몰라서 꼭두각시처럼 제가 하라는 것만 했을 때."

세이린은 빌리아의 달라진 어조에서 뭔가를 눈치챘다.

"무슨 일이라도 생겼나요?"

"제게 사심도 안 품고 좋은 황제가 되기 위해서 밤낮없이 노력하는 것도 좋았는데…… 작가님도 아시다시피 클라우드는 습득력이 너무 좋아요."

하긴. 사랑도 하루 만에 독학한 마물인데. 세이린이 헛웃음을 지었다.

"뭐. 클라우드가 좋은 군주라는 데에는 동의해요. 그가 마계의 유일한 황제가 되어 온 마계를 통치한다면 백성들에게 더할 나위 없는 선물이겠죠. 저도 그렇게 되기를 바라고."

훈훈한 분위기를 조성한 빌리아가 세이린의 양손을 꼭 잡곤 말했다.

"그러니까, 작가님. 클라우드의 후궁이 되어 주세요!"

"……네?"

"저는 클라우드가 목적을 이루면 에테라로 돌아갈 몸이지만, 이곳에 있는 동안은 왕비의 역할과 의무에 충실하고 싶거든요. 왕비의 의무는 역시 왕실 보전이죠."

세이린은 얌전히 고개만 저었다. 마왕과 손끝만 스쳐도 토할 것 같다는 분께 차마 그건 당신 역할이라고 소리칠 수는 없었다.

'어떻게 그래. 마왕이 어둠 속성이라 검은색도 싫어지셨다는데……!'

세이린은 급히 다른 질문을 했다.

"밤 대륙에 왕비님의 역할을 대신할 이가 생기면 에테라로 가실 건가요?"

"바로 가진 못하겠지만…… 그렇게 되면 클라우드랑 공식 석상에 나가지 않아도 되니까 한결 낫죠. 전 뒷방에서 작가님 책이나 정주행하면서 시간을 보낼 거예요. 제가 클라우드와 이혼 서류에 도장을 찍자마자 작가님이 왕비가 되는 거예요. 어때요?"

세이린은 어색하게 웃었다. 뒷방 늙은이나 폐위가 장래 희망인 왕비님이라니.

"황제가 되도록 돕는 거야 누워서도 할 수 있는 일인걸요."

"비전하, 지금이라도 도망치는 건 어떠세요?"

세이린은 빌리아가 스트레스로 인해 쓰러질까 겁났다.

"저도 그러고 싶은데…… 일단 젬에 한 맹세라 어길 수가 없고, 지금은 할 수 있는 일이 없어요. 제 젬은 에테라의 동생에게 있거든요. 바람 속성의 젬은 치유를 가속시키는 효과가 있어서요."

어쩐지, 그동안 마법을 한 번도 쓰지 않으신다 했건만.

"어쨌든! 우울증 아니면 과로로 죽을 것 같았는데 작가님이 마왕성에 와 주셔서 정말 기뻐요. 진짜로요."

빌리아가 세이린의 어깨에 머리를 기댔다.

"마음의 준비 하세요, 작가님. 클라우드가 고백하는 건 이제 시간문제일 테니까. 일에 미친 분께서 멍하니 허공을 보거나 괜히 손등으로 입술을 문지르더라고요. 사랑이죠."

"저를요?"

"'통치론'이랑 '군주론'을 한 글자도 틀리지 않고 달달 외울 때까지 자리에 앉지도 못하게 한 저를 사랑할 리는 없답니다."

세이린은 흠칫 놀랐다. 두 책의 두께를 합하면 한 뼘은 족히 넘으리라. 아무리 마물이 일주일을 자지 않아도 멀쩡하다지만, 빌리아의 과외는 강도 높은 스파르타식인 듯했다.

"아카데미에도 어떻게든 입학시켜 드릴 테니까, 작가님은 아무 걱정 마세요."

마왕이야 내 꼴 보기 싫어서 그렇다고 치고. 비전하는 왜 이리 적극적이시지? 세이린은 의문 서린 눈으로 빌리아를 바라보았다. 빌리아는 살풋 웃으며 덧붙였다.

"대신 나중에 아카데미물 써 주셔야 해요. 아셨죠?"

□ ■ □

아카데미 내의 총장실.

"스피카 블랙이 밤의 왕비님께 인사드립니다."

세이린은 빌리아에게 인사를 올리는 아카데미의 총장, 스피카 블랙의 강렬한 인상에 압도되었다. 마녀를 연상시키는 새카만 긴 드레스와 왼쪽 눈을 검은 안대로 가리고 있는 모습에서 카리스마가 넘쳤다. 중년이 넘은 외모라 피부엔 잔주름이 있었지만, 그마저도 정갈히 쓸어 올린 곱슬머리와 어우러져 범접할 수 없는 분위기를 형성했다. 조금도 벗겨진 데 없는 매니큐어와 립스틱, 머리색과 드러난 한쪽 눈 색이 온통 마왕의 마력처럼 새카맸다.

"스피카 총장, 무슨 문제가 생겼는지 설명해 주시겠어요?"

자리에 앉은 빌리아가 찻잔을 매만지며 물었다. 총장은 조금도 수그리는 기색 없이 답했다.

"먼저 이것을 보시지요, 비전하."

경이로운 시험지와 답안지, 성적표. 세이린은 슬슬 자신이 처한 상황을 실감했다.

"음, 국어 점수는 나쁘지 않고……."

세이린의 성적표를 받아 들어 살피던 빌리아는 그 뒤로 아무런 변호도 해 주지 못했다. 스피카는 단호한 목소리로 말했다.

"이 성적으론 앞으로 아카데미 다니기 힘들 겁니다."

"그 부분은 염려 마세요, 스피카. 통학이 불편하지 않도록 신경 쓸 예정이니까요."

왕비님, 통학 얘기가 아닌 것 같습니다. 낙제생은 가만히 입을 다물 뿐이었다. 스피카는 쩔쩔매는 세이린을 보곤 또 한 번 입을 열었다.

"비전하, 클라우드 전하께서 이 아가씨에게 추천 서명을 써 주신 이유를 여쭈어도 되겠습니까."

왕비의 루비색 눈동자가 자신에게 향하자 세이린은 무한한 불안감을 느꼈다.

"그야 왕실의 미래를 책임질 왕실 작가니까요. 다양한 경험은 창작의 밑거름이죠."

후궁 얘기가 나오지 않아 다행이었다. 세이린은 놀란 가슴을 쓸어내렸다. 빌리아의 변호 탓인지 여태껏 세이린을 탐탁지 않게 여기던 스피카가 앉은 거리를 좁히며 중얼거렸다.

"어디 볼까요?"

"……!"

세이린은 눈을 질끈 감았다. 순간 형언할 수 없는 힘이 제 안으로 스며들어 온몸의 핏줄을 터트리는 듯했다. 일순간 눈이 멀어 버리기라도 할 것처럼 환해졌다가, 금세 원래대로 돌아왔다.

'……나한테 마력을 발산한 건가? 무슨 짓을 한 거지?

세이린이 몸을 움츠렸다. 오묘한 스피카의 눈동자가 낙찰받은 예술품에 흠이 있는지 없는지 확인하듯 저를 위아래로 훑어보는 게 느껴졌다. 잠시 후. 스피카는 결론을 내린 듯 허스키한 목소리로 말했다.

"뭐, 클라우드 전하의 판단이라면 항상 따를 가치가 있지요. 슬슬 속성 판정을 받으러 가 볼까요?"

◻ ◼ ◻

스피카는 일행을 아카데미의 홀로 안내했다. 그곳에선 기사단장과 부관들이 분주히 신입생들의 속성을 판정하고 있었다. 맡은 소임은 도서관장이나 클라우드가 신임하여 특별한 날에는 항상 동행하는 페일이 주변을 감독하고 있었다.

"제이드 제릴. 붉은 젬. A반에 배정."

푸른 기사단장, 아벨이 선언하듯 말하자 자신의 젬을 얻게 된 남학생은 뛸 듯이 기뻐했다. 다음으로 들어온 학생의 손 위에 떨어지는 보석을 본 세이린은 눈을 가늘게 떴다.

'속성 판정을 달빛 수정으로 하는 거였어?'

달빛 수정은 인간계의 다이아몬드보다 희소하고 값비싼데, 그 이유가 낮 대륙의 그믐 호수에서만 채광되기 때문만은 아니었다. 여타의 광물들이 마법식을 담을 수 없는 데에 반해 달빛 수정은 한 번 마법식을 입력해 두면 깨지기 전까지 그 마법이 유지되었다. 그 때문에 마력을 옮기거나 한 번 쓸 만큼의 마법을 넣어 밀거래할 때 사용되었다.

'저것 때문에 입학금이 그렇게 비싼 것이로군.'

달빛 수정을 마력의 원천인 젬으로 만드는 속성 판정 마법은 겉보기엔 복잡하지 않았다. 학생이 밤톨만 한 달빛 수정을 손으로 덮은 다음, 기사단장이 그 위로 마력을 불어넣어 주면 끝. 달빛 수정의 색을 보고 네 속성 중 어느 것이 자신의 속성인지 깨닫게 된 학생들은 대부분 들떠 있었다.

"비전하, 쟤는 왜 우는 거예요?"

무언가를 발견한 세이린이 물었다.

"기껏 공부해서 입학시험에 패스했는데 무속성 판정을 받은 거예요. 보세요. 손에 쥔 달빛 수정이 조금도 변하지 않았죠?"

빌리아의 말대로 우는 학생들이 쥔 달빛 수정은 손으로 덮기 전과 똑같았다.

"……무속성이 뜨면 어떻게 되는 거예요? 퇴학?"

"퇴학시키진 않지만 대부분이 자퇴해요. 아카데미는 속성 마법 위주로 커리큘럼이 구성되어 있으니까요."

수업을 못 따라가니 자퇴를 선택한다는 게 어째 남의 일 같지 않았다. 세이린은 큼큼 헛기침을 했다.

한편, 클라우드는 관례대로 아카데미에 와 속성 판정을 지켜보고 있었다. 조금도 흐트러지지 않은 자세로 일관하던 그가 총장과 왕비, 그리고 세이린을 발견했다. 무속성 판정이나 받았으면 좋겠군. 악랄하게 웃은 마왕이 금빛 기사단장을 불렀다.

"레이 필드. 낙제생의 속성 판정을 돕도록."

비록 턱짓이긴 했지만 마왕이 친히 지목한 탓에 모두가 그녀를 바라봤다. 이러다 무속성 나오면 개망신인데. 갑작스러운 부담감으로 바들거리는 세이린에게 레이가 다가왔다.

"꼬맹이. 긴장하지 말고 이거 잡아."

레이는 세이린의 손에 달빛 수정을 얹어 주곤, 그 위로 자기 손을 덮었다.

"눈 감고, 하나, 둘, 셋!"

경품 추첨하듯 발랄하게 손을 벌리게 한 그가 그대로 굳어 버렸다. 빛깔은 여전히 투명했다. 그러나 모양이 변했다.

'설마……'

세이린은 손을 살며시 구부렸다. 손바닥에서 느껴지는 따스함. 오로라가 담긴 듯 영롱한 빛. 모난 곳 하나 없는 완전한 원형. 그녀의 젬을 들여다본 도서관장이 안경을 추켜올리곤 선언하듯 말했다.

"……빛의 젬입니다."

"불 속성 말씀하시는 거죠?"

"불이 아니라 빛. 아가씨는 전하와 같은 이속성입니다."

이속성이라니. 나 그냥 음란 마귀 아니었어? 혹시 마왕님의 장난인가? 의심의 눈초리로 고개를 돌린 세이린은 놀라운 광경을 목격했다.

"저, 전하! 괜찮으십니까!"

천하의 클라우드 슈테른이 바닥에 쓰러져 있었다.

Chapter
3

빛과 어둠에 관하여

속성 판정을 진행하던 홀이 일순간에 아수라장으로 변했다. 세이린 또한 혼란스럽긴 마찬가지였다.

처음엔 낙제생인 자신이 귀하디귀한 이속성을 가졌다고 판정받아서 마왕이 뒷목 잡고 쓰러진 줄 알았다.

'나 잘되는 꼴 보기 싫어하니 당연히 혈압 오르시겠지.'

그러나 그가 고통스러운 듯 가슴 언저리를 붙잡는 걸 보니 생각이 달라졌다. 어떻게 된 일인지 가장 가까이에서 마왕을 호위하고 있던 코로나의 모습도 보이지 않았다.

당황한 건 세이린뿐만이 아니었다.

"어서 전하를 마왕성으로 모시도록 하세요."

침착한 어조로 말하던 빌리아조차 놀란 눈빛을 하고 있었다. 마왕 부부와 속성 판정을 돕던 기사단장들이 사라지자 홀은 순식간에 적막에 휩싸였다. 잠시 후, 스피카 총장이 세이린과 도서관장의 곁으로 다가왔다.

"페일 님. 정말 이속성의 젬이 맞습니까."

"제 식견으로는 그렇습니다. 분명 빛 속성의 젬입니다."

둘은 심각한 얼굴로 이야기를 주고받았다. 심각한 건 세이린도 마찬가지였다. 이속성이라니. 그런 귀한 게 왜 나한테 나오지? 마왕님은 왜 타이밍 딱 맞춰서 쓰러지셨고? 이거 무속성으로 판정받는 것보다 더 심각한 상황이 아닌가.

인상을 잔뜩 찌푸린 세이린의 어깨에 톡, 하고 손이 얹혔다.

"너 정말 사고를 몰고 다니는구나."

커밋 글레이시아. 그녀는 그의 이름을 기억하고 있었다. 친한 척 치근덕대던 커밋은 세이린의 빛 속성 젬을 잠시 구경했다.

"네가 이속성인 줄 알았으면 관련 주식을 사 두는 건데."

난들 알았겠니, 이 주식광아.

"그나저나. 나랑 같은 반 된 거 축하해, 세이린."

"같은 반?"

"F반."

분명 어제 문제 쉽다고 하신 것 같은데요. 세이린은 묘한 동질감을 느꼈다. 평소대로라면 시험 망친 얘기로 반나절 동안 수다를 떨었겠지만 지금은 쓰러진 마왕님이 걱정되는 탓에 그럴 수가 없었다.

'어제, 아니, 오늘 아침까지만 해도 멀쩡했잖아.'

마왕이 언제부터 아팠는지 걱정도 되고, 큰 문제는 아닐지 초조하기까지 했다.

"세이린 양. 일단은 마왕성으로 돌아가도록 하세요."

그녀의 마음을 읽은 듯 스피카 총장이 이동 마법진을 그려 주었다.

갑자기 돌아온 탓인지 마왕성이 조금 낯설었다. 세이린은 곧 그 이유를 눈치챘다. 듬성듬성이나마 항상 성을 지키고 있던 그림자 기사단이 한 명도 보이지 않았다. 그 자리를 다른 속성의 기사단원들이 지키고 있는 모습이 영 어색했다.

"괜찮을 겁니다. 마왕님은 강한 분이세요."

로자리가 곁으로 다가와 위로하듯 말했다.

'이런 말을 들으니 마왕님이 오늘내일하는 것 같잖아……!'

세이린은 울상을 했다. 그가 쓰러진 것이 어째 자신의 탓처럼 느껴져 마음이 콕콕 찔렸다.

"마왕님이 전에도 이렇게 아프신 적이 있나요?"

"쓰러지신 건 처음이긴 해요. 하지만 운동도 꾸준히 하시고, 소소한 나쁜 일도 빼먹지 않고 실천하시는 분이니까……."

세이린은 고개를 갸웃했다.

'소소한 나쁜 일? 아, 여기 마계지, 참.'

문득 마물들의 왕은 어떤 소악행을 일삼는지 궁금해진 그녀였다.

"마왕님은 어떤 나쁜 일 하시는데요?"

"국정을 맡아 보시느라 거의 매일 밤을 새우시죠. 사탕이나 캐러멜도 꼭 챙겨 드시고요. 아! 과로도 몸소 실천하세요."

"……그래서 아픈 거 아닐까요?"

"그럴 리가요. 그렇게 규칙적으로 나쁜 일 하시는 분도 드문데……."

인간이었던 세이린에겐 영 이상한 논리로 와닿았지만, 마물이란 원래 나쁜 일로 활력을 얻는 종족이었다. 나쁜 일이라고 해서 다른 이에게 피해를 주는 강도나 살인을 말하는 게 아니라 즐길 수 있는 정도의 나쁜 일이지만.

'……그나저나 마왕님이 캐러멜이나 사탕 같은 걸 드시다니. 되게 의외네.'

잘 짜여진 웰빙 식단만 먹을 것 같은 작자가 캐러멜이라니.

침전의 문을 열자, 학교에서 마왕과 함께 돌아온 기사단장들과 도서관장을 비롯한 마왕성의 주요 인사들이 초조한 얼굴을 하고 있는 것이 보였다. 빌리아 또한 곤란한 얼굴로 마왕을 내려다보고 있었다.

세이린은 모두의 시선이 모인 곳으로 눈길을 옮겼다. 늘 제복을, 그것도 구김 하나 없이 완벽한 제복을 입고 있던 그가 편한 옷을 입은 채로 누워 있었다.

조금씩 흐르는 식은땀. 미미하게 달아오른 뺨과 귓불. 뜨거운 숨을 내쉬는 채로 풀린 눈을 한 클라우드 슈테른. 그리고 그 옆에 라임색 머리카락을 높게 올려 묶은 여자가 진찰에 애를 쓰고 있었다. 밤 대륙의 은빛 기사단장 다프네 레인이었다. 바람 속성은 타인의 컨디션이나 호흡에 관여할 수 있어서 치유 마법을 전공한 자가 다수였는데, 다프네도 그중 하나였다.

"전하께서는 아직 깨어나지 못하…… 어, 전, 전하!"

깨어나지 못한다던 마왕이 인상을 한껏 찌푸렸다가, 나직한 신음을 내며 눈을 떴다.

"내가 얼마나 쓰러져 있었지?"

클라우드가 지끈거리는 머리를 짚으며 다프네에게 물었다.

"30분 정도 쓰러져 계셨습니다."

"……."

자신이 쓰러진 이유를 모르겠다는 듯 클라우드가 인상을 썼다.

"제 식견으론 외적으로나 내적으로나 이상이 없는 것 같습니다."

한 번 더 주군을 훑어본 다프네가 곤란하다는 듯 덧붙였다. 모두가 침묵을 지키며 이유를 짐작하고 있을 때, 빌리아가 중얼거렸다.

"전하의 속성은 이속성 중 어둠. 작가님은 빛. 빛과 어둠……."

단서를 발견한 탐정처럼 붉은 눈동자에 섬광이 튀었다.

"전쟁 중, 빛과 어둠에 대한 책을 읽었던 적이 있어요. 두 속성은 긴밀히 영향을 주고받는다고 나와 있었죠."

빌리아는 마왕이 쓰러진 이유로 막 판정받은 세이린의 속성, '빛'을 지목했다.

"빌리아. 책 제목은?"

클라우드 또한 빌리아의 추측을 진지하게 받아들였다.

"〈빛과 어둠에 관하여〉. 전쟁 중에 훑어본 책이라 내용이 자세히는 기억나지 않지만요."

"이속성에 대한 자료는 영주들에 의해 대부분 금서로 지정되었을 텐데."

금서 지정이라. 어쩐지 낯설지 않은 처벌이었다. 괜히 움찔하는 세이린과 달리 빌리아는 태연했다.

"금서 지정은 전쟁이 끝날 즈음이었고, 제가 책을 훑어본 건 전쟁 초반이라. 전쟁 통이었으니 누군가의 소장본이었을 수도 있고요."

클라우드는 상체를 일으켰다.

"페일. 왕비가 언급한 서적이 무엇인지 아나?"

"송구하오나 소신은 이속성에 관한 지식을 접한 적이 없습니다."

"책에 대한 정보가 필요할 것 같은데."

"즉시 알아보겠습니다, 전하."

페일은 지팡이나 쩀을 들고 검색 마법을 펼칠 것이라는 세이린의 예상을 깨고 태블릿 PC를 꺼냈다.

'……마계는 진짜 알다가도 모르겠다. 왜 이럴 때만 최신식이야.'

심지어 페일은 능숙하게 기기를 조작했다.

"말씀하신 제목으로 책 한 권이 검색되긴 합니다만……."

찬찬히 수염을 쓸던 손이 멈칫했다. 얇은 안경테 뒤로 녹색 눈동자가 흔들렸다. 대체 이게 무슨 일인지.

[빛과 어둠에 관하여 — 페일 세이건 지음]

방금 이속성에 대해 아는 것이 없다고 답한 페일이었다. 본인이 쓴 책을 모를 수가 있나? 금서로 지정하면 이렇게 되는 건가. 묻고 싶은 것이 많은 왕실 작가는 주변을 살폈다. 하지만 아무도 캐묻지 않고 넘어가는 분위기인지라 별수 없었다.

클라우드도 페일에게 별다른 질문을 하는 대신 빌리아에게 물었다.

"빌리아. 기억나는 게 있나?"

"훑어본 거라 잘 기억이…… 아! 빛은 가장 더럽히기 쉬운 속성이라고 했어요. 그래서 술이나 맹독에 극도로 민감하다고 하더라고요."

술. 그 한 글자에 세이린과 클라우드의 눈이 마주했다.

"……세이린 폴룩스는 빛 속성이 맞는 것 같군."

굳이 확인해 주시니 고맙네요. 세이린이 억지웃음을 지어 보이며 침전에서 빠져나왔다. 마왕이 쓰러졌을 때 죽기라도 할 줄 알았나. 멀쩡한 걸 보니까 왜 이렇게 얄밉지? 많은 일이 한 번에 터진 탓에 머리가 복잡했다.

'……일단 딜런한테 문자 보내 놔야지. 술에 혀만 담가도 취하는 이유가 궁금했을 텐데.'

그녀가 문자 전송 버튼을 눌러 놓고 잠시 창밖을 바라보고 있을 때 등 뒤에서 재차 다급한 외침이 들려왔다. 세이린은 곧바로 마왕의 침전에 다시 들어가 상황에 대해 물었다.

"아가씨, 전하께서 또 정신을 잃으셨…… 어?"

다프네의 말에 따르면 또 정신을 잃었다던 클라우드가 다시 낮은 신음을 흘리며 눈을 떴다. 반응이 너무 즉각적이라 몰래카메라라고 해도 믿을 듯했다.

'거짓말 못하는 아벨 경도 심각한 얼굴인 걸 보니 그건 아닌 것 같은데.'

정작 깨어난 클라우드 본인도 당황한 얼굴이었다.

"전하. 코로나를 소환할 기력은 남아 있으신지요."

보는 눈이 많은 탓에 빌리아가 존칭으로 물었다.

"……코로나."

클라우드는 내일이면 숨이 멎을 사람처럼 힘겨워하며 세 글자를 발음했다. 그의 명을 받고 소환된 코로나와 두어 명의 그림자 기사들도 상태가 영 좋지 않았다.

"부, 부르셨습니까……, 전하."

"……"

코로나의 상태는 더 심각했다. 분명 투구를 눌러써서 얼굴이 보이지 않는데도 창백한 안색이 느껴졌다. 심지어 그는 오한이 든 것처럼 몸을 와들와들 떠는 게 금방이라도 쓰러질 기세였다. 세이린은 코로나에게 가까이 갔다.

"코로나 경, 괜찮으세요?"

"아니요. 아가씨, 괜찮지 않……."

말을 뱉은 찰나, 어떤 이유에선지 방금까지만 해도 쓰러질 것 같던 코로나가 평소처럼 건강해졌다. 뭐지. 세이린은 두 걸음 뒤로 물러났다. 아니나 다를까, 그림자 기사단장이 다시 후들후들 몸을 떨었다. 다시 거리를 좁히자 무슨 일이 있었냐는 듯 멀쩡해졌다.

'……내 몸에서 와이파이 같은 거라도 터지나?'

세이린을 포함하여 침전에 있는 모두가 당혹스러운 얼굴을 했다.

"전하께 휴식이 필요할 것 같으니, 일단 모두 돌아가도록 하세요."

빌리아가 다급히 명했다.

□ ■ □

왕비의 명에 따라 침전에 있던 모두가 해산했다. 세이린과 로자리 또한 별궁으로 돌아왔다.

'마왕님이 정말 나 때문에 아픈 걸까?'

쉬기 위해 샤워를 하는 내내 마음이 편치 않았다. 복잡한 마음이 들어 괜히 머리를 털어 말릴 즈음, 로자리가 다가왔다.

"아가씨, 코로나 경이 오셨어요."

"해산한 지 30분도 안 지났는데요?"

문을 열자 바닥에 납작 엎드린 코로나가 보였다. 몇 걸음은 거의 기다시피 다가오던 그가 세이린과 가까워질수록 서서히 직립 보행을 했다. 그 모습이 역사책 맨 처음에 나오는 유인원 진화 과정 그림을 연상시켰다. 세이린은 코로나의 곁으로 바짝 다가가 물었다.

"무슨 일이세요, 코로나 경?"

"비전하의 명입니다. 가시죠, 아가씨."

뭐라 거부할 틈도 없이 눈을 감았다 뜨니 클라우드의 침전이었다. 빌리아는 몹시 흡족한 얼굴로 세이린을 맞았다.

"둘은 정말 운명인가 봐요. 빛과 어둠이라니. 한 세트잖아요."

세이린은 자신과 정확히 반대로 상황을 해석하는 빌리아를 신기하게 바라봤다.

"빛 속성이면 뭐…… 치유 같은 건 못 할까요? 게임에선 다 힐러 하던데."

설마, 마물이라 빛 속성이 치유하면 사라지기라도 하는 건 아니겠지. 세이린이 진지한 표정으로 생각했다.

"작가님. 아무래도 지금 클라우드를 치유할 수 있는 건 작가님뿐인 것 같네요."

"그럼 아까 돌아가라고 하신 건?"

"에이, 다른 사람들 다 있는 곳에서 어떻게 작가님만 남으라고 해요."

빌리아가 찡긋 윙크했다.

'예쁘긴 한데 안 넘어가요, 언니.'

세이린이 꿋꿋이 버티자 빌리아는 작전을 변경했다.

"설마 밤 대륙의 왕을 죽게 내버려 두시진 않을 거죠?"

풍성한 깃털이 달린 부채가 침대를 가리켰다. 그곳엔 아까 봤던 것처럼 다소 곳이 이불을 덮고 있는 마왕이 있어야 하는데…….

"왜, 왜 벗고 계세요?"

이불 위로 드러난 그의 단단한 상체. 음란 마귀의 눈이 튀어나올 듯했다.

"셔츠만 벗고 있는 건데, 혹시 더……."

세이린이 격렬히 손사래를 치자 빌리아가 생긋 웃었다.

"기어이 찬물로 샤워를 하시더니 이젠 몸도 못 가누세요. 열도 펄펄 나고."

세이린은 마왕에게 조심히 다가갔다. 확실히 저가 가까이 있으면 호흡이 편해지는 게 느껴졌다.

"어쩔 수 없이 같이 계셔 주셔야 할 것 같아요, 작가님."

"저, 그런데요, 비전하…… 이게 다 뭐예요?"

침대 위에는 관능적인 향을 폴폴 풍기는 붉은 꽃잎들이 흐트러져 있었다.

"음…… 에테라의 민간요법이에요. 환자 근처에 꽃잎 뿌리기."

"저 향초는요?"

"로맨틱한 분위기 조성……이 아니라, 환자의 심신 안정을 위한 아로마 테라피?"

자세히 둘러보니 침실에는 30분 동안 참 많은 물건이 추가되어 있었다. 배스 밤, 검은 레이스 장식이 달린 안대와 깃털 같은 것들.

"설계도를 보니 욕실이 둘이 들어가도 남을 만큼 넓더라고요. 그럼 저는 이만!"

"가, 가시게요?!"

"당연하죠. 작가님. 아, 거품 목욕 기능도 있다니 한번 시도해 보세요!"

빌리아는 방에 놓인 뮤직 플레이어를 작동시키곤, 그대로 리모컨을 가지고 튀었다.

'이런 미친. 이건 또 무슨 상황이야.'

세이린이 시선을 옮겼을 때, 마침 뒤척인 클라우드의 넓고 굴곡진 등이 시선을 강탈했다. 기다렸다는 듯 스피커에서 노래가 흘러나오기 시작했다. 그것도 아주 느리고 끈적끈적한 노래가. 세이린이 다급히 문을 열고 복도를 살폈을 때 빌리아는 이미 자취를 감춘 후였다.

— Kiss, kiss~ ♪

대체 어디서 구해 온 건지도 모르겠는 끈적한 노래가 방 안에 울려 퍼졌다. 가사는 왜 또 이렇게 노골적이람. 배경 음악의 근원지인 뮤직 플레이어에는 아무리 봐도 종료 버튼이 없었다.

— Kiss me kiss me now~ ♪

그래, 노래는 너무 좋은데, 지금 이 상황에 어울리는 노래는 아니라고. 세이린은 뮤직 플레이어 앞에서 발을 동동 굴렀다. 하다못해 볼륨을 줄이는 버튼도, 뽑아 버릴 플러그도 없었다. 아무래도 모든 기능이 빌리아가 가지고 튄 리모컨으로 작동하는 듯했다.

'……지금쯤 어디 연못에 집어 던지셨을지도 몰라.'

세이린이 최후의 수단으로 스피커를 내리치려 할 때, 마왕의 목소리가 뒤에서 들려왔다.

"안 끌 건가?"

"드, 듣고 계셨어요?"

앓느라 잠긴 목소리가 안 그래도 붉어져 있던 그녀의 뺨에 불을 지폈다. 세이린은 될 대로 되라는 심정으로 스피커를 손으로 내리쳤지만 역효과만 났다. 안 그래도 끈적한데, 노래방 뺨치는 에코 효과까지 더해지다니. 세이린이 얼얼한 손을 파닥이자 클라우드가 무거운 몸을 일으켰다.

"……귀찮게 하는군."

"오해하실까 봐 말씀드리는데, 제가 튼 거 아니에요."

"어련하실까."

세이린이 입술을 깨물며 스스로를 다독였다. 이러지 말자. 그래, 애국가라도 부르는 거야. 하지만 동해 물과 백두산이 마르고 닳아도 건재할 것 같은 그의 미모가 시선을 강탈했다. 걸을 때마다 조금씩 움직이는 승모근. 그 아래로 핏줄이 불거진 팔뚝. 머리카락을 신경질적으로 헝클어뜨릴 때 유독 돋보이는 내리 뜬 눈과 툭 튀어나온 목울대.

"예상은 했지만, 너무 빤히 보는 것 아닌가?"

시선을 느낀 클라우드가 세이린에게 쏘아붙였다.

"쓰, 쓰러지실까 봐……."

무슨 놈의 환자가 이렇게 관능적이냐. 음란 마귀가 침을 꿀꺽 삼키자 기가 막힌 타이밍에 노래가 다음으로 넘어갔다. 첫 번째 노래보다 수위가 더했다. 왕비님은 어찌 이리도 육감적인 노래들만 선별하셨을까.

클라우드가 인상을 찌푸렸다가 마력을 스피커에 불어넣었다. 그러자 뚝, 하고 끈적한 배경 음악이 멎었다. 이런 것도 못 하냐고 말하듯 세이린을 내려다보는 시선이 조금 맥없었다. 평소와는 달리 눈이 약간 풀린 탓이리라. 맨날 노려보던 재수 부재중인 마왕이 이렇게 힘없는 모습이라니.

'아프긴 진짜 아프시구나.'

세이린이 침대맡으로 다가가 베개를 팡팡 두드렸다.

"얼른 누우세요, 전하."

"……뭐?"

"아니, 환자가 누워서 쉬라는 말을 듣고 왜 놀라세요. 괜히 민망하게……!"

클라우드는 아픈 사람들이 으레 그렇듯 조금 느리게 반응했다. 고개를 끄덕인 다음 침대로 가 눕는 행동이 늘 빠릿빠릿하던 평소의 재수 부재중인 모습과 겹쳐 보여 어딘가 모르게 짠했다.

"……."

물론 짠한 거랑은 별개로, 조금씩 움직이는 근육들이 음란 마귀의 눈길을 사로잡았다.

"침이나 흘리지 마."

클라우드가 포기한 듯 말했다.

"누가 마왕님 등빨 보고 침 흘렸다고……."

"등이라고 말한 적 없는데."

큼, 큼. 간호에 집중하자. 세이린이 사근사근 웃으며 물었다.

"상태는 좀 어떠세요, 전하?"

"머리 아파."

두개골이 갈라져도 뚱한 얼굴로 무시할 것 같은 사람이 두통이라니. 도움이 될 만한 것을 찾아 주변을 둘러보던 세이린은 문득, 아플 때 엄마가 방에 걸어 주던 젖은 수건을 떠올렸다. 그녀는 왕비가 친히 준비해 둔 부드러운 수건을 하나 집어 욕실로 들어갔다.

'와. 진짜 거품 목욕 기능 있어.'

확실히 본궁 시설이 좋긴 좋았다.

"음란 마귀. 이번엔 또 무슨 짓을 하려고."

욕실에서 터져 나오는 감탄사에 모종의 불안감을 느낀 그가 물었다.

"아무 짓 안 할 거니까 기대하지 마세요."

세이린은 수건의 물기를 꼭 짜 욕실 밖으로 나왔다. 클라우드는 식은땀을 흘리고 있었다. 내색하진 않지만 고통이 상당한 듯했다. 그녀는 무심결에 수건을 고쳐 잡고 마왕의 얼굴선을 훑었다. 클라우드는 그저 눈을 감고 있었다. 조금 달아오른 얼굴에 찬 것이 닿아서인지 그의 표정이 묘하게 바뀌었다.

"기분 좋아요?"

"……조용히 네 할 일이나 해 줬으면 좋겠군."

그가 잠긴 목소리로 퉁명스럽게 말했다. 할 일이라니. 설마, 이 상황에서도 기어이 진도표를 클리어하겠다는 말씀이신가. 세이린의 가슴이 콩닥콩닥 뛰기 시작했다. 물론 자신의 취향을 총망라한 〈임성운의 5,500가지 그림자〉에는 남자 주인공이 아플 때 그것을 빌미 삼아 벌일 수 있는 스킨십들이 수도 없이 나와 있긴 했다. 세이린이 어쩔 수 없다는 얼굴을 하자 클라우드가 픽 웃었다.

"쓸데없이 돌아다니지 말고 옆에 붙어 있으라는 말이었는데."

"난 또 다른 일인 줄 알았네."

"……."

세이린은 명을 받들기 위해 침대 위에 앉았다. 꽃잎이 사르륵 퍼지는 것이 꼭 옆에 누우라는 신호처럼 보였다. 힐끗 눈치를 보자 마왕은 도끼눈을 하면서도 고개를 끄덕여 발랑 드러눕는 것을 허락했다. 그녀가 침대 위로 몸을 내리자 꽃잎들이 관능적인 향을 뿜내며 살랑였다.

"진짜 제가 가까이 있으면 괜찮아요?"

"지금은 두통이 없군."

"이러면요?"

세이린은 침대 위에서 벌릴 수 있는 최대의 거리로 떨어져 봤다. 그가 즉각 인상을 찌푸렸기에 그만두었지만.

"……머리 아파."

"예민한 환자시네요, 전하."

클라우드가 가만히 자신을 바라보는 것이 이상해서 세이린은 천장을 보고 누웠다. 한참 후, 다시 옆을 보고 누웠을 때 그녀는 조금 놀랐다. 잘난 얼굴이 코앞에 있었다. 아프긴 정말 아픈지 재수 부재중인 얼굴이 아니었다. 풀풀 나는 비누 냄새에, 아직 젖어 있는 검은 머리카락. 한풀 꺾인 눈빛과 툭 튀어나온 목울대. 그리고…….

"눈동자가 점점 아래로 움직이는군."

큼큼. 그녀는 마왕이 덮고 있는 이불을 끌어당겨 턱 바로 아래까지 덮어 주었다. 그의 깨끗하고 창백한 피부와 짙은 청색의 이불이 무척 잘 어울렸다. 매일 입던 제복만큼이나. 잠깐의 침묵이 지나자 클라우드가 입을 열었다.

"네가 올 줄 몰랐는데."

"백성들한테 입꼬리에 경련 올 때까지 웃어 주는 성군 마왕님 돌아가시게 놔둘 수는 없잖아요. 제가 마왕성에서 자취하고 있으니 가깝기도 하고."

"가까워서?"

"비전하가 쓰러지기 직전인 코로나 경까지 보내셨는데, 어떻게 안 오겠어요?"

그가 대답 대신 지그시 눈을 맞춰 왔다. 퇴폐미가 철철 넘치는 눈빛 때문에 괜히 긴장감이 들었다.

'……고소 안 당했으면 당장 고백했을 텐데. 사람이 어떻게 이렇게 잘생겼지?'

아, 맞다. 사람이 아니라 마물이지. 세이린이 SOS 치듯 말했다.

"마왕님. 죄송한데 반대쪽 보고 누워 주시면 안 될까요……?"

"……"

클라우드가 별말 없이 반대쪽으로 돌아눕는 순간, 넓은 등이 코앞에 펼쳐졌다. 이런 미친. 세이린은 어지럼증을 느꼈다.

"죄송한데 그냥 원래대로……"

등빨보다 얼굴이 심장에 덜 해로우리라는 세이린의 판단이었다.

"내가 그렇게 꼴도 보기 싫은가?"

"그게 아니라…… 잘생겨서 심장 아파요. 그러니까 얼른!"

"……"

성화에 다시 돌아누운 클라우드가 세이린을 빤히 보다, 웬일로 피식 웃었다.

이 완벽한 얼굴로 웃기까지 하냐. 세이린의 심박수가 당장 가슴을 부여잡고 쓰러진대도 이상하지 않을 만큼 흑흑 올라갔다. 무슨 말이라도 덧붙일 줄 알았건만 검은색 눈동자는 그저 그녀를 응시했다. 세이린은 그가 무슨 생각으로 자신을 보는지 파악할 수 없었다.

'뭐 이런 놈이 다 있나, 하는 눈인 것 같기도 하고.'

계속 눈을 피하자니 왠지 지는 마음이 들어 세이린도 눈을 마주했다. 일명 '진도표'를 실행에 옮기느라 얼굴을 마주한 적은 꽤 있었는데도 이렇게 가까이에서 차분히 들여다보는 것은 처음이었다. 숨을 멈추고 그의 눈동자를 살피던 세이린은 문득 무언가를 발견했다.

"어…… 잠깐만요. 마왕님 눈 색 무슨 색이에요?"

클라우드는 세이린이 어려운 수학 문제를 봤을 때랑 똑같은 얼굴을 했다. 답을 전혀 모르겠다는 듯 미간만 조금 찌푸리기.

"검은색?"

"흐음……"

세이린이 눈을 가늘게 뜨고 클라우드의 눈을 관찰했다. 때마침 커튼 틈으로 들어오는 얇은 빛이 그의 홍채에 무지개처럼 퍼졌다. 빛을 머금은 눈동자는 한밤과 여명의 경계처럼 오묘한 빛깔을 띠었다. 이런 걸 무슨 색이라고 하더라.

"청보라색."

"……청보라색?"

"지금 보니까, 머리카락도 눈 색이랑 똑같네요? 자세히 보면 청보라색이에요."

빛의 각도에 따라 조금씩 느낌이 달라지는 색이었다. 물론 자세히 보지 않으면 아무도 눈치채지 못할 만큼 색채가 약해 검은색이라고 해도 무방할 정도였다.

"7년 전에 자연 발생하신 분이 여태 자기 머리색이랑 눈 색도 몰랐어요?"

"……거울 들여다볼 일이 없으니까."

"아무리 그래도 그렇지. 말해 주는 사람도 없었나? 어쨌든 마왕님 머리색이랑 눈 색은 청보라색."

세이린은 대단한 발견이라도 한 것처럼 뿌듯한 얼굴을 했다. 그녀의 빙긋거림에 면역이 없는 클라우드는 손등으로 제 눈가를 덮었다. 이러면 더 말을 걸고 싶은 게 마물의 마음 아니겠나.

"근데요, 마왕님. 진짜 자기 전에 사탕 드세요?"

"……."

"임성운은 진짜 자기 전에 사탕 먹나?"

"시끄러워."

환자한테 이러면 안 되지만 시끄럽다니 더 떠들고 싶었다.

"처음 쓰러지셨을 때 뒷목 잡고 쓰러지신 줄 알았는데."

"무슨 뜻이지?"

"제가 이속성, 그것도 전하랑 상극인 빛이라 혈압 올라서 쓰러진 줄 알았다고요."

아카데미가 매년 발간하는 학술지에 따르면 속성은 마물의 성향에 큰 영향을 끼친다고 했다. 예를 들어, 물 속성 보유자 대부분이 불 속성 보유자들을 달갑지 않게 여긴다. 반대도 마찬가지지만.

'어쩐지. 우리 첫 만남이 너무 삐그덕거린다 했어. 내가 전하와 상극인 빛일 줄이야.'

빌리아와 전혀 다르게 생각하는 세이린이었다.

"어이없긴 하군. 낙제생이 이속성이라니."

"판정 결과가 무속성으로 나왔으면 얼마나 놀려 대셨을까."

"무속성이 아닐 줄은 알고 있었어."

"네?"

클라우드는 물음에 답해 주지 않았다. 대신 한결 차분한 목소리로 말했다.

"네가 이속성이라는 게 무슨 의미인지 아나."

"자세히는 모르지만, 달빛 수정을 써서 속성 판정을 받은 마물 대부분이 지, 수, 화, 풍, 무속성 중 하나라고 들었어요. 제가 엄청 귀해졌단 거겠죠."

"그만큼 위험하기도 하지. 앞으로 목숨 조심해야 할 텐데. 이속성을 노리는 무리가 있더군. 아직 본격적으로 활동하진 않지만."

아카데미 간답시고 속성 판정을 받아서 괜히 명줄만 위태롭게 만든 건가. 세이린이 심각한 얼굴을 했다.

"저 어떡해요, 그럼? 아카데미 등록 괜히 했나?"

"등록 못 하게 입학 서명을 다른 데다 해 줄 걸 그랬나."

"이제 안 아픈가? 피식 웃으면서 농담까지 하시고."

안 그래도 그놈의 서명 위치가 샤워할 때마다 신경 쓰이던 세이린이었다. 아카데미에 등록하면 사라질 줄 알았는데 왜 그대로인 것인가. 세이린이 토라졌을 때의 버릇대로 입술을 비죽였다.

"다 나으신 것 같은데 저는 이만 가 봐도 될까요?"

몸을 일으킬지 말지 고민하고 있는데 단단한 팔이 허리를 붙잡았다. 아니, 처음엔 붙잡은 게 맞았으나 점점 끌어안은 자세로 바뀌었다.

'그러고 보니, 이런 장면이 책에 있지 않았나?'

세이린은 기억을 더듬었다. 침대 위에 뿌려진 붉은 꽃잎. 나란히 누워 있는 남자 주인공과 여자 주인공. 상황이 상황인 김에 해치우겠다, 뭐 이런 생각이신가. 내리뜬 청보라색 눈이 홀린 듯 진중하다는 것이 평소와 다르다면 달랐다.

'침착하자, 유이린. 이건 다 마물들 콩밥 안 먹이려는 연기라고.'

세이린은 마물답게 행동하기로 마음을 다잡았다. 클라우드는 그녀가 책에 썼던 대로 얼굴을 괴고 다른 손으로는 산홋빛 은발을 매만졌다. 조금만 얼굴을 들이밀면 입술은 몰라도 콧대는 닿을 것 같은 거리. 머리카락을 쓰다듬던 손이 뺨 언저리로 옮겨 왔다.

'차라리 뺨을 푹 감싸면 덜 떨릴 텐데……!'

세이린이 마른침을 삼켰다. 그가 손가락도 아니고 손마디로, 그것도 애태우는 것처럼 느리게 쓸어내려서 미칠 것 같았다. 풀풀 풍기는 비누 냄새에, 아직도 살짝 젖어 있는 머리카락에.

'내 취향대로라면 이다음 상황은 뻔하지. 키스.'

모든 상황이 자신이 썼던 책에 나온 그대로 진행되고 있는데도 그녀는 집중하지 못했다.

"……할 거면 빨리 하면 안 돼요?"

"싫다면."

아까보다 조금 더 잠긴 목소리. 나직한 목소리가 귓바퀴를 간질이는 것처럼 들려서 눈을 꼭 감았다.

'……술이라도 마시고 올 걸 그랬나? 아니지, 그랬다가 또 무슨 일을 저지르려고.'

얼굴을 쓰다듬던 그의 손이 제 입술을 지분거리자 세이린은 책에 나온 대로 눈을 감았다. 그러면 임성운은 사랑한다는 고백을 하고, 여자 주인공인 유이린은 나도, 하고 지극히 뻔한 대답을 할 터였다.

하지만 클라우드는 눈을 감은 그녀에게 그저 짧게 입 맞췄다.

단언컨대, 이런 장면은 책에 없었다.

"세이린 폴룩스."

"네, 네?"

세이린이 놀란 눈으로 그를 바라봤다. 오늘 자기 전에 사탕 못 드려서 나쁜 장난 하는 건가? 마물이니까? 쉽사리 결론이 나오지 않았다.

"……솔직히 말해요. 이 장면 못 외우셔서 얼버무리신 거죠?"

하지만 클라우드는 지극히 유혹적인 얼굴을 하고 대답했다.

"아닐 텐데."

"……네?"

"네 책 못 외워서 이러는 거, 아니라고."

아닐 텐데. 네 글자에 완전히 무장 해제당한 것 같았다. 가슴이 걷잡을 수 없이 빨리 뛰어서 이젠 뭐가 뭔지 구분할 수조차 없었다. 세이린이 겨우 입을 뗐다.

"술 드셨어요?"

질문을 들은 클라우드는 잠깐 고민하다가, 몸을 가까이 해 또 짧은 키스를 선사했다. 세이린에게는 맞닿은 입술보다 감싼 뺨을 가로로 천천히 쓸어 주는 그의 엄지손가락이 더 선명히 느껴졌다.

"네가 멀쩡한 걸 보니 아닌 것 같군."

만일 클라우드가 술을 마셨다면 속성 때문에 알콜에 취약한 세이린은 즉시 취했을 터였다. 세이린은 그가 외울 듯 자신을 보고 있다는 사실을 눈치챘다. 이 간단하고도 위협적인 눈빛.

"마왕님. 저한테 흑심 있어요?"

"흑심은 없는데⋯⋯"

그가 지그시 눈을 맞추었다.

"사심은 좀 있을지 모르겠군."

세이린은 아예 직설적으로 물었다.

"임성운, 나 좋아하지?"

"⋯⋯"

"클라우드 전하. 소녀를 좋아하시는지 입장 표명 좀 해 주시겠어요?"

얼굴을 들이밀며 묻자, 클라우드는 잠시간 단어를 고르더니 입을 열었다.

"애민 정신이라고 해 두지."

"애민 정신? 그거 왕이 백성을 사랑하는 마음 아니에요?"

세이린은 잠시간 멍해졌다. 물론 클라우드는 왕이고, 자신은 그의 백성이었다. 그런데 이 상황에서 애민 정신이라니.

"박애주의, 뭐 그런 거."

"그러니까, 온 백성을 사랑하는 마음으로 저를 사랑하신다?"

"아니길 바라나?"

"솔직히 말해요. 안 아프시죠, 이제?"

"어."

세이린이 황당하다는 얼굴을 했다. 뭐가 이렇게 뻔뻔하지, 이 마물은?

"……그럼 좀 떨어지면 안 돼요?"

"그건 싫군."

"무슨 심보예요?"

"외전 쓰라고."

하긴. 이런 장면이 있어야 외전 쓰기 편하리라. 하지만 세이린은 클라우드의 치명적인 대사를 그대로 따라 했다.

"아닐 텐데."

"아닌 것도 같군."

말장난하자는 건가. 아니면 심리 게임? 얼굴엔 분명 나를 좋아한다는 게 드러나는데 아니라고 하다니. 세이린은 재수 부재중인 얼굴을 바라보다 문득 깨달았다.

"아, 알았다. 저를 좋아하는데 자존심 때문에 말은 못 하시겠고. 맞죠?"

"……무슨 자신감이지?"

"척 보면 알죠. 이래 봬도 연애 소설 작간데."

클라우드는 기가 차다는 얼굴로 그녀를 내려다봤다. 하지만 세이린은 더 이상 움츠러들지 않았다.

망했군. 그는 태연하게 굴기로 했다.

"아니라면?"

"아니라고 해도 상관없죠. 제가 그렇게 말한 순간부터 마왕님 머릿속엔 계속 떠다닐 텐데. '혹시 내가 진짜 얘를 좋아하나?' 하는 생각이."

"……."

티 내지 않으려 애쓰는 듯했으나 그의 얼굴에 낭패감이 서렸다. 세이린은 씩 웃었다. 그러게 날 우습게 보면 안 되지. 연애 실전 경험이 없는 탓에 그동안 얼마나 많은 이론 서적을 독파했던가. 시중에 나온 연애나 사랑, 심리학 관련 책은 모조리 읽은 그녀였다. 먼저 좋아한다고 말하는 사람이 지는 게임에서 절대 지지 않을 자신이 있었다.

"클라우드 슈테른."

"왜."

세이린은 그가 했던 것처럼 손가락의 마디로 조심스레 그의 얼굴을 매만졌다. 아니나 다를까, 마른침을 삼키느라 그의 목울대가 일렁였다.

"절 낙제생이라고 그렇게 놀리셨는데 어쩌면 좋아. 이번엔 마왕님이 낙제인 것 같은데."

"……."

"제가 이겨요, 이 싸움. 그냥 순순히 인정하시지 그래요? 절 좋아한다고."

"……근거라도 있나."

"우리 마왕님은 사랑을 글로 배웠고, 그 글을 쓴 게 저니까."

세이린은 의외로 부드러운 짧은 머리카락을 간질이다 거리를 좁혀 입술을 겹쳤다. 당황 대신 얼굴을 감싸고 키스에 응하는 걸 보니 클라우드는 '감정 숨기기'엔 낙제점이 확실했다.

'아니, 잠깐만…….'

문득 세이린은 중요한 사실을 눈치챘다. 마생 7년 차 마왕께서 짜증과 사랑을 구분하지 못해 자신에게 고소장을 보낸 것이라는 것을. 마왕이 저를 좋아한다는 사실은 나쁘지 않았다. 가슴이 콩닥거리고 묘한 눈웃음이 지어졌다. 초등학생도 아니고, 좋아해서 틱틱거렸단 말이지.

마물이 다 된 음란 마귀는 화를 내기보단 마왕을 놀리고 싶었다.

"전하. 좋아한다고 인정 안 하실 거면 가지고 놀아도 될까요? 저도 그렇게 쓰레기는 아니니까, 좋아한다고 인정하시면 얄밉게 안 굴게요."

아이를 어르듯 그녀의 목소리가 다정다감했다.

"네가 나를 가지고 놀 수 있을 것 같나?"

"그럼요. 먼저 뽀뽀한 다음 모른 척할 거야."

"……."

"밤에 보고 싶다고 문자 보낸 다음 답장 안 할래요."

"……."

"이렇게 예쁜 제가 애교 부리다 뒤도 안 보고 사라지면, 마왕님 가슴이 아프지 않을까요?"

선수군. 클라우드는 이렇다 할 대답도 하지 못한 채로 입 안의 혀를 씹었다.

"어때요? 인정하실래요?"

"그럴 생각 없어."

"생각은 있으시겠지. 실행을 못 하는 거고."

이제 마왕의 째려봄도 세이린에게는 귀여운 토라짐 정도로만 보였다.

"째려보면 어쩔 거야. 날 좋아한다는데."

"……."

"미치겠죠? 심장이 막 뛰고?"

"허……."

"인정하고 광명 찾으시지."

"내가 먼저 인정하는 일은 없을 텐데."

"진짜? 지금 사랑한다고 하면 뽀뽀해 줄 의향이 있다는 것만 알아주세요."

그의 눈동자가 조금 동요했다.

"……진심인가?"

"키스는 안 돼. 뽀뽀만."

"……."

아쉬워 죽겠다는 눈빛.

"인정 안 하시겠다? 뭐, 편한 대로 하세요. 우리 마왕님, 이제 보니 쉬운 길을 돌아가는 타입이시네."

세이린이 머리를 쓸어 넘기며 픽 웃었다. 이제부턴 전쟁이었다. 전쟁을 승리로 이끈 영웅 대 마계 최고의 연애 소설 작가. 물론 그녀는 자신의 승리를 확신했다.

□ ■ □

다음 날 아침, 세이린은 기지개를 켜며 일어났다. 클라우드가 아니꼽게 바라보고 있었지만 이 정도로 기죽을 음란 마귀가 아니었다.

'간밤에 잠만 자서 그런지 상쾌하네!'

물론 자존심이 하늘, 아니, 우주까지 솟아 있는 클라우드 마왕은 애간장이 타들어 가는 바람에 밤을 지새운 듯했지만.

'내가 마왕성 생존법을 터득할 줄이야. 아, 역시 인류는 진화한다.'

지금은 인류가 아니고 마물이었지만, 어쨌든. 세이린은 손으로 머리를 빗는 자신을 바라보는 마왕에게 태연히 말했다.

"봐도 봐도 사랑스럽겠지만, 닳으니까 그만 보세요, 전하."

"……어이없군."

"그러게 왜 날 좋아해. 하긴, 내가 좀 예쁜가."

"밤새 양심을 잃었나?"

"마물이 양심은 무슨."

간밤에 취향이 이상해졌는지 마왕이 어이없어하는 게 재밌기만 했다. 어젯밤엔 절대 손댈 일 없으리라 예상했던 배스 밤과 목욕 가운을 집어 들자 그가 인상을 찌푸렸다.

"아카데미엔 안 가나?"

"거품 목욕 먼저 하고요."

마왕 조련법을 마스터한 세이린이 찡긋 윙크했다. 마른세수를 하는 그를 뒤로한 세이린은 빌리아가 어필했던 거품 목욕 욕조로 향했다. 따뜻한 채로 식지 않는 물. 보글보글 예쁜 거품을 일으키는 배스 밤. 여기에 하나만 더 있으면 모든 게 완벽할 듯했다.

"전하, 아침 안 드세요?"

세이린이 조금 열린 욕실 문 틈으로 소리치자 여전히 침대에 있는 클라우드가 매정하게 답했다.

"아침은 무슨 놈의 아침."

"이린이 샌드위치 먹고 싶은데에……."

"웃기는군. 내가 네 시중까지 들어야 하나?"

"사랑에 빠진 남자는 포로라잖아요."

"쫑알쫑알 시끄러워."

"에이. 목소리 듣는 것도 좋으면서."

"……."

마왕이 침실 문을 쿵 닫고 나간 지 정확히 2분 후, 큰 쟁반을 든 하녀들이 들어와 욕조 옆에 무릎을 꿇었다.

"아가씨, 무엇을 먼저 드시겠습니까?"

"네?"

세이린은 몸을 일으켜 하녀들이 들고 온 것들을 바라보았다. 족히 오십 종류는 넘을 듯한 샌드위치와 음료들이 뷔페처럼 펼쳐져 있었다.

Chapter
4

아카데미 수강 신청

든든한 식사를 마친 세이린은 오늘도 아벨의 차를 타고 아카데미로 향했다.

'왜 순간 이동 안 하고 차를 타는 거지?'

아무래도 마계의 풀리지 않는 미스터리 중 하나인 듯했다.

아카데미 정문에 높게 솟은 시계탑이 보일 무렵 옆자리에 앉아 그녀에게 이 것저것을 충고해 주던 아벨이 화제를 전환했다.

"알고 계시겠지만 아가씨는 주목받을 겁니다."

"제가 이속성이기 때문에요?"

"이속성 문제도 있지만……."

그 뒤는 말하지 않아도 뻔했다.

'내가 마왕의 후궁이 될 것이라는 소문 때문이겠지.'

그녀가 눈썹을 축 늘어뜨린 채로 입술을 비죽이고 있을 때, 신문의 헤드라인 이 눈앞에 나타났다.

"이속성 보유자의 신상을 함부로 발설해서는 안 된다는 법안이 신설되었답 니다. 보셨나요?"

"언제요?"

"오늘 아침에."

그야말로 졸속 입법의 표본이었다.

'친애하는 마왕님께서 날 보호하기 위해 손쓰신 건 알겠는데…….'

빌리아가 큰 그림 그리는 듯한 미소를 지으며 동의했을 것도 뻔했다. 아무래도 마왕이 후궁을 들이면 주가가 오르는 주식, 후궁 테마주를 잔뜩 샀다던 커밋이라는 남자가 재미 좀 봤을 것 같았다.

아벨에게 감사하다는 인사를 하고 내린 세이린은 신입생으로 복작거리는 건물 쪽으로 향했다.

"세이린!"

누군가가 뒤에서 달려왔다. 양반은 못 되는 커밋 글레이시아였다.

"역시, 주식 안 팔길 잘했지."

"나중에 나 원망하지나 마. 그거 분명 반토막 난다."

"설마, 친구를 위해서인데."

친구를 위해서 마왕이랑 결혼할 생각은 없네요, 이 마물아.

강당에 들어간 세이린은 일일 교직원으로 동원된 기사단원이 나눠 주는 번호표를 받곤 다시 복도로 나왔다.

"커밋, 수강 신청 어떻게 할 거야?"

"우리한테 선택권이 있나."

"무슨 뜻이야?"

오리엔테이션 때 수강 신청은 본인이 하는 거라고 들었는데. 커밋의 말이 무슨 뜻인지 곱씹어 보기도 전에 웬 남자애 하나가 그녀의 앞길을 가로막았다.

"수강 신청 우선순위는 A반부터거든. 낙제생들만 모인 F반은 남는 강의나 들어야 한단 말이지."

회갈색 머리카락에 붉은 눈동자. 자신감 넘치는 표정과 핏빛 마력이 넘실거리는 붉은 젬. 어쩐지 낯이 익다고 생각한 그녀는 이마의 주름을 총동원해 남자의 정체를 추리했다. 속성 판정을 받을 때, 아벨 경에게 A반에 배정되었다는 말을 듣고 뛸 듯이 기뻐하던 남자애였다.

'그런데, 뭐가 어쩌고 어째? 낙제생들만 모인 F반?!'

세이린이 사실이라 더 울컥할 때 그가 비아냥거렸다.

"하긴, F반은 기사단장님들 강의를 이해하지도 못할 테니까."

"뭐라고? 커밋, 얘 알아?"

커밋은 남자애의 정체를 묻는 세이린을 되레 신기하다는 듯 바라봤다.

"……날 모른다고?!"

남자애도 비슷한 반응이었다. 자기가 무슨 연예인인 줄 아나. 내가 당연히 알게. 세이린이 툴툴대자 커밋은 귀찮은 듯 팔짱을 끼곤 도끼눈으로 남자애를 훑었다.

"제이드 제릴. 너도 제릴 포스트는 들어 본 적 있지?"

세이린이 고개를 끄덕였다. 오늘 아침에 아벨이 내민 것도 마계 최고의 일간지, 제릴 포스트였으니까.

"제이드 제릴. 이번 신입생 중 제일 주목받았었지. 마계에서 톱 텐 안에 드는 언론 재벌의 막내아들이기도 하고."

"잠깐, 제릴 포스트를 발행하는 가문이라면……."

딜런에게 들은 적이 있었다. 전쟁 후, 워렛에 자리 잡은 제릴가가 폭풍 성장한 건 다 '어두울 때 확보해 밝을 때 터트린다'는 원칙 덕이라고. 마계에 존재하는 마물들 중 철야 작업과 밤샘, 야간 취재에 가장 능한 종족이라면…….

"뭘 봐. 뱀파이어 처음 봐?"

예상대로 신경질적으로 소리치는 제이드의 송곳니는 다른 인간형 마물들보다 날카로웠다. 어깨를 으쓱이는 커밋과 달리 정말로 뱀파이어를 처음 보는 세이린은 쉬이 시선을 거둘 수 없었다. 뱀파이어라면 하이틴 로맨스에 단골로 등장하는 마물이 아닌가. 더군다나 재벌가 자제분이라니.

인생 2회차까지 기가 막히도록 남자랑 연이 없다 했더니만, 다 이유가 있었군. 내 남자복이 마생에 다 몰빵 되어 있을 줄이야. 세이린이 다분히 음란 마귀다운 웃음을 지었다.

"……야, 세이린. 뭔 생각을 그렇게 실실 웃으면서 하냐?"

"실실 웃다니."

커밋의 말에 정색을 한 그녀는 제이드 제릴에게로 다시 시선을 옮겼다. 아카데미는 학생들이 편한 옷을 마음대로 입도록 교복을 두지 않았다. 하지만 제이드는 척 봐도 비싸 보이는 캐주얼 슈트를 갖춰 입고 있었다. 뱀파이어들이 귀족적이라는 흔한 묘사가 사실인 듯했다.

"그래서, 갑자기 등장한 뱀파이어님은 A반이시라고?"

"그래."

A반과 F반은 멀어도 너무 먼데. 성격 차이보다 좁히기 힘들다는 성적 차이도 너무 나고.

"제일 주목받는 신입생이라……."

역시 학교 배경 로맨스물에는 전 학우들의 주목을 받는 존잘 캐릭터가 있어야 제맛이지. 미식축구 선수나, 수석 입학생, 농구부 주장 같은 거. 하지만 제이드가 세이린에게 품은 마음은 다른 종류의 것이었다.

"세이린 폴룩스, 내가 받아야 할 관심을 다 가져간 네게 결투를 신청하지."

장르는 로맨스가 아니라 무협인 듯했다.

'마법은커녕 운동장 두 바퀴만 뛰어도 체력이 고갈되는데, 결투는 무슨 결투……!'

세이린이 난색을 표하자 제이드가 빽 소리쳤다.

"네가 이속성으로 판정받는 바람에 내가 주목을 못 받고 있다고!"

"수석으로 입학했으면 됐지, 뭘 더 바라?"

커밋이 여전히 팔짱을 낀 채로 말했다. 제이드가 수석의 주인공이라는 사실을 들으니 어쩐지 아쉬운 마음이 들었지만 낙제생은 티 낼 수 없었다. A반에 들어갈 정도면 마법 재능도 상당할 터였다. 거기에 이론 시험인 입학시험도 1등이라니. 제이드는 그야말로 사기캐의 정석인 듯했다.

"수석 같은 건 상관없어. 내가 원하는 건 클라우드 전하의 신뢰라고!"

제이드가 말하자 커밋이 고개를 끄덕였다.

"듣던 대로 네 존경하는 마물 랭킹 1위는 마왕인가 보네."

가히 주식광다운 빠른 정보 수집력이었다. 대부분의 마계 백성들이 마왕을 열렬히 지지한다는 것은 세이린도 아는 사실이었다. 클라우드는 인간계로 치자면 앨범 냈다, 하면 빌보드 차트 1위 찍고 월드 투어 다니는 S급 슈퍼스타 정도의 팬덤과 지지율을 가졌다. 하지만 제이드의 마왕님 사랑은 유독 남다른 듯했다.

'……애한테 오늘 아침에 마왕님 조련하고 온 거 걸리면 멱살 잡히는 걸로는 안 끝나겠네.'

세이린은 등줄기가 서늘해짐을 느꼈다.

"그분을 존경하는 게 뭐 어때서? 존경받을 만하니까 존경하는 거지. 쓰레기 같은 전쟁 전 영주들이랑은 달라."

"암요, 암요."

세이린은 노선을 변경하기로 마음먹었다. 일명 결투를 피하기 위한 비위 맞추기. 비굴해도 어쩔 수 없었다.

"영주들이 개처럼 부리던 노예들도 모두 풀어 줬고, 차별 금지법까지 만드셨지. 적을 용서하는 대범함까지."

"와, 역시 우리 마왕님이 최고……."

최선을 다해 리액션을 했건만. 보람도 없이 제이드가 세이린을 째려봤다.

"그런 분이 매년 수석 입학생을 접견하셨는데, 너 때문에……!"

"아니, 마왕님이 깜빡하신 게 왜 나 때문이야?"

"자애로운 전하께서 F반 낙제생인 너를 챙기느라 날 잊으신 게 분명해. 얼마나 칠칠치 못하면 아벨 경까지 널……!"

입학식 날 낙제생을 찾아 걸음을 옮기던 마왕님의 모습을 똑똑히 기억하는 제이드는 부득 이를 갈았다.

'내가 사리 분별도 못 하는 모지리라 배려해 주신 걸로 생각하다니. 낙제생은 억울해 죽소.'

물론 세이린은 할 말이 많았지만.

"너 같은 게 어떻게 아카데미에 들어왔지? F반에 이속성 학생이라니."

세이린은 차마 당신이 존경해 마지않는 마왕님이 내 허리에 서명해 줘서 들어왔다고는 말할 수 없었다. 가만히 입을 다물고 있자 커밋이 그녀의 앞을 막아섰다.

"거참, 듣는 F반 학생 거북하게."

"아까부터 거슬렸는데, 넌 또 뭐야?"

제이드가 살벌한 눈길로 커밋을 째려봤다.

"커밋 글레이시아. 세이린 폴룩스처럼 낙제점 받고 F반 들어온 신입생이다, 왜."

"그게 그렇게 당당하게 할 말이냐?"

"네가 마왕을 얼마나 사랑하는지는 하나도 안 궁금하니까, 저리 비켜."

커밋을 바라보는 제이드의 눈이 가늘게 찌푸려졌다.

"커밋 글레이시아. 내가 아카데미에 풀어 둔 박쥐들이 스피카 총장과 네놈이 독대하는 걸 봤다던데. 네놈도 여명회 앞잡이냐?"

여명회가 뭔지 모르는 세이린은 슬그머니 눈동자만 움직였다. 커밋이 뭐라 대꾸하기도 전에 제이드가 치를 떨며 말을 이었다.

"난 파렴치한 여명회 놈들이 싫어. 죽여 마땅한 중죄를 용서해 주셨음에도 불구하고 전하께 충성을 바치지 않다니."

"시끄러워, 마왕 빠돌이 뱀파이어."

"뭐야?!"

제이드와 커밋의 눈빛이 공중에서 맞붙었다.

'이러다 싸우겠다. 이 이상 주목받는 건 안 돼……!'

세이린은 쪽팔림을 무릅쓰고 입을 열었다.

"제이드. 커밋이 총장님과 면담한 건 낙제생이라 그렇거든? 나도 했어."

"낙제생은 면담도 하냐? 스피카 총장이 자퇴 권유라도 하든?"

거의 자퇴 권유긴 했지만 인정하면 지는 거다. 세이린이 고개를 저었다.

"아니긴. 총장 성격이면 뻔하지."

제이드는 슬슬 흥미가 떨어졌는지 제 친구들 곁으로 다가가며 말했다.

"너희 둘, 기사단장님 힘들게 하지 말고 빠른 시일 내로 자퇴해."

하지만 가만히 있을 주식광이 아니었다.

"어떡하냐, 뱀파이어. 네 존경하는 인물 랭킹 2위는 이속성 낙제생한테 관심이 많은 것 같던데."

'아니, 왜 갑자기 날 끌어들여……? 제이드가 존경하는 인물 랭킹 2위는 또 누군데!'

불안감에 세이린의 눈동자가 파르르 떨렸다. 예상대로 주식광의 한마디는 마왕 빠돌이의 심기를 건드렸다. 세이린이 그 타깃이 된 게 문제라면 문제였지만.

"세이린 폴룩스. 결투다."

"……난 마법도 쓸 줄 모르는데?"

"웃기지 마. 이속성 보유자가 아무것도 못 한다고?"

따란. 놀랍게도 사실이랍니다.

"거짓말하지 말고 무기나 꺼내. 아카데미에서 결투는 합법이니까."

제이드는 허리춤에서 단검을 꺼내 들었다. 칼자루를 바로 잡자 핏줄기처럼 붉은 불꽃이 칼날을 감싸고 휘몰았다. 마법만 보면 신입생이 아니라 이미 졸업생이었다. 다급해진 세이린은 커밋에게 도움을 요청했다.

"야, 커밋. 어떻게 좀 해 봐!"

"나도 보고 싶은데. 빛 속성이 싸우는 거."

커밋은 그 말을 남긴 채 멀찌감치 떨어진 구경꾼들 사이로 파고들었다. 이런 녀석도 친구라고 상대했다니. 세이린은 커밋을 째려보다 제이드에게로 시선을 옮겼다.

눈앞에서 두 자루의 단검을 들고 서 있는 제이드는 진지했다.

'아, 이러면 나도 뭔가 대단한 무기를 꺼내야 할 것 같잖아.'

하지만 그녀의 주머니에 있는 거라곤 휴대폰밖에 없었다. 이렇게 된 이상 훼이크와 허세만이 살길. 세이린은 휴대폰 플래시를 켰다. 비록 마력이 아니라 전기 먹는 LED지만 백 미터 뒤에서 보면 적당히 빛 속성 무기처럼 보일 것도 같았다.

"그게 네 무긴가?"

"그런 셈이지."

세이린의 작전은 소박했다. 머리와 급소는 맞지 않도록 몸을 사린다. 다치면 제일 먼저 딜런에게 전화한다. 딜런이 보험 처리를 잘 해 주길 기도한다.

당당한 허세와는 달리 그녀의 얼굴에서 웃음기가 사라지는 것을 본 제이드가 말했다.

"네 실력으론 아카데미에 어림도 없다는 걸 보여 주지."

"그건 이미 알고 있거든!"

제이드는 살기 가득한 눈을 하곤 칼을 겨누었다. 두려움에 세이린의 다리가 후들거렸다.

"허으악⋯⋯!"

쿵─!

분명 뒷걸음질을 치려고 했는데 몸이 긴장했는지 뒷걸음은커녕 뒤로 중심을 잃고 넘어졌다. 하지만 둔탁한 소리는 그녀의 몸이 넘어지면서 난 게 아니었다. 제이드의 붉은 마력과 세이린의 등 뒤에서 나온 푸른 마력이 맞부딪치며 작은 폭발이 일어났다. 정확한 궤도로 날아오던 제이드의 단검이 누군가가 휘두른 긴 두 자루의 칼날에 막혀 버린 것이다.

'⋯⋯커밋 자식, 꽤 하는데? 칼은 언제 들고 왔담.'

세이린은 안도의 한숨을 내쉬었다. 하지만 제이드를 막은 건 등 뒤의 검 두 자루뿐만이 아니었다. 어디서 튀어나온 건지 제이드의 허리를 채찍이 휘리릭 감쌌다.

"이건 또 뭐야⋯⋯!"

훅 뒤로 끌려간 제이드는 분노에 찬 얼굴을 했다가, 곧 눈을 동그랗게 떴다. 서부 영화의 한 장면처럼 채찍으로 제이드를 끌어당긴 건 금빛 기사단장, 레이필드였다.

"너는 A반 제이드 제릴, 맞나?"

"네, 네!"

기사단장님이 이름을 기억해 준다는 사실에 제이드가 감격했다.

'뱀파이어의 최애 랭킹 2위가 기사단장님이라니.'

세이린은 이때다 하고 레이에게 살갑게 인사했다. 이럴 때 필요한 게 친분 아니겠나.

레이는 그녀를 힐끗 보고 다시 제이드에게 물었다.

"우리 꼬맹이랑 결투 중이었나? 아, 꼬맹이는 세이린 폴룩스 말하는 거야."

"네, 그렇습니다. 그런데 레이 경이 쟤를 왜……."

"꼬맹이가 다치면 내 부자 친구한테 술을 못 얻어먹거든."

지극히 솔직하고도 간단한 이유였다.

"이유가 그게 다예요?"

뚱한 얼굴을 하고 세이린 쪽으로 고개를 돌린 제이드는 돌처럼 굳어 버렸다. 진짜 존경하는 인물 2위가 바로 세이린의 뒤에 있었다. 그것도 그녀가 넘어져 다치지 않게 포근히 끌어안은 채로.

"푸, 푸른……!"

제이드가 말을 더듬는 것에 의아함을 느낀 세이린도 찬찬히 고개를 돌렸다. 여전히 구경꾼 모드로 팝콘을 와작거리고 있는 커밋이 보였다. 그럼 난 누구에게 안겨 있는 건가. 그녀가 고개를 돌릴 찰나, 등 뒤에서 차분하고 친절한 목소리가 들려왔다.

"제이드 군."

"넵, 푸른 기사단장님!"

아벨 시엘리아가 품에 안고 있던 세이린을 찬찬히 놓아주며 말했다.

"벌써 불의 마력을 능숙하게 다루다니. 훌륭합니다."

사근사근한 말투와는 달리 아벨의 손에 들린 두 자루의 검은 서슬 퍼런 검기를 내뿜고 있었다. 칼자루에 달린 푸른 보석이 마력으로 웅웅거렸다. 곧, 칼날에서 푸른 기운이 스며 나와 제이드의 불꽃을 얼렸다. 하지만 제이드는 자기 마력이 얼어붙든 말든 마냥 좋은지 볼을 발갛게 상기시킨 채였다.

"마력의 농도도 수석 입학생다워요. 결투 신청 방법도 문제가 없었고요. 상대가 무기를 꺼낼 때까지 기다린다는 규칙도 잘 지켰습니다."

"아, 아닙니다. 푸른 기사단장님. 이 정도는 기본이죠."

제이드는 칭찬 세례에 민망한 듯 뒷머리를 긁적였다.

'……넘어갔네, 넘어갔어.'

세이린은 피식 웃었다. 이제 제이드에겐 F반 세이린 폴룩스가 안중에도 없을 게 뻔했다.

아벨이 칼날을 튕겨 제이드의 단검을 공중으로 날렸다. 휘몰던 불꽃은 이미 물 속성의 푸른 마력에 눌려 흔적도 없었다. 빙글빙글 회전하는 단검을 레이가 잡았고, 친히 제이드의 검집에 그것을 꽂아 넣어 주었다.

'기사단장님들 최고!'

구사일생한 세이린은 기립 박수를 칠 기세였다. 아벨은 그런 그녀를 눈에 담으며 희미하게 웃곤 말했다.

"제이드 군, 결투를 멈추도록 부탁드려도 될까요? 오늘 아침에 급히 명을 받았거든요."

여태까지 쭉 칭찬을 받았던 제이드는 어리둥절했다. 그토록 선망하던 기사단장님들이 한껏 칭찬을 해 주더니만 이젠 결투를 중지하란다.

"대체 누가 왜, 그런 명을……?"

어깨를 으쓱한 레이가 결투를 중지시킬 수밖에 없는 이유를 떠올리곤 한숨을 쉬었다.

"이속성 보유자의 털끝 하나라도 상하면 우릴 자르시겠단다."

"……누가요?"

세이린이 물었다.

"누구겠어, 꼬맹이?"

자신의 털끝 하나라도 상하면 기사단장 둘을 갈아 치운다니. 그녀가 아는 기사단장을 자를 수 있는 사람 중에 이런 말을 할 사람은 하나뿐이었다.

"비전하?"

"에이."

금빛 기사단장이 검지를 휘휘 저었다.

"설마…… 클라우드 전하께서요?"

"당연하지, 꼬맹아. 넌 항상 중요할 때 헛다리를 짚더라."

마왕이 친히 F반 낙제생을 살피고 있다는 말을 들은 제이드는 패배감에 풀썩 주저앉았다.

'훗. 어떠냐. 이것이 바로 고소인과 피고소인 간의 유대감이라는 거다. 부럽지?'

세이린은 전혀 쪽팔려 하지 않았다. 오히려 자부심 비슷한 것을 보였다. 보란 듯 뻔뻔하게 이유를 되묻기까지.

"이상하다. 마왕님이 왜 그런 명을 내리셨을까요?"

"그야, 이속성 확보는 곧 국방력 강화이기 때문이겠지. 속성을 개방하기 전까진 어떻게 쓰일지 모르지만."

"보유자 자체가 적어 연구가 덜 된 분야기도 하고요."

두 기사단장님이 말씀하시니 이속성이 중요하다는 사실이 팍팍 느껴졌다. 문득 시간을 확인한 아벨이 좌절하고 있는 제이드를 일으켰다.

"제이드 군. 같이 강의실로 갈까요?"

"푸, 푸른 기사단장님과 같이요?"

뱀파이어의 눈망울이 급격히 초롱초롱해졌다.

"이번엔 제가 A반 담임 교수를 맡게 되었습니다."

세이린은 아벨과 함께 사라지는 제이드를 내심 부러운 눈길로 바라봤다. 껄렁껄렁한 레이 필드가 눈앞을 가로막을 때까지.

"참고로, F반 담임 교수는 나야."

그녀에겐 이 말이 앞으로의 아카데미 라이프가 모두 딜런에게 보고된다는 선언이나 다름없었다.

'자유롭게 학교 다니긴 글렀네.'

아쉬워하는 세이린에게 팝콘을 다 먹은 커밋이 손을 내밀었다.

"일어나, 세이린. 우리도 수강 신청하러 가야지. 선택권은 없겠지만."

"선택권이 없다니?"

"아카데미 수강 신청은 선착순이잖아."

"그래도 선택권이 없는 정도는 아니겠지. 수석이라던 뱀파이어도 방금 갔잖아."

"무슨 뚱딴지같은 소리야?"

레이가 끼어들었다.

"제이드 제릴은 이미 오래전에 수강 신청 끝냈어. A반이 제일 먼저거든."

"네⋯⋯?!"

자기 시간표는 사수해 놓고 안 그래도 선택권 없는 F반 학생들 시간표를 망치다니. 인정머리 없는 마물 같으니라고.

커밋과 세이린은 곧바로 수강 신청을 위한 줄을 섰지만 어째 줄어들 기미가 보이지 않았다. 기사단장 중 최고 인기를 자랑하는 아벨 시엘리아의 강의는 벌써 마감이었다.

"기사단장님들도 바쁘시겠다."

세이린의 중얼거림에 커밋이 말했다.

"얼른 괜찮은 마물 뽑아다가 낮 대륙 기사단장 자리에 앉히라는 지령이 내려졌다더라. 어제 읽은 주식 정보지에 나왔어."

"낮 대륙의 기사단장이라."

아직 전쟁이 일어나기 전, 낮 대륙과 밤 대륙은 각각 네 개의 유력 가문이 나눠서 통치했다. 네 개의 가문은 각각 다른 속성에 통달해서, 자연스레 그 가문의 가주가 영지를 다스리는 영주이자 해당 속성의 마스터 역할을 했다. 가문의 이름을 따 영지를 부르기까지.

아직 황권이 확립되지 않았을 때라 딱 잘라 영주 제도라고 하기도 애매하고 연합 국가라기엔 더더욱 애매한 형태였다.

'실질적으론 밤 대륙의 시엘리아나 낮 대륙의 에테라의 수장이 왕처럼 각 대륙을 지배했다지만.'

이미 한참 지난 이야기였다.

그 뒤 자연 발생한 클라우드가 영주들의 젬을 다 깨부수는 바람에 마법으로 치안을 유지할 수 있는 인력이 사라졌다. 해서, 아카데미에서 적당한 사람을 찾아 기사단장으로 임명해야만 했다.

'……잠깐만. 뭔가 이상한데.'

세이린은 머릿속으로 도식을 그리며 생각에 잠겼다. 에테라는 비전하의 쇼윈도 부부 계약 때문에 살아남았다. 그렇다면 시엘리아는?

"있잖아, 커밋. 시엘리아 가문은 전쟁에서 어떻게 살아남은 거지?"

질문을 들은 커밋은 잠시 생각하는 듯 학생들에게 둘러싸여 인기를 실감하고 있는 아벨을 바라봤다.

"졸렬하고 야비한 방법을 써서."

"그야…… 혼자 살아남았다니 공평한 방법은 아니었겠지."

"아벨이 온전한 시엘리아 혈통이 아니란 걸 마왕이 알고 있었다던가."

"……아벨 경이 온전한 시엘리아 혈통이 아니라고?"

세이린이 놀라서 물었을 때, 커밋은 태연히 고개를 끄덕였다.

"그야, 아벨은 하룻밤 상대가 낳은 자식이니까. 원래 아벨의 형이 시엘리아의 가주이면서 영주였어."

아벨이 본부인의 자식인지 아닌지는 중요하지 않았다. 혈통 따지기를 좋아하는 귀족들이라면 모를까, 음란 마귀 자격으로 저승에서 넘어온 세이린에겐 관심 밖이었다. 하지만 그에게 이복형이 있다는 사실은 놀라웠다.

"이상하긴 했어. 전쟁 전 영주들은 다 폭정을 했다고 하던데, 아벨 경은 폭정이랑은 거리가 멀어 보이잖아?"

전쟁에 관한 사실은 암묵적으로 비밀에 부쳐졌다. 때문에 세이린은 자연 발생한 지 1년이 다 되어 가는 지금도 전쟁에 대해 자세히 아는 것이 없었다. 그녀는 그저 막연히 추측할 뿐이었다.

"원래 영주던 형이 죽었나? 하긴, 그러니까 동생인 아벨 경에게 영주 자리가 돌아간 거겠지?"

"어쨌든 에테라의 마지막 전투에서 시엘리아가 내보낸 가주는 실전 경험도 없던 아벨이었어."

커밋이 어깨를 으쓱하며 말했다.

'마왕은 그 사실을 간파하고 아벨 경을 살려 준 건가? 그에 대한 감사로 아벨 경은 시엘리아 성을 바친 거고?'

본인에게 물어볼 수도 없었기에 세이린은 더더욱 궁금증에 사로잡혔다.

"커밋, 그거 진짜야? 또 주식 정보지에서 본 거지?"

"맞거나 틀리거나 둘 중 하나겠지, 뭐."

정보 제공자가 이러니 영 믿음이 가지 않았다.

"그렇게 치면 주식도 오르거나 떨어지거나 둘 중 하나잖아."

"아니지, 주식은 하나가 더 있지. 박살 나는 거."

"……."

박살 많이 나 본 듯한 커밋이 말했다.

어쨌든, 마왕이 시엘리아의 영주였던 아벨을 살려 둔 건 뭔가 이유가 있을 터였다. 전통적으로 시엘리아의 가주는 곧 밤 대륙의 왕. 아무런 이유 없이 살려 둔 건 말이 되지 않았다.

얘기가 끝나고도 한참을 기다린 끝에, 드디어 세이린과 커밋의 수강 신청 차례가 왔다.

'진짜 선택지가 없……네?'

세이린은 강좌를 많이 듣고 싶었지만 남은 것이라곤 교양 강의 몇 개와 전공 강의 몇 개가 전부였다. 그것도 하루에 몰아서.

'아니, 이게 마물이 소화할 수 있는 시간표이긴 한가?'

그녀가 최대한 불쌍한 얼굴을 하고 담당자를 바라봤다.

"저…… 정말 이 시간표대로 들어야 하나요?"

"어디 봅시다."

조금도 다르지 않은 둘의 시간표를 훑어본 담당자는 경악스런 얼굴을 했다.

"심각하군요. 수강 신청을 진작 하셨어야지……. 제겐 권한이 없고, 총장님께 가 보십시오. 총장실은 어디에 있는지 아시죠?"

"네! 한 번 가 봤어요."

낙제생 특별 상담 경력이 빛을 발하는 순간이었다. 커밋과 세이린은 어렵지 않게 총장실을 찾았다. 스피카 블랙이라는 마물의 분위기를 떠올리자 조금 겁이 나긴 했지만, 망한 시간표로 한 학기를 보내야 할지도 모른다는 게 더 두려웠다.

"실례하겠습니다."

다시 방문한 총장실은 저번과 마찬가지로 조금 종교적인 분위기를 풍겼다. 달과 태양, 별의 형상을 따다 만든 듯한 상징들이 벽에 장식되어 있기 때문일까. 발코니 쪽에 천체 관측 기구들이 놓여 있는 걸 보니 스피카는 종종 하늘을 관찰하는 듯했다.

"시간표가 망했습니다."

커밋은 다과를 입에 대기도 전에 본론을 꺼냈다.

"우리 낙제생들이 수강 신청을 꼴찌로 했다던데."

"그건 일이 있어서……."

"제이드 제릴 놈이 시비를 걸었어요. 망할 뱀파이어."

세이린은 총장님 앞에서 조금도 기죽지 않는 커밋이 신기했다.

'그동안 주식으로 단련된 강심장이라 그런가?'

그가 본론을 빨리 꺼낸지라 해결책도 빨리 나왔다. 스피카가 손쓴 덕에 F반 학생 둘이 선택할 수 있는 건 둘 중 하나였다. 매일 학교에 나오는 대신 한두 과목만 듣고 집에 가거나, 이틀에 들을 수 있는 모든 과목을 몰아넣거나.

'……어느 쪽이든 내가 꿈꿨던 유유자적 아카데미 라이프는 글렀다.'

세이린이 인상을 찌푸렸다.

"커밋, 너 어떻게 할 거야?"

"……난 그냥 이틀 기둥 세울래."

"그럼 나도."

"나랑 붙어 다니게?"

"굳이 너랑 붙으려고 한다기보다는 그냥 이틀 힘들고 마는 게 나을 것 같아."

가슴 졸이며 기다린 보람도 없이 수강 신청은 너무도 허무하게 망했다. 세이린이 꾸벅 인사를 하고 자리에서 일어나려 할 때였다.

"맞다. 전하께선 괜찮으신가요? 건강하시던 분이 갑자기 쓰러지셔서 놀랐는데."

스피카가 물었다.

"이젠 괜찮아지셨어요. 농담도 막 하시고."

"약을 드신 건가요?"

하룻밤 동안 같은 침대에 누워서, 손도 안 잡고 잠만 잤다는 말은 어느 마물도 믿지 않으리라. 세이린은 찬찬히 말을 골랐다.

"비전하께서 이속성에 관한 책을 읽으신 적이 있으셔서 적절히 처방해 주셨어요."

그래. 이 정도면 거짓말도 사실 왜곡도 아니었다. 하지만 총장은 의외의 대답으로 그녀를 당황시켰다.

"책이라면, 페일 세이건이 쓴 〈빛과 어둠에 관하여〉를 말하는 것이겠군요. 본인은 기억 못 하겠지만."

"헙……."

책을 쓴 페일 세이건 본인도 기억하지 못하는 것을 스피카는 잘도 알고 있었다.

"세이린 양. 도서관장이 기억을 되찾기를 바라나요?"

세이린은 선뜻 대답할 수 없었다. 잃어버린 기억이 만약 나쁜 기억이라면 떠올리지 않는 쪽이 나을 수도 있었다.

"글쎄요…… 나쁜 기억이라 머리에서 지워 버린 것일 수도 있으니까요."

"좋은 기억이라면?"

"그럼 당연히 떠올리는 쪽이 좋겠죠."

"그렇다면 세이린 양이 그 기억이 돌아오도록 도울 수도 있어요."

"네?"

"세이린 양이 도와주면 페일 도서관장이 잃어버린 기억을 되찾을 수 있다고요."

스피카는 아무런 부연 설명도 덧붙이지 않고 작은 기계 장치를 내밀었다. 아기자기한 디자인으로 봐서는 오르골 같기도 아이들 장난감 같기도 했다.

"이 부분에 손을 대 보세요."

세이린은 총장님이 가리킨 달빛 수정 장식을 검지로 건드렸다. 순간 마력이 빨리는 기분이 들었다.

"세이린 양의 마력을 캔디로 만들어 주는 장치랍니다. 하루에 한 알씩 먹으면 차도가 있을 거예요."

이건 또 무슨 소리인가.

'내 마력이 기억 상실에도 효과가 있다니. 머리도 피부도 밝은 색이더만, 역시 나는 하늘이 내린 힐러……?'

세이린이 눈을 가늘게 떴다.

□ ■ □

수강 신청을 마치고 커밋과 번호를 교환한 세이린은 곧장 마왕성 안에 있는 왕실 도서관으로 향했다. 정확히는 향하려고 했다.

"전하?"

웅장한 마왕성 정문이 열리자마자 떡하니 서 있는 클라우드 슈테른을 발견하지 않았더라면.

'내가 할 말은 아니지만, 사랑꾼으로는 정말 낙제시네.'

마왕은 예를 갖춰 인사한 다음 도서관으로 향하려는 그녀를 따라왔다. 나란히 걸으니 데이트라도 하는 기분이었다. 먼저 침묵을 깬 것은 클라우드였다.

"수강 신청을 오래도 했군."

"기다리셨어요, 전하?"

"······."

"하긴. 마왕성 정문 앞은 산책 코스도 아닌데."

"널 기다렸다고 한 적 없어."

"때론 침묵이나 눈빛이 말보다 더 많은 정보를 주죠."

클라우드는 아무 말 없이 걸음을 옮겼다. 그런 그에게 세이린이 발랄하게 말했다.

"맞다. 저 수강 신청 망했어요."

"······뭐?"

"일주일에 두 번씩 마왕성에서 사라지게 생겼어."

두 개의 기둥을 세워도 너무 단단히 세운 시간표를 보여 주며 징징거리자, 그가 한숨을 쉬었다.

"바꿔 줘?"

"웬일로 이렇게 친절하세요, 전하?"

"외전 쓸 시간이 없을 것 같아서 한 말인데."

"어휴. 거짓말하는 얼굴도 잘생겨서 넘어간다."

"……."

어스름에 물든 클라우드의 얼굴은 조명 아래서 보던 것보다 훨씬 수려했다. 마계의 노을은 인간계와는 다른 양상으로 퍼져 나갔다. 붉은색, 청보라색, 산호색이 뒤섞인 오묘한 빛깔이라 아직 마계에 완전히 적응하지 못한 세이린은 볼 때마다 시선을 빼앗겼다. 물론 지금은 그를 빤히 바라보고 있었지만.

"매번 빤히 보는 것도 지겹지 않나?"

"지겹긴. 매번 좋은데요?"

이러지도 저러지도 못하고 마른침만 삼키는 마왕이라니. 세이린은 마침 나타난 무릎 높이의 담벼락 위로 올라갔다. 눈높이가 훅 올라가서 클라우드 마왕을 내려다보는 꼴이 되었다.

"거긴 왜 올라가."

"마왕님은 위에서 볼 때가 역시……."

"시끄러워."

"조용히 하면 아쉬워하실 거면서."

"……."

그녀가 좁은 담벼락 위로 비틀비틀 걸음을 내디디자, 클라우드는 자기가 더 불안한지 안절부절못했다.

"균형 감각이 형편없군."

"넘어지면 전하께서 받아 주시겠죠."

"그럴 일 없어."

"그럴 일 없게 손잡아 주시겠다고요?"

세이린이 장난스레 손을 내밀었다. 곧 짜증 가득한 눈동자가 그녀를 위아래로 훑었다.

'이러면서 손은 또 잡아 주시지.'

그녀가 픽 웃었다. 맞잡은 마왕님의 손은 조금 차가웠고, 손등엔 핏줄과 뼈가 도드라져 있었다.

"음란 마귀. 손마디는 왜 더듬지?"

"싫으면 도망가셔요, 전하."

한숨 쉬면서 손깍지 낄 건 또 뭐야. 그의 굵은 손가락이 자신의 손가락 사이사이를 비집고 파고드는 순간 세이린의 머릿속에 온갖 상상들이 스쳐 지나갔다.

'미치겠네, 진짜. 이놈의 음란 마귀식 사고.'

나쁜 생각을 떨쳐 내는 동안 도서관은 조금씩 가까워지고 있었다. 그녀는 마왕이 알아채지 못하길 바라며 걸음을 조금씩 늦추었다. 그가 또다시 먼저 말을 붙였다.

"수강 신청 하나 하느라 이 시간에 온 것 같지는 않고. 또 사고라도 친 건가?"

"그냥 제가 오늘 하루 어떻게 보냈는지 궁금하다고 하시죠."

"······궁금해."

세이린이 눈웃음을 지었다.

"방금 '사랑해'를 잘못 말씀하신 것 같은데. 아닌가?"

그렇게 째려보셔도, 위에서 보면 섹시할 뿐이랍니다.

"고쳐 말할 생각 없어."

"원래 사랑이 다 그렇죠. 순순히 인정하면 지는 것 같고."

"처녀 귀신이었으면서 통달한 듯 말하는군."

"에이, 마왕님보단 제가 낫죠. 마왕님은 제가 쓴 글로 독학하셨지만, 저는······."

"너는, 뭐."

영상 매체를 포함한 다양한 방법으로 학습했다고 고백할 뻔한 음란 마귀는 재빨리 말을 돌렸다.

"맞다. 샌드위치 맛있게 먹었어요. 고마워요."

"······."

마왕은 갑작스런 화제 전환을 지적하지 않았다. 대신 맞잡은 손을 엄지로 짧게 훑었다. 그 작은 행동에 가슴이 두근거려서, 세이린은 오늘 아카데미에서 있었던 일들을 줄줄이 실토했다.

"……그래서 도서관장님께 이걸 전해 드리러 왔어요."

세이린은 말을 하다 슬쩍 고개를 돌렸다. 그러자 얘기를 듣기는커녕 자신의 얼굴만 바라보느라 멍한 그가 보였다. 정확히는 쉴 새 없이 움직였을 제 입술에 박힌 시선. 혀로 아랫입술을 축이자 클라우드는 그제야 주술에서 깨어난 듯 시선을 돌렸다. 그 모습을 보니 선심 쓰는 듯한 목소리가 나왔다.

"좋아한다고 인정하시면 키스 정도는 아무 때나 할 수 있을 텐데."

"……진심인가?"

그는 영혼도 팔 기세였다.

"음…… 정정. 아무 때나는 안 되겠어요. 눈을 길게 마주치거나 안겨 있을 때?"

"까다롭군."

"로맨틱한 게 좋거든요. 제 책으로 독학하셨다면 저랑 취향이 비슷할 텐데. 아닌가?"

클라우드가 웃기지도 않는다는 듯 픽 웃었다. 넋 놓고 개무시하는 모습도 잘난 그를 힐끗거린 게 문제였는지 세이린은 갑자기 균형을 잃었다. 공중에서 몸이 반 바퀴 돌았고, 어지러움에 눈을 꼭 감았다 뜨자 코앞에 마왕님 얼굴이 보였다. 클라우드가 단단한 팔로 자신의 허리를 감싸 안은 것이다.

'이런 미친……'

그러나 평소처럼 놀려 댈 것이라는 예상과는 달리, 그가 낮게 깔린 목소리로 물었다.

"세이린 폴룩스. 이것도 안긴 걸로 치나?"

아무래도 이 목소리에 음란 마귀가 환장한다는 것을 아는 듯했다.

"이쯤이면 눈도 제법 길게 마주한 것 같은데."

클라우드가 얼굴을 가까이 했다. 세이린은 불과 몇 분 전, 클라우드와 나눴던 대화를 곱씹었다. 눈을 길게 마주하거나 안겨 있을 때. 지금 세이린은 누가 봐도 클라우드에게 안겨 있는 상태였다. 그리고 그는 확실한 대답을 듣기 전까지 그녀를 놓아줄 생각이 없어 보였다.

'그래, 세이린. 팜므 파탈 캐릭터로 가자. 키스쯤은 코웃음 치며 할 수 있어

야 진짜 마물이지.'

앞으로 클리어해야 할 진도표의 예행연습이라고 생각하지, 뭐. 세이린은 허락의 의미를 담아 눈을 감았다. 최대한 도도하게.

"……."

그러나 아무 일도 일어나지 않았다. 그가 엉큼한 상상을 하는 자신을 비웃고 있을지도 모른다고 생각하니 속이 쓰렸다.

'그래. 살짝 보고 생각하자. 이 이상의 삽질은 안 돼.'

티 나지 않게 실눈을 뜬 순간, 세이린은 심장이 쿵 내려앉는 듯했다. 클라우드 슈테른이 자신을 사랑스러워 죽겠다는 듯 내려다보고 있다니. 순식간에 배 속이 뜨겁게 녹아내리는 기분이었다.

'저 눈빛은 뭐야, 대체……!'

아찔한 기분이 들어 다시 눈을 질끈 감자 픽 웃은 마왕이 찬찬히 다가오는 게 느껴졌다. 애태워 죽이려고 작정한 듯 느리게, 고개를 비스듬히 기울이며. 쪽, 하고 입술이 짧게 닿았다 떨어졌을 때, 세이린은 오늘 밤 쉬이 잠들지 못하리라고 확신했다.

살면서 수없이 맞물고 깨물었을 입술 위로 느껴지는 전혀 새로운 감각. 클라우드의 입술은 체온과 비슷하게 따뜻한 데다 부드럽기까지 해서 이대로 온몸이 뒤섞여 버린대도 이상하지 않을 것 같았다. 코끝이 살짝 뺨에 닿았다 떨어지는 느낌까지. 모든 게 완벽하고 아쉬웠다.

그녀의 마음을 읽은 것처럼 마왕은 또 한 번 짧게 입 맞췄다. 어디에 둬야 할지 몰라 방황하고 있는 손목을 부드럽게 쥐는 행동이 언제든 빠져나가거나 그만둬도 된다는 무언의 배려 같았다.

탐색하듯 입술이 여러 번 닿았다 떨어졌다. 그럴 때마다 진득한 눈빛이 세이린을 옭아맸다. 도망갈 수도, 그럴 생각도 없는 그녀는 결국 까치발을 들고 마왕의 입술을 맛보았다. 맞닿은 입꼬리가 옅은 호선을 그리는 게 감각으로 느껴졌다. 동시에 큰 손이 그녀의 양쪽 뺨을 감쌌다. 세이린은 잠시 주춤하다 그의 손길을 받아들였다.

'……내 책으로 사랑을 배운 분이라 내 취향을 너무 잘 아시네. 안 그래도

미칠 것 같은데.'

한층 깊게 맞닿은 입술이 차츰 벌어졌다. 세이린이 움찔하자 이번에도 클라우드는 반사적으로 웃었다. 뺨을 그러쥔 손이 어린애를 달래듯 머리카락을 쓸어 주었다. 생크림을 머금듯, 키스는 조심스럽고 달콤했다.

입 속에 와 닿는 혀 때문에 몸에서 힘이 쭉 빠져나갔지만 입을 벌리고 숨을 뒤섞는 순간마다 몸이 달아 그만둘 수도 없었다. 쓸어내리고, 건드리고, 스치고, 빨아들이다, 조심스레 얽히고, 문지른다. 아프지 않게 깨물고, 훑고, 끌어당기고, 뒤섞다가, 다시 입 맞춘다. 달뜬 숨을 내뱉느라 잠시 입술을 뗐을 때, 그의 눈동자엔 오롯이 자신만이 담겨 있었다.

'……팜므 파탈이고 뭐고 다 망했다.'

세이린이 달뜬 숨을 내쉬었다.

"세이린 폴룩스."

뺨을 완전히 식히지도, 숨을 고르지도 못한 그녀를 클라우드 마왕이 불렀다. 지금도 세상에 둘도 없는 소중한 것 다루듯 아끼고 어루만지는데 무슨 말을 하실지야 뻔했다. 고개를 들자 그가 못 참겠다는 듯 한 번 더 입을 맞추곤 말을 이었다.

"네 말대로, 내가 널……"

완벽한 고백이 될 뻔했다.

때마침 허리케인처럼 솟구친 새카만 연기만 아니었더라면. 마왕이 마력으로 방어벽을 만들어 준 탓에 휩쓸리진 않았지만 분위기가 완전히 깨져 버렸다.

"전하, 여기 계셨습니까! 분부하신 대로 낮 대륙에 다녀왔습니다!"

분명 그림자 기사단장, 코로나의 목소리였다. 클라우드는 재수 부재중이다 못해 사람 하나 죽일 것처럼 인상을 썼다. 다음 주에 새로운 그림자 기사단장을 구한다는 구인 광고가 붙어도 이상하지 않을 상황.

"제, 제가 무슨 잘못이라도?"

세이린을 발견하지 못한 코로나가 당황하여 물었다.

"……코로나."

"예, 전하!"

"……."

클라우드는 완벽했던 고백 타이밍을 말끔히 말아먹은 제 충신을 보고 아무 말도 하지 못했다. 눈치 없는 코로나는 분위기를 파악하지 못하고 보고를 이어 나갔다.

"이것이 오늘 아침에 받아 오라고 말씀하신 곤잘레스 나쵸 셰프의 특제 샌드위치 레시피, 그것도 자그마치 50종입니다!"

곤잘레스 셰프. 세이린이 사랑해 마지않는 마계 최고의 요리사였다.

'게다가 샌드위치 레시피라면……'

'이린이 샌드위치 먹고 싶은데에……'

'웃기는군. 내가 네 시중까지 들어야 하나?'

'사랑에 빠진 남자는 포로라잖아요.'

세이린이 클라우드를 빤히 올려다봤다. 아니나 다를까, 마왕은 듣기기 싫은 것을 들킨 것처럼 시선을 피했다. 귀까지 빨갛게 달아오르는 것이 귀여워 그녀는 입술을 맞물었다.

"코로나, 그건……."

클라우드는 사태를 수습하려 들었다. 하지만 들뜬 코로나는 주군의 의중을 잘못 해석했다.

"자연 발생하신 그 순간부터 전하를 모신 지 어언 7년…… 콕 집어 말씀해 주시지 않아도, 이것이 세이린 아가씨를 향한 전하의 마음임은 잘 알고 있습니다."

"……."

수습도 못 하게 확인 사살을 하시네.

세이린은 클라우드가 만든 방어벽 바깥으로 툭 튀어나왔다. 뒤늦게 그녀를 발견한 그림자 기사단장의 반응이 가관이었다. 뭉크의 절규처럼 양 뺨에 손을 가져다 댄 채로 입을 떡 벌리는 모습. 분명 방어구로 온몸을 감쌌는데도 줄줄 흐르는 식은땀이 보이는 듯했다.

"오랜만이에요, 코로나 경!"

"세, 세이린 아가씨……?"

주군과 왕실 작가를 번갈아 바라보는 시선이 날썼다. 잠시 후.

　"역시 레시피는 주방에 가져다주는 것이 옳겠지요? 좋은 하루 보내십시오, 두 분!"

　코로나는 이동 마법진을 만들어 삼십육계 줄행랑을 펼쳤다. 순식간에 튀어 버린 심복을 보고 클라우드는 어이없다는 듯 헛웃음을 지었다.

　"낮 대륙에 계신 마계 최고 요리사의 특제 샌드위치 레시피까지 얻어다 주시고…… 이 정도면 좋아하는 정도가 아니라 사랑인 것 같은데요?"

　세이린이 슬쩍 얼굴을 들이밀었다.

　"도서관에 간다고 하지 않았나?"

　"아까 저한테 무슨 말 하고 계시지 않았던가요?"

　"기억 안 나."

　"에이, 기억이 안 나시긴. 제가 이렇게 매 순간 사랑스러운데."

　양손을 턱 아래에 짠, 하고 가져다 대자 마왕은 깊은 한숨을 내쉬더니 그녀를 앞질러 걷기 시작했다.

　"같이 가요, 전하!"

　"알아서 따라와."

　"사랑하는 이린이가 넘어지기라도 하면 어쩌시려고!"

　"사랑한다고 한 적 없어."

　클라우드가 퉁명스레 말했다.

　"진짜 안 사랑해요?"

　"……."

　불리한 질문에는 절대 대답 안 하시지, 우리 마왕님. 세이린은 픽 웃었다.

Chapter
5

낮 대륙의 사신단

세이린이 클라우드와 함께 도서관에 들어왔을 땐 기막힌 광경이 펼쳐져 있었다. 지금의 왕실 도서관은 마계의 입법부이자 사법부이며 행정부였다.

"페일, 저번 보고서 보조 자료 어디에 있어요?"

"여기 있습니다, 비전하. 결재판도 같이 드릴까요?"

회사라고 해도 믿을 만큼 일사불란하게 일하고 있는 왕비와 도서관장이라니. 빈 커피잔과 다크서클이 노동의 고됨을 대신 전해 주고 있었다.

"비전하, 저는 여기까지인 것 같습니다."

도서관장이 머리를 짚었다.

"나약한 소리 하지 마세요, 페일. 보고서 마감까지 30분밖에 안 남았다고요."

빌리아가 머리에 꽂고 있던 백합 장식으로 도서관장을 톡 건드렸다. 그러자 죽어 가던 페일 세이건이 좀비처럼 깨어났다.

마계의 여덟 보물 중 하나라는 릴리트 에테라가 정녕 밤샘 근무 필수템으로 사용되는 것인가. 왕실 작가는 슬슬 자신의 앞날이 걱정되기 시작했다.

"어머."

한참 후에야 둘을 발견한 빌리아는 들고 있던 빼곡한 서류를 내려 두었다. 백과사전을 편찬하고 있다고 해도 믿을 만한 분량이었다.

"클라우드는 독촉하러 왔다 치고. 작가님, 여긴 무슨 일이세요?"

"이걸 도서관장님께 전해 드리려고요."

세이린이 주머니에 넣어 두었던 캔디 메이커를 꺼내 내밀었다. 안경 두 개를 겹쳐 쓴 채로 깨알 같은 글자를 탐독하던 도서관장이 고개를 들었다.

"제게 말입니까?"

"네. 스피카 총장님께 들렀더니 주셨어요."

그녀가 총장실에서 있었던 일을 짧게 설명했다. 신기한 건 두 마물 모두가 별다른 의문 없이 이야기를 받아들인다는 것이었다.

'……총장님은 내가 생각한 것 이상으로 영향력 있는 분이신가.'

마왕님은 물론이고 비전도 캔디 메이커에 태클을 걸지 않다니. 의아해하는 세이린에게 빌리아가 말했다.

"스피카에게 괜찮은 해법이 있었네요."

"신경 써 주셔서 감사합니다, 세이린 양."

도서관장이 편안한 미소를 지으며 기계 장치를 받아 갔다.

"그런데, 총장님은 이속성 전문가신가요?"

세이린의 질문에 왕비는 흥미로운 질문이라는 듯 눈웃음을 머금었다.

"전문가라고 할 수 있겠네요. 살아남은 여명회 신도들 중 가장 신앙심이 깊었을 테니."

여명회. 오늘만 벌써 두 번째로 듣는 명칭이었다.

대부분의 마물들이 전쟁, 그리고 전쟁 전 마계에 대해 언급조차 하지 않는다는 사실이 늘 의아하긴 했다. 그때의 일이 너무나도 잘 감춰져 있었기에 세이린 또한 고소장을 받고 마왕성 생활을 시작해 아카데미에 입학하기 전까진 이상한 걸 느끼지 못했다.

하지만 아카데미와 마왕성은 바깥과 달랐다. 일반 마물들이 잊어버렸거나 감추려 하는 것들을 서슴없이 입 밖으로 내는 곳이었다.

"계속 궁금했는데, '여명회'가 뭐예요?"

세이린이 물었다. 마왕 빠돌이 뱀파이어가 치를 떠는 단체라니. 뱀파이어 헌터 집단인가?

잠시 생각하던 빌리아가 답해 주었다.

"여명회는 마계의 종교라고 생각하시면 돼요. 마계를 창조한 신의 힘을 신봉했던 단체죠. 밤 대륙에서 주로 활동했고, 전쟁 전에는 많은 핍박을 받았다나 봐요. 지금은 이단 취급을 받고 있지만."

빌리아는 클라우드에게 슬쩍 시선을 옮겼다. 여명회 이야기는 특히 신중해야만 했다.

"뭐, 위대한 클라우드 전하께서는 모든 걸 용서하셨지만."

왕비는 에테라로 돌아가기 위한 큰 그림 그리기를 잊지 않았다.

어쨌거나, 세이린도 스피카 총장에게서 풍기던 기이한 힘의 정체는 알게 되었다. 방 안에 있던 장식물도, 안대의 문양도 모두 사멸한 마계 종교에 관한 것이었구나. 제이드가 길길이 날뛴 이유도 알 만했다. 이단이라니.

"기기를 작동시켜 보도록."

클라우드는 총장이 제시한 페일의 기억 상실 해결책에 상당한 관심을 보였다. 세이린은 스피카가 일러 준 대로 캔디 메이커의 달빛 수정 부분에 손을 가져다 댔다. 그녀의 손끝에서 새어 나간 빛이 여러 개의 유리관을 통과했고, 곧 완전한 원 모양의 캔디가 튀어나왔다. 사탕의 원재료가 된 느낌은 참으로 기괴했다.

"그럼…… 제가 한번 먹어 보겠습니다."

페일이 안경을 한 번 추켜올리곤 사탕을 입에 넣었다. 그런데, 표정이 이상했다.

"……!"

"무슨 일이지, 페일?"

마왕이 자못 긴장한 목소리로 물었다.

"세이린 양의 마력…… 복숭아 맛입니다."

"……."

도서관장은 냉랭한 반응에 머쓱했는지 턱수염을 쓸어내렸다.

"늘 있던 두통이 조금은 괜찮아지는 느낌이군요."

"하루아침에 효과가 나타나진 않을 테니까요."

세이린은 영 기분이 이상했다. 자신의 마력이 도움이 되는 건 좋았지만, 왜 기억 상실증에 도움이 되는지 알 수 없었다.

빌리아는 페일에게 캔디를 꼬박꼬박 복용할 것을 당부하곤 마왕과 왕실 작가를 유심히 바라봤다.

"그러고 보니, 두 분 같이 계셨나 봐요? 정말 어울리는 조합이에요."

"보고서나 이리 내."

물론 클라우드는 시크하게 무시했지만. 빌리아는 짜증을 내며 보고서를 건넸고, 그것을 검토하느라 짙은 눈동자가 분주해진 틈을 타 세이린에게 다가갔다.

"작가님. 제가 얼마 후면 낮 대륙에서 사신단이 도착한다는 말씀을 드렸던가요?"

"처음 들어요."

"전하께선 사신단이 오면 일주일간 연회를 베푸신답니다. 작가님도 꼭 참석……."

생글생글 웃고 있던 빌리아가 갑자기 눈을 가늘게 떴다. 시선이 세이린의 입술로 향했다. 분명 단둘이 있었다고 했다. 붉은 눈동자가 클라우드에게로 향했다가, 다시 세이린을 훑어봤다.

설마!

"어머, 어머."

빌리아의 방정맞은 리액션을 들은 세이린은 직감했다. 망했다. 키스한 거 눈치채셨구나.

□ ■ □

빌리아리아 에테라의 석류알처럼 붉은 눈동자는 마물을 홀리는 기능이 있는 게 분명했다. 마왕과 키스했다는 사실을 들킨 세이린은 왕비에게 무슨 제안을 받는지도 모르고 고개만 끄덕였다. 정신을 차렸을 땐 호수가 보이는 별궁이었다.

"사신단이 참석하는 연회에 초대받으셨다니. 멋져요, 아가씨."

로자리의 손에는 양피지로 만든 초대장이 들려 있었다. 그렇다. 세이린은 왕실 작가라는 신분으로 연회에 초대받았다. 얼떨결에 완벽히 준비해 가겠다고 약속까지 한 것 같았다.

"준비할 게 뭐가 있을까요? 드레스?"

"드레스는 아마 비전하께서 보내 주실 거예요. 선물하는 걸 좋아하시거든요."

로자리는 자신이 할 일을 잘 알고 있었다. 세이린이 사랑에 빠질 수밖에 없도록 행복하게 만들어 주는 것. 세이린의 입장에선 오히려 감사할 다짐이었다. 물론 문제가 하나도 없는 것은 아니었다.

"저, 그런데 아가씨, 혹시 예법…… 잘 아세요?"

예법. 세이린은 두 눈을 깜빡였다. 예법이라는 건 예의에 대한 법칙 같은 것일 터. 인간계에서 인생을 보낼 때 유치원에서 예의 바른 어린이상을 받은 적은 있었다. 초등학교 때도 인사 잘하는 학생상은 받았지. 중학교 때는 효행 표어 공모전 우수상도 탔다.

'……하지만 분위기상 이걸 말하는 건 아닐 테고.'

더 어려운 예법이라고 해 봤자 머릿속에 있는 건 제사상 차릴 때의 홍동백서, 어동육서 같은 것뿐이었다.

"어떡해요, 로자리?"

"연회까진 좀 남았으니까 지금부터 벼락치기 하면 할 수 있을 거예요!"

또 벼락치기라니. 세이린은 절망했다.

"사신단이 오는 연회는 규모가 크답니다. 마왕성은 시엘리아식 예법을 사용하니까……."

"시엘리아식? 마계식 하나만 있는 게 아닌가요?"

"네. 예법은 크게 밤 대륙과 낮 대륙으로 구분하고요, 전쟁 전 4대 가문별로 예법이 조금씩 달라요. 마왕성은 시엘리아 성의 식기와 건물을 사용하니 예법도 시엘리아식을 따른답니다."

“아······.”

기껏해야 기술가정 시간에 배운 냅킨 사용법이나 포크와 나이프 순서 정도를 생각하던 그녀였다.

‘마계 진짜 알다가도 모르겠네.’

성에서 조금만 벗어나면 빌딩이 즐비한데 왜 마왕성은 아직 중세인가. 세이린은 작게 탄식했다.

짧지 않은 시간 동안 세이린은 아카데미 수업보다 로자리의 예법 강의에 더 집중했다. 외워도 외워도 외울 게 끝도 없이 나온다는 게 도무지 믿기지 않았다.

“자, 다시 한 번 해 보세요.”

로자리는 생글생글 웃으며 말했다. 빌리아를 오래 모신 탓에 그녀와 마찬가지로 스파르타식 교육을 추구하는 모습이었다. 세이린은 정확히 마흔네 번째 시연을 시작했다.

“먼저 마왕님이 자리에 앉으시고요······.”

뭐 식사하는 데 필요한 게 이렇게 많은지. 세이린이 눈치를 보며 줄줄이 읊은 식사 예법을 모두 들은 로자리는 박수를 쳤다.

‘······살았다.’

세이린이 긴장의 끈을 살포시 내려놓았다. 서바이벌 오디션 프로그램에 합격하면 이런 기분일까?

“역시 작가님!”

“로자리는 예법을 왜 이렇게 잘 알아요? 어디 귀족 집안 아가씨인 줄 알았어요.”

“마왕성에서 일하려면 1년에 한 번씩 시험 봐야 하거든요.”

왕실 작가는 해당 사항이 없어 다행이었다. 세이린은 고마움을 표한 뒤 재빨리 방으로 도망가려 했다. 하지만 자리에서 일어나자마자 로자리가 손을 덥석 잡았다.

“어딜 가시려고요, 작가님. 이제 시작이랍니다.”

“······네?”

로자리의 눈과 콧등에 새카만 그림자가 덮였다. 흑막과도 같은 그녀의 모습에 세이린이 바짝 긴장했다. 마음 같아서는 당장 왕비님께 달려가 연회에 참석할 수 없게 되었다고 전하고 싶었다.

"연회는 식사 자리가 아니라 대화하는 자리예요. 낮 대륙의 사신들이니만큼 대화도 낮 대륙의 이슈나 밤 대륙의 시사 문제 위주로 돌아갈 거고요. 이 부분은 저보다 도서관장님이 더 잘 가르쳐 주실 거예요."

"도서관장님이라면 도서관에 계실 텐데. 로자리도 같이 갈래요?"

"음…… 페일 님은 저만 보면 자꾸 독후감 숙제를 내주세요."

로자리는 머쓱한지 괜히 웃음을 지어 보였다. 세이린은 제 편의를 위해 로자리에게 숙제를 안겨 줄 만큼 비정하지 않았다.

"숙제라니. 그럼 저 혼자 갈게요."

세이린은 홀로 왕실 도서관으로 향했다. 그새 새로운 책이 들어온 것인지 박스가 높이 쌓여 있었다.

"페일 도서관장님. 안녕하세요!"

"무슨 일이십니까, 세이린 양?"

오늘도 왕실 도서관에는 페일 세이건 혼자뿐이었다. 사정을 털어놓자 도서관장은 잠시 고민하더니 세이린을 의자에 앉혔다.

"간단한 테스트부터 하지요. 시사 상식과 생활 상식, 낮 대륙에 대한 것들 위주로……."

안 그래도 깐깐한 이미지인 도서관장이 안경을 척 올렸다. 오늘 집에 가긴 글렀군. 세이린이 꼭 쥔 주먹을 달달 떨었다.

"낮 대륙에서 가장 큰 호수의 이름은 무엇이지요?"

에이, 날 너무 우습게 보시네.

"초승 호수!"

"……틀렸습니다. 초승 호수는 밤 대륙에 있어요. 낮 대륙에 있는 건 그믐 호수입니다, 세이린 양."

여태까지 잘못 알고 있었나? 세이린은 되레 초승달과 그믐달의 방향을 혼동하기 시작했다.

"다음 문제입니다. 전쟁 전, 낮 대륙을 지배했던 4대 가문의 이름은?"

페일이 간단하지 않냐는 듯 물었다. 하지만 세이린은 눈동자를 바삐 굴렸다.

"에테라, 플로리스……."

"낮 대륙의 지명을 떠올려 보십시오. 지명이 곧 그곳을 지배했던 가문의 이름이지 않습니까."

나머지 둘은 들어 본 적도 없는 것 같은데. 세이린이 씩 웃자 도서관장은 까칠한 한숨을 내쉬었다.

"대체 아카데미 입학시험은 어떻게 친 거죠?"

그래서 제가 전설의 F반 낙제생이 된 것 같습니다.

"답은 땅의 칼리포, 물의 하일, 불의 플로리스, 바람의 에테라입니다. 참고로 4대 가문이라 함은 전쟁 전, 네 속성에 통달한 가문을 말합니다. 지금 기사단장의 가문이 아닙니다."

"아하……."

세이린은 여전히 모르겠으나 다 이해한 척 고개를 주억거렸다. 심지어 하일과 칼리포는 자연 발생하고 처음 들어 보는 것이었다.

"연회장 내에서 누군가에게 자기소개를 할 때는 어떻게 해야 하지요?"

자기소개쯤이야. 세이린은 자신감 가득한 목소리로 또박또박 대답했다.

"안녕하세요, 저는 아카데미 1학년……"

"어디 백일장 나가십니까?"

이젠 히잉, 하는 애교스런 투정도 나오지 않았다.

"이름과 신분, 출생 지역입니다. 세이린 양은 자연 발생이니, 이름과 왕실 작가라는 것만 밝히면 되겠군요."

내 이름은 세이린 폴룩스, 탐정…… 아니, 왕실 작가죠……?

세이린은 사태의 심각성을 절실히 느꼈다. 지친 도서관장님은 어깨를 늘어뜨리곤 잠시 서가로 향했다. 그를 지치게 한 게 자신의 무식함인 듯하여 '무식해서 죄송합니다.' 하고 사과라도 드리고 싶은 심정이었다.

'사극이라도 많이 볼 걸 그랬어.'

그랬다면 지금보다는 왕실 문화에 친숙했으리라. 세이린이 도무지 답이 없는 상황에 한숨을 푹푹 쉬고 있을 때, 여러 발소리가 겹쳐 들리더니 이내 도서관의 문이 열렸다.

"페일 세이건. 부탁한 자료는……."

막 들어온 클라우드 슈테른이 그녀를 발견하곤 묘한 표정을 지었다. 담벼락에서 키스한 이후로 짜증과 사랑을 구분하지 못하던 마왕은 마침내 자신의 감정을 애정이라고 정의하기 시작했다. 물론 자존심 때문에 고백하는 건 차일피일 미루고 있었지만 〈임성운의 5,500가지 그림자〉를 현실로 옮길 때면 이상야릇한 분위기는 절정을 이뤘다.

그럴 때마다 마왕은 스킨십이 철저히 제 의도가 아니라는 듯 굴었지만 세이린이 느끼기엔 전과 확실히 달랐다. 너무 친절하고 애간장 다 타들어 가도록 부드러웠다.

"……네가 왜 여기 있지?"

마왕의 말투는 여전히 까칠했지만.

"세이린 폴룩스, 클라우드 슈테른 전하를 뵙습니다."

"웬일로 예를 갖추는군."

"때마침 예법을 익히는 중이었답니다, 전하."

"하긴. 예법을 익힐 필요가 있지. 특히 왕을 대하는 방법 같은 거."

"큼큼……."

어제 키스할 때 너무 깨물었나? 책에 그렇게 나와 있는 걸 어떡해. 세이린이 괜한 자격지심에 찔려 할 때, 도서관장이 한 뭉텅이의 프린트물을 가지고 나타났다.

"오셨습니까, 전하."

"도서관장. 학생은 가르칠 만한가?"

"……."

세이린은 말이 없는 도서관장을 향해 애절한 표정을 지어 보였다.

"마왕님은 모든 예법을 단 한 시간 만에 익히셨습니다. 분발하세요, 세이린 양."

얄짤없군. 하필 비교해도 왜 상대가 마왕님인가. 하루 만에 5,500가지 그림자를 죄다 외워 버린 마물인데.

'……이 많은 걸 한 시간 만에 익혔다니. 부러우면 지는 거다.'

그렇게 생각하는 세이린은 이미 클라우드를 부러워하고 있었다. 도서관장은 입술을 비죽이는 세이린에게 인쇄물을 넘겨주었다.

"여기 있는 질문과 답변을 모두 익히는 게 우선일 듯합니다."

"넵!"

"다음 주 이 시간까지 익혀 오세요."

"네?!"

제본하면 사전만큼이나 두꺼울 듯했지만 일단 최선을 다해 봐야 했다. 세이린은 꾸벅 인사를 하고 도서관을 빠져나왔다.

클라우드는 자연스레 제 시종들을 모두 물리고 그녀를 뒤따랐다.

"유이린."

"또 무슨 시비를 거시려고요, 전하."

"낙제생한테 시비 걸어서 시간 낭비하고 싶지 않군."

"그럼 왜 따라오세요, 전하?"

"내 땅 걷는데 네 허락을 받아야 하나?"

물론 마왕성뿐 아니라 이 안에 있는 모든 게 그의 소유이긴 했다. 원한다면 마계의 만물을 가질 수 있는 패왕이 아닌가. 하지만 그가 원하는 것을 강제로 얻어 내는 마물이 아니라는 것을 그녀는 잘 알고 있었다.

"임차인 배려 좀 해 주실 생각은?"

"없어."

오늘도 재수 부재중이시군. 세이린은 호수가 한눈에 내려다보이는 별궁의 문을 열었다.

"말려도 들어오실 거죠?"

그녀가 손잡이를 돌리려는 순간 안쪽에서 먼저 문이 열렸다. 별궁의 수도 시설을 싸그리 최신식으로 바꾼 다음 잠시 외출하려던 로자리였다. 클라우드는 능숙하게 예를 갖추는 로자리를 보곤 조금 놀란 듯했다.

"로자리. 네가 여긴 무슨 일이지?"

"비전하의 명을 받고 세이린 아가씨의 시중을 들게 되었습니다, 전하."

"빌리아가 불편을 감수하고 제일 유능한 고용인을 양보하다니."

왕비가 큰 그림을 완성하려 전력을 쏟아붓는 게 분명했다.

"과찬이십니다, 전하."

클라우드는 엷은 미소로 로자리의 인사를 받아 주었다. 그러나 로자리를 보내고 별궁 안으로 들어오자 다시 무표정을 짓는 그였다.

"로자리가 여기 있는 거, 모르셨어요?"

"빌리아가 고용인을 붙여 줬다는 얘기는 들었지만 로자리일 줄이야."

왕이 한낱 고용인 이름이랑 특징까지 기억해 주다니. 이럴 때 보면 성군도 이런 성군이 없었다.

"또 빤히 보는군."

세이린은 뚱한 눈을 하는 마왕의 입술에 기습적으로 뽀뽀했다. 그가 눈에 띄게 움찔했다.

무슨 일이 벌어진 것인가. 아직 펜듈럼은 벽에 걸지도 않았는데. 클라우드는 예고했던 대로 피식 웃으며 자신을 가지고 노는 왕실 작가를 바라봤다.

"이런 거 바라고 여기까지 따라오신 거 아닌가?"

"아니라면?"

"더 큰 걸 바라신 거겠지."

세이린이 마왕의 안주머니에서 '진도표'를 꺼내 들었다. 새로운 지식들을 이것저것 집어넣느라 몸도 마음도 피곤한 탓에 오늘은 좀 짧은 것이길 바랐건만.

"어려워 보이는데. 오늘 할 거 내일 몰아서 하면 안 돼요?"

"수강 신청 망한 네게 선택권이 있을 것 같나?"

"아…… 맞다."

내일은 무려 일주일에 두 번밖에 없는 아카데미 가는 날이었다. 캘린더를 살펴봐도 좀체 미룰 수가 없었다.

"하는 수 없네요. 얼른 오늘 진도 뺄까요?"

진도표를 보니 오늘은 일명 '꽁냥거리는 씬'이었다. 즉, 어려운 장면이 없는 대신 긴 시간을 보내야 했다.

"남자 주인공 복장, 그거 맞아요?"

"맞고 틀리고 할 것도 없이, 항상 슈트 아니면 제복이던데."

그건 제 취향이라 협상이 불가능한 부분입죠. 음란 마귀가 씩 웃었다. 가만히 떠올려 보니 여자 주인공 복장도 자신이 입은 옷과 비슷했다. 남자는 제복, 여자는 오피스 룩. 유일 작가의 취향은 참으로 일관적이었다.

세이린의 방에 들어온 클라우드는 펜듈럼을 잘 보이는 곳에 걸어 두었다. 세이린은 오늘 나가야 할 진도, '침대 위에서 세 시간 동안이나 얕은 입맞춤과 대화를 주고받았다' 부분을 어떻게 해야 할지 고민했다.

"침대 한번 좋아하는군."

클라우드가 비꼬듯 말했다.

"그러게요. 대체 누가 쓴 책이길래 이 모양일까요?"

"뻔뻔하긴. 피곤하다며. 얼른 앉기나 해."

클라우드가 먼저 침대에 앉았다. 세이린은 도서관장이 준 프린트 몇 장을 든 채로 누웠다. 그녀가 앉아 있는 클라우드에게 프린트를 들지 않은 손을 뻗자 소설 내용대로 손등에 입술이 닿았다. 그리고 손목에. 그다음엔 팔 언저리에. 차츰 얼굴과 얼굴 사이의 거리가 좁아지는 것이 입술이 닿는 감각으로 느껴졌다.

가만히 몸을 내맡기던 세이린이 몸을 움츠렸다. 클라우드가 살을 얕게 깨문 탓이었다.

"……아파요."

"참아."

"매너 없긴."

"딴짓하는 네가 할 말은 아니군."

"우리 이린이가 딴짓 좀 할 수도 있지."

둘은 일명 '2,750가지 그림자 작전'에 꽤 능숙해졌다. 책에 나온 장면을 현실로 만드는 일에 성공했는지를 알려 주는 펜듈럼의 판정에 대한 사실도 몇 가지 알게 되었다. 예를 들어, 지금처럼 '침대 위에서 세 시간 동안이나 얕은 입맞춤과 대화를 주고받았다' 같은 부분. 이런 경우엔 '침대 위'라는 장소와 '세 시간'이라는 시간, '얕은 입맞춤과 대화' 조건만 충족시키면 펜듈럼이 반짝였다. 즉, 대화를 외국어로 하든, 입으로는 사랑한다고 말하면서 손으로는 욕을 하든 상관이 없었다.

세이린은 한 손으로 클라우드의 머리카락을 쓰다듬으며 프린트를 봤다. 짬을 내서 공부하려 했건만, 프린트에는 답이 나와 있지 않았다.

"왜 답이 안 나와 있지?"

"마력 용지겠지. 답 맞추면 아래 나올걸."

"알았으니까 그만 깨물어요. 아파."

"싫은데."

……싫다면서 갑자기 부드럽게 굴 건 또 뭐야.

"좋아하는 거 인정할 생각은 아직 없으시고?"

"내가 먼저 인정하는 일은 없을 것 같군."

"마음대로 해요, 그럼."

자기가 싫다는데, 강요할 생각은 없단 말씀. 세이린이 반달 웃음을 지었다. 클라우드는 제법 얄미운 그녀를 째려보다, 머리카락을 나른히 쓸어내렸다. 이 행동에 제일 약한 걸 아는 것처럼.

"문제 낼 테니까 대답이나 해요."

"내가 왜 그래야 하지?"

"이거 일일이 검색해서 답 맞추려면 밤새도 모자라고, 마왕님은 제가 잠 설치는 것보다 건강한 걸 좋아할 테니까."

"근거라도 있나?"

"사랑이 원래 그런 거예요."

마음에 안 들어도 어쩔 수 없답니다, 전하.

"자, 그럼 첫 문제. 현 기사단장들의 이름은?"

"아카데미 학생이 교수진도 모르다니. 다른 마물 이름을 외우긴 하나?"

"전 클라우드 슈테른밖에 모르는데."

세이린이 능글맞게 웃다 윙크까지 하자, 클라우드는 시선을 피하다 못해 얼굴을 돌렸다. 어차피 한 침대에 있어서 다 보인다는 것을 잊은 듯했다.

"웃겨. 이런 사탕발림 들으면 좋아요? 더 해 줄까?"

"……됐어."

"방금 망설이신 것 같은데요, 전하?"

"밤 대륙은 땅의 레이 필드. 물의 아벨 시엘리아. 불의 빅토리아 스칼렛. 바람의 다프네 레인. 거기에 그림자 기사단장 코로나까지."

말 돌리는 솜씨가 프로였다.

"낮 대륙엔 기사단장님 없지 않아요?"

"물 속성인 이리스 레인을 파견했으니, 기사단장은 총 여섯."

"……레인?"

어디선가 들어 본 성이었다.

"다프네는 본 적 있을 테고."

"저번에 마왕님 쓰러지셨을 때 오셨던 힐러분, 맞죠?"

정작 마왕을 치료한 건 침대 위에서 그녀와 보낸 시간들이었지만.

"둘은 자매야."

문득 앓던 클라우드의 모습을 떠올린 세이린이 입술을 맞물었다.

"음란 마귀. 또 무슨 생각을 하는지 모르겠군."

"웃겨. 목소리는 왜 깔아요?"

"그냥. 다음 문제나 내."

클라우드는 자연스레 손으로 세이린의 머리카락을 쓸어 올려 주었다. 재수 부재중인 얼굴이랑 사근사근한 손길이 전혀 매치가 되지 않아, 세이린은 프린트로 얼굴을 가렸다.

"밤 대륙 최고의 출판사…… 이건 저도 알아요. 데몬."

"사장은?"

"딜런 알데바란."

자기가 말하게 해 놓고 인상 찌그리는 건 대체 무슨 경우야.

"이렇게 대놓고 질투할 거면 좋아한다고 인정하고나 해요."

"그럴 생각 없는데."

그가 인정하는 대신 슬쩍 누워서 팔을 내밀었다. 세이린은 단단한 팔을 베고 누웠다.

'……이러니까 무슨 연인 같네.'

세이린은 이상한 기분에 휩싸였다. 클라우드는 가만히 제 뜻대로 움직이는 그녀를 만족스러운 듯 바라봤다.

"알데바란과 무슨 사이지?"

"둘도 없는 친구. 남들은 딜런이 제 아빠나 삼촌인 걸로 알지만 우린 친구예요. 만족해요?"

"아직."

"안분지족도 왕의 덕목일 텐데."

머리카락을 넘겨 주느라 귓가에 클라우드의 손끝이 닿았다. 지문이 솜털을 간질이는 감각에 애가 탔다. 세이린은 괜히 프린트를 더 어려운 것으로 바꿔 들었다. 뒤로 갈수록 어려울 테니 마왕도 못 맞출 문제를 내리라.

"랭킹 시스템에 관한 건데, 맞출 수 있겠어요?"

이렇게 말하는 세이린 본인도 랭킹 시스템을 모르긴 마찬가지였다. 마계를 구성하는 주요 질서가 마력과 언어유희, 말장난과 소소한 악행이라는 건 입학 시험 때 공부해서 알고 있었다. 그러나 그뿐이었다. 파생된 것들이 많아도 너무 많아 도무지 외울 수가 없었다.

"……유이린. 너 랭킹 모르지."

"네."

큼큼. 무지를 인정하는 게 앎의 시작이렷다. 픽 비웃는 클라우드를 보니 억울한 마음이 들어, 세이린은 느슨하게 쥔 주먹을 톡 뻗었다. 전쟁 영웅 마왕은 왕실 작가의 주먹쯤이야 한 손으로 받아 쥐었지만.

"이 실력이면 체술도 F 확정이군. 솜방망이도 이것보단 아프겠어."

"아직 시험도 안 봤거든요?"

"악행의 일곱 가지 분류가 뭔진 아나?"

"네. 교만, 시기, 분노, 나태, 탐욕, 식욕, 색욕."

"마물들이 추구하는 악행은 모두 그 일곱 가지로 분류할 수 있지. 랭커는 그 악행을 부추기는 사람이고. 예를 들어서 낮 대륙에서 제일 유명한 요리사 곤잘레스 나쵸는 식욕의 랭커고."

"랭커 되면 뭐가 좋은데요? 그냥 명예직이에요?"

"랭커가 되면 '동요'로 마물의 마음을 움직일 수 있지. 어떤 죄악의 랭커냐에 따라 각기 성질이 다르고."

"곤잘레스 나쵸 씨는요?"

"식욕의 랭커는 허기를 느끼게 해."

세이린이 무슨 말인지 알았다는 듯 놀란 얼굴을 했다.

"어쩐지! 곤잘레스 나쵸 셰프 먹방만 보면 그렇게 배가 고프더라."

"……랭커의 동요는 랭커 근처에 있어야만 하는데."

그럼 그건 그냥 이린이가 배고팠던 걸로. 세이린은 곧바로 다음 물음을 던졌다.

"음…… 이거 물어볼래요. 현재 '시기'의 랭커는?"

클라우드는 유독 그 질문에 흥미를 느끼는 듯했다.

"네가 맞춰. 이번에도 만난 적 있는 마물이야."

팔랑팔랑 돌아다니는 게 취미인 왕실 작가는 특정한 누군가를 떠올릴 수 없었다.

"음…… 시기의 랭커라는 건 엄청 잘나서 다른 사람들 시샘을 받는단 건데."

클라우드는 심각한 얼굴로 추리하는 세이린을 가만히 두지 않았다. 귓가에, 턱선과 뺨에, 조심스레 입술이 닿았다 떨어졌다.

"계속해 봐."

딱 네 글자 발음하고 다시 키스. 아무리 책 내용대로 잘 하고 있다곤 하지만 얄미워 죽겠어, 진짜. 세이린이 도끼눈을 떴다.

"아벨 경?"

"……네 생각엔 아벨이 시기를 유발할 것 같나?"

"하긴. 시샘하기엔 너무 친절하죠. 여잔지 남잔지만 알려 줘요."

"남자."

"잘난 남자…… 레이 필드 경?"

"기사단장은 아냐."

"비전하 남동생?"

"벨제바브 에테라는 분노의 랭커."

얼마나 많은 백성들의 공분을 사셨으면 분노의 랭커까지 오르시나. 세이린은 쉬이 상상할 수 없었다.

"힌트 좀 줘요."

"……."

분명 손길이 아니라 힌트를 달라고 했는데. 피아노 음계를 누르듯 그의 손이 차츰 허리를 건드렸다. 느리고 세세한 모든 동작이 완벽하게 취향이라 입술이 바싹 말랐다. 맨살에 닿은 손끝이 가로로 얇고 긴 선을 그렸다. 세이린은 눈을 피하기 위해 눈꺼풀을 내리깔았지만, 클라우드는 재밌어 죽겠다는 얼굴이었다.

'잠깐만, 이 위치는…….'

세이린이 허리의 서명에 닿는 클라우드의 손끝을 붙잡았다.

"임성운, 랭커야?"

"……."

"클라우드 슈테른 전하, 시기의 랭커세요?"

"어."

마계 공식 인증, 제일 잘난 남자가 시큰둥하게 대답했다.

'하여간 과목이면 과목, 상식이면 상식. 안 나오는 데가 없어요.'

세이린은 프린트를 다시 들여다봤지만 잘난 시기의 랭커가 코앞에 있어 집중이 불가능했다.

"슬슬 끝나 가는군."

클라우드는 미리 맞춰 둔 타이머와 그 옆의 펜듈럼을 바라봤다. 시간이란 게 이렇게 빨리 흐르는 것이었다니.

"왜요, 아쉬워요?"

"……."

대답 대신 상체를 일으킨 그는 몸으로 세이린을 가뒀다. 이것이 오늘 연기할 장면의 마지막 부분이자 하이라이트였다. 세이린이 관능적인 목소리로 물었다.

"오래 기다리셨네요, 전하?"

"헛소리."

"아닐 텐데."

마왕님 말투 따라 하는 게 제일 재미있더라. 그녀는 책 내용대로 클라우드의 양 뺨을 감싸 끌어당겼다. 고개를 비스듬히 기울인 그가 다가와 입술을 탐했다. 뜨거운 숨을 뒤섞는 동안 한쪽 팔로도 충분히 체중을 버틸 만한지, 다른 쪽 손은 다정하기 짝이 없을 정도로 연신 쓰다듬기만 반복했다.

띠링—

작은 소리와 함께 펜듈럼이 반짝이는 것을 확인한 클라우드는 서서히 몸을 일으켰고, 세이린은 손등으로 입술을 훔쳤다. 클라우드 또한 옷매무시를 가다듬으며 말했다.

"더 해야겠군."

"네?"

"예법 공부."

"아, 깜짝이야. 듣는 음란 마귀 배려 좀 해 주시지."

"⋯⋯."

"연회 때까진 최선을 다해야죠. 실수하면 쪽팔려서 콱!"

"콱?"

세이린은 차마 혀를 깨물 것이라는 말을 할 수 없었다. 마물 절반 콩밥 먹일 일 있나.

　

□ ■ □

　

"세이린 아가씨, 일어나세요!"

"⋯⋯로자리, 오늘 학교 가는 날이에요?"

"아뇨! 그보다 더 중요한 연회 날이죠."

아, 세상에. 세이린은 이불을 젖히며 벌떡 일어났다. 그동안 갖은 고생을 했는데 오늘 늦잠을 자서 다 망칠 수는 없었다. 도서관장님께서 최종 벼락⋯⋯, 아니, 최종 정리까지 해 준다고 하시지 않았던가.

샤워를 마치고 나오자마자 로자리는 빌리아가 보낸 드레스를 내밀었다. 언

158

제 어떻게 신체 사이즈를 알아낸 건진 몰라도 기성복이 아니라 맞춤이었다. 게 다가…….

"세상에. 너무 예뻐요."

"얼른 입어 보세요, 도와드릴게요!"

완벽하게 세이린의 취향이었다.

'이쯤 되면 이제 왕실에 내 취향 모르는 사람 없겠어.'

상체는 딱 달라붙는 디자인에 골반 아래부터 라인이 퍼지는 연분홍색 드레 스였다. 걸을 때마다 스커트 밑단이 살랑이기까지. 쇄골과 어깨 라인은 시스루 소재였는데, 시스루 레이스가 꽃 모양으로 짜인 게 화려하면서도 단아한 인상 을 풍겼다. 거기에 옷에 딱 어울리는 장갑과 액세서리까지 잔뜩. 세이린은 좀처 럼 거울 앞을 떠나지 못했다.

로자리는 기합이 바짝 들어간 채로 말했다.

"아가씨, 오늘은 무조건 옆으로 넘기는 머리예요."

"당연하죠. 어깨 라인이 무려 시스루인데!"

세이린은 로자리의 도움을 받아 빠르게 치장을 마쳤다. 마왕성에 들어오고 나서 처음으로 하는 풀 메이크업이었다. 레이스 장갑은 또 얼마나 섹시한지. 가 볍게 향수를 뿌려 치장을 마무리한 후에도 거울 앞을 떠나기 싫을 정도였다.

그러나 겉모습만 챙기다 정말 필요한 사교 상식들을 모조리 놓칠 수는 없었 다. 최종 벼락치기를 위해 도서관에 도착한 그녀가 평소보다 배로 발랄하게 외 쳤다.

"도서관장님! 저 왔어요!"

오늘도 도서관 안에는 아무도 없으리라 생각했는데, 웬걸.

"세이린…… 아가씨?"

아벨 시엘리아가 있었다. 하지만 지금은 자다 일어난 것도 아니고 공부하러 온 것이니 당당했다. 세이린은 벼락치기를 하러 왔다는 사실을 감추며 얌전한 숙녀 연기를 시작했다.

"왕실 작가 세이린 폴룩스가 푸른 기사단장님을 뵙옵니다."

양손으론 드레스 자락을 붙잡고, 고개를 숙일 땐 찬찬히. 거울을 보며 수없이 연습한 우아함이 빛을 발했다.

"……완전히 다른 사람이 되셨군요, 세이린 양."

도서관장 또한 아벨과 마찬가지로 흐뭇한 미소를 지었다.

"왕실 작가 세이린 폴룩스가 도서관장님을 뵈옵니다."

"뿌듯하군요."

페일은 세이린의 손을 끌어다 짧게 입 맞추었다. 아벨은 한없이 눈웃음을 흘리는 그녀를 신기한 것 보듯 바라봤다.

"완전히 이미지가 바뀌었네요, 세이린 아가씨."

"그래 보여요, 아벨 경?"

세이린이 자랑하듯 한 바퀴 빙 돌았다. 마침 코로나와 도서관에 도착했던 클라우드 또한 그 모습을 보고야 말았다.

"……."

"전하?"

"……아벨. 이 책들 좀 찾아봐 주겠나?"

클라우드가 책 제목이 주르륵 나열된 종이를 건네며 말했다. 하지만 자료를 찾으러 왔다는 마물의 시선은 온통 화려한 차림의 세이린에게 꽂혀 있었다. 세이린은 아벨과 페일에게 했던 것처럼 우아한 인사를 건넸다. 그러고는 넋이 나가 있는 마왕에게 물었다.

"죽이죠?"

뿌듯한 얼굴을 하고 있던 도서관장의 눈썹이 씰룩 올라갔다.

"……세이린 양. 어휘 선택에 신중하도록 하세요."

아, 맞다. 단어 선택.

"끝장나죠?"

"세이린 양!"

이것도 좀 아닌가? 그러면……

"반하겠죠?"

세이린이 만족하며 씩 웃었다. 마왕은 한동안 시선을 피하다가, 낮은 한숨을 내쉬고서야 겨우 대답했다.

"……그걸 자기 입으로 말하나?"

클라우드는 뒤늦게 트집을 잡아야겠다고 생각했지만 이미 때를 놓친 후였다. 아벨이 열 권이 넘는 책을 모두 찾아 건넬 때까지 시선을 세이린에게 고정한 채였으니. 물론 죽이냐는 말에는 부정도 긍정도 하지 않았지만 침묵이 되레 마음을 전했다.

세이린은 보란 듯 무뚝뚝한 마왕에게서 떠나 타깃을 변경했다.

"저 어때요, 코로나 경?"

머리를 살랑 넘기자 왠지 투구에 표정이 드러나는 듯한 코로나가 엄지를 척 세웠다.

"아름다우십니다, 세이린 아가씨."

"더, 더!"

"화사하고 우아하십니다, 세이린 아가씨!"

"좀만 더!"

"봄 햇살 그 자체십니다, 아가씨!"

요 며칠 하던 대로 세이린과 하이 파이브까지 한 코로나는 그제야 주군의 눈치를 보기 시작했다. 주군이 자신을 미친놈 바라보듯 보고 있었다.

세이린은 유치한 질투를 느끼는 클라우드의 반응에 씨익 웃었다. 코로나와 자신은 이미 떼려야 뗄 수 없는 사이였다. 속성 판정 이후 왜인지 코로나의 체력은 반토막이 났다. 그런 체력이 신기하게도 세이린이 살짝 옆에만 지나가도 백 퍼센트 충전되곤 했다.

그리고 그건 모든 그림자 기사들이 마찬가지였다. 처음엔 가까이 가야 잘 터지는 와이파이 취급 받으며 기사단원들 사이를 돌아다니는 게 민망했지만, 나중엔 세이린도 힐링 아닌 힐링에 재미가 들렸다. 물론 '믿습니까!' 하고 소리치는 장면을 남들이 보면 정신 이상한 애 아니냐고 수군댈 듯했지만.

'빛이 있으면 진해지는 그림자, 뭐 그런 건가?'

세이린이 싱긋 웃으며 가까이 가자 이번에도 코로나의 체력이 차올랐다. 클라우드가 그 상황을 곱게 볼 리 없었다. 평소대로라면 책을 스스로 들었을 클라우드는 코로나에게 모든 짐을 떠맡기곤 자리를 나섰다.

'……내가 이럴 때가 아니지. 얼른 벼락치기 복습이나 하자.'

세이린은 밤새 정리한 예법 필기 노트를 꼼꼼히 다시 읽기 시작했다.

아벨에겐 노트 속으로 들어갈 기세인 F반 학생이 마냥 기특했다.

"벌써 1차 고사 준비를 하시다니. 좋은 결과가 있으실 겁니다, 아가씨."

1차 고사라니, 생각도 안 하고 있었는데! 역시 A반 교수는 달랐다. 세이린이 자초지종을 설명하자 아벨은 언제나처럼 따뜻한 웃음을 지었다.

"걱정 마세요, 아가씨. 우려하시는 일이 일어나지 않도록 저도 주의를 기울이겠습니다. 그럼 간단한 것만 짚어 볼까요?"

아벨과 페일이 세이린의 옆에 자리 잡고 앉았다. 든든한 두 지원군이 함께하는 최종 벼락치기가 막을 올렸다.

ㅁ ■ ㅁ

들을 때는 참 좋았다. 문제가 있다면, 머리의 저장 공간이라는 게 한계가 있다는 거.

'큰일 났다……'

세이린은 벌써 하얗게 바랜 머릿속을 원망했다. 새로운 지식을 자꾸 밀어 넣은 탓인지 가장 먼저 배운 것들이 가물가물해지기 시작했다. 더군다나, 클라우드가 베푸는 연회는 머릿속으로 막연히 생각했던 것보다 훨씬 호화로웠다.

"우와……."

세이린도 낮 대륙 출신 마물을 본 적은 많았다. 하지만 이렇게 떼거리로 있는 건 본 적이 없었다. 자신이 다양한 마물들이 참여하는 파티에 초대받아 뒤섞이고 있다는 사실. 그 사실이 마냥 기뻤다.

마왕 부부의 등장을 기다리며 이름도 모르는 자들과 잘도 눈인사를 주고받으니, 긴장은 어느새 눈 녹듯 사라졌다.

"기분이 어떠신가요, 세이린 아가씨."

"신경 써 주신 덕분에 평안합니다. 푸른 기사단장님."

아벨이 나타나 그런 그녀와 눈을 맞추었다.

"마왕님이 오시면 만찬이 시작될 겁니다."

"지정된 자리에 앉으면 되는 거, 맞죠?"

"훌륭합니다, 아가씨. 아, 저기 오시는군요."

천둥 같은 목소리를 지닌 신하가 마왕의 등장을 예고했고, 양쪽으로 활짝 열린 문으로 수많은 하인을 거느린 클라우드와 빌리아가 걸어왔다. 그런데 빌리아의 상태가 평소와 조금 달랐다.

'어라? 비전하가 왜 저러시지?'

창백한 안색과 잔뜩 위축된 모습. 어딘가 모르게 기죽은 듯했다.

'낮 대륙에서 온 사신단이라면 고향 친척도 있을 텐데. 무슨 일 있으신가?'

밤 대륙 왕비의 기분과는 상관없이, 뒤섞인 낮과 밤의 마물들은 일제히 무릎을 굽혀 마왕 부부를 맞이했다. 클라우드가 손끝을 움직여 모든 촛대에 청보랏빛 불을 밝히자 모두가 자리에 앉았다.

연회의 시작이었다.

식사는 순식간이었다. 다행히 세이린이 무언가를 말해야 하는 참사는 벌어지지 않았다. 물론 식기 사용 순서는 많이 헷갈렸다. 그런데, 요리가 나오면 그 요리에 쓰는 식기가 슬그머니 밀려 나오는 것이 아닌가.

'……누구 마법인진 모르겠지만 덕분에 살았네.'

세이린은 익명의 마물에게 감사하며 냅킨으로 입가를 톡톡 두드렸다. 모두가 식사를 마치자 클라우드는 마법으로 배경을 바꾸었다. 무지갯빛으로 빛을 산란시키는 샹들리에가 초호화 호텔의 파티 홀을 연상시켰다. 웅장한 음악에 고개를 돌린 세이린이 황홀경에 빠졌다.

'프로그 오케스트라다!'

흰 파마 가발에 연미복을 차려입은 절대 음감 개구리 마물들의 연주는 늘 매진인지라, 딜런 정도 되는 사람을 통해 표를 구하지 않으면 들어갈 수가 없었다.

산뜻한 왈츠와 권위적이지 않은 분위기에 파티가 무르익었다. 발길이 이끌리듯 여러 쌍의 남녀가 나와 춤을 추기 시작했다. 벼락치기가 조금 힘들긴 했지만 이런 명장면을 볼 수 있다면 연회 참석도 얼마든지 할 만한 거란 생각이 들었다. 살풋 웃는 세이린에게 누군가가 다가왔다.

"어이, 꼬맹이."

"레이 경?"

예장을 한 레이 필드는 커다란 깃털이 달린 모자를 한 번 들썩이는 것으로 인사를 대신했다.

"오늘 아침부터 무슨 사고라도 쳤어?"

"저는 뭐 숨만 쉬면 사고 치나요?"

"아니면 말고. 푸른 기사단장이 아까부터 널 빤히 보길래, 일대일 밀착 감시라도 하는 줄 알았지."

"제가 실수할까 봐 신경 써 주시는 거랬어요."

시선을 느꼈는지 아벨이 세이린의 곁으로 다가왔다.

"아가씨. 벼락치기 항목에 춤도 있었나요?"

춤. 물론 도서관장은 춤도 익힐 것을 권했다. 하지만 이 타고난 뻣뻣함은 아무리 춤을 잘 배운다고 해도 도무지 나아질 것 같지 않다는 게 세이린의 판단이었다.

"그런가요. 그럼 아쉽지만……."

아벨이 슬쩍 내민 손을 거두려 할 때였다.

"춤은 나랑 춰요, 밤의 푸른 기사단장님."

유혹적인 목소리가 그를 불러 세웠다. 아벨은 잠시 멈칫했다가 서서히 드러나는 여자의 모습을 보곤 인상을 찌푸렸다. 족히 골반까지 내려올 것 같은 라임색 머리를 한쪽으로 모아 땋은 여자는 한 걸음 한 걸음 내딛는 걸음이 무척이나 관능적이었다.

'가만 보니 저거, 낮 대륙의 기사단장 제복이긴 한데…….'

세이린이 갈피를 잡지 못할 때, 아벨이 단호히 말했다.

"……싫습니다. 이리스 레인."

이리스 레인. 낮 대륙에 파견되었다던 물의 기사단장. 클라우드의 팔을 베고 누워 온 것이 머리에 남아 있긴 한 듯했다. 바짝 올린 속눈썹에 고양이상, 거기에 눈 옆의 작은 미인점까지. 은빛 기사단장, 다프네 레인과 자매이면서도 분위기가 완전 딴판이었다.

"또 저를 차려는 건 아니겠죠, 아벨?"

이리스가 애원하듯 말했지만, 아벨은 냉정했다.

"고백한다면 그럴 생각입니다. 이리스."

세이린은 왠지 제가 낄 자리가 아닌 것 같아 슬쩍 뒤로 물러났다. 아벨 경이 이렇게 까칠한 목소리라니. 레이는 태연히 세이린에게 음료 테이블에서 가져온 레몬에이드를 권했다.

"꼬맹이, 원래 사랑싸움이 제일 재밌는 거 알지?"

세이린은 침묵으로 동의하며 음료를 홀짝였다. 연회 특유의 정신 산만한 주변 환경에도 이리스는 물러나지 않았다.

"후회할 텐데요, 아벨. 제가 좋아 죽겠다는 남자들 줄 세우면 에테라 한 바퀴……"

"이리스."

아벨이 목소리를 낮게 깔았다.

"……어, 네?!"

세이린은 어느새 이리스를 매의 눈으로 보고 있었다.

'이리스라는 분, 저렇게까지 하는 걸 보니 아벨 경을 엄청 좋아하시나 봐.'

이름을 발음했을 뿐인데 볼을 붉히다니. 연애 소설 작가의 시각으로 분석하건대, 둘은 알고 지낸 지 최소 5년은 넘은 듯했다. 사석에선 분명 반말을 한다는 것에 왼손을 걸 수도 있었다.

'물론 아벨 경은 존댓말 하시겠지만.'

간만에 작가 모드가 된 세이린이 속으로 두 사람의 관계를 평했다.

아벨은 여전히 까칠했다.

"이리스. 죄송하지만 저는 관심이 없습니다. 춤에도, 당신에게도."

아벨의 거절에서는 냉기가 뚝뚝 떨어졌다. 레이는 기다렸다는 듯 짝짝짝 박수를 쳤다.

"이걸로 480번 하고도 6번째 차였네, 이리스. 소감은?"

이리스는 아카데미 동기이자 연애 사업에 조금도 도움이 되지 않는 금빛 기사단장을 째려봤다.

"레이 필드. 그 입 다물어. 난 포기 안 해. 도대체 뭐가 문제지?"

실패 요인을 골똘히 분석하던 눈동자가 세이린에게서 멈춰 섰다. 날카로운 벽안이 가구 대리점에 전시된 가구를 보듯 세이린을 위아래로 스캔했다. 당황할 법도 하지만, 이런 갈등을 배치하고 써 내려가는 게 직업인 세이린에겐 아무것도 아니었다.

'이리스 경은 아벨 경을 좋아하고, 아벨 경은 나랑 대화하다 말고 그 사랑을 차 버렸으니……'

이리스 레인은 연적으로 자신을 지목할 터였다.

그 예상은 적중했다. 파티가 끝나고 혼자 별궁으로 걸어가던 세이린은 발소리가 따라붙는 것을 들었다.

'진짜 오실 줄이야.'

능글맞은 세이린은 모르는 척 슬쩍 멈춰 서기도, 밤하늘을 구경하기도 하다가 별궁 앞에 다다라서야 뒤돌았다. 미행자는 역시나 이리스 레인이었다. 그녀는 세이린의 시선을 피하지 않고 당당하게 물었다.

"아가씨는 누구죠? 처음 보는 얼굴인데."

"세이린 폴룩스. 왕실 작가입니다. 이리스 레인 경께 인사드립니다."

"당신이 소문의 왕실 작가……?"

소문이라니. 낙제생, 마왕 후궁설을 비롯해 켕기는 것이 많은 세이린은 일순간 움찔했다. 하지만 이리스에겐 그것이 일종의 여유로 보였다.

"단도직입적으로 묻겠습니다. 아벨 시엘리아와 작가님은 무슨 사이인가요?"

속이 하도 뻔해서 더 놀려 주고 싶었지만 사백팔십 번도 넘게 차였다는 말을 들으니 그럴 수 없었다. 마음 약한 세이린이 담백하게 답했다.

"사랑하는 사이 아니에요."

굳이 따지자면 낙제생과 구원자 정도이리라. 하지만 이리스는 주먹 쥔 손을 부르르 떨었다.

"……거짓말. 지금 절 놀리시나요? 이 건물에 누가 사는지 다 아는데!"

이리스가 팔을 쭉 뻗어 세이린이 머무르고 있는 별궁을 가리켰다.

"지금 여기 사는 건 전데요?"

"둘, 둘이 같이 살아요?!"

……로자리를 아시나?

"네."

"왜……요?"

왜 같이 사느냐고 물으면 뭐라고 대답해야 하나. 세이린이 말을 골랐다.

"그냥…… 서로 필요한 게 있으면 도와주죠."

"거짓말하지 마세요. 아벨이 그렇게 타락했을 리 없어!"

"네? 아벨 경은 시엘리아 저택에서 사시는데요?"

"……시엘리아 저택? 아벨 이제 여기서 안 살아요?"

"네."

쿠궁. 어째서 아벨은 이사라는 큰 사건을 자신에게 말해 주지 않았단 말인가! 이리스는 급격히 울적해졌다.

'……뭐지?'

세이린은 경계를 늦추지 않았다. 자고로 사랑에 빠진 사람은 언제 무슨 돌발행동을 할지 모르니 항상 조심해야 하는 법.

"저는 아벨 경을 사랑하지 않으니까 걱정 안 하셔도 돼요."

"……그걸 제가 어떻게 믿죠?"

이럴 때는 무조건 단호하게, 반박의 여지가 없도록 나가야 뒤탈이 없을 터였다. 세이린은 흔하디흔한 강수를 뒀다.

"저는 이미 좋아하는 분이 있거든요."

"누군데요?"

"음…… 그러니까……."

그녀가 미간을 손으로 누르며 적당한 남자를 물색할 때, 이리스가 깜짝 놀라 고개를 숙였다. 세이린은 피식 웃었다. 이젠 안 봐도 누가 튀어나왔는지 알 것 같았다. 비슷한 상황이 그동안 너무 많았으니.

"낮의 푸른 기사단장 이리스 레인. 클라우드 전하를 뵙니다."

빙고. 세이린이 씩 웃었다. 무미건조한 클라우드의 목소리가 뒤이었다.

"이리스 레인. 왕실 작가에게 무슨 일이지?"

"……아무 일도 아닙니다. 전하."

"내일도 일정이 있으니 이만 들어가 쉬도록."

클라우드가 이리스를 친절히 숙소까지 이동시켜 주곤 말했다.

"이리스가 너를 연적으로 생각하나 보군."

"연적이라면, 저랑 아벨 경이 그렇고 그런 사이라고 오해한 거겠네요?"

"……입꼬리는 왜 올라가지?"

"아벨 경 생각만 해도 좋아서?"

음란 마귀의 세 치 혀가 마왕을 농락했다. 물론 클라우드도 쉬이 질 마음은 없었다.

"이리스가 들었으면 볼만했겠군."

"사랑싸움이 제일 재미있다고 담임 교수님이 그랬어요. 그나저나 한두 번도 아니고 어떻게 매일 타이밍 맞춰서 등장해요?"

"무슨 의미지?"

그녀가 슬그머니 얼굴을 들이밀며 짓궂게 물었다.

"임성운은 깨어 있는 동안 내 생각만 하나?"

"어."

나직한 목소리로 대답한 마왕은 성급히 고개를 숙여 얼굴을 가까이 했다. 하지만 세이린은 짧게 입 맞추곤 장난스레 거리를 벌렸다.

"……이젠 그렇다는 대답에도 만족 못 하나? 뭘 더 원해?"

클라우드는 예상도 못 했다는 듯 불만족스러운 얼굴이었다.

"에이. 깨어 있을 때만? 아직 한참 멀었어요. 꿈에서도 해야지."

"……"

그가 인내력 없이 세이린을 번쩍 안아 들었다.

"뭘 더 원하냐고 묻는 게 사랑에선 기권이랑 같은 말인데."

"관심 없어."

관심 없다는 분이 왜 내 방으로 향하실까. 오늘도 사랑싸움에서 이긴 세이린이 픽 웃었다.

클라우드는 세이린을 그녀의 방 창틀에 살며시 내려놓았다. 등 뒤로 기댈 데가 없어 자신에게 기댈 것을 계산한 것처럼.

"습득력에 이어 응용력까지 뛰어나시네요, 전하?"

세이린이 능글맞게 웃으며 붕 뜬 다리를 흔들었다. 창틀은 서 있을 때 가슴 높이까지 왔었다. 그곳에 걸터앉으니 드레스 끝자락이 물고기의 꼬리지느러미처럼 퍼져 하늘거렸다. 클라우드는 시간이 지나 헝클어진 그녀의 머리와 얼굴을 외울 기세로 꼼꼼히 바라봤다. 그 정성 어린 시선을 독차지하는 기분이 묘했다.

"전하께서 매번 찾아오시니 죄송스러운걸요?"

"마음에도 없는 말을 하는군."

그 말대로라 세이린이 입술을 혀로 축였다. 그가 망설임도 없이 고개를 비스듬히 기울이며 다가왔다. 창백한 달빛 아래서 갈망을 더욱 노골적으로 드러낸다. 어린아이들에게 좋은 꿈을 꾸라고 말할 때처럼 짧게 몇 번 입을 맞추다가, 예고도 없이 입술을 나른하게 핥기까지.

'……아, 진짜. 시기의 랭커는 정신 못 차리게 하는 버프라도 있나?'

세이린이 무심결에 클라우드의 옷깃을 그러쥐었다. 그 반응에 클라우드가 이마가 닿을 듯 말 듯 한 거리에서 물었다.

"……내가 밤에 부르면 올 건가?"

단언컨대, 우리 마왕님 ASMR이나 오디오 북 하나 만들면 대박, 아니, 초대박 난다. 마왕이라는 포지션에 딱 어울리는 마성의 목소리였다.

"갈 마음 없는데, 방금 간다고 대답할 뻔했어요."

"……그런 정보는 왜 흘려."

"마왕님 홀리려고."

"……."

"왜 그렇게 보세요, 전하?"

세이린이 어이없다는 듯 뚱한 얼굴을 하는 그의 넥타이를 잡아끌었다. 훅 끌려오는 얼굴을 양손으로 감싸자 그의 표정이 묘하게 일그러졌다. 아무래도 손에 끼고 있는 레이스 장갑 때문인 듯싶었다.

"거슬려요?"

입술을 매만지며 물었다. 대답할 수 있으면 대답해 보라는 나름의 장난이었다. 하지만 그는 장난을 즐길 여유가 없었다. 클라우드가 그녀의 손끝을 조심히 물었다. 장갑이 천천히 벗겨지면서 반쯤 보였던 흰 손등이 완전히 모습을 드러냈다.

"……."

"넘어질 것 같은데, 조금만 가까이 와 주실래요?"

클라우드는 세이린의 목소리를 듣고서야 정신을 차렸다. 그가 딱 반걸음 다가왔음에도 세이린은 편안함을 느꼈다. 촉촉이 젖은 입술을 조심히 가져다 대니, 이러다 죽는 게 아닌가 싶을 정도로 그의 맥박이 빨라졌다.

'이렇게 홀릴 줄은 몰랐는데.'

늠름한 그의 어깨를 끌어당기자 무언가 따끔한 것이 닿았다. 예복에 주렁주렁 달린 훈장과 배지들. 가슴팍을 바라보던 세이린의 얼굴이 조금 찌푸려졌다.

"거슬리나?"

마법을 쓴 것도 아니건만 재킷 벗는 데 딱 2초가 걸리다니. 눈 깜짝할 새에 바닥으로 떨어진 재킷을 본 세이린이 칭찬하듯 그를 쓰다듬었다.

"원래 이렇게 행동이 빠른가, 우리 마왕님?"

"……."

그녀가 새카만 머리카락을 헝클이던 손을 피아노 건반 누르듯 아래로 내리자, 클라우드의 몸에 힘이 들어갔다. 음란 마귀가 나쁜 장난을 하고 싶다고 생각할 즈음이었다.

똑똑—

딱 두 번. 그러나 분명한 노크였다. 두드리는 간격으로 봐서는 로자리인 듯했지만, 외출치고는 빨리 돌아온 감이 있었다.

'……안 좋은 일이라도 터진 거 아냐?'

세이린은 곧바로 문을 열어 주려다 클라우드를 보고 멈칫했다. 이 관능적인 얼굴 좀 보게. 누구든 그렇고 그런 생각 하기 딱 좋겠어.

"숨어요, 얼른."

세이린이 옷장을 열어 주며 말했다. 얼마 전에 옷 정리를 한 탓에 옷장은 텅 텅 비어 있었다. 명색이 밤 대륙의 왕인 남자는 불평 가득한 얼굴로 옷장 안에 몸을 구겨 넣었다. 삐져나온 그의 넥타이를 옷장 안으로 밀어 넣은 세이린이 태연한 척 대답했다.

"무슨 일이에요, 로자리?"

"아가씨. 손님이……."

안절부절못하는 로자리의 뒤로 누군가의 기척이 느껴졌다.

"들어가겠습니다."

듣기 거북한 목소리였다. 문이 열리고 드러난 노인의 모습은 역시나 호감형 이 아니었다. 올백으로 모아 묶은 한 줌의 금발은 힘이 없어 보였지만 붉은 눈동자는 금방이라도 사람을 집어삼킬 화염처럼 뜨거웠다. 옷차림을 보아하니 사신단 중 고위 관료인 듯했다.

"저, 누구……."

"나는 에글론 에테라요. 아가씨가 왕실 작가, 세이린 폴룩스?"

"맞습니다."

에글론 에테라. 이름에서 드러나듯 왕비의 친척이자 전쟁 전 낮 대륙을 거의 통일했던 에테라의 왕족. 직계 혈통인 빌리아리아 에테라와 달리 방계 혈통이라 왕위 계승과는 거리가 먼 자였다.

도서관장님의 프린트에 따르면 왕비님의 남동생인 벨제바브에게 권한을 위임받았다고 선언하곤 클라우드의 즉위를 반대하는 마물들을 끌어모아 그들과 어울리고 있다던가.

'벨제바브는 마왕님에게 봉인되어 행동 불능 상태인데 어떻게 권력을 위임받았다는 건지.'

세이린은 눈앞의 남자가 마음에 들지 않았다. 입꼬리가 떨릴 정도로 백성들에게 웃어 주는 클라우드를 무시하고 폭정을 일삼은 옛 왕조에 달라붙는 것도 탐탁잖은데, 남의 공간에 언질도 없이 찾아오기까지 하다니. 대체 무슨 일로 행차하신 것일까.

"아가씨가 보기엔, 마왕 부부의 사이가 어때 보이나?"

에글론이 추궁하듯 물었다.

"화목한 줄로 압니다."

고소당해서 마왕성 들어오기 전까진 그렇게 알았죠.

"그런데, 둘 사이에 왜 아이가 없을까?"

"……."

그야 둘은 손을 잡기는커녕 털끝만 스쳐도 짜증을 내는 사이이니. 질문을 들은 세이린은 본능적으로 귀찮은 일에 휘말렸음을 느꼈다. 에글론 에테라가 이런 말을 하는 의도야 뻔했다.

"아까 연회 때 마왕이 내내 아가씨를 흘긋거리더군. 무슨 사이지?"

고소인과 피고소인이라고 말해도 안 믿겠지.

"전하의 존함입니다. 예를 지켜 주세요."

"혈통도 없는 왕에게 예의는 무슨."

세이린이 옷장을 힐긋 바라보곤 다시 에글론을 살폈다. 할아버지. 지금 뒷담화도 아니고 앞담화를 하고 계세요.

에글론은 아무것도 눈치채지 못한 채로 말을 이었다.

"아리아가 왕비의 기능을 제대로 수행하지 못하는 것 같던데."

"아리아……요?"

"빌리아리아 에테라."

아무래도 빌리아리는 약칭은 밤 대륙 전용인 듯했다.

"그게 제 탓이라고 생각하십니까?"

"물론 그 애가 어렸을 때부터 결함이 많긴 했지."

"비전하를 모욕하지 말아 주세요."

세이린은 지을 수 있는 가장 단호한 표정을 보였다.

"혈통도 없는 미천한 것에게 시집간 여자요. 밤의 왕비라는 직위도 호칭일 뿐이지."

"……."

"외모가 출중한 탓에 공들여 좋은 가문과 약혼까지 시켰건만……."

비 전하의 약혼이라. 세이린은 약간의 흥미를 느꼈지만 그 얘기를 눈앞의 무례한 노인을 통해 듣고 싶지는 않았다.

"용건이 끝나셨으면 나가 주세요."

"버르장머리 없긴. 믿는 구석이라도 있나?"

"저는 밤 대륙의 왕을 믿습니다."

저기 옷장 안에 계시는. 당돌한 대답에 에글론은 조소를 흘렸다.

"그 근본도 혈통도 없는 놈을 믿는다고? 정신 나간 여명회의 신도들에게도 멸시당한 놈을? 그놈이 정말 황제가 될 수 있다고 생각하나?"

"어둠은 모든 것을 포용한답니다."

"어둠이라니. 웃기지도 않는군. 그놈은 미천한 그림자에 불과해."

이쯤 되니 세이린은 옷장 안의 마왕님이 걱정되기 시작했다. 그 성질머리에 자기 욕하는 걸 오래 듣고 있을 리 없었다.

"어서 나가세요."

"황제가 되려 한다면 전쟁을 승리로 이끈 지금 칭제(稱帝)하는 것이 나을 텐데. 스스로의 역량이 부족함을 아는 게지."

"제국의 기초를 닦느라 그렇답니다. 나가 주세요."

"……지금은 물러나지만, 벨제바브 폐하가 깨어나시는 순간 이 대우를 기억하지."

"벨제바브 폐하?"

방문을 열어 주던 세이린이 놀라 되물었다. 벨제바브 에테라는 분명 마왕에게 봉인당했다고 들었다. 게다가 전하도 아니고 폐하라니. 황제에게나 쓰는 호칭이 아닌가.

"얼마 전부터 봉인이 풀릴 조짐이 보이더군. 클라우드 슈테른의 마력도 이제 끝물이란 소리지."

"……."

"7년 전에 전쟁이 끝난 것 같나? 아니. 그건 시작에 불과해."

거만하게 말한 노인은 세이린을 위아래로 훑어봤다. 그러곤 나가려던 발길을 다시 멈춰 세웠다.

"그나저나 얼굴이 봐 줄 만하군."

"뭐라고요?"

문고리를 쥔 세이린의 손이 파르르 떨렸다. 때마침 옷장의 문이 열렸다.

"참아."

클라우드의 목소리를 들은 세이린이 움찔했다. 참으라니. 부처라고 해도 믿을 반응이었다. 하지만 종전의 모욕을 그는 참았다. 밤 대륙의 왕이 인내했으니 왕실 작가인 자신이 분노를 표출할 수는 없는 노릇이었다.

"……저도 참을게요."

세이린이 분한 마음을 억누르며 다시 에글론을 흘겨봤다. 그런데 에글론이 눈을 뒤집어 깐 채로 죽어 있었다.

"……전하. 저한테 참으라고 하시지 않았어요?"

"내가 참는다고 한 적은 없어."

저항도, 비명도 허락하지 않은 참으로 깔끔한 처형이었다.

"로자리. 빌리아를 데려오도록. 조금 이르지만 생일 선물을 준비했다고 전해."

클라우드는 자신을 미천한 것이라 모욕하던 에글론을 지독히도 차가운 눈으로 내려다봤다.

□ ■ □

곧 분주한 발소리가 들렸다.

"클라우드, 무슨 놈의 생일 선물을 매년 다른 날……."

빌리아는 방 한가운데에 떡하니 놓인 시신을 발견했다. 그 얼굴을 확인하곤 입을 틀어막는 손이 떨렸다.

'……하긴. 아무리 자기를 무시했던 친척이라고 해도, 시체로 만나면 감상이 다르겠지.'

세이린이 혼란스러워하는 것과는 대비되게 클라우드는 태연했다.

"정확한 날짜는 생각 안 나지만 생일을 축하하지. 빌리아."

"클라우드, 너…… 그렇게 죽여 달라고 할 때는 모른 척하더니 웬일이야?"

"마음이 바뀌었다고 하지."

빌리아와 클라우드의 대화를 들은 세이린은 그제야 그녀의 눈물이 슬픔 때문이 아니라 감동해서 흘린 것이라는 사실을 알아챘다. 빌리아는 시체의 넥타이핀을 조심히 꺼내 쥐었다.

"이것도 선물에 포함된 거지, 클라우드?"

에테라에 두고 온 자신의 것과 같은 우거진 숲의 빛깔을 지닌 에글론 에테라의 젬. 편의를 위해 넥타이핀에 보석 장식 대신 박아 넣은 것 같았다.

"마음대로 해. 어차피 에글론 정도의 젬으론 네 마력을 버티지 못할 테니."

"하지만 마왕성 안에서 이동 마법을 사용하는 정도로는 쓸 수 있겠지."

클라우드가 찬물을 끼얹든 말든 바람 속성의 젬을 얻은 빌리아는 어느 때보다 기뻐했다. 거기다, 야심한 시간에 왕실 작가와 마왕이 단둘이 있었다니. 좋은 조짐이었다.

'맘 편히 사랑하도록 작가님을 행복하게 만들어 드린 다음, 나는 에테라로 추방당하면……!'

하지만 그녀의 큰 그림에 마왕이 또 한 번 찬물을 끼얹었다.

"에글론의 말을 들어 보니 네 왕위 계승은 물 건너간 것 같더군."

"뭐라고?"

에글론이 흘린 내막을 전해 들은 빌리아가 망연자실한 얼굴을 했다.

"벨제바브의 봉인이 약해졌다고요?"

"네. 에글론은 클라우드 전하의 마력이 약해졌기 때문이라고 말하긴 했는데……."

세이린이 힐끗 마왕의 눈치를 봤다.

"진짜예요? 마력이 줄었다는 게?"

"어."

클라우드가 무미건조하게 툭 내뱉었다.

"……네?!"

"맞다고. 마력 반토막 난 거."

175

밤 대륙의 국방력이 반토막 났단 소리를 어떻게 이렇게 아무렇지도 않게 하지?

"진짜야, 클라우드?"

"저번에 쓰러졌을 때부터."

"……세상에."

갑자기 코로나 경과 그림자 기사단이 한참 전에 뽑아 둔 상추처럼 시들시들 해진 것도 다 이유가 있었구나. 세이린이 안절부절못하자 빌리아가 대신 질문했다.

"또 누가 알아? 네 마력이 반토막 난 거?"

"코로나는 본능적으로 알고 있을 테고. 말하는 건 이번이 처음."

빌리아는 이 사태의 원인을 찾다 말고 세이린을 바라보다, 납득했다는 듯 고개를 끄덕였다.

"둘은 너무 천생연분이라 문제네요."

"……그건 또 무슨 뜻이에요, 비전하?"

"아무래도 클라우드 마력이 반토막 난 건 작가님이 속성 판정을 받았기 때문인 것 같아요."

"제가 빛이라서요?"

"단순히 이해하자면 그래요. 원래 마력이라는 게 마계에 존재하는 총량이 있고 그걸 각 속성 보유자들이 젬에 분배받는 방식이거든요."

"제가 빛의 젬을 지니게 되어서 전하가 독식하고 있던 이속성 마력이 반토막 났다는 거죠?"

"역시 이해가 빠르시네요, 작가님."

"비전하의 마력도 줄었나요?"

"연구된 바에 따르면 마력의 총량은 지수화풍의 네 가지 속성과 이속성, 두 가지로 나뉘어요. 저는 이속성이 아니니 영향이 없어요."

빌리아는 에글론의 시신을 바라보다 구두코로 툭 찼다. 그동안 받은 압박 때문인지 이 이상 대담한 짓은 엄두가 나지 않았다.

"제가 왕좌에 앉는 걸 막기 위해 에글론이 약혼을 추진하던 게 엊그제 같은데."

약혼. 영주들이 가문과 마력이라는 힘을 보존하기 위해 가장 적극적으로 사용했던 장치. 세이린은 문득 빌리아의 약혼 상대가 궁금했으나 묻지 못했다.

"작가님, 제 약혼 상대가 궁금하시단 얼굴이네요?"

얼굴에 다 티 내고야 말았지만.

"이젠 상관없어요. 이미 이 세상 존재가 아니거든요. 아, 클라우드가 죽인 건 아니에요."

세이린이 괜히 놀란 가슴을 쓸어내렸다. 그러자 키스 여부를 포착했을 때처럼 루비색 눈동자가 반짝였다.

"역시 두 분…… 서로를 끔찍이 생각하시네요."

그런 맥락이 아니었던 것 같은데요, 비전하.

"맞다. 곧 작가님 1차 고사 기간이니까…… 둘이 어디 으슥한 곳에서 같이 숙박하면서 시험공부라도 하시는 건 어때요?"

"으슥한 곳이요?"

세이린이 물었다.

"지하실이나, 침실이나…… 〈임성운의 5,500가지 그림자〉 얼른 실행에 옮겨야죠."

참으로 일관적인 빌리아였다.

"아직 시험은 한참 남았으니까요. 천천히 생각하죠, 뭐."

세이린이 여유를 부렸다. 하지만 클라우드와 빌리아는 예상치 못한 포인트에서 반론을 제기했다.

"한참? 아닐 텐데."

"작가님, F반은 시험 제일 일찍 보는데……."

이게 무슨 소리지? 반마다 시험 일정이 달라? 세이린이 얼굴을 파랗게 물들인 채로 손을 덜덜 떨며 아카데미 홈페이지의 학사 공지를 터치했다.

[F반 1차 고사 : D-14]

아, 망했다.

Chapter
6

수석을 위하여

시험이 14일 남았다는 사실을 알아챈 순간부터 세이린은 살아도 사는 게 아니었다. 이미 입학시험 벼락치기를 통해 깨달은 바가 있지 않았던가. 아카데미의 시험은 천지 창조처럼 7일 컷으로 끝낼 수 있는 수준이 아니었다. 사신단이 마왕성과 낮 대륙을 둘러보든 말든, 왕실 작가는 시험 범위를 전체적으로 훑어보는 것에 총력을 기울였다.

그리고 다가온 아카데미에 가는 날. 세이린은 복도를 걷는 커밋을 보자마자 놀란 얼굴을 할 수밖에 없었다.

"주식 떨어졌어?"

"아니."

"그럼 박살 났어?"

"전혀. 변동 거의 없는데."

"……근데 왜 안 하던 짓을 해?"

커밋이 다크서클이 내려앉은 얼굴로 작은 노트를 보고 있었다. 노트는 손때가 묻은 데다 꾸깃꾸깃하기까지 해서 아무도 커밋을 F반 학생이라고 생각하지 않을 듯했다.

"커밋, 너 공부해?"

"그럼 시험을 공부 안 하고 봐? 알고는 있었지만 세이린, 너 패기 한번 끝내
준다."

"나도 공부하는 중이거든?"

아직 훑어보는 단계긴 하지만. D-10. 이건 뭐, 발등에 불이 붙은 정도가 아
니라 용암에 족욕을 하는 수준이었다. 세이린이 한숨을 쉬며 중얼거렸다.

"예습, 복습까지 해 가면서 수업을 열심히 들었는데 왜 전공책은 열 때마다
새롭지?"

"F반 애들이 다 그렇지, 뭐."

"누가 들으면 너는 F반 아닌 줄 알겠어."

두 낙제생이 희희낙락 떠들고 있을 때 복도 끝에서 작은 탄성이 터져 나왔
다. A반 수재들과 몰려 있다 낙제생들에게 다가오는 제이드 제릴을 향한 환호
였다.

"야, 세이린 폴룩스."

"제이드. 지금 나 바쁜 거 안 보여? 공부하잖아."

세이린이 쓰지도 않은 안경의 테를 추켜올리는 시늉을 했다. 그 모습을 본
제이드는 사냥감을 발견한 것처럼 비아냥거렸다.

"오, 언제부터 공부를 하셨다고?"

"왜 또 시비야. 너도 나 좋아해?"

세이린은 기죽지 않고 툭 내뱉었다.

"……누, 누가 너 같은 걸 좋아해?"

네가 존경해 마지않는 마왕님이.

"아님 말고. 왜 불러?"

"결투를 신청하지. 세이린 폴룩스."

세이린이 그냥 한번 붙어 볼지 고민할 때, 제이드가 덧붙였다.

"'시험 성적'으로 말이야."

결투는 무슨. 세이린은 오늘부터 평화주의자의 길을 걷기로 했다.

"시험 성적으로?"

"그래. 커밋 글레이시아와 세이린 폴룩스, 너희 둘."

제이드가 선심 쓰듯 말했다.

"설마, 우리 둘 성적 더한 거랑 네 점수를?"

제이드가 당연하다는 듯 고개를 끄덕였다. 세이린은 살면서 받은 취급 중에 제일 눈물이 났다. 그 와중에도 옆에서 커밋이 요점 정리 들여다보고 있는 게 짠한 흑백 영상으로 보였다. 세이린이 커밋을 대신해 열렬히 반박했다.

"내가 반타작도 못 할까 봐?"

"너 입학시험 반타작 못 해서 F반 간 거잖아."

세이린은 할 말이 없었다.

"뭐 걸고 내기할 건데?"

"그건 미리 생각해 둔 게 있지. 아카데미 졸업할 때까지 상전으로 모시기, 어때?"

"······상전?"

"왕자님, 공주님, 뭐 그런 거."

제이드는 생각보다 더 인정에 목마른 상태였는지, 자신이 없으면 기권하고 지금 당장 '제이드 님―' 하고 불러 보라며 비아냥거렸다. 도발에 넘어간 세이린은 이를 부득 갈았다.

"오케이. 콜. 커밋, 넌 어때?"

"나 지금 공부하잖아."

"······그럼 참여하는 걸로. 제이드 너, 지면 우리 둘 다 상전으로 모시는 거다?"

세이린은 이미 승리를 확신하고 있었다.

"질 리가 있나. F반이랑 A반은 시험 일정이 같으니 결과도 피차 기다릴 거 없겠네."

제이드가 눈썹을 으쓱이곤 자리를 벗어났다. 그의 말대로 F반과 A반은 시험 일정이 같았다. F반은 시험 범위가 적어야 애들 성적이 그나마 나온다는 게 이유였고, A반은 짧은 기간 동안 책 한 권을 다 떼도 학생들이 잘 따라오기 때문이었다.

'……이 내기 무조건 이길 거다. 이건 자존심 싸움이야.'

세이린이 눈을 번뜩였다.

□ ■ □

세이린 폴룩스는 인간계에서 고2 기말고사 준비를 할 때보다 더 열심이었다. 이론은 반복해서 읽다 보면 머릿속에 들어왔다. 문제는 지정된 마법을 선보여야 하는 실기 시험이었다.

'……이건 어쩔 수 없다. 누군가의 도움을 받는 수밖에.'

마왕성에 돌아온 그녀가 다급히 담임 교수님을 찾았다. 하지만 복도에서 발견한 레이 필드는 다른 일로 바빠 보였다.

"스칼렛, 티타임 끝나고 뭐 해?"

"시험 문제 출제할 것 같은데."

허리까지 물결치는 요염한 붉은 머리카락 사이로 돋은 두 개의 뿔. 형광빛이 도는 눈동자 속에 세로로 뾰족한 동공. 붉은 망토 부분을 제외하고 온통 섹시하게 개조된 기사단장 제복.

"그럼 오늘 밤에 내 성에서 마플릭스 볼…… 어라, 꼬맹이?"

밤의 붉은 기사단장, 빅토리아 스칼렛을 꼬드기던 레이가 멀뚱히 자신을 바라보고 있는 제자를 탐탁잖게 바라봤다.

"이 애가 소문의 왕실 작가?"

빅토리아가 관심을 보이자 레이가 장난스레 그녀를 소개했다.

"알데바란이 마음으로 낳은 딸, 세이린 폴룩스 되시겠습니다."

"딜런이랑 저는 친구거든요!"

"그건 그렇고. 꼬맹이가 여긴 무슨 일이야? 티타임에 초대장이라도 받았어?"

"티타임이요?"

로자리가 초대장이 왔다며 빙글빙글 웃던 것을 떠올린 세이린은 고개를 끄덕였다.

"레이 경도 티타임에 참석하시는 거예요?"

"당연하지."

슬쩍 왕비의 정원으로 들어서려는 그를 빅토리아가 저지했다.

"어딜. 초대장이 없으면 못 들어와."

"초대장은 누가 주는데?"

"비전하께서 손수 나눠 주시지."

"……."

껄렁껄렁하던 레이의 얼굴이 파랗게 변했다. 주군께서 주선하는 티타임이라면 슬쩍 끼어들어도 별문제가 없을 터. 하지만 자리를 마련한 이가 왕비님이라면 얘기가 달랐다.

"나, 나는 급한 일이 생각나서……."

억지웃음을 지은 그가 급히 퇴장했다.

'천하의 레이 필드가 위축되다니. 뭔 일이래?'

세이린은 낯선 모습이 마냥 신기했다. 빅토리아가 그녀를 왕비의 정원으로 이끌며 말을 붙였다.

"웃기지?"

"담임 교수님이 왜 저러시는 거예요?"

"낮 대륙 칼리포가 고향이거든. 본인은 밤 대륙 출신이라고 우기지만."

"칼리포는 에테라 남부에 있는 땅 속성의 영지, 맞죠?"

"응. 알다시피 칼리포는 에테라한테 먹혔잖아."

세이린은 '마계의 이해' 과목 요약정리를 떠올렸다. 전쟁 직전, 네 가문이 힘겨루기를 하던 밤 대륙과는 달리, 낮 대륙은 압도적으로 강한 에테라가 거의 통일한 상태였다. 칼리포의 영주는 딸을 밤 대륙의 땅 속성 가문, 로이펠에 시집보내 상황을 모면하려 했지만 역부족이었다고 한다.

"칼리포가 고향이면 에테라 출신인 왕비님께 거부감이 있을까요?"

"비전하의 남동생이었다면 레이도 개겼겠지. 하지만 상대는 폭정과도 관계없는 데다 유능하기까지 한 비전하니."

빅토리아가 어깨를 으쓱했다.

곧, 둘은 잘 가꿔진 정원의 중심부에 있는 티 테이블에 도착했다. 의자는 총 다섯 개였는데, 이미 다프네와 이리스, 빌리아가 앉아 있어 두 자리만 남아 있었다.

"어서 와요. 두 분."

빌리아가 웃으며 둘을 맞았다. 간밤에 에글론이 죽어 버린 데다 바람의 젬을 얻기까지 해서 컨디션이 최고였다. 왕비가 손을 까딱이자 바람의 마력이 차를 우리고 디저트를 서빙했다.

"작가님. 시험 준비는 잘 하고 계신가요?"

"캑······."

의도치 않은 공격에 당한 세이린이 연신 콜록거렸다. 하필이면 테이블에 앉아 있는 나머지 셋이 전부 기사단장, 즉 아카데미의 교수였다. 세이린은 눈치를 보다 자신의 상태를 알렸다.

"실기가 막막해요. 특히 물체를 공중에 띄우는 마법."

"흐음······ 실기는 아무래도 과외를 받는 게 낫죠."

"비전하는 마법 교습을 받아 보신 적이 있으세요?"

"아뇨, 저는······."

차마 낙제생이 된 최애 작가의 앞에서 태어날 때부터 잘했다고는 말할 수 없는 빌리아였다.

"큼큼. 마법 수련을 돕는 것이라면 이리스가 적격인데."

"과찬이십니다, 비전하."

이리스가 꾸벅 고개를 숙였다.

"이리스. 어떤 방법으로 수련해야 마력을 잘 운용할 수 있는지 작가님께 설명해 줄래요?"

왕비의 부탁에 이리스는 잠깐 옛날을 떠올렸다. 너무도 절박해서 수단과 방법을 가리지 않고 마법을 연습했던 날들을.

"저는 용암이 든 그릇을 머리 위에 띄우는 연습을 했어요. 실패하면 죽음이죠."

눈앞에 있는 차도 뜨거워서 못 마시고 있는데 용암이라니. 세이린이 침을 꿀꺽 삼켰다.

"아무리 아벨이랑 같이 아카데미 A반에 배정되고 싶었다지만 그건 너무 극단적인 방법이야."

빅토리아가 피식 웃으며 덧붙이자 이리스가 도끼눈을 했다.

"그만큼 절박했다는 말이기도 하죠."

"기사단장 임명식 때도 그래. 아벨이랑 세트로 엮이고 싶어서 낮 대륙의 푸른 기사단장이 되겠다고 한 거잖아?"

"맞아요."

"쯧쯧. 세상에 남자가 아벨 시엘리아밖에 없니?"

"빅토리아, 우리 아벨이 뭐 어때서요!"

"어머, 웃겨. 둘이 애인 사이도 아니면서 왜 발끈해?"

붉은 기사단장은 어른 특유의 능글거림과 여유로 이리스를 놀려 댔다. 그럴 때마다 이리스는 얼굴을 붉혔다가, 딸꾹 놀랐다가, 급히 손부채질을 했다.

"마계에서, 그것도 인기 많은 기사단장이 한 남자만 바라보느라 연애 한 번 못 해 보다니. 천연기념물로 지정되겠는데?"

저 역시 바로 얼마 전에 천연기념물을 탈출한 터라 세이린은 할 말이 없었다. 하지만 이리스는 그녀와 달리 욱해서 소리쳤다.

"천연기념물은 붉은 기사단장님네 어머니시죠!"

"……!"

세이린의 머릿속에 문득 문학 시간에 배웠던 '너희 아버지가 고자라지?' 하는 대사가 스쳐 지나갔다. 세상에나. 욕 중의 욕, 부모님 욕을 하시다니.

"두 분, 비전하도 계신데 싸우시면……."

"싸우다니? 우리 어머니 천연기념물 맞아."

"……네?"

"용이거든. 화룡."

"그럼 빅토리아 경은……."

"응. 용족이야. 뿔 보면 몰라?"

범접할 수 없는 분위기를 풍긴다고 생각하긴 했지만 파이어 드래곤이실 줄이야. 이리스의 외침이 패드립이 아니었다는 것에 한시름 놓는 세이린을 대신해 빌리아가 말했다.

"이리스. 작가님의 마법 수련을 도울 수 있나요?"

"송구합니다, 비전하. 괴도 문제 때문에……."

"맞다. 이리스는 괴도 전담이니 한창 바쁘겠네요."

대화를 듣던 빅토리아가 무언가 생각난 듯 서류 봉투 하나를 소환했다.

"생각난 김에. 밤 대륙에 출몰한 괴도에 대한 보고서야."

괴도라니, 소설 등장인물로 쓰기 딱 좋은 캐릭터가 아닌가!

유일 작가가 눈을 빛내자, 빌리아가 회심의 미소를 지었다. 작가님 차기작에 괴도 캐릭터. 이보다 더 완벽한 조합이 있을까. 괴도와 관련된 일은 아직 마왕성 내의 비밀이었지만 어차피 미래의 후궁이 되실 분이니 상관없을 듯했다.

"이리스, 빅토리아. 괴도에 대해 짧게 요약해 줄래요?"

생글생글 웃는 왕비가 어쩌 수상해 보였지만, 이리스가 먼저 입을 열었다.

"괴도는 낮 대륙을 주 무대로 2~3년 전부터 활동했어요. 예고장을 뿌리고 나타나는데, 물건을 훔친 다음에 원상태로 복구해 놓죠."

"……그럼 문제없는 것 아닌가요?"

세이린이 물었다.

"모든 보안 장치를 가뿐히 통과하고 구속 마법이나 덫도 가볍게 넘어가요. 물건을 훔치지 않았으니 문제가 없는 건 맞지만 계속 설치도록 놔두면 마물들은 괴도를 잡지 못하는 마왕성 측을 무능하다고 생각할 거예요. 그러니 괴도가 무얼 노리는지, 왜 이런 짓을 하는지 조사할 필요가 있어요."

이리스가 답했다. 목적을 드러내지 않는 천재 괴도라. 벌써 흥미진진했다.

"낮 대륙에서만 활동하다 얼마 전에 처음으로 밤 대륙에도 모습을 드러냈지. 이게 괴도의 예고장."

빅토리아가 서류 봉투에서 카드 한 장을 꺼냈다. 군더더기 없는 흰 종이에 출몰 장소, 출몰 시간, 목표물이 적혀 있었다. 기억할 만한 요소라곤 하단부에 찍힌 문양뿐이었다. 금박으로 찍혀 있어 가만히 보고 있으면 반짝이는 섬광이

나 찬란한 빛이 떠오르기도 했다.

"문양에 무슨 의미가 있는 것 같은데, 아무리 찾아도 안 나와요."

이리스가 퉁명스레 말했다. 보고서를 통해 괴도의 문양을 몇 번 본 적 있는 빌리아는 눈을 가늘게 떴다. 분명 평소와 같은 문양인데 왜 찜찜한 마음이 드는지.

"……!"

갑자기 무언가를 떠올린 왕비는 소환 마법으로 작은 다이어리를 가져왔다. 어젯밤, 클라우드가 죽인 에글론의 시신에서 나온 것이었다. 에글론이 항상 휴대했던 듯 가죽 케이스가 닳아 있었다. 빌리아는 다이어리에 끼워져 있던 명함 하나를 꺼내 들었다.

"어쩐지 어디서 본 적 있는 것 같았어요."

명함의 뒷면이 괴도의 예고장에 찍힌 문양과 같은 모양으로 장식되어 있었다.

"그럼 설마, 벨제바브와 괴도가 힘을 합쳐 세력을 이룬 걸까요?"

자못 긴장한 목소리로 이리스가 물었다.

"여길 보면 그런 것도 같아요."

왕비의 손끝이 명함이 끼워져 있던 페이지를 가리켰다. 에글론의 손 글씨였다.

[벨제바브 폐하와 힘을 합치기를 바라고 있음. 연락해 볼 것.]

"만약 벨제바브가 깨어나 반대 세력과 손을 잡는다면……."

반드시 전쟁을 일으킬 것이다. 그런 일은 없어야만 했다. 빌리아가 고개를 가로저었다. 대체 어떤 집단이, 무엇을 노리고 봉인된 동생에게 손을 내민단 말인가. 조심스레 명함을 뒤집자 이름이 닳아 없어진 명함의 앞면이 보였다. 그런데.

꿈과 사랑이 넘치는 '새벽단' 입니다.
마스타그램 : @rlch_$exy_dawn
인터넷 홈페이지 : 준비 중

"……그냥 미친놈들 아니에요?"

세이린의 말대로 전쟁 꿈나무라고 하기에는 너무도 상큼한 소개였다. 누구의 명함인지만 알아도 신원을 추적해 '새벽단'이 어떤 단체인지 파악할 수 있을 것이다. 하지만 가장 중요한 이름 부분이 닳아 있어 그럴 수 없었다.

"이게 명함에 나온 마스타그램인데, 사진도 별로 없고 계정 팔로워도 적어요."

세이린이 휴대폰을 모두에게 들어 보였다.

"대부분의 마물이 벨제바브의 성격이 더럽다는 건 잘 알 텐데…… 그 애는 이 정도 인지도를 가진 집단이랑은 협력하려 하지 않을 거예요. 자존심 내세우느라."

벨제바브의 심복인 에글론이 그 사실을 모를 리 없다. 그러므로 새벽단이라는 단체는 내세울 만한 무언가를 가지고 있을 것이다. 그것이 괴도인지, 다른 무엇인지는 모르지만 그냥 넘겼다간 화를 부를 수 있다. 이것이 빌리아가 내린 결론이었다.

"이리스. 괴도의 예고장과 명함을 분석하세요. 결과가 나오면 바로 보고서를 올리도록 하고."

"알겠습니다, 비전하."

이리스 레인이 고개를 숙였다.

□ ■ □

며칠 후 사신단은 낮 대륙으로 돌아갔다. 시신이 되어 마왕성의 연구 자료로 남은 에글론 에테라만을 제외하고. 사신단 배웅에 참여한 세이린은 별궁에 돌아오자마자 책을 펼쳤다.

'시험이 며칠 안 남았는데…….'

이론은 제법 완벽하게 익혔다. 사신단 연회를 위해 벼락치기로 외웠던 모든 프린트물이 기초 지식의 역할을 했다.

'온 우주가 내 내기 승리를 응원한단 뜻이렷다.'

문제는 실기 시험, 즉 마법 사용이었다. 딜런이 보내 준 각종 영양제를 먹어도, 로자리가 끓여 주는 수험생을 위한 차를 마셔도 마력 운용은 마음대로 되지 않았다. 세이린은 폭 한숨을 내쉬었다. 물론 처음 마법을 시도했을 때보다는 훨씬 발전한 모습이었다. 제이드와의 상전 대접 내기 얘기를 슬쩍 흘리곤 마왕의 과외를 받은 덕이었다. 하지만 턱없이 부족했다.

이번 마법 시험은 크게 세 가지. 첫째, 지수화풍의 네 가지 속성을 간단히 구현해 내는 것. 둘째, 자신의 속성 마법을 최대한 선보이는 것. 그리고 마지막으로 속성 마법이 아닌 마법을 안정적으로 실행하는 것. 1학년 1차 고사의 비속성 마법 주제는 '비행'이었다.

'마왕님은 사신단의 제언을 검토하시느라 바쁘실 테고.'

연습은 혼자 하는 수밖에 없었다. 세이린은 만점을 받고 싶었다. 내기했기 때문도 있었지만 이번에도 낙제점을 받으면 아카데미에 온전히 섞이지 못할 게 뻔했다.

'……내가 절박하지 않은가?'

머릿속엔 용암이 든 그릇을 머리 위에 띄우는 연습을 했다던 이리스의 말이 떠나지 않았다. 무식함. 용기. 그리고 절박함. 세이린이 자리에서 일어나 주방으로 향했다. 뜨거운 물을 그릇에 담는 일은 어렵지 않았다.

마음을 다잡고 두둥실 떠오르는 풍선을 상상하자 그릇이 조금씩 들렸다. 마침내 머리 위에 뜨거운 물이 자리했을 때, 무서운 마음이 들기 시작했다. 조금이라도 실수하면 물그릇이 쏟아진다. 화산 지대 출신이라면 모를까, 평범한 인간형 마물은 심한 화상을 입을 것이 분명했다.

"……."

그렇게 생각하니 눈앞이 뿌예졌다. 주먹 쥔 양손에서 땀이 스며 나왔다. 속이 울렁거렸지만 평정심을 잃으면 마력의 흐름이 깨질 것이 분명했다. 그러다 자신의 힘으로 물그릇을 내릴 수 없다는 것을 알았을 때에는 덜컥 겁이 났다.

"……!"

끝이었다. 두려움에 집중력이 흐려져 그릇이 엎어졌고, 불안하게 넘실대던 뜨거운 물이 세이린의 머리 위로 쏟아졌다. 그녀가 눈을 질끈 감았을 때였다.

"아가씨."

일순간 얼음처럼 차가운 마력이 방 안을 휩쓸었다. 뜨거운 물이 아니라 차가운 눈꽃들이 산호색 은발에 내려앉았다.

"지금 뭐 하시는 겁니까."

세이린은 고개를 돌렸다. 딱딱하게 굳은 얼굴을 한 아벨 시엘리아가 거기에서 있었다.

"제가 조금이라도 늦었으면 다쳤을 겁니다. 이런 위험한 짓을 어디서……."

아벨이 지끈거리는 머리를 짚었다. 이리스 레인. 그녀가 자신이 수련했던 방법을 흘린 것이 분명했다. 물론 따라 해 보라는 말은 하지 않았겠지. 하지만 위험한 수련 방법을 알려 준 것만으로도 분명 문제가 있었다. 마력 운용을 연습하기 위해 그 방법을 실행에 옮긴 눈앞의 낙제생도, 따끔하게 혼내는 게 옳았다.

"아가씨. 자리에 앉으십시오."

세이린은 엄한 아벨 앞에서 이러지도 저러지도 못했다. 얌전히 의자에 앉은 그녀의 앞에 아벨이 내려놓은 것은 홀 케이크 네 판이었다.

'이건 레드빅에서만 파는 건데…….'

아르디노의 옆에 딸린 레드빅은 아카데미 학생들이 많이 찾는 번화가였다. 세이린도 언젠간 먹어 보고 싶었지만 매번 줄이 길어 포기했었다.

"옳지 않은 방법으로 실력을 키우려던 벌입니다."

아벨의 말에 세이린이 눈을 깜빡였다. 뭐 이런 달콤한 벌이 다 있나.

"오늘의 마법 수련은 여기서 끝. 남은 시간은 쉬세요."

"하지만……."

"조급하게 굴면 될 일도 안 됩니다. 마법이라면 제가 얼마든지 도와드릴 수 있으니 괜찮습니다."

아벨이 훈계라는 본분을 금세 잊고 환하게 웃었다. 상자를 열자 네 판의 케이크에선 각기 다른 감미로운 냄새가 풍겼다.

"우와……."

"케이크를 좋아하시나요?"

차가운 마력이 순식간에 테이블을 세팅했다. 세이린은 아벨이 권하는 케이크를 맛보았다. 혀끝에서 사르르 녹는 식감이 일품이었다. 푸른 기사단장은 표정에서 맛있음을 다 티 내는 세이린을 가만히 지켜봤다.

"맛있습니까?"

"이 세상의 맛이 아니에요……."

세이린이 거의 울먹거리는 눈으로 고개를 끄덕이자 아벨이 미소를 머금었다. 뿌듯함도 이런 뿌듯함이 없었다.

"아벨 경도 드세요."

공들여 공수한 만큼, 케이크는 그의 입맛에도 맞았다.

세이린은 아벨의 찻잔에 홍차를 따르다 이상한 것을 발견했다. 수강 신청이 망한 탓에 학교에 가진 않지만 오늘은 평일이었다. 즉 아벨은 아카데미에서 학생들을 가르치고 있어야 했다.

"아벨 경, 케이크를 가져다주시려고 여기까지 오신 거예요?"

"겸사겸사."

"설마 낙제생 특별 관리인가요?"

아벨은 살풋 웃곤 별궁을 한 바퀴 둘러봤다. 항상 별궁에 존재하던 거미줄, 먼지 뭉치와 음울한 분위기가 온데간데없는 풍경. 자신이 기억하던 것과 완전히 달라진 모습이 이상했다.

"……이리스에게 이곳에 대한 얘기를 들었다면 궁금한 게 있으실 텐데. 호기심 많은 아가씨가 묻지 않는 이유가 궁금하군요."

그의 말에 세이린은 생각했다. 별궁. 아벨 시엘리아가 살던 곳. 문득 떠오르는, 푸른 기사단장은 첩의 자식이라는 주식광의 정보. 궁금한 것이 많았다. 하지만 세이린은 고개를 저었다.

"어떨 땐 기억을 떠올리게 하는 게 실례이기도 하니까요."

"실례?"

"누구에게나 떠올리고 싶지 않은 기억이 있잖아요?"

아벨도 자신의 과거가 썩 유쾌하지 않다는 것을 알고 있었다. 듣는 이에게 짐이 될 수도 있는 기억들인지라 입 밖으로 낸 적도 없었다.

"하지만 아벨 경이 괜찮으시다면 들려주셔도 괜찮아요."

세이린이 엷은 웃음을 머금었다.

"……."

아벨이 느끼기에 왕실 작가는 참 이상했다. 마법은 쓸 줄 모르지만 마음은 움직일 줄 알았다. 아무에게도 털어놓지 못한 이야기를 길게 늘어놓고 싶을 정도로.

"그럼 짧게 할까요?"

"길게 해 주세요. 공부하기 싫어요."

아벨은 세이린의 접시에 한 조각의 케이크를 더 얹어 주며 운을 뗐다.

"……제게는 태어나기 전부터 형이 있었습니다. 본처에게서 태어난 형은 가문의 모든 걸 물려받았고, 어린 나이에 아버지를 대신해서 가주 자리에 올랐죠."

세이린은 문득 홍길동전을 떠올렸다. 서열이나 혈통으로 죄 없는 자식들 차별하는 레퍼토리는 마계와 인간계를 막론하고 똑같군.

"그리고 제 어머니는 본처가 아니었습니다. 아버지의 하룻밤 상대였다고는 하는데…… 어쨌든 저를 낳다 돌아가셨습니다."

세이린은 무어라 말을 잇지 못했다. 슬픈 가정사를 이렇게 담담하게 말하려면 얼마나 속으로 삭여야 할까. 아벨이 애써 웃으며 말을 이었다.

"전 어렸을 때부터 이곳에서 살았습니다. 황혼의 축제 때에도, 생일에도."

"……가둔 거예요?"

"지금 생각하면 그런 셈인데 그땐 몰랐습니다. 그렇다고 죽게 내버려 두지도 않았습니다. 무척 나이 든 유모가 돌봐 줬거든요."

창고. 별궁이 이전에는 무슨 용도로 쓰였는지 물었을 때 아벨이 해 준 대답이었다. 버리기 아까운, 필요 없는 것들을 보관하는 곳이라고 했던가. 세이린은 눈시울을 붉히지 않으려 혀를 씹었다. 그런 그녀를 보며 아벨이 산뜻하게 말했다.

"기억은 여기까지. 유모의 얼굴도, 가족들의 이름도, 그들이 제게 정확히 무슨 짓을 했는지도 흐릿합니다."

"도서관장님처럼 기억 상실인 걸까요?"

"아마 아닐 겁니다. 분명 창고에서 긴 시간을 보낸 건 생각나는데 세부 사항이 뭉개진 것 같아요."

아벨 경은 자신이 보냈던 시간을 왜 기억하지 못하는 걸까. 몇몇 책들에서 주장하는 것처럼 아픈 기억을 머리가 자체적으로 지워 버린 것일까. 세이린은 이쯤에서 화제를 돌리기로 했다.

"……아카데미 입학은 어떻게 하시게 된 거예요?"

"어느 날 갑자기 했다는 표현이 맞겠군요. 정확한 이유는 모르겠지만, 서자인 제겐 다시없을 기회라 최선을 다했습니다."

클라우드 슈테른이 아카데미 출신 인재들을 등용하겠다고 선언하기 전까지 아카데미는 머리는 좋은데 지원을 받지 못하는 마물들이 다니는 학교라는 인식이 강했다. 밤 대륙 최고 가문인 시엘리아에서 아들을 아카데미로 보냈다는 건 지원을 해 주지 않았다는 뜻이었다. 아카데미에 보냈다는 게 마치 더 이상 얼굴 보기가 싫어서 내쫓았다는 것처럼 들렸다.

"그러다 전쟁 중에 형이 죽어서 제가 가주 자리를 물려받게 되었고. 얼마 뒤엔 아가씨도 아시는 것처럼 전하께서 자연 발생하셔서 전쟁을 끝냈죠. 전하께서 저를 기사단장으로 삼아 주신 것에 무한히 감사하고 있습니다. 비록 오랜 시간 가뒀지만, 마지막 순간에 저를 가족의 구성원으로 받아들여 준 시엘리아의 이름으로 봉사할 수 있게 해 주셨으니까."

이렇게 말하는 푸른 기사단장은 아무리 생각해도 천사에 가까워 보였다. 기사단장 중 최고로 많은 추종자를 거느린 것도, 마왕 빠돌이 뱀파이어의 존경하는 마물 랭킹 2위를 차지한 것도 단번에 이해가 갔다.

"아가씨에게도 고마운 마음이 드는군요. 이곳을 이렇게 바꿔 주셨으니."

그가 감사를 표했다. 아벨이 화사하게 꾸며진 별궁을 훑어보는 동안 세이린은 가구를 조립하던 시간들을 떠올렸다. 소파부터 커튼까지. 로자리와 마케아 카탈로그를 보고 충동구매한 다음 얼마나 고생했던가.

"이리스 경은 아벨 경의 이야기를 다 아시는 거예요?"

좀체 침착함을 잃지 않는 아벨이 마른침을 삼키곤 말을 이었다.

"……이리스 레인은 제 아카데미 동기입니다. 레이 필드도."

"어쩐지. 레이 경이 이리스 경을 엄청 편하게 대하시더라고요."

아무리 친하다고 해도 고백을 실패한 이리스 경 앞에서 박수 친 건 좀 심했지만.

"보셔서 아시겠지만 이리스는 무척 적극적입니다."

"그래서요?"

"……아카데미에 입학하고 얼마 뒤, 이리스가 제게 술을 먹였습니다."

세이린이 눈을 반짝였다. 갑자기 흥미진진해졌다.

"처음으로 마신 술이라 너무 취해서…… 제 생각엔 그때 과거 이야기를 다 털어놓은 것 같습니다. 기억은 안 나지만요."

세상에. 취해서 과거사를 털어놓는 아벨 시엘리아만큼 상상하기 어려운 것도 없을 듯했다.

"항상 저에 대한 건 다 안다는 듯 말하죠."

"진짜 다 털어놓으신 건 아니고요?"

"그럴 리는 없습니다."

아벨은 최후의 자존심을 지키려 큼큼, 하고 헛기침을 했다.

"이리스 경은 아벨 경을 엄청 좋아하시는 것 같았어요."

"……저도 이리스가 왜 그러는지는 모르겠습니다."

성격에, 외모에, 실력까지 갖춘 마물이 자기한테 왜 끌리는지를 모른다. 세이린은 갑자기 이리스에게 연민을 느꼈다.

"진짜 모르세요, 아벨 경?"

흥미를 느낄 때만 영롱하게 빛나는 보라색 눈동자. 넋 놓고 있다간 빨려 들어갈 것 같았기에 아벨이 느릿하게 눈을 감았다 뜨며 물었다.

"아가씨가 생각하시기엔, 무엇 때문인 것 같습니까?"

"지금 아벨 경 매력을 저한테 물어보시는 거예요?"

세이린이 아벨을 추궁하듯 바라봤다. 여자 마음 연쇄 절도 전과 n범으로 유명한 우리 담임 교수님이랑 동기라면서. 반만 닮으시지.

"원래 본인 매력은 본인이 알아야 의미가 있는데. 아벨 경이 생각하시기엔 뭔 것 같아요?"

"매력이라······."

"하나 말씀하시기 전까진 안 보내 드릴래요."

그 올곧고 기개 넘치던 마물이 망연자실한 얼굴이라니.

"아가씨, 1차 고사 공부······."

"에이. 절대 안 넘어가죠. 얼른! 딱 하나만요."

아벨은 초조하게 시계를 바라보다, 찻잔을 매만지다, 유리창에 비춰 보이는 자신의 얼굴을 바라봤다. 누가 보면 세이린이 고문이라도 하는 듯한 그림이었다. 홍차를 다 마실 때까지 한참 뜸을 들인 후에야 아벨이 겨우 입을 뗐다.

"제, 제가······ 귀여운 것 같습니다."

"······!"

차를 마시고 있던 세이린이 갑작스러운 고백에 놀라 콜록콜록 기침을 했다. 평소대로라면 괜찮냐고 물어봐 주었을 푸른 기사단장은 죄라도 진 것처럼 고개를 푹 숙였다. 그의 귀가 새빨갛게 달아올라 있었다.

"그러니까, 이건 제가 아니라 이리스가······."

"아, 그럼요. 그럼요. 아벨 경이 얼마나 귀여우신데!"

"이만 가겠습니다."

아벨이 자리에서 벌떡 일어났다.

"아벨 경, 귀여우신 거 부정해서 뿜은 거 아니에요. 아시죠?"

"시험 잘 보세요. 아가씨."

세이린이 그를 보곤 풋 웃었다. 항상 계단으로 내려가던 마물이 순간 이동으로 퇴장하다니. 이리스가 봤다면 귀여움에 삼 일은 앓아누웠을 장면이었다.

□ ■ □

세이린은 아벨의 벌을 달게 받기로 마음먹곤 이론 공부에 매진했다. 스트레칭도 할 겸, 잠도 깰 겸. 그러다 회전의자를 반 바퀴 돌리자 어느새 환한 달이 떠 있었다.

'……왜 오늘은 안 오지?'

달무리를 가만히 바라보는 와중에도 마왕님이 떠오르는 걸 보니 그간 나눈 스킨십 때문에 미운 정이라도 든 듯했다.

곧, 세이린은 뒤에서 들려오는 그의 목소리를 들을 수 있었다.

"기다린다는 눈치군."

"아, 깜짝이야."

양반은 못 되지. 우리 마왕님. 발을 굴러 의자를 돌리자 친히 행차하신 마왕님이 보였다. 짙은 청보랏빛 머리카락이 차분히 가라앉은 걸 보니 샤워한 지 얼마 안 된 것 같기도 했다. 가까이 다가갈수록 풍기는 깔끔한 향까지.

"오늘은 제복이 아니네요?"

평소와 다른 것은 젖은 머리카락뿐만이 아니었다. 장식이 주렁주렁 달린 재킷도 오늘은 없었다.

"네 취향 맞춰 줄 생각 없어."

"뭐, 마음대로 하세요. 오늘은 진짜 공부만 할 거니까."

"저건 어쩌려고."

클라우드가 책상 한쪽에 놓인 진도표를 가리켰다. 세이린은 전공 서적을 톡톡 두드렸다.

"지금 저 진도보다 이 진도가 백배는 더 급해요."

"입학도 벼락치기로 하더니, 버릇 못 버리는군."

"좀 본받으세요, 전하. 벼락치기가 얼마나 적당히 나쁜 짓인데."

이럴 땐 즐길 만한 나쁜 일이 곧 선한 일인 마계 주민이라는 사실이 꽤 쓸 만했다.

"그런 식으로 해서 제이드 제릴과 해볼 만하겠나?"

"이론은 완벽해요. 실기도 잘 볼 수 있지 않을까요? 마왕한테 과외 받는데."

내기는 낙제생 둘의 점수를 합산한 것과 제이드의 점수를 비교하는 것이었다. 못 이기면 정말 진지하게 자퇴 고민해야 하리라. 세이린이 다시금 결의를 다졌다.

"책 펴."

클라우드가 체념한 듯 낮은 목소리를 내자 음란 마귀는 본능적으로 아슬아
슬한 대사를 떠올렸다.

'난 선생이고, 넌 제자야!'

클라우드는 무언가를 기대하는 듯한 세이린의 눈빛을 애써 무시하곤 물었
다.

"오늘 진도는 얼마나 나갈 생각이지?"

"끝까지 빼야죠."

중의적인 대답에 마왕이 짧게 헛기침을 했다.

"임성운은 진도 몇 시까지 뺄 계획?"

"밤새도록."

"밤새도록?"

"어. 쫓겨났어."

세이린이 눈살을 찌푸렸다. 이건 또 무슨 소린가. 전혀 억울한 기색이 없어
서 쫓겨났다기보다는 왠지 탈출했단 말이 어울렸다.

"빌리아가 낙제생 구원 좀 해 달라고 간청을 하더군."

저번에 어디 가서 숙박이라도 하면서 과외해 주라는 말씀을 하시더니, 진심
이셨구나.

"재수 부재중인 마왕님이 마음에도 없는 제안을 순순히 받아들이셨을 리는
없고. 좋네요, 그럼. 이 밤이 새도록 공부하기. 얼마나 건전해."

클라우드는 마치 그것만이 자신이 원하던 것이라는 듯 한쪽 눈썹을 올리며
체술 연구 교본을 펼쳤다. 기본적인 전투 자세를 갖추는 것, 주먹과 발을 이용
한 공격과 방어가 체술 시험 범위였다.

세이린이라고 시도를 해 보지 않은 것은 아니었다. 거울을 보고 그림으로 제
시된 자세도 따라 해 봤고, 로자리에게 발차기를 하는 동영상을 찍어 달라고
부탁해 수도 없이 돌려 봤다.

"해 봐."

세이린이 허공을 향해 발차기를 해 보였다. 나름 최선을 다한 것이었다. 하
지만 클라우드는 한숨조차 쉬지 않았다. 어떻게 이런 재앙과도 같은 일이 일어

날 수 있나, 하는 착잡한 얼굴이었다.

"저기, 마왕님…… 차라리 화를 내 주실래요?"

"어디서부터 손대야 할지 모르겠군. 수업을 듣긴 들은 건가?"

"졸음 참아 가면서 열심히 들었어요. 근력 운동도 꾸준히 했는데!"

"체술 교수가 누구지?"

"……1차 고사 범위는 다프네 레인 경이요."

"그럼 이럴 리가 없는데. 다프네에게 악감정이라도 있나?"

세이린은 거울에 비친 어정쩡하기 짝이 없는 모습을 보며 말대꾸를 삼켰다. 차라리 펑퍼짐한 옷이나 입을 것. 왜 팔다리가 다 드러나는 원피스를 골라서 이 엉성한 자세를 적나라하게 드러냈을까.

마왕은 대체 무엇이 문제인지 찬찬히 분석하기 시작했다. 몸을 위아래로 훑는 시선에는 일말의 감정도 담겨 있지 않았다. 그는 그저 다리를 바라보다, 시험지에서 오탈자라도 발견한 선생님처럼 무미건조하게 물었다.

"어느 쪽이 축이지?"

"왼쪽 다리요."

"그럼 체중 분산 똑바로 해."

그 말에 따라 자세를 교정하자 아까보다 훨씬 안정적이고 그럴듯한 자세가 나왔다. 체중 분산 다음으로 클라우드가 지적한 것은 팔과 다리를 뻗는 각도였고, 그다음은 불안정한 가드 자세였다.

"자, 잠깐만……."

"다시."

두 시간. 무려 두 시간 동안이나 자비 없는 선생은 낙제생 제자를 굴렸다. 체술은 충분히 고득점을 노려 볼 만큼 좋아졌다. 얼마 후, 세이린이 후들거리는 다리를 감당하지 못하고 풀썩 주저앉았다.

"조, 조금만 쉬었다가……."

"얼마나 했다고 쉬지?"

"전쟁 영웅 체력이랑 제 체력이 같아요?"

그녀가 고개를 저으며 말했다. 오죽하면 마왕이 자신에게 정말 마음이 없을

지도 모른다는 생각마저 들었다. 시간 낭비를 그다지 좋아하지 않는 마왕은 진도표를 내밀었다.

"그냥 쉬는 건 안 돼."

1차 고사 진도를 안 나갈 거면 이 진도라도 나가라는 참으로 경제적인 사고였다. 세이린은 눈에 불을 켜고 최대한 길고 편안한 장면을 찾았다.

'침대는 너무 편해서 잠들 것 같고…… 소파 정도가 좋겠다.'

나름의 원칙을 내세우며 페이지를 넘기다 보니 썩 괜찮은 책의 장면이 눈에 들어왔다.

클라우드는 세이린이 톡톡 가리킨 칸에 주목했다. 장소는 소파. 하는 일은 영화 보기. 임성운이 소파에 눕고, 유이린이 그의 위에 반쯤 몸을 겹쳐 눕는다. 함께 누운 채 남자 주인공은 잠든 여자 주인공이 깨어날 때까지 말없이 재운다. 머릿속에 장면을 그려 본 클라우드가 탐탁지 않다는 듯 인상을 찌푸렸다.

"잘 거면 침대에서 자지, 굳이?"

"에이. 시험 기간인 학생의 양심이라는 게 있죠."

"네가 양심도 있나?"

"그럼요. 오늘은 벗는 장면 아니잖아요. 양심이 있다는 증거죠."

그 장면이 거의 유일한 '벗지 않는' 칸이라는 것을 아는 진도표 작성자는 가만히 말을 삼켰다.

"여자 주인공이 깨어날 때까지 가만히 있는 게 포인트인 거 아시죠?"

찡긋 웃은 세이린이 TV 옆에 펜듈럼을 걸어 두었다.

"그렇게 졸리면 들어가서 자라니까."

"에이. 우리 마왕님이 기대하는 바가 있을 텐데 어떻게 그래요?"

능글스레 웃은 음란 마귀가 클라우드를 소파로 잡아끌었다.

"어지간히도 졸린가 본데, 자연스레 깰 수 있긴 한가?"

"그럼요. 영화는 아무리 짧아도 한 시간은 하잖아요."

문득 '영화'를 준비하지 않았다는 사실을 깨달은 세이린은 USB를 보관하는 파우치를 뒤졌다. 끊임없이 쏟아져 나오는 USB를 본 클라우드가 툭 쏘아붙였다.

"무슨 첩보전이라도 하나? 무슨 놈의 USB가 그렇게 많아?"

"자료 조사 때문에 그래요. 원고 백업도 열심히 하고."

태연한 말투와는 달리 세이린의 가슴은 쿵쿵 뛰고 있었다.

'자료 조사 USB가 어떤 모양이었더라? 그거 틀면 마생도 끝인데……!'

〈임성운의 5,500가지 그림자〉를 집필한 당시, 실전 연애 경험이 없는 처녀 귀신 음란 마귀 유일 작가는 자료 조사에 만전을 기했다. 심리학 책, 남이 쓴 연애 소설, 동서고금과 마계의 방중술 교본 등등. 하지만 가장 실질적인 도움이 된 것은 역시 영상 자료였다. 그때 돌려 보고 또 돌려 봤던 야릇한 영상들이 이 USB들 중 하나에 들어 있다고 생각하니 지뢰찾기라도 하는 느낌이었다.

"정말 영화 볼 것도 아니니, 아무거나 틀어."

세이린의 상황을 알 리가 없는 그였다.

"에이, 그래도 존경해 마지않는 위대하신 성군 클라우드 슈테른 전하께서 보시는 건데. 작품성을 고려하지 아니할 수가 없다고 사료되는……."

"음란 마귀. 뭐 숨기나?"

뜨끔. 더 이상 시간을 끌면 의심받을 게 뻔했다. 자신의 운을 믿기로 한 세이린은 가장 무난하게 생긴 USB를 TV에 연결했다.

"준비됐어요?"

"준비는 네가 안 된 것 같은데."

"에이, 무슨 소리."

눈치 참 좋아, 우리 마왕님. 세이린이 달달 떨리는 손으로 리모컨을 조작했다. 다행히 영화가 들어 있었다.

"왜 안심하지?"

"졸려서 그런가……."

세이린이 말끝을 흐렸다. 오늘 실행할 장면에서는 내내 리모컨을 건드리지 않으므로 재생 버튼을 누른 다음 리모컨을 먼 곳에 두었다.

— 노는 게 제일 좋아~!

다소 건전한 감이 있는 영화가 재생되기 시작했다.

"작품성 고려한다고 하지 않았나?"

"저는 이거 보면서 울었어요. 종족을 초월한 우정이라니…… 명작이야, 명작."

연신 중얼거린 세이린이 무거운 눈꺼풀을 비볐다.

"누워도 돼요?"

"혼자 깨어날 궁리나 해."

"튕기긴."

세이린은 소파에 누워 있는 클라우드의 위에 몸을 반쯤 겹쳐 누웠다. 졸립긴 졸린 것인지 몸이 닿자마자 금방 눈이 감겼다.

"임성운, 나 조금만 자고 일어날게."

쪽. 드러난 그의 목에 짧게 입 맞춘 세이린은 금방 잠에 빠져들었다. 이젠 그 혼자만의 시간인 셈이었다.

클라우드는 세이린이 쓴 책에 나오는 남자 주인공을 떠올렸다. 임성운은 영화보다도 옆에 있는 유이린 때문에 긴장하고 있었다던가. 정확히 자신의 상황과 일치했다. 재잘재잘 떠들지 않으면 괜찮을 것 같았는데, 새근새근 단숨을 내뱉는 것만으로도 매혹적이었다.

영화는 계속 재생되고 있었다. 1시간 30분이라는 시간 동안 임성운 역할을 수행하는 클라우드가 할 수 있는 일은 한정적이었다. 쓰다듬기. 껴안기. 입 맞추기. 리모컨을 만지거나 마법을 사용하지 않았다고 떡하니 묘사되어 있으니 허튼짓은 하지 않는 게 나았다.

"으음……."

세이린이 잠결에 품 안으로 파고들자 그는 움찔했다. 실내가 춥진 않았지만 하는 수 없었다. 끌어안아 주는 수밖에. 정말로 피곤했는지 세이린은 영화가 끝나 가는데도 일어날 기미조차 보이지 않았다.

마왕성에는 그녀가 외전 원고도 식사도 잊은 채 아카데미 시험 준비에 매진하고 있다는 소문이 진작 퍼져 있었다.

'소문이 사실인가 보군.'

열심인 모습이 기특하기도, 사랑스럽기도 했다. 마왕성 생활이 낯설 법도 한데 개의치 않고 부족한 것을 채우려는 태도를 보니 어떤 지위도 감당할 수 있을 듯했다. 이를테면 왕비 같은 거.

"……."

무심결에 빌리아를 떠올린 클라우드는 악령이라도 본 듯 고개를 휘휘 저었다. 어느덧 화면엔 영화가 끝났음을 알리는 엔딩 크레딧이 올라가고 있었다.

'예상은 했지만 일어나지 못하는군.'

작게 웃은 클라우드가 그녀의 머리카락에 입술을 가져다 댔다. 영화가 완전히 끝나 버릴 때까지 그는 가만가만 유이린을 쓰다듬었다. 평화를 느끼던 그를 멈칫하게 한 것은 화면에 뜬 안내 메시지였다.

[재생 중인 영상이 종료되었습니다. 10초 안에 취소 버튼을 누르지 않을 경우, 직박구리 폴더의 동영상(5,500개)을 연속 재생합니다.]

'직박구리?'

세이린이 인간계에서 넘어왔다는 정보를 얻은 이후로 그곳의 문화를 공부한 탓에 알고 있었다. 직박구리는 그리 크지 않은 새의 이름이었다.

'5,500개? 세이린이 조류에 관심이 많던가?'

10초간 최선을 다해 폴더의 이름에 대해 생각해 봐도 답이 나오지 않았다. 클라우드는 별생각 없이 안내 메시지를 무시했다. 잠시 후, 화면이 온통 살색으로 도배되리란 것은 상상하지도 못한 채.

직박구리. 그 안에 든 5,500개의 동영상은 모두 세이린이 자료 조사를 위해 수집한 것들이었다. 잠깐의 로딩 시간이 지나고 그중 하나가 재생되기 시작했다.

"……?"

클라우드는 제 눈을 의심했다. 살색의 화면. 그리고 뒤엉긴 두 개의 인체. 실오라기 하나 걸치지 않은 모습. 파일명 '자료 조사 1.avi'. 그는 그제야 직박구리라는 네 글자가 급하게 만든 새 폴더의 이름이라는 사실을 알아챘다. 분명 영화를 볼 땐 잘 들리지도 않던 소리가 무척이나 크게 들렸다.

─ 흐읏…….

가히 영화관급 사운드였다. 미치겠군. 그는 무슨 참사가 벌어졌는지도 모르고 쿨쿨 잠만 자는 세이린을 내려다봤다. 깨기는커녕 내일 아침까지 쭉 휴식을 취할 기세였다.

이 사태를 어떻게 해야 하는가. 마생 7년 차 클라우드 슈테른에게 내려진 최고의 난제였다. 첫 번째. 세이린 폴룩스를 깨운다. 네가 다운받은 5,500개의 동영상이 순차대로 재생될 것 같으니 얼른 조치를 취하라고 한다. 하지만.

'수치스러워서 초승 호수에 뛰어들기라도 했다간……'

마물들이 대거 콩밥 먹을 게 분명했다. 그렇다면 두 번째. 오늘 진도 나가기를 포기하고 리모컨을 조작해 상황을 종료시킨다. 이렇게 하면 음란 마귀의 반응이 문제였다. 왜 진도 빼기가 실패했는지 묻는다면 달리 방법이 없었다. 이번에도 수치사 루트였다.

— 하읏!

이 정도 크기로 민망한 소리가 재생되면 깰 법도 하건만 왜 세이린은 제 일 아니라는 듯 잠만 자는가. 클라우드가 새삼 원망스러운 마음을 느낄 즈음 영상이 다음으로 넘어갔다.

— 흐응…… 조금만 더…….

헛웃음이 나왔다. 음란 마귀 자격으로 마계 영주권을 받은 마물의 USB를 건드리는 게 아니었다. 클라우드는 뒤늦게 후회했지만 이미 엎어진 물, 재생 목록에 추가된 영상이었다. 화면을 애써 외면하려 눈을 감았을 땐 귓가에 소곤대듯 소리가 더 선명히 들려왔다. 그렇다고 눈을 뜨기엔 영상이 너무나도 적나라했다.

'자료 조사 한번 열심히 하셨군.'

〈임성운의 5,500가지 그림자〉가 지극히 세이린의 취향이라는 것은 알고 있었다. 당연하게도 자료 조사를 위해 수집한 영상 또한 그녀의 취향이었다. 5,500개 전부.

"……"

대체 무슨 일이 벌어지고 있는가. 정말로 해결 방법은 없는가.

미래의 마계 황제가 머리를 핑핑 굴리고 있는 줄도 모르고 세이린은 잠꼬대를 해 댔다.

"으음……"

툭. 원피스 아래로 드러난 다리 하나가 제 몸 위로 걸쳐졌다는 걸 알았을 때 클라우드는 정신이 아찔해졌다. 다리? 지금 장난하나? 마물 하나 곤경에 빠트려 놓고 자긴 태평하게 잠이나 자? 그가 부글부글 끓고 있을 때 세이린이 또 한 번 무심결에 중얼거렸다.

"클라우드……."

잠에 취한 목소리로 이름을 부르다니. 반칙도 이런 반칙이 없었다. 마왕은 결국 세 번째 대응책을 선택하기로 마음먹었다. 가장 단순하고 무식한 방법. 세이린 폴룩스가 자연스레 깨어날 때까지 기다리기. 이번에도 화면을 보곤 수치스러워할 것 같았지만 적어도 자신은 자는 척을 할 수 있었다.

그가 참기로 결심했을 때, 세 번째 영상이 틀어졌다.

— 하아…… 자기야…… 어떻게 할까?

'자기' 라니. 마왕을 남주로 야설 쓰는 작가가 자료 조사를 무슨 기준으로 한 건지. 정신을 놓지 않고서야 군주가 쓸 말은 아니었다. 더군다나 '자기' 라면 딜런 알데바란이 세이린을 부르는 호칭이 아니던가. 언짢은 마음에 그의 미간이 찌푸려졌다.

영상은 어째 갈수록 수위가 높아지는 듯했다. 클라우드가 눈을 질끈 감곤 머리를 소파에 박았다. 대체 무슨 잘못을 했기에 이런 신종 고문 따위에 시달려야 하는지 납득이 가지 않았다.

'참긴 무슨.'

그는 오늘 현실로 만들어야 할 장면을 빠르게 기억해 냈다. 리모컨 조작 금지. 마법 사용 금지. 껴안기, 입 맞추기, 쓰다듬기를 제외한 자극 금지. 목소리 내기 금지.

'뭐 이리 제약이 많아?'

반사적으로 짜증을 낸 마왕은 어떻게든 세이린을 깨워야겠다고 생각했다. 껴안기, 입 맞추기, 쓰다듬기를 십분 활용하여. 간절한 마음을 담아 머리를 쓰다듬자 세이린은 간지러운 듯 소파 바깥쪽으로 몸을 굴렸다. 음란 마귀가 바닥을 향해 추락하지 않도록 끌어안은 클라우드는 한숨을 쉬었다.

다음으로는 답답할 정도로 껴안기였다. 뭔가 이상하다 싶으면 일어나겠지.

하지만 세이린은 더 깊이 품 안으로 파고들 뿐이었다. 되레 웅얼거리는 입술이 몸에 닿아 역효과만 난 듯했다.

'제발 좀……'

얼굴을 새빨갛게 물들인 그가 기도하는 심경으로 세이린을 바라봤다. 입 맞추기는 효과가 있길 바랐다. 하지만 몇 군데에 짧게 키스하는 행동은 음란 마귀의 무의식만 발동시킬 뿐이었다.

나쁜 손. 그렇게밖에 표현할 길이 없었다. 슬그머니 그의 옆구리에 닿은 손가락이 미끄러지듯 복근으로, 그 아래로 움직였다.

'미치겠군.'

마왕은 인형 뽑기 기계라도 된 듯 삐걱거리는 움직임으로 음란 마귀의 나쁜 손을 잡아챘다. 운명의 장난인지 때마침 다음 동영상이 재생되었다.

— 여기 만져 봐도 돼……?

참으로 나른한 목소리였다. 문득 세이린의 목소리가 겹쳐 들리는 듯해 클라우드의 목울대가 거세게 울렁였다. 이 이상은 자신이 없었다. 진도표고 뭐고 일단 깨우는 수밖에 없을 듯했다.

"음란 마귀, 일어나."

걸어 둔 펜듈럼에 처음으로 빨간불이 들어왔다. 오늘 진도는 아웃이라는 소리였다. 다행인지 불행인지 깊게 잠들어 있던 세이린도 금방 눈을 떴다.

그러나 그가 예상하지 못한 변수가 하나 있었다. 잠결에 풀린 눈. 무심결에 입술을 축이는 혀. 머리카락을 쓸어 올리는 손길. 얽혔던 다리를 뒤척이는 감각. 클라우드는 관능을 폴폴 풍기며 잠에서 깨어나던 세이린을 황급히 다시 재웠다.

지금 깨우면 어쩌겠다는 건가. 물론 소파에서 벗어나거나, 신종 고문을 그만 당할 수는 있으리라. 하지만 음란 마귀의 반응이 문제였다. 예상 반응 첫 번째. 풀린 눈으로 자신을 깨우는 밤 대륙의 왕을 의심의 눈초리로 바라본다. 화면 속의 영상 때문에 잠에서 깨우는 행동이 매우 불순한 의도로 느껴질 가능성이 농후했다. 질색하며 다시는 얼굴 보지 말자고 선언이라도 한다면.

"……"

절대 안 될 일이었다. 하지만 예상 반응 두 번째는 더 복잡했다. 마물답게 소악행과 장난을 즐기는 음란 마귀가 자신을 놀려 대기라도 한다면.

'우리 마왕님, 무슨 생각 해?'

자동으로 놀리듯 애태우는 목소리가 음성 지원되었다. 혹은 자신의 유혹이 먹히는지 안 먹히는지 시험해 보고 싶어 안달일 수도 있었다.

'클라우드, 나랑⋯⋯.'

마왕은 눈을 질끈 감았다. 세이린이 아무리 장난스레 말한대도 이번엔 장난을 장난으로 받아들일 여유가 없었다. 아무래도 쉴 새 없이 넘어가는 5,500가지 영상이 문제인 것 같았다. 그가 마력을 일으켜 문제의 USB를 뽑아 버리려 했을 때,

[내 취향 1.avi]

동영상 파일의 이름이 바뀌었다. 리모컨을 들고 있던 그의 손이 슬그머니 내려왔다. 음란 마귀의 취향이야 책에 다 드러나긴 했다. 부드럽고, 달콤하고, 따뜻한 스킨십들. 입맞춤보다 눈을 마주하는 것을 더 좋아한다는 사실도. 하지만 영상으로 보니 느낌이 달랐다. 아카데미 입학시험을 준비하는 수험생들이 인터넷 강의를 들으면 이런 느낌일까.

"⋯⋯."

문득 떠오른 좋은 생각에 클라우드가 픽 웃었다. 5,500가지 동영상을 틀어 놓고 나 몰라라 하는 음란 마귀에게 딱 어울리는 복수였다. 취향 학습하기. 물론 가끔 세이린이 뒤척이거나 알아들을 수 없는 말을 웅얼거리면 자는 척 슬쩍 눈을 감았다. 그러나 절대로 잠들 수 없는 밤이었다.

□ ■ □

다음 날 아침. 세이린은 몸이 꽉 붙잡힌 느낌을 받으며 깼다. 아니나 다를까. 소파에 누워 있는 마왕이 단단한 팔로 자신을 껴안고 있었다. 그제야 잠들기 전의 상황을 기억해 낸 음란 마귀가 침을 꿀꺽 삼켰다.

'그럼 그렇지, 내가 자연스럽게 깰 수 있을 리가⋯⋯!'

침대에 가서 자라는 걸 굳이 거절하며 소파에서 잤건만 하룻밤 푹 자고야 말았다. 하염없이 저가 깨기만을 기다렸을 클라우드를 생각하니 가슴이 콕콕 찔렸다.

'마왕님 깨기 전에 맛있는 거라도 사 와야겠다.'

하지만 얼마나 깊이 잠들었는지 확인하려 고개를 들자 클라우드의 청보라색 눈동자가 보였다. 세이린은 헙 숨을 참았다.

그의 얼굴은 한숨도 자지 못했다는 것을 알리듯 퀭했다. 비전하의 말에 따르면 일주일 밤샘을 해도 끄떡없다던데. 소파에서 비비적대며 긴 시간을 보낸 탓에 머리는 완전히 까치집이 되어 있었다. 어디 그뿐인가.

"전하, 괜찮으세요?"

"……."

피곤해 보인달지, 아파 보인달지. 화가 난 것도 같았다. 밤새 고문이라도 당한 것처럼 그의 표정이 굳어 있었다. 제 잠버릇 때문일까. 걸리는 게 한둘이 아니었다.

"깼으면 일어나지?"

"아……."

세이린이 꾸물꾸물 마왕의 품에서 벗어났다. 클라우드도 몸을 일으켰다. 음란 마귀 추락 못 하게 막으랴, 키스해 달라고 말하고 싶은 걸 참으랴, 정신 안 놓게 긴장하랴. 온몸이 뻐근한 건 어찌 보면 당연했다. 세이린은 민첩하게 몸을 일으키는 그를 올려다봤다.

"가시게……요?"

"여기 더 있길 바라나?"

물론 뱉은 말과 달리 더 있을 여유는 없었다. 자꾸 위험한 생각이 온몸을 저릿하게 했으니.

세이린은 군더더기 없는 동작으로 제 물건을 챙기는 클라우드를 말없이 바라봤다. 무언가를 숨기듯 깔끔한 퇴장이었다.

홀로 남아 아무 생각 없이 방을 정리하던 그녀가 펜듈럼을 발견했다.

'헉…… 어제 진도 망했네?'

마력을 불어넣으면 왜 실패했는지 세부 사항을 알 수 있을 법했지만 낙제생에게 그 정도 실력이 있을 리 만무했다. 왜 망했을까. 아날로그식으로 그 이유를 추론하던 세이린이 눈을 동그랗게 떴다.

'설마…… 내가 너무 자서?'

영화가 끝날 즈음 스르륵 깨어났어야 했는데. 그렇게 휴식 겸 진도를 빼고 아카데미 1차 고사 진도를 마저 나가는 게 어제의 계획이었다.

'그럼 클라우드가 굳어 있던 건…….'

망했다. 세이린은 재빨리 외출을 준비했다. 마계에서 제일 마법 잘 쓰는 마물을 모셔 와 놓곤 잠이나 자다니. 말하자면 1타 강사를 불러 놓고 땡땡이를 친 셈이었다.

'내가 미쳐, 정말!'

상대가 마왕인지라 자다 깬 모습으로 갈 수는 없었다. 화가 머리끝까지 난 상태일 테니 더더욱. 초고속으로 단장을 마친 세이린이 1층으로 내려갔다.

"로자리, 혹시……."

"마왕성 본궁으로 향하는 이동 마법진을 열어 드릴까요?"

어쩐지 너무도 정확한 도움에 고개가 갸웃했지만 세이린은 고개를 끄덕였다. 로자리가 땅의 마력으로 마법진을 그려 주었다. 화를 풀어 줘야 하는데 지금 마왕님은 어디에 계시는가. 막막함에 사로잡힌 그녀에게 한 줄기 빛처럼 시녀들의 목소리가 와 닿았다.

"전하께서 이 시간에 침전이라니……."

"역시. 소소한 악행도 남다르셔. 근무 시간에 휴식이라니."

"괜히 성군이 아니시지."

인간계에서 넘어온 그녀가 듣기엔 어딘가 이상한 대화였지만 어쨌든 필요한 정보는 건졌다. 마왕은 지금 침실에 있다. 세이린은 성큼 걸어 마왕의 침전에 도착했다.

노크를 하자 문이 살며시 열렸다. 세이린은 별 의심 없이 그 안으로 들어갔다. 아무리 불러도 마왕의 답은 없고 물소리만이 들려왔다. 과거의 실수 덕에 어느 문이 욕실인지 알고 있다는 사실이 참으로 다행이었다.

한편, 욕실 안에서는 클라우드가 찬물로 온몸을 적시고 있었다. 세이린이 일어나면 태연하고 능청스레 놀릴 수 있으리라는 생각은 환상에 불과했다. 눈을 마주하는 순간 한시바삐 자리를 벗어나야겠다는 생각만이 들었다.

아무리 차가운 물로 샤워를 해도 야릇한 생각이 쉬이 사그라지지 않았다.

'……미치겠군.'

충동적으로 일어나는 욕심을 어딘가에 풀어내고 싶다는 생각만이 들었다. 허리에 수건을 두른 그가 머리를 털어 말리다, 아무 생각 없이 욕실 문을 열었다.

세이린 폴룩스가 와 있었다.

"앗, 전하!"

"무슨 일로 왔지?"

그가 경계하듯 거리를 좁히지 않고 그 자리에 서서 물었다. 세이린은 그 속을 헤아릴 생각도 없이 해맑게 대답했다.

"풀어 드리려고 왔어요!"

그러나 화나신 것 같아서, 하는 뒷말은 입 밖으로 새어 나오지도 못했다. 그 순간 클라우드가 세이린을 침대 위로 덮쳐누른 다음 짐승처럼 키스한 탓이었다.

세이린은 눈을 질끈 감았다. 자신에게 닿는 손길은 다급하고 뜨거운데 그의 몸은 차갑기 그지없었다. 아직 물기가 채 가시지 않아 촉촉한 등의 굴곡을 손으로 훑으며 음란 마귀는 상황을 파악했다. 무언가 오해가 생긴 듯한데. 화가 난 게 아닌가? 도무지 무슨 일인지 모르겠지만…….

"조금만 천천히, 응?"

일단 상황 자체는 나쁘지 않았다. 오히려 좋은 쪽이었다. 비누 냄새를 폴폴 풍기는 클라우드라니. 입술로 입술을 머금듯 깨무는 동작이 더할 나위 없이 부드러웠다. 조급한 와중에 귓가를 간질이는 머리카락을 넘겨 주기까지. 다디단 스킨십에 살살 녹은 세이린이 눈을 감았다. 지금이라면 이 이상 무슨 일이 벌어져도 괜찮을 것만 같았다.

'드디어 처녀 귀신 음란 마귀에서 일반 음란 마귀로 진화하는 건가……!'

격한 키스를 받아 내면서도 입꼬리가 슬금슬금 올라갔다. 그동안 사랑의 모든 것을 자료 조사로 커버하느라 얼마나 힘들었던가!

'……자료 조사?'

그녀의 무의식이 네 글자를 가리켰다. 동시에 어제 TV에 연결했던 USB가 신기루처럼 떠올랐다.

'에이, 설마…….'

클라우드를 쓰다듬던 세이린의 손길이 눈에 띄게 뻣뻣해졌다. 그러고 보니 이상하긴 했다. 마왕이 굳이 USB를 뽑아 저 멀리 있는 테이블에 올려 둘 이유가 없었으니까. 이상한 영상이라도 재생되었다면 모를까. 그래. 예를 들어, 5,500가지 자료 조사용 영상 같은 거.

'제발…… 그게 직박구리 USB였으면 난 수치사다. 마생 여기서 끝이야…….'

드러난 쇄골에 잇자국을 남기던 클라우드가 문득 그녀를 올려다봤다. 표정에 생각을 다 드러내는 세이린은 지금 무척 곤란한 듯했다. 자신에게 집중하지 못하는 그녀에게 불만스러울 법도 하건만 어째 자꾸 웃음이 났다. 눈동자를 이리저리 굴리며 경우의 수에 대해 생각하는 모습이라니. 딱 어제 자신의 모습이 아닌가.

그가 목 언저리를 살살 핥다가 아프지 않게 빨아들이는 동안 세이린의 머릿속은 점점 혼돈의 도가니가 되었다. 그러고 보니 〈임성운의 5,500가지 그림자〉로만 독학한 마왕님의 스킨십이 갑자기 확 늘긴 했다.

'영상 교육의 힘은 아니겠지? 아닐 거야…….'

아니라고 하기엔 정황이 너무 뚜렷했다. 풀썩. 클라우드의 몸에 감겨 있던 세이린의 다리가 침대 위로 추락했다. 그사이에 만족스러울 만큼 곳곳에 키스 마크를 남긴 마왕이 세이린을 내려다봤다. 어쩔 줄 몰라 하는 얼굴이 참으로 볼만했다.

"저, 저기……."

떨리는 목소리를 내는 세이린이라니. 딱 무언가 장난을 치기 좋은 얼굴이었다. 클라우드는 '직박구리 사건'을 어떻게 말해 주면 좋을지 고민했다. 그냥 말해 주는 건 성에 차지 않았다. 솔직한 심정으로는 키스 한 번 안 해 주고 단잠을 잔 복수를 해 주고 싶었다. 무엇이 있을까. 한마디로 음란 마귀의 정신을 뒤흔들 수 있는 무언가. 평소의 자신이라면 절대 하지 않을 만한 말.

"……."

간밤에 들었던 적당한 대사를 떠올린 클라우드가 피식 웃었다. 세이린은 그 웃음에서 악마를 보았지만. 그가 차분히 뺨을 간질이다 찬찬히 손을 내렸다. 어젯밤 세이린 폴룩스의 나쁜 손처럼. 당황에 버벅거리는 음란 마귀의 귓가에 바짝 다가간 클라우드가 일부러 나직한 목소리를 냈다.

"자기야, 어떻게 할까?"

"……!"

이런 미친. 봤구나! 정확히 살색 동영상에 나오는 대사라는 사실을 눈치챈 세이린이 몸을 벌떡 일으켜 창문으로 돌진했다.

'죽자, 스스로의 의지로……!'

직박구리 폴더 관리를 잘못한 자신의 잘못이었다. 골라도 하필 그 USB를 골라서 순진한 마왕에게 대단한 영상 자료를 보여 준 셈이었다.

'얼마나 신세계였으면 대사를 다 따라 하냐……!'

자기야라니. 마왕쯤 되는 사람이 할 말은 절대로 아니었다. 클라우드는 큭큭 웃으면서도 세이린이 극단적인 선택을 하도록 내버려 두지 않았다. 순식간에 새카만 마력의 사슬에 똘똘 묶인 음란 마귀가 방바닥에서 맹렬히 꿈틀거렸다.

"이거 풀어 주세요…… 어흐흑……."

세이린이 삽질하는 걸 구경하는 게 세상에서 제일 재미있었다. 그다음으로는 수치스러워하는 것, 망연자실하는 것, 당황하는 것 순서였다. 클라우드가 즐기는 표정을 감추려 고개를 돌릴 때마다 세이린은 눈을 질끈 감았다. 그가 능글스레 말했다.

"자기야, 어딜 가려고."

"아, 좀……!"

"발음해 보니 어감이 나쁘지 않군."

알데바란이 독점하던 애칭을 빼앗았다는 묘한 쾌감은 덤이었다.

"따라 하지 마세요, 제발. 안 그래도 수치스러운데……."

"내가 네 말을 들어야 하나?"

클라우드가 번데기의 형상을 한 세이린을 가뿐히 안아 침대에 눕혔다.

"얼, 얼마나 봤어요……?"

"처음부터 끝까지."

"……."

"어쩐지 처녀 귀신치고는 글의 퀄리티가 좋다 했더니. 이런 비결이 있었을 줄이야."

나란히 누운 클라우드가 세이린을 껴안자 그녀의 몸을 구속하고 있던 사슬이 흔적도 없이 사라졌다. 대신 단단한 팔이 음란 마귀의 탈주를 막았다.

"네가 뭘 풀어야 할지 이젠 알겠나?"

"몰라요. 다 망했어……."

"대단히 기대하는 눈치던데."

"그야 당연히……!"

음란 마귀가 말을 삼켰다. 아무것도 모르던 마왕님이 언제 이렇게 능구렁이가 된 것일까.

"피곤해."

세이린이 뚱한 얼굴로 그 이유를 짚어 주었다.

"밤새 야동 보셨으니……."

"누가 들으면 내가 튼 줄 알겠군."

"웃겨. 바로 끌 수 있었을 텐데 다 보고 껐으면서."

"……."

그렇게 물으면 할 말이 없긴 했다. 클라우드는 픽 웃곤 세이린의 목에 얼굴을 묻었다. 방금 자신이 정성껏 남긴 불그스름한 흔적들이 보였다. 오늘은 이것으로 만족할 수 있을 듯했다.

"잘 거야. 세 시간 후에 깨워."

"별궁에 돌아가서 시험공부 할래요."

"네 실력으로 독학은 가망도 없어. 나는 하룻밤을 뜬눈으로 보냈는데 양심이 있으면 세 시간 정도는 견디겠지."

도도하게 덧붙인 클라우드가 눈을 감으려다 세이린의 손목을 입가로 가져갔다. 천천히 살결을 맛보다 얇게 빨아들이자 불그스름한 자국이 제 것이라는 증표처럼 남았다.

세 시간 후. 클라우드는 몸속에 알람 시계라도 넣어 둔 듯 정확한 시간에 일어났다. 그가 그새 잠에 빠진 세이린을 흔들어 깨웠다.

"낙제생, 일어나. 네가 자고 있으면 어쩌자는 거지?"

새카만 마법진이 세이린의 전공책을 가지런히 소환했다.

"오늘은 마법 수업인데, 이론은 익혔나?"

"5분만 더……."

"……."

클라우드는 세이린의 책을 펼쳤다. 세이린은 이속성을 지녔으니 총 다섯 가지 속성의 기본 마법을 익혀야 하는 셈이었다. 클라우드가 마법으로 작은 물방울을 만들어 낸 다음 세이린의 발목에 내렸다.

"아, 차가……."

세이린이 찬찬히 몸을 일으켰다. 물방울은 흘러내리지 않고 그녀의 다리를 차갑게 식히며 타고 올라왔다. 그 감각이 차가운 손끝 같아서 몸에 힘이 들어갔다. 종아리를 지날 때부터 기분이 급격히 이상해졌고, 물방울이 무릎을 넘을 땐 그야말로 아찔했다.

"스톱! 진짜 변태야, 알죠?"

물방울을 털어 낸 세이린이 말했다.

"그 분야의 권위자가 그렇게 말하니 그런가 보군."

"큼큼……."

물론 물방울로 장난치는 장면이 책에 나오긴 했다. 세이린은 모르는 척 딴청을 부렸다.

"이론은 다 익혔나?"

"네. 네 가지 속성 중 불의 힘이 가장 강하고 그다음으로 땅과 물, 바람 순으로 약하대요. 그리고 속성과 그 사람의 성향은 긴밀한 연관이 있다는 거."

"속성 개방 부분은?"

"하나씩 할까요, 우리?"

"그럼 젬 꺼내서 바람 마법부터 해 봐."

세이린이 소중히 보관하고 있던 구슬 모양의 젬을 꺼냈다. 조금의 흠도 없는 완전한 원형. 클라우드는 달빛이 휘몰아치는 것처럼 영롱한 젬을 보며 인상을 찌푸렸다.

"여전히 기분 나쁜 젬이군."

"마왕님이 어둠의 자식이라 그래요."

"얼마나 잘하는지 두고 보지."

세이린은 눈을 감았다. 먼저 구현하고 싶은 속성의 감각을 떠올린다. 그 후 정신을 집중하며 손바닥에서 마력이 피어오르는 상상을 하면 끝. 곧 달빛처럼 투명한 마력이 바람을 일으켰다.

"무슨 장면을 상상했지?"

"……태풍이요."

"태풍? 바람이 드라이기보다 약하던데."

"에이. 처음부터 잘하는 사람이 어딨어요? 마왕님이 특이한 케이스지."

세이린은 살면서 느꼈던 모든 바람을 떠올렸다. 그러나 바람은커녕 입김보다도 여린 기류만 발생했다. 게다가 허탕을 치면 칠수록 체력이 팍팍 닳았다.

'게임에서 보면 체력이 제일 낮은 캐릭터가 마법사 하던데, 왜 진짜 마법은 체력전이지……?'

멀리 놓인 빈 깡통을 쓰러트릴 수 있을 정도의 바람을 만들어야 만점이건만. 벌써 풍선을 많이 불었을 때처럼 어지러웠다.

"바람에서 쩔쩔매면 불은 어떻게 하려고."

"그런데요, 불이랑 땅 마법이 제일 강한데 왜 전쟁 전 각 대륙에서 가장 강했던 가문은 물이랑 바람이었어요?"

전쟁 전 낮 대륙 최고의 가문 에테라는 바람, 밤 대륙 최고의 가문 시엘리아는 물 속성이니 앞뒤가 맞지 않았다.

"불이나 땅 마법보다 바람이나 물 마법이 섬세한 운용이 가능하지. 물론 쓰는 사람의 역량에 달렸지만."

마왕이 세이린의 젬을 흘끗 바라봤다.

"……지금 제 역량 걱정하시는 거 아니죠?"

"빛 속성은 본 적이 없어서 모르겠지만 속성 개방이나 할 수 있을지 모르겠군."

"할 거예요. 개방."

"하고 싶다고 할 수 있는 게 아닐 텐데."

클라우드의 말대로였다. 젬을 지닌 마물의 마력이 대폭 상향되는 속성 개방은 꾸준히 수련해야 이뤄지는 것이었다. 이렇다 할 기준이 없어 그저 연습에 연습을 더하는 수밖에 없었다.

"시엘리아의 푸른 피들은 대대로 물 속성을 얼음으로 개방해."

"푸른 피?"

"시엘리아 직계 혈통들은 혈액이 푸르다더군."

"아벨 경도요?"

"어."

얼음으로 속성을 개방하는 냉혈(冷血)의 가문. 그것이 시엘리아였다.

"얼음의 마력을 고도로 압축해 달빛 수정만큼의 순도로 만드는 게 주특기."

"에테라는요?"

"바람 속성을 지닌 마물은 호흡에 관여할 수 있으니 대부분 치유 계열로 빠지지만, 에테라는 극도의 공격성을 추구하지."

"비전하도요?"

"빌리아가 싸우는 건 본 적이 없지만 벨제바브는 바람에 독약이나 가스를 실어 보내는 광역기를 사용한다더군."

원하는 지점에 정확히 바람을 보낼 수 있으니 다자간 전투에 특화된 셈이었다. 세이린은 위기감을 느꼈다.

'……속성 개방 못 하면, 빛 속성인 내 정체성은 잘해 봐야 손전등 아니면 섬광탄이겠지.'

아무리 시험을 잘 봐도 속성 개방을 못 하면 아카데미 깍두기 신세를 면치 못할 듯했다.

"빛 마법 해 볼게요."

눈을 감고 살면서 보았던 온갖 환하고 반짝거리는 것들을 떠올렸다. 스포트라이트나 콘서트장의 번쩍거리는 조명, 밤에 야구장을 대낮처럼 비추는 강한 라이트 등등. 머릿속에 이미지가 선명해지자 손바닥에 마력을 불어넣었고, 곧 감은 눈꺼풀 너머로 빛이 일렁이는 게 느껴졌다.

파스스스—

클라우드가 세이린의 빛을 한참 바라봤다.

"……이게 빛인가?"

크리스마스트리 장식에 쓰는 꼬마전구. 딱 그 정도 크기의 작은 빛들이 금방이라도 꺼질 듯 위태롭게 반짝였다. 클라우드는 경이로울 정도로 쓸모없어 보이는 마법에 표정을 굳혔다.

"그 반응은 뭐예요! 너무해……!"

입을 여는 순간 집중력이 깨졌다. 세이린의 빛은 꺼져 손바닥으로 투두둑 떨어졌다.

"……속성 개방이 시급해 보이는군."

마계 최고의 권위자가 말하는지라 억울해도 반박할 수가 없었다. 세이린이 입을 비죽이며 손바닥에 남은 빛의 잔해를 쥐었다. 작고 투명한 알갱이들이 부딪치며 바드득, 맑은 소리가 났다. 클라우드가 눈을 가늘게 떴다.

"……무슨 소리지?"

"이거요. 제 빛 시체들. 귀엽지 않아요?"

큰 손바닥 위에 오묘한 광채를 내는 돌들을 내려놓자 클라우드는 분석하듯 그것들을 날카롭게 바라봤다. 빛에도 비추어 보았고 강도를 시험하려는 듯 짓눌러 보기도 했다.

이런저런 실험들을 하다 마침내 검은 마력을 불어넣었을 때, 클라우드는 당황할 수밖에 없었다. 자신의 어둠 속성 마력을 실처럼 빨아들이는 광물이라면 단 하나.

"달빛 수정이 왜 네게서 나오지?"

침대 위의 달빛 수정 조각들이 은하수처럼 반짝이고 있었다. 마계에서 가장 귀한 광물. 동시에 가장 비싼 데다, 유일하게 마법식을 넣을 수 있는 보석.

'……내 손이 미다스의 손이라도 되나?'

돈 냄새를 맡은 세이린이 눈을 반짝였다. 다다익선. 돈은 많으면 많을수록 좋다지 않던가. 이미 마계 최고의 인세를 받는 유일 작가였지만 끝을 모르는 탐욕 또한 훌륭한 마물의 조건 중 하나였다.

"이거 팔아 치운 다음 맛있는 거 먹으러 갈까요?"

"다 팔아 치우면 전원주택 열 채 정도는 살 수 있겠군."

클라우드가 달빛 수정 조각들을 유심히 관찰했다. 어째 낮 대륙의 그믐 호수에서 채광되는 것보다 순도가 높은 듯했다.

'대체 왜?'

탄광에 사는 마물은 들어 본 적이 있어도 광물을 만들어 내는 마물이라는 건들어 본 적도 없었다. 게다가, 눈앞의 마물은 평범한 음란 마귀가 아닌가.

'……평범하진 않은 것 같지만, 어쨌든.'

세이린이 주름진 클라우드의 미간을 손으로 건드렸다. 이런 국보급 얼굴에 주름이라니.

"저 이제 밤 대륙 국방력에 이어서 관광 자원까지 된 거예요?"

이 심각한 분위기가 싫어서 농담을 건넸건만 클라우드는 진지한 얼굴로 고개를 끄덕였다.

"그런 것 같군. 원래 밤 대륙에서는 달빛 수정이 거의 안 나는데. 평생 놀고먹어도 되겠어."

"지금 받는 인세만으로도 평생 놀고먹을 수 있거든요……!"

세이린이 툴툴댔다. 점점 평범한 작가 이미지와 멀어지는 것 같아 머리가 아파 왔다. 하지만 장점도 있었다. 일단 빛 속성 마법으로 달빛 수정을 잔뜩 만들어 둔 다음 다른 속성 마법을 쓰면 구현이 훨씬 수월했다. 달빛 수정에 마법 구현을 돕는 기능이 있는 탓이었다.

'……이런 금수저스러운 일을 내가 하게 될 줄이야.'

세이린이 작게 탄식했다. 하지만 작은 보석들이 자전거의 보조 바퀴 역할을
해 준 덕에 마법이 빠르게 늘었다. 빈 깡통을 충분히 쓰러트릴 수 있을 바람과
화분에 물 주는 정도로는 써먹을 수 있을 것 같은 부슬비. 생일 케이크에 불붙
일 수 있을 만큼의 불 마법과 돌부리 정도는 만들어 낼 수 있는 땅 마법까지.

"진짜 수석 할 수 있겠는데요?"

"달빛 수정이 없으면 마법 못 쓰잖아."

"달빛 수정이 함유된 무기류는 써도 된다던데. 젬도 따지고 보면 달빛 수정
이잖아요?"

"그래서?"

"달빛 수정 백 퍼센트."

"부정행위 아닌가?"

"에이, 커닝도 안 걸리고 하면 부정행위 추가 점수 주는 학곤데요, 뭐."

"많이도 악랄해졌군."

"칭찬 감사해요."

세이린이 마물다운 사악한 웃음을 지었다.

ㅁ ■ ㅁ

며칠 후. 집무실에서 캘린더를 내려다보던 클라우드는 오늘이 세이린의 시
험 마지막 날이라는 사실을 깨달았다.

'잘 봤을지도 모르겠군.'

아직 마계의 물리 법칙이나 사고 체계에 익숙하지 않을 뿐, 세이린은 똑똑한
편이었다. 보이지 않는 곳에서 지치도록 노력하고도 앞에선 티 내지 않으려 애
쓰는 것도 사랑스러웠다. 그가 웃음을 머금자 한참 떨어져 앉아 보고를 진행하
던 빌리아가 팔을 문질렀다.

"왜 갑자기 웃어? 소름 끼치게."

"네가 알 필요 없어."

클라우드가 아무렇지 않은 척 입꼬리를 내렸다.

"어머나, 작가님 생각했구나?"

물론 왕비의 눈치는 빛보다 빨랐지만.

"빌리아. 달빛 수정에 대해 잘 아나?"

"어느 정도는 알지. 수출해서 짭짤하게 벌었으니까. 다시 유일 작가님 얘기로 돌아와서⋯⋯."

"세이린이 달빛 수정을 만들어 내더군."

"뭐라고?"

"두 번 말하게 하지 마."

"놀라서 되물은 거거든?"

찌릿. 살벌한 눈빛이 스파크를 튀기며 맞붙었다.

"빛 속성 마력이 굳어서 달빛 수정으로 변하던데."

"언제부터?"

"일주일쯤 전부터."

"그걸 왜 이제 말해?! 달빛 수정이 얼마나 중요한 자원⋯⋯ 어머."

청순한 그녀의 눈매가 곱게 휘어졌다.

"미안. 말할 겨를도 없었던 거지?"

"멋대로 해석하지 마."

"비밀이 많을수록 훌륭한 마물이지."

"시끄러워."

"일은 내가 할 테니, 작가님이랑 은밀한 사건 많이 만들도록."

"네가 왕인가? 내게 명령 따윌 하게."

"달빛 수정을 생성하는 마물이라니."

빌리아가 태연하게 말을 돌렸다. 유일 작가님의 능력이 비범한 것이야 〈임성운의 5,500가지 그림자〉를 통해 알고 있었지만 이번 것은 조금 의외였다.

"이건 스피카 블랙에게 물을 문제 같은데."

"그렇게 생각하나?"

"아무래도 달빛 수정에 관련된 설화 중 가장 유명한 게 여명회⋯⋯."

왕비가 말끝을 흐렸다. 클라우드의 앞에서 이단으로 찍혀 사장된 종교에 대해 말해 봐야 좋을 게 없을 듯했다.

"내가 아카데미에 다녀오지."

클라우드가 말하자 빌리아는 고개를 끄덕였다.

"어차피 심벌(Symbol) 건으로도 스피카를 봐야 할 것 같으니 겸사겸사 작가님이랑 데이트도 하고 와."

심벌 건. 클라우드는 세이린을 생각하느라 흘려들었던 빌리아의 오늘 보고를 떠올렸다. 괴도의 예고장에 찍힌 로고. 에글론 에테라의 지갑에서 나왔던 '새벽단'의 명함 뒷면 장식. 왕과 왕비 모두 그 낯설지 않은 도형의 조합을 총장실의 벽에 걸린 장식물에서 본 적이 있었다.

여명회

아카데미가 시험이 끝났다는 환호성으로 들썩였다. 마지막 시험을 치르고 나오는 세이린의 발걸음도 깃털처럼 가벼웠다. 드디어 1차 고사가 끝이라니. 애썼던 날들이 주마등처럼 스쳐 지나갔다. 세이린은 환한 얼굴로 시험장에서 나오는 커밋과 히죽거렸다.

"제이드가 우릴 너무 만만하게 봤지. 둘의 점수를 합친 걸로 내기를 하다니."

"이제 마왕 빠돌이 뱀파이어한테 상전 대접 받는 일만 남았네."

"쳇, 아직 시험 결과 안 나왔거든?"

제이드가 세이린과 커밋의 사이를 비집고 섰다. 그가 끼어들자 커밋은 보란 듯 요란하게 계산을 시작했다.

"A반은 특별 수강 과목까지 총 여덟 과목을 들으니 만점을 받아도 총점이 800점. F반은 일곱 과목을 들으니 총점이 700점. 세이린과 내가 모두 만점을 받으면 1,400점이지만 그럴 일은 없으니까……."

이 겸손함은 대체 뭐지? 세이린이 도끼눈을 했다.

"우리가 반타작씩만 해도 이겨."

"350 더하기 350이 어떻게 800이 넘냐?"

제이드의 반박에 커밋이 황급히 손가락을 굽혀 봤다.

"아무튼 넌 끝났다, 뱀파이어. 상전 대접할 준비나 해."

"쳇…… 낙제생들한테 상전 대접이라니."

팔짱을 낀 채로 툴툴대는 제이드는 군이 상전 대접까지 받지 않아도 눈에 띄었다. 시험을 치르는 동안에도 그의 겉모습은 단 한 번도 흐트러진 적 없었다. 지금도 그랬다. 연이은 시험으로 퀭하던 소녀 마물들이 제이드를 보고 환한 웃음을 머금었다. 세이린은 도무지 이런 일을 벌이는 제이드의 심정을 헤아릴 수 없었다.

"그렇게 주목받고 싶어, 제이드?"

"다른 마물들 관심이 필요한 건 아냐. 하지만 마왕님은……."

"마왕님이 왜?"

"그분은 썩어 빠진 주제에 황제를 꿈꾸던 영주들과 격이 다르잖아!"

제이드의 눈동자가 반짝였다. 이것이 팬심이라는 건가. 세이린이 슬그머니 뒤로 물러났다. 마왕의 관심이라면 자신이 지금 독차지하고 있는 것이 아닌가. 부러울 법도 하겠다고 생각할 즈음 제이드가 눈을 동그랗게 떴다. 신의 재림이라도 본 듯한 얼굴이었다.

고개를 따라 돌린 세이린이 픽 웃었다. 호랑이도 제 말 하면 온다더니 뱀파이어의 존경하는 마물 랭킹 1위, 클라우드 슈테른이 무언가를 찾듯 주변을 두리번거리고 있었다. 혼자 다니기를 좋아하는 성정에 맞지 않게 그림자 기사단장과 단원들을 동원한 채였다.

"야, 야…… 마왕님이 방금 나 보지 않으셨냐?"

극도의 흥분 상태에 빠진 제이드가 발을 동동 굴렀다. 때아닌 마왕 강림에 아카데미 학생들 또한 열렬히 환호했다.

"꺄아악, 클라우드 전하!"

"마왕님 만세!"

일명 성군 스마일을 장착한 클라우드는 곧 세이린을 발견했다. 몰려든 인파에 휩쓸려 언제 넘어져도 이상하지 않을 모습. 곧 그의 짐작대로 세이린이 휘청였다.

"……!"

공중을 향해 팔을 두어 번 휘적인 세이린이 눈을 질끈 감았다. 하지만 철퍼덕, 하는 소리는 나지 않았다. 아카데미의 이사장이면서 실질적인 주인 되시는 분께서 넘어지려던 몸을 붙잡아 준 덕분이었다.

"전, 전하……?"

안 그래도 낙제생이라 온갖 주목을 받고 있는 몸이건만. 복도의 모든 시선이 세이린에게로 쏠렸다.

"다칠 뻔했군."

"……."

세이린은 달콤한 그의 목소리에 눈을 질끈 감았다. 이런 목소리도 낼 줄 아는 마물이었다니. '젬에 맹세하지'나 '자기야, 어떻게 할까?' 하던 목소리와는 달라도 너무 달랐다. 하지만 보는 눈이 많은 곳에서 마왕에게 엉길 수는 없는 노릇.

"감사합니다, 전하."

세이린이 얌전히 꼬리를 내렸다. 그 모습을 보는 클라우드는 묘한 기분에 사로잡혔다.

'……밖에선 모르는 척하겠다는 건가?'

물론 주목받고 싶지 않은 심정이야 이해가 갔다. 어째 울컥하는 마음이 들긴 했지만.

"괜찮아 보이니 다행이군."

클라우드가 세이린을 일으키는 척 허리를 쓰다듬었다. 제 이름이 똑똑히 새겨져 있는 가느다란 허리. 자신의 손길에 반응하지 않으려 입을 꽉 다무는 세이린 폴룩스. 당장 어디로도 빠져나가지 못하게 벽으로 몰아세워 손깍지를 낀 다음 찬찬히 숨을 섞고 싶었다.

간신히 이성을 붙잡은 마왕이 세이린을 일으키다 문득 뜨거운 시선을 느꼈다.

"너는……."

"제이드 제럴입니다, 전하!"

문제의 상전 대접 내기를 건 뱀파이어로군.

"수석 입학생이라고 들었는데. 앞으로 기대하지."

"……!"

세이린은 순식간에 조련당한 제이드를 보고 픽 웃었다. 사랑 빼곤 다 잘하지, 우리 마왕님.

"전하. 스피카 총장이 총장실에 돌아왔다는 보고입니다."

세이린에게서 눈을 떼지 못하는 클라우드에게 코로나가 고했다. 마왕이 담백하게 몸을 돌리자 인파가 홍해를 갈랐다는 모세의 기적처럼 쩍 갈라졌다. 제이드는 성군 마왕님의 퇴장을 한 컷 한 컷 눈에 담았다.

"와…… 진짜 멋있어……. 세이린, 네가 넘어진 덕에 마왕님 코앞에서 봤다. 고마워."

"응?"

세이린이 제이드의 말에 인상을 찌푸렸다. 넘어져서 고맙다니. 귀하게 자란 도련님이 감사할 줄도 안다는 게 참으로 의외였다.

"맨입으로 고마워하지 말고 밥이나 사."

커밋은 그냥 넘어가지 않았지만.

□ ■ □

총장실은 유난히 어두컴컴했다. 클라우드를 따라 자연스레 방 안으로 들어온 코로나가 주변을 둘러봤다. 천체 망원경. 별자리표와 혜성의 주기를 표현한 그림. 그 아래, 섬광을 좌우 대칭의 조각으로 표현한 장식물이 걸려 있었다.

'빌리아가 보고한 대로 문제의 심벌과 비슷하군.'

미래를 읽어 내려는 듯 발코니에 기대 가만히 하늘을 올려다보고 있던 스피카가 찬찬히 주군에게 다가왔다.

"그것은 여명회의 상징입니다."

"특이하군."

"밤의 왕께서 무슨 일로 친히 걸음 하셨습니까."

"네가 밤 대륙에 출입할 수 없는 몸이니."

총장이 고개 숙여 인사하곤 자리를 권했다.

"달빛 수정에 대해 아는 대로 말해 줬으면 좋겠군."

클라우드가 자리에 앉으며 말했다.

"아카데미에서 속성을 판정해 줄 때 젬의 재료로 쓰는 광물이 아닙니까."

"내가 듣고 싶은 건 여명회 신도로서의 대답이야."

"……."

마력을 일으켜 다과를 준비하고 차를 따르던 스피카의 손이 멈칫했다.

"무엇 때문에 이미 사라진 종교의 설화에 대해 들으려 하십니까."

"네가 사라진 종교의 최후의 생존자인 걸로 기억하는데. 빛이라는 이속성을 지닌 세이린 폴룩스가 마력을 부릴 때마다 달빛 수정이 생성되더군."

"……그렇습니까."

"마계를 창조한 빛의 힘을 신봉하는 게 너와 네 동료들의 신앙이었지."

"그랬지요. 모두 옛날이야기가 되어 버렸지만."

스피카가 쓴웃음을 지었다. 신에 의한 마계의 창조라는 허상을 믿는 단체. 존재하지도 않는 '빛'의 구원을 기다리는 이교도들. 이것이 여명회에 대한 영주 시대의 평가였다. 영지 내의 마물들을 복속시켜야 하는 영주들에게 여명회란 눈엣가시였을 게 분명했다.

덕분에 수없이 많은 핍박과 멸시를 받아 내지 않았던가. 하지만 눈앞에 있는 미래의 황제는 반드시 다르리라. 스피카가 안대를 고쳐 끼며 입을 뗐다.

"여명회의 창세 신화에서 달빛 수정은 신이 존재했다는 증거물로 여겨집니다. 저희가 모시는 빛의 신 말입니다."

여명회는 빛을 신으로 섬긴다는 사실을 상기한 클라우드가 웃음을 삼켰다. 그렇다면 빛을 지닌 세이린은 음란 마귀가 아니라 음란 마신인 것일까.

"그저 설화이니 흘려들으십시오."

"그래야겠군."

224

정말 음란 마귀가 전지전능한 신이라면 마계 남자들의 상의는 다 없어졌으리라.

"아무튼, 신이 마계에 가장 처음 만든 지형물이 시엘리아의 초승 호수입니다."

"초승 호수에서는 달빛 수정이 나지 않잖아."

"그렇습니다. 달빛 수정은 신이 소멸하는 순간 만들어졌다던 에테라의 그믐 호수에서 나지요."

망한 종교의 세계관치고는 마계의 현실과 들어맞는 구석이 있었다. 클라우드가 작은 학문적 흥미를 느끼며 되물었다.

"네 말은 세이린이 창세 신화의 주인공이라는 건가?"

"이속성에 대해 연구된 바가 없으니 신화라도 참고하시라는 것이지요."

"그저 책 속 이야기로만 들리는군."

클라우드가 까칠하게 말하며 자리에서 일어났다. 안대를 만지작거리던 스피카가 잠시 고민하다 입을 열었다.

"창세 신화가 전부 거짓이 아니라는 건 전하께서 더 잘 아시지 않습니까."

"난 종교 같은 건 안 키워."

"종교의 문제가 아닐 텐데요."

"……."

"이미 느끼고 계시지 않습니까. 빛인 세이린 양을 가까이 할 때마다 침식이 진행되고 있을 테니."

문손잡이를 열어젖히려던 클라우드가 멈칫했다. 스피카 블랙의 말대로였다. 세이린 폴룩스가 속성을 판정받고 빛의 젬을 얻은 이후로, 그녀를 가까이 하면 마력이 줄어들었다. 막대한 마력에는 영향조차 끼치지 못할 만큼 아주 조금씩. 그러나 무시할 징조는 아니었다. 클라우드가 잠시 침묵을 지키다 물었다.

"지금보다 더 세이린 폴룩스를 곁에 두겠다고 하면, 막을 건가?"

"막는 것과 막지 않는 것. 어느 쪽이 충신의 선택에 가깝습니까?"

고민이 필요한 질문이었음에도 이성보다 솔직한 마음이 더 앞섰다.

"막지 않는 것."

조금의 망설임도 없는 대답에 스피카가 픽 웃었다. 마계의 황제가 되실 몸이 언제 이만큼이나 사랑에 빠졌을까.

"그렇다면 막지 않겠습니다. 전하께선 충성을 바칠 만한 가치가 있는 분이시니."

"후하게 평가해 줘서 고맙군. 그렇다면 하나만 더 묻지."

클라우드는 마력을 일으켜 스피카가 '여명회의 상징'이라고 했던 목조 조각품을 집어 들었다. 크기나 상태를 봐선 누군가가 휴대하던 것인 듯했다.

"네 충성을 믿어도 되나?"

"제 충성이 무엇이라 생각하십니까?"

"그것까지 헤아리지 못하는 왕이라 미안하군."

"클라우드 슈테른. 어둠을 지닌 당신께서 마계의 황제 자리에 오르도록 돕는 것."

스피카가 책장을 뒤적여 여명회의 상징이 세세하게 설명된 도면을 꺼냈다. 클라우드는 순순히 조각품과 종잇장을 맞바꿨다.

"그것이 제 충성입니다."

"그렇게 알고 있지."

부러 괴도나 새벽단에 대해 묻는 것은 낭비이리라. 깔끔하게 대답한 마왕이 총장실을 나섰다.

□ ■ □

한편, 아카데미의 카페테리아에선 좀체 볼 수 없는 광경이 연출되고 있었다. 언론 재벌 제릴가의 막내아들이 마왕님 영접에 대한 감사를 톡톡히 표현한 것이다.

"이걸 다 먹으라고?"

커밋이 눈을 휘둥그레 뜨고 테이블 위에 즐비한 디저트들을 훑어봤다. 제이드가 카드를 지갑에 집어넣으며 고개를 끄덕였다.

"모자라면 더 시켜도 돼. 세이린이 넘어진 거지만 안 붙잡은 커밋 너도 도운 셈이니까.”

어째 세이린에게 미안한 마음이 들었으나 커밋은 블루레몬에이드를 사양하지 않았다. 잠시 휴대폰으로 확인한 후궁 테마주 그래프가 하늘을 향해 치솟고 있었다.

“이건 될 주식이다.”

“나중에 주식 망했다고 울면서 전화하지나 말아라.”

세이린이 픽 웃으며 타르트를 베어 물었다. 쉴 새 없이 입을 오물거리는 두 낙제생과 달리, 제이드의 신경은 아직 마왕님에게 쏠려 있었다. 불의 마력을 일으켜 아카데미 곳곳에 가문의 필살기인 화염 박쥐를 소환해 두지 않았던가. 아카데미 곳곳에 배치된 화염 박쥐들이 뱀파이어에게 상황을 보고하느라 바빴다.

“뭐? 마왕님이 총장과 독대를 마치고 돌아가셨다고?”

끼긱!

망할 총장 같으니라고! 전하께서 친히 아카데미에 오셨는데 찬찬히 캠퍼스를 구경시켜 드리지 않고!

시시각각 찌푸려지는 제이드의 얼굴을 본 세이린이 물었다.

“제이드, 왜 그렇게 총장님을 싫어하는지 물어봐도 돼?”

“안 될 건 또 뭐야.”

커밋이 거들었다. 질문에 진지하게 답하려는 듯 제이드가 눈동자를 굴렸다.

“이리 붙었다 저리 붙었다. 박쥐 같아서 싫어.”

끼기기긱!

화염 박쥐들이 맹렬히 날개를 퍼덕여 항의했다.

“아, 아야! 너희 얘기한 거 아니거든?!”

불의 마력을 휘두르자 소환한 박쥐들이 모두 사라졌다. 제이드가 옷매무시를 가다듬곤 말을 이었다.

“전쟁 때, 밤 대륙에서 여명회 신도들의 대규모 탈주가 있었던 건 알지? 시험 범위였잖아. 전쟁 전, 인간형이 아닌 마물들이 불미스러운 일을 저질렀다고.”

“그 불미스러운 일이란 게⋯⋯.”

"탈주야. 밤 대륙을 떠나 밤 대륙과 낮 대륙 사이의 황혼 지대로 향했지. 그 행렬을 이끈 게 스피카 블랙. 영주들의 핍박에서 벗어나고 싶었는지, 자기네들 신화대로 빛의 신이 구원해 주길 기다렸는진 모르겠지만."

"그래서?"

"탈주에 나섰던 신도들은 스피카 빼고 싹 다 죽었어. 여명회 신도 대부분이 무속성 마물들이니 무리도 아니지."

"아무리 그래도 총장님 빼고 다 죽었다고?"

"무속성이기 때문만은 아니지. 시엘리아 영주가 그들을 추격했다니까."

제이드의 설명에 세이린이 또 한 번 놀랐다.

"……아벨 경이?"

"아벨 경이 그런 일을 했겠냐! 아벨 경의 아버지지."

존경하는 마물 2위의 명예를 사수한 제이드가 잠시 뿌듯한 웃음을 했다.

"아무튼, 여명회의 유일한 생존 신도가 된 총장은 영영 밤 대륙에서 추방당했다던데."

"그게 네가 총장님을 싫어하는 이유야? 고난에서 벗어나려고 마물들을 이끈 거?"

"당연히 아니지. 살려고 도망친 게 무슨 죄겠어?"

최소한의 개념은 있군. 듣고 있던 커밋이 레몬에이드를 홀짝이며 생각했다.

"문제는 스피카가 목숨 걸고 탈주를 이끌 만큼 신앙심이 깊은 여명회 신도 였다는 거지."

"그게 왜?"

"여명회가 창세 신화의 빛을 믿는 종교라는 건 알지?"

세이린이 고개를 찬찬히 끄덕였다.

"그렇기 때문에 여명회는 어둠을 미천한 것으로 여겨. 그림자는 빛의 부산 물이라나 뭐라나. 정작 자기들을 구한 건 클라우드 전하의 어둠이었는데도."

전쟁을 종결시키고 영주 체제를 박살 내 긴긴 폭정을 끝낸 마물. 재앙에 가 까운 어둠의 힘을 지닌 클라우드 슈테른. 그를 숭배하기는커녕 미천하게 여겼 던 멍청한 여명회. 제이드가 이를 으득 갈았다.

"슈테른력 3년 정도까지 대륙 곳곳에 은신하던 여명회 신도들이 전하를 얼마나 힘들게 했는데!"

세이린은 가만히 찻잔의 표면을 바라보며 생각에 잠겼다. 지니고 태어난 속성 때문에 이유 없이 미움을 받아야 한다니. 그 미움까지 기꺼이 감내하는 마왕은 누구보다 백성들을 생각하는 성군이 아닌가.

"네가 싫어하는 이유를 알겠다. 결국 여명회 신도들의 구원자는 마왕님인 셈인데."

"이제 알겠냐? 게다가 전하께선 마왕을 헐뜯다 왕실 모독죄로 잡혀 온 여명회 신도들을 다 풀어 주셨다고!"

제이드의 말을 들을수록 성군도 이런 성군이 없단 생각이 들었다. 세이린은 고소장을 날리던 마생 7년 차 마왕의 인내력이 참으로 고무줄 같다고 생각했다.

"뭐, 결국 전하를 물어뜯은 여명회 신도들은 매장당했지만."

제이드의 말대로였다. 클라우드 슈테른이 마물들의 어마어마한 지지를 받기 시작할 즈음. 여명회 신도들은 스스로 목숨을 끊거나 외진 곳으로 피신했다. 마계를 구한 전쟁 영웅을 미천한 것 취급했다는 다른 마물들의 비난이 거센 탓이었다.

"죽여 마땅한 여명회 신도들을 살리려 전하께서 꺼낸 카드가 스피카 블랙. 당시 플래티나 빙하에서 은신하던 여명회 신도를 아카데미 총장으로 임명한 거야."

그야말로 파격적인 인사였다. 동시에 모든 마물을 차별 없이 대하겠다는 선언이기도 했다. 말을 마친 제이드는 갑자기 열의를 보였다.

"스피카도 총장 하니까, 나도 기사단장 할 수 있어."

"……응?"

난데없는 제이드의 선언에 두 낙제생이 놀란 얼굴을 했다.

"뱀파이어가 기사단장?"

"죄인도 총장 하는데, 뭐. 빅토리아 경도 인간형 마물 아니잖아."

"빅토리아는 용이잖아."

오늘도 존칭은 쌈박하게 생략하는 커밋이었다.

"용은 다른 케이스지. 영주 시대 때부터 신성한 동물 취급 받았잖아?"

"뱀파이어도 신성하거든?"

"어디가 신성해? 뱀파이어가 기사단장이라니. 기사단 빈혈로 죽일 일 있나?"

빠직. 제이드가 커밋의 블루레몬에이드를 뺏었다. 불과 물. 수석 입학생과 낙제생. 오늘도 제이드와 커밋은 상극이었다. 세이린이 제 앞의 디저트들을 사수하려 슬그머니 뒤로 물러날 때였다.

"어이, 거기 셋!"

금빛 기사단장, 레이 필드의 목소리였다. 머리채를 잡기 일보 직전이었던 커밋과 제이드가 잠시 휴전했다.

"시험 결과 나왔다."

"벌써요?!"

"말도 마라. 너희 셋 시험지를 제일 먼저 채점하라고 직장 상사와 친구가 얼마나 압박을 넣던지. 그럼 열어 볼까?"

긴장감 조성하는 것을 좋아하는 마물답게 성적표는 내용이 보이지 않도록 두 번 접혀서 종이 봉투 안에 들어가 있었다.

"공정하게 내가 개봉해 주지. 먼저, 제이드 제릴. 800점 만점에…… 800점!"

수석 입학에, 1차 고사는 만점이라니. 뭐 이런 사기 캐릭터가 다 있담. 사기가 꺾인 세이린이 긴장한 채로 물었다.

"저는요?"

"세이린 폴룩스, 이번에 시험 잘 봤던데? 700점 만점에 698점. 거기에 악행 추가 점수까지 해서……."

"악행 추가 점수요?"

"네가 갑부처럼 달빛 수정을 주렁주렁 들고 간 걸 보고 다른 수험생들이 배 아파 죽으려고 했어."

"그것도 추가 점수를 줘요?"

"소소한 악행은 언제든 칭찬한다는 게 아카데미의 모토거든. 그래서 시험

230

점수 698점에 악행 추가 점수 100점. 총점 798점으로 F반 1등이군."

제이드는 믿을 수 없다는 얼굴을 하다가 현기증이라도 나는지 벽을 짚었다. 커밋이 한 자릿수만 나오면 이기는 셈이니 사실상 세이린 쪽의 승리 확정이었다.

"오케이! 제이드, 앞으로 위대하신 세이린 폴룩스 1세라고 부르도록!"

힐끗 고개를 돌리자, 커밋의 성적표를 확인한 레이가 오묘한 표정을 하고 있었다.

"얼른요, 레이 경! 어차피 커밋 점수 두 자리, 아니, 한 자리만 나와도 우리가 이겨요."

"한 자리라……."

두 낙제생은 손을 맞잡고 폴짝폴짝 뛰며 승리를 만끽했다. 세이린이 커밋을 와락 껴안으려 할 때였다.

"커밋 글레이시아. 0점."

이런 미친.

"교수님, 그 점수가 사실입니까?"

제이드는 한 줄기 빛을 본 것처럼 다가가 물었고, 레이는 정색을 하곤 고개를 끄덕였다. 세이린이 커밋을 내팽개치자 레이가 아래의 사유를 읽어 주었다.

"자기 이름 철자를 틀린 게 이유라는데. 어떻게 된 거지, 커밋 글레이시아?"

"……!"

커밋은 믿을 수 없다는 듯 자신의 0점 사유를 확인하더니 이내 체념했다.

"뭐, 가끔 있는 일이야. 첫 시험이라고 애들이 엄청 긴장하거든."

레이는 심심한 위로의 말을 건네곤 사라졌다. 제이드가 일순간에 죄인이 된 커밋을 향해 픽 웃었다.

"환상의 팀워크 잘 봤고, 앞으로 제이드 님이라고 부르도록."

빠직. 도발에 넘어간 세이린이 웃으며 젬을 꺼내 들었다.

"젬에 맹세하지. 앞으로 졸업할 때까지 제이드 제릴에게 상전 대접을 해 주겠음."

"오, 그렇게까지 해 주신다면 나야 땡큐지."

231

두 마물의 시선이 자연스레 커밋에게로 향했다.

"나도 하라고?"

"그럼."

"당연하지."

"……."

한참을 망설인 커밋이 젬을 손안에 꼭 쥐고 말했다.

"졸업 때까지 마왕 빠돌이 뱀파이어에게 상전 대접을 하겠다고 맹세하지."

젬이 반짝 빛났다. 즉 제이드는 졸업 전까지 F반 하인 둘을 얻은 셈이었다. 세이린은 잘 부탁한다는 말을 시작으로 거드름을 빼기 시작하는 제이드를 올려다보았다. 어쩐지 앞으로의 학교생활이 순탄치 않을 듯했다.

▢ ▮ ▢

커밋과 세이린은 젊은이들의 거리, 레드빅으로 자리를 옮겼다. 시험이 일제히 끝난 날이라서 그런지 레드빅에는 어느 때보다 사람이 많았다. 커밋이 제법 두둑한 지갑을 던졌다 받으며 말했다.

"먹고 싶은 거 다 먹어."

"그래. 뭐라도 얻어먹어야 뒤끝이 없을 것 같아. 이런 날은 무조건 고기지."

세이린은 젊은이들의 거리를 제법 구석구석 알고 있었다. 세이린은 그중 한 곳으로 커밋과 함께 들어갔다. '손님은 왕이다' 라는 붓글씨가 크게 붙어 있는 실내는 아카데미 학생들로 북적였다. 다른 테이블에서 시험이 끝났다는 자축이 들려올 때마다 한숨이 푹푹 나왔다.

"진짜 미안, 세이린."

커밋이 거듭 사과했다.

"아냐, 괜찮아. 하루 놀고 잊어버리지 뭐."

"네가 괜찮다고 해도 앞으로 제이드 제럴에게 존대할 생각을 하면……."

"하긴. 넌 무조건 존칭 생략이니 더 답답할 만도 하겠다."

가히 초상집을 연상시키는 분위기. 세이린이 애써 웃었다.

"그래도 걘 A반이고 우린 F반이니 마주칠 일도 많이 없겠지?"

"고작 제이드 님 소리 들으려고 찾아올 만큼 한가해 보이진 않았어."

커밋이 말했다. 곧 서빙된 고기가 치이익 소리를 내며 뜨거운 불판에 놓였다. 막상 맛있는 냄새가 나기 시작하니 두 마물의 마음에도 평화가 찾아왔다.

"세이린, 커밋!"

기고만장한 제이드 제릴의 목소리를 듣기 전까지는.

'설마, 했는데 진짜 오냐!'

세이린이 빈 의자를 슬쩍 감췄다.

"제이드 님, 무슨 일로?"

"너희 보려고 왔지. 앞으로 암담할 텐데 밥이라도 살까 해서."

어쭈. 부잣집 도련님 행세를 하시려나 본데, 본때를 보여 주지. 두 패배자가 눈빛을 교환한 후 바로 메뉴판을 집어 들었다.

"먹고 싶은 거 다 시켜도 괜찮죠, 재벌 2세 제이드 님?"

세이린이 묻자 제이드는 여유롭게 고개를 끄덕였다. 그 반응을 본 커밋이 눈에 독기를 가득 담고 메뉴판에 있는 거의 모든 메뉴를 주문했다. 우리 제이드 님, 용돈 파산 한번 경험해 보시지. 고기 위주의 메뉴야 예상했다는 듯 아무렇지 않은 표정을 하던 제이드는 연이어 나오는 값비싼 술과 음료수들에 입을 떡 벌렸다.

"저걸, 다 마시게?"

"날이 밝더라도 다 마시고 일어날 테니 걱정 마시길."

"그럼, 그럼."

두 낙제생은 같은 생각을 하고 있었다. 자고로 지갑에 구멍을 내려면 술과 음료를 공략해야 한다.

"제이드 님도 같이 드세요."

세이린이 생글 웃곤 탄산음료가 들어 있던 잔을 비웠다. 분명 그랬다고 생각했다. 거짓말처럼 시야가 빙그르르 도는 것을 느끼기 전까지는.

커밋이 당황이 역력한 얼굴을 했다.

"그거 내가 술 따라 놓은 잔인데······."

"야, 야! 세이린!"

제이드가 옆으로 축 늘어지는 그녀를 보곤 경악했다. 제이드와 커밋은 세이린이 즉사할까 봐 안절부절못했다. 머릿속엔 가상의 신문 헤드라인이 떠올랐다.

[시험을 마친 아카데미 학생, 회식 자리에서 숨겨……]

하지만 금방이라도 쓰러질 듯 해롱거리던 세이린은 곧 활짝 웃었다. 정신 줄 하나를 완전히 놓아 버린 듯 해맑은 웃음이었다.

"자, 저는 신경 쓰지 말고. 마시고 죽자!"

"뭐……?"

다행히 불미스러운 사건으로 제릴 포스트 1면을 장식할 일은 벌어지지 않은 듯했다. 안심한 커밋은 비싸고 독하기로 유명한 술, 조니 러너 블루 라벨을 제이드의 잔에 가득 따랐다.

"기쁜 날이니 한잔하셔야죠, 제이드 님."

"이걸 다 마시라고?"

"쫄리면 뒈지시던지."

"뭐 인마?!"

제이드는 오기로 잔을 받아 들었다.

"야, 얼음 어디서 났어? 왜 네 잔에만 있어?"

"에이. 제이드 님. 불 속성이면 불 속성답게 화끈하게 가시죠."

커밋은 근본 없는 논리로 제이드를 살살 놀렸다. 얼음도 없이 그냥 마셨다간 이번 생은 여기서 마무리할 만큼의 양이었다.

"너 말이야. 날 암살하기로 작전을 바꿨냐?"

"하긴. 제이드 님께는 무리겠지요?"

"오케이. 잔 들어."

제이드의 눈동자가 승부욕으로 활활 불타올랐다. 커밋도 주식 상승세를 목격한 것처럼 눈을 빛냈다.

"커밋. 저러다 제이드 님 죽는 거 아냐?"

세이린이 흐느적거리는 발음으로 물었다.

"원래 불 속성 보유자들은 주량이 강해서 괜찮아."

커밋은 새삼 선량한 웃음을 하고 그사이 빈 제이드의 잔에 술을 콸콸 따랐다. 아무래도 제이드를 암살하기로 작정한 듯했다.

두 시간 후. 커밋은 얼음 잔을 세이린의 뺨에 대 주며 한숨을 쉬었다.

"다섯 병 비운 앤 그렇다 치고. 세이린, 넌 밖에서 술 마시면 안 되겠다."

"나 안 취했어."

"안 취하긴. 너도 제대로 못 걸을 것 같은데. 누구한테 데리러 오라고 연락해."

"……누구?"

"빨리 올 수 있는 아무나."

그러나 세이린은 방글방글 웃을 뿐이었다. 도무지 제 힘으로 누군가에게 연락을 할 것 같지 않았다.

"휴대폰 잠깐 빌리자. 제일 위에 뜨는 번호에 연락만 할게."

세이린의 휴대폰으로 데리러 오라는 문자를 보낸 커밋은 구원자를 기다리듯 식당 입구만 바라봤다. 제이드는 불가의 젤리처럼 녹아내리고 있었고, 세이린도 얼마 못 가 슬라임으로 진화할 듯했다. 커밋이 한숨을 쉬었다.

"이래서 어린애들이랑 술을 마시면 안 된다니까."

"웃겨. 자긴 어른인 것처럼 말해."

"아, 저기 온다."

반쯤 흐물거리며 녹은 세이린이 그의 말에 따라 고개를 돌리곤, 곧 흐뭇한 웃음을 지었다.

"오…… 저 남자 완전 멋있는데. 지인?"

새카만 정장에 넥타이, 구두까지 갖춰 신은 마물이라니.

"결혼해, 그럼. 나도 주식 대박 좀 쳐 보자."

세이린은 커밋을 따라 픽 웃기만 했는데 몸이 뒤로 훅 넘어갔다. 새카만 남자가 단번에 달려와 휘청거리는 몸을 받쳤다. 세이린은 가까이 다가온 그를 보곤 놀랐다.

"어…… 이게 누구야. 바쁘신 분이 어떻게 여기까지 오셨어요?"

"넌 바쁜 걸 알면서도 걱정할 일을 하나?"

문자를 받고 한달음에 달려온 클라우드가 세이린의 상태를 확인했다. 그사이에 알콜에 대한 면역이라도 생긴 건지, 와인 한 잔 마시고 아카데미 입학 서명을 부탁할 때보다는 멀쩡한 모습이었다.

"와 줘서 고마워요."

세이린이 헤실헤실 웃으며 날렵한 턱선을 쓰다듬었다. 우리 마왕님. 이런 데서 나랑 사진 찍히면 큰일 날 텐데. 아, 마왕 사진은 금지긴 하지. 물론 소문나는 건 어쩔 수 없겠지만. 다행인지 불행인지 다른 테이블도 다 취했고, 각자 자기 얘기를 하기 바빠서 마왕님 강림에는 관심도 없어 보였다.

"저는 이거 처리하러 이만……."

커밋이 예의 바르게 인사하곤 제이드를 짐짝처럼 들었다.

"세이린. 내일…… 아니, 다음 수업 일에 봐."

"잘 가, 커밋."

제이드는 글자 그대로 질질 끌려갔다. 축 처진 모습으로 무언가를 중얼거리는 게 영락없는 만취자였다.

"이걸 진짜……."

짜증을 낸 커밋은 일부러인지 실수인지 중간에 한 번 제이드를 놓쳤다. 쿵. 제릴가의 도련님은 바닥에 몇 번이고 패대기쳐졌다. 내일 제이드가 어디 야산에서 발견되었다는 소식이 들려와도 이상하지 않을 듯했다.

클라우드와 함께 식당 밖으로 나온 세이린은 힘 풀린 걸음으로 레드빅의 거리를 걸었다. 구두 굽이 바닥에 닿을 때마다 나는 소리가 오늘따라 듣기 좋았다.

"좀만 더 걸으면 안 돼요? 걷고 싶은데."

"당장 넘어질 것 같은 음란 마귀가 할 말은 아닌 것 같은데."

"술 깰 때까지 조금만. 저번보단 안 취했잖아요."

"믿을 수가 있어야지."

세이린은 클라우드가 내민 팔을 매달리듯 끌어안고 걸었다. 인생, 아니, 마생 오래 살고 볼 일이었다. 마왕님이랑 레드빅을 걸을 줄이야. 불안해 죽겠다는 얼굴로 저를 살피는 그의 얼굴을 보니 자꾸 실없는 웃음이 나왔다.

"레드빅 어때요?"

"젊고, 화려하고, 시끄럽군."

"그 셋은 원래 같은 말인데."

차가 옆을 스쳐 지나갈 때마다 큰 손으로 어깨를 감싸 주는 게 좋아서 차가 끊임없이 왔으면 좋겠다는 터무니없는 생각이 들었다. 어느 순간부터 차가 오지 않아도 그가 어깨를 감싸 안아 주는 게 느껴졌다.

'……내가 너무 매달렸나?'

왜 그러는지 이유를 물으면 정색하면서 손을 뗄까 봐 세이린은 모르는 척 계속 걸었다.

"걸으니까 아이스크림 먹고 싶다."

"무슨 논리인지 모르겠군."

세이린이 필살기인 양 초롱초롱한 눈빛을 쏴 댔다.

"딜런은 항상 아이스크림 사다 줬는데."

역시나 클라우드는 그 눈빛에 취약했다.

"……무슨 맛."

"체리 들어간 거."

"가지가지 하는군."

그가 바로 앞에 있는 아이스크림 가게에 들어가 체리 맛 아이스크림을 주문했다.

"저 아가씬 애인이요?"

꾹꾹 눌러 담긴 아이스크림을 내밀며 가게 주인이 물었다. 클라우드는 계산을 하며 작게 고개를 끄덕였다. 잠시 후, 세이린은 그가 내민 아이스크림을 크게 베어 물었다. 달콤하고 시원한 게 입에 들어오니 기분이 마냥 좋았다.

"클라우드 슈테른."

"갑자기 이름을 부르니 불안하군."

"우리 집 갈래요?"

"네 집이 내 집이잖아."

"아니, 자취방 말고."

클라우드의 미간이 서서히 구겨졌다.

'……집에 가자고?'

물론 트와일 힐즈가 마왕성이 있는 시엘리아보다 가깝긴 했다. 술을 마셨고 몸을 못 가누니 쉬고 싶은 마음이야 이해했다. 그런데, 집에 가자니.

"……."

아무래도 음란 마귀의 불건전한 사고는 전염성이 있는 듯했다. 클라우드는 술이라도 마신 듯 달아올랐다.

그사이 세이린은 유니콘이 운영하는 야간 마차를 불렀다. 검은색 차체에 금색 테두리 장식이 무척이나 고급스러웠다.

"어디까지 모실까요?"

유니콘이 검은 뿔을 손수건으로 훔치며 인사했다. 말이 유니콘이지, 다른 마물들처럼 사람에 가까운 모습을 한 탓에 마차가 아니라 인력거처럼 보였다. 세이린은 마차를 향해 턱짓했다.

"마왕님, 뭐 해? 얼른 안 타고."

"실행력 하난 끝내주는군."

"트와일 힐즈로 가 주세요."

"알겠습니다."

그가 뒷좌석에 올라타자 마차는 가볍게 공중으로 도약했다. 한참을 고민한 클라우드가 물었다.

"내가 네 집엔 왜 가."

"내가 데려가고 싶으니까."

"시험하나?"

"시험은 아니고…… 굳이 따지자면 유혹?"

"얼굴이나 식히고 말하시지."

세이린은 그가 열어 준 창문 사이로 시원한 밤공기가 들어오는 게 기분이 좋았다. 번화가를 제외하고, 밤 대륙의 야경은 강물 위에 띄워 놓은 연등 같은 분위기였다. 고즈넉하고 아름다운 풍경들. 밤이 되면 잔잔한 달빛으로 빛나는 초승 호수.

잠시 후 마차가 달그락거리며 정차했다. 처음으로 트와일 힐즈의 펜트하우스, 즉 유일 작가의 아지트를 본 마왕이 조금 당황했다. 집주인이 발을 디디자 집 안에 불이 들어왔고 코트와 가방 걸이가 툭 튀어나왔다. 의자에 걸터앉자 책상 위에는 차가운 생수가 준비되었다. 그야말로 호화, 아니, 초호화 펜트하우스였다.

"집 한번 넓군. 혼자 사는 거 맞나?"

"마왕성에 사는 사람이 할 말은 아닐 텐데."

"마시지도 못하면서 술은 또 왜 이렇게 많아."

그의 시선 끝에는 축구를 해도 될 듯한 복도를 따라 진열장이 끝없이 펼쳐져 있었다.

"드시고 싶은 거 드시고 계세요."

세이린이 찡긋 윙크했다. 냉동식품, 냉장 식품, 신선식품, 건조식품, 즉석식품에 불량 식품까지. 그야말로 없는 게 없었다.

"넌 뭐 할 건데."

"찬물 샤워. 술 좀 깨야 할 것 같아서요. 두 시간 지나도 안 나오면 119에 신고해 주세요."

다행히 살아서 제 발로 샤워 부스를 나올 즈음, 세이린의 술기운은 어느 정도 가라앉은 상태였다. 물론 바닥이 꿈틀거리는 것 같은 이 감각은 해결되지 않았지만. 클라우드는 침대에 걸터앉아 술을 마시고 있었다. 얼음이 담긴 잔에, 커밋이 제이드를 보내 버리려 따랐던 것과 같은 황금빛 술. 느슨히 풀린 넥타이까지.

'무슨 양주 광고 같네.'

세이린이 클라우드의 옆에 비스듬히 누웠다.

"오늘은 웬일로 정장?"

"평소처럼 입고 레드빅에 가면 마왕이라고 광고하는 것밖에 더 되나?"

"골치 아픈 일이 생길지도 모른다는 리스크를 감수하고 와 주셔서 감사해요."

클라우드가 잠깐 미소 짓다 곧 정색했다.

"거나하게 취한 음란 마귀가 길거리에 널브러지는 것보다 골치 아픈 일은 없지."

쳇. 아직 첫 만남을 잊지 않았군. 세이린이 위스키에 젖은 입가를 제 입술로 막아 버렸다. 그러곤 곧 실수임을 자각했다. 기껏 찬물 샤워한 게 이렇게 날아가는구나.

"미치겠군. 아무리 오염되기 쉬운 빛 속성이라지만 너무한 거 아닌가?"

고작 입술을 적신 술에 취하다니. 클라우드가 인상을 찌푸렸다.

"전하, 자고 가도 돼요?"

"언제부터 내 말 들었다고."

역시. 날 잘 아시지. 세이린이 얌전히 눈을 감았다. 어디선가 바람이 불어온다 했더니 클라우드가 얕은 바람을 일으켜 머리카락을 말려 주고 있었다.

"왜 이렇게 친절하지?"

"젖은 채로 자면 감기 걸려."

"지금 안 잘 건데."

"술 마셨으면 곱게 자."

"곱게 자면 유이린인가."

"그건 그렇군."

머리카락을 매만지는 그의 손길이나 부드럽게 뺨에 와 닿는 바람이 나른했다.

"무슨 생각 해."

나직한 목소리가 귓전에 닿았다. 세이린이 빙긋 미소 지었다.

"이젠 내 생각도 궁금해요?"

"그런 것 같은데."

"우리 마왕님 목소리는 오늘도 끝내주는구나, 하는 생각."

클라우드가 픽 웃으며 술잔을 기울였다. 세이린은 그의 목울대가 움직이는 게 왜 이리도 야하게 보이는지를 한참 동안 고민했다.

'여명회는 어떻게 이 마물을 미워할 수 있지?'

어느 것 하나 사랑스럽지 않은 게 없었다. 술기운에 봐서 그런지 새롭게 매혹적이기까지.

"손목시계까지 차고 있으니까 마왕 아니라 직장인 같아요."

그 말을 들은 클라우드가 말없이 시계를 찬 왼손을 내밀었다. 세이린이 시계를 단단히 고정하고 있는 버클을 풀려는데, 찰각찰각 소리만 날 뿐 잘 되지 않았다.

"왜 이렇게 못 풀어."

"각도가 안 나와서 그러나? 잠깐만 옆에 누우면 안 돼요?"

귀찮다면서 자기가 풀어도 이상하지 않을 상황이건만. 클라우드는 가만히 세이린의 곁을 차지했다.

"술 먹고 하는 부탁은 꼭 들어주더라."

"왜일 것 같나."

"새삼 예뻐서?"

"어."

"취해서 그래요. 마왕님."

"하나 알려 주지. 어둠 속성은 술에 안 취해."

"……."

빛 속성이 술이나 독약에 취약하니 반대인 어둠 속성이 술이나 맹독에 영향을 받지 않는다는 것. 머리로는 이해가 됐다. 두근거려 미치겠을 뿐. 세이린이 턱을 괴고 누워 새침을 떨었다.

"이런 말은 잘만 하면서 어떻게 나한테 고백을 안 하지?"

"……."

"언제 할래요, 고백?"

그가 대답 대신 눈을 맞추는 게 입술이 맞닿는 것보다 더 떨렸다.

"넌 언제 듣고 싶은데."

예상하기도 전에 훅 치고 들어오는 그의 대답에 세이린이 입술을 깨물었다. 시선을 피하려 눈동자를 굴리다가 그것도 곧 관뒀다. 이러다 정면을 봤을 때 코앞에 클라우드의 얼굴이 있기라도 하면, 그땐 정말 심장 부여잡고 쓰러질 게 뻔했으니.

"언제 듣고 싶냐고 물었는데."

그가 답을 재촉했다.

"……지금."

대답이 마음에 든 듯, 마왕은 손마디로 붉어진 뺨을 느리게 쓸었다.

"지금 말고. 네가 맨정신일 때."

"내일?"

"나쁘지 않군."

"내일 갑자기 바쁜 일 생기면 어떡해요?"

클라우드는 심각한 어조로 묻는 세이린의 얼굴을 손마디로 쓰다듬었다.

"내일 바쁜 일 생기면 모레. 늦으면 글피."

"진짜?"

그가 고개를 끄덕이며 세이린을 눈에 담았다. 모르는 척 팔을 슬쩍 뻗으면 무슨 뜻인지 안다는 듯 머리를 쓸어내리곤 팔을 베고 눕는다. 팔을 접어 더 깊이 끌어안으면 슬그머니 손깍지를 낀다. 모든 게 더할 나위 없이 사랑스러웠다. 순간마다 자존심이든 뭐든 모두 잊을 만큼이나.

"……전쟁이 터진다 해도 일주일 안에는 하게 될 것 같군."

클라우드가 나직한 목소리로 쐐기를 박아 버렸다. 고백 아닌 고백에 세이린이 눈을 질끈 감았다. 그가 뺨을 감싸 쥔 다음 이마에 입을 맞춰 주는 게 애틋해 죽을 것 같았다.

한편으로는 사심도, 흑심도 없는 전체 이용가 영화의 한 장면 같아서 짜증도 났다. 그래서 음란 마귀는 노골적으로 그의 입술을 바라보기로 했다. 시선을 느낀 그가 입을 열었다.

"……너 지금 나랑 키스하면 또 취해."

"내가 그걸 모를까 봐?"

그 말을 기다렸다는 듯 클라우드가 바짝 다가왔다. 누가 먼저랄 것도 없이 세이린과 클라우드는 서로를 탐하기 시작했다. 서서히 벌어지는 입술이나 조금씩 달아오르는 뺨. 점점 평소보다 가빠지는 숨. 거기에 눈이라도 마주하면 이상할 만큼 몸 한구석이 저릿했다.

클라우드가 팔을 받치고 엎드려 세이린을 품 안에 가뒀다. 단단한 몸으로 덜컥 막혀 버린 시야는 답답함은커녕 갈증만 일으켰다. 가볍고 장난스러운 입맞춤 대신 부드럽고 아찔한 키스가 필요한 타이밍이었다.

"얼른……."

세이린이 두 팔로 목을 감싸듯 끌어당겼다. 맞물린 채로 입술을 가볍게 빨아들이다, 탐색하듯 혀로 훑는 감각이 아찔했다. 깊숙이 파고든 그가 혀를 얽고 치열을 건드리면 완전히 무방비 상태가 된 것 같았다. 셔츠 아래에 감춰져 있던 떡 벌어진 어깨가 드러날 때면 더더욱.

"……."

눈을 질끈 감으면 가만가만 눈가를 어루만져 주는 손길이 느껴졌다. 무심결에 몸을 움츠리면 큰 손이 온몸을 간질이듯 쓰다듬어 녹였다. 귓가에 와 닿는, 무언가를 삼키는 듯한 숨소리는 이 이상 야릇할 수가 없었다. 온몸이 전율에 젖어 드는 느낌. 배 속이 저릿한 감각. 모든 게 낯설었지만 밀쳐 내긴 싫었다. 꼭 영화의 한 장면처럼 완벽했다. 딱 하나만 빼면.

세이린이 고개를 찬찬히 내려 자신이 입고 있는 옷을 바라봤다. 흰 티, 짧은 반바지. 인생 3회차 내내 꿈꾸던 첫날밤의 복장치고는 후줄근한 감이 있었다.

"클라우드……."

세이린이 젖은 입술로 웅얼거렸다. 이불을 휘어잡고 있던 손으로 뒷머리를 쓰다듬자 그제야 살결을 탐하던 마왕이 고개를 들었다. 다분히 갈망 어린 눈빛이었다.

"이번엔 저번처럼 그냥 안 넘어가."

"넘어가자는 건 아닌데……."

세이린은 5,500벌의 옷이 걸려 있는 자신의 옷방을 떠올렸다. 자신의 글로 사랑을 배운 마왕님에게 약간의 신세계를 보여 주는 것도 나쁘지 않을 듯했다.

"잠깐 기대하고 있을래?"

복종할 수밖에 없을 만큼 매혹적인 목소리였다.

약 30분 후.

'또 신종 고문이군.'

기대하라며 한껏 요염을 떨치던 세이린은 코빼기도 보이지 않았다. 마생 7년 차 마왕은 불길한 예감을 느끼며 몸을 일으켰다. 몸이 달아 술기운이 제법 올랐을 테니 이 넓은 집에서 길을 잃어버렸다고 해도 이상하지 않을 듯했다.

"세이린."

하지만 이름을 불러 봐도 돌아오는 것은 적막뿐이었다. 하는 수 없이 마력을 일으켜 주변을 탐색한 클라우드가 표정을 구겼다. 세이린은 옷이 잔뜩 걸려 있는 방에 쓰러져 있었다. 단번에 그곳으로 달려간 그는 또 한 번 놀랄 수밖에 없었다.

'이게 무슨······.'

넓디넓은 방 하나가 전부 옷장이었다. 모두 평범한 옷이 아니라는 게 문제였지만. 톡 건드리기만 해도 물결처럼 스르륵 흘러내리는 슬립. 옷의 기능을 하긴 하는 것인지 의심스러울 만큼 짧거나 속이 비치는 잠옷들. 전부 시각으로 줄 수 있는 자극은 모두 때려 박은 듯한 모양새였다. 아무래도 유일 작가는 책에 등장하는 여주인공의 복장을 모두 수집한 듯했다.

'대체 이런 옷이 왜 유통되는지 모르겠군.'

세이린은 깃털과 인조 모피에 파묻혀 쓰러진 채였다. 부드러운 것들 사이에서 톡 튀어나와 있는 발에 하이힐이 신겨 있었다.

'아까는 슬리퍼였던 것 같은데. 방에 오자마자 넘어진 게 아닌가?'

어쨌든 음란 마귀는 쓰러졌고, 일어난다고 해도 몸을 가누지 못할 테니 추측은 별 의미가 없으리라. 기대하라더니 그야말로 기대 이상이군. 클라우드는 보들보들한 모피 아래로 손을 넣어 세이린을 들어 올렸다. 그런데 무언가가 이상했다.

"······."

244

깃털이 스르륵 흘러내리며 드러나는 유일 작가의 몸이 어째 휑했다. 부드럽게 굴곡진 몸매를 감싼 옷감이 너무도 얇았다. 마치 아무것도 입지 않은 것처럼 살결이 비쳐 보이기까지. 그렇다. 세이린 폴룩스는 보는 순간 정신을 놓을 정도로 하늘거리는 슬립을 입고 있었다. 어깨에 아슬아슬하게 걸쳐 있는 얇은 끈이 그 사실을 몇 번이고 재확인시켜 주었다.

놀란 클라우드가 세이린을 놓쳐 버렸다. 걷잡을 수 없이 얼굴에 피가 몰렸다.

"……세이린."

역시나 묵묵부답이었다. 클라우드가 의자에 맥없이 앉았다. 저번엔 자료 조사용 동영상이었건만, 이번엔 아예 실물이라니. 그새 마법이 깃든 향수라도 뿌린 것인지 매혹적인 향이 폴폴 났다. 게다가 원래 입고 있던 옷은 어디에 뒀는지 보이지도 않았다.

"……미치겠군."

궁리해 봐도 별수 없었다. 옷이 보관된 방은 서늘했기에 음란 마귀를 다시 침대로 옮기는 수밖에 없었다. 잘 거면 쭉 자라. 그녀에 관한 것에 한해 인내력이 형편없는 마왕이 기도하듯 뇌까렸다. 하지만 그의 바람대로 움직여 줄 세이린이 아니었다.

"으음……."

클라우드가 몸을 들어 올리자마자 세이린이 그의 목을 꼭 감싸 안았다.

"말 한번 더럽게 안 듣는군."

"응?"

세이린이 나긋하게 풀린 발음으로 귓가에 대답하자 그의 걸음이 우뚝 멎었다.

"우리 어디 가요, 전하?"

"침대."

"흐음……."

흥미와 기대가 섞인 콧소리가 들려왔다.

"가서?"

"가서, 뭐."

"손만 잡고 잘 건 아니지?"

"손도 안 잡을 거야."

"말도 안 되는 소리 하지 마시고요, 전하."

"왜 말도 안 된다고 생각하지?"

"내가 이렇게 사랑스러운데?"

그가 차오르는 온갖 충동들을 꾹꾹 누르며 침대까지 걸어왔다. 세이린은 제 몸이 침대에 폭 내려진 게 영 마음에 들지 않았다. 제 옆에 누워 무심한 얼굴을 하고 있는 마왕은 더더욱. 물론 그 속이 타들어 가고 있다는 것까지 헤아릴 만 취자가 아니었다.

"얼른 잠이나 자."

그가 말했다.

"굿나잇 키스 해 주면."

클라우드가 세이린에게 짧게 입 맞추곤 떨어졌다. 더 뜨거운 키스를, 그 이상을 원하던 음란 마귀가 입술을 비죽 내밀었다.

"얼른 자."

클라우드가 평소보다 더 참을성이 없는 세이린을 달래듯 품에 안았다. 아직도 볼이 발갛고 제 몸을 못 가눈다. 살살 건네는 유혹도 술김의 충동인지도 모른다. 내일 아침 기억하지 못할 수도 있겠지. 그런 밤은 자신이 원하는 게 아니었다.

"날 거절해?"

"거절이 아니라……."

인내의 이유는 단 하나였다.

"사랑해."

세이린이 자신을 원하는 이유도 같기를 바랐다. 술이나, 충동이나, 호기심 때문이 아니라.

"사랑을…… 하자고?"

물론 음란 마귀는 다른 맥락으로 알아들은 듯했지만.

'괜히 마계 영주권이 나온 게 아니군.'

클라우드는 이불로 세이린을 돌돌 말아 껴안았다. 머릿속으론 질리도록 외웠던 군주론과 통치론을 달달 읊으면서. 눈을 감아도 세이린이 보이는 게 문제라면 문제였다.

□ ■ □

다음 날 아침. 햇빛이 눈꺼풀에 내려앉을 무렵 세이린이 눈을 비비며 일어났다. 옆에 있을 것이라 생각했던 클라우드가 없었다. 대신 흐릿하게 물소리가 들려왔다.

"어머나……."

음란 마귀의 눈가가 엉큼하게 휘어졌다. 그럼 그렇지. 서로 호감을 갖고 있는 신체 건강한 마물 둘이 하룻밤을 보냈는데 아무 일이 없었을 리가.

'기억은 안 나지만 무슨 일이 있긴 있었겠지……!'

몸을 감싸고 있는 이불에서 힘겹게 탈출하자 입고 있는 얇은 슬립이 보였다. 이런 미친. 세이린이 전신 거울로 달려가 제 몸을 살폈다. 입술이 아주 조금 부르터 있는 것 말고는 전신이 멀쩡했다.

"……응?"

예상했던 바와는 달리 몸도 무척이나 가벼웠다. 제자리에서 국민 체조를 해 봐도 듣던 만큼 아프다거나 몸이 찌르르 울리는 기분은 들지 않았다. 몸을 앞뒤로 살펴봐도, 의자에 앉았다 일어나 봐도 몸 상태는 쾌적할 뿐이었다.

"무슨 문제라도 있나?"

등 뒤에서 클라우드의 목소리가 들렸다. 세이린은 황급히 고개를 돌려 아직 물방울이 남아 있는 몸을 살폈다. 목 언저리에 울긋불긋한 키스마크가 몇 군데에, 얼굴도 조금 피곤해 보였다. 대체 지난밤이 어떻게 돌아간 건가.

"뭔가를 기대하는 눈치군."

"아니, 저기……."

클라우드가 팔짱을 끼고 혼란에 빠진 음란 마귀의 앞에 섰다.

'역시 기억 못 하는군.'

마음 같아서는 어젯밤의 일을 하나하나 말해 주고 싶지만, 여전히 유혹적인 세이린을 오래 마주하는 건 위험했다. 클라우드가 경고하듯 엄중하게 말했다.

"한 번만 더 미치게 만들어 놓고 나 몰라라 해 봐. 그땐……."

"그땐?"

"……."

그때도 별수 없이 넘어가겠지. 자신의 미래가 안 봐도 뻔했기에 클라우드는 쓴웃음을 지었다.

마왕성의 자취방으로 돌아온 세이린은 그야말로 혼란에 빠져 있었다.

'앞으로 어떻게 되는 거지?'

간밤의 일은 기억나지 않더라도, 전쟁이 터져도 일주일 내로 고백하겠다는 말은 선명히 기억났다. 상대가 평범한 남자라면 나도 사랑해, 하고 연애를 시작하면 될 일. 그러나 클라우드 슈테른은 밤 대륙을 지배하고, 낮 대륙에 막강한 영향을 끼치며, 마계의 황제를 노리는 남자였다.

'고백을 받으면…….'

나도 좋아요! 하고 대답하고 사귀는 건가. 애당초에 마왕님쯤 되시는 분께 사귄다는 개념이 있긴 할까. 아니면 비전하의 바람대로 진짜 결혼이라도 하게 되는 건가?

'……결혼?'

생각이 여기까지 미치자 세이린은 입에 물고 있던 쿠키를 툭 떨어트렸다. 맞은편에 앉아 차를 홀짝이던 로자리가 다정한 눈길로 그녀의 안색을 살폈다.

"무슨 고민 있으세요, 아가씨?"

"아니에요. 아직 결혼 생각은 없어요."

"결혼이요?"

로자리가 더 놀라 되물었다.

"비전하께 도움을 구할까요?"

"아니에요, 지금은……."

"지금 말고, 한 시간 후에 약속 잡을까요?"

이 추진력은 분명 비전하로부터 나오는 것이리라. 세이린이 손사래를 치며 중얼거렸다.

"그냥 망상이나 해 본 거예요. 제가 원한다고 할 수 있는 결혼도 아니고."

"글쎄요……"

이미 고용인들 사이에서는 후궁 테마주를 사 두지 않으면 머저리라는 이야기가 돌고 있었다. 그뿐만이 아니었다. 재빠른 고용인들이 마계에 존재하는 프러포즈 링과 웨딩드레스 장인 리스트를 만들고 있지 않던가.

"로자리. 저 올라가 볼게요."

세이린은 도망치듯 2층의 방으로 들어왔다. 이불을 팡팡 차고 허공을 향해 발길질을 해 봐도 마음이 진정되지 않는다. 이럴 때 할 수 있는 행동은 하나였다. 친구에게 전화하기. 세이린은 망설임 없이 딜런에게 전화했다. 잠깐의 통화 연결음이 지나고, 기대에 찬 목소리가 들려왔다.

— 자기. 성적은 어떻게 나왔어?

"……딜런, 네가 수험생 자녀 둔 학부모야?"

— 체감상 그보다 더하면 더했지 덜하진 않아. 얼른.

"그럼 어서 찬물 한 잔 들이켜고 진정해."

세이린은 딜런에게 내기에서 지게 된 자초지종을 설명했다. 딜런은 처음엔 조금 실망한 눈치였지만, 만점을 넘어 800점에 가까운 점수를 듣고는 만족을 드러냈다.

— 800점에서 2점 모자라다니. 선방인데? 유일 작가님 선물 드려야겠어.

"선물?"

숨 쉬듯 선물을 일삼는 둘 사이에서 굳이 '선물'이라는 단어를 힘주어 말했다는 건 무언가 대단한 게 있다는 소리였다.

— 특별히 준비했지. 곤잘레스 나쵸 셰프 사인회 초청권.

"진짜?"

곤잘레스 나쵸. 낮 대륙 출신의 유명 요리사로, 세이린이 환장하는 요식업계의 미다스의 손이었다.

"사인회 초청권을 어떻게 얻었어? 프로그 오케스트라 입장권보다 더 귀하잖아."

— 자기가 좋아하는 요리사인데, 다 구하는 방법이 있지.

"설마 요리책 계약한 다음 주최자 권한 남용한 건 아니지?"

— ······.

맞구먼. 세이린이 싱겁게 웃자 딜런이 변명을 시작했다.

— 유일 작가가 좋아해서만은 아니야. 알지? 요즘 요리책 수요가 꽤 되는 거. 곤잘레스 셰프가 첫 요리책을 내는 건데 누가 안 사겠어?

"아무튼 고마워."

— 다음 아카데미 가는 날, 사무실에 잠깐 들를 수 있어?

"그래. 잠깐 얼굴도 볼 겸, 티켓도 받아 갈 겸. 낮 2시쯤에 들를게!"

전화를 끊은 세이린이 캘린더에 일정을 메모했다.

[낮 2시, 알데바란 타워, 딜런.]

이날 어떤 일이 벌어질지 세이린은 아직 짐작조차 하지 못했다.

Chapter
8

벨제바브 에테라

아카데미에서 시험이 끝난 학생들을 격려하는 방법은 크게 두 가지였다. 성적이 우수한 학생들에게 해 주는 칭찬, 그리고 초승 호수로의 피크닉. 피크닉은 전교생이 함께 떠나는 데 반해 칭찬은 아무에게나 해 주는 것이 아니었다. 한 학년에서 성적이 가장 우수한 열 명. 오직 그들만이 스피카 총장의 공간에 초대받을 수 있었다.

'내가 제이드랑 같이 칭찬을 받게 되다니!'

악행 점수 포함, 총 798점을 받은 세이린 폴룩스 또한 스피카의 칭찬 대상이었다. 마치 전교생 앞에서 상장을 받는 것처럼 가슴이 두근거렸다. 평소보다 신경 쓴 게 온몸에서 드러나 조금 민망했지만 기분이 좋은 건 어쩔 수 없었다.

'칭찬받고 딜런 만나러 가면 딱이겠다.'

세이린이 빙긋 웃었다. 막상 총장실 앞에 다다르자 초대받은 성적 우수자가 소수라는 것이 실감 났다. 주변을 기웃거리는 학생은 제이드 하나뿐이었다.

"너 오늘 왜……."

얼굴을 빤히 바라보던 제이드가 눈을 피했다.

251

"왜요, 제이드 님?"

제법 싹싹한 존댓말이 나오자 당황한 것 같기도 했다.

"그만 보세요. 닳아요."

"웃고 있네."

"한두 명이 쳐다봐야지."

세이린이 도도한 척 머리를 쓸어 넘기자, 제이드가 얼굴을 확 붉혔다.

"아카데미 학생끼리 연애 금지인 건 알지?"

"그래요?"

"걸리면 퇴학이야."

세이린은 문득 이리스와 아벨이 아카데미 동문이라는 사실을 떠올렸다. 이리스 경은 대체 어떤 학교생활을 하신 건가.

"제이드 님이야말로 퇴학 안 당하게 조심하세요."

"내가 퇴학을 왜 당해?"

"제가 자세히 보면 예쁘고, 오래 보면 사랑스러운 타입이라."

"……."

하여간, 농담도 못 해요. 세이린은 제이드와 나란히 복도에 등을 기댔다. 일찍 도착했으니 예정된 시간까지 기다릴 참이었다. 제이드는 세이린을 몇 번이나 더 힐끔거리다 물었다.

"왜 안 들어가?"

"제이드 님은요?"

"난 정시 딱 맞춰서 들어갈 거야."

총장실을 슬그머니 째려보는 눈빛이 예사롭지 않았다. 세이린도 그를 따라 시선을 옮겼다.

"먼저 들어가서 기다려도 될까요?"

"아까 그러시던데? 내키면 먼저 들어와도 된다고. 난 A반 친구 기다렸다가 같이 들어간다고 했지만."

"그래요? 그럼 먼저 들어갈게요. 이따 봐요."

노크 후 들어선 총장실은 언제 봐도 종교적인 색채를 풍겼다. 시험 점수를 듣던 날, 카페에서 제이드의 일장 연설을 들어서인지 자그마한 거부감이 들었다. 클라우드 슈테른의 어둠을 그림자로 깔봤던 종교. 그곳에 몸담은 스피카 블랙.

'……7년이면 사람이 반성하고도 남을 시간이지.'

세이린은 편견을 갖지 않으려 애썼지만 마음대로 되지 않았다. 그때, 마음을 읽는 듯한 총장의 목소리가 들려왔다.

"무슨 복잡한 생각이라도 하나요?"

"안, 안녕하세요. 스피카 총장님."

세이린은 뻣뻣하게 인사했다. 스피카는 평소보다 더 가라앉은 분위기를 풍기며 인사를 받아 주었다.

"1등으로 들어왔군요. 거기 잠깐 앉아 있어요."

세이린은 안내받은 자리에 앉아 스피카를 힐끗거렸다. 늘 단단히 채워져 있던 안대가 책상 위에 놓여 있었다. 마법진이 그려진 낡은 두루마리와 마력이 깃든 검은색 촛불들이 둥실둥실 떠다녔다. 어떤 의식을 막 끝마친 상태라고 표현해도 좋을 만큼 기이한 모습.

'저게 오드 아이인가?'

스피카의 양쪽 눈동자는 색깔이 달랐다. 늘 내놓고 다니는 검은 눈동자. 그리고 안대에 가려져 있던, 처음 보는 황금색 눈동자. 진짜 황금이라고 해도 믿을 정도로 황홀한 빛깔에 시선을 빼앗기는 건 어쩌면 당연했다.

"참 예쁜 눈동자죠?"

세이린이 입을 오므렸다. 몰래 엿보던 것을 들켰다는 생각에 세이린의 얼굴이 훅 달아올랐다. 태연히 안대를 다시 착용하는 모습을 보니 더더욱.

"어지럽네요. 창문을 좀 열까요?"

스피카가 세이린의 뺨을 보곤 말했다. 창문을 열자 순간 바람이 불어치며 책상 위에 있던 종이들이 휘날렸다.

"이런. 괜찮으면 같이 주워 줄래요?"

"넵!"

세이린이 허리를 굽혀 쪽지들을 줍기 시작했다. 가만히 보니 종잇조각들의 하단에 그려진 문양이 익숙했다. 분명 괴도의 예고장과 에글론 에테라의 지갑에서 나온 명함에 있던 심벌과 비슷했다. 아니, 거의 같다고 봐도 무방했다.

"세이린 양. 무슨 일 있나요?"

"쪽지 한 장이 책상 아래에 들어갔어요. 제가 주울게요."

세이린의 찜찜한 기분은 책상 아래의 쪽지를 줍는 순간 절정에 달했다.

[오늘, 2시, 테이르시아 타워.]

지금은 12시. 즉, 오늘 2시는 아직 오지 않은 미래였다.

'스케줄을 메모해 두신 건가? 지명이 뭔가 익숙한데……'

세이린이 최대한 자연스레 웃으며 바닥에서 주운 것들을 내밀었다. 스피카는 그것들을 황급히 책상 서랍에 집어넣곤 물었다.

"봤나요?"

"무슨 말씀이세요?"

"예언의 내용 말이에요."

"예언……이요?"

예언이라니. 아무리 마물들이 마법을 쓰며 살아가는 마계라지만 그런 건 들어 본 적 없었다. 신이라면 모를까. 세이린이 침을 꿀꺽 삼킬 찰나였다.

"안녕하십니까, 총장님."

제이드 제릴이 때맞춰 입장했다.

"전교 1등이 왔으니 슬슬 칭찬을 시작해 볼까요?"

세이린은 스피카의 달라진 태도에 당황했다. 방금까지 정색을 하서 놓고 아무 일 없었다는 듯 행동하시다니. 뭔가가 이상해도 상당히 이상했다.

모여든 학생들이 자리에 앉아 유치하고 낯 뜨거운 칭찬을 듣는 동안, 세이린은 잠시도 집중할 수 없었다.

□ ■ □

칭찬회가 끝난 후, 세이린은 택시를 잡아타려 아카데미 정문으로 나왔다. 그런 그녀의 앞에 먼지 한 톨 없이 깔끔하게 관리된 리무진이 멈춰 섰다.

"야, 어디 가?"

제이드가 뒷좌석 창문을 내리며 물었다.

"워렛에 있는 친구네 들러야 해서요."

"워렛 어딘데? 같은 방향인데 태워다 줄까?"

"제이드 님 집이 워렛에 있어요?"

"워렛 중심부에. 일단 타."

"그럼 사양 않고."

세이린은 운전기사와 경호원들에게 싹싹하게 인사하곤 제이드의 옆에 앉았다. 과연 재벌 2세 뱀파이어의 통학 차량은 스케일이 달랐다. 넓은 리무진 안에는 탐스러운 과일과 시원한 음료가 세팅되어 있었다. 작은 냉장고와 TV가 들어 있는 차를 매일 타고 다닌다니. 새삼 제이드가 부잣집 도련님이라는 것이 느껴졌다. 감탄하는 그녀에게 제이드가 물었다.

"워렛 어디?"

"알데바란 타워?"

그가 순간 놀란 눈을 했다. 알데바란이라니. 밤 대륙의 경제를 무서운 속도로 점령하고 있는 무속성 집안이 아닌가.

"너 설마…… 아니다."

"왜 묻다 말아요?"

"너무 터무니없는 말이라."

설마, 존경하는 인물 3위인 딜런 알데바란 님을 만나러 가는 건 아니겠지. 낙제생에게 그런 전설급 인맥이 있는 게 더 이상했다.

"워렛에 알데바란 타워가 한둘이야?"

세이린이 자신 없는 얼굴을 했다. 늘 딜런과 함께 가거나 택시를 탄 채로 장소를 설명하니 데몬의 사무실이 있는 건물의 이름은 정확히 몰랐다.

"장소로 설명해 드려도 되죠?"

"마음대로. 그건 그렇고, 아까 총장실에서 무슨 일 있었냐? 표정이 안 좋던데."

"그냥…… 아, 제이드 님. 혹시 이게 뭔지 아세요?"

제이드의 손 위에 손가락으로 문양을 그리자 그의 얼굴에 긴장이 감돌았다.

"아까 총장실에서 본 거지?"

"네. 어떻게 아셨어요?"

"내가 알기론 여명회의 상징이야. 여러 개의 곡선으로 표현한 빛의 형상."

역시 수석은 뭐가 달라도 달랐다.

'괴도의 예고장이랑 새벽단 명함에도 비슷한 무늬가 있었는데……'

벨제바브와 괴도, 새벽단, 스피카 총장님의 여명회는 무언가 연관이 있다. 그런 생각이 든 순간 가장 먼저 떠오른 건 페일 도서관장의 얼굴이었다.

'오늘 아침에도 복숭아 맛 사탕 드셨는데……!'

하루에 한 알씩, 꼬박꼬박 마력으로 만든 사탕을 먹으라는 건 스피카 총장의 처방이었다. 페일 본인의 말에 따르면 머리가 맑아지는 느낌이라니 오진은 아닌 것 같으면서도 찜찜했다.

"제이드 님. 괴도에 대해서도 아세요?"

"뭐 이리 궁금한 게 많아?"

"그야 커밋에게 물어보는 것보다 제이드 님이 정확하니까."

"크흠……"

제이드가 잠시 목을 가다듬었다.

"괴도 건은 팀을 꾸려서 취재 중이야. 지금까지 알아낸 정보로는 물 속성 보유자라는 거?"

"물 속성이요?"

"그놈이 만들어 내는 안개에 닿으면 잠에 빠진다더라."

"잠은 치유 계열이니까…… 바람 쪽 아니에요?"

"그러니까 이상한 놈이라는 거지."

무슨 관련이 있는지 종잡을 수가 없었다. 문득 창밖을 내다본 세이린은 익숙한 건물들을 발견했다. 얼마나 밟은 것인지, 벌써 워렛의 빌딩가에 다다라 있었다.

"감사해요. 덕분에 편하게 빨리 왔네."

"몇 시까지 만나기로 했는데?"

"2시요. 5분 정도 남았어요."

총장실에서 시간이 얼마나 빨리 간 것인가. 세이린이 감사 인사를 하곤 내리려 할 때였다.

"어디 건물인데?"

"앗, 여기요!"

"이 건물은……."

제이드가 버튼을 누르고 운전기사에게 물었다.

"이거 테이르시아 타워, 맞죠?"

"맞습니다, 도련님."

테이르시아 타워. 출판업으로 전설적인 매출을 낸 알데바란가의 막내아들이 개인 소유한 건물. 제이드는 이 빌딩을 볼 때마다 묘한 환희에 사로잡혔다.

"진짜 멋지지 않냐? 이게 그 유명한 〈임성운의 5,500가지 그림자〉로 세운 빌딩이잖아."

"응……?"

"너 몰라? 유일 작가가 쓴 베스트셀러 있잖아."

세이린이 그 책을 모를 리가 없었다.

"그, 그걸 읽으셨어요?"

"당연하지. 작가님 얼굴 한번 보고 싶다."

굳이 유일 작가에 대한 환상을 깰 필요는 없겠지.

"데려다주셔서 감사합니다!"

도망치듯 꾸벅 인사하고 내린 세이린은 곧장 빌딩의 로비로 향했다. 딜런이나 그 지인을 위해 마련된 개인 엘리베이터가 있었지만, 의심을 피하기 위해 일부러 일반 엘리베이터를 잡았다.

그런데 리무진이 떠난 것을 확인하고 주변을 둘러보자 무언가 이상했다.

'평일이라 그런가? 아무도 없네.'

로비가 정말이지 휑했다. 평소대로라면 유일 작가의 얼굴을 알아보고 전용 엘리베이터를 잡아 주었을 경비원도 없었다.

'이렇게 아무도 없을 리가 없는데…….'

당장 출판사 사무실만 하더라도 업무 전화가 빗발쳐 북새통을 이루는 곳이었다. 세이린은 찜찜한 마음을 애써 외면하며 엘리베이터에 몸을 실었다. 곧 문이 스르륵 닫히며 문틈이 점점 좁아졌다. 이대로 혼자 엘리베이터를 타겠구나, 하는 생각이 들 즈음.

쾅—!

거의 닫힌 문틈으로 남자의 손이 불쑥 튀어나왔다.

"……!"

센서에 무언가가 끼었음이 감지되었는지 문이 다시 열렸다. 순간, 세이린의 머릿속엔 총장의 예언이 떠올랐다.

[오늘, 2시, 테이르시아 타워.]

정확히 지금 자신이 처한 상황임을 깨닫자 심장이 미친 듯이 뛰었다. 남자는 엘리베이터에 들어와 세이린을 위아래로 훑었다. 그녀 또한 경계를 늦추지 않고 남자를 살폈다.

화려한 금발과 핏빛 눈동자. 어디선가 본 듯한 귀족적인 분위기. 하지만 가장 신경 쓰이는 것은 입가에서 쉴 새 없이 부풀었다 펑 터져 버리는 풍선껌이었다.

"황제를 알현하고도 예를 갖추지 않다니. 어이가 없군."

남자의 말이 끝나자마자 엘리베이터가 움직이기 시작했다. 세이린은 숨을 삼키며 침착하려 애썼다. 그 행동을 조롱하듯 그의 입가가 뒤틀린 미소를 지었다.

"재잘재잘 말이 많다고 들었는데. 겁먹은 건가?"

"……."

"뭐, 상관없어. 진이 너를 필요로 하니 따라오도록."

한 치의 의심도 없이 자신이 황제라고 확신하는 듯 오만한 말투였다.

'잠깐, 황제……?'

얼마 전 에글론 에테라가 폐하라는 호칭으로 부른 마물이 떠올랐다.

하지만 비전하의 남동생, 벨제바브 에테라는 클라우드에 의해 에테라 성에 봉인되어 있다고 하지 않았던가. 그러나 눈앞의 소년은 빌리아리아와 무척 닮아 있었다.

"저…… 혹시 성함이……."

세이린은 손바닥을 살살 비비며 물었다. 둘뿐인 엘리베이터에서 살아남으려면 비굴하게 구는 수밖에.

"한낱 제물이 황제의 존함을 알 필요는 없어."

"제물……?"

황제가 자신에게 바쳐진 여인을 다루는 방법은 참으로 다양하지 않던가. 음란 마귀의 머릿속에 갖은 장면들이 펼쳐졌다.

"미모의 젊은 여성을 제물로 데려가서 뭘 하시려고!"

"미모의 젊은 여성? 난 널 그냥 밀실에 가둔 다음……"

"밀실에 가둔 다음 그렇고 그런 짓을 하도록 가만히 있진 않겠어요!"

"……음란 마귀 자격으로 마계 영주권 받은 처녀 귀신이라더니. 그 말대로군."

기어이 그 사실이 적들에게도 알려지고야 말았단 말인가. 세이린이 고개를 휘휘 저으며 정신을 다잡았다.

풍선껌을 불어 펑 터트린 남자가 비릿하게 웃었다.

"새벽단 놈들이 그러더군. 네 마력이 있으면 내 봉인을 풀 수 있다고."

"새벽단?"

"널 에테라로 데려가겠다. 황제의 봉인을 푸는 산 제물이 되는 것을 영광으로 알도록."

"그럼 당신이 역시……."

"내 이름은 벨제바브 에테라. 너를 제물로 써서 미천한 것에게 당했던 치욕을 갚겠다."

세이린은 뒷걸음쳤다. 그러나 엘리베이터라는 공간 안에서 벌릴 수 있는 거리는 그리 멀지 않았다.

"얌전히 있어."

벨제바브가 세이린의 몸을 향해 손을 뻗다, 잠시 멈칫했다.

"그냥 납치하려는 거니까 괜한 기대는 하지 말고."

"누가 뭘 기대했다고!"

반사적으로 빽 소리를 지른 세이린이 눈을 동그랗게 떴다.

"잠, 잠깐. 그냥 뭘 하신다고요?"

벨제바브가 마력을 일으키자 세이린의 몸이 마비된 듯 굳어 버렸다.

"얌전히 있어, 제물."

"으윽……."

몸에 힘이 들어가지 않았다. 숨 쉬는 것도 점점 힘들어졌다. 바람의 마력에 멱살을 잡힌 세이린의 몸이 공중에서 버둥거렸다.

"이대로 에테라에 데려가기만 하면……."

그가 말을 채 마치기도 전이었다.

콰앙—!

엘리베이터가 격렬히 흔들리더니 솟구치듯 위를 향해 움직였다.

"분명 마력으로 멈췄는데……!"

자칭 황제가 당황 어린 목소리를 냈다. 세이린이 원래 내리려 했던 층, 즉 딜런의 펜트하우스가 있는 44층에 다다르자 문이 저절로 열렸다. 곧 한 줄기 빛처럼 보이는 기사단장의 모습이 나타났다.

"동작 그만."

"담임 교수님……!"

세이린이 한 손에 총을 든 채로 역광을 받고 서 있는 레이 필드를 반겼다. 어쩜 타이밍 좋게 딜런네 놀러 와 계실까.

레이는 자신감 넘치는 목소리로 말했다.

"벨제바브 에테라. 클라우드 전하의 이름으로 널 데려가겠다."

"그 상태로? 할 수 있으면 해 봐."

벨제바브가 도발하듯 세이린을 더 옭아맸다. 철컥. 레이가 세이린과 바짝 붙어 있는 벨제바브를 겨눴다. 답지 않게 늠름한 모습을 보이는 금빛 기사단장을 보던 F반 학생의 표정이 갑자기 일그러졌다.

"잠, 잠깐만요! 손에 든 그건……."

얼음과 연갈색의 액체가 든 유리잔이 맑은 소리를 냈다. 설마, 술잔은 아니겠지.

"한잔했다."

이런 미친. 레이의 대답을 들은 음란 마귀가 벨제바브보다 벌벌 떨기 시작했다.

"근무 시간에 술을 드시는 게 어딨어요! 기사단장쯤 되시는 분이!"

"근무 시간 음주는 악행의 기본이야."

소악행이 곧 선행인 마계이니 그건 그렇다고 쳐. 하지만 왜 하필 지금이냐고!

"설, 설마 술 드시고 총 쏘시진 않을 거죠?"

"꼬맹이. 너 나 못 믿냐?"

"당연하죠!"

"취권, 이런 거 못 들어 봤어?"

오래된 영화에서 본 적이야 있었다. 술을 벌컥벌컥 들이켠 다음 무아지경의 경지에 이르러 초인적인 전투를 펼치는 사람들을.

'몸이 춤을 출 정도로 술을 마시고 총을 쏜다면······.'

세이린이 꿀꺽 침을 삼켰다.

"그건 그냥 술 취한 사람이 총 쏘는 거잖아요!"

"좀 믿어 보라니까! 기사단장 자리는 날로 먹었겠어?"

"레이 경, 날로 드시는 건 다 좋아하시잖아요!"

탕—!

순간 세이린의 머리카락이 훅 휘날렸다. 총알이 머리를 정확히 관통했음에도 벨제바브는 멀쩡했다. 레이는 기절 직전인 세이린을 가뿐히 무시했다.

"어쩐지. 전하의 봉인이 깨졌을 리가 없어. 네놈은 환영인가?"

"그걸 이제야 눈치채는 걸 보니, 랭커는 아닌가 보군."

"쳇."

레이 필드가 몇 차례 더 방아쇠를 당겼다. 모두 조금의 오차도 없이 벨제바브의 급소를 맞췄지만 환영이라 그런지 조금 흔들릴 뿐 멀쩡했다.

"레, 레이 경······."

타격은 고스란히 세이린의 정신이 받아 냈다. 아무리 레이가 백 퍼센트 명중률을 자랑한다지만 총성이 무서운 건 어쩔 수 없었다. 총구가 제 쪽으로 향해 있고, 총 쥔 사람이 술에 취한 상태라면 더욱.

"제발 절 먼저 구해 주시면 안 될까요……?"

혼비백산한 세이린이 거의 빌듯 말했다. 레이는 그제야 채찍으로 세이린을 휘감아 자신의 옆에 내려 두었다. 세이린이 레이에게 매달려 말했다.

"이렇게 쉽게 구할 수 있으면 진작 좀 구해 주시지!"

"삐약삐약 시끄러워, 꼬맹이."

"지금 상황은 좀 어때요? 이길 수는 있는 거죠?"

"최악이야. 저놈이 환영이라면 내가 해치울 수는 없어."

"최악은 아니죠. 귀여운 제자는 구하셨잖아요?"

제법 여유를 되찾은 음란 마귀가 턱 밑으로 꽃받침을 척 만들어 보였다. 레이는 픽 웃곤 벨제바브 쪽으로 턱짓했다.

"자칭 귀여운 제자님. 잘 봐 둬. 저게 분노의 랭커의 동요, 환영이야."

"분노의 랭커라는 건, 에테라 백성들이 벨제바브 때문에 엄청 화났었다는 소리네요?"

"에테라뿐만이겠냐. 아무튼, 환영은 본체가 아니라 내 총알은 안 통해. 동요는 동요로만 누를 수 있는데……."

"아는 랭커 없으세요?"

"있긴 있지."

레이 필드가 아는 랭킹 기록 보유 마물이라곤 시기의 랭커, 딱 하나였다. 술만 안 마셨어도 전하께 부탁드렸으리라. 하지만 주군의 성격상 근무 중 음주를 달갑게 여기지 않을 터. 어쩔 수 없이 기사단장 선에서 해결해야 할 듯했다.

"세이린 폴룩스를 이리 내."

벨제바브가 레이에게 성큼 다가섰다.

"봉인된 네가 동사무소에 밤 대륙 방문 신고를 하고 왔을 리는 없고."

"당연하지."

"그럼 밤 대륙에서는 마력 못 쓰는 걸로 알고 있는데. 테러 방지법 때문에."

"과연 그럴까?"

벨제바브가 주머니에서 어마어마한 마력이 휘모는 바람의 잼을 꺼냈다.

"네 말대로, 내 잼은 못 써. 하지만……."

그가 입으로 불던 풍선을 짓씹어 터트렸다. 동시에 서 있기도 힘들 정도의 강한 바람이 휘몰아치기 시작했다.

"레이 경! 벨제바브는 마력 못 쓴다면서요!"

세이린의 몸이 급류에 휩쓸리듯 벨제바브에게로 끌려갔다. 어떻게든 버텨 보려 손에 잡히는 것을 꽉 쥔 그녀였다.

"캑……! 잡아도 하필 내 넥타이를 잡냐!"

레이의 목숨이 덩달아 위태로워졌다.

"죄송해요!"

"야, 야! 놓친 말고!"

세이린이 레이의 넥타이를 더 꽉 쥐었다.

"제물이 버텨 봤자지."

벨제바브가 말하자 연둣빛 마력이 한 차례 더 몰아쳤다. 더 이상은 버틸 수 없었다. 넥타이를 쥐어짜듯 잡은 손에서 힘이 빠져나가는 순간, 세이린이 눈을 질끈 감았다.

'아직 2,750가지 그렇고 그런 짓도 다 못 해 봤는데!'

욕망 충족도 전에 이렇게 갈 수는 없다. 그렇게 생각하는 순간, 세이린의 몸에서 찬란한 빛이 터져 나왔다.

파밧—!

"이건…… 뭐지?"

레이 필드가 이상야릇한 느낌을 주는 분홍색 빛을 바라봤다. 빛이 퍼지자 벨제바브의 환영이 서서히 흐려지기 시작했다.

"네가 어떻게 랭커의 동요를 쓰지?"

반투명해진 자칭 황제가 캐물었다.

"랭커의 동요요?"

세이린은 자신에게서 피어오르는 핫 핑크색 기류가 무엇인지 짐작조차 하지 못하고 있었다. 의도적으로 쓴 것이 아니니 당연히 멈출 방법도 몰랐다. 확실한 건, 이 기류가 벨제바브의 환영을 무력화시킬 수 있다는 것.

"어디 맛 좀 보시지!"

팔을 마구잡이로 휘두르자 정체불명의 빛이 과도하다 싶을 정도로 흘러나왔다.

"크윽…… 오늘은 이만 물러나지."

벨제바브의 환영이 허무할 정도로 빨리 포기하곤 사라졌다. 뭐지, 이 힘은?

"담임 교수님, 이거……."

"오지 마."

"……네?"

"뒤로 물러나라고."

레이가 뒷걸음치며 다급하게 말했다. 벨제바브의 환영을 덮은 걸 보면 세이린이 쓰는 건 분명 랭커의 동요였다. 문제는 어느 죄악의 어떤 기능을 가진 동요냐는 건데.

'이건 너무 뻔하잖아……!'

레이가 이상 반응을 느끼곤 마른침을 삼켰다. 심장이 미친 듯이 뛰었다. 얼굴이 훅 달아올라 모자를 눌러쓸 수밖에 없었다. 늘 친구와 꼭 붙어 다니는 샛노란 병아리로만 보이던 세이린이 갑자기 달라 보였다. 굳이 예를 들자면 보송보송한 산호색 솜털을 가진, 세상에 단 하나뿐인 병아리랄까. 바람둥이 기사단장은 이 기분이 무엇인지 잘 알고 있었다.

'이건 색욕의 랭커의 동요, 유혹이잖아……!'

세이린은 〈임성운의 5,500가지 그림자〉의 작가이니 무리도 아니었다. 가장 많이 색욕을 일으키는 자가 곧 색욕의 랭커이니. 레이는 정신을 바짝 차리려 허벅지를 꼬집었다. 이 동요에 넘어가는 순간 친구와 제자, 직장 상사와 마계의 버림을 동시에 받으리라. 특히 전쟁 영웅인 주군께서 자신을 가만두실 리 없었다.

'……미치겠네.'

일단 제어란 걸 모르고 풀풀 유혹을 쏴 대는 제자를 진정시킬 필요가 있었다.

"꼬맹이. 최대한 물러나고, 내 말 잘 들어."

"싫다면요?"

늘 보던 세이린의 눈웃음에 심장이 저릿했다.

"귀여운 제자님이라고 해 주시면 생각해 볼게요."

숨 쉬듯 구사하는 능글거리는 말투에도.

"전부터 말하고 싶었는데, 너 그렇게 숨 쉬듯 아무 마물이나 꼬시고 다닐래?!"

레이가 발끈했지만 세이린은 유들유들 말했다.

"에이. 담임 교수님이 어떻게 '아무' 예요? 저한텐 특별한 분이시죠!"

그러니까, 지금 상황엔 도움이 안 된다고!

"한 번만 더 꼬드기는 말투 해 봐, 그땐……."

"넘어와 주시나?"

"야! 하지 말랬지!"

레이 필드는 흠칫 놀랐다. 언제 세이린에게 이만큼 다가왔단 말인가. 랭커의 동요가 마법보다 상위 개념이라는 말이 사실인 듯했다.

"담임 교수님, 왜 그러세요? 아까부터 이상해."

"말투도 그래. 존댓말 할 거면 존댓말 하고, 반말할 거면 반말만 해!"

"에이. 반존대가 제일 설렌다잖아요?"

"너 진짜……."

딜런은 딸내미 같은 친구 버릇 진작 안 고쳐 놓고 뭘 한 거야!

"다가오지 말고, 내 말 잘 들어."

"피이……."

"삐진 거 다 티 내지 말고! 입술은 왜 또 내밀어!"

레이는 한숨을 쉬었다. 세이린이 말 안 듣는 학생인 건 알았지만, 지금 보니 정말 더럽게 말을 안 들었다. 얼른 동요에 주문을 붙여 주고 이 상황을 끝내야만 했다.

"내가 달빛 수정을 던지면 앞으로 동요를 일으킬 때 쓸 주문을 외우는 거야. 할 수 있지?"

"우리 담임 교수님이 가르쳐 주시는 건데, 당연히 할 수 있죠!"

"꼬시는 말투 하지 말랬지!"

레이가 버럭 소리쳤다. 이번에도 세이린은 어쩔 수 없다는 듯한 반응이었지만.

"소설 쓰느라 버릇됐는데 어떡해요, 그럼!"

그러나 세이린의 동요는 레이의 짐작보다 훨씬 강력했다.

덜컹! 난폭한 소리를 내며 문이 열리더니 어디에서 왔는지 전혀 모르겠는 마물들이 파도처럼 밀려왔다. 인간형 마물, 유니콘, 인어 등등 종류 또한 다양해서 워렛의 시민들이 모두 모였다고 해도 믿을 정도였다. 모두 눈이 반쯤 풀린 것으로 봐선 유혹에 넘어간 상태였다.

그렇다. 음란 마귀로 마계 영주권을 받은 색욕계 랭커의 동요는 역대 최강이었다. 세이린이 제게 손을 뻗으며 다가오는 마물들을 보곤 기겁했다.

"레이 경, 이 마물들 다 뭐예요?"

"뭐긴 뭐야, 네가 여태까지 꼬신 마물들이지!"

"꼬시긴 누가 꼬셨다고! 원래 예쁘고 귀엽고 발랄한 데다 섹시하기까지 한데 어떡해요!"

세이린이 버릇대로 너스레를 떨자, 유혹에 넘어간 마물들이 광분하며 더 빠르게 달려들었다.

"내가 그 말투 하지 말랬지!"

"까악!"

레이가 주머니에서 주문 고정용 수정을 꺼내 세이린에게 던졌다.

"얼른 주문 외쳐, 주문!"

세이린은 허공을 가르며 날아오는 달빛 수정을 보곤 당황했다. 갑자기 주문이라니!

'주문…… 주문…… 주문……!'

뜬금없이 떠오르는 문장이 있었다.

"넌 나를 원해!"

주문 고정용 달빛 수정이 빛을 내곤 사라졌다.

"이제 그 주문을 외우면 동요가 실행되는 거야, 알았어?"

담임 교수님의 말을 들은 세이린이 주먹을 불끈 쥐었다.

"넌 나를 원해!"

"멍청아! 멈추게 하는 주문이 아니라 동요를 일으키는 주문이라고!"

순간 분위기가 싸해졌다. 세이린에게 막연한 갈증을 느끼는 마물들이 일순간 레이 필드를 째려봤다.

'이 분위기는 설마……'

레이는 등줄기에 흐르는 식은땀을 느꼈다. 이곳에 있는 모든 마물은 세이린에게 빠져 있다. 자신은 방금 그 세이린에게 멍청이라고 소리쳤다. 한마디로, 만인의 연인을 욕했다. 사랑에 눈이 먼 마물들이 다음으로 할 행동이야 뻔했다.

"저놈 죽여라!"

"감히 누구한테!"

"잡히면 가만 안 둬!"

일명, 사랑의 응징.

"미치겠네, 진짜!"

살벌한 눈을 한 마물들이 레이 필드를 죽일 기세로 추격하기 시작했다. 잡혔다간 뼈도 못 추릴 게 뻔했다. 동요를 누를 수 있는 건 또 다른 랭커의 동요뿐. 하지만 그가 아는 랭커는 시기의 랭커, 딱 한 명뿐이었다.

"……"

레이는 침착하게 자신의 상황을 상기했다. 근무 중 음주에, 벨제바브를 놓친 데다, 세이린 폴룩스까지 위험에 처한 트리플 크라운이었다. 하지만 달리 방법이 없었다. 마물들에게 머리채를 잡히지 않으려 도망가는 것도 한계가 있었다.

레이는 통신용 달빛 수정을 꺼내 들곤, 증권가 찌라시 뺨치는 자극적인 보고를 올렸다.

"전하! 워렛 마물들이 죄다 세이린을 가지려 합니다!"

순간 시공을 뒤흔들 만큼 강력한 마력이 뻗쳤다. 금빛 기사단장을 죽일 듯 뒤쫓던 마물들이 절로 무릎을 꿇었다. 정교한 암흑의 마법진에서 클라우드가 걸어 나왔다.

"레이 필드, 보고를 자꾸 이딴 식으로……."

클라우드가 개판이 된 펜트하우스를 훑어봤다.

"……."

거짓말이 아니었다니.

"세이린 폴룩스가 색욕의 랭커였습니다, 전하."

레이가 말하자 마왕은 역시나, 하곤 바로 납득했다. 클라우드는 고개를 돌려 세이린을 바라봤다. 마물들에게 휩쓸리지 않기 위해 비행 마법으로 샹들리에에 대롱대롱 매달린 모습이 참으로 위험해 보였다.

"내 동요보다 힘이 강한 것 같군. 조절은 못 하는 것 같지만."

"전하. 놀리지 마시고 저 좀 구해 주시면 안 될까요?"

간신히 버티고 있는 세이린이 울먹였다.

"알았으니까 입 다물고 가만히 있어. 네 동요는 조절할 줄 아나?"

"어떻게 멈추는지는 몰라요."

"쓸 줄은 알고?"

"네! 레이 경이 주문을 붙여 줬어요."

"주문?"

"'넌 나를 원해!' 인데…… 헉."

순간, 진한 핑크빛 기류가 클라우드를 덮쳤다. 세이린은 역대급으로 진한 유혹에 둘러싸인 마왕을 보고 입을 틀어막았다. 머리가 나쁘면 몸이 고생한다더니.

'몸이 고생……?'

잠깐 불건전한 생각이 들었다. 만약, 유혹에 넘어온 마왕님이 당장 달려들기라도 한다면.

'어휴, 여기서 이러시면 안 되는데…….'

음란 마귀가 엉큼하게 웃으며 클라우드를 내려다봤다. 그러나 클라우드는 놀라울 정도로 멀쩡했다.

"……왜 그대로예요?"

"어떤 반응을 원하는지 모르겠군."

그는 트레이드마크인 재수 부재중인 얼굴 그대로, 한 치의 흐트러짐 없는 모습이었다. 설마 매일 유혹을 해 대서 면역이라도 생긴 것인가.

"음란 마귀. 뭘 기대하는지 모르겠지만 어둠 속성은 동요에 안 넘어가."

"술에도 안 취하고, 동요도 소용없어요?"

"어."

세이린은 아쉬운 듯 입맛을 다셨다.

"왜 제일 유혹을 써먹어 보고 싶은 마물이…… 흡."

"날 유혹하고 싶나?"

클라우드가 픽 웃었다. 이미 숨 쉬듯 하고 있으면서 얼마나 더 뒤흔들고 싶다는 건지. 그는 손끝을 까딱여 세이린을 품에 안았다. 일단 이 사태, 남녀노소를 불문한 마물들이 음란 마귀에게 반한 상태를 먼저 해결해야 하리라.

"마왕님, 싸울 거예요?"

"쟴도 없는 무고한 백성들을 상대로 힘을 쓸 수는 없어."

세이린이 있어서 내키진 않지만, 이 사태를 해결하려면 자신의 동요를 일으키는 수밖에 없었다. 클라우드가 느리게 눈을 감았다 떴다. 짙은 청보라색 눈동자가 서서히 적색으로 물들었다. 초점을 다잡자 예상대로 모든 마물들이 자신을 싸늘하게 바라보고 있었다.

"……."

모든 비난의 화살을 자신에게 향하도록 하는 것. 가장 큰 미움과 질투를 받는 시기의 랭커의 동요란 원래 그런 것이었다. 이런 일은 진작 익숙해졌다고 생각했지만, 머리가 차가워지는 건 어쩔 수 없었다.

'제어를 못해서인지, 아직은 내 동요의 위력이 더 강한가 보군.'

클라우드가 눈을 감고 말했다.

"세이린. 주문을 한 번 더 외워. 밸런스를 맞춰야 해."

그의 목소리를 듣고 반사적으로 눈을 뜬 세이린이 절로 굳었다.

"클라우드……."

이 많은 냉랭한 시선들은 무엇이란 말인가. 몸이 달달 떨릴 만큼 미움과 증

269

오가 서린 눈동자들이었다.

"그냥 동요한 것뿐이니까, 어서 주문 외워."

그녀가 주문을 외우고, 마물들이 원래대로 돌아오기까지는 아주 짧은 시간이 걸렸다. 클라우드는 곧장 코로나와 그림자 기사단을 소환해 마물들의 귀가를 도왔다. 발 디딜 틈 없던 공간이 점점 비어 감에 따라 개판이 된 집이 드러났다. 상황을 대충 정리한 마왕이 명했다.

"레이 필드, 상황을 설명하도록."

"예, 전하. 말씀하신 대로, 한 시간 일찍 테이르시아 타워에 잠복⋯⋯"

"잠깐."

마력은 곧 감각이었다. 그러니 클라우드의 후각은 다른 마물들보다 몇십, 몇천 배 예민했다.

"레이 필드. 근무 시간에 술을 마셨나?"

"명중률을 높여야 할 것 같아서⋯⋯."

"술 마시고 총도 쐈나?"

"세, 세이린을 구해야 한다는 생각에⋯⋯."

"술 마시고 총을, 왕실 작가 쪽으로 쐈다고?"

"⋯⋯."

고작 1분 만에 모든 나쁜 일을 들키다니. 이럴 때는 더 나쁜 놈을 끌어들이는 수밖에 없었다. 레이가 다급히 엘리베이터를 가리켰다.

"벨제바브의 환영이 바로 저 엘리베이터에 멈춰 있었습니다. 제가 마력으로 끌어 올렸지만."

"⋯⋯네 근무 태만은 이따 얘기하지."

클라우드가 걸음을 옮겼다. 엘리베이터의 총 자국에 손을 대자 희미하게 마력이 느껴졌다.

"국경의 장벽을 통과할 때 마력이 무력화되었을 텐데 어떻게 마법을 쓴 것인지⋯⋯."

"빌리아의 젬을 썼군."

"비전하의 젬을요?"

밤 대륙의 왕비이면서 에테라의 공주인 마물. 빌리아의 젬은 사전 신고 없이도 마계 어디에서나 사용할 수 있는 몇 안 되는 젬이었다.

"놈의 것보다 훨씬 강력했겠지."

"확실한 건 조력자가 있다는 겁니다. 그 짧은 시간에 타워의 모든 마물을 숨길 수 있을 만한 누군가요."

마왕과 기사단장이 한창 심각해졌을 때였다. 유리와 쇠가 마구잡이로 부딪치고 깨지는 소리가 들려왔다.

"이, 이게 대체 무슨……."

집주인인 딜런이 들고 오던 쟁반을 떨군 탓이었다. 군사들이 휩쓸고 갔다고 해도 믿을 만큼 망가진 거실. 곳곳에 보이는 전투의 흔적.

"우리 자기는 어디 있어?"

딜런의 눈에 이미 마왕과 기사단장은 들어오지도 않았다. 어미 새처럼 세이린을 먼저 찾는 딜런을 보며 레이가 피식 웃었다.

"저기에 있다. 네가 마음으로 낳은 딸."

동요를 펑펑 써 댄 세이린은 어느새 소파에 쓰러지듯 잠들어 있었다. 딜런이 입 안의 살을 씹었다. 레이 필드가 꺼내기 어려운 술들을 콕콕 집어 가져오라고 했을 때부터 수상했다. 뭔가 일이 벌어질지도 모른다는 예감이 들긴 했지만 이 정도일 줄이야.

"자기, 괜찮아?"

"으음…… 딜런?"

"아니야, 더 자. 괜찮아."

딜런은 다시 눈을 감는 세이린을 보며 안도했다. 그녀가 덮고 있는 마왕의 재킷을 발견한 건 그다음이었다.

"딜런 알데바란이 클라우드 슈테른 전하를 뵙니다."

"……왔나. 자세한 건 레이 필드에게 듣도록."

마왕은 밤 대륙의 왕이라는 자신의 지위를 십분 활용하여 이수라장을 벗어나기로 마음먹었다.

"레이 필드. 테이르시아 타워 복구 작업을 오늘 내로 마무리하도록."

"예……?"

망연자실하는 기사단장보다 세이린을 먼저 챙기는 클라우드를 보며 딜런은 다시 한 번 가훈을 떠올렸다.

'역시 물질이 있는 곳에 마음이 있다……'

이미 밤의 왕에게서 세이린을 빼앗을 수는 없을 듯했다. 고작 마왕에게 찰떡같이 안겨 잠든 세이린의 품에 선물을 슬쩍 끼워 넣는 일이 딜런이 할 수 있는 최선이었다.

□ ■ □

세이린이 선물을 발견한 건 한참 후였다. 얕은 잠에서 깨어나 몸을 뒤척이니 바스락거리는 소리가 났다.

'딜런이 준 건가?'

겉봉투를 뜯자 항공권과 함께 그 이름도 유명한 곤잘레스 셰프의 사인회 초청권이 나왔다.

'날짜는 내일 저녁…… 근데, 장소가 낮 대륙 칼리포라고?'

이건 뭐, 생각할 시간조차 없었다. 곧장 가까운 동사무소로 달려간 세이린은 창구를 훑어봤다.

"낮 대륙 방문 신고를 하려면 어디로 가야 해요?"

마계는 크게 밤 대륙, 낮 대륙, 그 사이의 황혼 지대로 나뉘었다. 아카데미가 있는 황혼 지대에 갈 때는 낮 대륙이나 밤 대륙 모두 아무런 조치를 취하지 않아도 괜찮았다. 하지만 밤 대륙에서 낮 대륙으로, 낮 대륙에서 밤 대륙으로 이동할 때는 반드시 하루 전에 방문 사유서를 작성해야 했다.

'그래야 국경 장벽을 통과할 때 마력을 온전히 가져갈 수 있다지. 벨제바브는 꼼수를 쓰는 것 같았지만.'

미리 방문 사유서를 작성하지 않으면 벽을 넘는 순간 마력을 사용하지 못하게 된다.

"이 서류를 작성해 주시면 됩니다."

272

"서류가 엄청…… 많네요?"

"허례허식이야말로 악행의 기본이죠."

공무원인 당신들까지 그러면 어떡해! 세이린이 모든 서류를 힘겹게 작성해 내밀자, 동사무소 직원이 화사하게 웃었다.

"세이린 님. 낮 대륙에서 즐거운 시간 보내세요!"

이제 마계 최고의 셰프에게 사인 받을 준비는 끝난 셈이었다.

다음 날 아침.

세이린은 아카데미에 가기 위해 어기적어기적 옷을 갈아입었다. 일단 아무 생각 없이 법적 절차를 마치고 나니 미처 생각지 못했던 것들이 하나둘 떠오르기 시작했다. 가령, 오늘이 아카데미 수업이 있는 날이라는 것.

'수업 째는 건 뭐…… 소소한 악행 한다고 치자.'

나쁜 일로 활기를 얻는 게 마물이니, 출석률에 타격이 가지 않을 정도의 자체 휴강은 괜찮을 듯했다.

'담임 교수님한테만 안 걸리면 돼……!'

결의를 다진 세이린은 언제나처럼 아벨과 아카데미까지 차로 이동했다. 물론 순진하기 그지없는 아벨이 그녀를 의심하는 일은 없었다.

'하긴. 수업 땡땡이치고 옆 대륙 놀러 간다는 계획을 세우는 학생이 흔하진 않겠지.'

강의실에 도착한 세이린은 넘어야 할 다음 고비, 레이 필드를 기다렸다. 하지만 오늘 아침 교수진 회의에 중요한 안건이라도 있는지 그는 금방 들어오지 않았다.

벌컥 뒷문이 열리자 모두의 시선이 쏠렸다. 당연히 담임 교수님이라고 생각한 세이린은 예상치 못한 인물의 등장에 곧 인상을 찌푸렸다. 안색이 좋지 않은 커밋이 금방이라도 쓰러질 듯한 걸음으로 들어오고 있었다.

"……너 왜 그래?"

"그냥 피곤해서. 그건 그렇고, 너 어디 가?"

커밋이 세이린의 옆자리에 앉으며 물었다.

"……왜?"

"엄청 들떠 있길래."

주식광의 눈치는 대단했다. 세이린은 손으로 입을 가리곤 커밋에게 오늘의 계획을 말해 주었다. 조례 시간에 없으면 의심을 받으니 먼저 레이 경에게 눈도장을 찍는다. 수업 시간에는 국경을 넘어 사인회에 다녀온 다음, 종례 시간에 다시 자리에 앉아 있으면 끝.

"세이린. 너 진짜 패기 빼면 시체구나?"

커밋이 대단하다는 얼굴을 했다.

"얼마나 마물다워. 수업 땡땡이치기."

갑자기 담임 교수님이 들어오는 바람에 대화는 이쯤에서 마무리할 수밖에 없었다. 레이가 굳은 얼굴을 하고 교단에 섰다.

"오늘 아침 회의가 길어져 조례에 늦었습니다. 미안합니다."

물론 어제 테이르시아 타워를 청소하느라 밤을 새운 탓도 있었다.

"괴도의 활동 범위가 낮 대륙에서 밤 대륙으로 이동할 것이라고 이리스 레인 교수가 분석했습니다. 괴도의 예고장 및 기타 관련 사항을 입수한 경우 곧바로 기사단에게 신고해 주십시오. 이상, 조례 끝."

예상치 못한 뉴스로 교실이 술렁였다. 세이린은 그제야 잊고 있던 두 번째 문제점을 떠올렸다. 자신을 제물 삼아 봉인을 풀겠다던 벨제바브의 본거지가 낮 대륙이라는 사실이었다.

수업을 빼먹는 것이야 양심의 문제였으니 상관없었지만, 두 번째 문제는 달랐다. 자신에게 무슨 일이 생길 경우 누군가에게 민폐를 끼치는 것이리라. 조무래기 악당이라면 모를까, 황제가 되려 하는 벨제바브는 너무 큰 적이었다.

"이번에 표정이 어두운데."

커밋이 턱을 괸 채로 말했다.

"마음이 바뀌었어. 아무래도 칼리포에는 다음에 가야겠다."

"왜?"

"그냥. 낙제생이 수업 안 듣기도 뭐하고."

"그건 그렇지. 그래서, 항공권은 어쩔 거야?"

"환불 처리하지, 뭐."

"얼마 전에 주식 정보지에 나오던데. 항공권을 당일에 취소하려면 영업점에 들러야 한다고."

"진짜……?"

적지 않은 돈을 날렸다는 사실에 세이린이 절망했다.

"진짜 아깝네."

"……환불 안 받게? 너 부자야?"

커밋이 눈을 휘둥그레 뜨며 제 돈인 양 아까워했다.

"뉴빌리지에 영업점이 하나 있네. 지금 출발하면 수업 전에 도착할 수 있을 걸?"

뉴빌리지. 아카데미가 있는 아르디노의 동남부 쪽 번화가로, 황혼 지대에 포함된 곳이었다. 흔히 서남쪽의 레드빅과 함께 젊은이들의 거리로 불리며 늘 아카데미 학생들이 그득한 게 특징이었다.

"환불받은 돈으로 밥 살 테니까 같이 가 줄래?"

세이린이 제안했다.

"그러지, 뭐."

가방을 챙기던 커밋이 잠시 멈칫했다.

"세이린. 버스 정류장에서 기다릴래? 과제 제출만 하고 따라갈게."

"과제 제출?"

"낙제생 특별 과제. 넌 면했지만."

"……."

세이린은 어색하게 웃으며 고개를 끄덕였다. 낙제생 특별 과제를 같이 제출하러 가자고 말했다간 커밋을 놀리는 것밖에 되지 않으리라. 아카데미 정문을 빠져나가면서도 낮 대륙 방문을 포기한 건 탁월한 선택이라는 생각이 들었다.

'딜런한테는 따로 얘기해야겠다.'

콧노래를 흥얼거리며 버스 정류장을 향해 걷기를 잠시. 문득 사방에서 서늘한 시선이 느껴졌다.

"……."

세이린이 주머니 속의 젬을 꽉 쥘 때였다. 황금색 넥타이를 맨 요원들이 사방에서 튀어나왔다. 그들의 넥타이에는 아주 작은 장식이 달려 있었다. 괴도의 예고장과 에글론의 명함에서 봤던 문제의 문양이.

"한 걸음만 더 오면 마법 쓸 거예요. 젬을 가진 아카데미 학생이거든요?"

세이린이 패기 있게 소리치자 요원들 모두가 박장대소하며 각자의 젬을 꺼내 들었다.

'이런 미친. 뭔 놈의 젬 가진 마물들이 이렇게 많아?!'

세이린은 슬금슬금 물러났지만 곧 붙잡혔다.

"이거 놔요!"

"보스가 주신 수정, 얼른 써!"

명을 받은 다른 요원이 차가운 안개가 든 달빛 수정을 세이린에게 사용했다.

"으윽······."

숨을 들이쉴 때마다 저항할 수 없을 정도로 강한 졸음이 밀려왔다. 필사적으로 저항하던 세이린의 몸이 점점 축 처졌다. 그녀를 어깨에 둘러업은 요원들이 분주하게 움직였다.

□ ■ □

마취가 서서히 깨는 것처럼 정신이 몽롱했다. 몸이 마음대로 움직이지 않았지만 그렇다고 잠든 것도 아니었다. 소리는 들렸지만 눈은 뜰 수 없는 애매한 상황. 세이린은 가만히 자는 척을 하며 상황을 파악하기로 마음먹었다.

"보스. 말씀하신 색욕의 랭커를 데려왔습니다."

요원의 보고와 동시에, 몸이 푹신한 곳에 눕혀졌다.

'보스라면······ 벨제바브인가? 황제라고 불리길 원하는 것 같던데.'

일단은 눈을 감고 자연스레 숨 쉬는 수밖에 없었다.

"얘가 색욕의 랭커라고?"

"벨제바브 님께서 그렇게 말씀하셨습니다."

"벨제바브가 예쁘다고 하길래 누나인 아리아 공주처럼 금발일 거라고 생각했는데."

가죽 장갑을 낀 듯한 손이 자신의 머리카락을 조심스레 매만지는 게 느껴졌다. 목소리와 손의 크기로 미루어 봤을 때 보스는 남자인 것 같았다. 한참 머리카락을 쓰다듬던 그가 손을 거두었다.

"아, 아리아 보고 싶다. 내 사랑."

남자의 목소리가 황홀경에 빠져 있었기에 세이린은 혼란을 느낄 수밖에 없었다. 내 사랑, 이라니. 아리아는 분명 왕비의 예전 지인들이 그녀를 부르는 애칭이었다. 에글론 또한 그렇게 부르지 않았던가.

'비전하를 예전 애칭으로 부르면서 '내 사랑'이라고 할 만한 마물이라면…….'

생각나는 건 단 하나. 에글론이 말했던 빌리아의 약혼자뿐이었다.

'……말이 안 되는데.'

분명 비전하의 약혼자는 죽었다고 했다. 죽은 약혼자가 살아 돌아왔을 리는 없었다. 그렇다면 아리아를 사랑한다는 이 남자는 누구란 말인가.

"보스, 어떻게 할까요?"

요원 하나가 깍듯이 물었다.

"나한테 묻지 마. 난 색욕계 랭커 얼굴이나 보고 싶었던 것뿐이니까. 벨제바브가 어떻게 하라든?"

보스라는 자는 심드렁했다.

"에테라 성에 있는 봉인의 홀까지 데려오라고 했습니다."

"며칠 전에 납치 실패한 애를 또 데려오라고? 벨제바브 그놈, 집착이 심하네."

"균열이 일어나고 있다지만, 클라우드 슈테른의 봉인이 생각보다 강한 것 같습니다."

"그렇겠지. 황제가 될 만한 이에게만 관심을 보이던 아리아가 선택한 남잔데."

으득, 하고 이를 가는 소리가 났다.

"아무튼. 우리 새벽단은 이 일에서 손뗀다."

보스라고 불린 남자가 선언하자 요원들은 곤란한 듯 머뭇거렸다.

"저, 벨제바브 님도 이제 보스와 같은 새벽단 간부가 아닌지……."

"무슨 소리야? 아직 입단 신청서도 안 썼고, 마스타그램 맞팔도 안 했고, 연회비도 안 냈잖아."

"벨제바브 님은 마스타그램 아이디가 없으신데……."

"하나 만들라고 해. 7년 동안 봉인된 걸 티 내는 것도 아니고. 요즘이 어떤 시댄데."

"……."

"아리아의 동생이든, 전직 황제 후보든 예외는 없어. 공식 계정 팔로워 수가 제일 중요해."

한참 동안 SNS 마케팅에 대해 떠든 보스는 헛, 하고 정신을 차렸다.

"내 정신 좀 봐. 먼저 들어간다."

"급한 용무라도 있으십니까, 보스?"

"누님이랑 드라마 봐야 해. 어제 장난 아니게 끝났어."

"……."

새벽단 간부가 겨우 드라마 보러 퇴근을 한다고? 얌전히 대화를 듣고 있던 세이린 또한 당황하긴 마찬가지였다. 이대로 보낼 수는 없지만, 달리 방법이 있는 것도 아니었다.

'살짝만 보자. 누구인지는 알아야 할 것 아냐.'

눈꺼풀이 떨리지 않도록 조심하며 실눈을 뜨자 보스라는 자의 외형이 조금씩 보였다. 최상품인지 황금빛이 감도는 짐승의 모피를 어깨에 걸치곤, 가죽 재킷을 입은 모습. 검은색 가죽 재킷 안에는 아무것도 입고 있지 않는데, 선명한 근육들이 짐승과도 같은 육감을 풍겼다.

'어이쿠…….'

얼굴을 봤다간 눈이 마주칠 것 같았기에 그녀는 다시 눈을 감았다. 때맞춰 보스라는 자가 말했다.

"아무튼. 최대한 빨리 처리해. 내가 실링 워렛이라는 걸 눈치채기라도 하면 어떡해?"

세이린은 엄청난 정보를 듣고 바짝 긴장했다. 워렛, 이라면 밤 대륙 동남쪽에 있던 바람 속성의 영주 가문이 아닌가. 무역과 카지노 사업, 대부업으로 마계 최고 졸부가 된 집안이 바로 워렛이었다.

"기억 삭제 수정도 다 떨어졌단 말이야. 우리가 이속성 연구에 매진하고 있다는 걸 들키면 큰일 나."

"예, 보스!"

엄청난 내부 정보를 흘린 실링 워렛이 이동 마법진을 그렸다. 마력이 초록색으로 빛나는 것을 보니 바람 속성 보유자인 것은 확실했다.

'에테라도 바람 속성이고, 영주 시대에는 보통 같은 속성 가문이랑 결혼했다니까……'

세이린의 추리가 착착 들어맞았다.

바람의 마력이 완전히 사라진 순간, 새벽단 조무래기들이 급격히 풀어지기 시작했다.

"아, 이걸 또 언제 에테라 성까지 옮기냐……."

"후딱 야식 먹고 마저 옮기자. 누가 구하러 오면 어떡해."

야식이라니. 세이린은 새삼 시간이 많이 흘렀음을 인지했다. 단원들은 그녀가 깨어났다는 것을 전혀 모르는 듯 떠들었다.

"잡혀 온 여자, 음란 마귀 자격으로 영주권 받은 처녀 귀신이라던데? 자연 발생이라 연고도 없고."

"아카데미 학생인 것 같던데. 마법이라도 써서 반격하면?"

"말도 마라. 낙제생이라더라."

거참. 듣는 음란 마귀 열받게 하네. 한 번 낙제생은 영원한 낙제생이라는 것인가. 새삼 커밋과 같이 끌려오지 않은 게 다행으로 여겨졌다.

"아무튼 얼른 치킨이나 뜯자고. 지금은 우리 둘밖에 없으니까 다리 하나씩 먹을 수 있어."

세이린은 때아닌 고문을 당했다. 반나절을 굶은 마물이 옆에 있는데 자기들끼리만 치킨을 먹다니.

'악당 인증하는 것도 아니고……!'

이럴 때가 아니었다. 얼른 이곳에서 탈출해야만 했다. 요원이 둘뿐인 지금이 기회였다.

'오케이. 셋 세고 뛰어간다. 하나, 둘……!'

철퍼덕.

침대에서 바닥으로 추락한 세이린은 그제야 제 양 발목이 사슬로 묶여 있다는 사실을 깨달았다. 요원들이 먹던 치킨을 내려 두고 다가왔다.

"야, 어딜 가려고?"

"다가오면 공격할 거예요."

세이린의 위협에도 그들은 콧방귀를 뀌었다.

"……너 낙제생이라며."

"1차 고사는 잘 봤다고 칭찬까지 받았거든요!"

낙제생을 건드리다니, 용서는 없다. 세이린이 비장한 마음으로 젬을 꺼내 들었다. 벽돌로 지어진 건물 안이 환하게 밝아졌다.

"당신들의 심벌에는 여명회의 상징이 들어가 있지. 그러니 여명회와 관련이 있는 단체일 거야."

"제법 예리한데?"

"여명회는 빛을 섬기는 종교라면서? 이속성 중 빛을 지닌 날 다치게 해도 괜찮겠어?"

당돌한 선언에 요원들이 픽 웃었다.

"여명회? 그거야 당연히 명분이지. 꿀 빨려는 명분."

"……."

망했다. 세이린은 땅의 마력을 일으켜 발목의 사슬을 부쉈다. 덜컹거리는 게 뛸 때마다 아프긴 했지만, 일단 인어 공주 신세는 면한 것 같았다.

"제물이 도망친다, 잡아!"

"너희 둘이 놓쳐 놓고, 잡을 땐 동료들 시키냐!"

"인질 주제에 시끄러워!"

세이린은 걸음아 나 살려라 도망쳤다. 틈틈이 마법을 써 적들을 공격하는 것도 잊지 않았다.

'난 왜 필살기가 없지……?'

적들을 기절시키기엔 공격들이 너무나 귀여운 수준이었다. 이럴 때 필요한 게 바로 잔머리가 아니던가. 우뚝 멈춰 선 세이린을 수많은 요원들이 둘러쌌다.

"뭐야, 도망을 포기한 거냐?"

그들의 숫자가 많아질수록 음란 마귀의 표정이 밝아졌다. 지금, 자신이 쓸 수 있는 가장 강력한 공격은 마법이 아니었다.

"넌 나를 원해."

"……!"

휘몰아치듯 핑크빛 기류가 퍼지자 동요한 마물들이 죄다 색욕의 랭커에게 홀려 버렸다. 너도나도 자신의 사랑을 받고 싶어 안달이 난 상황. 세이린이 씩 웃었다.

"다 나를 원한다니 별수 없네. 가장 강한 한 명한테만 뽀뽀해 줄게요."

"……."

예상대로 눈치를 보던 요원들이 서로를 헐뜯기 시작했다. 말싸움은 곧 몸싸움으로, 마법을 사용하는 격투로 번져 갔다.

'역시 사랑싸움이 제일 무섭다니까.'

피식 웃은 세이린은 출구를 향해 냅다 달렸다. 빛이 가까워질수록 물소리가 들리는 걸로 봐선, 바깥엔 비가 내리는 듯했다.

'우산이 있으면 좋겠지만 지금은 따질 때가 아니지.'

박력 넘치게 정문을 열어젖힌 세이린은 눈앞의 풍경에 그대로 굳어 버렸다.

"역시, 화분들도 가끔은 비를 맞게 해야 한다니까."

"맞아. 그래야 잘 크더라고."

"실내에만 있으면 얼마나 답답하겠어. 그렇지, 알로에?"

"……."

약 오십 명의 새벽단 요원들이 애정 어린 손길로 화분을 옮기고 있었다.

'이 새끼들 악당 맞아?!'

곧, 그들 또한 세이린을 발견하곤 굳어 버렸다.

"뭐야?! 네가 어떻게 여기까지……!"

세이린은 일단 목숨부터 보전하고 보기로 했다.

"알로에고 뭐고 다 불살라 버리기 전에 꺼져!"

"너무해, 말도 못하는 식물들한테……."

요원들이 울먹이기 시작했다.

"내가 지금 식물들 생명까지 보호해 주게 생겼냐?"

다소 거친 방법이긴 했지만, 어쨌든 도주로 확보는 성공이었다. 세이린은 비를 맞으며 도망을 계속했다. 하지만 길을 모르는 그녀와 주변 지리에 익숙한 요원들 중 누가 유리한지는 자명했다.

얼마 못 가 막다른 골목이 나오는 순간, 세이린은 좌절했다. 다른 요원들이 미리 진을 치고 그녀를 기다리고 있었다. 완벽한 포위였다.

"목숨만 붙어 있으면 돼. 발목을 잘라 버려."

입가에 치킨 양념이 묻은 요원이 말하자 한 요원이 달려들었다. 두세 명까지는 달려오는 힘을 역이용해 체술로 때려눕혔다. 그러나 이미 지친 세이린은 5분도 되지 않아 밧줄에 꽁꽁 묶인 신세가 되었다.

"옮겨!"

제일 키가 작은 단원이 무릎을 꿇고 세이린을 짐짝처럼 어깨에 짊어졌다. 덕분에 그녀의 블라우스가 끌려 올라가 허리가 드러났다. 빗방울이 피부에 직접 닿는 게 차갑다고 생각할 즈음.

"어, 잠시만. 허리에 이거 뭐야?"

그건 나도 잠깐 잊고 있던 건데. 세이린이 픽 웃었다.

"뭐라고 쓰인 거야? 빗방울 때문에 보이지도 않네."

말대꾸를 하려는 순간, 갑자기 허리를 더듬던 손길이 사라졌다. 그리고 들려오는 익숙한 목소리.

"내가 대신 읽어 주지."

"클, 클라우드 슈테른……!"

"안 보인다면서 잘 읽는군."

언제나 그랬듯 갑자기 튀어나온 클라우드는 세이린을 빼앗아 제 품에 안았다.

"세이린. 괜찮나."

세이린은 애교 가득한 목소리로 앙탈을 부렸다.

"안 괜찮아요. 쟤네가 엄청 괴롭혔어요."

요원들의 얼굴이 창백해졌다.

"야, 우리가 언제 괴롭혔다고 그래!"

"시끄러워! 마법으로 확! 다 쓸어 주세요. 알죠?"

하지만 클라우드는 마력을 발휘하지 않았다.

"……그건 안 될 것 같군."

"왜요?!"

"내가 후견인으로 있는 학생이 학교 땡땡이치고 낮 대륙으로 튀었다는 소리를 듣자마자 급하게 와서."

"그러니까……."

"간단하게 말하지. 마력 못 써."

하루 전에 신고를 하지 않으면 낮 대륙에 들어올 때 마력을 봉인당한다는 규칙은 마왕에게도 적용되는 듯했다.

"우리 망했어요, 그럼……?"

"망할 거면, 왔겠나?"

그 말과 거의 동시에 클라우드가 느리게 눈을 감았다 떴다. 지금 자신이 쓸 수 있는 힘이라곤 물리적인 것과 마력에 영향을 받지 않는 랭커의 동요가 전부였다. 눈을 뜨자, 새벽단의 모든 요원들이 클라우드를 죽일 듯 노려보고 있었다.

클라우드가 걸음을 내디딜 때마다 요원이 한 명씩 쓰러졌다. 성격대로 군더더기 없는 공격이었다.

"윽……!"

정확히 급소만 타격하는 바람에 상대는 비명도 지르지 못하고 배를 움켜쥘 뿐이었다. 어떠한 낭비도 없이 전투는 끝났다. 열 걸음을 걷기 전에 모든 상황을 정리한 마왕은 세이린을 일으켰다.

"……저 요원들 그대로 놔둬요?"

"낮 대륙 기사단이 순찰을 제대로 하나 확인할 기회라고 해 두지."

세이린은 클라우드를 멍하니 바라보다 눈시울을 붉혔다. 엉망이 된 자신의 머리카락이며 옷, 까져서 피가 나는 발뒤꿈치를 안타까운 듯 살피는 그의 시선. 낮 대륙에 납치되어 온 이후로 쭉, 자신이 그리워했던 것이었다.

"클라우드……."

세이린이 애교스런 목소리를 내자 클라우드가 한숨을 쉬곤 그녀를 안아 들었다. 그 와중에 재킷을 벗어 머리에 덮어 주면서.

"그러게 왜 수업 땡땡이를 쳐."

"나 어디로 납치해요? 얼굴 덮어 버리게."

"비 더 맞으면 감기 걸려."

"비 좀 맞고 마왕님 얼굴 보면 안 되나?"

"……."

세이린이 클라우드를 더 바짝 끌어안았다. 네 마음대로 하라는 듯 반쯤 포기한 그의 얼굴이 좋았다. 짐짝이 아니라 소중한 공주님 대하듯 안아 올려 주는 것도.

"……근데, 마왕님. 우리 어디 가요?"

"근처에 있는 빌리아 별장."

"마왕성으로 안 가고?"

클라우드가 망설임 없이 발을 내디디며 답했다.

"마법 못 쓴다고 했잖아."

Chapter

9

다산의 성

낮 대륙 최고 가문의 일원이었던 빌리아는 에테라에만 스무 채가 넘는 저택을 소유하고 있었다. 모두 정기적으로 관리해서 깨끗했고, 참으로 많은 물건이 있었다. 클라우드가 세이린을 데려간 곳은 칼리포와 에테라의 경계 부분에 있는 가장 가까운 성이었다.

"여보세요. 비전하?"

세이린이 전화기에 대고 또박또박 말했다. 마력을 쓸 수는 없었으나 저택에 놓인 전화기로 마왕성과 통화하는 건 가능했다.

— 작가님. 괜찮으세요? 클라우드가 갑자기 사라지길래 걱정했어요. 별일 없으시죠? 저택엔 어떻게 들어가셨어요?

세이린이 픽 웃었다. 분명 내용은 걱정인데 왜 목소리는 반기는 듯이 한 톤 올라가시나.

"음…… 클라우드 전하께서 저택 유리창을 깨셨어요."

— 괜찮아요, 작가님. 얼마나 급했으면……! 그럴 수 있죠.

아무래도 왕비님께서 또 큰 그림을 그리시는 듯했다.

— 어차피 돌아올 방법이 전—혀 없으니 하루는 묵으셔야 하잖아요? 하필 들어간 곳이 그 저택이기도 하고!

"그 저택?"

클라우드가 수화기를 째려봤다.

— 지금 두 분이 계시는 저택은 저희 어머니가 제게 물려주신 별장이에요. 저희 가문 여자들에게 대대로 전해져 내려오는 곳이기도 하고요.

여기까지는 괜찮았다. 문제는 다음이었다.

— 일명 다산의 성!

"……네?!"

세이린이 화들짝 놀랐다. 다산? 애 많이 낳는다, 할 때의 그 다산?!

— 휘장에 수놓인 백합 보이시죠? 그게 다산의 상징이라나 봐요. 아, 참고로 제 동생이나 저나, 부모님이 그 성으로 여행 가서 하룻밤…….

세이린은 수화기에 대고 손사래를 치며 빌리아를 저지했다. 하지만 빌리아는 슬쩍 우회할 뿐이었다.

— 신혼부부를 위한 모든 건 다 거기 있으니 마음대로 쓰셔도 돼요. 그럼 이만!

세이린이 빨갛게 달아오른 얼굴로 클라우드를 봤다. 비를 맞아 물에 빠진 생쥐 꼴인데 왜 이렇게 섹시한가. 젖은 셔츠 아래로 슬쩍 드러나는 팔 근육을 눈으로 따라 그릴 때쯤, 그가 방법은 이것뿐이라는 듯한 목소리로 말했다.

"일단 옷부터 벗지."

일단 옷부터 벗으라니. 젖은 셔츠에 나직한 목소리로 말하니 본래의 의도가 어떻든 이상하게 들렸다.

'안 돼, 유이린. 정신 차려……!'

음란 마귀가 고개를 휘휘 저었다. 클라우드는 그녀의 생각을 읽은 것처럼 말했다.

"……비에 젖은 옷 벗은 다음 뜨거운 물로 샤워라도 하고 나오라는 소리였는데."

"그럼 그렇게 말하지, 괜히 헷갈리게!"

"어느 부분에서 헷갈렸는지 모르겠군."

"흥, 모르는 척하긴."

세이린은 도도한 척 휙 돌아섰다. 문제는 그리 멋있지 않았다는 것. 안 그래도 구두를 신고 걸어 다니느라 엉망이 된 발이 빗물에 불기까지 했으니 도무지 제대로 걸을 수가 없었다. 작게 신음하는 그녀를 클라우드가 부축했다.

"못 걷겠나?"

"……샤워 부스까지만 데려다주세요."

"헷갈리게 하는군. 같이 들어가잔 건가?"

"하여간 습득력은 끝내줘, 우리 마왕님."

세이린이 그의 어깨를 툭 쳤다. 괜히 심장 빨리 뛰게 하지 말고 샤워 부스에나 데려다 달라는 뜻이었다. 하지만 클라우드는 샤워 부스 문을 열어 주고도 벽에 기대 팔짱을 낄 뿐, 자리를 옮기지 않았다.

"……진짜 들어오고 싶어요?"

클라우드는 말없이 한쪽 눈썹을 올렸다. 세이린은 도망치듯 그의 품을 빠져나와 문을 쾅 닫았다. 심장이 튀어나올 것처럼 쿵쿵 뛰는 바람에 이미 다리가 아픈 건 새카맣게 잊혀졌다.

욕실의 칸막이는 죄다 투명했다. 마치 샤워하는 것을 지켜보라고 만든 것처럼.

'에글론을 보니 에테라 왕실은 굉장히 보수적이던데, 왜 이런 포인트만 개방적인 거야?'

물론 낮 대륙 최고 가문의 사유지답게 시설은 최고였다. 진열장에는 목욕용품이 빼곡히 들어 있었고, 뜨거운 물도 콸콸 잘 나왔다. 뒤꿈치가 따갑고 무릎이 얼얼한 것만 빼면 완벽한 샤워였다. 대충 머리를 말린 세이린이 쫄딱 젖은 옷을 바라봤다.

'시설이 이렇게 좋은데 왜 샤워 가운이 없어?'

목욕 수건을 몸에 두르고 욕실 옆에 딸린 옷장을 열자 익숙한 풍경이 펼쳐졌다. 손만 닿아도 힘없이 흘러내리는 실크 소재의 슬립. 원피스, 속옷, 유희를 위한 장난감. 깃털과 모피들.

'……안 입고 나가는 것보다야 낫겠지.'

세이린은 가장 마음에 드는 검은색 슬립 하나를 꺼내 입었다. 마법 장치가 되어 있는지 빈 옷걸이를 걸자 향수 선반이 슬그머니 모습을 드러냈다. 그녀가 한참이나 거울과 향수 선반을 둘러볼 때, 클라우드가 밖에서 걱정스레 물었다.

"세이린. 뭘 하길래 이렇게 안 나와?"

"잠깐만요! 여기 향수 진짜 많은데, 들어와서 볼래요?"

클라우드는 떨떠름한 얼굴을 하고 들어왔다가 그 자리에서 굳어 버렸다.

"이거 뿌릴까요, 아님 저거 뿌릴까요? 제가 남자였으면 망설임 없이 이걸 뿌렸을 텐데."

그가 굳은 건 손끝으로 콕콕 건드리는 향수 때문이 아니었다. 향수에 푹 빠져 무방비 상태로 방긋방긋 웃는 세이린이 문제였다.

"……그걸 나한테 묻는 의도가 뭐야."

"……!"

젖은 제복 차림으로 나른히 묻다니. 온몸에 낮은 전류가 흐르는 느낌이었다. 음란 마귀가 아랫입술을 깨물며 황급히 자리에서 벗어났다. 그녀가 침대 위로 올라갔을 때, 욕실에서 적나라한 물소리가 들려오기 시작했다.

'무슨 놈의 샤워하는 소리가 4D로 들리냐……'

휑한 몸을 가려 보려 이불을 바짝 끌어안아 봐도 야릇한 기분은 좀체 사그라지지 않았다. 세이린은 이불을 괜히 어루만지며 입술을 깨물었다.

곧 물소리가 멈추었다.

'자는 척이라도 해야 하나……?'

세이린이 황급히 눈을 감았다. 발걸음 소리가 들렸고 기분 좋은 향기가 물씬 풍겼다. 어디서 찾은 건지 샤워 가운을 입은 클라우드가 옆자리에 눕는 게 느껴졌다. 짧게 닿았다가 떨어지는 입술의 감각도.

"이건 현행범인데?"

"……."

입맞춤을 들킨 클라우드는 아무런 반응도 없었다. 마치 그럴 수밖에 없었다는 듯이.

"지금 되게 기분 좋은 향 나요."

무심결에 말을 내뱉은 세이린이 눈을 동그랗게 떴다. 평소에 향수를 뿌리지 않는 마왕이 선택한 건 아까 세이린이 좋다고 했던 그 향수였다.

"……기분 좋은가?"

그가 부드럽게 물었다. 세이린은 시선을 피하며 괜히 툴툴댔다.

"마냥 좋진 않죠. 많은 일들이 있었으니."

"그럼 어떤데."

"나쁘거나 최악이거나 둘 중 하나?"

"……."

"오늘 좋은 일이 없었어요. 곤잘레스 셰프 사인회도 못 갔어, 이상한 요원들한테 납치당해서 고생해."

"……사인회 때문에 이 난리를 친 건가?"

굳이 말하자면 그랬다. 무심히 고개를 끄덕이려던 세이린이 멈칫했다. 갑자기 눈시울이 뜨거워졌다. 제대로 망해 가던 오늘, 거의 유일한 좋은 일이 클라우드가 튀어나온 거였으니까. 그 클라우드에게까지 좋지 않은 소리를 듣기 직전이니.

왕이 국경을 다급히 넘어왔다는 소식은 어떤 추측을 만들어 낼지 모른다. 그에 더해, 클라우드가 마력을 사용하지 못하는 지금 상황은 단순한 개인의 위기가 아니었다.

그의 눈을 마주하기 겁나서 눈을 내리깔자 곧 차가운 손끝이 눈가를 훑었다.

"왜 울어."

우리 마왕님 손길은 왜 이리 부드러운가.

"혼낼 거면 나중에 혼내 주시면 안 돼요? 기분 좋을 때."

"……이젠 혼나는 것도 제멋대로군."

"언젠 안 그랬나."

축축이 젖은 속눈썹으로 간절한 눈빛을 만들어 내니 그의 표정이 묘하게 뒤바뀌었다. 이렇게 되면 그가 보일 반응은 둘 중 하나였다. 깔끔히 무시하고 잔소리를 계속하거나, 아니면 기분을 좀 낫게 만든 다음 잔소리를 계속하거나. 풀어진 표정을 보니 이번엔 후자인 듯했다.

세이린은 어렵지 않게 예상했다. 분명 입술을 나른하게 겹치거나 머리카락을 쓸어 주거나 하는 방법으로 마음을 살살 녹인 다음, 무미건조한 표정으로 돌아와 독설을 퍼붓겠지.

"……사랑해."

하지만 그녀의 귀에 닿은 건 반박의 여지도 없을 만큼 정직한 세 글자였다. 어떠한 스킨십도 없이, 잠시 동안 입을 열지 않아서 잠긴 목소리 딱 하나만 느껴졌다.

……이렇게 갑자기? 예고도 없이? 어떻게 이래?

"백, 백성으로서요? 애민 정신?"

"……아닌 거 알 텐데."

"갑자기?"

"기분 좋아야 잔소리 듣는다며. 재발을 막으려면 지금 훈화가 필요할 것 같군."

"사랑 고백을 잔소리 밑밥 깔려고 하는 남자가 어딨어!"

생애 첫 '사랑해'가 이렇게 허무하게 막을 내렸다는 사실에 세이린이 울상을 했다.

"네가 혼날 시간을 마음대로 선택한 게 잘못이야."

재수가 없어야 하는데, 왜 배 속이 간지러운가.

"나 진짜 사랑하긴 해요?"

"어."

망설임은 왜 또 부재중이야.

"분명 말했을 텐데. 전쟁 나도 일주일 안에는 말할 거라고."

"……."

"그런데 그걸 못 참고 낮 대륙으로 튀어?"

"……그거 때문에 화나서 쫓아온 거 아니죠?"

이번에도 불리한 대답은 피한다. 참 영특해, 우리 마왕님.

"수법도 영악하더군. 조례에 눈도장 찍고 수업은……"

"아냐, 잠깐만요."

세이린이 엄지로 잔소리를 막 시작한 그의 입술을 가로막았다.

"아직 기분 덜 좋은데."

"······."

"제가 왜 좋아요?"

클라우드는 사냥에 나서는 짐승 같은 눈을 하고 있다가 푹 한숨을 내쉬었다. 더 이상은 숨길 여력이 없었다.

"······뭘 하고 싶냐고 물어보는 목소리가 낯설더군. 사랑한다고 말하는 목소리도. 취해서 마음에도 없는 소리 하는 건 줄 뻔히 알면서도."

처음 듣는 거였어, 하고 말하는 목소리는 새침한 웅얼거림에 가까웠다.

"계속 네 생각 하느라 업무 효율은 반토막이 났고."

"······일중독 마왕님이?"

"시도 때도 없이 웃지, 너무 쉽게 행복해하지. 틈만 나면 한눈팔지. 인정하려면 도망가지. 이러니 신경 안 쓰이겠나?"

······왜 이렇게 귀여워, 우리 마왕님. 세이린이 웃음을 참으려 입꼬리를 꾹 누르자 클라우드의 표정이 뚱해졌다.

"눈 마주칠 때마다 예쁘냐고 물으면, 대답 안 하기 얼마나 힘든 줄 아나?"

이번엔 그가 툴툴댔다.

"힘들었어요, 전하?"

"내가 하루 종일 진도표를 들여다보면서 애탈 때 넌 펜듈럼만 보면서 관심 없는 척하고."

"막 애간장 타들어 가고 그래?"

"게다가 넌······."

차마 이것만은 입 밖으로 내지 못하겠다는 듯 그가 말을 멈추었다. 그 모습이 세이린에겐 사랑스럽게만 보였다. 눈은 똑바로 맞추고 있으면서 마치 죄를 고백하듯 쉬이 열리지 않는 입술이라니. 바짝 다가가 베개를 같이 베자, 마물치곤 청력이 좋은 편이 아님에도 두근거리는 소리가 다 들렸다.

"얼른 말해 줘. 응?"

손을 까딱이는 것만으로도 마계를 좌지우지할 수 있는 전쟁 영웅 출신 마왕
이 고작 그녀의 목소리에 체념했다.

"……주변을 너무 빨리 물들여."

"나쁜 물?"

"어느 정도는."

"제가 코로나 경이나 비전하랑 얘기하면 질투 나요?"

"……한 명은 어디다 빼먹었지?"

세이린이 픽 웃었다.

"누구? 레이 경? 딜런?"

클라우드는 얼굴에 답답함과 짜증을 번갈아 드러냈다.

"설마 성군 마왕님이 푸른 기사단장님께 질투하지는 않으실 테고."

"……알면서 놀리는 거, 재미있나?"

"조금요."

세이린은 오늘 겪은 일을 다 잊기라도 한 것처럼 푸스스 웃었다. 클라우드는
풀어진 그녀의 표정이 마음에 들었는지 정성스레 바라봤다. 결론을 다시 한 번
확인하듯 잠깐 무언가를 생각하다가 그래서 사랑해, 하고 말하면서 차츰 가까
워지는 그의 얼굴.

세이린은 자연스레 눈을 감았다. 하지만 그녀의 예상과는 달리 아무 일도 일
어나지 않았다. 눈을 꼭 감은 그녀를 본 클라우드가 픽 웃었다.

"음란 마귀. 뭘 기대해."

"보면 모르겠어요?"

"오늘은 아무것도 안 해."

"……응?"

이건 또 무슨 소린가. 세이린은 슬며시 눈을 떴다. 눈앞에 딱 코끝이 닿기 직
전 거리에 있는 재수 부재중인 얼굴이 보였다. 이 중요한 순간에 이렇게 악마
같은 얼굴이라니.

"안…… 하다뇨?"

"말 그대로. 털끝 하나 안 건드릴 생각인데."

아니. 이 마물은 영화도 안 보나? 어떻게 고백의 순간에 포옹도, 키스도 없을 수가 있어?

"……왜요?"

"너도 좀 당해 보라고."

그동안 클라우드를 밥 먹듯 애태운 세이린은 할 말이 없었다.

"마왕님, 무슨 의도로 이래요?"

사랑한다는 고백이 졸다가 꾼 찰나의 꿈은 아닌지, 잘못 들은 건 아닌지 갑자기 초조해졌다. 마왕은 그것이 자신의 의도라는 듯 여유로운 목소리를 냈다.

"청각은 촉각보다 빨리 잊혀지지."

"그러니까……."

"오늘은 아무것도 안 해. 내 목소리만 기억해. 잘못 들은 건 아닌가 계속 떠올리고 의심해. 내가 내 감정을 인정한 이상 넌 대책도 없이 당하는 수밖에 없어."

과연 마왕은 영특했다. 세이린은 그가 사랑한다고 말하는 목소리를 벌써 몇 번이나 회상했다. 조금만 있으면 다시 말해 달라고 애원이라도 할 것 같았다. 애가 탄다는 말이 뭔지 슬슬 깨달을 정도였다.

"꿈에서도 생각하라고 했던가? 이젠 네가 해."

이게 정녕 남녀 관계에 대해서는 아무것도 모른다던 마왕이 뱉은 말인가. 연애 이론으로는 누구에게도 지지 않을 자신이 있던 유일 작가가 백기를 들었다. 진짜 사랑 앞에선 모든 게 무용지물이었다.

"마왕님. 우리 진짜, 진짜 아무것도 안 해?"

세이린의 목소리가 급격히 시무룩해졌다.

"뭐가 그렇게 하고 싶은데."

"안아 줘."

"안 돼."

"뽀뽀는요?"

"……."

세이린이 아무리 칭얼거리고 앙탈을 부려도 클라우드는 더 해 보라는 듯 여유만만이었다.

"넌 나를 원해."

"지금은 네가 더 원하는 것 같군."

음란 마귀의 어설픈 동요는 역시나 씨알도 먹히지 않았다.

"안아 주세요, 전하."

슬쩍 이불을 끌어 내리며 애교를 부려도 묵묵부답이었다.

"진짜로 안 안아 줄 거야……?"

결국 세이린은 입술을 비죽이며 털썩 누웠다.

그때, 성 곳곳에서 알 수 없는 거대한 소리가 들려왔다.

"클라우드. 이거 무슨 소리야?"

"종."

마생 종 친다는 의미인가. 되물으려 바라보니 어째 마왕님 눈빛이 심상치 않았다. 1분 전까지만 해도 사랑한다고 고백한 사람 맞나 싶을 정도로 무심하더니만. 클라우드는 세이린의 몸 위로 몸을 겹쳐 어디 도망도 못 가게 양팔로 가두었다.

"무, 무슨 종이요?"

세이린이 바짝 긴장했다. 억누르고 억누르던 무언가를 드디어 손에 쥐었을 때 관능의 화신이 지을 만한 표정. 지금 클라우드 슈테른이 그런 얼굴을 하고 있기 때문이었다.

"자정이 지났군."

그가 말했다. 성에 분주히 울리던 것은 자정이 지났음을 알리는 괘종시계의 종소리였다. 그제야 마왕의 아찔한 장난을 눈치챈 세이린은 손을 뻗어 턱선을 어루만졌다.

"선수 다 됐어, 우리 마왕님."

"너만큼이야 하겠나."

마왕이 품에 가둔 세이린을 쓰다듬었다. 상황을 파악하려 골똘히 생각하는 그녀의 모습이 무척 사랑스럽게 보였다. 삽질을 하든 나쁜 상상을 하든, 언제나.

"사랑해."

"사랑한다고 또 고백했으니까 오늘도 아무것도 안 할 거예요?"

"그럴 리가."

클라우드가 입술이 아닌 귓불에 입을 맞추곤 말을 이었다.

"안아 달라며."

클라우드가 기습적으로 세이린에게 입을 맞췄다. 빤히 바라보고 있으면 속살이 모두 비칠 듯 얇은 슬립을 봤을 때부터 이렇게 하고 싶었다. 어쩌면 그 이전부터.

얼얼할 정도로 깊이 혀를 얽어 오는 그를 세이린이 부드럽게 쓰다듬으며 말했다.

"안아 달라는 게 그 안아 달라는 게 아닐 텐데. 사랑을 글로 배운 티가 나시네요, 전하."

"마음에도 없는 소리를 하는군."

그의 말대로였다. 이젠 제 마음도 능숙히 읽어 낼 줄 아는 그를 더 깊이 받아들이고 싶어 안달이 났다. 세이린은 그의 목을 끌어안고 있던 손을 목 뒤를 따라 미끄러뜨렸다. 보드라운 재질의 샤워 가운이 서서히 허리 아래로 밀려나면서 그의 맨살이 드러났다.

"……."

음란 마귀의 입꼬리가 절로 올라갔다. 무슨 놈의 마물 몸이 이렇게 좋은가. 뭇 마물들의 질투를 받아 시기의 랭커 자리에 오른 게 단번에 이해될 정도였다. 세이린이 조심히 손을 뻗어 클라우드의 허리를 쓰다듬다, 옆구리로 손을 미끄러트려 배를 어루만졌다.

가만가만 굴곡을 따라 그리는 그 손 위로 클라우드의 손이 거칠게 겹쳤다. 깍지를 끼는 듯도 했으나 그저 자신을 더 세게 건드려 달라는 무의식의 발동인 것도 같았다. 세이린이 붙잡힌 손을 물끄러미 보다 점점 아래로 내렸다. 눈은 여전히 그를 바라보는 채였다.

"……."

클라우드는 제 품에 갇힌 세이린을 보며 아찔한 기분을 느꼈다. 서당 개 삼

년이면 풍월을 읊는다더니만. 인간계, 저승, 마계에서 각각의 생을 보낸 세이린은 저도 모르는 사이에 관능을 폴폴 흘리고 있었다.

그렇다. 사춘기, 음기 강화, 자료 조사, 나쁜 일을 핑계로 보고 들은 그렇고 그런 일들이 심도 높은 방중술 교육을 받은 것과 같은 효과를 내고 있었다. 물론 세이린 본인은 모르고 있었지만.

미치기 일보 직전이 된 클라우드가 그녀의 목에 얼굴을 문질렀다. 아무것도 뿌리지 않은 듯한데도 풍겨 오는 단내가 그의 등허리를 묵직하게 만들었다. 잡아 뜯듯 거칠게 슬립을 끌어 내리자 그 느낌이 더했다.

당장이라도 온몸을 잘근거리며 맛보고 그 안을 헤집고 싶었지만, 그런 조급함은 세이린의 취향이 아니었다. 클라우드는 몸의 신경 하나하나에 자극을 가하려고 작정한 것처럼 온몸에 간질이듯 입을 맞췄다.

"우리 마왕님이 왜 이렇게 다정하실까."

"……이유는 아까 말했을 텐데."

세이린이 슬며시 웃었다. 마왕성에서 생긴 나쁜 취미인지는 모르겠지만 클라우드가 저자세로 나오면 자꾸 살살 놀리고 싶었다.

"목소리만 들어서 그런가. 생각이 안 나는데."

"……."

"이유 까먹었어요. 또 말해 줘."

클라우드가 기꺼이 몸을 일으켰다.

"사랑해."

"잊어버릴 것 같은데."

목소리는 쉽게 잊어버린다는 말을 이용하기로 한 그녀였다. 결국 이번에도 패배자는 클라우드였다.

"……얼마나 들어야 기억한다고 할래."

"몇 번이라고 말하면, 그만큼 해 주게?"

"아마도."

"일단 밤새도록 들어 봐야 알 것 같은데……."

"……."

"해 줄 생각 있으면 또 뽀뽀해 주세요."

패배의 쓴맛도 자꾸 느끼다 보니 달짝지근했다.

"세이린. 내가 키스할 거 알고 여유 부리는 거지."

"그러게 왜 날 좋아해."

"……네가 내 머리색, 눈 색 관찰한 게 잘못이야."

태어나기를 어둠으로 태어난 그였다. 자신에게는 색이 없으리라는 사실을 한 치의 의심도 없이 믿으며 몇 년이고 살아왔다. 그런 자신에게서 색채를 발견해 뒤흔든 세이린 폴룩스가 아니던가. 사랑에 빠지지 않을 수 없었다. 그렇기에 하나도 빠짐없이, 그녀의 모든 것을 가지고 싶었다.

세이린은 느른히 풀려 가는 그의 눈을 바라봤다.

'색기란 말이 이런 걸 두고 하는 거구나…….'

붉게 달아오른 눈가와 갈망과 욕심이 어린 눈동자를 보고 있자니 등허리가 저릿했다. 그는 무엇보다 자신을 원하고 있었다.

클라우드가 뺨을 어루만지며 물었다.

"눈은 왜 피해. 벌써 꼴 보기 싫은가?"

"그럴 리가요. 이렇게 사랑스러운데."

터질 것처럼 빨리 뛰는 심장이나 몰아쉬는 숨, 달아오를 대로 달아오른 몸을 보고 벌써 눈치챘으리라. 그럼에도 말해 주고 싶었다.

"사랑해, 클라우드."

이 말이 그에게 자신을 마음껏 가져도 된다는 허락으로 들리기를 바랐다.

나른한 고백을 들은 클라우드는 불쑥 치밀어 오르는 탐심을 더 이상 참을 수 없었다. 늘씬한 허리 아래로 손을 넣어 그곳에 새겨진 제 이름을 손끝으로 느낄 때면 더더욱. 그는 단번에 서명 아래까지 손을 미끄러트려 손에 걸리는 모든 것들을 발목 아래로 끌어 내렸다. 달아오른 얼굴로 무릎을 맞비비는 세이린이 그렇게 야하게 보일 수 없었다.

맞붙은 두 다리 사이에 자리 잡은 그가 몸을 푹 숙여 세이린의 귓불을 입술로 물었다. 언뜻언뜻 새어 나오는 나지막한 숨소리가 그녀의 정신을 놓게 했다. 다리 사이를 애태우듯 잠깐 닿았다가 떨어지는 그의 뜨거운 몸은 또 어떠한가. 이미 온몸이 뜨겁게 녹아들다 못해 충분히 젖어 있었다.

"클라우드……."

세이린이 희열에 젖어 나른한 목소리로 그를 불렀다. 가슴의 굴곡을 샅샅이 훑고 자국이 남을 정도로 빨아들이던 클라우드가 고개를 들었다.

"언제까지 참게 할 거예요?"

"……."

지금 누가 더 참고 있는지 모르는군. 그는 울컥 본심을 드러내고 싶었지만 그랬다간 그녀가 샐쭉 웃으며 더 애태울지도 모르는 노릇이었다. 클라우드는 세이린의 머리카락을 한없이 다정하게 쓰다듬었다. 하지만 골반을 틀어쥐고 제 쪽으로 끌어당기는 손길은 거칠기 짝이 없었다. 마치 상냥한 것은 허리 위까지 면 충분하다는 듯 이중적인 태도였다.

세이린이 그의 뺨을 쓰다듬으며 다리를 감았다. 그 다급한 갈망에도 클라우드는 마음대로 움직여 주지 않았다. 더 원해 보라는 듯, 들이치기 직전의 위치에서 조금씩 문지르며 애태울 뿐.

"얼르은……."

"얼른?"

무엇을 원하는지, 얼마나 원하는지 제대로 말해 보라는 듯한 말투였다. 한쪽 손으로는 힘줄이 불거지도록 허벅지를 틀어쥐고 있으면서, 반대편 손은 아직 여유가 있다는 듯 허리를 쓰다듬는 그가 세이린에겐 참으로 악랄하게 보였다.

"……원해요. 하고 싶어."

"뭘."

"진짜 얄미워 죽겠어. 완전 악마 같아."

"진심인가?"

클라우드가 되받아치자 세이린이 픽 표정을 풀었다.

"흐음…… 사실 좀 섹시하기만 해. 안 얄미워요."

흐드러진 머리카락 위로 여우처럼 고개를 살랑살랑 젓던 그녀가 금세 입술을 깨물었다. 고무줄 같은 인내력을 가진 마왕이 일순간에 몸을 밀어 넣은 탓이었다.

낯선 감각에 당혹스러울 정도로 온몸이 저릿했다. 빙긋빙긋 웃으며 쉬이 받아들일 수 있을 존재감이 아니었다. 세이린이 어떻게든 사랑의 고통을 덜어 보려 몸을 작게 뒤틀었다. 이 모습조차 그에겐 유혹으로 보였다. 클라우드는 흰 이불을 긁듯 쥐는 그녀의 손을 잡아채 제 어깨를 붙잡게 했다.

"자, 잠깐…… 움직이지…….'"

세이린이 몸을 가늘게 떨었다. 그가 몸을 조금 숙였을 뿐인데도 눈물이 핑 돌았다. 이대로 그가 세게 움직이면 멈추라며 등짝을 때릴 것 같았다.

"아파?"

그가 물었다. 신음이 새어 나올까 입술을 꼭 깨문 세이린이 고개를 저었다. 아프다고 했다간 금방이라도 그만둘 것 같아서 차마 그럴 수가 없었다.

클라우드는 움찔하는 그녀를 느끼며 한숨을 삼켰다. 마음 같아서는 당장 멋대로 움직이고 싶었으나 그랬다간 정말 울기라도 할 것 같았다. 물론 앙탈을 부리며 달뜬 목소리로 우는 것도 예쁘겠지만, 처음에 어울리지는 않았다. 눈을 느리게 감았다 뜬 그가 비스듬히 고개를 숙였다.

익숙지 않은 통증에 온몸을 경직시키고 있던 세이린이 한결 나른하게 키스를 받아들였다. 입꼬리를 빨아들이고 아랫입술을 아프지 않게 깨무는 행동에 배 속이 간지러웠다. 그를 받아들이고 싶다는 애욕이 끓어 넘칠 것 같았다. 잠깐 벌어진 입술 사이로 가쁜 숨을 내쉰 세이린이 말했다.

"사랑한다고 해 주면 조금 아픈 건 참을게요."

애교스런 목소리가 귓전에 닿자마자 클라우드가 단단한 몸을 바싹 밀어붙였다. 어깨를 붙잡고 있던 세이린의 손이 움찔했다. 규칙적인 듯, 불규칙하게 움직이는 그를 따라 높은 신음이 흘러나왔다.

태연하려 해도 뜨겁고 단단한 그의 몸이 들이쳤다 빠져나가는 게 느껴져 그럴 수 없었다. 매 순간마다 눈앞이 아찔할 정도로 아팠지만, 언뜻 퍼지는 쾌감 때문에 멈추라고 할 수도 없었다. 턱이 움찔거리며 들렸고, 발가락 끝까지 힘이 들어갔다.

자꾸 움츠리는 세이린을 클라우드가 구석구석 탐했다. 무언가를 쥐뜯지 못해 안달이 난 손 위로 손깍지를 끼자 그녀가 으스러뜨릴 듯 꼭 손을 붙잡는 게 야하게만 느껴졌다. 그는 몸을 깊게 붙여 올리다가 목소리를 듣고 싶을 때면 허리를 숙여 입술을 탐했다.

절대 그를 다치게 하고 싶지 않은 세이린은 입술을 깨물지도, 입을 다물지도 못하고 높은 교성을 흘렸다.

"클라우드……."

더 달라고 애원하듯, 그만두라고 빌 듯 부르는 이름 네 글자. 클라우드는 홀린 듯 사랑한다고 속삭였다. 그러곤 더 거칠게 움직였다.

"……!"

세이린의 허리가 반사적으로 들렸다. 깍지를 낀 손에서 힘이 쭉 빠져나갔다. 그녀는 여유를 부리고 싶었지만 처음 맛본 절정 앞에서는 그 무엇도 숨길 수 없었다.

혈관이 어디부터 어디까지 뻗쳐 있는지 새삼 깨달을 정도로 심장이 거세게 뛰었다. 클라우드는 그녀를 진정시키기는커녕 다시 입을 맞추고 단단히 끌어안는 것으로 또다시 기름을 부었다.

가빠진 숨을 진정시키려 애쓰며 둘은 누가 먼저랄 것도 없이 서로를 끌어당겼다. 마침내 체온을 섞었으나 이대로 멈추긴 싫었다. 갈증에 어쩔 줄 모르다가 소금물을 들이켠 것 같았다. 잠깐의 만족 뒤에 더 큰 갈망이 생기리라는 것을 알면서도, 계속 욕망을 채울 수밖에 없었다.

"……사랑해."

클라우드가 푹 잠긴 목소리로 고백했다. 세이린을 제외한 그 누구도 보지 못했을 만큼 색기로 흐트러진 모습이었다.

"계속 말해 주세요, 전하."

세이린은 땀에 젖어 얼굴에 달라붙은 새카만 머리카락을 쓸어 넘겨 주다가, 가만히 거리를 좁혔다. 그의 팔이 그녀의 허리를 감싸 제 쪽으로 끌어당겼다.

인간과 마찬가지로 마물 또한 적응의 동물인 듯했다. 클라우드에게 안겨 단단한 어깨에 이마를 기대고 있던 세이린이 가쁜 숨을 내뱉으며 한 생각이었다. 물론 아픈 건 별개의 일이라 속눈썹은 축축이 젖어 있었지만, 찌릿거릴 정도의 아픔에도 그만둘 수 없었다. 계속 서로를 끌어당기고, 탐하다 숨을 몰아쉬고 싶었다.

무슨 정신으로 움직이는지 모를 몸이나 단단히 얽힌 다리는 이미 이성의 일이 아니었다. 머리카락이 한 번 얕게 떴다가 가라앉을 때마다 뚝뚝 끊기는 않는 소리나, 낮게 흘리는 클라우드의 목소리도. 굳이 설명하자면 본능에 눈뜨다, 뭐 그런 진부한 문장만 떠올랐다.

무엇보다 세이린을 달아오르게 하는 건 클라우드가 보이는 날것 그대로의 반응이었다. 고개를 숙여 그새 바짝 타들어 간 입술에 입을 맞추면 장막처럼 쏟아지는 머리카락에 어쩔 줄 모르다가 피식 웃는 거. 땀 때문에 조금 젖어 이마에 달라붙은 머리카락을 넘겨 주면 큰 손으로 끌어당기는 동작.

더워서 어지럽다고 칭얼대면 그건 어쩔 수 없다는 듯 한쪽 눈썹을 올리다가, 낮게 숨을 몰아쉬면서 머리카락 넘겨 주는 것도. 그래 놓고 드러난 목에 입 맞춰서 다시 덥게 만드는 것까지.

'……뭐 하나 내 취향 아닌 게 없어.'

세이린이 헛웃음을 지으며 단단한 가슴팍 위에 쓰러지듯 안겼다. 클라우드는 땀이 배어 나온 등을 가만히 쓸어 주다, 단단한 팔로 그녀의 허리를 감았다. 세이린이 반사적으로 움찔하는 게 그렇게 사랑스러울 수가 없었다.

"졸린가?"

"우리 마왕님이 누구 좋으라고 이렇게 다정하실까."

세이린이 그를 받아들이느라 맥없이 지친 목소리로 중얼거렸다. 이미 목소리는 반쯤 자는 듯했다. 클라우드는 수면 위로 올라오려는 욕심을 다시 가라앉히려 애썼다.

"같이 씻을까."

"네……?"

그의 물음에 세이린의 눈이 동그래졌다. 하지만 클라우드는 대답도 듣지 않은 채로 그녀를 안아 올렸다. 아주 조심스러운 손길이었음에도 세이린의 몸이 움찔하자, 클라우드가 세이린의 뺨을 쓰다듬었다. 아주 부드럽게. 그러나 갖은 생각이 들도록.

"이거에 약한 거 알면서 이러지, 또."

"무슨 소리를 하는지 모르겠군."

참으로 뻔뻔한 태도였다.

"……클라우드 슈테른."

세이린이 문제아의 이름을 부르는 것처럼 중얼거렸다. 하지만 클라우드는 제 이름을 부르는 목소리가 주문이라도 되는 것처럼 눈동자를 검게 빛냈다.

"……멈추라고 말해도 안 들을 거지?"

"멈추라고 할 건가?"

"그럴 리가요, 전하."

욕실의 문이 닫히기도 전에 입술이 또다시 맞물렸다.

□ ■ □

다음 날 아침. 편히 잠들지 못하고 몸을 뒤척이던 세이린은 찬찬히 눈을 떴다. 창밖을 보니 전날 밤 줄기차게 내리던 비는 멎고 쨍한 햇살이 내리쬐고 있었다.

'몇 시지……?'

밤 대륙과 달리 해가 긴 낮 대륙 서부인 칼리포와 에테라의 경계. 왕비님의 말에 따르면 일명 다산의 성. 낯선 장소인지라 시계가 어디에 있는지도 알 수 없었다. 익숙한 것이라곤 제 옆에 눈을 감고 있는 클라우드뿐이었다.

'헙…….'

세이린은 고개를 숙여 제 몸을 내려다봤다. 지난밤과 오늘 새벽을 어떻게 보냈는지를 고스란히 보여 주는 노골적인 흔적들이 남아 있었다. 자연스레 몸의 굴곡을 탐하던 클라우드의 풀린 눈이 생각나 잠이 훅 깼다.

'어, 어떻게 해야 하지……?'

인생 3회차 만에 처음 겪어 보는 상황. 어떻게 해야 할지 감도 잡히지 않았다. 영화에서는 새가 짹짹짹 운 다음 바로 태연하고 로맨틱하게 브런치나 먹지 않던가.

'그게 영화니까 가능한 일이었다니⋯⋯!'

세이린은 침대 아래로 손을 뻗어 옷가지를 낚아챘다. 그 작은 동작에도 온몸이 찌르르 울렸다. 이런 곳에도 근육이 있었나 싶을 정도로 구석구석에서 근육통이 느껴졌다.

물렸기 때문인지, 붙잡혔기 때문인지, 쓸렸기 때문인지 모르겠지만 쓰린 곳도 한둘이 아니었다. 무심결에 침대 시트를 감아쥐던 세이린이 삐걱거리며 옷을 걸쳤다. 밤새 단단한 그의 어깨를 붙잡느라 무리한 팔이 후들거렸다.

'미치겠네, 진짜!'

단체 기합을 받은 다음 날이라고 해도 믿을 만큼 어디 하나 성한 곳이 없었다. 허벅지와 허리가 특히 그랬기에 눈물이 찔끔 고였다. 겨우 안 입느니만 못한 슬립을 입은 그녀는 클라우드에게로 고개를 돌렸다. 머리가 까치집이 된 것만 빼면 그야말로 굴욕 하나 없는 모습.

'⋯⋯머리는 내가 헝클인 거고. 뭔 마물이 이렇게 완벽해?'

어젯밤에 제 손으로 쓰다듬고 넘겨 주던 머리카락을 보니 갑자기 더웠다. 동시에 자신의 모습이 얼마나 개판일지 걱정이 되기 시작했다.

'일단 씻어야 하나⋯⋯?'

쉬이 발걸음이 떨어지지 않았다. 새벽의 대미를 장식한 장소가 바로 욕실이 아니었던가. 욕조에 담긴 채로 수증기를 내뿜는 뜨거운 물만 봐도 온갖 생각이 들 것 같았다.

'마왕님 깰 때까지 기다려야 하나⋯⋯?'

고개를 휘휘 저은 세이린은 침을 꿀꺽 삼키며 결심했다. 차라리 얼른 씻고 나오기로. 클라우드가 깨기 전에 자신의 뻗친 머리를 어떻게든 수습하고 싶었다.

세이린이 휑한 몸을 가리려 이불을 끌어당겼다. 얇은 이불을 몸에 빙빙 두르고 침대에서 엉덩이를 떼는 데에 자그마치 5분이라는 시간이 걸렸다. 그녀가 거북이와 경주해도 승산이 없을 속도로 겨우 세 걸음을 뗐을 때였다.

"꺅!"

세이린의 몸이 뒤로 기우뚱했다. 자는 척하며 그녀의 반응을 지켜보던 클라우드가 이불자락을 휙 끌어당긴 탓이었다. 물론 세이린이 넘어지는 일은 벌어지지 않았다. 클라우드의 마력이 그녀를 부드럽게 감싼 다음 다시 침대로 데려왔다.

"마력이 돌아왔어요?"

"빌리아가 그 정도 친절은 베풀어 주더군."

빌리아가 낮 대륙 방문 사유서를 대신 작성해 준 덕에 동사무소의 영업시간인 오전 9시부터 마력을 쓸 수 있게 된 그였다. 그 사실을 알게 된 세이린은 창밖을 다시 바라봤다. 정확히 몇 시인지는 헤아릴 수 없었지만 정오는 확실히 넘긴 시간이었다.

'나 때문에 여태까지 여기 계신 건가?'

세상모르고 늦잠을 잔 것에 대한 미안함과 민망함이 동시에 밀려왔다.

"깨우셨으면 일어났을 텐데……."

세이린이 기어들어 가는 목소리로 말했다. 하지만 클라우드는 세이린을 깨울 수 없었다. 달콤한 숨을 새근거리는 그녀를 멍하니 보다가 솔직한 자신의 마음과 마주한 탓이었다.

이상하고 유치한 집착이라는 걸 알면서도 품에 가두고 싶었다. 아무 곳에도 보내고 싶지 않았다. 무릎에 앉혀 놓고 온종일 쓰다듬고, 껴안고, 목에 얼굴을 묻고 숨을 들이쉬고 싶었다. 그녀가 울고 웃는 모든 것들이 제 품에서 이뤄지기를 바랐다. 어젯밤처럼.

비록 현실의 세이린은 일어나자마자 달팽이처럼 현장을 벗어나려 했지만.

"어디로 도망가던 중이었지?"

"도망은 무슨. 머리 뻗친 것 좀 어떻게 하고 싶었단 말이에요."

클라우드의 눈에는 머리가 뻗친 것도 발랄하게만 보였기에 그 심정을 이해하는 것은 어려웠다. 그가 손으로 빗어 내려 주자 뻗친 머리도 어느 정도는 수습이 되는 듯했다. 잠을 설친 탓인지 세이린은 그 손길에 노곤함을 느꼈다. 클라우드가 머리를 부드럽게 만져 주며 물었다.

"더 잘 건가?"

"같이 잘래요?"

"……."

같이 자자는 문장을 다른 의미로 해석하느라 그의 미간에 주름이 졌다.

"그런 뜻 아닌 거 알죠?"

"모르겠군."

"음란 마귀가 끼었…… 읏!"

세이린이 몸을 움찔했다. 그녀를 다시 품에서 재우려던 클라우드가 허리를 끌어안은 탓이었다. 누가 들어도 아픈 곳을 건드렸을 때의 반응인지라 그도 당황했다.

"……아파?"

"아…… 아뇨. 괜찮아요."

세이린이 억지웃음을 지으며 클라우드가 내준 팔을 베고 누웠다. 온갖 앓는 소리를 참으며, 아주 느리게. 멀리서 본다면 중환자실에 입원한 환자라고 생각할 정도였다.

"……."

클라우드가 슬쩍 눈치를 봤다. 누가 봐도 근육통을 비롯한 갖은 고통에 시달리는 모습이었다. 즐기긴 같이 즐겨 놓고 자신만 멀쩡한 게 영 마음에 걸렸다. 그는 잠깐 고민하다 따뜻할 정도의 불의 마력을 일으켜 세이린의 허리에 가져다 댔다. 어딘가 굳어 있던 그녀의 표정이 조금 풀어진 듯했다.

"아파?"

제법 다정한 목소리로 다시 한 번 묻자, 세이린이 앙탈을 부리듯 고개를 끄덕였다.

"사랑한다는 말을 너무 들은 후유증인가……."

뜨끔. 클라우드가 잠시 창밖을 바라봤다. 사랑한다고 말하면 아픈 것은 참겠다는 말을 듣고 쏟아 낸 고백이 몇 번이던가. 마력 찜질을 받던 세이린은 그 반응이 귀여워 픽 웃었다.

"아파도 괜찮으니까 안아 주세요."

"뭐……?"

마왕이 미간을 찌푸렸다. 아무래도 음란 마귀가 옮겨 붙은 듯했다. 새로 깨달은 집착이라는 감정에, 옮겨 붙은 음란 마귀까지. 직박구리 사건 이후로 이런 난처함은 또 처음이었다.

클라우드가 조심히 세이린을 껴안곤 아프지 않을 정도로만 토닥였다. 자연 발생한 직후, 전쟁을 끝마쳤을 때도 몸을 못 가눌 정도로 아프진 않았기에 어떻게 해 줘야 좋을지 감도 안 잡혔다.

해결책을 고민하던 그의 눈에 꽤 큼지막한 쇼핑백이 들어왔다. 마력 봉인이 풀려 아침에 잠시 밤 대륙에 갔을 때, 빌리아가 챙겨 준 것이었다.

'작가님께 제일 필요한 옷이랑…… 이것저것 넣었어.'

7년 만에 처음 겪는 친절이었지만 어쨌든 지금 상황에는 도움이 되리라. 클라우드가 에테라의 인장이 찍힌 쇼핑백을 세이린에게 내밀었다.

"이게 뭐예요?"

"빌리아가 네게 필요할 것들을 챙겼다던데."

기대감에 아픈 줄도 모르고 몸을 발딱 일으킨 세이린이 쇼핑백을 거꾸로 엎었다. 와르르 쏟아진 내용물을 본 두 마물은 이렇다 할 반응을 보이지 못했다. 안에 든 것이라곤 진도표와 진도를 잘 빼고 있는지 점검해 줄 펜듈럼이 전부였다. 아무리 봐도 그녀가 입을 옷 같은 것은 나오지 않았다.

"저한테 제일 필요한 옷이라……."

빈 쇼핑백을 응시하던 그녀가 일순간 굳었다.

'……안 입는 게 최고의 옷이라는 건가?'

베스트셀러를 낸 작가답게 세이린은 빌리아 왕비의 의중을 정확히 파악했다.

Chapter
10

실링 워렛

비슷한 시각, 마왕성의 왕비 집무실.

밤 대륙에 혼자 남은 빌리아 왕비는 때아닌 휴가를 즐기고 있었다. 처음 유일 작가님이 괴한들에게 납치되었다는 말을 들었을 땐 걱정이 이만저만이 아니었다. 하지만 앞뒤 안 가리고 즉각 낮 대륙으로 향하는 클라우드를 봤을 때, 그 걱정은 환희로 바뀌었다.

'역시 작가님. 마계에서 제일 매력 있는 분이시라니까.'

작가로서 독자를 매료시키는 능력이 있는 줄은 진작 알고 있었지만 일밖에 모르던 어둠까지 물들일 줄이야. 모든 게 자신의 큰 그림대로 흘러가고 있었다.

'이제 작가님한테 눈이 먼 클라우드가 날 폐위시키겠지? 벨제바브의 봉인도 아직 완전히 풀린 건 아니니까……'

에테라로 돌아가려는 이유는 간단했다. 왕위 계승. 밤 대륙에서 과로 생활을 하고서야 깨달은 자신의 목표. 그 꿈이 머지않아 이뤄지리라는 생각에 씩 미소가 지어졌다. 왕비가 감사와 존경의 마음을 담아 〈임성운의 5,500가지 그림자〉

를 펼쳤을 때였다.

마법진이 열리더니 언짢은 표정의 마왕과 어딘가가 아픈 듯한 유일 작가가 튀어나왔다.

"어머, 두 분. 왜 이렇게 일찍 오셨어요? 보름 정도 더 머무르시지 않고……."

"보름 동안 뭘 하려고."

클라우드가 어이없다는 듯 답하곤 세이린을 의자에 앉혔다. 귀한 것을 다루는 듯한 그의 행동에 왕비가 흐뭇하게 웃었다.

"작가님, 어디 불편하세요?"

"무릎이랑 발목."

클라우드가 대신 대답했다. 빌리아는 늘 머리에 장식하고 있는 두 송이의 백합을 잠시 빼냈다. 빌리아가 백합의 꽃 부분으로 무릎과 발목을 건드리자마자 통증이 싹 사라졌다.

"어떠세요?"

"우와…… 신기해요."

"릴리트 에테라. 바람 속성의 보물이에요. 먹거나 자지 않아도 최고의 컨디션을 유지시켜 주죠."

마계에 여덟 개밖에 없는 보물의 현실이 야근 필수템이라는 것을 세이린은 이미 보아 알고 있었다.

"어디 또 아픈 곳은 없으세요?"

"그냥 온몸이 좀……."

"……!"

빌리아가 생글생글 웃으며 세이린을 말끔히 치료했다. 치유 마법 쪽으로 속성 개방을 하지 않았다곤 하지만 에테라는 에테라였다. 바람의 마력이 한차례 지나가자 온몸이 말끔히 나았다.

"그나저나. 허리야 클라우드가 잘못했다고 쳐도 발은 어떻게 된 거예요?"

물론 허리가 제일 불편하긴 했지만 허리라고 말한 적 없었다. 세이린이 왕비의 시선을 슬쩍 피하며 대답했다.

"새벽단 놈들한테서 도망치느라……."

"에글론이 가지고 있던 그 명함의 단체 말씀하시는 거예요?"

"네. 간부가 자기를 그렇게 소개하던데요?"

"간부까지 만났나? 얼마나 기억하지?"

빌리아와 클라우드가 예상치 못한 사실 하나. 세이린은 상황이나 공간, 대화를 기억하는 데에 엄청난 재능이 있었다. 인물의 특징을 정확하게 외우고 표현하는 것도 특기 중 하나였다.

"간부의 이름은 실링 워렛이었고, 바람 속성에……."

세이린이 잠깐 말끝을 흐렸다. 그가 아리아, 즉 빌리아 왕비를 애틋하게 그리워했다는 사실을 말해도 될지 확신이 서지 않았다. 하지만 빌리아는 태연했다.

"가죽 재킷에 모피 두르고 셔츠는 안 입고 다니는 남자, 맞죠?"

"네, 네! 복근이 아주 그냥…… 큼. 감기 걸리겠더라고요."

세이린이 잠깐 클라우드의 눈치를 살폈다. 그의 표정이 묘하게 구겨져 있었다.

"빌리아. 실링 워렛에 대해 아나?"

"클라우드, 너무한 거 아냐? 네가 젬을 깨부순 영주인데 이름 정도는 기억해 주지?"

클라우드가 생각해도 이상한 일이었다. 세이린의 입에서 '실링 워렛'이라는 이름이 나오기 전까지는 워렛의 전 영주의 이름이 전혀 떠오르지 않았다. 다른 영주들의 이름도 여러 차례 떠올리려 해 봤으나 삭제된 듯 기억나지 않았다. 오직 에테라의 공주였던 빌리아리아 에테라만이 모든 영주들을 기억하고 있다는 것처럼.

"네가 죽여서 워렛의 마지막 영주가 된 남자지. 황금색에 미쳐 있고. 바람에 통달한 가문인데 치유 마법으로 속성을 개방해서 다른 영주들한테 무시를 많이 당했어."

빌리아의 말을 듣고 있던 세이린이 무언가 이상함을 느꼈다.

"저기…… 실링 워렛이 마왕님이 죽인 영주라고요?"

"네, 작가님. 무슨 문제 있으세요?"

세이린이 침을 삼켰다. 머리카락이 쭈뼛 서는 느낌이었다.

"제가 본 건 살아 있는 실링 워렛이었는데요?"

무슨 일이 일어났는지 도무지 정리가 되지 않았다. 실링 워렛의 젬은 분명 전쟁 마지막 날 클라우드가 부쉈다. 그런데 그가 살아 있다니. 빌리아가 진지하게 미간을 찌푸렸다.

세이린은 잠시 고민하다 실링 워렛에 대해 자신이 보고 들은 것을 모두 실토했다. 왕비를 '아리아' 라고 불렀던 것, 금발을 선호하는 듯 말했다는 것. 이야기를 이어 갈수록 빌리아의 눈매가 더욱 가늘어져 세이린은 무척 찜찜해졌다.

"제가 환영을 본 걸까요?"

"허상을 만들어 내는 건 분노의 랭커의 동요만 가능해요. 벨제바브가 실링 워렛의 형상을 빚어낼 리는 없고요."

"······왜요?"

"약해 빠졌다면서 엄청 싫어했거든요. 쓸데없이 자존심만 높아서는."

"누가 절 겁주려고 변장한 걸까요?"

"작가님이 묘사하신 건 분명 실링 워렛의 것이 맞는데······."

말투뿐만이 아니었다. 자신을 아리아라고 부르거나, 황금색 머리카락을 그리워하는 것까지. 모든 게 실링 워렛 그 자체였다.

"혹시 얼굴을 보셨나요?"

"아뇨. 얼굴까지 보면 걸릴 것 같았어요."

"잘하셨어요. 작가님 안전이 최우선이에요."

얼굴을, 정확히는 눈을 보지 못했다니 그가 진짜 실링 워렛인지 판별할 방법이 없었다. 지금 세울 수 있는 가설은 크게 세 가지였다. 실링 워렛이 죽었다 살아났거나, 누군가가 대역 노릇을 하고 있거나, 술수를 써 처음부터 죽지 않았거나. 빌리아가 불안감에 입술을 짓씹었다.

"클라우드, 젬을 확실히 부순 거 맞아?"

빌리아는 목소리를 내면서도 그것이 괜한 질문임을 알았다. 전쟁 마지막 날 클라우드 슈테른은 재앙과도 같은 막대한 힘을 컨트롤하지 못했다. 그림자 기

310

사단장에게 자잘한 전투를 맡긴 그가 영주들을 어떻게 처리했던가.

그가 마력을 일으키자 일식이라도 일어난 것처럼 대지가 어둠으로 물들었다. 아무것도 보이지 않는 컴컴한 공간 속에서 단말마의 비명만이 터져 나왔다.

그렇게 영주 시대가 끝나고 슈테른력이 시작되었다. 젬을 부수지 못했을 리가 없었다. 그렇다고 부활 같은 것이 가능할 리도 없었다. 그렇다면 자신의 약혼자는 진작 살아 돌아왔어야 했다.

"죽은 사람이 살아나다니. 그런 일은 일어날 수 없어요. 누군가가 흉계를 꾸민 것이겠지요."

빌리아의 단호한 말투는 마치 자신에게 말하는 듯했다.

□ ■ □

방으로 돌아온 세이린은 오랜만에 책상에 앉았다. 외전 원고를 하루가 멀다 하고 미룬 탓에 노트북에 먼지가 쌓인 것도 같았다.

'그래. 잡념을 비울 겸 글을 쓰자.'

며칠 쉰 탓인지 신들린 듯 원고가 쭉쭉 쏟아져 나왔다. 빛의 속도로 타이핑에 열중한 유일 작가는 몇 시간이 지나고서야 오늘의 작업분을 다시 읽어 보기 시작했다.

[임성운의 탄탄한 허벅지 위에 마주 앉은 유이린이 가늘게 몸을 떨었다. 몸을 움직일수록⋯⋯.]

"⋯⋯."

당황한 음란 마귀가 스크롤을 조금 더 내렸다.

[유이린은 그를 기쁘게 해 주고 싶었다. 차츰 무릎을 꿇자 우람진 그의⋯⋯.]

자신의 원고에 무슨 일이 일어나고 있는가. 세이린이 눈을 동그랗게 뜨곤 오늘 작업물을 모두 검토했다. 무의식의 발현인지 죄다 그렇고 그런 장면뿐이었다.

"잘라 내기 단축키가 뭐더라⋯⋯."

도무지 개연성이라곤 없는 수위 장면들인지라, 삭제한 다음 나중에 붙여 넣는 수밖에 없었다. 유일 작가는 수위 장면은 앞뒤 상황과 감정선이 중요하다는 걸 알고 있었다. 이건 평소의 그녀가 하는 실수가 아니었다.

"잡념이 많아서 그런가? 도서관장님 사랑도 슬슬 떨어졌을 거고. 아카데미 과제도 준비해야 하고⋯⋯."

푹. 세이린이 풀썩 책상에 엎드렸다. 아무리 모르는 척하려 해도 가장 머릿속을 어지럽게 하는 건 역시 클라우드와 하룻밤을 보냈다는 사실이었다.

'물론 보름이 압축된 것 같은 하룻밤이었지만.'

떠올리는 것만으로도 볼이 후끈거렸다. 사랑한다고 경고하듯 말하곤 거칠게 몸을 붙여 올리는 클라우드의 동작이 눈앞에 펼쳐질 듯 훤히 기억났다.

'아⋯⋯ 미치겠다.'

제법 정교해진 물 마법으로 뺨을 식힌 세이린이 찬찬히 그를 곱씹기 시작했다. 떨어진 지 네다섯 시간밖에 지나지 않았지만 이렇게라도 하지 않으면 애타는 뜨거움에 심장부터 익어 갈 것 같았다.

먼저, 클라우드 슈테른은 성군이었다. 전쟁을 끝내 폭정이 판치던 영주 시대로부터 마계를 구해 낸 영웅이기도 했다. 7년 동안 재수 부재중인 성격을 숨기고, 입꼬리가 떨릴 정도로 억지웃음을 짓는 것으로 보아 백성들을 사랑했다. 그러니 아벨 경이나 제이드처럼 그의 뜻에 동조하고 그를 따르는 마물들이 당연하게 느껴졌다.

하지만 모든 마물이 그를 아끼는 것은 아니었다. 스피카 총장님이 몸담은 적 있다던 여명회가 그랬다지 않던가. 사신단이 방문했을 때 잠깐 마주했던 에글론도, 환영으로 나타난 벨제바브도 모두 클라우드를 '미천한 것'이라고 불렀다.

'대체 클라우드가 뭘 잘못했다고⋯⋯.'

세이린은 문득 딜런의 집에서 있었던 일을 떠올렸다. 자신의 동요인 '유혹'을 상쇄시키기 위해 시기의 랭커의 힘을 발동했던 클라우드를.

'지금 생각해도 무서운데⋯⋯.'

싸늘하게 식은 눈동자가 자신을 원망스레 바라보고 있음에도 마왕은 익숙하

다는 듯 굴었다. 세 개의 세계에서 삶을 보내는 동안 세이린은 단 한 번도 마주
해 본 적 없는 매서운 시선들이었음에도.

클라우드 슈테른은 내내 그 매서움과 싸워 온 데다 결국 그들을 포용하기까
지 했다. 존경스러웠다. 동시에 그 순간에도 아무렇지 않은 척 무표정을 유지하
는 그를 생각하자 발밑이 와르르 무너져 내리는 것 같았다.

"후······."

세이린은 고개를 떨궜다. 뺨이 간질간질해 손등으로 훑어 보니 눈물이 흥건
했다. 이미 절전 모드로 바뀐 노트북 화면에는 눈물을 줄줄 흘리고 있는 얼굴
이 비쳐 보였다. 연애 이론에 관한 것이라면 마계 최고의 지식을 자랑하는 유
일 작가는 이 널뛰는 감정이 무엇인지 알았다.

의심의 여지도 없는 사랑이었다.

'으······ 미치겠다.'

온몸이 간질간질한 게 꼭 낮은 전류가 흐르는 것 같았다. 몸을 웅크리고 있
자니 배 속이 찌릿했다. 지금까진 그가 언제까지 버티다 고백을 할지에 집중하
느라 제 마음을 살필 여력이 없었다.

'내가 마왕님 좋아하는 건 알고 있었는데.'

미치도록 좋아하는 줄만 알았지, 이토록 사랑하는 줄은 몰랐다. 그동안 클라
우드가 힘들었을 걸 생각하다 눈물을 뚝뚝 흘리는 걸 보니 이 감정이 금방 식
을 것 같지도 않았다. 눈물을 수습한 세이린이 노트북 자판을 톡톡 건드렸다.
작업은 나중으로 미루고 지금은 자는 게 나을 것 같았다.

'다음에 만나면 으슥한 데로 데려가서 계속 사랑한다고 해 줘야겠다.'

아주 으슥한 곳이라면 잠깐 유희의 시간을 갖는 것도 나쁘지 않을 듯했다.
쾌락에 젖은 짐승처럼 숨을 몰아쉬던 그의 얼굴이 생각나 또 한 번 정신이 아
찔했다.

음란 마귀가 애먼 엔터 키를 쾅쾅쾅 누를 즈음이었다.

"화나는 일이라도 있나?"

심장을 철렁하게 하는 목소리였다. 세이린이 삐걱삐걱 고개를 돌리자 그곳
엔 한 아름 꽃을 들고 서 있는 클라우드가 있었다.

"클라우드……."

클라우드는 준비했던 말을 잠깐 잊어버렸다. 제 이름의 마지막 글자를 길게 늘이며 발음하는 세이린의 목소리 때문이었다.

"글을 쓰고 있었나?"

"응. 외전 원고 작업."

"남자 주인공이 꽃을 준 다음 껴안았다고 써."

"응?"

"지금 그렇게 할 거니까."

그의 말에 살살 녹은 세이린이 대충 타이핑을 마쳤다. 클라우드는 앞서 했던 말대로 움직이는 세이린을 사랑스럽다는 듯 바라보다, 꽃을 안겨 주곤 뒤에서 푹 껴안았다. 유일 작가가 능청맞게 '껴안았다'를 '키스했다'로 갈아 치웠다.

물론 그도 그녀가 원하는 대로 움직여 주었다. 꽃을 껴안고 입술을 내준 탓에 배로 황홀한 키스였다. 말캉하고 부드러운 감각을 즐기던 세이린이 픽 웃었다. 꽃이 자꾸 얼굴을 간질여 기분이 이상했다.

"제 앞에서도 예쁜 꽃은 흔하지 않은데…… 어떤 흑심을 품고 이렇게 예쁜 꽃을 구해 오셨을까?"

세이린이 뻔뻔하게 꽃을 칭찬하곤 화병에 꽂았다. 클라우드가 주는 꽃이라면 트럭으로 받아도 언제든 좋았지만, 특별한 이유가 있는지 궁금했다.

"쓸데없는 걱정에 대한 쓸데없는 해답이라고 해 두지."

"흐음……."

세이린은 없는 안경테를 추켜올리는 시늉을 했다. 꽃은 사랑을 가장 쉽게 전달할 수 있는 매개체였다. 그러니 야심한 밤에 찾아와 꽃을 준다는 건 진심 어린 마음을 전하고 싶다는 것이리고 봐도 무방했다.

"어떡해, 우리 마왕님. 상사병은 약도 없다던데."

세이린이 내린 답은 간단했다. 상사병. 하지만 현실은 조금 더 복잡했다. 클라우드는 세이린이 '나를 하룻밤 상대로 여기는 건 아닐까?' 하는 불안감에 사로잡힐까 겁났다. 해서 그런 사태를 미연에 방지하고자 친히 정원에 들른 것이었다.

헛다리를 짚고도 빙글빙글 웃는 세이린을 바라보던 클라우드가 인상을 찌푸렸다. 눈물 자국이라니.

"……울었나?"

부정하듯 고개를 저으면서도 황급히 뺨을 훑는 걸 보니 정말 운 게 맞는 듯했다. 갑자기 속이 긁히는 듯 어지러워졌다.

"왜 울었어."

"클라우드 슈테른 때문에."

"……아직도 아픈가?"

찔리는 것이 많은 마왕이 사뿐히 헛다리를 짚었다. 세이린은 어째 자신을 닮아 가는 마왕님을 물끄러미 바라보다 픽 웃었다.

"사랑을 너무 받았나……."

"릴리트 에테라를 빌려 와야겠군."

"아니에요. 아파서 운 거 아냐."

그렇다면 대체 무엇 때문에 울었단 말인가. 클라우드는 세이린을 제 무릎에 앉혀 놓곤 차근차근 유도 신문을 시작했다. 채 5분이 지나지 않아 세이린은 자신이 왜 울었는지를 구구절절 실토할 수밖에 없었다. 우물쭈물 변명하듯 이어지는 울음의 이유를 들을수록 그는 실없는 웃음을 흘릴 수밖에 없었다.

"정말 나 때문에 울었군."

또 덤덤하게 말하는 클라우드를 본 세이린이 눈시울을 붉혔다. 괜히 원고 작업을 하는 척 노트북을 만지작거린 그녀가 아무 생각 없이 컨트롤 키와 V 키를 같이 눌렀다.

[그가 꽃을 준 다음 키스했다. 임성운의 탄탄한 허벅지 위에 마주 앉은 유이린이 가늘게 몸을 떨었다. 몸을 움직일수록…….]

갑자기 수위 장면으로 개조되었다. 깜짝 놀란 세이린이 백스페이스키를 연타했다. 화면을 같이 바라보고 있던 클라우드가 못 본 척 시선을 돌렸다. 하지만 7년간의 과중한 업무로 속독이 몸에 밴 그는 이미 본문을 외워 버린 후였다.

쾅! 유일 작가가 다급히 노트북을 덮었다.

"나갈까요?"

"그러지."

이런 상황에서는 도피가 최선이었다. 창밖에는 휘영청 달이 떠 있었다. 이게 웬 달밤의 산책인가, 싶었지만 달아오른 얼굴을 식히려면 어쩔 수 없었다. 별궁에 있다간 계속 이 상태일 듯했다.

"날이 덥네, 더워……."

세이린이 연신 손부채질을 해 댔다. 클라우드는 픽 웃으며 이동 마법진을 그려 냈다.

"어디로 가는 거예요?"

"어둡고 으슥한 곳."

클라우드가 놀리듯 대답했다.

"어둡고 으슥한 곳이라……."

세이린이 그 장소를 상상하듯 눈동자를 굴리다, 이내 정답을 알았다는 듯 눈을 반짝였다.

"근처에 방음 잘 되는 동굴이……."

"초승 호…… 뭐?"

"역시 초승 호수 맞죠? 내일 아카데미에서 피크닉 가거든요. 사전 답사하는 느낌이라 좋네요."

태연하게 말을 고친 음란 마귀가 마법진 안으로 쏙 뛰어들었다. 클라우드는 허, 하고 헛웃음을 지었다. 방음 잘 되는 동굴이라니.

"뭘 하고 싶어서."

세이린은 듣지 못하는 물음이었다.

□ ■ □

초승 호수는 밤 산책을 하기 딱 좋은 장소였다. 가로등도 드문드문 있었고, 맑은 호수 물이 찬란한 달빛을 산란시키는 게 무척 아름다웠다. 무엇보다 자판기가 상당히 많았다. 세이린은 언제 음침한 장소를 찾았냐는 듯 주변을 팔랑팔랑 구경했다.

"원래 관광객들 엄청 많은데. 오늘따라 다른 마물이 없네요?"

"오늘은 초승 호수 국립공원 휴일이야."

그가 말했다. 평소엔 발 디딜 틈도 없는 초승 호수를 제 것인 것처럼 산책할 수 있다니. 역시 마왕님 찬스는 달라도 달랐다. 기분이 급격히 좋아진 세이린은 가장 으슥한 곳에 있는 벤치를 톡톡 두드렸다.

"잠깐 앉아 있어, 마왕님."

"어디 가게."

"자판기에서 음료수 뽑아 올게요."

"같이 가."

"안 돼요. 긴장감이 없잖아요? 이름 부를 때까지 눈 꼭 감고 기다리세요. 안 그러면 사랑한다고 안 해 줄 거야."

그 말인즉, 이름을 부를 때까지 눈 꼭 감고 기다리면 사랑한다는 말을 해 준다는 것이었다. 클라우드는 얌전히 벤치에 앉아 눈을 감았다. 세이린은 말 잘 듣는 마왕의 뺨에 짧게 뽀뽀하곤 자판기로 걸어갔다.

'무슨 음료수를 좋아하실까⋯⋯.'

고민 끝에 복숭아 맛 음료를 고른 세이린이 돈을 넣으려 할 때였다. 누군가가 그녀의 뒤로 다가왔다.

"저기⋯⋯ 혹시 돈 좀 바꿔 줄 수 있어? 잔돈이 없어서."

가죽 장갑을 낀 남자가 천만 원짜리 수표를 내밀며 말했다.

'이 돈이면 자판기를 인수하겠는데⋯⋯.'

세이린이 미심쩍은 얼굴을 하곤 고개를 돌렸다. 촤르륵. 그녀의 손에 있던 동전들이 바닥으로 떨어졌다. 가죽 재킷과 황금빛이 도는 모피. 그 안에 아무것도 입지 않아 드러난 상체.

"어⋯⋯ 너 얼마 전에 탈출한 제물 아냐?"

반갑다는 듯 인사하는 마물은 실링 워렛이었다. 그것도 무척이나 태연한 모습의.

"마침 잘 만났다. 잔돈 있지? 악연도 인연이라는데. 목말라 죽겠으니까 돈 좀 줘 봐. 이거랑 바꾸자."

세이린이 천 원짜리 지폐를 빼앗기고 천만 원을 얻었다.

'이것이 창조 경제……?'

과연 마계 최고의 대부호, 워렛의 영주는 씀씀이부터 달랐다. 세이린은 침착하려 애썼다. 그러나 심장이 거세게 뛰는 것은 어쩔 수 없었다. 도망을 가기엔 거리가 너무 가까워 금방 붙잡힐 듯했다. 실링 워렛은 태연하게 이온 음료를 뽑아 마시며 말을 붙였다.

"난 너를 저번 납치 때 잠깐 봤지만, 너는 나를 모를 테니 정식으로 소개하지."

쓸데없이 귀족적인 면모가 있었다.

"실링 워렛. 워렛 가문의 마지막 가주. 지금은 클라우드한테 살해당한 상태야."

살해당했으면 여기 있으면 안 되잖아! 세이린이 울컥 소리치고 싶은 것을 참았다. 실링 워렛은 품을 뒤적여 작은 명함을 꺼내 내밀었다. 에글론 에테라의 지갑에서 나왔던 것과 같은 모양이었다.

꿈과 사랑이 넘치는 '새벽단' 입니다.

실링 워렛(간부, 25세, 미혼)

마스타그램 : @rich_$exy_dawn

인터넷 홈페이지 : 준비 중

에글론의 것에서는 닳아 보이지 않았던 이름이 추가되었다지만, 다시 봐도 혼란스러운 명함이었다.

"아저씨가 새벽단 간부……?"

세이린의 물음에 실링이 화들짝 놀라 마시던 캔 음료를 떨어트렸다.

"아, 아저씨……?"

이상한 포인트에서 상처받는 게 새벽단의 특성인 듯싶었다.

"무슨 소리야. 잘 봐. 워렛 최고 미남한테 아저씨라니! 10년 동안 나이도 안 먹었는데!"

그가 성큼성큼 다가오자 세이린이 반사적으로 뒷걸음쳤다. 그 행동에 실링은 깊은 마음의 상처를 받은 듯 심장을 움켜쥐었다.

"너…… 지금 내가 아저씨 같아서 피한 거야?!"

"아니 방금은 그냥…… 적이 다가오니까……."

"공격 안 할게. 가까이 와서 봐. 내가 아저씨라니. 널 만나려고 어제 팩까지 하고 잤는데."

실링이 자신의 말을 증명이라도 하듯 양손을 머리 위로 들어 올리곤 찬찬히 다가왔다. 가까이에서 보니 정말로 앳된 구석이 있었다.

눈썹도 진하고, 속눈썹도 길고. 새카만 머리카락으로 왼쪽 눈가를 가린 게 음침할 법도 하건만, 그저 찰떡같이 어울렸다. 게다가 눈동자가 정말 황금을 박아 넣은 것 같은 금빛. 보이는 건 오른쪽 눈동자 하나지만, 여태까지 봤던 황금색 눈동자들이 다 노란색이나 상아색으로 느껴질 정도로 영롱했다.

'이 눈동자, 어디서 본 것 같은데…….'

세이린이 눈을 가늘게 떴다. 화룡점정으로 오른쪽 눈초리엔 작게나마 여자들을 홀린다는 눈물점까지 가진 실링이었다.

"어때?"

그가 물었다.

"눈물점 있네?"

"……그걸 발견하다니. 보통 눈썰미가 아닌데?"

"눈썰미 하면 나지."

"그래서?"

"뭐……, 아저씨 취소."

"예스."

실링은 주먹 쥔 양손을 몸 쪽으로 끌어당겼다. 마계에 넘어와 별별 미친놈을 다 본 세이린이었지만 눈앞의 실링 워렛만큼 맛이 간 놈은 처음이었다. 그는 칭찬해 달라는 듯 머리를 들이밀었다.

"머리카락도 예쁘지?"

"뭐…… 새카맣고 사악해 보이네."

"칭찬 고마워."

실링은 거래를 성사시킨 사원처럼 만족스럽게 웃었다.

"그럼 다음에 보자. 나는 얼마 전에 튄 제물을 잡으러 가야 해서……"

잠깐 멍하니 있던 실링 워렛은 그제야 제 목적을 떠올렸다.

"맞다. 네가 그 제물이지?"

실링이 마력을 일으켜 장소를 옮겼다. 초승 호수의 수면, 즉 호수 위였다.

"이렇게 하면 물 위를 걸을 줄 모르는 아카데미 낙제생은 도망갈 수도 없겠고. 나는 손쉽게 너를 호수에 가라앉힐 수 있고."

실링이 품에서 작은 달빛 수정을 꺼냈다. 무언가 마법식이 주입된 상태였다.

"짠, 이게 뭐게?"

그가 세이린을 향해 투명하게 반짝이는 보석을 내밀 때였다.

"잠, 잠깐!"

세이린이 다급하게 자신을 불러 세우자 실링이 어이없어했다.

"왜 불러? 나랑 싸워 보기라도 하게?"

"그럼 가라앉히게 그냥 내버려 두겠어?"

"아무리 내가 치유 계열로 속성을 개방했다지만 워렛의 영주야. 바람 마법은 물론이고 다른 속성 마법도 꽤 쓴다고."

"그래도……!"

"……!"

실링은 사사로운 것에도 감동을 잘 받는 편이었다. 왕년에 고리대금으로 재미를 볼 때도 절절한 사연이 있으면 심장을 뗄 걸 신장 한 쪽으로 봐주지 않았던가. 쨉도 안 될 걸 알면서도 굴복하지 않는 세이린이 어쩐지 마음에 들었다.

"나도 참…… 악당답지 않게 감성적이라니까."

알면 좀 곱게 꺼져! 세이린이 또 울컥하려는 것을 참았다.

"네가 마음에 드니까 특별한 비밀을 하나 알려 주지."

실링이 은밀한 것 말하듯 입가를 가렸다.

"비밀?"

"새벽단 단원들 넥타이가 황금색인 건 봤지?"

"……보긴 봤는데."

"사실, 간부인 나는 속옷도 황금색이야."

안 들은 귀 사고 싶다. 세이린이 수치심에 울먹였다.

"아무튼…… 붙어 보자고. 저승 가기 전에 좋은 추억 하나쯤은 만들어 줄 수 있겠지."

실링이 바람의 마력을 호수 가득 일으켰다. 세이린은 부루퉁한 목소리로 그에게 소리쳤다.

"거긴 이미 다녀왔거든?"

"그래서, 어떻게 싸울 거야?"

"소환술로 상대해 주지."

자신만만하게 말한 세이린이 큼큼, 하고 목소리를 가다듬었다.

"클라우드…… 이린이 아야! 했어."

참으로 애교스럽고 얄미운 목소리였다.

"'아야!'는 앞으로 하게 될……"

쾅광! 대지에 균열이 이는 듯한 굉음에 실링이 반사적으로 인상을 찌푸렸다. 밤하늘을 밝게 비추던 달이 갑자기 자취를 감추었다. 감지하는 것만으로도 오한이 드는 새카만 마력이 몰아쳤다.

실링이 심장 부근을 감싸며 헛구역질을 해 댔다. 설마 '아야!' 했다는 말에 그 클라우드가 나타나지는 않으리라. 노려보는 것만으로도 자신의 쨈을 부쉈던, 재앙과도 같은 힘을 가진 클라우드 슈테른이.

일순간 초승 호수의 수면이 진동하더니 물 알갱이들이 마력에 휩쓸려 하늘로 솟구쳤다. 곧 클라우드가 모습을 드러냈다.

"세이린, 괜찮나? 다쳤어?"

그는 마치 세이린밖에 보이지 않는다는 듯 물었다.

"보고 싶어서 그냥 해 본 말이에요. 와 줘서 고마워요."

"맨입으로?"

"뽀뽀해 줄까?"

쪽—

"……?"

실링은 제 눈을 의심했다. 아무래도 자신이 기억하는 그 클라우드와 눈앞의 핑크빛 하트를 퐁퐁 날리는 클라우드는 다른 마물인 듯했다.

"저, 혹시……."

실링이 손을 뻗자 클라우드가 정색했다.

"실링 워렛. 오랜만이군."

"네가 날 죽였던 그 클라우드 슈테른이야?"

"보면 모르나?"

"어쩌다 아야 했다는 말에……."

"……."

이 질문에 대한 답을 하려면 하루로는 부족했다. 클라우드는 그저 세이린에게 백 겹짜리 방어벽을 쳐 주었다. 실링이 그 모습을 보다 의아한 얼굴을 했다.

"마계 최고의 미인, 아리아는 어쩌고?"

"남의 왕비에게 관심이 많군."

"아리아를 차지해 놓고 다른 여자가 눈에 들어와?"

차지하다니. 빌리아가 들으면 소금을 뿌릴 단어였다. 클라우드가 정색하자 실링이 발끈했다.

"황제 후보 놈들은 다 왜 그래? 아리아를 데려갔으면 예뻐해 줘야 할 것 아냐!"

세이린은 클라우드에게 예쁘다는 말을 들은 왕비님을 상상해 봤다. 분명 마왕님 눈알을 뽑지 못해 한스러워 화병에 걸리시겠지. 실링 워렛은 빌리아리아 에테라를 몰라도 한참 모르는 듯했다.

클라우드가 세가만 마력을 일으키곤 말했다.

"실링 워렛. 네놈과 입씨름할 생각 없어."

그가 손을 가볍게 말아 쥐자 새카만 칼날의 검이 생겨났다. 검을 고쳐 잡느라 짧게 휘두르는 행위에도 검압이 엄청났다. 그 궤적에 있던 모든 것들이 떨어져 나갈 듯 흔들렸다. 이것이 바로 전쟁을 단번에 종식시킨, 어둠의 힘이었다.

"쳇······!"

실링이 혀를 차곤 이동 마법진을 만들었다. 인정하긴 싫지만 클라우드 슈테른과 맞붙었을 때 자신이 이길 확률은 0에 수렴했다.

"오늘은 이만 넘어가지."

실링이 태연한 척 이동 마법진을 일으켰다.

"어림없어."

콰광! 클라우드가 압도적인 마력을 일으켜 실링의 이동 마법진을 산산조각 냈다. 어떻게 다시 얻은 생명인데 같은 놈에게 다시 잃을 수는 없었다.

실링이 주머니에서 작은 달빛 수정을 꺼냈다. 수정을 부수자 푸른 안개가 급속도로 퍼져 나갔다. 안개를 느낀 클라우드가 눈살을 찌푸렸다.

"네 동요는 아니군."

"그거 알아? 우리가 연구한 결과에 따르면, 빛 속성은 동요에도 빨리 오염된다?"

"······!"

클라우드가 세이린에게 고개를 돌리는 순간 실링이 초승 호수를 벗어나며 소리쳤다.

"클라우드 슈테른. 새벽단이 머지않아 너를 부술 거다!"

그러나 마왕은 메아리처럼 울리는 실링의 목소리에는 관심조차 없었다. 그가 쓰러진 세이린을 품에 안았다.

"세이린."

"으음······."

실링이 사용한 것은 간단한 수면 마법이 아니라 랭커의 동요였다. 테이르시아 타워에서처럼 유혹을 펑펑 써 댄 상태였다면 상쇄되었겠지만 이번엔 달랐다. 세이린을 실링이 쓴 동요에서 구하려면 결국 자신의 힘을 쓰는 수밖에 없었다.

클라우드가 씁쓸한 얼굴을 했다. 겨우 어제 사랑한다고 말했고, 그녀는 오늘 자신을 위해 울어 주었다. 그러니 냉랭한 눈으로 자신을 노려볼 세이린을 마주하고 싶지 않았다. 하지만 어쩔 수 없었다.

그가 시기의 랭커의 동요를 아주 살짝 일으켰다. 겨우 눈을 떠 바라본 세이린의 얼굴엔 상당한 불만이 서려 있었다. 시기의 랭커의 동요에 당했으니 제게 살의를 느끼는 게 당연했다. 세이린이 그를 바라보며 말했다.

"재수 부재중인 마왕……"

"그건 늘 하던 말이 아닌가."

"망가뜨릴 거야."

역시나 듣기 좋은 말은 아니었다. 하지만 이 정도는 괜찮았다. 코앞으로 다가온 그녀가 옷깃을 잡았을 때, 클라우드는 그녀가 자신에게 주먹이라도 날릴 것이라 생각했다. 그래도 괜찮았다.

하지만 음란 마귀가 마물을 망가뜨리는 방법은 남달랐다.

옷을 반쯤 적신 채로 세이린이 클라우드에게 키스했다. 이건 괜찮은 정도가 아니라 사랑스러웠다. 갑자기 올라탄 세이린 때문에 잠깐 몸을 휘청인 마왕은 곧 균형을 잡았다.

"이게 네가 마물을 망가뜨리는 방식인가?"

"원래 군주는 미인계로 무너뜨려야죠."

"……미인계?"

"나 없인 먹지도, 잠들지도, 씻지도 못하게 망가뜨릴 거야."

참으로 마음에 드는 파괴였다. 사랑에 이어 미움까지 하나도 남김없이 받아내고 싶을 만큼. 클라우드가 피식 웃으며 세이린을 쓰다듬었다.

"이번에야말로 제발 무너뜨려 줬으면 좋겠군."

"응?"

"말로만 망가뜨리지 말고."

여전히 옅은 동요에 넘어가 정신을 못 차리는 세이린이 마왕의 볼을 쭉 잡아당겼다. 재수 부재중인 마왕은 보기보다 쫀득했다. 턱선은 어찌 이렇게 완벽하게 떨어지는지.

'이런 게 그립감이라는 건가?'

조물조물.

클라우드가 새는 발음으로 꿋꿋이 말했다.

"슬슬 산책을 마치고 들어갈까 하는데."

그제야 실링이 사용한 동요에서 완전히 깨어난 세이린은 헛, 하고 놀랐다.

"방금 뭐였죠?"

"네가 실링 워렛에게 동요해서 내 동요를 잠깐 썼어."

"헉……."

세이린은 자신이 수면 마취가 풀릴 때처럼 그렇고 그런 헛소리를 하지 않았을까 걱정이 되었다.

"이상한 말 한 건 아니죠?"

"이상한 말이라."

"이상한 행동이라거나……."

클라우드가 세이린을 공주님처럼 안아 들고 수면 위를 걸었다.

"계속 조물거렸어."

"네……?!"

소소한 악행을 실천하기로 마음먹은 영악한 마왕은 의도적으로 주어를 생략했다. 음란 마귀는 자신의 무의식이 만지작거릴 신체 부위가 몇 군데 없다는 걸 알고 있었다.

클라우드는 웃음을 꾹꾹 참으며 마왕성으로 이동했다.

"미인계로 무너뜨리겠다고 했고."

"헉……."

"올라탔어."

"……."

이쯤이면 가히 악마의 편집이었다.

"날 씻기고 싶다고도 했던 것 같군."

마계 법에 따르면 절반만 사실이면 허위 사실이 아니라는 것을, 그는 누구보다 잘 알고 있었다.

"네가 뱉은 말이니, 당장 지켰으면 좋겠군."

클라우드는 나쁜 짓을 그만둘 생각이 없었다. 당황스러움에 이리저리 굴러가는 자수정 같은 눈동자를 보니 더 나쁜 유희를 즐기고 싶다는 생각만 들었다. 물에 빠진 생쥐 꼴이 된 세이린을 곧장 욕실로 데려간 것도 그런 이유에서였다.

그러나 그의 침실에 딸린 욕실은 예전의 모습이 아니었다. 모든 것이 딱 클라우드 한 사람 몫만 준비되어 있던 곳에 한 사람분이 더 추가되어 있었다.

'에테라에 다녀온 사이에 시공까지 마쳤군.'

이 야릇한 분위기의 욕실이 왕비의 작품이라는 것은 안 봐도 뻔했다. 다행인지 불행인지 세이린은 바뀐 욕실을 반짝반짝 빛나는 눈으로 구경하고 있었다. 얼른 이용해 보고 싶다는 듯이.

"클라우드. 옷 갈아입고 기다리고 있을래?"

세이린이 벽에 걸린 얇은 목욕용 옷을 가리켰다. 그가 마법으로 벽에 걸린 옷과 입고 있던 옷을 맞바꾸었다. 자신의 것과 세이린의 것, 둘 다. 생각보다 얇긴 했지만 착용감이 나쁘지 않았다. 뻔뻔하게 구는 것에 재미를 붙인 클라우드가 그녀를 불렀다.

"난 이름 부를 때까지 눈 꼭 감고 기다렸어."

세이린은 자신이 초승 호수에서 했던 말을 떠올렸다.

'안 돼요. 긴장감이 없잖아요? 이름 부를 때까지 눈 꼭 감고 기다리세요. 안 그러면 사랑한다고 안 해 줄 거야.'

태연히 사랑한다는 말을 들려 달라 요구하는 모습이 사랑스러웠다. 클라우드가 재촉하거나 애원하는 걸 듣고 싶기도 했다. 세이린이 크디큰 욕조에 툭 튀어나온 수도꼭지를 짓궂게 매만지며 샐쭉 웃었다.

"알았어요. 천천히 해요. 물 받을 때까진 기다려 줄 거죠?"

똑, 똑, 똑. 욕조를 다 채우려면 날이 샐 듯한 속도로 물이 나왔다.

"못 기다릴 걸 알면서 묻는군."

클라우드가 그녀를 안고 욕조 안으로 들어갔다. 그가 마력을 일으키자 물이 고일 수 있는 모든 곳에서 뜨거운 김이 피어올랐다.

세이린은 클라우드의 어깨에 머리를 기댄 채로 욕조 안의 찰랑거리는 따뜻한 물을 느꼈다. 서서히 온몸이 달아오르는 감각이 나쁘지 않았다. 클라우드는 잔물결을 따라 한들한들 퍼지는 세이린의 머리카락을 구경했다.

"근데, 왜 옆에 앉힌 거예요?"

"욕조가 커서."

그렇게 답하는 클라우드 또한 최대한 세이린과 가까이 있고 싶었다. 욕조가 생각보다 큰 탓에 양 끝에 각각 등을 기대고 마주 앉는 것보단 옆에 앉는 게 가까웠다. 세이린은 픽 웃으며 마왕의 실수를 바로잡았다. 몸을 일으켜 마왕의 단단한 허벅지 위에 마주 보고 걸터앉은 것이다.

"물속이라 그렇게 무겁진 않죠?"

"……."

부력이 없었다고 해도 전쟁 영웅에게 세이린이 무겁게 느껴질 리 없었다. 더군다나 허벅지 위에 걸터앉다니. 사양할 이유가 없었다. 얇은 옷 두 꺼풀을 사이로 닿을 듯 닿지 않는 정욕이 문제라면 문제였다.

"그럼 이제 원래 목적을 실행에 옮겨 볼까."

능글능글 말한 세이린이 손을 구부려 물을 떠 담았다. 쪼르륵. 클라우드의 어깨 위로 따뜻한 물줄기가 흘렀다. 세이린은 아주 연약한 동물을 씻기듯 조심조심 물줄기를 흘려보냈다. 씻긴다기보단 야릇한 물놀이에 가까웠지만.

"기분이 어때요?"

농염한 손길에 지친 클라우드는 돌려 말할 여력이 없었다.

"안고 싶어."

"저는 어떨 것 같아요?"

세이린이 클라우드의 턱선을 살살 훑으며 물었다. 그녀의 마음을 짐작해 말하는 건 쉬운 일이 아니었다. 복숭아처럼 달아오른 뺨을 코앞에 두고서도 그는 쉬이 입을 떼지 못했다.

"제가 요즘 어떤 상태인지 생각하면 쉬울 텐데."

세이린이 픽 웃으며 그의 손을 제 몸으로 잡아끌었다. 물에 젖어서 쩍 달라붙은 옷감보다도 허리의 굴곡이 더 손에 감겼다. 무언가 느끼는 바가 있는 듯, 클라우드가 대답했다.

"……음란 마귀?"

"……."

아무래도 섹시하고 아찔한 어른 이미지 조성은 실패한 듯했다. 음란 마귀 자격 영주권 취득자가 억울하다는 듯 말했다.

"음란 마귀라니……! 사랑이지, 사랑. 사랑하니까 안고 싶단 말이에요."

사근사근 말하는 데다 더 바짝 안기기까지 하니 무슨 말을 해도 그는 고개를 끄덕일 수밖에 없었다.

"아깐 무너뜨리고 싶다고 하지 않았나?"

"사전 조사에 따르면 둘은 동시에 할 수 있지."

"조사라면, 직……"

"어흐흑…… 마왕님, 직박구리는 제발 잊어 주시면 안 될까요……?"

세이린이 양손으로 클라우드의 뺨을 꾸욱 눌렀다. 구겨져도 잘생긴 얼굴이라 별 타격은 없어 보였다. 고개를 조금 숙여 입을 맞추자 조금 차가운 그의 입술이 느껴졌다.

완급 조절에 능한 그와는 달리 세이린의 키스는 한없이 부드럽고 친절했다. 어딘가 서툴고 어리숙한 느낌이었지만, 그녀가 살금살금 제 입술을 탐한다는 게 클라우드를 흥분시켰다. 조금 더 바짝 앉은 세이린이 무언가를 발견한 듯 키스를 멈췄다.

물에 푹 젖어 드러난 그의 등. 그 매끈하고 잘 빠진 근육들 위에 수처럼 놓인 붉은 손톱자국. 자신이 앓느라 낸 상처라고 생각하니 눈이 절로 감겼다.

"마음에 드나?"

"어떡해…… 안 아파요?"

종이에 손끝이 베여도 데굴데굴 구르는 왕실 작가의 눈에, 등과 어깨의 붉은 낙인은 심각한 상처였다. 클라우드가 그 흔적을 꽤 기껍게 여긴다고는 생각지도 못했다. 그가 괜찮다는 투로 말했다.

"어차피 오늘도 남길 것 아닌가."

"설마 제가 아픈 데를 또 때리겠어요?"

마물들이 가장 즐겨하는 악행이긴 했지만 세이린은 그럴 생각이 없었다. 그가 내심 아쉬운 기색을 보일 즈음이었다.

그녀가 등을 어루만지던 손을 수면 아래로 내려 단단하게 굳은 그의 것을 쓰다듬었다. 조심히 쥐고 손을 움직이니 클라우드의 몸에 바짝 힘이 들어가는 것도 당연했다. 세이린은 그가 낮게 삼키는 신음을 들으며 묘한 쾌감에 사로잡혔다.

"……."

세이린이 다른 한 손으로 등줄기를 따라 물을 흘려보낼 때면 클라우드는 웃음기 없는 얼굴로 턱을 들어 그녀에게 키스했다. 마음 같아서는 새빨간 입술을 잘근잘근 씹고 싶었지만 힘 조절을 하지 않으면 세이린이 다칠 게 분명했다.

내뱉는 숨을 하나하나 삼키고 싶은 충동을 고작 혀를 빨고 입 안의 말캉한 살결을 문지르는 것으로 넘겨야 했다. 많은 것을 참느라 애쓰는 마왕을 보며 세이린이 눈웃음을 지었다.

"움직이기엔 물이 너무 많은 것도 같고……."

입술을 달싹이는 듯 속살거리는 목소리. 클라우드가 밭은 숨을 내쉬자 욕조에 가득했던 물이 손가락 높이로 낮아졌다. 세이린이 무릎으로 일어나 그의 어깨에 팔을 감았다.

기분을 다 드러내는 얼굴을 보이지 않으려 그를 꼭 끌어안은 다음 찬찬히 몸에서 힘을 뺀 그녀였다. 따뜻한 물속에서 긴 시간을 보내서인지 몸이 꽤 풀려 있어 그의 몸을 받아들일 만했다. 반 정도까지는.

클라우드는 더 내려앉지 않고 움찔 멈추는 세이린을 바라봤다. 붉게 달아오른 얼굴 때문인가 하여 머리를 한쪽으로 쓸어 넘겨 줘도 세이린은 귓가에 뜨거운 숨을 뱉기만 할 뿐이었다. 참지 못한 그가 세이린의 골반을 붙잡고 끌어 내렸다.

"으웃……!"

그녀가 손을 움츠렸다. 몸을 가르듯 미끄러져 들어오는 그 때문에 벌써 다리가 후들거렸다. 세이린은 그를 꽉 안으며 그의 이름을 중얼거렸다. 시간이 조금 지난 탓일까. 눈물이 핑 도는 눈가와는 달리 조금씩 움직일 만했다. 그녀의 가슴에 으스러지도록 꼭 안긴 클라우드의 얼굴이 귀까지 달아올랐다.

그가 젖은 머리카락인지 살결인지 모를 굴곡들을 입술로 잘근잘근 씹으며 마구잡이로 탐했다. 허리에 새겨진 서명이 점자라도 된 듯 손끝으로 어루만지고 또 어루만졌다.

원을 그리듯 그녀의 허리가 유연히 움직일 때마다 덜컥 숨이 차올랐다. 손자국을 내지 않으려 뒷머리를 쓰다듬고 지문으로만 등을 긁어 대는 것이 더 깊이 안아 달라는 신호처럼 느껴졌다.

"사랑…… 읏."

사랑한다는 말을 해 주고 싶었던 세이린이 고개를 뒤로 젖혔다. 그럴수록 클라우드는 더 거칠게 몰아붙였다. 세이린이 사랑한다는 말을 입 밖으로 내려 할수록 그는 더 집요하게 치달았다.

"읏……!"

세이린이 경련하듯 허리를 젖혔다. 쏟아지는 자극에 발끝까지 힘이 들어갔다. 클라우드가 씨근거리던 숨을 희고 끈적하게 내보내자 세이린이 힘없이 그에게 매달렸다. 목욕물이 사라진 탓에 뜨겁게 흐르는 느낌이 적나라했다. 그녀가 힘이 쭉 빠진 손길로 클라우드의 머리카락을 헤집으며 말했다.

"……사랑해."

나른한 목소리는 그가 급급히 집어삼켰던 어떤 숨보다 간질거렸다. 매끈한 몸에 남은 잔열을 하나도 놓치지 않겠다는 듯 클라우드가 샅샅이 그녀를 매만졌다.

마주 앉아 껴안은 자세가 여러모로 마음에 들었다. 말갛게 홍조가 오른 얼굴의 혈맥을 따라 입을 맞출 때면 사랑이 절정에 이르렀을 때보다 아랫배가 저릿했다. 숨을 고른 그녀가 닿아 오는 입술을 느끼며 다시 한 번 말했다.

"사랑해, 클라우드."

몸을 섞는 내내 뚝뚝 끊기던 문장이 이제야 온전히 나왔다.

"진짜로 사랑해."

클라우드에겐 그녀의 직설적인 고백이 낯설었다.

"……들었어."

"들으면 들을수록 행복할 텐데."

세이린이 여전히 발그레한 얼굴로 윙크했다.

"알면서 묻는군."

330

"그럼 계속 사랑한다고 해 줘야겠다."

"내게 원하는 것이라도 있나?"

"일단 마왕님을 원하고……."

세이린이 악동처럼 씩 웃곤 그의 어깨에 머리를 기댔다.

"클라우드가 행복했으면 좋겠거든."

축복도 이런 축복이 없다고 생각하는 순간 클라우드는 세이린 폴룩스에게 두려움을 느꼈다. 자신을 무서울 정도로 물들이는 그녀가 무서웠다.

그다음으로는 그녀를 통제하지 못하는 자신이 겁났다. 자연 발생한 이후로 무언가에 이렇게 빠져 본 적이 없었다. 아니, 빠진다는 표현 자체를 그녀로부터 배웠다고 하는 것이 옳았다.

오로지 마계의 황제가 되어 평화를 지속시키는 것만이 자신의 이상이었다. 역할이자 의무였고, 유일한 가치였다. 하지만 지금은 또 하나의 이상이 생긴 것 같았다.

"……세이린 폴룩스."

클라우드에게는 고개를 살짝 돌려 자신을 바라보는 세이린이 완전하게만 느껴졌다. 항상 노을빛으로 화사하게 빛나는 그녀가 자신을 생각하다 울었다는 게 믿기지 않을 정도로.

오로지 마계를 위해서 소모되던 자신이 온 마계와 세이린이라는 두 가치를 두고 저울질하는 것 자체가 어불성설이었다.

"불러 놓고 왜 말을 안 해요? 뽀뽀해 줄까?"

자신이 그토록 소중히 여겼던 마계 전체가 능글능글 웃는 세이린 하나를 상대로 맥도 못 추고 패하는 것은 더더욱. 무게를 재는 것조차 헛된 일로 느껴졌다. 클라우드 슈테른의 저울은 이미 세이린 쪽으로 되돌릴 수도 없이 깊이 기울어진 상태이니.

"세이린."

그녀를 부르는 그의 목소리가 진중했다. 세이린은 진지한 분위기에 맞춰 그의 가슴팍을 쓰다듬던 손을 거두려 했다. 클라우드가 그 손 위로 제 손을 느리게 깍지 껴 겹쳤다. 세이린은 지금 단단하게 맞물린 손가락 아래로 미친 듯이 두근대는 심장을 느끼고 있을 터였다.

"……네 시간이 조금만 더 내 것이었으면 좋겠어."

그가 한참을 고르고 또 생각하다 겨우 뱉었다. 사실 남은 모든 시간을 제게 달라 말하고 싶었지만 그랬다간 부담스러워할 것 같았다. 그녀의 삶을 조금씩 좀먹을 수 있다면 그것만으로도 더할 나위 없이 행복할 것 같았다.

그가 어렵게 꺼낸 말이라는 것을 단번에 눈치챈 세이린이 교태를 부리듯 웃음을 지으며 답했다.

"나도."

더 많은 그를 원했고, 더 많은 것을 함께하고 싶었다.

"……."

괜히 가슴이 두근거려 눈을 감았다 떴을 때, 세이린은 처음으로 환하게 웃는 클라우드를 봤다. 늘 보이던 것처럼 한쪽 입꼬리를 비뚤게 올리거나 비아냥대는 조소가 아니었다.

'이런 미친…….'

음란 마귀는 머릿속에 휘몰아치는 5,500가지 나쁜 생각을 꾹꾹 눌렀다. 클라우드가 세이린을 가볍게 껴안으며 속삭였다.

"그럼 이제……"

당연히 청혼의 의미를 알아들었으리라 생각한 그는 정확히 5초 후에 굳어 버렸다.

"침대로 갈……"

"결…… 뭐?"

클라우드가 세이린을 추궁하듯 바라봤다.

"침대?"

말을 듣는 상대가 일반 마물이 아니라 음란 마귀라는 것을 고려했어야 했다. 그랬다면 이런 참사가 일어나지는 않았으리라. 진심 어린 청혼에 대한 대답이 침대로 가자는 것이라니.

세이린이 당연히 이런 의미가 아니었냐는 듯 고개를 갸웃하는 게 이렇게 얄미워 보일 수 없었다.

클라우드가 말없이 세이린을 어깨에 둘러메고 욕실에서 나왔다. 침대로 향하는 걸음에는 조금의 군더더기도 없었다. 다소 불친절하게 그녀를 침대 위에 내려놓은 그가 성큼 그 위로 몸을 겹쳐 올렸다.

"옷에서 물 떨어지면 시트 젖는데……."

"이제 됐나?"

그가 손을 까딱이자 젖은 두 벌의 옷이 침대 시트가 아니라 바닥의 카펫을 적시기 시작했다. 세이린은 클라우드의 반응에 당황했다.

'이런 의미가 아니었나? 아까 뭐라고 했지……?'

그녀가 클라우드가 삼킨 단어를 떠올리기도 전에 진도표용 펜듈럼이 침대 헤드에 걸렸다.

"그동안 이 일을 너무 게을리한 것 같군. 미뤄 둔 분량을 대체할 만한 긴 장면이 하나 있던 것 같은데."

그에게서 검은 오오라가 피어오르는 것처럼 보였다. 얼굴엔 콧등을 따라 새카만 그림자가 내려앉았다. 영문을 알 리 없는 세이린이 그가 펼친 자신의 책을 들여다봤다.

"헉……."

세이린이 장장 십 페이지에 걸쳐 일어나는 이 야릇한 장면을 모를 리 없었다.

"마왕님, 우리 대화로 해결할까? 응?"

"대화?"

클라우드는 울화가 울컥 치밀어 오르는 것을 애써 무시하며, 아주 태연하게 그녀의 무릎을 잡아 벌렸다.

"넌 말로 하는 대화 별로 안 좋아하잖아."

뜨끔. 세이린이 겁먹은 얼굴로 마른침을 삼켰다. 그가 다리 사이에 자리 잡는 것을 보곤 반사적으로 몸을 움츠렸지만, 전쟁 영웅 마왕에게 그녀의 몸부림은 애교에 불과했다.

반쯤 포기한 그녀가 눈을 질끈 감았다. 쪽, 하는 소리가 무릎에서 나는 것까지는 괜찮았다. 허벅지? 참을 만했다. 하지만 다음부터가 문제였다. 숨이 닿은 적 없는 부드러운 살에 입술이 닿자 온몸이 저릿했다.

감각이 배로 예민한 클라우드는 그 반응을 알아챘고, 멈추기는커녕 오히려 즐겼다. 장난으로 느껴질 정도로만 괴롭히고 싶었고, 아주 잠깐이지만 세이린을 울리고 싶기도 했다. 짧은 키스가 더 깊이 파고들다가 마침내 몸의 중심에 닿았다.

"잠, 잠깐만······!"

세이린이 다급히 소리쳤지만 그렇다고 들을 그가 아니었다. 이미 토라진 클라우드는 가장 예민한 살결을 혀로 훔쳐 냈다. 질컥거리는 낯선 자극에 세이린이 상체를 벌떡 일으켰다. 반쯤 무릎 꿇은 마왕은 번들거리는 입술을 혀로 축이며 그녀를 올려다봤다.

"하지 마. 이상해. 응?"

세이린의 투정에도 그는 아무런 반응을 보이지 않았다. 갑작스러운 청혼에 대한 답이 '침대'라는 것을 상기하니 쌀알만큼 남아 있던 멈출 생각이 눈 녹듯 사라졌다.

"명령하면, 들을 것 같나?"

손자국이 남을 정도로 세이린의 허벅지를 감싸 쥔 클라우드는 자신이 아니라면 아무도 탐하지 못할 살결을 느른히 맛봤다.

"읏······, 숨 내쉬지 마요."

"죽으란 소린가?"

"진짜 재수 없······, 그만······."

세이린은 어쩔 줄 몰라 달뜬 신음을 흘리다가 뭉근한 희열에 입술을 깨물었다.

"클라우드, 나한데 화났어?"

"무슨 소린지 모르겠군."

"거짓말······! 아······."

차마 멈추라고 할 수도 없을 만큼 직설적인 쾌감이었다. 하지 말라는 말은 잘난 마왕의 노련한 움직임에 자취를 감추었다. 숨을 몰아쉬던 세이린은 침대 시트를 긁다가, 움찔했다가, 얼마 가지 않아 클라우드의 머리를 조심히 쓰다듬었다.

머리카락에 가만히 와 닿는 손에 클라우드가 고개를 들었다. 이건 예상치 못한 반응이었다. 세이린이 눈물 그렁그렁한 눈으로 애원하듯 보고 있으리라고 예상했건만. 현실은 정반대였다.

세이린이 풀린 눈으로 가쁜 숨을 색색거리며 자신을 쓰다듬고 있었다. 팔랑팔랑 돌아다니기를 좋아하는 평소와 동일 인물이라곤 생각할 수 없을 만큼 요염했다. 자신을 기쁘게 한 것을 칭찬하는 여신이 있다면 이런 모습이리라. 풀린 눈으로 가쁜 숨을 몰아쉬는 그녀를 보니 더는 참을 수가 없었다.

'……누가 왕이고 누가 누구에게 벌을 주겠다는 건지.'

그가 손등으로 입가를 훑곤 그대로 침대 헤드를 거칠게 붙잡았다. 팔과 손등에 힘줄이 불거져 나왔다. 그대로 세이린에게 파고들어 적응할 시간도 주지 않고 거칠게 움직여도 애욕이 좀체 가라앉지 않았다.

속이 끓었다. 끊어질 듯 말 듯 잇는 소리를 내며 안기는 세이린 때문인지, 그녀가 웃으며 뱉은 사랑한다는 말들 때문인지는 알 수 없었다. 마구잡이로 들이치고 빠져나가던 클라우드의 몸에 낮은 전율이 일었다.

"읏……!"

세이린이 신음을 삼키곤 침대에 털썩 누웠다. 고조될 대로 고조되었다 터지듯 퍼지는 쾌락에 온몸이 쿵쿵 뛰었다. 유일 작가는 왜 남자 주인공이 다소 거칠게 구는 장면이 인기가 많은지 단번에 이해했다.

'원래 이렇게 좋은……가?'

신세계도 이런 신세계가 없었다. 세이린이 침대 옆자리를 톡톡 두드리자 클라우드가 홀린 듯 그곳에 누웠다.

'어후……'

아직 숨을 할딱이는 와중에도 땀에 젖어 달빛을 희미하게 받아 내는 마왕님의 등빨이 눈에 들어왔다. 베개 대신 베기 딱 좋아 보인달까. 음란 마귀가 클라우드의 등을 베고 누웠다. 그가 곧 몸을 돌린 탓에 옆으로 주르륵 흘러내렸지만.

"뭐 해."

클라우드가 세이린을 위해 팔을 내주었다. 단단한 팔뚝 위에 누워서 보는 마왕님은 쉬이 눈을 뗄 수 없을 만큼 색기 어린 모습이었다. 몇 번이고 다시 안기고 싶을 만큼.

"안아 주면서 끝나는 장면인 거, 아시죠?"

픽 웃은 클라우드가 세이린을 끌어안았다. 맞닿은 모든 곳에서 가쁜 심장 박동이 느껴졌다.

반짝!

침대 헤드에 걸린 펜듈럼이 빛났다. 클라우드가 며칠 전 펜듈럼의 마법식을 수정한 탓이었다. 원래는 진도표에 있는 장면을 현실로 만들어야 빛나게 되어 있었지만 그 범위를 책 전체로 넓힌 것이다. 때문에 책 안에 있는 내용이기만 하면 꼭 진도표에 없더라도 펜듈럼이 반응을 보이게 되었다.

"안아 주기만 할 거야?"

세이린이 앙탈을 부렸다.

"원하는 것이라도 있나?"

"사랑한다면서요. 얼른 쓰다듬어 줘. 뽀뽀도 해 줘."

사랑한다는 말을 붙이면 클라우드는 제법 말을 잘 들었다. 그는 자신의 품으로 늘어지듯 안기는 세이린을 쓰다듬었고, 엉망이 된 머리카락에 짧게 입 맞추기도 했다.

"사랑해. 잘 자요."

"너도."

"그거 알아요? 우리 이제 애인 사이다?"

세이린이 툭 내뱉곤 무심히 잠을 청했다.

'애인……'

클라우드가 두 글자를 곱씹었다. 자기야, 에 이어 발음이 꽤 마음에 드는 호칭이었다. 그러나 만족감이 들기는커녕 애인이 아니라 남편이나 가족이 되고 싶다고 말하고 싶어 안달이 났다. 그가 나지막한 목소리를 냈다.

"……세이린."

"우리 마왕님. 얼마나 더 원해……?"

이번에도 그의 뜻을 잘못 해석한 음란 마귀가 서서히 잠에서 깨어났다.

□ ■ □

평소 빌리아리아 에테라는 클라우드에게 관심이 없었다. 그러나 그의 신변에 무슨 일이 벌어졌을지도 모르는 상황이라면 이야기가 달랐다. 가령 지금처럼 늘 오던 회의에 그가 참석하지 않을 때.

'7년 동안 한 번도 빠진 적 없는 놈이 왜⋯⋯?'

조금 늦겠거니 하고 기다렸건만. 도서관장과 카드 탑을 두 번이나 쌓았는데도 마왕은 모습을 드러내지 않았다.

'하룻밤 사이에 암살당한 건 아니겠지?'

이혼 서류에 도장 찍기도 전에 클라우드가 죽는 건 곤란했다. 그가 죽어 버려 슬픔에 빠진 유일 작가님이 외전을 내주지 않는다면 더더욱.

쾅쾅쾅! 빌리아가 난폭하게 클라우드의 침실 문을 두드렸다. 그러나 아무런 소리도 들리지 않았다. 묵묵부답에 불안감을 느낀 왕비가 문을 벌컥 열었다.

"⋯⋯."

처음 3초 동안 빌리아는 못 볼 것을 본 사람처럼 오만상을 찌푸렸다. 멀쩡한 침대를 놔두고 침실 바닥에서, 그것도 이불이 아닌 침대보를 덮고 있는 클라우드를 보았기 때문이었다.

일주일 동안 잠 안 자고도 멀쩡하던 마물이 이렇게 개판으로 망가진 건 처음이었다. 늘 차분한 편이던 머리는 또 어떤가. 일부러 저렇게 만들기도 어렵다 싶을 정도로 뻗쳐 있었다.

'회의 안건을 산더미처럼 상정해 놓고 태평하게 잠이나 자?'

울컥 분노를 느낀 빌리아는 한마디 하려다 곧 입가를 양손으로 가렸다.

"어머⋯⋯ 미안."

그러곤 빛의 속도로 문을 닫은 다음, 아무 일 없었다는 듯 뒷걸음쳤다.

'됐다⋯⋯ 됐어⋯⋯!'

방금 전, 마법으로 제복을 갖춰 입은 클라우드가 곧장 재킷을 벗어 무언가를 덮었다. 분명 소중한 것을 남에게 보이지 않겠다는 듯 감싸는 행동이었다.

'축배를 들 날이 머지않았군.'

부채를 펼친 왕비가 입가를 가리곤 사악한 웃음을 지었다.

난데없는 빌리아의 기습에 당황했던 클라우드가 다시 누웠다. 카펫이 깔려 있긴 했지만 바닥이라 딱딱했다. 허, 하고 헛웃음이 나왔다.

'도둑질도 늦게 배운 놈이 더한다더니만.'

본능을 앞세워 정신없이 서로를 탐하다 잠들었고, 눈을 뜨니 바닥이었다. 이불은 어디다 놔두고 침대보를 덮고 있는지는 기억도 나지 않았다. 사실 세이린이 품에 안겨 있다는 것만이 중요했다.

"세이린."

"마왕님…… 거긴…….."

아주 음란 마귀다운 잠꼬대였다. 조금 거칠게 안은 것이 생각나 마음이 콕콕 쑤셨다.

"왕실 작가. 안 일어나나?"

"으음……."

클라우드도 알고 있었다. 하루 여덟 시간을 꼬박 잠에 투자하는 세이린에게 네 시간의 수면은 턱없이 부족했다. 하지만 아카데미에는 가야 했다.

'하필 피크닉 날이라 빠지지도 못하겠군.'

마음 같아서는 온종일 제 품에서 재우고 싶었지만 현실적으로 그건 불가능했다. 클라우드가 세이린의 뺨을 톡톡 두드렸다.

"세이린. 결혼하자."

"더 해 주…… 응?!"

웅얼웅얼 욕망을 털어놓던 세이린이 눈을 휘둥그레 떴다. 기상도 이런 말끔한 기상이 없었다. 신음이 새어 나올 정도로 온몸이 쑤셨지만 그건 나중의 일이었다.

"방금 뭐라고 하셨어요?"

"너랑 매일 같이 자고 싶어."

"아무리 마물이라도 매일 어제처럼 하면 쓰러지지 않을까요……?"

음란 마귀 버프는 24시간 가동되는 듯했다. 이젠 그녀가 삽질하는 모습까지 사랑스러워 보이니 방법은 하나뿐이었다.

"결혼할 거야. 너랑."

"……네?"

"프러포즈 링이 준비될 때까지 온몸을 다해 설득할 생각이고."

가슴이 뭉근히 달아오르는 탓에 세이린이 입술을 맞물었다. 클라우드의 곁에 있을 수 있다면 그것이 결혼이든 무엇이든 기꺼이 하고 싶었다.

이미 아끼고 살펴 주는 것으로 사랑을 수없이 증명한 그였다. 게다가 모든 위험을 감수하고 낮 대륙으로 자신을 구하러 와 주지 않았던가.

'그런데 보통 온몸이 아니라 온 마음을 다해 설득하지 않나?'

짜릿한 설득까지 해 주신다니 거절할 이유가 없었다.

"이미 넘어갔지만 아닌 척할 테니까, 온몸을 다해 설득해 주세요."

"……음란 마귀. 너 솔직히 말해. 몸 때문에 나 좋아하지?"

"에이, 그럴 리가요. 남편 되실 분의 모든 게 좋으니까 결혼도 하고 싶은 거지."

어제는 애인이더니, 오늘은 남편이란다. 클라우드는 세이린의 세 치 혀에 완패한 기분을 느꼈다.

□ ■ □

마왕이 평소처럼 빈틈없는 모습으로 도서관에 나타난 건 약 한 시간 뒤였다. 세이린을 아카데미에 보내고 나니 허한 기분이 들었지만, 정무는 정무니 개인적인 감정은 숨기는 게 옳았다. 물론 그의 뜻대로 되지는 않았다.

"어머…… 클라우드. 피곤할 텐데 저기 앉아서 편히 발표 듣도록 해. 아침은 먹었어?"

이미 모든 것을 눈치챈 빌리아가 그를 극진히 대했다. 소파에는 마계에서 제일 부드럽다는 에테라산 민들레 솜털 쿠션이 놓여 있었다.

"도서관장. 오늘 회의를 시작하지."

클라우드는 빌리아의 호의를 깔끔히 무시하고 책상에 걸터앉았다. 페일 도서관장 또한 평소와 조금 다른 눈짓으로 클라우드를 바라봤다. 주군이 싹싹한 데다 복숭아 맛 마력을 지닌 세이린을 가까이하는 게 무척 달갑게 느껴졌다.

"조만간 좋은 일이 있을 듯하군요."

"페일. 독신주의라고 하지 않았나?"

"제 경우에는 기억나는 마땅한 인연이 없어서……."

본의 아니게 도서관장의 아픈 곳을 건드린 클라우드가 큼, 하고 헛기침을 했다.

"황제의 자리에 올라 뜻을 펼치려는 마왕에겐 소소한 악행을 일삼는 사랑이 필요하지요."

페일의 목소리에는 주군의 안녕을 생각하는 진심이 담겨 있었다. 빌리아가 살풋 웃는 것으로 동조했다.

"얼른 일 시작하자. 난 작가님께 마냥 행복한 마계를 선물하고 싶거든."

세 마물이 클립보드를 집어 들었다. 오늘도 처리해야 할 안건이 빽빽이 나열되어 있었다.

"대부분이 새벽단에 대한 것들이야. 작가님이 실링을 봤다고 하셨으니까 환상인지 누군가가 세운 대역인지 조사해 봐야겠지."

"실링 워렛은 살아 있어. 무슨 방법을 쓴 건진 더 조사해 봐야겠지만."

클라우드가 책상 위에 반짝이는 가루를 쏟아 냈다. 지난밤, 실링 워렛이 세이린에게 사용했던 마법식이 든 달빛 수정 파편이었다.

"살아 있을 뿐만 아니라 대단한 계획까지 꾸미고 있는 것 같더군."

빌리아가 흰 가루를 판독하듯 매만졌다. 순간적으로 졸음이 쏟아졌다.

"치유 계열의 수면 마법이 아니네?"

"랭커의 동요를 달빛 수정에 담아서 쓰더군. 랭커와 동요의 연관성을 떠올려 봤을 때, 졸음이 쏟아지는 것은 나태의 랭커의 동요겠지."

"고리대금으로 유명한 실링 워렛이 탐욕의 랭커인 건 온 마계가 아는 사실인데…… 설마."

"새벽단의 간부는 실링 워렛과 누구인지 모를 나태의 랭커. 최소 둘."

"그 이상일 수도 있겠지."

클라우드는 지난밤 실링을 마주했던 때를 떠올렸다. 마계의 빛을 모시는 여명회. 여명회의 상징을 로고로 사용하는 새벽단. 새벽단이 하고 있다던 이속성 연구.

어쩌면 저들을 하루아침에 뿌리 뽑을 수 없을지도 모른다는 불길한 예감이 들었다.

Chapter
11

초승 호수와 나이

오늘의 아카데미 일정은 시험을 마친 학생들을 격려하기 위해 기획된 피크 닉이었다. 추후 마왕과 뜻을 같이하며 마물들을 지킬 아카데미 학생들을 위해 초승 호수 국립공원이 통제되었다.

"고삐 풀린 망아지처럼 뛰어놀 거면 마력 운용 연습이나 해!"

레이가 사방팔방으로 튀는 학생들에게 소리쳤지만 아무도 듣지 않았다. A반 학생들은 잔물결의 일렁임조차 없어 하늘을 비추는 큰 거울 같은 호수 위를 마음껏 뛰놀았다. 물 위를 걷는 마법을 이미 마스터한 덕이었다. 반면 F반 학생인 세이린과 커밋은 구석에 쭈그리고 앉아 얌전히 구슬치기를 하고 있었다.

"야, 세이린."

커밋은 또르륵 굴러간 세이린의 마력 구슬을 이리저리 살피다가, 그녀의 얼굴을 보고 흠칫 놀랐다.

"너 왜 그렇게 음흉하게 웃어?"

이유야 간단했다. 얼른 학교 갈 준비 하라고, 아침 먹으라고 잔소리하던 마왕님이 오늘은 목소리를 낮게 깔고 계속 결혼하자고 속삭여 줘서. 그 상태로 뭔가를 먹으면 체할 것 같아서 과일만 집어 먹었는데 체리를 막 삼킨 순간 못 참겠다는 듯 키스해서.

'우리 마왕님이 스킨십 장인인 건 나만 알고 있어야지.'

세이린이 또 한 번 엉큼하게 웃었다.

"수상해. 무슨 일 있지?"

커밋이 마력을 뭉쳐 만든 구슬을 세이린 쪽으로 툭 굴리며 물었다. 세이린은 대답하는 대신 커밋의 뭉쳐진 마력을 살폈다. 1차 고사에서도 낙제한 학생의 것이라고는 믿을 수 없을 만큼 견고했다.

"커밋, 너 왜 이렇게 잘해?"

"원래 실전엔 강해. 이론이 망해서 F반인 거지."

"어련하실까."

긴장하면 자기 이름도 까먹는 애한테, 뭘 바라.

"집중 좀 해 봐."

커밋이 다그쳤다. 세이린의 구슬은 내구성이 약했다. 한 걸음 떨어져 있는 커밋에게 도착할 즈음이면 금이 가거나 이가 빠졌다. 커밋은 뭐가 문제인지 알아내려는 듯 구슬을 집어 면밀히 살폈다.

"뭐 좀 알겠어?"

"……전혀. 다프네한테 물어볼까?"

"너 자꾸 기사단장님들한테 존칭 생략할래?"

"그럼 쟤네?"

제이드 제릴을 포함한 A반의 에이스들은 마력을 응축하는 건 일도 아니라는 듯 물 위에서 축구를 하고 있었다.

"됐어. 나중에 애인한테 물어볼래."

"애인……?"

표정에 드러나는 커밋의 사고 순서는 이랬다. 세이린의 애인. 왕실 사람. 후궁 테마주. 마왕님. 그리고 주식 대박. 에메랄드빛 눈동자가 어느 때보다 반짝였다.

"……나 건물 살 준비 해?"

"네 마음대로 해. 반토막 나도 나는 모른다."

"무슨 소리야. 거기에 올인했는데……!"

"계란을 한 바구니에 담지 마라, 몰라?"

"이번엔 무조건 한 바구니였다고."

세이린이 커밋을 놀리려 아쉬운 표정을 했다.

"네 주식 박살 날지도 몰라."

"뭔 소리야……! 얼른 결혼한다고 해!"

결혼의 당사자인 세이린보다 흥분한 커밋이 조금 큰 목소리를 냈다. 그래서일까. 두 F반 학생을 등지고 날아오는 공을 패스 받던 제이드가 허무하게 공을 놓쳐 버렸다. 화염처럼 활활 타오르는 불 속성의 마력 공이 곧장 세이린에게로 날아왔다.

"허으악!"

비명만 터져 나오지 몸이 움직이지 않았다. 정통으로 맞으면 죽을지도 모른다는 생각에 세이린은 머리만 겨우 감쌌다.

콰광!

건물이라도 부서진 줄 알고 눈을 떴을 때, 모두의 시선이 그들에게 몰려 있었다. 정확히는 눈 하나 깜짝 안 하고 제이드의 끓는 공을 받아 든 커밋에게로. 커밋이 가진 물의 마력이 제이드의 뜨거운 공을 차갑게 식혔다. 멋들어진 대사를 날릴 타이밍이건만, 커밋이 제일 걱정하는 것은 역시 하나였다.

"내 후궁 테마주…… 아직 괜찮은 거 맞지?"

"에라이, 이 주식에 미친 놈아. 내 걱정을 해야지!"

"내 주식이 괜찮으면 너도 멀쩡한 거지. 후궁 테마주인데."

다리에 힘이 풀려 어느샌가 넘어진 세이린을 일으킨 건 여대까지 친구랍시고 같이 다닌 커밋이 아니라 놀라서 달려온 제이드였다.

"패스 놓쳐서 미안해. 그런데 세이린 너, 진짜 결혼해?"

커밋은 자기 주식 증서를 휴지 조각으로 만들 뻔한 제이드를 향해 이를 갈았다.

"제이드 님. 우리 세이린 다칠 뻔했잖아요."

344

"……너랑 해?"

"말 못 해요, 제이드 님."

세이린은 픽 웃었다. 아무리 만인에게 반말하는 커밋이라고 해도 상대가 마왕이라곤 떠벌리지 못했다. 제이드가 복잡한 심경으로 둘을 번갈아 봤다.

"교내 연애는 금지인 거, 알지?"

"제이드 님은 하던 축구나 계속 하시지?"

"잠깐 쉴 거거든? 하인 주제에 말이 많아."

"쳇."

세이린과 커밋이 호수 근처의 벤치로 이동하자, 제이드가 따라와 합석했다. 얼떨결에 두 남자 사이에 낀 세이린은 클라우드에게 문자를 보내느라 잠깐 한눈을 팔았다.

"야."

몸을 뒤로 기울인 제이드가 입 모양으로 커밋을 불렀다. 벙긋거림으로, 그것도 등 뒤에서 조심스레 부른 보람을 커밋이 와장창 깨 버렸다.

"세이린. 제이드 님이 너 연애하냐는데?"

"……야!"

제릴가 막내아들을 엿 먹인 커밋이 만족스럽게 웃었다.

"……진짜 둘이 연애해?"

"전 연애 안 해요, 제이드 님."

"못 하는 거랑 안 하는 거, 둘은 다른 말이다."

세이린을 사이에 두고 앉은 제이드와 커밋은 질리지도 않고 티격태격댔다.

"인기 많은 제이드 님. 전 연애 안 하는 거예요. 감정에 휘둘리는 게 싫어서."

"보통 못 하는 애들은 그렇게 말하더라."

"안, 하는 거라니까요. 제이드 님."

"그만! 둘이 언제 이렇게 친해졌어? 저번에 술 취한 제이드 님 집에 데려다주면서 우정의 서약이라도 했어?"

세이린이 둘 사이를 찢어 놓았지만, 제이드는 만취했던 그날의 기억이 떠올랐는지 이를 으득 갈았다.

"쟤 나 길거리에 버리고 갔어. 워렛 중심부에."

어이쿠야. 제이드를 짐짝처럼 들고 가더니만.

"그야 제이드 님 집이 어딘지 관심도 없고…… 워렛 탑 텐 안에 드는 부잣집 도련님이니 누군가 집으로 모시고 갈 줄 알았죠."

"뭐야?"

"그래도 계산은 제가 했잖아요, 제이드 님."

"계산은 내가 하려고 했는데 네가 선수 친 거잖아!"

"그야…… 네놈, 아니, 제이드 님이 돈으로 명예를 사려고 하시니까."

"내가 내 돈으로 명예 좀 사겠다는데."

"누가 탐욕의 워렛 출신 아니랄까 봐."

세이린이 커밋에게 고개를 돌렸다.

"커밋. 재물 좋아하는 걸로 치면 너도 워렛 출신으로 보여."

"세이린. 무슨 소리야. 나는 시엘리아에서 나고 자랐거든!"

제이드가 픽 비웃었다.

"웬 시엘리아 자부심? 차라리 물질 만능주의 워렛이 낫지."

"……."

"그 가문에서 멀쩡한 건 아벨 경 하나야. 그러니까 마왕님도 아벨 경 하나만 살려 두신 거겠지. 아무리 시엘리아의 가주가 밤 대륙 전체의 왕이나 마찬가지였다고 해도, 에테라랑 같이 폭정의 대명사인데 부심 부리긴."

"폭정의 대명사?"

"그래. 폭정의 대명사. 각 대륙에서 제일 강했던 에테라와 시엘리아의 영주는 자신이 마계의 유일한 황제가 될 생각만 했지, 백성들 생각은 하나도 안 했어."

"제이드 님. 커밋이 폭정한 거 아니잖아요."

분위기가 험악해지자 세이린이 금방이라도 주먹다짐을 할 듯한 둘을 뜯어말렸다.

"하지만……!"

"제 쪽으로 공 날아온 거, 아벨 경한테 이를까요?"

세이린의 얍삽한 협박에 제이드가 꼬리를 내렸다.

"……그래서. 네 연애 상대는 누군데?"

"있어요. 지금은 절대 말 못 할 사람."

제이드는 단번에 그가 누구인지 알았다는 듯 오만한 웃음을 내비쳤다.

"괴도 맞지? 지금 기사단장들이 수배하고 있으니까……."

제대로 짚은 헛다리에 커밋이 피식 웃었다.

"괴도는 무슨."

"아니면 달리 누가 있어. 말 못 할 사람이라며."

"제릴 집안 아들이 신문도 안 봐요? 괴도는 보물 훔치러 다니는 거지, 연애하러 다니는 게 아니네요."

커밋은 주식 정보지로 익혔을 화려한 근거 자료를 바탕으로 제이드의 형편없는 추리를 신랄하게 비판했다.

'얘넨 전생에도 앙숙이었을 거야. 어쩜 속성도 딱 물이랑 불이지?'

세이린이 고개를 젓곤 벤치에 등을 기댔다.

"그냥 한번 붙어라. 이기는 편 우리 편."

두 마물이 서로를 헐뜯는 와중에도 초승 호수의 풍광은 고즈넉이 아름다웠다. 은빛으로 빛나는 듯 잔잔한 물결, 지저귀는 새들, 붙어 있는 남녀…….

"저거 누구야?"

세이린이 손 그늘을 만들곤 붙어 있는 두 남녀를 바라봤다.

"아벨 경이랑 이리스 경이네."

이리스는 오늘도 끈질기게 아벨을 따라다니고 있었다. 야근으로 지친 아벨의 곁에 돗자리를 깔고 앉아 무릎을 툭툭 두드렸다. 제 무릎을 베고 누우라는 영업에도 아벨은 넘어가지 않고, 나무에 기댄 불편한 자세로 졸듯 눈을 붙일 뿐이었다.

"시엘리아 남자들은 여자한테 관심이 없나? 이리스 경이 저렇게 적극적인데."

세이린의 물음에 커밋이 눈썹을 으쓱였다.

"······그게 왜 가문 문제야. 아벨 개인 일이지."

"아벨 경은 왜 이리스 경을 밀어내실까?"

"차가운 피랑 차가운 눈물을 가진 집안이라니, 그럴 수도 있지."

제이드가 제법 문학적인 대답을 내놓았다.

"차가운 눈물?"

"시엘리아 혈통의 특징이라더라. 피가 푸르고 눈물이 얼음장처럼 차가운 거."

커밋이 콧방귀를 뀌며 덧붙였다.

"'레인'이라는 가문이 시엘리아의 하인 가문이었어서 그런 걸 수도 있지."

"······진짜?!"

대체 주식 정보지에 안 나오는 정보가 무엇이란 말인가.

"어차피 귀족 사회가 무너진 지금은 의미 없겠지만."

커밋이 흘린 고급 정보가 추가된 세이린의 머릿속 로맨스 도식이 갑자기 복잡해졌다. 이리스 경은 아벨 경을 좋아한다. 그런데 이리스 경의 집안은 대대로 아벨 경 집안의 하인이었다. 클라우드가 견고한 신분제를 무너뜨렸지만 아벨 경은 이리스 경을 밀어낸다.

'······아벨 경이 신분 때문에 사랑을 무시할 사람은 아니신데.'

둘 사이는 명료한 것 같으면서도 거대한 무언가가 감춰진 듯 갈피를 잡기 어려웠다.

"모르겠다. 마법 연습이나 하자."

"구슬치기를 또 하게?"

"그거 말고. 물 위 걷는 거."

세이린이 엉덩이를 툭툭 털며 일어났다. 실링 워렛이 자신을 수면으로 데려갔을 때 아무것도 하지 못한 게 기억났다. 빛이라는 이속성을 지녀 다른 속성 마법을 잘 쓰지 못한다면 비속성 마법이라도 마스터해 두는 게 나으리라.

"물 위에서 제이드 님만큼 움직이는 게 오늘 내 목표."

그러나 물가로 걸음을 옮긴 세이린은 걸음마를 연습하는 아기처럼 아장아장 발을 내디뎠다. 좀 전의 패기 있는 선언이 무안할 정도였다. 제이드가 팔짱을 끼고 그 광경을 지켜봤다.

"어느 세월에 나처럼 걷는다는 건지."

"제가 성장이 빠른 편이라."

세이린은 이론 시간에 배운 대로 호수 표면에 온 신경을 집중했다. 제이드가 오만상을 보곤 웃었다.

"……너 마법을 얼굴로 쓰냐?"

"집중력 깨트리지 마세요!"

세이린이 빽 소리쳤다. 수면을 걷는 마법은 호수 표면에 마법을 거는 거지 몸에 주문을 거는 게 아니었다. 발을 디딜 위치에 마력을 떨어트려 넓게 펴고, 그 위를 밟는다. 즉, 걸음을 내디딜 때마다 새로운 좌표를 계산해 내야 했다. 진지한 그녀에게 커밋이 겁을 줬다.

"잘못 계산하면 맨홀에 빠지는 것처럼 훅, 알지?"

"너도 좀 움직여, 커밋. 한곳에 가만히 있으면 좌표 계산 안 늘거든?"

커밋은 양팔을 벌리고 아슬아슬 걷는 세이린을 찬찬히 따라왔다. 계산을 조금만 하려고 징검다리처럼 마력을 흩뿌린 다음, 점프해서 오는 꼼수까지 써 가며.

"보폭을 좁게 해서 걸어와야 계산이 늘지!"

"그래도 너보단 잘해."

"……시끄러!"

세이린은 보폭을 좁게 해서 호수의 중앙 부분까지 걸어왔다. 시간이 꽤 걸리긴 했지만 수면 위 산책은 성공적이었다.

"제이드 님, 제 마법 어때요?"

"……실력이 엄청 빨리 늘긴 하네."

제이드의 인정을 받은 세이린이 저 멀리에서 찌뿌둥한 어깨를 풀고 있는 커밋에게 손을 흔들었다.

"야, 커밋! 나 좀 봐…… 헉!"

풍덩! 순식간에 세이린이 수면 아래로 빨려 들어갔다. 누가 몸을 일부러 끌어 내리는 것처럼 깊이 빠지는 속도가 너무 빨랐다. 갑자기 찬란한 빛을 내는 젬을 꼭 붙잡고 물 위로 떠오르는 마법을 써 봐도 효과가 없었다. 흐트러지는 머리카락 때문에 눈앞이 보이지도 않았다. 실링 워렛이 빠트렸을 때보다 더 빨리, 더 깊게 가라앉았다.

'어떡해⋯⋯!'

머금은 마지막 숨을 토해 내려 할 즈음.

휙!

이번엔 누군가가 위로 잡아당기는 것처럼 빠른 속도로 몸이 떠오르기 시작했다. 푸른 기운이 감도는 익숙한 마력이었다. 세이린은 눈을 질끈 감았다. 곧 다급한 목소리가 들려왔다.

"아가씨!"

"캑⋯⋯ 아벨 경⋯⋯."

"세이린 아가씨, 괜찮으십니까?"

"덕분에 괜찮아요, 아벨 경."

갑자기 물에 빠져 시선을 끌게 된 것이 묘하게 부끄러웠던지라 세이린은 얼른 자리에서 벗어나려 했다. 그런데 무언가가 이상했다. 자신을 바라보는 마물들의 표정이 심상치 않았다.

'왜 다들 더위를 먹은 것처럼 얼굴이 빨갛지? 표정은 왜 굳고?'

특히 저 멀리에서 달려온 제이드의 얼굴이 터질 것처럼 달아올랐다.

'내가 무의식적으로 동요라도 발동시킨 건가?'

제이드가 황급히 재킷을 벗어 물에 젖은 세이린에게 입혔다. 눈을 마주치지 않으려 시선을 피한 채였다.

이 모든 이상 반응의 이유를 알려 준 건, 오직 주가 폭락에만 크게 놀라는 커밋이었다.

"세이린. 너 나이 먹은 것 같아."

"뭐?"

마계가 1년에 한 살씩 나이를 먹지 않고 레어 아이템을 얻듯 제멋대로 나이를 먹는 세계라는 것은 세이린도 알고 있었다. 때문에 나이를 근거로 살아온 시간을 측정할 수 없다는 것도. 그러나 인간계에 살다 온 세이린에게는 청천벽력 같은 말이었다.

"겉으로 봐서는 한두 살 먹은 것 같지 않은데."

커밋의 말에 세이린은 호수 표면에 비친 자신을 살폈다. 자연 발생할 때부터 다 큰 모습이었기에 엄청난 변화가 있는 것 같지는 않았다.

"농담하지 마. 아무것도 안 변했구만!"

그러나 그것은 세이린의 착각이었다. 그녀의 곁으로 다가온 빅토리아와 이리스, 다프네가 거의 동시에 마른침을 삼키는 주군의 모습을 떠올렸다.

'전하께서 힘드시겠군.'

숨 쉴 때마다 유혹하듯 달큰한 향이 퍼졌다. 앳된 모습이 조금 사라진 대신 그 자리를 몇 배나 많은 관능으로 채운 듯했다. 속눈썹이 길어졌고, 몸의 굴곡들이 한층 풍만해졌으며 무엇보다 살결이 부드러워졌다.

잠깐 몸을 씻으러 물가에 내려온 여신이 있다면 이런 느낌일까. 같은 여자가 봐도 그야말로 숨 막힐 듯 아름다웠다.

"……새삼 제가 예쁜가요?"

세이린이 어색한 분위기를 깨기 위해 싱긋 웃으며 농담했다. 그러자 기사단장들은 맥없이 고개를 끄덕였다.

"응."

"네……."

"엄청."

너스레조차 사랑스러워 할 말이 없을 정도였다. 왕실 작가의 애교에 면역이 없는 여자 기사단장들이 정신을 못 차리는 사이에, 낮잠을 자고 있던 레이 필드가 한발 늦게 헐레벌떡 다가왔다.

"야, 꼬맹이……."

"제가 하루 이틀 예쁜 것도 아닌데, 왜 다들 놀라시지?"

"내가 그 말투 고치라고 했어, 안 했어."

레이가 세이린의 양 볼을 쭉 잡아당겼다. 일전에 테이르시아 타워에서 있었던 사건 덕에 세이린의 애교에 면역이 충분한 그였다.

"잠깐 한눈파는 사이에 물에 빠진 데다 나이까지 먹으면 어떡해!"

"아야…… 제가 빠지고 싶어서 빠진 것도 아닌데!"

"뭐?"

"누가 가라앉히는 것 같았어요."

레이가 낭패감이 역력한 얼굴로 기사단장 배지를 잠깐 바라봤다. 주군께 이 사태가 보고된다면 이번에야말로 기사단장직 반납이었다.

"일단 아가씨를 아카데미 총장실로 데려가야겠습니다."

아벨이 세이린을 조심스레 일으키며 말했다. 아무렇지도 않다는 듯 평소처럼 행동하는 그를 레이가 이상하게 바라봤다.

"아벨, 넌 왜 멀쩡하냐?"

"무슨 뜻입니까?"

"주변을 봐."

남자 마물들은 물론이고 여자 마물들까지 세이린에게 홀려 시선을 떼지 못하고 발만 동동 구르고 있었다.

"학생들이 세이린 아가씨를 걱정하고 있나 봅니다."

그렇다. 아벨은 세이린의 변화를 눈치채지 못할 정도로 눈치가 없었던 것이다.

"아벨, 넌 진짜 아무 이상 없어?"

"머리가 조금 아프긴 합니다만…… 그것 빼고는 괜찮습니다."

이리스가 추파를 연사하듯 던져 대도 안 넘어가던 둔감함이 이럴 때는 유용했다. 레이와 이리스가 허탈한 듯 픽 웃었지만, 아벨은 그 이유를 눈치채지 못하곤 말을 이었다.

"아까 아가씨를 건져 낼 때 누군가의 마력이 느껴졌습니다. 누군가가 아가씨를 마력으로 끌어 내린 겁니다."

"그런 고급 마법을 쓸 수 있는 학생이 있다고?"

"조사해 보면 알겠지요."

아벨이 차분하게 역할을 분담했다.

"이리스와 제가 물 속성 학생들을 조사하겠습니다. 빅토리아와 다프네가 아가씨를 총장실까지 모셔 가십시오."

속성이 같은 탓이었지만, 아벨의 말을 들은 이리스는 아벨과 자신이 한 몸이라는 생각에 흠뻑 취했다. 레이는 즐거워하는 이리스를 바라보다 아벨에게 비죽 얼굴을 들이밀며 물었다.

"나는?"

"금빛 기사단장은 아가씨의 후견인께 이 사태를 보고해 주십시오. 담임 교수이지 않습니까."

아벨의 말에 레이의 얼굴이 창백해졌다.

"아벨."

"예."

"사직서 내라는 말이 하고 싶으면 그냥 해."

하지만 순진한 밤의 푸른 기사단장은 이번에도 무슨 뜻인지 모르겠다는 얼굴을 했다.

"……아니다. 나 간다. 그동안 즐거웠다."

레이가 마법진을 그리고는 터덜터덜 마왕성으로 향했다. 다프네와 빅토리아 또한 총장실로 향할 채비를 마쳤다. 아벨은 자리를 뜨려는 다프네를 잠시 불러 세웠다.

"잠깐만요, 다프네. 잠시 치료를 부탁드려도 될까요? 제이드 군이 벌써 2차 고사 공부를 시작했나 봅니다."

고개를 돌리자 코피를 줄줄 쏟고 있는 제이드 제릴이 보였다. 아벨의 둔하디둔한 반응을 본 빅토리아는 그저 이리스에게 측은함을 느낄 뿐이었다.

□ ■ □

빅토리아와 다프네, 세이린이 차례로 들어서자 잔잔하던 총장실의 분위기가 단번에 응급실처럼 분주해졌다.

"어떻게 된 거죠?"

스피카가 당황스러운 얼굴을 했다. 빅토리아가 자초지종을 설명하는 사이 다프네가 나이 측정기를 가져와 세이린의 앞에 세웠다.

"아가씨. 여기에 손을 대세요."

세이린이 나이 측정기에 손을 대자 교통 카드 잔액 찍히듯 나이 측정값이 나왔다.

[24]

"네, 네 살이나 먹었다고요? 이유도 없이?"

놀란 그녀에게 총장이 설명했다.

"정설은 아니지만 학자들이 주장하기로는 생을 뒤바꿀 만한 특별한 일을 겪으면 나이를 먹는다는군요."

"헙……."

음란 마귀가 마왕님의 등빨을 떠올렸다.

"아니면 속성 개방의 전조 증상이거나."

"아……."

아니었군.

"제가 속성 개방이라니……."

감회가 새로웠다. 물 속성인 밤의 푸른 기사단장이 얼음을 만들고, 바람 속성인 은빛 기사단장이 치유 마법을 쓸 수 있는 건 그 방향으로 속성을 개방했기 때문이라고 했다. 하지만 빛은 도무지 짐작 가는 것이 없었다. 스피카가 자리에서 일어나며 말했다.

"클라우드 전하께서 이야기를 들으셨을 테니 곧 오시겠지요. 쉬고 있도록 하세요."

스피카는 빅토리아와 다프네가 힘을 합쳐 세이린을 보송보송 말리는 것을 뒤로한 채 복도로 나와 서성였다. 예상대로 미래의 황제가 급박한 걸음으로 마법진에서 뛰어나와 물었다.

"세이린은."

"나이를 먹은 것뿐입니다."

"나이?"

클라우드 또한 곧바로 그 이유가 사랑을 나눴기 때문이라고 지레짐작했다. 스피카는 자못 엄한 목소리를 냈다.

"곁에 두시는 것을 막지 않겠다고 답했더니 기어이 품으셨나 봅니다."

"……."

물론 스피카가 한 '품는다'는 말은 더 가까이에 두었다는 의미였지만, 음란마귀가 옮겨 붙은 마왕은 그저 입 안의 혀를 씹을 뿐이었다.

"곁에 두시면 마력이 점점 줄어들 겁니다. 전하의 거대한 마력엔 작은 흠밖에 되지 않겠지만."

"잘 아는군."

"침식은 계속될 겁니다."

클라우드가 퉁명스러운 얼굴을 했다.

"스피카. 네 눈엔 내가 솜사탕으로 만들어진 것 같나?"

"전하의 힘을 의심하는 게 아닙니다. 거리를 두셔야 할 겁니다. 적어도 세이린 양의 마력이 안정될 당분간은."

"못 해."

총장은 주군이 무언가를 해 보기도 전에 포기하는 것을 처음 보았다.

"여명회의 성서를 자꾸 언급하기 죄송하지만, 빛에서 태어난 존재인 어둠은 빛에 홀린다지요."

어쩐지 너무 홀린다고 했다. 총장의 걱정이 그에겐 '세이린에게 빠질 수밖에 없는 타당한 근거 1' 정도로만 들렸다.

"경전은 마계의 비유 정도로만 보는 것이 옳다고 생각하는데."

클라우드는 애써 무표정을 유지하며 총장실의 문손잡이를 잡았다. 안에서 떠들썩한 세이린의 목소리가 들려왔기 때문이었다.

끼익—

"클라우드 전하!"

무엇이 그리 기쁜지 세이린이 환하게 웃고 있었다. 아직 반쯤 젖은 옷을 입은 채로. 보송보송하게 마른 머리카락이 전보다 더 길게 늘어져 복숭아꽃 색으로 빛났다. 평소대로라면 참지 않고 달려가 그녀를 안아 올렸을 클라우드가 심장 부근을 거세게 쥐었다.

"크윽……."

"전하……?"

세이린이 고개를 갸웃하자 클라우드가 이를 악물었다. 곧 복도에서 마왕을 뒤따라온 왕비와 두 기사단장, 도서관장의 목소리가 들려왔다.

"대체 전하께선 혼자서 달려 나가시면 어쩌시겠다는…… 어머."

빌리아가 심장을 부여잡은 클라우드를 보곤 픽 웃었다.

"심장 아프세요?"

"……"

붉은 눈동자가 잠시 멈칫했다. 클라우드의 표정이 심각했으나 눈앞의 나이를 먹은 유일 작가가 너무도 화사하게 아름다워 좀체 판단이 서지 않았다. 영긴가민가한 반응이라 빌리아는 묻지 않을 수가 없었다.

"전하. 작가님이 상큼해서 심장이 쿵 내려앉은 거예요, 아니면 진지한 의학적 조치가 필요하신…… 윽!"

붉게 달아오르기 시작하는 그의 눈에서 불길한 예감을 느낀 빌리아가 뒤로 물러났다. 생명의 위험을 느끼긴 기사단장들도 마찬가지였다. 오직 세이린만이 살기를 내뿜으며 고통스러워하는 클라우드에게 성큼 다가갔다.

'이 느낌은…… 아까 호수에 빠졌을 때랑 비슷한데.'

세이린이 인상을 찌푸렸다. 클라우드에게 가까이 가려 걸음을 내디딘 순간 내면의 견고한 무언가가 잘게 부서지는 느낌이 들었다.

지끈거리는 머리를 진정시키려 눈을 감았다 뜨니 완전한 살기에 둘러싸인 클라우드가 코앞에 있었다. 죽음에 가까운 캄캄한 힘이었다.

"전하, 괜찮으세요?"

클라우드가 숨을 낮게 몰아쉬며 세이린의 뺨으로 손을 뻗었다. 마치 마약을 끊어 금단 증상에 시달리던 중독자가 오랜만에 그 약을 본 것 같은 반응.

"어휴, 마왕님……."

세이린이 클라우드의 달아오른 눈가를 손끝으로 식혔다. 그가 풀린 눈으로 안달을 내는 게 꼭 품위 있는 최음 상태로 보였다.

"왜 힘들어해요, 응?"

식은땀을 흘리며 앓는 게 안타까워서 뺨을 감싸니 그가 작게 움찔했다. 무슨 일이냐고 물으니 대답 대신 고개를 비스듬히 숙여 차츰 거리를 좁혔다. 키스가 아니라 잡아먹을 기세로.

예상대로 짧게 입을 맞춘 클라우드는 날카로운 송곳니를 감추지도 않고 세이린의 입술을 물었다. 물컹한 복숭아를 베어 문 것처럼 달짝지근한 액체가 그의 턱을 타고 흘렀다.

"으읏…… 조금만 살살 해요. 응?"

세이린이 아파 죽겠다는 말을 꾹꾹 삼키고 그를 조련하듯 달랬다. 입술에서 피가 나는 것도 무서웠지만 죽음이라고 불러도 좋을 새카만 마력이 클라우드를 덮고 있는 게 더 무서웠다.

'이 힘이 어디서 나오는 거지?'

세이린이 흐트러진 정신을 집중했다. 어둠의 힘이라면 빛으로 상쇄할 수 있을지도 몰랐다. 눈을 잠깐 감자, 클라우드가 쨈을 박아 넣어 둔 넥타이핀이 짙은 청보라색으로 빛났다.

"편하게 해 줄게요. 잠시만……."

그녀가 쓰라린 입술로 간신히 내뱉곤 그의 쨈을 꼭 쥐었다. 오염된 것이 정화되듯 일순간 깨끗한 빛이 터져 나왔다. 주인을 닮은 세이린의 빛은 참으로 많은 일을 일으켰다.

먼저, 의도했던 대로 클라우드의 눈에서 붉은 기운을 걷어 갔다.

"……세이린. 피가 많이 나는군."

제정신으로 돌아온 클라우드는 자신이 세이린을 다치게 했다는 것에 적잖은 충격을 받았다. 자극적인 키스 신에 잠시 정신을 놓고 있던 다프네가 곧바로 세이린을 치료했음에도 충격은 가라앉지 않았다.

"코로나!"

멍해 있던 클라우드의 주의를 끈 것은 빌리아의 외침이었다. 듬직한 풍채와 기골을 자랑하던 코로나가 품에 쏙 안길 정도의 미니 사이즈가 되어 있었다. 머리부터 발끝까지 새카만 투구와 갑옷으로 뒤덮인 건 마찬가지였으나 조그만 모습이 되니 영 위엄이 없었다. 이 또한 세이린의 빛이 일으킨 일이었다.

"그림자 기사단장님이라 빛이 닿으면 짧아지는 걸까요?"

세이린이 작아진 코로나를 번쩍 안아 들며 물었다.

"하지만 여태까진 아가씨가 빛을 빵빵 쏴 주셔도 멀쩡하지 않았습니까."

"오…… 몸은 작아졌어도 두뇌는 그대로네요."

"놀리지 마십시오……!"

코로나가 새는 발음으로 말했다.

"세이린 양이 속성을 개방해서 그럴 겁니다. 기존의 빛의 마력과 양상이 다르겠지요."

스피카의 말에 세이린이 가만히 주머니 속의 젬을 매만졌다. 한없이 따뜻한 기운이 조금 더 강해진 것 같았다. 처녀 귀신 음란 마귀로 마계 영주권을 받은 자신이 이런 일을 할 수 있다는 게 믿기지 않았다. 게다가 제일 큰 변화는 아직 입 밖으로 내기 전이었다.

'아무리 생각해도 그건 클라우드의 기억이야.'

클라우드의 젬을 손에 쥐었던 찰나, 세이린은 어떤 기억이 흘러들어 오는 듯한 기분을 느꼈다. 캄캄한 눈꺼풀 안쪽에 나타난 것은 바로 자신의 얼굴이었다.

'……봐도 왜 하필 그런 장면을 본 건진 모르겠지만.'

붉게 달아오른 채로 입술을 깨무는 자기 얼굴을 보는 건 상당히 민망했다.

'클라우드가 나를 볼 때 이런 느낌이구나.'

이상한 깨달음을 얻은 세이린이 조심스레 손을 들었다. 이속성 중 빛의 힘은 흔하지 않으니 머리를 싸매고 있는 총장과 도서관장에게 말하는 것이 옳으리라.

"저기…… 아무래도 제가 남의 기억을 볼 수 있게 된 것 같아요."

"네?"

"젬에 손을 대니 보이더라고요."

클라우드는 세이린이 무슨 기억을 엿봤을지 은근히 걱정되기 시작했다. 정작 세이린은 스피카에게 질문하느라 정신이 팔려 있었다.

"도서관장님께 사탕 처방을 내리셨을 때부터 여쭤보고 싶었어요. 제 마력이 다른 마물의 기억과 연관이 있나요?"

예리한 동시에 어리석은 질문. 그리고, 모든 것의 시작이자 끝이 될 수 있는 질문이었다.

"고작 기억과 연관이 있는 게 아닙니다."

"그럼……."

"세이린 양의 마력은 모든 것과 관계가 있습니다."

스피카는 기어이 자신의 입에서 튀어나오고야 만 문장을 다시 삼키려 했다. 그러나 이미 엎질러진 물, 내뱉은 말이었다. 잠시 정적이 흐른 뒤, 의아해하는 모두에게 총장이 선언하듯 말했다.

"앞으로 더 많은 것을 가지게 되실 겁니다. 이제 겨우 달이 차오르기 시작했을 뿐이니."

세이린은 그 말에 달을 닮은 자신의 젬을 꼭 쥐었다. 어딘가 종교적인 분위기를 풍기는 스피카 총장의 말은 이해가 될 듯 말 듯 했다. 그러나 빛의 마력이 모든 것과 엮여 있다는 말만은 바로 이해할 수 있었다.

"세이린 양은 앞으로 몇 차례의 각성을 거쳐 완전한 빛을 갖게 되시겠지요."

"……그때마다 클라우드 전하가 아파하실까요?"

세이린의 눈동자에는 진심 어린 걱정이 담겨 있었다. 클라우드가 표정을 드러내지 않기 위해 잠깐 숨을 참았다. 더 큰 힘을 지니기 위해 각성한다는 말을 듣고 가장 먼저 묻는 게 자신의 안위라니. 속이 간질거려 주먹을 꽉 쥐어야만 했다. 영민한 왕비가 그의 반응을 놓칠 리 없었다.

"어머! 저게 뭐죠?"

빌리아가 먼 곳에서 날아오는 무언가를 발견한 것처럼 창문을 가리키며 소리쳤다. 모두의 시선이 창문으로 쏠린 틈에 클라우드는 세이린에게 바짝 다가와 뺨에 입을 맞췄다. 직전의 나쁜 기억을 말끔히 지워 내듯 따뜻하고 부드러웠다. 클라우드는 자신의 송곳니가 박혔던 아랫입술을 엄지로 훑으며 미안한 얼굴을 했다.

"놀랐을 텐데."

"괜찮아요. 조금 많이 짜릿하긴 했지만."

듣기 좋은 음악처럼 한층 나긋해진 세이린의 목소리에 빌리아도 사르륵 녹았다.

"어머, 이게 뭐죠?"

이번엔 와장창, 하는 요란한 소리를 내며 창문이 깨졌다. 세이린이 보기엔 백 퍼센트 빌리아가 한 일이었지만, 어느 기사단장이 빌리아리아 에테라의 마력을 눈치챌 수 있으랴. 설사 알아챘다고 해도 왕비님 신분이 있으니 티는 못 낼 터였다.

잠시 입술을 뗐던 클라우드는 뜻밖의 협력에 씩 웃었다. 그러곤 세이린을 향해 얼굴을 비스듬히 기울여 다시 한 번 쪽, 입을 맞추곤 떨어졌다. 슬쩍 벌어진 그녀의 옷깃을 여며 준 다음 아무 일 없었다는 듯 제 자리에 도도하게 앉기까지 채 30초도 걸리지 않았다.

"빌리아, 창밖에 뭔가 있나?"

"제가 잘못 본 듯합니다. 전하."

이럴 때만 호흡이 척척 맞는 두 마물이었다. 빌리아는 클라우드 못지않게 태연히 앉아 부채로 입을 가리며 눈웃음 지었다.

"클라우드도 참⋯⋯ 아직 깰 창문이 다섯 개나 남았는데."

몹시 아쉽다는 목소리였다. 하지만 세이린은 여전히 걱정이 많았다.

"정말 어떡하죠? 전하도 코로나 경도 제가 가까이 있으면 영향을 받으시잖아요."

빌리아가 그건 별것 아니라는 듯 대답했다.

"무슨 일이 일어날 때마다 사랑의 입맞춤을 하면 되겠네요."

참으로 큰 그림에 부합하는 해결법이었다.

도서관장과 스피카 총장은 이 사태를 어떻게 해결하면 좋을지 머리를 맞대고 고민했다. 확실한 해결책이 나오기까진 한참이 걸렸다.

"걱정 마세요, 세이린 양. 전하께서는 빛의 마력이 안정될 때까지 물리적, 마법적 거리가 있는 상태에서 며칠 요양하시면 괜찮아지실 겁니다."

도서관장이 늘 그랬듯 거슬거슬한 잿빛 수염을 매만지며 설명을 시작했다.

"절친했던 불 속성과 물 속성 학생들이 속성 개방 후 둘도 없는 앙숙이 되었다는 이야기는 들어 본 적이 있으실 겁니다."

세이린이 고개를 끄덕였다. 속성과 사랑의 상관관계는 아카데미 학생들이 주 회원인 인터넷 커뮤니티에서도 수없이 쏟아지는 고민 중 하나였다. 나는 불 속성이고, 사랑하는 그는 물 속성인데 속성 개방이 두렵다는 둥 어떡하냐는 둥 하는 얘기들.

"그럼 제 속성이 마왕님과 상극이라 충돌한 건가요?"

"제 생각으론 그렇습니다. 막 개방된 아가씨의 마력이 불안정하기 때문이겠지요."

마계의 지식을 모두 머릿속에 베낀 도서관장님이 하는 말이라면 야식이 살 안 찐다고 해도 믿을 세이린이었다.

"문제는 보물이 어디 있냐는 건데……."

"보물이요?"

세이린은 시험 범위를 떠올렸다. 마계에는 지수화풍의 속성당 두 개씩, 총 여덟 개의 보물이 있었다. 네 개는 수정, 즉 보석의 형태이고 나머지 네 개는 꽃의 형태를 하고 있다던가. 그중 하나가 바로 빌리아가 가진 바람 속성의 백합, '릴리트 에테라'였다.

"마법적 거리를 만들기 위해서는 보물이 꼭 필요합니다. 보물이 내뿜는 마력이 두 분의 마력이 얽히는 걸 최대한 막아 줄 테니까요."

세이린이 망연자실한 얼굴을 했다. 이 무슨 날벼락이란 말인가. 최대한 빨리 이 사태를 수습하기 위해서는 어쩔 수 없다는 걸 알면서도 그와 떨어지는 게 내키지 않았다.

표정이 굳는 건 클라우드도 마찬가지였다. 지금 쉬지 않으면 또 무슨 부작용이 있을지 모르니 안정을 취해야겠지만, 세이린을 볼 수 없다는 말이 달가울 리 없었다.

"보물의 위치는."

클라우드가 도서관장에게 물었다.

"소유자나 소재지가 확실히 알려진 건 비전하의 '릴리트 에테라' 뿐입니다."

"다른 보물들의 현황을 파악하려면 얼마나 걸리지?"

"상당한 시간을 들여도 파악하지 못할 확률이 높습니다. 대부분의 보물은 비밀리에 거래되니까요."

마계의 여덟 가지 보물은 전쟁 전부터 소재가 불분명했다. 보물들은 마력을 지녔으니 낮과 밤의 각 가문에서 협상의 대상으로 사용하거나, 때로는 뇌물의 역할을 했다. 물론 훔치거나 도둑맞는 경우도 종종 있었지만. 세이린이 잠시 눈동자를 굴리다 말했다.

"릴리트 에테라는 에테라 가문이 오랫동안 가지고 있어서 그렇게 부르는 거잖아요."

"그렇죠."

"그렇다면 수정 모양 보물들은 몰라도, 꽃 모양 보물들은 찾을 수 있지 않을까요?"

세이린이 기억하는 꽃 모양의 보물들은 다음과 같았다. 땅 속성의 튤립, 튤 로이펠. 물 속성의 수선화, 나르시스 시엘리아. 불 속성의 장미, 로제 플로리스. 그리고 바람 속성의 백합, 릴리트 에테라. 모두 꽃과 영주의 가문이 합쳐진 이름이었다.

"저도 아벨에게 물어본 적이 있었는데, 아벨은 시엘리아에 수선화 모양 보물이 있는지도 모르던걸요."

빌리아가 태연히 말했다. 순간 별궁에 갇혀 자랐다던 아벨의 과거를 떠올린 세이린이었다. 그는 가문의 일원으로 인정받지 못했으니 모르는 것도 이상하지 않았다.

"튤 로이펠도 로이펠 성지에 없고."

빌리아가 연이어 말했다.

"로제 플로리스는요?"

"불의 장미는 원래 낮 대륙의 불 속성 가문인 플로리스가 가지고 있던 거예요. 전쟁 통에 어떤 얌체 같은 놈이 훔쳐 갔다고 들었어요."

지은 죄가 있어 가만히 이야기를 듣고 있던 레이 필드가 조심스레 손을 들었다.

"로제 플로리스의 위치라면 제가 알고 있습니다."

클라우드가 베일 듯 날카로운 눈으로 금빛 기사단장을 바라봤다.

"어디서 들은 정보지?"

"······초대장을 받았습니다. 진귀한 보물인 로제 플로리스를 인수한 기념으로 파티를 연다더군요."

"장소는?"

"워렛의 워렛 성입니다. 실링 워렛 사후, 경매에 나온 것을 미스터 제릴이 인수했습니다."

클라우드의 미간이 구겨졌다. 미스터 제릴이라니.

"그렇다면 지금 워렛 성 소유자는······."

"제릴 포스트를 발행하는 제릴가입니다. 지금은 워렛 성이 아니라 제릴 하우스라고 불린다더군요."

역시나. 클라우드가 영 탐탁지 않아 하는 것에 반해 세이린은 안도의 한숨을 내쉬었다.

"휴, 다행이다. 제이드가 짓궂긴 하지만 나쁜 애는 아니거든요. 은근히 성격이 좋기도 하고요."

"좋다고?"

마왕이 세이린의 의사를 재차 확인했다. 진작 프러포즈 링을 만들어 정식으로 청혼을 했어야 했다. 그랬다면 세이린 폴룩스가 자신의 약혼녀임을 만천하에 밝힐 수 있었을 텐데.

'······마음에 안 들어.'

클라우드가 어린애처럼 뚱한 얼굴을 드러냈다. 하지만 세이린은 괜찮다는 듯 클라우드를 위로했다. 어차피 일주일. 반드시 떨어져 있어야 한다면 가벼운 마음으로 헤어지는 게 훨씬 나을 터였다.

"아파서 요양 온 마물 괴롭힐 애도 아니고요. 게다가 마왕님을 엄청 좋아해서, 마왕님 안위와 관련된 일이라면 적극 협조해 줄걸요?"

"······그런가."

클라우드는 살랑 일어나 유배 아닌 유배를 떠날 준비를 하는 세이린을 아쉬운 듯 바라봤다.

"별궁에 잠깐 들러서 짐 챙겨 올게요."

"빅토리아. 세이린을 돕도록."

주군의 명을 받은 빅토리아가 이동 마법진을 그려 세이린을 별궁 앞에 내려 주었다.

"빅토리아 경, 잠깐 별궁 앞에서 기다려 주세요!"

벌컥 문을 연 세이린은 재빨리 필요한 것들을 챙기곤, 두꺼운 책 한 권을 들고 로자리에게 다가갔다.

"로자리!"

주방을 정리하고 있던 로자리가 깜짝 놀랐다.

"아가씨, 어디 가세요?"

"사정이 생겨서요. 워렛 성에 가 있기로 했어요."

"얼마나요?"

"일주일 정도?"

세이린이 로자리에게 책을 내밀었다. 아카데미에서 사용하는 땅 속성 마법의 교본이었다.

"제가 없어도 연습 게을리하시면 안 되는 거 아시죠?"

1차 고사 이후로 세이린은 로자리에게 속성 마법을 조금씩 가르쳐 주고 있었다. 처음엔 투박한 뗀석기 같은 것들만 만들어 내던 로자리였지만 이젠 제법 간석기를 만들 수 있게 되었다. 원래 목표는 땅의 마력을 이용해 정교한 석상을 만드는 것이었지만.

"제가 마법에 능하면 더 잘 가르쳐 줄 수 있었을 텐데."

"아니에요. 저는 마법을 배울 수 있다는 것만으로도 기뻐요."

로자리가 진심을 다해 웃었다. 주인을 섬기는 자들은 속성 마법을 익히지 않는다는 것은 영주 시대 때부터 내려온 규칙이었다. 다른 세계에서 넘어온 왕실 작가님은 이를 모르는 듯했지만.

"제가 다녀올 동안 하루에 한 챕터씩. 알죠?"

"네!"

짐을 다 챙긴 세이린은 뒤이어 도서관까지 뛰어갔다. 그녀가 페일이 유리 상자에 넣어 둔 일명 '캔디 메이커'에 손을 대자, 연분홍빛 사탕들이 데굴데굴 굴러 나왔다.

'하루에 한 알이니까 이 정도면 충분하겠다.'

이제 마왕성에서 잠시 떠나도 안심이었다.

"빅토리아 경, 슬슬 워렛 성으로 갈까요?"

"머지않아 왕실 작가님이 없으면 마왕성이 안 돌아가겠네."

빅토리아가 웃음 띤 얼굴로 중얼거리고는 워렛으로 향하는 붉은 이동 마법진을 그려 냈다.

□ ■ □

한편, 세이린을 보낸 클라우드는 여전히 표정을 굳힌 채였다. 빌리아 또한 할 말이 많았다.

"소녀, 부끄럽습니다."

"모두 잠시 자리를 비워 줬으면 좋겠군."

졸지에 총장실의 주인인 스피카를 포함한 모두가 복도로 쫓겨났다.

"앗, 코로나 경은 이리 오세요."

빌리아가 아장아장 걷는 코로나를 안아 제 무릎 위에 앉혔다. 문이 닫히자마자 마왕 부부가 동시에 짜증을 냈다.

"로제 플로리스를 인수한 게 왜 하필 워렛 성이지? 다른 곳이었다면 내가 작가님이랑 갔을 텐데!"

"빌리아, 워렛 성을 싫어하나?"

"내가 어렸을 때 실링 워렛이 워렛 성으로 초대했었어. 어찌나 끈덕지게 청혼을 하던지."

트라우마가 있다니 강제로 보낼 수도 없는 노릇이었다. 클라우드가 지끈거리는 미간을 꾹 눌렀다.

"보물 인수 파티에선 보통 뭘 하나."

"내가 파티나 제대로 다녀 봤겠어?"

"하긴. 에테라 성에서만 자란 공주님이 뭘 알겠어."

클라우드의 말이 묘하게 기분 나빴지만 사실은 사실인지라 할 말이 없는 빌리아였다. 클라우드가 탐탁지 않은 얼굴로 밖에서 대기 중인 금빛 기사단장을 불러들였다.

"레이 필드. 파티에선 보통 뭘 하지? 음악 틀어 놓고 왈츠라도 추나?"

세이린이 다른 남자의 품에 안겨 빙글빙글 도는 것. 이것이 고결한 마왕님이 생각해 낸 최악의 경우였다. 하지만 레이 필드가 아는 일반 마물들의 파티는 그리 고결하지 않았다.

"당연히 소소한 악행들이 일어나지요."

파티가 무르익을 때면 술에 취한 마물들은 옆자리에 앉아 있다는 이유만으로 키스하기도 했다. 모두가 정신 놓고 즐기는 분위기에 취해 나쁜 관계에 빠져드는 마물도 적지 않았다.

그 모든 것들을 머릿속으로 그려 본 클라우드가 한숨을 푹 쉬었다. 거나하게 취한 음란 마귀가 살랑살랑 너스레를 떨 것을 생각하니 속이 타들어 갔다.

"레이 필드. 워렛 성에 따라가 세이린을 보호하도록."

주군이 질투에 활활 불타 흰 재가 되기 직전이었다. 레이는 문득 성군 마왕님을 놀려 먹고 싶다는 생각을 했다.

"전하께선 세이린이 파티에 참석한 것을 본 적이 없으시지요?"

"넌 본 적이 있나?"

"알데바란이 종종 세이린을 파티에 데려왔습니다. 어찌나 마물들이 몰려들던지……."

"……뭐?"

"전하께서도 얼른 세이린의 예사롭지 않은 춤을 보셔야 할 텐데."

사실 세이린의 춤은 춤이라기보단 목각 인형이 삐걱거리는 것과 더 비슷했다. 그 사실을 알 리가 없는 클라우드는 관능적으로 리듬을 타는 세이린을 연상해 내곤 말했다.

"……다프네도 같이 가도록."

"현명하신 처사입니다, 전하. 유일 작가를 보려 몰려든 인파들 때문에 종종 사고가 나기도 했으니까요."

"레이 필드. 지금 놀리나?"

"전하, 어찌……."

당연한 것을 물으시나요. 금빛 기사단장이 유들유들 웃으며 최후의 일격을 가했다.

"듣자 하니 이번 파티에는 칼리포 출신 마물들이 다수 초대받았다고 합니다."

"칼리포?"

"저 혼자 그들의 인사를 막기엔 벅찰 듯한데……."

성군 마왕은 출신 지역을 두고 마물들을 차별하지 않았다. 하지만 지금 같은 맥락이라면 달랐다. 칼리포는 인사로 악수 대신 뺨에 입을 맞추지 않던가. 복숭아처럼 발그레해지는 세이린의 뺨에 입 맞출 수 있는 건 오직 자신뿐이어야 했다.

"……이리스 레인도 같이 가도록."

클라우드의 명에 레이가 픽 웃으며 고개를 숙였다. 아무래도 주군의 질투와 걱정, 사랑은 상상을 초월하는 듯했다.

□ ■ □

한편, 초승 호수에 남은 아벨과 이리스는 세이린이 물에 빠진 이유를 알아내지 못해 전전긍긍하고 있었다.

"분명 누군가의 마력이 아가씨를 끌어 내린 것 같았습니다."

아벨이 팔짱을 끼곤 말했다. 분명 고도로 단련된 물 속성의 마력이었다. 그 정도 마력을 낼 수 있는 게 학생이라고는 생각되지 않을 만큼. 세이린을 가라 앉혔던 마력의 소유자를 밝혀내기 위해 A반부터 C반까지의 물 속성 학생들을 일일이 조사한 그였다. 하지만 그 누구의 마력과도 일치하지 않았다.

'학생의 짓이 아닌가…….'

아벨이 눈동자를 이리저리 굴리며 경우의 수를 생각할 때였다.

"일단 이거 마시고 하자."

이리스가 레몬 슬라이스가 동동 떠다니는 블루레몬에이드를 내밀었다. 시엘리아 성에서 나고, 유년기를 보낸 그녀는 알고 있었다. 시엘리아 혈통을 이어받은 남자들은 모두 블루레몬에이드에 환장한다는 사실을.

"고맙습니다, 이리스."

예상대로 아벨은 최애 음료를 사양하지 않았다. 이리스에겐 그가 시원스레 음료를 들이켜는 모습을 가만히 눈에 담는 일만큼 행복한 것도 없었다.

"그만한 마력을 일으킬 만한 학생들은 다 조사했잖아. 이미 학생들도 하교했고. 아벨, 우리도 이만 돌아가서 보고하자."

"하지만…… 아가씨를 빠트린 자입니다. 한시바삐 찾아내서 벌을 줘야 해요."

참으로 올곧은 아벨의 목소리에 이리스가 씁쓸함을 느꼈다. 코앞에 자신이 있는데도 아벨의 눈에는 세이린의 잔영이 담겨 있었다.

'물에 빠진 순간 빛이 더 밝아졌을 거야. 혹시……'

이리스가 성큼 아벨에게 다가가 물었다.

"아벨, 뭐 기억나는 거 없어?"

"이리스는 항상 제가 무언가 중요한 것을 잊어버리고 산다는 듯 말하는군요."

"그랬나?"

"무슨 의미인지는 모르겠지만 특별한 일은 없습니다. 두통이 조금 있다는 것밖에는."

"아……."

이리스는 더 이상 묻지 않았다. 이미 경험으로 알고 있었다. 아벨 시엘리아는 자신에게 눈사람 같은 존재였다. 뜨겁게 사랑하고 사랑할수록 점점 사라지는 존재. 자신이 타오르고 또 열렬히 사랑할수록 영영 제 곁을 떠나리라. 두 번이나 잊혀지고 싶은 마음은 없었기에 그녀는 씁쓸하게 웃었다.

"나는 이만 가 볼게. 전하께서 아가씨의 경호를 명하셔서."

"단독 경호인가요?"

"아니. 다프네와 레이, 빅토리아와 함께."

"……저만 빼고 다 가는 겁니까?"

아벨이 어쩐지 시무룩한 얼굴을 했다. 이리스는 순진한 아기 강아지가 꼬리를 축 내리는 듯한 그 얼굴에 무척 약했다.

"전, 전하와 비전하께서도 호위를 필요로 하실 테니까. 가장 유능한 기사단장을 곁에 두고 싶으신 거겠지."

누가 봐도, 이리스는 허둥지둥 아벨을 달래고 있었다. 하지만 눈치 없는 밤의 푸른 기사단장은 천진하고 환하게 웃었다.

"그랬으면 좋겠네요."

아무래도 괜찮다는 듯 곱게 휘어지는 눈가. 살며시 말려 올라가는 입꼬리. 자신의 밝은 웃음이 이리스가 따르는 질서이자 범한 죄악이라는 것을, 아벨은 모르고 있었다.

괴도 K와 로제 플로리스

워렛 중심부에 위치한 유서 깊은 뱀파이어 가문의 근거지, 제릴 하우스는 때 아닌 손님맞이에 정신이 없었다.

"오셨습니까!"

미스터 제릴은 두 팔 벌려 세이린 일행을 환대했다. 이게 다 레이 필드가 유들유들한 말솜씨로 물밑 작업을 해 둔 덕이었다.

"전하께서 이속성인 세이린 폴룩스 양을 이 집에 머무르게 하신다는 것 자체가 제릴 가문을 신용하고 있다는 소리죠."

레이가 쐐기를 박자 미스터 제릴이 흐뭇하게 웃었다.

"이속성을 지닌 아가씨가 있다는 것은 막내아들에게 많이 들었습니다만, 알데바란이 아끼시는 아가씨인 줄은 몰랐군요."

그렇다. 아카데미에서 세이린을 처음 본 제이드와 달리 미스터 제릴은 그녀의 얼굴을 알고 있었다. 그는 능글맞은 웃음을 흘리며 말했다.

"오늘 막내아들이 속성을 개방하게 될지도 모르겠군요."

세이린을 제외한 모든 기사단장들이 화들짝 놀랐다.

"왜 놀라세요?"

세이린이 입 모양으로 묻자 레이가 복화술을 하듯 조용히 답했다.

"뱀파이어가 사랑하는 자의 피를 마시면 속성이 개방된다는 속설이 있어."

"……그런데요?"

레이가 한숨을 쉬곤 어벙한 물음을 던지는 제자의 머리를 헝클였다. 딜런이 약이라도 먹인 것인지 세이린은 자길 좋아하는 누군가의 시선을 더럽게 눈치 못 챘다.

미스터 제릴이 어리둥절해하는 세이린에게 쐐기를 박았다.

"필요한 것이 있다면 말씀하십시오. 가령 제 막내아들이라든가……."

"농, 농담이 지나치세요!"

세이린이 얼굴을 붉히며 손사래를 쳤다. 미스터 제릴이 큭큭 웃으며 미안하다는 말을 덧붙일 때였다.

먼 바닥에서 이동 마법진이 열리더니 제이드가 튀어나왔다. 몸에 붙은 거머리를 떼 버리듯 격렬한 저항의 몸부림을 치면서.

"커밋. 넌 왜 남의 순간 이동 마법진에 무임승차야!"

"세이린이 걱정되잖아요, 제이드 님!"

제릴 하우스의 핏빛 카펫 때문인지, 몰래 따라온 커밋의 에메랄드빛 머리카락은 너무 눈에 띄었다.

"버스 타고 오라고!"

"밤 대륙 가로지를 이동 마법진 열 줄 알면서 이 정도 무임승차에 치사하게 굴 거예요?"

"그러니까, 네가 왜 우리 집에……!"

고개를 든 제이드가 세이린 무리를 발견하곤 급하게 예를 갖추었다. 레이는 집주인 아들에겐 씩 웃어 주곤 자기 반 학생은 의미심장한 눈으로 바라봤다. 분명 아벨이 물 속성 마물들을 조사할 것이라고 했는데.

"커밋 글레이시아. 푸른 기사단장의 조사가 벌써 끝났나?"

"물에 빠트리는 건 복잡한 고급 마법이라고 하시던데요?"

"그래서?"

"F반은 조사 대상도 아니래요."

"……."

그 말에 세이린도 울고, 커밋도 울고, F반 담임 교수도 울었다.

"그, 그럴 수 있지. 너무 기죽지 마라, 커밋. 너도 속성 개방을 하면 훨씬 나아질 거야."

레이가 씁쓸한 웃음을 머금은 채로 말했다. 입꼬리가 바들바들 떨리는 게 누가 봐도 만들어 지은 웃음이었다.

"이제 세이린의 안전은 확인했으니까 돌아가, 커밋."

제이드는 뚱한 얼굴을 하고 손을 휘이휘이 저었다. 그 행동을 막은 건 미스터 제릴이었다. 큰 손이 머리를 푹 덮자 제이드가 움찔했다.

"제이드. 네가 집에 친구를 데려온 게 처음인 건 알고 있다만, 손님 대접을 그렇게 하면 못쓰지. 친구한테 자고 가라고 해."

커밋은 '친구' 라는 단어에서, 제이드는 '자고 가라고 해' 라는 문장에서 표정을 구겼다. 커밋은 예를 갖춰 호의에 거절을 표했다.

"아닙니다. 할 일이 있어서……."

"정말 갈 건가? 저녁에 파티도 할 건데?"

미스터 제릴이 제이드를 누르고 있는 손에 꾹 힘을 주었다.

"아버지는 잠시 기사단장님들과 이야기를 나눌 테니 친구들이랑 이야기 나누고 있거라."

세이린이 풋 웃으며 커밋의 손을 잡아끌었다.

"커밋. 같이 있자, 응? 같이 있으면 떠들썩하고 좋잖아?"

"바쁜 일 있어서 안 돼."

세이린이 여전히 웃는 채로 섬뜩한 목소리를 냈다.

"너 지금 가면 주식……."

"반토막 난다고? 그래도 어쩔 수 없어. 바쁜 일……."

"아니. 상장 폐지된다."

"……!"

커밋은 상장 폐지라는 단어를 '좀비' 나 '괴물' 로 들은 듯 경악했다.

"의리 생각해, 의리. 날 제이드 님이랑 단둘이 두려고?"

"야, 내가 너한테 무슨 짓이라도 하냐?!"

"그냥 하는 말이죠. 커밋 좀 설득해 주세요, 제이드 님."

세이린이 초롱초롱한 눈빛을 자비 없이 연사했다. 제이드는 연신 헛기침을 하다, 머리를 긁적이다, 마지못해 입을 열었다.

"커밋. 네가 남으면 특별히 보물 구경을 시켜 주지."

"……보물?"

어째 심드렁한 반응이었다. 하지만 제이드는 한쪽 눈썹을 올렸다.

"어. 보물. 보물 테마 주식도 엄청 많은 거 알지?"

"……!"

A반 영재의 조련술은 과연 대단했다.

"대타 구했어."

결국 커밋은 보물, 아니, 보물 테마주에 넘어왔다. 코앞에서 보물을 보여 주겠다는 약속에 세이린이 성을 떠날 때까지 같이 제릴 하우스에 머물겠다고 약속까지 했다.

미스터 제릴은 그제야 환한 미소를 지으며 커밋 몫의 방을 내주도록 고용인에게 명했다. 유니폼을 입고 공손히 예를 갖추는 고용인들의 태도에서 제이드가 평생 받았을 대접을 가늠할 수 있었다.

"머물게 될 방을 한번 둘러보는 게 좋겠어요. 아가씨."

빅토리아가 구불거리는 붉은 머리카락을 넘기며 말했다. 큰 건물들이 으레 그렇듯 손님방은 한곳에 몰려 있었다. 그곳으로 걸음을 옮기는 내내, 제이드는 세이린에게서 의심의 눈길을 거두지 않았다.

"야, 세이린. 전부터 궁금했는데 왜 기사단장님들이 널 아가씨라고 불러?"

"절 보세요, 제이드 님."

세이린이 목 뒤의 머리카락을 바깥으로 쓸어내렸다.

"딱 봐도 아가씨잖아요?"

"무슨……."

"알면 다쳐요, 제이드 님."

"남의 집에 눌러앉으면서 비싼 척은."

제릴 하우스는 마왕성에 견줄 만큼 화려했다. 황금색에 미친 놈이 전 주인이어서 그런지 몰딩이나 마감재, 벽지까지 모두 휘황찬란한 황금색이었다. 제릴 가문이 대대로 불 속성인 탓에 새로 들인 장식품은 붉은색이 많았다. 전 집주인이 남기고 갔을 황금색이 붉은색과 조화를 이루니 임금님 곤룡포가 연상되었다.

'이전에 시엘리아 성이었던 마왕성은 푸른색이 많아서 훨씬 차분한데.'

세이린이 무심결에 클라우드를 떠올렸다가, 픽 웃으며 고용인들을 뒤따랐다. 연륜이 느껴지는 고용인은 화려한 조각이 들어간 문을 열어 주며 말했다.

"이 방을 사용하시면 됩니다, 아가씨. 필요하신 게 있으시면 언제든 종을 흔들어 주세요."

군더더기 없이 깔끔한 흰색 침구, 붉은 리본 장식이 늘어진 샹들리에와 탁 트인 창밖의 풍경이 매력적인 방이었다.

세이린은 창문을 활짝 열었다. 저 멀리 해변의 파도를 훑고 온 바닷바람이 온전히 느껴졌다. 성 자체가 높은 지대에 있어서 워렛이 한눈에 내려다보였다. 창문턱이 높아서 까치발을 들어야 하는데도 지평선까지 내다보이는 풍경에서 눈을 뗄 수가 없었다.

"제이드 님네 성 완전 좋은데요? 살고 싶을 정도예요!"

세이린이 바람에 날리는 머리카락을 대충 귀 뒤로 넘기며 씩 웃었다. 그 모습을 정면에서 바라본 제이드는 순간 아무 말도 하지 못하고 얼어붙었다. 빅토리아가 황급히 입을 열었다.

"우리 아가씨는 옷을 갈아입어야겠다. 다 말랐다고는 해도 물에 빠졌었으니까."

"그래야겠네. 가자, 도련님들."

레이가 마치 양 떼를 몰듯 뒷짐을 지고 커밋과 제이드를 데리고 나갔다.

"아가씨, 조심해야지."

빅토리아가 워렛식 파티 드레스를 꺼내 내밀며 말했다. 인간계의 치파오를 연상시키는 워렛식 드레스를 활동이 편하도록 개량한 모양이었다. 원래 민소매인 팔 부분은 나팔처럼 부푼 시스루 소매로 대체된 데다, 버건디색이라 섹시함을 물씬 풍겼다. 세이린에게 옷을 입히며 빅토리아가 충고했다.

"임자도 있는 분이 아무 데서나 매력을 뚝뚝 흘리고 다니면 쓰나."

임자라니. 세이린의 얼굴에 훅 피가 몰렸다.

'하긴. 눈앞에서 클라우드가 나한테 키스하는 걸 보셨는데 아무것도 모른다고 하시는 게 더 이상하지.'

속으로 고개를 끄덕이며 수긍을 한 그녀가 질문을 바꿔 물었다.

"언, 언제부터 아셨어요?"

"아가씨가 왕실 작가로 오시고 나서부터 전하께선 일에 도통 집중을 못 하셨죠. 덕분에 저희 일은 줄었지만."

다프네가 친절히 설명해 주었다.

"다 됐어요. 아가씨는 꾸미는 맛이 있네요."

빅토리아가 짠, 하고 손을 거두자 이리스가 대뜸 끼어들었다.

"머리 모양은 조금 청순하게 바꾸는 게 어울리겠어요."

"드레스가 이렇게 섹시한데 무슨 놈의 청순?"

"원래 청순 플러스 섹시가 눈길을 사로잡는 법이에요."

"7년째 발전도 없이 아벨에게 목매는 네가 말하니 어째 신용이 안 가네……."

다프네가 티격태격하는 두 기사단장을 중재했다.

"어차피 우리는 근무 중이라 단복 못 벗잖아요? 대리 만족이나 하자고요."

잠시 후.

"우와……."

거울을 본 세이린이 입을 틀어막으며 감탄했다. 굴곡진 산홋빛 은발이 부드럽게 흘러내리고, 늘어지는 머리 장식까지 더해 한층 청순해 보였다. 물론 딱 달라붙어 몸 선이 드러나는 드레스는 청순과 거리가 멀었지만.

'……몇 분 전에 너무 매력적으로 보이지 말라고 조언하신 분들 맞아?'

절로 카메라 앱을 켜게 하는 완벽한 풀 세팅이었다.

"저흰 복도에서 기다릴게요. 준비 다 되면 나오세요!"

협업에 만족한 기사단장들이 하이 파이브를 치며 자리를 비켜 주었다. 사진을 여러 장 찍은 세이린은 그중 제일 잘 나온 한 장을 클라우드에게 보냈다. 벌써 보고 싶어 영상 통화를 하고 싶었지만 지금은 마왕님 업무 시간이니 어쩔 수 없었다.

마지막으로 옷매무시를 가다듬은 그녀가 기사단장들이 기다리는 복도로 나갔다. 레이가 세이린을 보곤 헛웃음을 지었다.

"기사단장님들, 이 정도면 반역죄 아닌가?"

"……반역죄?"

세이린은 세 글자를 곱씹다, 무슨 뜻인지 이해하곤 픽 웃었다. 마왕님이 참석하지 못하는 파티에 마왕의 예비 신부를 이토록 예쁘게 꾸며 놨으니 전하에 대한 불충이라는 소리겠지.

"하여간 레이디 킬러 화술은 어디 안 가시네요."

"딜런 왔다더라. 나랑 술 마실 시간은 없다고 했으면서……."

"당연히 저 보러 온 거죠."

세이린과 레이의 대화에 제이드가 눈을 번뜩였다.

"설마 딜런이 그 딜런 알데바란?"

"그럼 그 딜런 말고 누구겠…… 헙."

레이가 제 입을 틀어막았지만 뱀파이어 도련님은 눈치가 빠른 편이었다.

"세이린. 너 대체 정체가 뭐야?"

제이드가 진지하게 물었다. 카페 하나 없는 테이르시아 타워에 친구를 만나러 간다고 했을 때부터 알아봤어야 했다. 까칠하기로 유명한 딜런 알데바란과 친구일 정도면 분명 뭔가 접점이 있을 터였다. 예를 들어, 출판 쪽 일을 같이한 비즈니스 파트너라든가.

"방금 분명 둘이 친구라고 했다?"

제이드가 날카롭게 말했다. 어물쩍 빠져나가려던 세이린이 슬며시 눈을 피했다.

"친구 사이에 비밀을 두진 않겠지, 세이린?"

이쯤이면 거의 협박조였다.

"보통 친구한테 상전 대접도 안 시키거든요?"

제이드의 핏빛 눈동자가 세이린을 해체하듯 응시했다. 빠져나갈 수도 없을 만큼 집요한 눈빛이었다.

"어쩔 수 없지. 세이린의 비밀을 하나 말해 주마."

레이가 제이드에게 어깨동무를 하곤 잠시 뒤로 빠졌다.

"사실, 세이린이 자연 발생했을 때 가장 처음 발견한 게 딜런이야."

"고작 그런 인연 때문에 절친해졌다는 말을 믿으라는 건가요?"

"둘의 첫인상이 하도 특이했거든. 딜런이 세이린을 발견했을 때, 세이린 은……"

"레이 경, 진짜 말씀하실 건 아니죠?"

세이린이 말허리를 자르려 했으나 실패했다.

"초승 호수 잔디를 뜯어 먹으려고 했어."

"……예?"

제이드가 제 귀를 의심했다.

"배가 고파서 풀이라도 뜯어 먹으려던 마물을 딜런이 주워다가 키운 거야. 그러니 얼마나 유대감이 깊겠어?"

"그걸 말하시면 어떡해요!"

제이드가 불쑥 끼어드는 세이린을 어쩐지 측은하게 바라봤다.

"딜런 취미가 얘 맛있는 거 사 먹이는 거야. 친구인 내가 보기엔 거의 마음 으로 낳은 자식이라고."

"레이 경, 제발……."

세이린이 애원했다.

"본인이 싫어하니 여기까지 하지."

"이미 다 말하셨으면서!"

"네가 불편할 것 같으니까 나는 거리를 두고 경호할게."

말을 끝낸 레이가 거리를 벌렸다. 세이린은 입술을 비죽이며 파티장으로 향 했다.

'파티 즐기려고 하는 거면서 위하는 척은……!'

애써 잊고 있던 흑역사였는데 다른 마물도 아니고 자신에게 상전 대접까지 받는 제이드에게 말하다니. 너무해, 너무해, 하고 툴툴대며 계단을 내려가던 그녀가 발목을 삐끗했다.

"허으악……!"

허공을 허우적대던 세이린이 누군가의 품에 폭 안겼다.

"조심 좀 하지."

넘어지려는 그녀를 붙잡은 건 다름 아닌 커밋이었다. 파티가 열리는 장소를 고려하여 참가자 대부분이 워렛식 예장을 한 지금, 홀로 꿋꿋이 시엘리아식 예장을 한 모습이었다. 에메랄드색 머리카락을 살짝 곱슬거리도록 손질한 다음 흰 캐주얼 정장을 입은 게 타고 태어난 듯 어울렸다.

"오…… 커밋, 너 좀 멋있다?"

"마음에도 없는 소리 하네."

"감사히 여기도록."

커밋은 물 흐르듯 세이린의 손을 잡아 올렸고, 귀족들이 하는 것처럼 그녀의 손등에 짧게 입 맞췄다. 그 행동이 너무도 자연스러워서 세이린 본인조차 홀린 듯 바라봤다. 조금도 어색함이 없어 무안하거나 민망할 틈도 없었다.

"너 다치면 내 주식들 진짜 상장 폐지될지도 몰라. 조심 좀 해."

"이 말만 안 했으면 설렜을 텐데."

"네가 나한테 설레면 내 주식은 어떡해."

"그건 뭐…… 휴지 조각 되는 거지."

"내가 연애 안, 해서 다행이네."

"하긴, 지금 차려입은 거 보면 못, 하는 건 아닌 것 같다."

세이린이 커밋의 어깨를 싱겁게 두드리곤 딜런을 찾아 걸음을 옮겼다.

"……평소엔 어떻게 보고 있었길래."

그녀의 말에 커밋이 분수에 비친 자신의 모습을 오랫동안 바라봤다.

세이린은 여전히 두리번거리며 딜런을 찾고 있었다. 꽃이 만개한 정원의 화단을 지날 즈음, 밤이 되면 더 눈에 띄는 딜런의 연보라색 머리카락이 보였다.

"딜런!"

시끄러운 와중에 목소리를 들었는지 딜런은 제 품으로 달려오는 세이린을 능숙하게 받아 안았다.

"자기, 얼마나 보고 싶었는지 알아?"

"나도. 할 얘기가 얼마나 많은데. 일단 나 좀 볼래?"

세이린이 그의 앞에 서서 빙글 돌았다. 딜런은 예술품을 감정하듯 진지한 얼굴로 말했다.

"평소보다 훨씬 예쁘고 기가 막히게 섹시한데. 나이도 네 살쯤 먹은 것 같고."

"역시 우리 편집장님 눈썰미는 알아줘야 해."

그녀가 나이를 먹게 된 경위와 제릴 하우스에 머물게 된 이유를 설명하는 동안 딜런은 음악을 듣듯 재잘거리는 목소리를 귀에 담았다.

"속성 개방이라…… 점점 진짜 마물이 되어 가는데?"

"그치? 이젠 누가 봐도 진짜 마물이야."

세이린이 흡족하게 웃었다.

"뭐, 속성 개방 전에 결혼을 할 것 같으니 어쨌든 진짜 마물 타이틀은 따내겠네."

딜런이 예리하게 말하자 세이린이 흠칫 놀랐다. 아직 프러포즈 받은 걸 말한 적 없는데.

"……어떻게 알았어?"

"말했잖아. 그분의 존재 자체가 자기 취향이라니까."

딜런은 나이를 먹은 얘기엔 눈을 동그랗게 떴으면서 정작 결혼 얘기에는 그다지 놀라지 않았다. 당연히 그렇게 될 줄 알았다는 태도였다.

"자기는 그분을 어떻게 생각해?"

"좋아 미칠 것 같아. 사랑해."

"그래……?"

망설임은 없었으나 가벼운 대답 또한 아니었다. 같이 야식을 먹으며 소설 집필에 대한 얘기를 할 때마다 사랑이 뭔지 모르겠다고 말하던 예전의 유일 작가가 아니었다. 딜런은 태연한 척했지만 세이린이 보기엔 죽상이었다.

"딜런, 지금 완전 딸 시집보내는 부모님 얼굴이야."

"이제 맛집 투어 누구랑 다니지?"

"나랑 가면 되지. 죽으러 가는 것도 아닌데."

세이린이 빙긋 웃을수록 딜런은 텅 빈 둥지가 된 기분이었다. 그녀가 한참 위에 있는 어깨를 다정스레 토닥일 때면 더더욱. 세이린은 딜런의 기분을 전환시켜 줄 만한 무언가를 찾아 주변을 둘러봤다.

"제이드!"

세이린의 눈에 들어온 건 부잣집 도련님 티를 팍팍 내며 손님들과 대화하는 제이드였다.

"헉……."

제이드가 입을 틀어막으며 세이린의 옆에 서 있는 남자를 바라봤다. 이리저리로 곱슬거리는 연보라색 머리카락과 제비꽃색 눈동자. 세이린의 옆에 서 있는 그가 그 '딜런 알데바란'이라는 것을 알아채기까진 많은 시간이 걸리지 않았다. 세이린이 제이드를 끌고 와 둘을 인사시켜 주었다.

"짠! 이쪽은 제이드가 존경해 마지않는 출판업계 거물 딜런. 이쪽은 제가 상전으로 모시는 A반 수석 입학생 제이드 제릴 님."

"제이드 제릴…… 님?"

딜런이 말을 잇지 못했다. 성적 내기에서 진 탓에 상전 대접을 하는 것은 알고 있었다. 하지만 이제 마왕님께도 반존대를 하는 세이린이 꼬박꼬박 '님' 자를 붙이다니.

"나는 딜런이랑 제이드가 기쁘게 인사했으면 좋겠어."

세이린이 들으라는 듯 말하자, 딜런이 까칠하게 구겼던 얼굴을 순식간에 풀었다. 비즈니스야말로 그가 진가를 발휘하는 부분 중 하나였으니까.

"미스터 제릴이 훌륭한 아들을 두셨군요."

딜런이 먼저 손을 내밀었다. 제이드는 그 손을 성물 보듯 한참이나 바라봤다.

'존, 존경하는 인물 3위가…….'

믿을 수 없는 일이 일어났다. 이러다 곧 마왕님이랑도 악수하는 거 아냐? 제이드가 침을 꿀꺽 삼키곤 손을 맞잡았다.

"제이드 제릴입니다. 딜런 알데바란 님을 뵙게 되어 영광입니다."

"우리 자기가 일주일간 신세를 진다고 들었습니다. 머무르게 해 주셔서 감사합니다."

"아닙니다. 우리 자기…… 네?"

제이드가 눈알이 튀어나올 것처럼 놀랐다. 우리 자기. 분명 긴 설명이 필요한 호칭이었다.

'세이린 남자 친구가 설마…… 하긴, 자연 발생했을 때부터 함께했다고 했으니까 충분히…….'

세이린이 초점 없는 붉은 눈동자 앞에서 손을 휘휘 저었다.

"제이드 님, 딜런이랑 저는 아무 사이 아니에요. 오해 마세요."

"아무 사이 아니라니, 자기. 나 섭섭해."

"딜런! 그런 맥락 아닌 거 알잖아!"

"애인 아니라는 뜻이라고 고쳐 말해 줘."

"알데바란 님께서 오늘따라 왜 이렇게 잘 삐지실까?"

세이린이 딜런을 콕콕 건드리며 놀렸다. 스킨십을 아무렇지도 않게 하는 것으로 보아 둘은 정말 친밀한 사이인 듯했다.

"둘이 얘기 나누고 있어. 나는 자기가 좋아하는 복숭아 음료 가져올게."

"알았어, 자기."

세이린이 보란 듯 너스레를 떨자 딜런이 작게 웃었다.

"자기는 이제 나를 자기라고 부르면 안 돼. 진짜 애인인 그분께서 화내실라."

제이드가 둘을 번갈아 보며 혼란 상태에 빠졌다.

'아니, 딜런 님 말고 진짜 애인이 또 있다고……?'

도대체 세이린에게 엮인 남자가 몇이란 말인가!

"제이드 님, 뭐 궁금하신 거라도?"

"이런 질문 하기 좀 미안하긴 한데……."

제이드가 한참을 주저했다.

"에이. 상전 대접 시킨 것보다 더 미안할까요."

"너, 대체 주변에 남자가 몇이야?"

"거기에 제이드 님도 치는 거예요?"

제이드가 2차 멘탈 붕괴에 빠졌다.

"나, 나?"

"그냥 남자만 세라는 거 아니었어요?"

음란 마귀의 세 치 혀에 놀아난 뱀파이어가 뚱한 얼굴을 했다.

"너 진짜……."

"말 안 해 주셔도 사랑스러운 건 알아요."

"……."

능청을 떤 세이린이 어깨를 으쓱했다. 곧 딜런이 음료를 가지고 와 건네주며 물었다.

"저기 사람들이 몰려 있던데, 뭔가를 하나요?"

"아버지께서 건배사를 하신 다음 로제 플로리스를 공개하신다고 하셨습니다."

제이드가 대답했다. 마계에 여덟 개뿐인 보물이니 자랑하는 맛이 있으리라. 보물이라곤 빌리아의 릴리트 에테라만 봐 온 탓에 세이린도 관심을 보였다.

"건배사 보러 가자, 딜런. 응?"

"그럴까?"

세 마물은 칵테일 바로 향했다. 기사단장들이 인파 속에 섞인 채로 주변을 경계하는 모습이 눈에 들어왔다.

"딜런, 왔냐?"

물론 레이는 취해서 불쾌한 얼굴로 칵테일 바의 한가운데에 떡하니 앉아 있었다.

"넌 근무 안 해?"

"파티 호스트 건배사는 듣고 해야지."

"하여간, 건배사에 목숨 걸어요."

"딸 같은 친구한테 목숨 거나, 건배사에 목숨 거나."

"지금 우리 자기를 건배사랑 비교한 거야?"

"감히 세이린의 말솜씨랑 뭘 비교하겠냐. 그분까지 녹였는데."

하긴, 어떤 건배사도 유일 작가의 능글능글한 말재간을 따라갈 수는 없었다.

"그런데, 낙제생은 또 어디 갔어?"

레이는 제이드 덕에 좋은 자리에 선 세이린을 금방 발견할 수 있었다. 그녀는 기대감이 가득한 얼굴로 눈을 반짝이고 있었다.

'저 안에 로제 플로리스가 들어 있단 말이지⋯⋯.'

시선의 끝에는 새빨간 벨벳 천막이 덮인 유리관이 있었다. 미스터 제릴이 멋들어진 건배사를 마치고 나면 고용인들이 늘어진 황금색 밧줄을 잡아당겨 천막을 걷어 낸다. 그러면 그 이름도 유명한 보물이 모습을 드러낸다. 보물 자랑은 마물들의 질투를 알뜰살뜰 긁어모을 수 있는 일종의 소소한 악행이었다.

짠—

유리잔을 두드리는 소리가 청명하게 울려 퍼졌다. 시끌시끌하던 마물들이 모두 하던 일을 멈추곤 유리잔을 높이 쳐든 미스터 제릴을 바라봤다.

"먼저, 로제 플로리스 인수 기념 파티에 참석하여 이 자리를 빛내 주신 여러분께 감사의 말씀을 먼저 드립니다."

파티의 호스트인 그는 보물을 인수하게 된 경위와 심경을 재미나게 요약해 들려주었다. 이야기를 마친 미스터 제릴이 유리잔을 든 손을 쳐들자, 고용인들이 밧줄을 단단히 잡았다.

"끝으로, 늘 우리를 위해 애써 주시는 클라우드 전하께 영광이 있기를 바라며 건배⋯⋯."

그가 무언가를 발견한 듯 말끝을 흐렸다. 빠른 속도로 날아오는 무언가가 그가 들고 있는 유리잔에 박혔다.

쨍그랑!

술이 든 잔이 깨지며 날카로운 파열음을 냈다. 순간, 네 기사단장이 세이린의 곁으로 몰려들었다.

"괜찮으십니까, 아가씨?"

다프네가 물었다.

"다프네 경, 저는 괜찮으니까 미스터 제릴의 상태를 봐 주시겠어요?"

"알겠습니다."

미스터 제릴은 날쌘 막내아들의 경호를 받고 있었다. 다프네가 마력을 일으켜 그를 치료했다. 다행히 유리잔이 깨질 때 손끝을 살짝 베인 것 빼고는 아무런 부상도 없었다. 문제는 그의 부상이 아니라 날아온 물체였다.

"다프네 경, 이건……."

제이드가 유리 조각 사이에서 작은 카드를 집어 들었다.

[오늘 자정, 보물을 훔쳐 가겠다.]

그리고 그 아래 찍힌, 여명회의 상징과 비슷하게 생긴 새벽단의 로고.

"괴도의 예고장이네요."

다프네가 침착하게 답했다. 그 말을 들은 이리스가 성큼 다프네에게 다가갔다. 괴도와 같은 물 속성이라는 이유로 괴도를 전담해 맡은 이리스는 예고장이 진품이라는 것을 금방 파악했다.

"빅토리아, 당장 전하께 보고드리세요. 괴도가 보물을 훔쳐 가겠다는 예고장을 보냈다고."

"알겠어요."

"꼭 로제 플로리스를 훔쳐 가겠다는 예고장이라고 덧붙여 주세요. 전하께서 다른 보물이랑 헷갈리시지 않도록."

"잊지 않을게요."

빅토리아가 마법진으로 넘어가려 할 때, 이리스와 다프네가 마력을 일으켜 붉은 천막을 들추었다.

"어라……?"

예고한 시간인 자정까지는 아직 몇 시간이나 남았건만. 푹신한 쿠션 위에 놓여 있어야 할 로제 플로리스가 코빼기도 보이지 않았다.

"예고장 지키는 게 괴도의 정체성 아니에요?"

세이린이 괴도 전담 이리스에게 물었다.

"여태까진 한 번도 어긴 적이 없는데……."

이리스도 당황하긴 마찬가지였다. 이제껏 보였던 행동들이 오늘을 위한 속임수였을지도 모른다고 생각하니 갑자기 머리가 차게 식었다. 당황하는 기사단장들을 향해 미스터 제릴이 다가왔다.

"아하하…… 이거 민망하군요."

"미스터 제릴. 어떻게 된 거죠?"

이리스가 추궁하듯 물었다.

"클라우드 전하의 손님들이 오신다고 하여 작은 이벤트를 준비했는데, 괴도가 올 줄은 몰랐습니다."

"이벤트?"

"천막으로 덮어 둔 유리 상자 안에 가짜 로제 플로리스를 넣어 두었지요. 건배사가 끝난 다음 진짜 보물을 공개할 생각이었는데."

"그래서 진품은 어디 있죠?"

이리스의 까칠한 목소리를 들은 제이드가 움찔했다.

"제이드 제릴."

"넵……."

"얼른 꺼내세요."

잠시 미적거린 제이드가 품 안에서 붉은 장미 한 송이를 꺼냈다. 화염의 마력. 눈길을 끌어 잡는 듯한 풍성한 꽃잎. 척 보기에도 귀해 보이는 로제 플로리스였다.

"학생이 이렇게 위험한 보물을 가지고 있으면 어떡해요!"

물론 호통을 친 이리스도 제이드의 실력이 예사롭지 않다는 것은 알고 있었다. 빅토리아가 발 빠르게 차기 붉은 기사단장으로 점찍어 둔 인재가 아닌가. 애초에 보물을 지니고도 그 마력에 휘둘리지 않는다는 것 자체가 칭찬할 만했다.

그러나 위험한 것은 위험한 것이었다. 주군의 명을 받은 지금, 이리스는 세이린을 위험으로부터 보호할 의무가 있었다. 이리스는 수석 입학생이 내민 꽃을 받아 들었다. 물 속성을 지닌 그녀가 느끼기에는 한없이 기분 나쁜 불의 마력이 감돌았다.

"제릴 하우스에서 가장 안전한 곳이 어디죠?"

"지하의 온실입니다. 마이소 온라인 스토어에서만 한정 판매하는 최고급 자물쇠 마법이 걸려 있죠."

미스터 제릴이 답했다.

"마이소? 없는 것 빼고 다 파는 그 생활용품점 말하는 거예요?"

"그렇습니다. 봉인 설치자와 그 직계 후계자들만 열 수 있는 봉인을 팔더군요."

"흐음……."

시엘리아 성에서 나고 자란 이리스는 봉인 마법의 위력을 알고 있었다. 영주급 귀족들도 봉인 마법의 비밀번호를 까먹어 발을 동동 구르지 않았던가.

"로제 플로리스를 당장 그곳으로 옮……."

문득 이리스의 눈에 보물을 뚫어질 듯 바라보는 세이린이 들어왔다.

"아가씨. 보물 들고 기념 촬영하시겠어요?"

"……네?"

한 번쯤 만져 보고 싶었으니 나쁠 건 없지. 세이린이 보물을 받아 들곤 화사하게 웃었다. 이리스는 곧바로 그 사진을 클라우드에게 전송했다.

'이런 게 사회생활이지.'

지극히 마물다운 미소를 지은 그녀가 보물을 지하 온실로 옮기도록 마저 명했다.

□ ■ □

워렛 성이 괴도의 예고장으로 떠들썩해지기 조금 전. 마왕성의 분위기는 그 야말로 초상집과 같았다.

"나도 작가님이랑…… 파티……."

빌리아가 넋이 나간 채로 흔들의자에 앉아 중얼거렸다. 그녀의 무릎에 앉아 있는 미니 사이즈 코로나는 또 어떤가.

"위엄 있고 섹시하던 제가 어쩌다가……."

그림자 기사단장은 자신이 작아진 것에 대해 상당히 충격을 받은 상태였다.

침울해하는 두 마물을 맞은편에서 지켜보던 아벨이 물었다.

"그런데 코로나 경은 왜 작아지신 겁니까? 전하께선 어둠을 지니셔서 아가씨의 영향을 받는 게 당연하지만, 코로나 경은……."

푸른 기사단장이 말을 멈추었다. 코로나 경이 대체 뭐지? 용족도 아니었고, 연기처럼 사라지고 나타나는 특이한 이동술로 보아 인간형 마물도 아니었다.

클라우드 또한 쥐고 있던 만년필을 잠시 내려놓았다.

"나도 전부터 궁금했는데. 코로나, 정체가 뭐지?"

"너무하십니다, 전하! 7년 동안 곁에서 모셨는데 이제야 궁금하신 겁니까?"

빌리아가 울먹이는 코로나를 사근사근 달랬다.

"괜찮아요, 코로나. 울지 말고 천천히 말해 볼까요?"

어쩐지 위로가 되었다.

"딱 보시면 모르겠습니까? 저는……."

"저는, 뭐."

"저는…… 뭘까요?"

코로나는 단 한 번도 '그림자 기사단장'이라는 자신의 정체성을 의심한 적이 없었다.

"그림자 기사단장?"

코로나의 답에 클라우드가 태클을 걸었다.

"그건 지위지, 종족이 아니잖나."

"하지만 전하께서 그렇게 이름 붙이시지 않으셨습니까!"

코로나는 똑똑히 기억하고 있었다. 마계를 정처 없이 떠돌던 몸이 로이펠 성지로 이끌리던 순간을. 그곳에서 어둠, 클라우드 슈테른이 자연 발생하는 것을 지켜보지 않았던가.

'코로나. 너를 그림자 기사단장으로 임명하겠다.'

갓 발생한 클라우드가 자신에게로 고개를 돌리곤 처음으로 뱉은 숨이자 명령이었다. 코로나는 가슴 절절해지는 그 순간을 회상하며 말했다.

"전하께서 자연 발생하시기 전까지, 저는 다만 하나의 몸짓에 지나지 않았습니다."

"그랬나?"

"전하께서 제 이름을 불러 주셨을 때, 저는 전하께로 가서 꽃이…… 아니, 그림자 기사단장이 된 겁니다."

"그런가."

"안 궁금하시면서 왜 물어보신 겁니까!"

아이를 좋아하는 빌리아가 생떼를 부리는 코로나를 다시 한 번 사근사근 달랬다.

"괜찮아요, 코로나. 뚝! 해요."

작고 말랑말랑한 코로나를 안고 있자니 벨제바브가 어렸을 때 이렇게 안아 줬던 것이 떠올랐다. 그땐 내 왕좌를 뺏어 갈 줄은 꿈에도 몰랐지. 한숨이 폭폭 나왔다.

"비전하. 작아진 후로부터 뭐랄까…… 아득한 공허함이 느껴집니다."

마찬가지로 한숨을 쉰 코로나가 말했다.

"어머, 그래요? 제가 해결해 줄게요."

빌리아가 젬을 지닌 마물이라면 누구나 쓸 수 있는 '사탕 만들기'를 시전했다.

"아, 하세요. 코로나. 캔디 메이커로 만든 게 아니라 마력은 들어 있지 않지만 맛있을 거예요."

코로나가 느끼던 아득한 공허함이 채워졌다.

"비전하의 마력은 진한 메론 맛이군요."

"바람 속성 마력이라 그래요."

그림자 기사단장이 사탕을 오물거리는 것을 본 페일 도서관장이 무언가를 떠올렸다.

"그러고 보니 세이린 아가씨가 사탕을 잔뜩 만들어 두고 떠나셨더군요."

"세이린이?"

다시 책상에 앉아 업무와 사투를 벌이던 클라우드가 고개를 들었다.

"네. 어찌나 사려 깊으신지."

도서관장이 문득 생각난 듯 세이린이 만든 사탕 하나를 입에 물었다.

"음…… 복숭아 맛이 더 진해졌군요."

"속성 개방이 시작되었기 때문이겠지."

클라우드가 답했다. 그는 도서관장이 세이린의 마력을 아무 부담 없이 먹을 수 있는 무속성 마물이라는 게 새삼 부러웠다.

'……지금 뭘 하고 있을지.'

그가 상사병으로 속앓이를 할 때, 휴대폰이 짧게 울렸다.

[짠! 완전 예쁘죠? 실제로 보면 더 예뻐요.]

세이린에게서 온 문자였다. 첨부 파일을 다운받은 클라우드가 휴대폰을 툭 떨어트렸다. 워렛식으로 차려입어 요염한 데다 청순하기까지 한 세이린이 화면 가득 떠오른 탓이었다.

'……대체 기사단장들은 뭘 하는 거야?'

놈팡이들이 접근하는 걸 막고 보호하라고 보냈더니 더 예쁘게 꾸며 놓을 것은 뭐란 말인가. 클라우드가 턱을 괴는 척 입가를 가리곤 세이린을 보고 또 봤다.

'닳으니까 그만 보세요.'

능글맞은 그녀의 목소리가 환청처럼 들려왔다. 평상시에 입고 다니는 오피스 룩도 무척 잘 어울렸지만, 드레스 차림은 가슴이 철렁할 정도였다.

'……얼른 청혼 준비를 해야겠군.'

그러기 위해서는 먼저 세이린을 노리는 자들을 응징하는 것이 먼저였다. 그녀를 낮 대륙으로 납치했던 실링 워렛 무리와 오늘, 세이린을 물에 빠트렸던 놈들을.

조심스레 휴대폰을 내려 둔 클라우드가 다시 업무에 집중했다. 세이린이 납치되었던 칼리포의 새벽단 기지에서 무엇을 발견했는지를 정리한 보고서가 가장 위에 있었다.

[알로에 화분 50개, 먹다 남은 치킨, 홍보용 명함 파본, 황금색 넥타이 여분…….]

클라우드 슈테른을 몰락시키겠다는 목표를 가진 집단치고는 너무도 소박하고 평범한 감이 있었다. 쓸모없는 것들의 목록을 쭉 살핀 마왕이 말했다.

"기지에서 특별히 발견된 건 이 서류철뿐인가?"

"응. 플레어 프로젝트라는 라벨이 붙어 있는 것으로 봐선 그 프로젝트와 관련된 서류겠지."

빌리아가 대답했다.

"이름이 특이하군."

"아마 새벽단이 실행에 옮기려는 사업 이름이 아닐까 싶어."

서류철은 오래전에 만들어진 것인 듯 상당히 훼손된 상태였다. 제목을 제외한 텍스트 부분은 의도적으로 제거한 듯 닳아 없어져 있었다. 드물게 그려진 그림을 보고 유추하기엔 기기의 설계도가 상당히 복잡해 보였다.

"이 기계의 이름이 플레어인 것 같은데. 마력을 추출해서 무언가를 만드는 장치라고 생각되는군."

클라우드가 짐작한 것들을 말했다. 그러자 설명을 듣고 있던 도서관장이 머리를 푹 감쌌다. 갑자기 캄캄한 어둠 속에서 섬광이 터지는 것 같았다.

"페일, 무슨 일이지? 두통인가?"

"크윽……."

도서관장이 고통스레 신음했다. 플레어 프로젝트. 플레어. 그리고 주군의 어깨 너머로 보이는 설계도. 무언가가 기억이 날 듯 말 듯 했다. 왜인지 낯설지 않은 은발의 여인이 머릿속에 점멸하듯 나타났다 사라졌다. 한참의 고통 끝에 그가 힘겨운 목소리를 냈다.

"아무래도 제가 '플레어 프로젝트'에 대해 아는 것이 있는 듯합니다, 전하."

"……뭐라고?"

"당장은 확실히 기억나지 않습니다만, 익숙한 이름입니다."

세이린의 마력으로 빚은 캔디를 먹으면 기억을 되찾을 것이리라는 스피카의 처방은 사실인 듯했다. 클라우드가 도서관장을 빤히 바라봤다.

'스피카의 처방이 효과가 있다는 건 페일의 증세가 여명회나 그들의 신이었던 빛과 관련이 있다는 건데.'

페일은 자신이 쓴 책을 기억하지 못했다. 그러나 왕실 도서관의 검색 시스템에 책 정보가 뜨는 것으로 봤을 때, '빛과 어둠에 관하여'라는 책은 금서로 지정된 것이 아니었다.

'금서로 지정된 게 아닌데 책의 저자가 기억을 잃다니.'

확실했다. 누군가가 의도적으로 도서관장의 기억을 지웠다. 도서관장의 기억뿐만이 아니었다. 전쟁을 끝낸 직후, 마물들은 놀라울 정도로 폭정을 일삼았던 영주들에 대해 이야기를 꺼내지 않았다. 그들의 악행과 기억을 누군가가 일부러 지워 낸 것처럼.

'기억을 삭제하는 것을 동요로 쓰는 랭커는 없을 텐데.'

죄악과 동요의 상관관계를 따져 봤을 때, 기억 삭제가 동요일 확률은 극히 낮았다. 그렇다면 남은 가정은 하나. 기억 삭제 마법은 여명회, 혹은 그들의 신이었던 빛과 관련이 있으리라.

'그런데 왜……'

클라우드가 아벨을 잠깐 바라보다, 빌리아에게로 시선을 옮겼다. 아벨은 영주였던 형과 아버지를 뚜렷하게 기억하지 못한다. 오직 빌리아리아 에테라만이 전쟁 전 영주들의 악행과 이름을 기억하고 있었다. 본인의 트라우마라 입 밖으로 내는 일은 거의 없었지만, 모두에게서 잊혀진 기억이 빌리아에게만은 남아 있는 듯했다.

'왜 빌리아의 기억은 온전한 거지?'

클라우드는 자신의 마력이 빌리아보다 월등히 강하다는 것을 알고 있었다. 때문에 자신의 기억은 지워 놓고 빌리아의 기억을 남겨 둔 누군가의 행위를 더더욱 이해할 수 없었다.

자신을 바라보는 클라우드에게 빌리아가 넌지시 말했다.

"전하, 제게 무슨 하실 말씀이라도?"

"단도직입적으로 말하지."

"호호…… 언젠 돌려 말씀하셨나요."

두 마물의 눈빛에서 살기가 피어올랐다.

"일전에 에글론이 말한 네 약혼자에 대해서 듣고 싶군. 정보가 될 만한 건 다 좋지만, 듣기 거북한 디테일은 알아서 생략해 줄 거라고 믿지."

참으로 뻔뻔하고 재수 부재중인 요구였다. 그럼에도 빌리아는 평소처럼 화를 내지 않았다. '약혼자' 라는 세 글자를 들은 순간 애틋한 추억에 사로잡혀 반쯤 넋을 놓은 탓이었다.

눈이 멀어 버릴 것 같던 보름의 푸른 달빛. 그 아래 마천루에서 운명적으로 마주했던 남자. 그가 죽어 버린 지금은 모든 게 지난 일일 뿐이었지만, 회상하는 것만으로도 마음이 편안해졌다.

"소녀, 부끄럽습니다."

빌리아가 아벨 쪽을 슬쩍 바라보다 말했다. 클라우드는 늘 하던 대로 모든 주변인들을 물렸다. 집무실에 단둘이 있게 되자, 빌리아는 품에서 작은 반지를 꺼내 클라우드에게 던졌다.

"처음 밤 대륙에서 아벨 시엘리아를 봤을 때 엄청 놀랐었는데. 아벨과 눈 색이랑 머리색이 같긴 하지만, 훨씬 자유분방한 이미지였어. 차분하지도 않았고. 항상 무언가를 연구하고 있었지."

클라우드가 얼음처럼 차가운 마력을 흘리는 반지를 이리저리 살피다, 안쪽의 각인을 발견했다.

카인 시엘리아

그가 예상한 대로였다. 실링이 불평하지 않았던가. 황제 후보들은 늘 빌리아를 예뻐해 주지 않는다고. 마계를 통일하려 했던 황제 후보는 둘. 하나는 힘으로 사실상 낮 대륙을 통일했던 벨제바브 에테라. 또 하나는 밤 대륙 최강의 가문, 시엘리아의 젊은 영주.

아벨의 이복형이기도 한 카인 시엘리아. 그의 이름이 이제야 온전히 떠올랐다.

"하나 더 묻지. 네 약혼자인 카인 시엘리아는 어떻게 죽었지?"

클라우드가 반지를 다시 돌려주며 물었다. 빌리아는 한동안 입을 떼지 않은 채로 반지를 매만졌다. 에테라와 시엘리아에게 빌리아의 약혼이란 모든 것이 형식뿐인, 동맹을 위한 의식에 불과했다. 약혼자인 카인 시엘리아에게조차.

하지만 빌리아 본인에게는 아니었다.

비록 애정이 없는 약혼 서류라고는 하나 카인 시엘리아라는 신비로운 이름 옆에 빌리아리아 에테라라는 자신의 이름이 적히는 것이 행복했다. 그것이 그가 죽은 지금도 마계에서 가장 첨예한 얼음 속성의 마력이 담긴 약혼반지를 간직하고 있는 이유였다.

"멀린 엘리타."

"······밤 대륙 영주의 이름인가?"

클라우드가 지레짐작했다. 멀린이라는 이름은 처음 듣는 듯했지만, 엘리타는 시엘리아 서북부의 지명이었다. 분명 그곳을 지배했던 영주 가문의 일원이리라.

"네가 죽인 밤 대륙의 불 속성 가문 영주야. 약혼자와 사이가 무척 안 좋았다고 들었어. 전쟁 중, 그러니까 네가 자연 발생해서 전쟁을 끝내기 한참 전에 엘리타와 시엘리아 사이에서 접전이 있었다나 봐."

빌리아가 그 소식을 전해 들었을 때는 이미 승부가 난 상태였다.

"불의 엘리타가 물의 시엘리아를 상대로 승리했어."

"시신은 수습했나?"

"나는 그때 칼리포의 반란군을 제압하는 벨제바브를 돕느라······."

클라우드는 의외의 사실에 놀랐다. 처음 만났을 때 밀랍 인형이라고 해도 믿을 만큼 얌전했던 빌리아가 전투에 가담했었다니.

"아무튼, 내 약혼자는 죽었어."

클라우드는 빌리아가 시무룩해하는 모습을 처음 보았다. 신기하다고 생각하곤 평소처럼 서류를 살피려 할 때 까칠한 세이린의 목소리가 마음속에 들려왔다.

'얼른 위로해 드려야죠!'

언제부터 마음속에 자리 잡고 잔소리를 퍼붓기 시작한 것일까. 클라우드가 웃음을 참아 내곤 빌리아를 향해 어정쩡한 위로를 건넸다.

"······실링도 살아오지 않았나."

"그래서, 7년 전에 죽은 약혼자가 좀비가 되어 나타나길 기대해 보라고?"

아직 위로까지는 무리인 듯했다. 클라우드가 연습의 필요성을 느끼며 다시 펜을 쥐었다.

"하긴. 실링이 어떻게 살아났는지도 모르니……."

클라우드의 중얼거림에 빌리아가 답했다.

"젬을 완전히 깨지 않았다면 살아나는 것도 가능해. 실링 워렛은 마계 최고의 치유 마법 구사자니까."

"실링 워렛 자식의 젬은 완전히 깼어."

젬은 곧 마물의 심장이었다. 무속성 마물들은 젬이 없지만, 한 번 속성 판정을 받아 젬을 가진 마물들은 젬이 깨지는 순간 죽음을 맞았다. 그러니 실링 워렛이 살아 있는 것은 어불성설이었다. 클라우드가 인상을 찌푸릴 즈음이었다.

불 속성의 이동 마법진이 열리더니 다급한 얼굴의 빅토리아가 튀어나왔다.

"죄송합니다. 중요한 얘기 중이셨나요?"

"세이린에게 무슨 문제라도 생겼나?"

"빅토리아. 작가님께 무슨 일이라도?"

세 마물이 거의 동시에 말하는 바람에 어느 것 하나도 제대로 들리지 않았다. 그때, 클라우드의 휴대폰에 또 한 장의 사진이 도착했다. 이리스가 찍은 장미를 든 세이린이었다.

"……."

클라우드가 털썩 제 자리에 앉았다. 빅토리아는 그 행동을 보고를 시작하라는 뜻으로 알아듣곤 마법으로 스크린을 만들었다.

"방금 전, 제릴 하우스에 괴도의 예고장이 도착했습니다."

[오늘 자정, 보물을 훔쳐 가겠다.]

마왕의 눈에서 형형한 살기가 피어올랐다.

"감히 세이린을 훔쳐 갈 생각을 하다니."

"참고로, 보물이란 로제 플로리스를 말하는 겁니다."

"……."

빅토리아는 웃음을 참으며 말을 이었다.

"로제 플로리스를 강도 높은 보안 장치가 설치된 워렛 성의 지하 온실에 일주일간 보관할 예정입니다."

"왕실 작가는 괜찮은가?"

"워렛 성을 구경하느라 몹시 신이 난 것으로 압니다."

보고 싶은 마음에 초조해지는 건 나뿐인가 보군. 클라우드가 가만히 입술을 맞물었다.

"전하의 요양에 무리가 없도록 아가씨는 로제 플로리스와 직선거리가 가장 가까운 방에 머물게 되었습니다."

"그런가."

그곳이 어디라고는 굳이 말하지 않는 빅토리아였다.

□ ■ □

"와, 제이드 님 방 완전 좋네요?"

제릴 하우스 구경을 마친 세이린이 일주일간 머무를 방에 들어서며 말했다. 그렇다. 공교롭게도 온실과 직선거리가 가장 가까운 곳은 제이드의 방이었다.

"진짜 얘네를 제 방에서 재우라고요……?"

제이드가 믿을 수 없다는 듯 세이린과 커밋을 가리켰다.

"어쩔 수 없지. 보물의 영향권 아래 있어야 전하께서 편안해하실 테니까."

미스터 제릴이 어깨를 으쓱하곤 세이린의 손목을 가볍게 들었다.

"필요한 것이 있다면 뭐든 사용하십시오, 아가씨."

그녀의 손목에 신사의 입술이 짧게 닿았다 떨어졌다. 손목의 핏줄에 입을 맞추는 워렛식 인사였다. 미스터 제릴이 방을 빠져나가자마자, 세이린과 커밋은 눈빛을 교환하곤 방을 돌아보기 시작했다.

마법으로 떠 있는 지구본에, 달 표면은 거뜬히 보일 것 같은 천체 망원경에. 한쪽 벽은 마계 지도로 되어 있고, 침대는 하도 커서 다섯 명이 자도 될 것 같았다. 제이드는 팔랑팔랑 방을 돌아보는 세이린을 멍하니 바라봤다.

"예쁜 건 아는데, 그만 보세요. 닳아요."

"누가 봤다고 그래!"

"에이, 알면서."

"너, 알데바란 님이랑 진짜 친구 사이 맞지?"

"그럼, 딜런이랑 결혼하게요?"

소파에 걸터앉은 세이린이 농담을 건넸지만, 제이드는 진지하게 받아들였다.

"결……혼?"

남에게 말 못 할 애인과 결혼해야 하는 상황이라. 제이드가 팔짱을 끼곤 조심스레 물었다.

"너 밀입국자야? 영주권 필요해?"

"영주권……."

이미 음란 마귀 자격으로 받았다곤 말할 수 없는 세이린이었다. 그 사실을 모르는 제이드가 조심스레 제안했다.

"……첩이라도 괜찮으면, 내가 해 줘?"

"첩은 무슨."

세이린이 픽 웃었다. 커밋은 자진해서 출셋길을 콘크리트로 막고 있는 제이드를 흥미진진하게 바라봤다. 제이드가 시큰둥한 세이린의 반응을 보다 제안을 수정했다.

"……그럼, 처?"

"처? 아내 할 때 그 처?"

세이린이 새침을 떨며 물었다.

"제이드 님. 나 좋아해요?"

"……어?"

"망설였으니까 안 돼."

"뭔 소리야! 내, 내가 왜 널 좋아해! 동정심이지, 이건……!"

"그럼 다행이고. 아카데미 학생끼리 연애하면 벌점 받잖아요. 전교 1등 제이드 님 벌점 받게 할 수는 없지."

얼굴이 새빨개진 제이드가 이 분위기에 아무렇지 않게 팝콘을 꺼내려던 커밋을 의심했다.

"커밋, 너 뭔가 알고 있지."

"그냥 뭐……."

"진짜 너랑 하는 건 아냐?"

"제가 쟤랑요?"

세이린이 커밋을 째릿 흘겨봤다.

"큼큼. 전 세이린뿐만 아니라 누구랑도 결혼 안 해요, 제이드 님."

제이드가 즉각 비웃었다.

"꼭 네가 안 하기로 선택한 것처럼 말한다?"

"아, 글쎄. 제가 선택한 거라니까요?"

"어련하시겠어."

세이린은 또 싸우기 시작하는 커밋과 제이드를 보곤 경악했다. 커밋이 학교를 이틀만 나가서 다행이지, 아니었다면 둘은 매일 머리채를 잡았으리라.

둘을 떼어 놓으려 안달을 낼 때 갑자기 휴대폰이 울렸다. 티 내지 않으려 했지만 임성운이라는 발신자 표시에 그녀의 입꼬리가 주체할 수 없이 올라갔다. 커밋은 그 변화를 놓치지 않았다.

"그분이야?"

"그분? 남편 될 사람?!"

커밋과 제이드는 사이좋게 서로의 머리채를 나눠 쥐곤 세이린을 바라봤다.

"이런 건 또 귀신같이 알아요. 나 전화 받고 올게!"

"야, 편하게 여기서 받아!"

"싫네요, 제이드 님!"

친구들을 뒤로한 세이린은 샤워 부스로 들어가 문을 쾅 닫았다. 재빨리 전화를 받으니 마왕님의 나지막한 한숨 소리가 가장 먼저 들렸다.

— 왜 이렇게 늦게 받아.

"또 나 걱정하지."

— 그걸 알면서 연락을 늦게 받나?

"기사단장 넷이나 붙은 건 알죠? 왜 과잉보호해?"

— 내가 못 가니까.

실제보다 더 나직하게 들리는 목소리로 이렇게 달콤한 말이라니. 이 마물이 이제 색욕의 랭커 자리까지 노리나. 세이린이 손등으로 얼굴을 식히며 말했다.

"클라우드. 영상 통화 할 줄 알아?"

─ 해 본 적 없는데.

"그럼 이참에 해 봐요."

─ 지금은 안 돼.

"왜? 보고 싶은데."

─ 옷 안 입었어.

"어맛, 손이 미끄러졌네……!"

음란 마귀가 실수인 척 영상 통화 버튼을 연타했다.

─ 음란 마귀. 너 일부러 눌렀지.

시큰둥하게 반응한 것과 달리 클라우드는 곧장 영상 통화를 수락했다.

"어이쿠……."

세이린이 입을 틀어막았다. 뿅 튀어나온 화면엔 살색이 가득했다. 누워 있는지 그의 머리카락은 옆으로 헝클어져 있었다. 평소보다 피곤해 보이는 클라우드의 얼굴이 화면의 칠십 퍼센트. 그리고 그 아래 슬쩍 보이는 툭 튀어나온 목울대와 쇄골이 삼십 퍼센트.

─ ……시선이 화면 아래로만 가는군.

"몸, 몸은?"

─ 카메라 더 아래로 내리라고?

"아니이……! 몸 컨디션 어떠시냐고요."

─ 그럭저럭. 일할 컨디션은 돼.

세이린이 나직한 목소리에 사르르 녹았다.

"벌써 보고 싶은데, 어떡하죠?"

─ 또 살살 유혹하지.

"난 유혹 두 글자 발음하는 마왕님 목소리가 그렇게 좋더라."

픽 웃는 소리가 들려왔다.

─ 친구들이랑 싸우지 말고.

"웃겨. 갑자기 후견인처럼 말씀하시네?"

물론 후견인 맞긴 하지만. 맥락 없이 친구 얘기를 꺼내는 게 뭔가 이상해서 세이린은 인상을 쓰고 화면을 들여다봤다. 그러자 클라우드가 뒤를 돌아보라는 듯 턱짓했다. 세이린은 공포 영화의 주인공이 된 것처럼 찬찬히 고개를 돌렸다. 그곳엔 불투명한 유리문에 뭉개진 커밋과 제이드의 얼굴이 있었다.

"아, 깜짝이야. 기절하는 줄 알았네……!"

예고 없이 문을 벌컥 여니 예상대로 커밋과 제이드는 푹 앞으로 넘어졌다.

"아악!"

두 사람이 바닥에 부딪힌 손바닥과 팔을 문지르는 동안, 세이린은 샤워 커튼 뒤로 숨었다. 그러곤 클라우드에게만 겨우 들릴 정도의 목소리로 말했다.

"잘 자, 남편."

― …….

한참 당황했다가 픽 웃는 얼굴에 여유가 없으시지, 우리 마왕님. 세이린이 픽 웃으며 전화를 끊었다. 마음이 허전하기를 잠시.

'이 둘을 어떻게 해야 할까…….'

그녀가 두 친구를 질질 끌고 나와 거실 조명 아래 세웠다.

"그래서, 통화 엿들으니 어때? 소감 말하면 봐줄게."

커밋과 제이드는 그 제안이 파격적이라고 생각했는지 입만 벙긋거리며 머뭇거렸다. 특히 통화 상대가 마왕이라는 걸 아는 커밋이 더 굳어 있었다.

주식 정보지에 나타난 마왕님은 성군이긴 하지만 어둠 속성에 전쟁 영웅이라 무뚝뚝한 이미지가 컸다. 달콤한 반전에 동공이 흔들리는 커밋을 뒤로하고 먼저 입을 연 건 제이드였다.

"……지금 혈당 재면 수치 엄청 높게 나올 것 같아. 대체 상대가 누구야?"

"누군지 알면 제이드 님이 저 대신 웨딩드레스 입고 싶어 할걸요?"

제이드가 존경하는 인물 1위가 클라우드 슈테른인 건 누구나 아는 사실이었다. 커밋의 감상평은 더 심플했다.

"분명 들었는데 안 믿겨. 내가 알던 이미지가 아닌데."

하지만 커밋의 대답은 제이드의 궁금증만 더 키울 뿐이었다. 오늘도 '세이린 남편감 추리'에 심취한 제이드는 팔짱을 끼고 고민하다가, 문득 무언가가 생각난 듯 눈을 반짝였다.

"근데 왜 네 남편 될 사람 목소리가 익숙하지?"

그제야 제이드가 마왕님 연설을 반복 청취하는 광팬이라는 것을 기억해 낸 세이린이었다.

"목소리 끝내주죠?"

"좋긴 한데…… 왜 익숙할까."

"그건 그렇고, 제이드 님. 슬슬 괴도에 대해 얘기해 봐야 하지 않을까요?"

"너 또 말 돌리려고 그러지."

"당연하죠."

팔짱을 낀 제이드가 의욕을 드러냈다.

"오케이. 오늘은 철야다. 괴도를 잡아서 전하께 바쳐야겠어."

"파이팅, 제이드 님."

제이드는 하품을 하며 자리를 뜨려는 커밋의 손목을 잡아챘다.

"물론 너희도 같이 새는 거야."

"왜요?"

"나한테 상전 대접해 주기로 했잖아. 잊었어?"

"그거랑 잠이 무슨 상관……."

"주인님이 깨어 있는데 먼저 자는 시종이 어딨어?"

커밋은 제이드를 한 대 쥐어박고 싶다는 얼굴이었다. 그에 신경도 쓰지 않고 고집불통 막내 도련님이 마력으로 워렛 성의 모형을 빚어냈다.

"와…… 3D 홀로그램도 띄울 줄 아세요?"

"당연하지."

제이드가 손으로 위치를 콕콕 집었다.

"우리가 여기 있고, 지하 온실이 여기 있어."

"괴도 전담이신 이리스 경이 로제 플로리스가 있는 곳에 배치되었을 거예요."

"나머지 기사단장님들은 중간 어디쯤에 계시겠지."

"자정까지 얼마나 남았죠?"

"지금이 열한 시니까, 한 시간쯤?"

커밋은 손깍지를 뒤통수에 댄 채로 골똘히 작전을 짜는 세이린과 제이드를 의아하게 여겼다.

"야, 근데……."

"도와줄 거 아니면 말 걸지 마라, 하인."

"도와줄 건 아니긴 한데……."

"그럼 말 걸지 말라니까, 커밋!"

"이것만 말하고 말 안 걸게."

커밋이 아까부터 마물의 형상이 일렁이던 창문을 가리키며 말했다.

"이미 온 것 같은데. 괴도."

"뭐라고?"

세이린과 제이드가 거의 동시에 소리치곤 창문을 바라봤다. 형형한 달빛을 배경으로 창틀에 서 있는 누군가가 보였다.

끼익—

바람의 마력이 잠겨 있던 창문을 부드럽게 열었다. 그 틈으로 들어온 남자가 하나둘 걸음을 내디뎠다. 몸을 은밀히 숨겨야 하는 입장임에도 들키지 않을 자신이 있다는 듯 차림새가 화려했다. 밤하늘처럼 펄럭이는 짙은 남색 망토나, 희고 푸른 제복이 특히 그랬다. 굵은 리본 같은 안대를 뒤로 묶어 양쪽 눈이 보이지 않았지만, 괴도는 제이드를 노려보고 있는 게 분명했다.

입을 여는 순간 분위기가 확 깼다는 게 유일한 문제였다.

"너 때문에 단원들한테 개망신당하고 누님한테 혼났잖아……! 진품을 네가 숨기고, 가품을 유리관에 넣어 놔?"

낚인 것에 대한 분노를 표출하는 말투가 어째 익숙했다. 분명 괴도는 시크하고 조용한 성격이라고 들은 것 같은데. 세이린이 의심의 눈초리를 보냈다.

"아무튼 이 집에 진짜 로제 플로리스가 있다는 걸 알게 된 이상, 나는 그걸 훔쳐 가야겠어."

"도둑질하러 온 놈이 왜 이렇게 당당해?"

제이드가 단검을 뽑아 들곤 그를 경계했다.

"시끄러. 그건 원래 내 장미였어. 전쟁 통에 플로리스에서 슬쩍한 걸 잃어버렸는데, 그걸 인수해?"

"슬쩍한 걸 또 슬쩍하게?"

제이드가 괴도에게 칼을 겨누었다. 대화를 듣던 세이린이 눈을 동그랗게 떴다. 분명 첨예한 분위기의 전투 씬임에도 긴장감 하나 없는 말투. 맥 빠지는 딴소리. 이런 캐릭터는 흔하지 않았다.

"너…… 실링 워렛이지?"

괴도가 움찔 입을 열었다.

"내가 바보도 아니고, 묻는다고 대답해 주겠냐?"

"혹시 섹시하고 잘생기기까지 한 실링 워렛 님?"

"어휴, 참…… 그렇게 물으니 딱히 아니라고는 말 못 하겠네."

세이린이 괴도의 정체를 간파해 냈다!

"큼…… 이럴 때가 아니지. 로제 플로리스를 온실에 숨긴 거 다 알아."

정체를 들킨 실링이 떠보듯 물었다. 그의 의중을 파악한 제이드는 표정을 잘 숨겼지만, 커밋과 세이린이 입을 쩍 벌리는 바람에 무용지물이었다.

"어쩌냐, F반 학생 둘이 다 티 냈는데. 온실은 괴도 전담인 이리스가 지키고 있겠지? 잠금 장치도 해 뒀을 거고."

실링이 발 아래를 내려다봤다. 그는 이 성의 전 주인이었다. 워렛 성의 구조라면 누구보다 빠삭하게 알고 있었다. 이 아래로 내려가면 바로 온실이었다. 막대한 바람의 마력을 일으킨 그가 발밑을 향해 일격을 가했다.

쾅!

일순간 성이 흔들리더니 바닥이 와르르 무너졌다. 세이린과 커밋은 머리를 휘날리며 힘없이 아래로 떨어졌다.

"이래서 2차 고사는 어떻게 보려고!"

빅토리아가 고공 낙하하던 두 낙제생을 공중에서 건져 냈다. 하지만 실링 워렛이 노리는 건 따로 있었다.

"이대로 결계에 머리를 박으면 아플 텐데?"

실링이 막대한 마력을 들여 제이드를 바닥으로 끌어 내리고 있었다. 온실을 둘러싼 돔형 결계를 없애지 않으면 몸이 으스러져 죽을 만한 속도였다.

실링과 제이드를 발견한 다프네가 바람을 역으로 일으켰지만, 전쟁 전 4대 가문의 영주는 무시할 게 못 됐다. 그 자리에 오르기까지 얼마나 많은 마물들을 죽이고 짓밟았는지 단번에 이해할 만큼, 실링은 강했다.

"제이드, 봉인을 풀어요!"

이리스가 소리쳤다. 아무리 자신이 괴도 전담이라지만 로제 플로리스보다 학생의 목숨이 중요했다. 아벨이 이 자리에 있었어도 같은 판단을 내렸으리라.

"큿······!"

제이드가 제 팔목을 작게 그어 피를 냈다. 온실에 설치된 결계는 설치자와 그 후손만이 열 수 있도록 설계된 것이기 때문이었다. 뱀파이어의 붉은 핏방울이 결계에 닿자 미스터 제릴이 설치한 결계가 일순간에 녹아내렸다. 다프네가 곧장 제이드의 상처를 치료했다.

"오늘은 왜 이렇게 잔챙이들이 많지?"

실링이 늘 하던 대로 주머니에서 달빛 수정을 꺼냈다. 남의 동요를 자꾸 얻어다 쓰는 게 자존심이 조금 상하지만 최소한의 인원으로 성과를 내야 하니 재우는 게 최선이었다.

파밧!

그가 손가락을 튕기자마자 기사단장을 제외한 모든 정예군이 풀썩 쓰러졌다. 이리스는 괴도를 향해 채찍을 뽑아 들었다.

"평소 괴도랑은 이미지가 다른데?"

"지금이 더 낫지 않나?"

실링이 포즈를 취해 보였지만 모두가 외면했다. 그에게서 무언가를 읽어 낸 세이린이 이리스에게 귀띔했다.

"실링 워렛. 연두색 마력이 보이는 걸로 봐서는 바람 속성이에요. 괴도는 물 속성이라고 하셨죠?"

"어쩐지. 매번 상대하던 괴도랑은 느낌이 달랐어요."

이리스가 고개를 주억거리자 실링이 씩 웃으며 초록빛이 도는 보석을 꺼내 들었다.

"정답! 마력을 읽게 되다니. 호수에 빠트린 보람이 있는데?"

역시 새벽단이 빠트린 거였어. 세이린이 울컥 소리쳤다.

"당신 괴도 아니잖아! 왜 안 어울리는 짓을 해?"

실링 워렛은 태연히 장미의 유리 봉인을 깨트리며 한숨 쉬었다.

"하…… 네가 아직 어려서 그래. 삶이란 게 하고 싶은 것만 할 수 있는 게 아니거든."

"귀족이었으면서 직장 상사한테 치이는 것처럼 말하네!"

"간부가 셋이나 있는 조직인데, 안 치이겠…… 헙."

세이린의 페이스에 휘말려서 자기가 속한 조직에 대해 떠벌린 실링 워렛은 무척 당황한 눈치였다.

"안 되겠다. 너부터 입 다물게 해야지. 작가라 그런가? 말을 너무 잘해."

연둣빛 젬을 꺼내 든 실링 워렛은 눈도 뜨지 못할 만큼의 강풍을 불러일으켰다. 폭풍에 스친 다프네와 이리스가 하나씩 무릎 꿇었고, 먼발치를 지키고 있던 빅토리아 경도 정신을 잃었다. 온몸을 경직시킨 채로 경계하던 제이드가 잠시 주변을 둘러보며 말했다.

"……우린 왜 멀쩡해? 기사단장님들이 쳐 주신 결계도 다 사라졌는데."

제이드의 말에 세이린이 움찔했다. 아무래도 또 무심결에 동요를 발동시킨 듯싶었다. 바람이 소용없다는 걸 안 실링 워렛은 곧 마력을 거두며 제이드를 향해 소리쳤다.

"어이, 제이드 제릴! 이 장미는 원래 내 거였으니까 너무 억울해하지 마라!"

이대로 놓칠 수는 없다고 생각한 순간.

챙그랑!

가짜 괴도의 젬이 갑자기 산산조각 났다.

"네가 건배사를 망가뜨린 놈이냐?"

레이 필드가 눈에 살기를 띤 채로 스나이퍼 건을 겨누고 있었다. 심장과도 같은 젬이 박살 난 실링은 심장을 부여잡고 추락하다가 갑자기 일어섰다.

"짠!"

그것도 정의의 이름으로 우리를 용서치 않을 것 같은 포즈로. 분명 젬이 깨졌으니 마법을 사용하지 못해야 하는데, 보란 듯이 폭풍을 일으켜 레이를 쓰러 트리기까지 했다.

"젬이 깨졌는데 어떻게 마법을 써?!"

당황 섞인 세이린의 질문에, 실링은 특별히 알려 준다는 듯 입을 열었다.

"괴도 K는 천하무적이거든."

그리고 찡긋 윙크까지. 보다 못한 커밋은 신발 한쪽을 벗어 괴도에게 집어 던지며 소리쳤다.

"괴도 K가 뭐냐, 완전 아저씨 같거든?!"

아저씨. 그 세 글자에 실링 워렛은 털썩 무릎 꿇었다.

"아…… 아저씨?"

실링 워렛은 가슴이 쓰린 듯 몸을 움츠렸다. 그러거나 말거나 제이드는 소름 이 돋는다는 듯 제 팔을 문질렀다.

"괴도 K가 뭐냐, K가!"

"그럼 괴도 S라고 하냐? 너무 변태 같잖아!"

실링이 빽 소리쳤다. 간부인 자긴 속옷도 황금색이라고 말하는 작자가 변태 라는 단어에 거부감을 느낀다는 사실에 세이린이 실소를 흘렸다.

"넌 젬이 부서졌는데 어떻게 마법을 써?"

"구축의 젬을 가진 아가씨가 그렇게 물으면 나는 할 말이 없는데."

"구축의 젬?"

실링은 또 한 번 입을 틀어막았다.

"세이린 폴룩스, 왜 자꾸 질문해!"

"대답한 사람이 잘못이지 왜 내 탓을 해?"

"쳇…… 볼일 다 봤으니, 나는 이만 간다!"

실링이 마지막 남은 달빛 수정을 바닥에 깨자 자욱한 안개가 피어올랐다.

"가긴 어딜 가!"

총알처럼 튀어 나간 제이드가 마력으로 불기둥을 만들어 냈다. 불길이 거세 지자 안개는 삽시간에 옅어졌고, 기사단장 넷을 거뜬히 쓰러트린 실링 워렛은 A반 수재의 반격에 당황했다. 제이드는 단숨에 실링 워렛의 코앞으로 이동했다. 하지만.

쿵!

"······!"

"꼬맹이, 좀 하는데? 방심했어."

전직 영주 실링 워렛은 만만한 상대가 아니었다. 제이드는 순식간에 제압당했다. 실링 워렛이 만든 풀빛 사슬에 온몸이 묶였고, 단검은 손에서 툭 떨어졌다. 챙그랑 소리가 정적 속에 울렸다.

"제이드 님!"

"세이린. 제이드 님이 저 정도면 넌 상대도 안 돼."

커밋은 뛰어가려는 세이린의 팔에 대롱대롱 매달려 그녀를 막았다.

"그럼 돌이라도 주워서 던져야지! 가만히 있을 거야? 승산 없는 건 아는데, 어떻게 친구가 잡혔는데 가만히 있냐고!"

벽돌을 주워 든 세이린을 얼어붙게 한 건 살기와 장난기가 점철된 실링의 목소리였다.

"더 움직이면 얘한테 나쁜 짓 한다?"

실링 워렛은 제이드를 내려다봤다.

"영주에게 덤빈 도련님을 어떻게 혼내 줄까."

한 글자 한 글자에서 광기가 느껴졌다. 원하는 대로 제이드를 망칠 수 있다는 자신감이 서린 광기가.

"역시 공격보단 이게 재미있겠어."

실링이 로제 플로리스의 꽃잎 하나를 제이드의 이마에 붙여 주곤 제 눈의 안대를 풀었다. 새카만 머리카락에 가려진 왼쪽 눈은 보이지 않았지만, 반대쪽의 황금색 눈동자가 잠깐 빛났다.

"제이드."

실링이 느끼한 목소리로 그를 불렀다. 그러자 제이드의 호흡이 고통스러운 듯 가빠졌다. 얼굴이 온통 붉었고, 무언가를 말하려는 듯 달싹이는 입술이 가여웠다.

"실링 워렛 님······."

"오냐."

"가지 마세요, 네?"

"글쎄…… 난 가야 하는데."

실링 워렛은 피식 웃으며 제이드의 머리카락을 헝클었다. 평소라면 욱해서 침이라도 뱉었을 텐데 왜인지 제이드는 얌전했고, 오히려 더 해 달라는 듯 눈을 내리깔았다. 세이린이 무엇인가 이상함을 느꼈다.

"커밋. 로제 플로리스엔 어떤 효력이 있어?"

커밋은 제이드의 상태를 보며 한숨을 쉬다 말했다.

"유혹."

"……응?"

"장미잖아. 사랑과 정열의 장미."

이런 미친. 세이린이 경악하자 실링이 피식 웃었다.

"지원군이 온다니, 난 이만 가야겠어."

"실링 워렛 님, 가지 마요……."

실링 워렛은 자신에게 매달리는 제이드를 내던지곤 급히 사라졌다. 세이린은 상사병을 앓듯 심장을 부여잡으며 쓰러지는 제이드를 받아 들었다.

"제이드 님! 괜찮아요?"

세이린이 불덩이가 된 그의 뺨을 손으로 식혔다. 힘없는 몸이 시체처럼 축 처졌다. 제이드의 몸을 가지런히 눕힌 그녀는 어떻게 해야 할지 섣불리 판단할 수 없었다. 막막함에 눈물이 나려 할 즈음, 부산한 소리가 들렸다. 분명 갑옷이 부딪히는 소리였다.

"아가씨!"

온실에 들어선 건 밤의 푸른 기사단장, 아벨 시엘리아였다. 함께 온 기사단원들의 상태를 보니 잔당들을 처리하고 온 듯했다.

"아벨 경, 제이드가……."

세이린이 발을 동동 구르며 상황을 설명했다.

"로제 플로리스의 저주는 강력한데…… 해독하지 않으면 죽을지도 모릅니다."

아벨이 진지하게 말했다.

"해독은 어떻게 하는데요?"

"입맞춤 아니면 강력한 해독 마법이 필요합니다."

"입맞춤……이요?"

음란 마귀가 고개를 갸웃했다. 왜 마계는 이럴 때만 동심의 세계인가. 설상 가상, 해독 마법을 쓸 수 있는 다프네가 금방 깨어나지 못하리라는 소견이 나왔다.

"걱정하지 마세요, 아가씨. 20분 안에 해독하면 생명엔 지장 없을 겁니다."

"지, 지금 15분 지났는데요?"

"……네?"

순간 정적이 사위를 감쌌다. 제이드의 생명이 위독하기까지 5분밖에 남지 않았다니.

'이런 미친. 이러다 진짜 죽는 거 아냐?'

세이린이 울먹였다.

"누가 하든 상관없는 거죠?"

"그렇긴 한데, 설마 아가씨가……."

제이드를 보며 안타깝다는 듯 혀를 츳츳 차고 있던 커밋이 그 발언에 화들짝 놀랐다.

"야, 네가 하면 내 주식은 어떡해! 좀 기다리면 다들 깨어날……"

"5분도 안 남았는데 뭘 기다려!"

세이린이 커밋의 손을 덥석 잡았다. 아벨은 못 본 척 고개를 돌렸고, 커밋은 세이린이 제 손을 왜 잡았는지 파악하지 못하다가 곧 질색을 했다.

"내가 왜! 안 해!"

"그럼 약혼한 내가 하리?"

세이린의 주장에 커밋이 즉각 반발했다.

"나도 약혼했다면!"

"커밋, 어디서 구라야! 너 연애 못, 하는 건 만천하가 다 알거든?"

"안, 하는 거라니까!"

408

"네 주식 지켜야 할 거 아냐!"

"이놈이랑 키스할 바에야 주식 떨어지는 게 낫지!"

주식 떨어지는 걸 죽음이랑 동일시하는 마물이 이렇게 말하는 걸 보니, 제이드와 입술을 맞대기가 정말 싫은 듯했다.

"누가 제이드 님이랑 키스하래? 그냥 입술만 갖다 대!"

세이린은 커밋을 거의 덮치다시피 해서 잡아 왔고, 제이드 옆에 무릎 꿇게 했다.

"야, 커밋! 친구 살리는 셈 치고! 죽어 가는 거 안 보여?"

"얘한테 내가 이런 식으로 살릴 건데 살고 싶냐고 물으면 차라리 죽는다고 할걸?"

커밋이 신경질적으로 말했다. 맞는 말이라 차마 반박할 수 없어 그녀가 잠깐 멈칫하는 사이, 천장을 향해 있던 제이드의 머리가 옆으로 픽 넘어갔다.

"제, 제이드 님……!"

하는 수 없이 세이린이 제이드의 옆에 무릎을 꿇으려 할 때였다.

"아오, 이 새낀 진짜……."

커밋은 온 세상의 짜증과 신경질을 모두 응집시킨 얼굴을 하고 제이드에게 아주 짧게 입 맞췄다. 아니, 그러려고 했다. 입술이 스치자마자 정신을 차린 제이드가 무심결에 얼굴을 붙잡지만 않았더라면.

콰득!

뱀파이어가 본능적으로 맞닿은 입술에서 피를 빨아들였다. 때아닌 격한 흡혈에 커밋이 피가 줄줄 나는 입술을 틀어쥐며 소리쳤다.

"야, 이 미친놈아……!"

어머, 어머. 세이린이 양손으로 입을 틀어막은 채로 커밋과 제이드를 바라봤다. 분명 뱀파이어는 사랑하는 사람의 피를 마시면 속성을 개방한다고 했다.

'오늘이 각성의 날인가.'

음란 마귀가 엉큼한 웃음을 지었다.

한편, 본능에 따라 피를 들이켰던 제이드는 익숙한, 그러나 예상과 다른 목소리를 듣곤 흠칫 놀랐다. 잇달아 눈을 떴고, 정색했고, 곧 기겁했다.

"왜 너야?"

"붙잡은 얼굴이나 놓고 불평하시지?"

빽 소리친 커밋의 흰 피부는 고열을 앓던 제이드만큼이나 붉게 얼룩져 있었다. 둘이 나란히 기둥을 짚고 구역질하는 걸 보니 건강상 이상은 없는 듯했다.

"다행이다."

세이린이 가슴을 쓸어내렸다.

"뭐가!"

물론 두 당사자는 전혀 안녕하지 못한 것 같았지만.

Chapter
13

명예의 전당

세이린과 커밋은 남은 기간 동안에도 계속 제이드의 방에서 머물기로 했다. 물론 방 주인도 함께. 안전한 방에 몰려 있는 게 경호가 쉽다는 이유였다.

로제 플로리스는 이미 괴도 K가 가져갔지만, 다행히 제이드를 유혹하는 데에 쓰인 한 점의 꽃잎도 상당한 마력을 간직하고 있었다. 제릴 하우스에 머무는 일주일 동안 클라우드와 세이린의 마력이 닿지 않도록 하기에는 충분했다.

세이린이 마력을 일으켜 달빛 수정을 빚어냈다. 그 안에 꽃잎을 넣으니 제법 예쁜 펜던트가 되었다. 얇은 줄에 꿰어 목걸이로 걸고 있으면 아무도 보물이라고 생각하지 못할 듯했다.

삼인방이 제이드의 방에 도착할 즈음 깊은 잠에 빠져 있던 모두가 깨어났다는 소식이 들려왔다. 하지만 다행스런 분위기는 아니었다.

'기사단장님들도 충격이 크시겠지.'

세이린은 소파에 걸터앉아 창밖을 힐끗 바라보며 생각했다. 여전히 경비는 삼엄했지만, 기사단원들은 다들 힘이 없어 보였다. 제대로 겨뤄 보지도 못하고 동요에 휩쓸려 잠들었으니 얼마나 억울할까.

"우리는 얌전히 자는 게 도와주는 거야."

실링에게 매혹당했다는 것을 비밀로 해 주는 대가로 방 주인의 침대를 독차지한 커밋이 말했다.

"잠이 안 와."

담요를 덮은 세이린이 웅얼거렸다. 분명 클라우드는 괴도의 출현과 퇴장, 그 외의 모든 것을 보고받았을 터. 지금쯤 마왕성은 발칵 뒤집혔으리라. 쉬지도 못하고 신경이 예민해져 있을 마왕님이 생각나 마음이 좋지 않았다.

반면 제이드는 로제 플로리스의 저주에서 깨어난 이래로 쭉 실링 워렛을 향해 칼을 갈고 있었다. 완전히 농락당했으니 다음에 만나면 어떻게든 한 방 먹이겠다는 각오는 어쩌면 당연했다.

"이게 다 실링 워렛 그놈 때문이야. 우리가 잡자, 괴도."

"제이드 님. 왜 자꾸 셋을 한 팀으로 엮어요?"

커밋은 언제나처럼 즉각 불만을 표시했다. 아닌 게 아니라, 기사단장도 아닌 아카데미 학생 셋이 실링 워렛을 추격하는 건 험난한 일일 게 뻔했다.

"일단 자고 일어나서 얘기…… 음?"

무언가 이상함을 느낀 세이린이 담요를 내려 두고 일어나 제이드의 이마를 짚었다. 얼굴색이 창백하고 식은땀이 줄줄 나는 것이 꼭 식중독에 걸린 사람 같았다.

"제이드 님, 괜찮으세요?"

"아무렇지도 않…… 으윽."

애써 속앓이를 숨기고 있던 제이드가 배를 움켜쥐었다. 뜨거운 로제 플로리스의 저주가 가라앉고 나서부터 어째 아이스크림을 많이 먹은 여름날처럼 배가 아팠다. 단순히 복통이라고 치부하기엔 불의 마력이 흐트러지듯 일렁이는 것이 심상치 않았다.

"뭐 잘못 드신 거 아니에요?"

"내가 오늘 먹은 건 너랑 쟤도 같이 먹었잖아."

"혼자만 드신 건 없어요?"

"혼자만 먹은 거……?"

두 마물이 동시에 커밋을 바라봤다. 커밋은 불쾌한 듯 에메랄드빛 눈동자를 절반만 내비쳤다.

"지금 내 피를 마셔서 식중독 걸렸다는 말을 하고 싶은 거야?"

졸지에 상한 음식 신세가 된 기분이 썩 좋지는 않았다.

"너 혹시, 그새 주식 말아먹고 불량 식품으로만 연명한 거 아냐?"

제이드가 추궁하자 커밋이 얼굴을 구겼다.

"지금 남의 피 멋대로 빨아 놓고 품질까지 따져요?"

"그냥 확인하는 거지. 아니면 고지혈증이나 당뇨 있냐?"

"아직 팔팔하거든요?"

"그럼 왜 이러지……?"

제이드는 자신의 증상을 이해할 수 없었다. 피를 무의식중에 들이켰다는 것 말고는 흡혈 과정에서도 이상은 없었다. 대체 무엇이 문제란 말인가.

"아무튼, 제 피에는 문제없어요."

커밋이 툴툴대며 이불을 뒤집어썼다. 세이린이 걱정스러운 얼굴을 하고 물었다.

"제이드 님. 상비약 어디 있어요? 제가 가져올게요."

"그럼 미안하지만…… 문 열고 나가서 오른쪽, 쭉 가다 박쥐 모양 석상 옆 복도 두 번째 방에 약초로 만든 리스가 걸려 있을 거야."

성이 복잡한 탓에 웬만해서는 직접 가지고 오고 싶었지만 몸 상태가 갈수록 나빠졌다.

"금방 다녀올 테니까, 명줄 잘 잡고 계세요."

세이린이 얄망궂게 웃으며 방을 나섰다. 제이드의 설명을 내비게이션 삼아 발을 움직이니, 박쥐 모양 석상이 나오긴 나왔다.

'원형이네? 옆이 어디 말하는 거지?'

잠시 고민한 그녀가 문제없다는 듯 어깨를 으쓱했다.

'다섯 갈래밖에 안 되네. 하나씩 다 들어가 보지 뭐.'

참으로 긍정적인 해결법이었다.

한편, 제이드는 더 이상 참을 수 없이 쓰려 오는 배를 감싸며 욕실까지 기어갔다.

'체했을 때보다 더 끔찍한데……'

아무리 토악질을 해 봐도 속이 편해지지는 않고 더 상하는 느낌이었다. 게다가 배에만 몰려 있던 고통이 핏줄을 타고 점점 이동하는 듯했다. 이대로 가만히 있다간 죽을지도 모른다는 생각에 식은땀이 배어 나왔다.

"우욱……"

영혼까지 게워 내는 느낌에 혹 내장이라도 뱉어 낸 것은 아닌지 살피던 그가 의아한 얼굴을 했다. 붉은 핏덩이가 섞여 나오기는커녕 파란색 식용 색소라도 들이켠 것처럼 시퍼렇다.

'……난 대체 뭘 주워 먹은 거야?'

겨우 물을 내린 제이드가 힘겹게 양치를 하곤 다시 침실로 기어 나왔다. 아무리 생각해도 이상했다. 갑자기 속이 얼어붙을 듯 아플 이유가 없었다.

'이 자식이 자기 피에 독이라도 탄 거 아냐? 개구리처럼?'

제이드가 푹 잠든 커밋의 옆에 앉았다. 매트리스가 고급인지라 이불을 덮은 낙제생의 몸이 조금도 흔들리지 않았다. 제이드가 커밋의 얼굴을 가까이에서 살폈다. 죽은 건지 잠든 건지 모를 만큼 호흡이 고요했다.

'잘 때 옷을 다 입고 자네. 안 답답한가?'

셔츠 맨 윗단추까지 꼭꼭 잠근 모습이 참으로 갑갑해 보였다. 제이드가 착한 일을 하기로 마음먹곤 윗단추를 풀어 주려 할 때였다.

덥석. 커밋이 제 옷깃으로 향하던 제이드의 손을 붙잡아 침대 위에 내리눌렀다.

"제이드 님, 제 옷 단추는 왜 풀어요?"

커밋이 재미있는 장난을 발견한 것처럼 이기죽거렸다. 현행범 취급을 당하자, 악의 없는 행동을 하려다 붙잡힌 제이드의 얼굴이 확 달아올랐다.

"어, 어?"

곧, 두 마물을 더 당황하게 하는 존재가 나타났으니.

"약, 약을 덜 가져왔네……!"

온갖 약들을 와르르 바닥에 떨군 세이린의 자수정 같은 눈동자가 달달 떨리고 있었다.

"저 많은 약들은 다 뭔데?"

"다시 가져올게! 하던 거 마저 해!"

입을 쩍 벌리고 놀란 음란 마귀가 문을 쾅 열어젖히곤 도주했다. 오해하기 딱 좋은 상황이긴 했다. 세이린이 어떤 말썽을 끌어들일지 알 수 없기에 커밋과 제이드는 즉각 오해를 안고 떠난 음란 마귀를 찾아 나섰다. 체력이 종잇장 같은 그녀를 따라잡는 건 그리 어려운 일이 아니었다. 얼마 안 가 곧 박쥐 모양 석상이 나왔다.

"다섯 갈래 길?"

커밋이 이마를 짚었다.

"무슨 소리야. 네 갈래…… 응?"

제이드가 제 눈을 의심했다. 박쥐의 양 날개 방향으로 왼쪽으로 두 갈래, 오른쪽으로 두 갈래. 이것이 도련님이 원래 알고 있던 워렛 성 구조였다.

"석상 뒤로 난 길은 처음 보는데?"

"세이린이 그새 굴이라도 판 거 아니에요?"

복도의 그림자에 숨어 대화를 엿듣고 있던 세이린이 폭 튀어나왔다.

"커밋, 내가 두더지야?"

"농담이지. 그럼 저 복도는 뭐야?"

세 마물이 처음 보는 복도로 다가갔다. 복도의 입구 부분에는 엷게 먼지가 깔려 있었지만, 특정 부분부터 뽀얀 먼지가 잘려 나간 듯 깔끔했다. 호기심에 가까이 다가가는 세이린을 향해 제이드가 급히 손을 뻗었다.

"멈춰. 이건 결계……."

쿵!

"그런 건 미리 말해 주셨어야지……!"

결계에 머리를 박고 튕겨 나간 세이린이 이마를 문질렀다.

"누가 친 결계지?"

"바람 속성이에요. 머리 박을 때 잠깐이지만 초록색이 보였어요."

세이린의 진지한 판정에 커밋이 어이없어했다.

415

"넌 그걸 머리를 박아 봐야 아냐? 빛 속성이라 그냥 보기만 해도 알잖아."

"내가 안 박았으면 자기가 박았을 거면서."

이번엔 세이린과 커밋이 '누가 더 멍청한지'를 두고 투닥거리기 시작했다. 두 낙제생이 기 싸움을 벌이든 말든 제이드는 눈을 가늘게 뜨곤 결계에 손을 가져다 댔다.

왜인지 괴도의 모습으로 나타난 실링. 그 후에 나타난 또 다른 길과 결계라. 흥미가 일었다. 그가 진지한 얼굴로 주문을 읊기 시작했다.

"와…… 제이드 님, 영주가 설치한 결계도 해제할 수 있어요?"

세이린이 눈을 반짝이며 기다렸다. 그러나 아무 일도 일어나지 않았다. 그럼에도 제이드는 같은 행동을 세 번이나 반복했다.

"됐다."

제이드가 자랑스럽게 결계에 뜬 안내창을 가리켰다.

[해제 주문 3회 이상 틀림.]

[해제 주문을 잊으셨다면 '여기'를 터치해 주세요.]

"실링 워렛은 바람 마법으로 밤 대륙 최강이었는데, 내가 이걸 어떻게 풀겠어."

공부 머리뿐만 아니라 잔머리도 제법 쓰는 A반 수석 입학생이었다. 그가 몇 번 더 손을 움직이자 결계의 비밀번호를 재설정하는 창이 나왔다.

"이것만 풀면 비밀번호 재설정할 수 있는……데."

커밋과 제이드의 표정이 동시에 구겨졌다.

[내 속옷 색은?]

문제가 너무나도 터무니없었기 때문이다. 반면, 정답을 아는 세이린은 흑막처럼 후후후 하고 웃었다.

"답은 '금색'이랍니다, 제이드 님."

제이드가 세이린을 이상한 놈 보듯 바라보다가 두 글자를 입력했다. 마지막 글자를 입력하자마자, 삑, 하는 짧은 경고음이 울렸다.

"틀렸다는데?"

"틀렸을 리가 없는데. '황금색'이라고 입력해 보세요."

커밋이 기겁했다.

"너, 왜 그렇게 확신에 차 있어?"

"봤……어?"

"봤을 리가 없잖아요, 제이드 님!"

차마 자기 입으로 말한 걸 들었다고 대답할 수는 없었다. 세이린이 최선을 다해 억울해할 때, 결계에서 삐리릭 소리가 났다. 마치 도어 록이 열리는 것 같은 요란한 기계음이었다.

"거봐요, 황금색 맞죠?"

"그러니까, 왜 그렇게 자신만만해?"

제이드가 의아해했다. 그러나 세이린은 제이드가 의심스러운 얼굴을 하든 말든 기대에 찬 눈으로 결계 너머를 주시했다. 마력의 장막이 걷히는 순간 오랫동안 봉인되어 있던 장소라는 것을 믿을 수 없을 만큼 쾌적한 바람이 밀려왔다.

"이만큼 신경 써서 관리할 만한 곳은 딱 하나죠."

세이린이 마력을 일으켜 환한 조명을 만든 다음 성큼성큼 걸어갔다. 역시, 그녀가 예상한 대로였다.

"서재?"

"실링 워렛이 책도 읽어?"

"원래 기록 보존이 제일 중요하잖아요."

세이린이 어깨를 으쓱하곤 서재를 탐방하기 시작했다. 지하 서재의 웅장함은 놀라울 정도였다. 위치만 지하일 뿐, '지하'라는 단어가 주는 음습하고 퀴퀴한 느낌은 전혀 없었다.

워렛이 마계 최고의 상업 도시라는 사실을 상기시켜 주는 화려한 실내. 깨끗하고 보드라운 카펫과 기름이라도 칠한 듯 반짝반짝 윤이 나는 원목 책장. 오직 가주 단 한 명을 위한 공간이라는 듯 1인용으로 준비된 가구들. 세이린이 주변을 둘러보며 감탄했다.

"달빛 수정에 보존 마법식을 입력해 놨네요. 그래서 상태가 이렇게 좋구나……."

"너 꼭 책에 대해 잘 아는 사람처럼 말한다?"

제이드의 지적에 뜨끔한 마계 최고의 작가가 어색하게 웃었다.

"미스터 제릴이 보시면 로제 플로리스는 금방 잊으시겠어요."

시중에서 구할 수 없는 책이나 자료가 무척 많았다. 대부분이 술, 도박, 마약, 고리대금, 춘화, 여자에 관련된 것이긴 했지만.

세이린이 목이 뻐근할 정도로 높은 책장을 둘러볼 때, 커밋은 부동산에서 나온 사람처럼 뒷짐을 지고 인테리어를 구경했다. 에메랄드빛 눈동자는 짙은 녹색의 벨벳 커튼에 주목했다. 커튼은 소파의 맞은편 벽을 가리고 있었다. 즉, 영주가 읽을 책을 골라 소파에 앉으면 정면으로 보이는 위치였다. 커튼 끝에 드리워진 금색 밧줄을 잡아당기자, 무대의 막이 열리듯 커튼 뒤에 숨겨진 것이 차츰 드러났다.

"다른 건 모르겠고, 서재 주인이 누군지는 확실히 알겠네."

뒤따라온 세이린과 제이드도 입을 쩍 벌렸다. 벽에 걸린 것은 끝내주게 잘 그려진 실링 워렛 그림이었다.

'이거 미술책이랑 역사책에 매번 나오는 나폴레옹 그림인데…….'

세이린이 인상을 찌푸렸다. 앞발이 들린 백마를 탄 황금색에 미친 놈이라니. 그림 속의 실링은 마치 용맹과 힘의 상징처럼 연출되어 있었고, 치졸한 구석은 깡그리 삭제된 상태였다. 게다가 실물보다 다섯 배쯤 잘생겨 보이기까지.

"양심이 없네."

"대체 얼마나 자기를 사랑해야 이런 그림을 보면서 책을 읽을 수가 있는 거지?"

"그러게요. 의자에 앉으면 정면으로 보이는…… 어라."

폭신한 소파에 앉은 세이린이 무언가를 발견했다. 서재에 들어와 봤던 책들 중 가장 고급스러워 보이는 재질의 책이었다. 마치 이곳에서 가장 중요한 자료인 듯, 금테에 달빛 수정 책갈피까지.

밤 대륙에서 최고 졸부 집안이었으니 보물 지도가 들어 있을지도 몰랐다. 세 학생이 기대감에 부풀어 책의 표지를 열었다. 그리고 책을 연 지 1초 만에 실망했다.

[실링 워렛님의 일기장 — 아무도 보지 말 것!]

"에라이……."

주식 투자 비전서 정도는 될 것이라 예상했던 커밋이 짜증을 내며 표지를 덮었다. 보물 지도가 들어 있으리라 예상했던 세이린도 뚱한 얼굴을 했다. 자기 일기장을 도서관에서 제일 중요한 문서 취급하기도 쉽지 않을 텐데.

'얼마나 자기애가 투철한 거야?'

게다가, 일기장은 내용이 충실하다기보다는 유치원생 그림일기에 가까웠다.

[오늘은 사촌인 페니 워렛이 넘어졌다. 내 자리를 노리더니, 꼴좋다.]

일기에서 제일 공들인 부분은 날씨와 날짜. 귀족스러운 것은 일기장의 겉표지나 부드러운 곡선이 돋보이는 필체가 전부였다. 대부분은 오늘 뭘 먹었느니, 어디 땅을 사고팔았느니 하는 내용이었다. 이 영양가 없는 일기를 더 봐야 하나 생각할 즈음.

"이게 뭐야?"

제이드가 일기장 사이에 끼워져 있던 작은 노트를 발견했다. 손때가 제법 묻은 걸로 봐선 일기장 주인이 애지중지하던 물건 같았다.

[아리아 차지하기 플랜!]

물론 내용은 전혀 진지하지 않았지만. 제이드가 눈썹을 찡그리며 첫 페이지를 읽었다.

"아리아 차지하기 플랜. 본 노트는 아리아를 내 방에 가둬 두고 매일 쓰다듬는다는 목표를 달성하기 위한 구체적인 계획임."

'황금색에 미친 놈은 비전하가 애완 고양이인 줄 아나?'

할 말을 잃은 세이린이 헛웃음을 지었다. 아리아가 그저 실링의 짝사랑이라고만 생각한 제이드가 계속해서 글을 읽어 내렸다.

"첫 번째. 아리아가 받아 줄 때까지 계속 청혼한다."

"여기서부터 글렀네."

마계 최고의 연애 소설 작가가 고개를 설레설레 저었다.

"두 번째. 아리아를 탐내는 다른 놈들과 사랑의 결투를 벌인다."

다음 줄을 마저 읽으려던 제이드가 노트와의 거리를 좁혔다. 마지막 줄만 잉크색이 달랐다.

"세 번째 지침은 나중에 추가로 적은 건가 본데?"

"뭔데?"

"세 번째. 플레어 프로젝트를 이용해 황제 후보에 등극한다."

"……플레어 프로젝트?"

유치하기 짝이 없는 앞의 두 가지와는 달리, 후에 추가된 세 번째 지침은 진지한 분위기가 물씬 풍겼다. 황제 후보에 등극한다는 번지르르한 말은 또 어떠한가.

"제이드 님, 플레어 프로젝트가 뭐예요?"

"프로젝트는 모르겠고, 플레어라는 이름은 들어 본 적 있는 것 같은데……."

스쳐 가는 기억인지라 정확히 언제, 어디서 들은 것인지 기억이 나지 않았다. 세이린과 제이드가 '아리아 차지하기 플랜'에 집중하는 동안, 커밋은 일기장의 본문 부분을 뒤적였다.

[오늘은 놀라운 소식을 접했다. 로이펠의 영주가 '플레어 프로젝트'를 실행에 옮겼다는 것이다. 이속성 연구는 돈도 안 돼서 투자를 하나도 안 했는데. 연구 자금을 누가 댄 건지 알아봐야겠다.]

여태까지의 유치한 필체가 다 이 페이지를 감추기 위한 안개가 아니었을까 생각할 정도로 일기의 분위기가 확 달라졌다.

세이린이 눈동자를 굴렸다. 분명 새벽단은 이속성 연구를 하고 있다고 했는데. 일기장에는 돈도 안 되는 연구라 자금을 대지 않았다는 말을 썼으면서 지금은 이속성 연구에 몸담고 있다니.

'무언가 돌아서게 된 계기가 있을 것 같은데.'

가령 이속성 연구의 쓸모를 확인했다거나. 누군가가 실링에게 이속성의 효능을 설교했을 수도 있었다. 페이지를 조금 더 넘기자 실링의 필체가 거칠어지는 부분이 있었다.

[프로메트 로이펠이 플레어 프로젝트 가동에 필요한 것을 어떻게 충당했는지 알아냈다.]

세이린이 글자를 뚫어져라 바라봤다.

"로이펠이라면 시엘리아 남서쪽 지방의 지명 맞지? 프로메트 로이펠은 누구야?"

"맥락상 로이펠의 영주를 말하는 거겠지. 시엘리아 남서쪽 지방. 땅 속성 가문 있잖아."

이렇게 박식한 애가 어쩌다 F반에 왔는지 문득 궁금한 세이린이었다.

[카인 시엘리아, 그 빙신이 플레어 프로젝트에 적극 협조하고 있다고 한다. 멀린 엘리타가 이속성 연구에 뛰어들어서 그런 것 같다.]

"빙……신?"

커밋은 욕처럼 들리지 않도록 약하게 두 글자를 발음했고, 제이드는 한참을 웃었다.

"완전히 잊어버리고 있었는데 보니까 생각난다. 시엘리아 전 영주 이름."

"아벨 경이요?"

"일기 날짜가 거의 17년 전이야. 아벨 경이 영주가 된 건 7년 전이니 그 전 영주겠지."

"그럼 그 폭정 영주 때? 아벨 경 형?"

세이린은 카인 시엘리아가 어떤 모습일지 잠깐 상상해 보았지만 도무지 그려지지 않았다.

아벨 경과 닮은 누군가가 폭정을 한다니. 더군다나 그 형이라는 작자도 이 복동생을 별궁에 가두어 기르는 데에 일조했을 것이 아닌가. 어째 호감이 가지 않았다. 플립 북을 넘기듯 페이지를 촤르륵 넘기던 제이드가 가장 마지막 페이지에 적힌 한 줄짜리 일기를 발견했다.

[내일, 카인 시엘리아와 결판을 낸다.]

날짜와 이 한 줄이 전부인지라 일기를 쓸 당시의 비장함이 느껴졌다.

"실링이 카인과 왜 싸우게 된 걸까요?"

세이린이 물었다. 제이드가 생각해도 실링의 전투 의지는 이상했다.

"그러게. 승산이 없는 싸움인데. 카인 시엘리아면 밤 대륙의 황제 후보였잖아. 치유 마법 마스터가 이길 수 있는 상대가 아니지."

"제이드 님은 폭정 시대 영주면 다 싫어하는 거 아니었어요? 강하다는 말을

421

다 하시네.”

“……강한 건 사실이니까. 물론 황제 자리에 어울리는 건 클라우드 슈테른, 한 분이시지만.”

“갑자기 황제 후보랑 싸우게 된 이유가 뭘까요?”

세이린이 다른 페이지를 훑어보기 시작했다.

[대륙의 유행에 나만 뒤처질 수는 없지. 나도 이속성 연구에 참여해야겠다. 내일, 무엇을 투자하면 어떤 걸 얻을 수 있는지 물어봐야겠다.]

“무슨 놈의 영주가 영지 세금을 유행 따라가느라 써?”

제이드는 이런 놈에게 현혹당했었다는 사실을 떠올리곤 닭살이 돋은 팔을 문질렀다. 일기를 한 장 더 넘기려는 순간, 입구의 계단 쪽에서 일사불란한 소리가 났다.

세 학생은 읽고 있던 일기를 황급히 원래 자리에 넣어 둔 뒤 아무 일 없었다는 듯 해맑게 웃었다. 특히 세이린은 불쑥 나타난 레이 필드를 보며 더 환하게 웃었다. 웃는 얼굴엔 침 못 뱉는다지 않나.

“찾았다고 연락드려. 어서.”

그렇게 말한 레이가 가슴을 쓸어내며 성큼성큼 다가왔다. 클라우드가 그새 세이린이 없어진 것을 알아채고 수색 명령이라도 내린 게 분명했다. 그녀를 찾아내라고 기사단장들을 얼마나 달달 볶았을지 안 봐도 훤했다.

“꼬맹이들, 어디 갔나 했더니……!”

“살살, 살살! 제가 보기와 다르게 연약…… 아야!”

레이가 찹쌀떡처럼 찰지게 늘어나는 세이린의 볼을 쭉쭉 잡아당기며 주변을 둘러봤다. 다행히 벌어진 일이라곤 비밀 서재를 발견한 것이 전부인 듯했다.

‘아직 정년퇴직의 꿈이 깨지진 않았군.’

세이린에게 무슨 일이라도 생겼다간 주군의 날 선 시선을 피하지 못할 게 분명했다.

“꼬맹이, 다친 데는?”

“없어요.”

“아픈 곳은?”

오호라. 장난기가 발동한 세이린이 심장 부근을 틀어쥐었다. 예상대로 레이가 순간 철렁했다.

"레이 경이 걱정하셨을 걸 생각하니 제 마음이 좀……."

"꼬맹이, 너 진짜 그 말투 안 고칠래?!"

"히잉—."

"네가 말이냐? 수시로 '히잉—' 거리게? 얼른 가서 잠이나 자."

레이가 마력을 일으켜 삼인방을 강제 이동시켰다. 결국 다시 방에 돌아오게 된 셋은 묘한 흥분에 사로잡혀 있었다.

"이 성을 통째로 인수했으니까 서재도 당연히 우리 거겠지?"

가장 들뜬 것은 역시 집주인네 아들, 제이드였다. 전쟁 통에 금서로 지정된 책이나 사라진 책들을 온전한 형태로 읽을 수 있다는 것은 대단한 메리트였다.

"법적으로는 그렇죠. 마왕성 측에서 어떻게 나올지는 모르겠지만."

"전하께서 필요하다면 얼마든지 바쳐야지. 바치는 김에 얼굴도 좀 뵙고."

"어련하실까."

세이린이 픽 웃으며 깜빡 잊고 있던 휴대폰을 찾아 확인했다.

[부재중 전화 — 임성윤]

화면에는 그야말로 심장이 쿵 가라앉을 만한 문구가 떠 있었다.

"세이린. 넌 또 왜 넋 나간 얼굴이야?"

"부재중 전화가 있길래."

"누구한테?"

"남편 될 사람?"

막간의 틈을 이용하여 베개 쟁탈전을 벌이던 커밋과 제이드가 눈을 반짝였다. 세이린은 둘을 보며 픽 웃었다.

"이럴 때 보면 둘이 참 친해 보이는데."

"편하게 해, 통화."

제이드와 커밋이 거의 한 목소리로 권했다.

"세 시간 전에 온 건데요? 지금 새벽 다섯 시고?"

"하긴. 그분도 주무시겠다."

커밋이 당연하다는 듯 시계를 확인하곤 침대에 누웠다. 태연한 답에 제이드는 무언가를 눈치챘다.

"야, 커밋. 너 세이린 결혼 상대 누군지 알지."

"제이드 님도 아는 사람인데. 둘이 만난 적도 있고. 예전에 레드빅 고깃집에서 세이린을 데리러 온 적 있거든요."

커밋에겐 세이린의 프라이버시보다 자신의 무거운 눈꺼풀이 더 중요했다. 제이드는 골똘히 머릿속을 뒤지다가, 그제야 깨달았다는 듯 자리에서 벌떡 일어나 소리쳤다.

"생각났다⋯⋯!"

세이린은 드디어 제이드가 제 애인의 정체를 눈치챈 줄 알고 픽 웃었다. 하지만.

"플레어가 아마 마물 이름일걸?"

제이드의 답은 영 엉뚱했다. 비록 예상한 주제는 아니었지만, 확신에 찬 눈을 보니 그는 정말 무언가를 떠올린 듯했다.

"맞을 거야. 아카데미 명예의 전당에서 본 적 있어."

명예의 전당. 세이린은 아카데미 소개 책자에 실린 소개 글을 떠올렸다. 역대 졸업자 중 각 속성의 수석과 차석의 사진과 이름을 기록해 두는 곳이라던가. 졸업식마다 명예의 전당에 새 액자를 거는 게 중요한 행사라고 했다.

"제이드 님. 거기 어떻게 들어가셨어요? 졸업할 때만 들어갈 수 있는 거 아니에요?"

"수석 입학하니까 구경시켜 주던데?"

아, 맞다. 제이드는 수석 입학생이었지. 세이린은 새삼 A반과 F반의 격차를 실감했다.

"무슨 속성인지는 기억 안 나는데 플레어라는 이름은 본 적 있어. 확실해."

"무슨 속성인지도 기억 못 하면서 어떻게 확신해요?"

"그 사람 액자만 훼손되어 있었거든."

제이드가 기억하는 플레어라는 마물의 액자와 명패는 명예의 전당의 유일한 흠이었다. 액자 속의 사진은 누군가가 훔쳐 갔고, 명패는 날카로운 것으로 긁은 듯 훼손되어 있었으니.

"근데. 그 플레어가 이 플레어라는 확신은 어디서 나와요?"

커밋이 언제나처럼 딴지를 걸었다.

"거기 이름이 있으면 수석 아니면 차석이라는 소리잖아. 혹시 알아? 로이펠에서 진행했던 프로젝트의 총책임자였을지."

"……말이 되는 것 같기도 하고, 억지인 것 같기도 하고."

"저게 무슨 논리야."

동요하는 세이린과는 달리 커밋은 침대에 누워 이불을 푹 덮었다.

"야, 커밋! 한창 중요한 얘기 중인데!"

"내일 해요, 내일. 어차피 주말인데. 얼른 자야 배탈도 나을걸요?"

제이드는 제 배를 감쌌다. 그러고 보니 금방이라도 숨이 넘어갈 듯하던 복통이 어느새 씻은 듯 나아 있었다.

'치유 마법도 안 썼고 약도 안 먹었는데 어떻게 나은 거지?'

제이드는 붉은 눈동자를 가느스름하게 뜬 채 무언가를 가정해 보다 가장 늦게 잠들었다.

□ ■ □

한편, 잠이 오지 않는 김에 업무를 남김없이 처리한 클라우드는 다시 침대로 돌아가 누웠다. 쉬지 않고 밤새 정무를 본 것을 들킨다면 고용인들이 온종일 마음 쓸 것이 뻔했다. 자신이 자는 척을 조금만 하면 그런 불필요한 오해는 막을 수 있으리라.

마왕은 차분히 눈을 감았다. 어둠이라는 이속성을 지니고 태어난 마물답지 않게 그는 캄캄한 것을 별로 좋아하지 않았다. 어둠 속에 있으면 자신이 맹렬히 타고 있는 초 같다는 생각이 들었다. 온몸을 녹여 주변을 밝히려 하나 결국 그 끝은 어둠일 뿐인 존재. 애당초 어둠으로 돌아갈 존재가 어둠을 몰아내려는 것 자체가 어불성설인 듯싶었다.

그러나 오늘의 감은 눈꺼풀엔 웬일인지 손님이 와 있었다.

425

'또 잠 안 자고 일하지, 응?'

빛이 방글방글 웃으며 코끝을 톡 건드린다. 클라우드는 환상인 줄 알면서도 온 신경을 빼앗겼다.

'익숙함에 속아 이린이의 소중함을 잊은 소감이 어때요?'

"잊은 적 없어."

상상 속 세이린의 질문에 무심결에 소리를 내서 대답한 그가 픽 웃었다. 이쯤이면 상사병도 중증이었다. 흔적이라도 가까이에 두고 싶은 마음이 들어 주변을 둘러보니 별궁이었다. 무의식의 발현이라는 것인가. 기왕 온 김에 세이린의 침대에 누워 기다리는 것도 좋을 것 같았다.

별궁의 문손잡이를 쥔 그가 잠시 멈칫했다. 분명 세이린이 없는 이곳에서 미숙한 마력이 느껴졌기 때문이었다.

"전, 전하!"

"……."

클라우드가 찬찬히 별궁 내부를 둘러봤다. 바깥에서 느낀 대로, 다듬어지지 않은 원석 같은 땅 속성의 마력이 가득했다.

"로자리, 마법을 연습한 건가?"

로자리는 새파랗게 질린 얼굴을 바닥에 닿을 정도로 깊이 조아렸다.

"죽여 주세요, 전하. 제가 아가씨를 졸라서……."

"같이 사고라도 쳤나?"

"그건 아니지만, 마법을……."

"낙제생한테 마법을 배웠다고?"

클라우드는 서투른 실력으로 로자리에게 마법을 가르쳐 주었을 세이린을 그려 보았다. 실수를 하고도 뻔뻔하게 추켜올리는 눈썹. 시연이 제대로 되지 않으면 버릇대로 부풀렸을 볼. 성공하면 씩 올라갔을 입꼬리까지.

고개를 조아린 로자리는 주군이 무슨 생각을 하는지 짐작조차 못한 채로 바들바들 떨고 있었다.

"로자리. 마법을 배우는 건 좋지만 되도록 검증된 스승에게 배우도록."

"그, 그럼 처벌은……."

"처벌? 연습하다 마물이라도 죽였나?"

"맹세코 석상을 만드는 연습만 했습니다."

실내에 웬 돌들이 이렇게 많은가 했더니, 석상 실패물들이었군. 클라우드가 선반에 놓인 투박한 석기들을 구경하다 말했다.

"그럼, 처벌은 무슨 말이지?"

주군의 말을 들은 로자리가 눈을 멀뚱멀뚱 깜빡였다. 고용인들이 이른 아침 모여드는 마왕성의 부엌엔 그들이 지켜야 할 지침이 적혀 있었다.

[고용인은 마법을 사용하거나, 마력 운용을 익혀서는 안 된다.]

당연히 자신에게도 적용되는 줄 알았건만.

"이 성은 이전에 시엘리아의 소유였지. 그 규칙은 영주 시대에 쓰여진 것 같군."

"그럼……."

"내가 영주가 만든 규칙을 따를 것 같나?"

로자리는 입을 꾹 다물었다. 따뜻한 물처럼 솟구쳐 오르는 무언가를 참아 내려면 이 방법밖에는 없을 듯했다. 어찌 이런 주군이 존재할 수 있단 말인가. 그는 한술 더 떠 말했다.

"어려운 것이 있으면 도움을 구하도록. 세이린보단 내가 도움이 될 테니. 도서관에 가서 내 이름을 대고 땅 속성 마법 교본을 받는 것도 괜찮겠지. 레이가 쓴 책이라 시시콜콜한 농담이 많아서 초보자가 접하기 좋을 테니까."

클라우드가 마력으로 무릎을 꿇고 있던 로자리를 일으켜 주었다. 그 행동에 호박빛 눈동자에 물기가 스미고야 말았다. 로자리는 무언가 보답을 하고 싶었다. 그러나 고용인인 자신은 가진 것이 없었다. 할 수 있는 보답은 단 하나.

"그럼, 지금 다녀오겠습니다!"

"……응?"

다른 고용인으로부터 세이린 아가씨의 마력이 안정되었다는 사실을 일찍이 전해 들은 그녀였다.

"나흘쯤 걸릴 것 같습니다!"

빛보다 빠른 퇴장. 쭉 왕비를 모셔서 그런지 로자리의 성정은 빌리아와 상당히 비슷한 듯했다. 졸지에 별궁에 혼자 있게 된 클라우드가 주변을 찬찬히 둘러보았다.

세이린이 밝힌 것은 자신뿐인 줄 알았건만. 캄캄하고 음습한 별궁은 언제 이렇게 바꿔 놓았는지. 음미하듯 계단을 하나하나 오른 그가 가장 익숙한 방, 가장 익숙한 문을 지나 가장 익숙한 가구 위에 몸을 던졌다.

"……."

이번에는 가슴이 간질거려 잠이 오지 않았다.

□ ■ □

다음 날 아침. 세이린과 제이드, 커밋은 제릴 하우스의 최고급 통학 차량을 타곤 아카데미로 향하고 있었다. 세이린이 방긋 웃으며 둘을 바라봤다.

"그래도 용케 기다려 주셨네요?"

놀라운 사실 하나. 제이드와 커밋은 세이린이 늦잠에서 깰 때까지 명예의 전당에 가지 않고 있었다.

"먼저 갔으면 계속 징징댔을 거면서."

"잘 아시네요, 제이드 님. 앞으로도 기다려 주세요."

"넌 양심이 없냐?"

"훌륭한 마물이라는 증거죠."

능숙한 운전기사님이 계시니 아카데미까지는 금방이었다. 아카데미 정문에서 명예의 전당이 있는 뒤뜰의 건물까지는 그보다 더 적게 걸렸다. 주로 졸업식 때만 개방하는, 자물쇠로 잠겨져 있는 벽돌 건물이었다.

"자물쇠는 어떡해요?"

세이린이 실핀이나 클립으로는 턱도 없을 것 같은 묵직한 자물쇠를 보고 망연자실할 즈음. 어디서 주워 왔는지, 커밋이 길쭉한 짱돌을 돌도끼 삼아 창문을 깼다. 세이린은 그 과감한 행동에 경악했다.

"야, 너는 몰래 침입한다는 자각이 없냐?"

제이드 또한 고개를 저으며 말했다.

"⋯⋯총장님한테 들키는 순간 우린 끝이다."

이미 엎질러진 물이라고 판단한 제이드가 진땀을 빼며 가장 먼저 실내로 들어갔다. 다음으로는 세이린이 뒤따랐다. 마지막 순서인 커밋이 가볍게 창틀을 넘으며 혀를 찼다.

"세이린. 들킬 걱정을 먼저 하면 어떡해?"

"넌 들킨다는 말을 아는 애가 창문을 와장창 깨?"

어쨌든 건물 침입은 성공이었다. 개방 기간이 아니어서 그런지 건물 안이 온통 암흑이었다. 세이린이 손끝에 마력을 집중했다. 늘 그랬듯, 바람 앞 촛불 같은 연약한 빛이 나오리라 예상했던 그녀는 깜짝 놀랐다. 빛은 어느새 발광력이 끝내주는 LED가 되어 있었다. 자는 사이에 진화한 것이 분명했다. 제이드가 또 한 번 놀랐다.

"등대급인데⋯⋯ 이게 속성 개방의 힘인가?"

"제이드 님도 곧 할 수 있을 거예요."

그녀가 피식 웃으며 덧붙이자 제이드는 분해 죽겠다는 얼굴이었다. 세이린은 오른손을 전등 삼아 주변을 비추며 걸었다.

안내 책자에서 본 대로 네 개의 벽에는 빼곡히 액자와 명패가 걸려 있었다. 건물은 복도나 층이 없는 큰 방의 형태였는데, 벽을 따라 천장까지 계단이 나 있어 모든 높이의 액자를 볼 수 있게 되어 있었다.

"같은 속성은 같은 벽에 있네. 속성별로 벽지 색도 다르고."

커밋의 말대로였다. 불 속성은 빨간 벽지, 물 속성은 파란 벽지. 바람과 땅 속성은 각각 초록과 갈색 벽지였다. 제이드가 푸른 벽지 쪽으로 턱짓하며 말했다.

"내가 기억하는 '플레어'는 파란 벽지였어."

"그럼 물 속성이네요?"

푸른 벽지 쪽으로 걸음을 옮기자 익숙한 얼굴이 보였다. 세이린은 앳된 기사단장들의 모습을 눈에 담았다.

"아벨 경이 수석, 이리스 경이 차석이셨나 봐요."

"위치를 보니 그러네."

"아벨 경은 이때도 인기 많으셨겠죠?"

"일단 시엘리아니까……."

"제이드 님. 시엘리아 사람들은 다 싫어하는 거 아니었어요?"

"싫어하긴 하는데, 시엘리아 혈통들이 그렇게 인기가 많았다잖아."

제이드는 무심한 척 넘어가려다 영 내키지 않는지 덧붙였다.

"그럼 뭐 해. 폭정으로 다 말아먹었는데. 시엘리아에서 멀쩡한 건 아벨 경 하나야."

왜 이 말 안 하나 했네. 세이린이 빛에 마력을 더 투입했다. 눈이 부시도록 찬란한 빛이 명예의 전당 구석구석까지 닿았다. 제이드의 말대로, 사진이 없고 명패가 훼손된 액자가 딱 하나 있었다.

"플레어 프……."

성 부분의 명패가 심각하게 훼손된 탓에 풀 네임을 읽을 수 없었다. 게다가 얼굴이 없는 액자는 묘하게 공포 분위기를 조성했다. 날 때부터 마물이었던 커밋과 제이드는 공포를 느끼기는커녕 유적지 조사하듯 카메라 셔터를 눌러 댔다.

"액자가 이 위치에 있다는 건 수석이라는 얘긴데."

"물 속성 수석인 사람이 이속성 연구를 해요?"

커밋이 물었다.

"……그걸 내가 어떻게 알아."

제이드가 뒷머리를 긁적였다.

"하긴. 아직 이속성 연구와 플레어라는 졸업생이 관련 있다는 확신도 없으니까요."

커밋의 말에 제이드도 동의했다.

"확답을 내리려면 더 많은 정보가 필요한데……."

죽었는지 살았는지도 모르는 사람에 대해 정보를 모을 방법은 한정적이었다. 머리를 굴리던 세이린이 눈을 번뜩였다.

"아카데미에도 학교 생활 기록부 같은 거 있지 않아요?"

"있지. 생활 기록부."

"그럼, 커밋은 도서관 가서 졸업 앨범 찾아보고, 제이드 님은 생활 기록부 찾아봐 주세요."

선뜻 고개를 끄덕인 커밋은 잠시 후 도끼눈을 했다.

"너는?"

"나는 물 속성 휴게실이랑, 매점이랑 식당."

"······거기 정보가 있어?"

"뭘 모르시네. 첩보 영화 같은 거 본 적 없어?"

제이드는 의심의 눈초리를 거두지 않았다.

"너 솔직히 말해. 우리 뿔뿔이 흩어지게 해 놓고 그동안 못 만난 애인 만나려고 그러지?"

"속고만 사셨어요, 제이드 님?"

세이린이 어깨를 으쓱하며 계단을 내려갔다. 저승에서 꽤 오랜 시간을 보냈건만 여긴 왜 이렇게 무서운가. 꼭 유령의 집 테마 중 하나 같았다. 세이린은 잠시 멈추어 두 마물에게 소리쳤다.

"그럼 다음 주까지 정보 모아 오기다?"

그러곤 오싹한 건물을 황급히 빠져나갔다.

□ ■ □

세이린이 걸음 한 매점과 식당, 휴게실에서는 정말 아무런 정보가 나오지 않았다. 벽의 낙서까지 꼼꼼히 훑어봤지만, '플레어'와 관련되어 보이는 그 무엇도 나오지 않았다. 아카데미 설립 때부터 일했던 직원들에게 물어봐도 플레어라는 학생을 기억하지 못했다.

'수석 학생에 대해 아무도 기억하지 못하는 게 가능하다니.'

결국 남몰래 하는 교내 연애의 명소라던 자판기 옆의 벤치에 엎어진 그녀였다. 어디 들어가서 낮잠이라도 잘까, 생각할 즈음.

"오늘은 수업 없는 날 아닌가?"

갑자기 툭 튀어나온 목소리가 머릿속을 새하얗게 태워 버렸다. 뒤돌아서서 무슨 말을 해야겠다고 생각할 겨를도 없이, 세이린은 친히 아카데미까지 행차하신 마왕에게 푹 안겼다.

"어떻게 왔어요? 몸은?"

"네 마력이 안정되었더군."

"이제 괜찮아?"

클라우드가 고개를 끄덕였다. 그렇다면 할 일은 하나였다. 그는 그녀를 일으키지도 않고 단번에 자판기 옆 그림자로 이동했다. 까끌거리는 벽돌담이 등에 닿았지만 세이린은 개의치 않았다.

그녀가 그의 목에 팔을 감은 채로 입을 맞췄다. 장난스러운 뽀뽀를 하다 발꿈치를 들자, 클라우드는 그녀의 허리를 바짝 끌어안고 얼굴을 비스듬히 기울여 혀를 얽어 왔다.

이 순간, 세이린은 모든 것이 완벽하다고 느꼈다.

"야, 세이린! 딱 걸렸어. 교내 연애 하는 거 아니라며!"

제이드에게 현행범으로 걸리기 전까지는. 세이린이 클라우드의 탄탄한 허리를 따라 내리던 불경한 손을 살포시 거두었다. 걸려도 하필 마왕 뼈돌이 뱀파이어한테 걸리다니. 발각된 장면이 장면인지라 민망해할 법도 하건만, 제이드는 오직 남자의 정체에만 관심을 기울였다.

"세이린. 남의 사생활 침해하고 싶은 마음 없으니까, 누군지만 말해. 순순히 보내 줄게."

제이드에게는 클라우드의 넓은 등과 그것에 반쯤 가려진 세이린만이 보였다.

"누군지 알면 제이드 님이랑 제가 사랑의 라이벌이 될 것 같은데요?"

"무슨 소리야. 나는 괴도 무리한테 관심 없어!"

그렇다. 제이드는 완전하고도 견고한 오해를 하고 있었다.

"괴도……요?"

"남자 친구의 정체를 못 밝히는 이유가 괴도와 관련 있는 인물이기 때문인 거잖아?"

세이린은 클라우드를 바라봤다. 제이드의 말대로 괴도와 여러모로 관련이 있는 마물이긴 했다. 정확히는 마계에서 일어나는 모든 일과 관련 있는 남자가 아닌가.

"네가 왔을 때 괴도가 때맞춰 나타난 것부터 수상했어."

그건 그렇지.

"갑자기 실링 워렛의 서재로 통하는 문이 열린 것도 이상하고."

맞는 말이라 반박할 수가 없네.

"어쩌다가 괴도랑 엮였는지는 모르겠지만, 전하께 충성하는 아카데미 학생이 이단을 따르면 되겠어?"

세이린이 픽 웃곤 발랄한 목소리로 물었다.

"제가 전하께 충성하기 싫다면요?"

예상치 못한 답. 제이드는 잠시 멈칫했다.

'어쩌다 세이린이 이단에 빠진 거지⋯⋯?'

물론 눈앞의 남자는 뒷모습조차 환상적이라 넘어가지 않고는 못 배길 듯했다.

'괴도 놈들, 세이린이 미인계에 약한 걸 알고⋯⋯!'

A반 학생의 추리력은 그리 훌륭하지 않았다.

"어떻게 할까."

클라우드가 세이린에게 물었다.

"음⋯⋯."

세이린은 입술을 맞물었다. 이제 와서 제이드한테 못 본 척하라는 건 말이 안 되고. 마음대로 하라고 대답했다간, 강제로 입맞춤을 멈추게 된 마왕님이 제이드를 강물에 빠뜨려 버릴지도 몰랐다.

"⋯⋯목소리가 왜 익숙하지?"

더군다나, 존경하는 인물 1위가 마왕님인 제이드를 더 이상 속여 먹기도 쉽지 않을 듯했다. 에라, 모르겠다. 세이린은 클라우드의 뺨을 쓰다듬으며 말했다.

"제이드 님!"

"⋯⋯님?"

나한테도 안 하는 제대로 된 존댓말을 다 하는군. 클라우드가 뚱한 얼굴을 하는 줄도 모르고, 듣는 제이드는 당당했다.

"너 또 말 돌리려고 그러지!"

"그건 아니고요."

"그럼 왜."

"아직도 궁금해요? 제 남편 될 사람."

이른바 '상전 대접' 때문에 인상을 쓰고 있던 클라우드는 '남편'이라는 두 글자에서 표정을 풀었다. 제이드는 여전히 뚱한 채로 말했지만.

"커밋은 알고 나는 모르는 게 억울해서 그렇다, 왜!"

"저 대신 웨딩드레스 입겠다고 하면 안 돼요, 알았죠?"

세이린의 능청에 제이드는 콧방귀를 뀌었다.

"누가 네 남자 친구랑 결혼…… 헉."

세이린의 턱짓을 본 클라우드가 흘끗 뒤돌자, 제이드는 귀신이라도 본 것처럼 기함하며 제자리에 털썩 주저앉았다.

"짠. 우리 예비 신랑님 잘생겼죠?"

"어허으윽……."

제이드는 입을 떡 벌린 채로 다물지 못했다. 새빨갛게 달아오른 얼굴로 세이린과 클라우드를 번갈아 보기만 할 뿐. 눈빛은 마치 '진짜 마왕님이 네 남편 될 분이시라고?' 하고 묻는 듯했다. 그 눈빛을 읽어 낸 클라우드가 보란 듯 세이린을 쓰다듬었다.

"……!"

제이드는 기절 직전이었다. 마물이 다 된 음란 마귀는 격하게 놀라는 그를 더 놀리고 싶었다.

"제이드 님!"

상대가 마왕이라는 걸 알게 된 제이드가 제발 존칭은 그만둬 달라는 듯 애원의 눈빛을 보냈다. 하지만 이대로 순순히 그만두면 훌륭한 마물이 아니었다.

"제이드 님, 괜찮으세요?"

세이린이 사근사근 존댓말을 하며 성큼 다가가자 제이드는 그만큼 뒤로 기어갔다. 마치 지금도, 남은 생도, 다음 생도 쭉 괜찮을 거라는 듯 격하게 고개를 끄덕이면서. 세이린이 도망가는 제이드를 척 잡아 클라우드의 앞으로 데려온 다음 말했다.

"전하. 소개해 드릴게요."

"네가 웬일로 존댓말을 하는군."

"마왕님 열성 팬 앞이라. 반말했다가 고발될 일 있나."

클라우드는 제이드를 빤히 바라봤다. 평소처럼 무심한 마왕님 얼굴에 겁먹을 법도 한데, 제이드는 얼어붙었을 뿐 여전히 감격에 차 있었다.

"이쪽은 제이드 제릴이고, A반……"

"알아."

제이드는 심장을 부여잡았다. 딱 연예인이 자기 이름 기억한다는 말을 들은 팬의 반응이었다.

"제이드 제릴. 이번 아카데미 수석 입학생. 속성 개방 전인데도 차기 붉은 기사단장 후보로 여러 번 언급되더군."

클라우드는 손을 까딱여 제이드를 일으킨 다음 가까이 다가오게 했다. 그러곤 손을 내밀었다. 악수를 청하는 그의 제스처에 제이드는 또 한 번 얼어붙었고, 삐걱대며 겨우 손을 맞잡았다. 레고로 만들어진 마물이 악수한다고 해도 이것보단 자연스러울 듯했다. 제이드는 존경하는 인물 1위, 마왕님이 자신을 알고 있다는 데에 깊은 감동을 받아 아무런 말도 하지 못했다.

"제이드 제릴. 지금 당장은 괴도 때문에 혼란하니, 일주일 후에 제릴 포스트에 제일 먼저 보도 자료를 넘기지."

다시 말해, 그때까지 오늘 본 일에 대해 입 다물라는 소리였다. 제이드는 마왕님의 제안에 연신 고개를 끄덕였다.

"물론입니다, 전하. 그럼 저는 이만 수업이 있어서……."

오늘이 수업이 없는 주말이라는 것을 아는 클라우드였지만, 자리를 비켜 주는 그를 구태여 막지 않았다.

나흘

　세이린은 클라우드의 원거리 순간 이동에도 제법 익숙해졌다. 눈을 감고, 허리를 껴안으면 끝. 당연히 마왕님 침실에 도착했을 줄 알았는데, 눈을 뜨니 보이는 건 낯설지 않은 건물이었다. 마왕성 안의 호수가 보이는 작은 별궁. 그녀의 자취방이기도 한 시엘리아의 창고. 클라우드는 그녀를 안아 든 채로 방문을 벌컥 열었다.

　"잡아먹는다고 해도 믿을 눈빛인데. 우리 마왕님, 떨어져 있는 동안 나랑 뭐가 그렇게 하고 싶었어요?"

　세이린은 이 질문에 대한 대답이 셋 중 하나라고 생각했다. 셔츠를 벗거나, 벨트 버클을 풀거나, 그도 아니면 제 등의 원피스 리본으로 손을 뻗거나. 하지만 클라우드는 피식 웃으며 그녀의 몸을 푹 끌어안았다. 그러곤 나직한 목소리로 두 글자를 내뱉었다.

　"이거."

　'유이린. 이 음란 마귀. 쓰레기. 마왕님은 그저 껴안고 싶었다는데 나라는 마물은……!'

세이린은 자신의 엉큼함을 격하게 반성했다. 괜히 죄지은 기분이 들어 눈을 아래로 내리뜨니 그녀를 높게 안고 있던 그의 뺨이 발긋해졌다. 그러고 보니 초승 호수에 빠져서 나이를 먹은 후로, 긴 시간을 같이 보내는 게 처음이었다. 세이린이 조심스레 물었다.

"내 눈엔 많이 바뀐 것 같진 않은데…… 이상해?"

"……전혀."

"전혀?"

"예쁘기만 하다고."

예쁘다는 말은 절대 못 할 것 같은 무심한 얼굴로 달콤한 말을 잘도 하는 애인이라. 세이린이 나른한 평화를 느꼈다. 클라우드는 그녀와 함께 침대에 누웠다.

유리창을 통과해 들어온 늦은 오후의 햇살이 그의 머리카락 언저리에서 부서졌다. 책상에 올려 둔 유리 장식품 때문에 빛이 산란하는 것 같았다. 그녀가 빛을 만진다는 핑계로 그의 머리카락을 쓰다듬었다. 어린애 대하듯 유치한 칭찬을 하는 게 기분 나쁠 법도 한데, 마왕은 웬일로 싫은 소리를 내지 않았다.

"우리 마왕님, 그동안 잠은 푹 잤어요?"

"나름."

"몸 정말 괜찮은 거 맞고?"

이번엔 대답 대신 고개를 끄덕이는 게 영 수상했다. 세이린이 진짜 괜찮은 거 맞냐고 되물으려는 찰나.

"몸 괜찮은 걸, 봐야 믿을 건가?"

어이쿠.

"이젠 은근슬쩍 유혹까지 해, 마왕님?"

"……?"

"우리 마왕님 등빨이야 언제 봐도 괜찮지."

"……음란 마귀. 그거 말고. 건강 검진 결과 보여 줄 생각이었는데."

아니면 말고. 음란 마귀가 뻔뻔하게 눈썹을 으쓱했다.

"유혹 아니야?"

"유혹은 네가 숨 쉬듯 하는 거고."

"지금 유혹하면 넘어올 생각은?"

세이린이 저녁 메뉴를 물어보듯 묻자, 클라우드는 잠시 눈동자를 굴리다 대답했다.

"해 봐. 보고 결정하지."

갑자기 잠자고 있던 승부욕에 기름을 콸콸 붓다니. 명색이 색욕의 랭커인 세이린이 이런 도발을 듣고 가만히 있을 리가 없었다.

"마법 쓰기 없기. 눈 감아 봐요."

세이린이 살금살금 몸을 일으켜 클라우드의 단단한 복근 위에 올라타 앉았다. 눈을 뜨라고 한 적도 없는데 휘둥그레 떠진 눈, 단번에 새빨갛게 달아오른 뺨. 잠깐 제 허리를 건드렸다가 재빨리 거두는 손까지. 그의 반응은 상당히 적나라했다.

"이미 넘어온 거 아니에요, 전하?"

"……누가 그래."

만만찮은 승부욕을 가진 그는 절대 아니란 듯 고개를 저었다. 온몸에 힘을 주고, 마른침을 삼키면서 부정해 봤자 그리 와닿지는 않았지만, 본인이 아니라니. 세이린은 일부러 찬찬히 거리를 좁힌 다음, 클라우드에게 짧게 입 맞췄다.

"클라우드. 오늘 가지 마라, 응?"

쪽.

"안 가면 안 돼요, 전하?"

쪽.

머릿속을 탈탈 털어 얻어 낸 애교 넘치는 문장과 짧은 키스, 할 수 있는 한 가장 간절한 표정. 거기에 찡긋 윙크까지 더했다. 그러나 금방이라도 그러겠노라고 대답할 것 같던 클라우드는 그녀를 내려 두곤 몸을 벌떡 일으켰다.

그 무심한 행동에 색욕의 랭커는 지대한 충격을 받았다.

'세상에, 진짜 안 넘어와? 뭐가 문제지? 윙크가 마음에 안 들었나?'

방문은 나가기 좋게 활짝 열려 있었다. 긴 다리로 방문까지는 열 걸음, 아니, 여덟 걸음이면 충분해 보였다. 세이린은 필사적으로 단단한 팔에 매달렸다.

"마왕님! 어딜 가려고! 이렇게 예쁜 내가 여기 있는데!"

질질 끌려가는 건 좀 자존심이 상하지만, 절대 안 보내. 아니, 못 보내.

"진짜 안 자고 갈 거야? 우리 둘밖에 없는데?"

"……."

그런데 자세히 보니 클라우드의 표정이 이상했다. 웃음이 나려는 걸 꾹 참고 있는 사람처럼 입가가 씰룩거렸다. 마치 '서프라이즈!' 하고 외칠 타이밍을 재는 몰래카메라 팀처럼. 게다가 침대 아래에 널브러져 있는 제복 재킷은 주울 생각도 없는 듯했다. 세이린이 그와 재킷을 번갈아 바라보다 멀뚱히 물었다.

"클라우드. 어디 가?"

그는 문밖으로 민첩하게 빠져나가는 대신, 출구를 영원히 봉쇄해 버리듯 쿵 문을 닫았다.

"문 닫으러."

큰 손이 자신의 양 뺨을 감싸 쥐는 순간 음란 마귀가 폭 한숨을 내쉬었다. 또 악랄한 마왕님에게 놀아났군.

"네가 마법 쓰지 말라며."

"핑계 대긴."

뚱한 얼굴을 하든 말든 클라우드는 사랑스러워 죽겠다는 얼굴로 그녀에게 물었다.

"화났나?"

"……목소리는 또 왜 깔지?"

"듣고 화 풀라고."

클라우드는 장난을 더 치려다 관두었다. 마음이 영 조급했다. 겨우 하루 떨어져 있었는데도 이 꼴이라니. 주머니 속에 든 작은 보석함을 꼭 쥐어 봐도 그녀가 제 것이라는 확신을 얻고 싶은 마음이 유난했다. 클라우드는 장난치듯 짧게 입을 맞추곤, 한마디를 덧붙였다.

"네 번 붙잡았으니까, 나흘 동안 안 갈 거야."

세이린이 침을 꿀꺽 삼켰다. 전과는 비교할 수 없을 정도로 유연한 클라우드의 유혹에 맥이 턱 풀렸다.

"나흘……?"

눈을 가늘게 뜨고 말을 늘이면 당황이라도 할 줄 알았는데. 그는 이마를 맞댈 기세로 허리를 숙일 뿐이었다. 물론 세이린도 피할 마음이 없었으므로 그대로 눈을 감았다.

그러자 모든 감각이 보는 것보다 선명히 느껴졌다. 흘러내린 옆머리를 손가락으로 빙빙 꼬고, 그러다 손등이 뺨에 스치고. 허리를 반대쪽 손으로 받친 채로 키스하는 그의 행동들이. 점점 허리가 뒤로 젖혀지는 탓에 균형을 잃으면 낚아채듯 휙 들어 올려 침대에 내려놓는 것까지.

클라우드가 마력으로 벗겨 낸 것은 오직 하이힐뿐이었다. 마법을 쓰지 말라는 경고를 한 건 다름 아닌 그녀였다. 칠흑의 마력이 자취를 감추었다. 마력을 쓰지 말라는 경고를 핑계 삼아 남은 일들을 제 손으로 하겠다는 일종의 선언이었다.

"……무슨 생각 해."

그가 물었다.

"무슨 생각 했으면 좋겠어요, 전하?"

사실 안 들어도 뻔했다. '나.' 하는 한 글자만 툭 내뱉고 다시 키스하겠지. 예상대로, 클라우드는 뭐 그리 당연한 걸 묻느냐는 듯 1초 만에 입을 열었다.

"우리."

세이린이 얼굴을 훅 붉혔다. 방심하고 있을 때, 클라우드가 내뱉은 건 한 글자가 아니라 두 글자, 그것도 눈앞의 당신과 나를 바짝 옭아매는 두 글자였다.

'이런 말을 무심하게 내뱉으면 듣는 나는 어떡하라는 거야……!'

세이린이 침을 꿀꺽 삼켰다.

"클라우드 슈테른."

"응."

"……."

마왕은 촉촉이 젖은 입술을 이마에 지그시 눌렀다. 목 위는 성서 삽화로 써도 될 만큼 지극히 경건한 장면인데. 조금 아래는 사정이 달랐다.

날개뼈 언저리에 사뿐사뿐 번갈아 닿던 그의 검지와 중지가 옷 위를 아슬아슬하게 걷다가, 훅 맨살에 와 닿았다. 술에 취한 것처럼 정처 없던 손끝은 척추를 따라 이어지는 원피스 단추를 발견하곤 정확히 수직으로만 하강했다. 툭, 툭 내려앉는 손길을 느끼자니 어쩐지 애가 탔다. 그녀는 클라우드의 새카만 머리카락을 어루만졌다. 그럼에도 떨림이 잦아들지 않았다.

세이린은 한참 키스를 주고받은 끝에야 깨달았다. 무슨 짓을 해도, 나흘이 아니라 천 번의 밤을 보내도 이 갈증 비슷한 감각은 충족되지 않으리라는 것을.

"클라우드……."

세이린이 마주 누워 있는 클라우드에게 파고들어 폭 껴안았다. 몸을 품듯 웅크리고 다리를 얽으니 곳곳마다 클라우드의 체온이 닿았다. 보드라운 카펫을 발견한 고양이처럼 뺨을 비빈 세이린이 그의 목에 입술을 묻었다.

"좋은 향 나요."

"……."

"어쩜 뭐 하나 내 취향 아닌 게 없지?"

웅얼거릴 때마다 입술이 달싹여 입 맞추는 것보다 야릇했다. 가벼운 애무로 숨을 데우는 것은 매번 그의 역할이었으나, 오늘은 그 역할이 탐났다.

"임성운. 가만히 있어."

세이린이 툭 튀어나온 목울대를 더딘 속도로 핥아 올렸다. 붉은 혀끝을 느낀 그의 심장이 요동쳤다. 목울대에 붉은 자국을 낸 그녀가 차근차근 그의 옷을 풀어 헤치고 탄탄한 가슴께로 입맞춤을 옮겼다.

무엇을 참으려 몸에 힘을 준 걸까. 그의 짐승 같은 몸이 한층 더 선명하게 명암을 드러냈다. 세이린은 어둠 속에서 길을 찾듯 입술로 차근차근 몸을 더듬으며 내려갔다. 그녀의 코끝이 아랫배에 닿자 클라우드가 낮은 신음을 삼켰다. 짓궂은 웃음을 지으며 더 아래로 내려가려는 세이린을 그가 번쩍 위로 끌어 올렸다.

"음란 마귀. 어디까지 내려가려고."

"글쎄. 일단 내려가는 데까진 내려가 봐야…… 읍."

클라우드는 그녀의 입술을 입에 머금고 빨았다. 그의 손이 벨트의 버클을 단번에 풀어 젖혔다. 단단히 부풀어 있던 그의 중심이 세이린의 하체에 닿았다.

그는 움찔하는 그녀를 들어 올려 맞붙은 살결에 파고들었다. 세이린은 힘이 들어가지 않는 팔로 마주 누운 그를 와락 감쌌다. 단단한 그의 욕망은 뜨겁기도 뜨거웠거니와, 몇 번 받아들여 봤다고 해서 익숙해질 존재감이 아니었다.

클라우드는 조심히 몸을 밀어 넣자마자 들리는 낮은 신음에 애가 탔다. 시간을 들여 몸을 녹이듯 풀어 줘도 통증을 덜기에는 별 효과가 없는 것 같았다. 드러난 살결에 입 맞춰 준다고 해서 덜 아프진 않을 것 같지만, 어쨌든 그는 몸을 끝까지 밀어 넣은 후에도 그녀가 익숙해질 때까지 살금살금 입술을 내주었다.

그가 허리를 느리게 움직이자 세이린은 무심결에 허벅지를 움츠렸다. 허리께가 홧홧하고 온몸이 나른히 저렸다. 그가 곁에 있다는 게 번지는 성감으로 여실히 드러났다.

"클라우드……."

세이린이 입꼬리를 살짝 올리며 제 이름을 흘리면 그는 그녀의 몸속 예민한 구석을 집요히 문질렀다. 어디가 민감한지, 어떻게 해야 신음을 삼키는지는 이미 외우고 있어 훤했다. 굳이 원한다고 말하지 않아도 그녀가 원하는 모든 것을 줄 수 있었다.

그녀는 그의 움직임에 맞춰 일부러 몸을 조였다가 예상대로 거칠게 일렁이는 목울대를 매만지고, 그가 더 정신을 놓도록 이름을 불렀다.

조금의 벗어남도 허락하지 않겠다는 듯 서로를 끌어당기는 팔. 둘에게만 들리는 느린 음악이 있는 듯 유연한 움직임. 살갗이 쓸리며 문질러질 때마다 불씨처럼 애정이 튀었다. 그녀의 다리가 그의 허리를 꼭 감고 놔주지 않을 때면 더더욱.

"……!"

곧, 세이린이 허리를 뻣뻣하게 세웠다가 무너지듯 온몸의 힘을 뺐다. 희열의 절정은 도무지 숨길 수 없었다.

"클라우드……."

클라우드가 숨을 몇 번 몰아 내쉬곤 얼굴을 비스듬히 숙여 그녀에게 키스했다. 신음을 참으려 얼마나 깨물었는지 약간 부어 있었다.

하긴, 참으려 기를 쓰는 건 자신도 마찬가지였다. 헐떡거리는 숨을 참을 수가 없었다. 심장이 쿵쿵 뛰는 게 피를 운반하기 위함이 아니라, 머리부터 발끝까지를 절정의 쾌감으로 채우기 위함인 것 같았다. 그가 빛이 없음에도 은은하게 빛나는 산호색 머리칼을 간질였다.

"보고 싶었어."

"겨우 하루 떨어져 있었는데 이러시면 앞으로는 어쩌시려고……."

"어디 떠날 것처럼 말하지 마."

온종일 제 곁에 두고 싶다는 막연한 욕심이 불쑥 치솟았다. 그가 이마에 입술을 내리누르는 것으로 마음을 진정시켰다.

"하루가 오랜만에 길더군."

"어휴…… 우리 마왕님, 이제 시 써도 되겠어."

한 번만 더 떨어져 있다간 상사병에 겨워 연시(戀詩)를 줄줄 읊을 기세였다.

"대체 저를 얼마나 좋아하시는 거예요?"

세이린의 너스레에 클라우드는 바로 대답할 수가 없었다. 이 마음을 무어라 말해야 하는가. 가진 것과 갖지 못한 것을 모두 털어 주고 싶을 만큼. 그만큼 사랑했다, 적어도 지금 떠올릴 수 있는 문장 중에선 이게 최선이었다.

'그러고 보니…….'

그가 바닥에 떨어뜨린 제 옷의 주머니를 슬쩍 봤다. 그러곤 자신을 한없이 끌어들이는 보랏빛 눈동자로 시선을 옮겼다. 어딘가 이상한 그의 반응에 세이린이 물었다.

"무슨 일 있어요?"

"딱히."

태연히 답한 그가 속으로 한마디를 삼켰다. 망했군. 원래는 아카데미에서 세이린을 픽업한 다음, 경치 좋고 야경 예쁜 브리즈 구릉을 구경하다 건네줄 생각이었다. 보석함 안의 프러포즈 링을 말이다.

물론 솜털 구름 고양이가 뛰노는 들판이나 침대 위나 세이린을 사랑하는 마음은 같았다.

"……."

아니, 아무리 그래도 침대 위에서 청혼할 순 없었다. 클라우드가 속으로 플랜 B를 짜든 말든, 세이린은 그를 콕콕 건드렸다.

"심심한데 뽀뽀나 할까요?"

이미 손가락 하나하나에 입을 맞추면서 말하다니. 반칙도 이런 반칙이 없었다.

"왜 반응이 없어, 응?"

눈썹을 축 늘어뜨리곤 애교 가득한 목소리로 조르는데 어떻게 넘어가지 않을 수 있을까. 뒷일은 나중에 생각하기로 한 마왕이 찬찬히 매혹당했다.

□ ■ □

한편, 자리를 비켜 주려 별궁을 나섰던 로자리는 한참이 지난 지금에야 도서관에 들르게 되었다.

"페일 님, 계세요?"

"그래. 여기 있다."

페일은 조심스레 문을 열고 들어오는 로자리를 꿰뚫듯 훑어봤다. 무언가를 숨기듯 조심스러운 걸음. 그럼에도 들려오는 짤랑거리는 소리. 페일이 매의 눈을 하곤 말했다.

"또 비전하와 포커를 친 게냐?"

로자리가 도둑이 제 발 저리듯 움찔했다. 마왕님의 격려를 받고 곧장 도서관으로 향하려던 그녀를 빌리아가 발견한 게 시작이었다. 빌리아는 로자리와 포커로 겨루어 한 번도 이긴 적이 없었지만, 심심하다는 핑계로 늘 포커 승부를 걸곤 했다.

하지만 이번에도 에테라의 최상급 패물들을 주머니에 두둑이 챙긴 건 로자리였다. 로자리가 한사코 거절해도 빌리아는 봐주면 제 자존심이 상한다며 귀한 보석들을 가득 내준 것이다. 페일은 고개를 저으며 잔소리를 시작했다.

"포커를 칠 시간이 있으면 저번에 내준 숙제나 하려무나."

"페일 님. 마물이면 소소한 악행도 열심히 해야죠."

로자리가 토라진 목소리로 말했지만, 페일은 더욱 엄한 목소리를 냈다.

"마왕성에 아무런 연고도 없는 네가 아니냐. 더 열심히 해야 할 거다."

"제가 마왕성에 연고가 없긴요. 전쟁고아인 저를 주워다 이곳에 둔 분이 페일 님이시잖아요."

로자리가 미소를 머금은 채로 도서관장의 곁에 앉았다. 그가 어떤 마음으로 싫은 소리를 하는지 알기 때문이었다.

"페일 님, 저도 이제 어린애가 아니에요. 마왕성에서 열여섯 해나 보냈는걸요?"

"그래 봤자 열일곱이 아니냐."

"마물에게 나이는 중요하지 않죠."

"숫자에 불과한 나이보다 지성이 중요하니 공부하라는 것이지."

로자리가 대꾸 대신 두꺼운 보고서를 내밀었다.

"이거, 비전하가 도서관장님께 전해 드리랬어요."

"비전하께서?"

"네. 저는 이만 가 볼게요."

페일이 아쉬운 듯 풀어진 얼굴로 입을 열었다.

"벌써 별궁으로 돌아가는 거냐?"

"아, 맞다……."

로자리는 그제야 별궁으로 돌아갈 수 없다는 사실을 떠올렸다. 패물이 제법 있으니, 오늘은 외출계를 내고 시내를 둘러볼까 하는 생각이 잠시 들었다.

'안 돼. 외출계는 황혼의 축제 때 써야지.'

황혼의 축제. 그 기원이 명확히 전해져 내려오지 않을 정도로 오래된 보름간의 축제로, 그 기간 동안에는 마계의 모든 경계가 사라졌다. 밤 대륙과 낮 대륙할 것 없이 마물들이라면 모두 흥에 젖는 날이니, 좋은 구경을 하기 위해서 외박 찬스를 아껴 두는 것이 옳았다.

행선지를 고민하던 로자리가 도서관장을 지그시 바라봤다. 문득 마주한 머리가 희끗한 노인이 쓸쓸해 보였다.

"그럼 앉아서 공부하다 갈게요."

로자리가 못 이기는 척 자리에 앉아 클라우드가 하사한 땅 마법 교본을 찬찬히 읽기 시작했다. 페일은 실내 온도를 쾌적하게 조정해 준 다음, 로자리가 건네준 서류를 넘겨 봤다.

〈실링 워렛의 비밀 서재 — 레이 필드〉

"흠……"

마시고 즐기기를 좋아하는 금빛 기사단장의 보고서라니. 무슨 내용이 들어 있을지 짐작이 가지 않았다. 안경을 추켜올린 도서관장이 찬찬히 글자를 읽어 나갔다. 도입부는 지금은 제릴 하우스가 된 워렛 성에 대한 간략한 설명이었다.

'비밀 서재에 있던 서적들의 목록?'

페일은 혹시나 하는 마음을 가지고 자신이 썼다던 〈빛과 어둠에 관하여〉라는 책을 찾아보았다. 그러나 목록에는 없었다. 다만, 머리를 묵직하게 울리는 서적의 제목이 있었다.

"〈DIY! 내가 만드는 창조신〉……?"

무심결에 그 이름을 발음하자 로자리가 놀란 듯 도서관장을 바라봤다.

"뭘…… 만든다고요?"

"창조신을 만든다는구나."

"창조신이 마케아 조립 가구도 아니고, 만든다니."

누가 한 생각인진 모르겠으나 어쩐지 웃음이 나왔다. 우스갯소리로 치부하곤 다시 제 책을 들여다보는 로자리와 달리, 페일은 거세게 뛰는 심장 박동을 느꼈다. 그 아래에 붙은 부제목 때문이었다.

〈플레어 프로젝트〉

고작 일곱 글자에 깊은 두통이 밀려 들어왔다. 진통제를 찾듯 세이린의 사탕을 녹여 먹은 페일이 책상을 짚은 채로 몸을 떨었다. 이름 모를 은발의 여인이 또 환상처럼 떠올랐다가 사라졌다. 도대체 애달픈 웃음을 짓는 이 여인은 누구인가.

"괜찮으세요?"

로자리가 다가와 부축했다.

"괜찮다. 따뜻한 차 한 잔을 끓여 줬으면 좋겠구나."

"조금만 기다리세요."

혼자가 된 페일이 자리에 앉았다. 심해에서 일어난 물거품이 마침내 수면 위로 올라오듯 기억이 조금씩 떠오르고 있었다.

"플레어 프로젝트라……."

밤 대륙에서 가장 먼저 빛 연구를 시작한 영주 가문, 땅의 로이펠. 그 로이펠이 기획한 일명 창조신 만들기 프로젝트. 레이의 보고서에 나온 '플레어 프로젝트'에 대한 설명은 그것이 전부였다.

'어떤 방법으로 신을 만들었는지, 전하께서 궁금해하시겠지.'

주군께 보고하는 것이 옳았으므로, 페일이 새로 얻은 기억을 보고서로 작성하기 시작했다. 연구원들이 어떤 끔찍한 방법으로 신을 만들려 했었는지.

그리고 자신이 신을 만들어 내려는 프로젝트의 막내 연구원이었다는 사실까지도.

□ ■ □

잠깐 목이 말라 잠에서 깬 클라우드는 가장 먼저 품에 안겨 있는 세이린을 확인했다. 팔랑팔랑 돌아다니기를 좋아하는 그녀가 제 품에 있는 것을 보니 마음이 뭉근히 따뜻해졌다.

'자다 업어 가도 모르겠군.'

세이린의 옆자리를 지킨다는 핑계로 정무를 게을리하는 건 있을 수 없는 일이었다. 물로 목을 축인 그는 오늘이 휴일임을 알면서도 업무 포털을 확인했다. 레이 필드의 보고서가 빌리아와 도서관장을 거쳐 자신에게 도착해 있었다. 행여 세이린이 깰까 숨죽여 인쇄 마법을 쓴 마왕이 침대 헤드에 등을 기댔다.

〈실링 워렛의 비밀 서재 — 레이 필드〉

'기특하게도 보고서 쓰는 법은 기억하고 있군.'

클라우드는 매의 눈으로 보고서의 레이아웃을 훑어본 다음 앞 장부터 읽기 시작했다. 보고서는 크게 세 부분으로 나뉘어 있었다. 어쩌다 워렛 성의 비밀 서재를 발견하게 되었는지. 그곳에서 무엇을 발견했는지. 그리고 발견한 사실로 무엇을 짐작할 수 있는지. 행간까지 읽어 낼 기세로 찬찬히 정독하던 클라우드가 점점 굳은 얼굴을 했다.

[실링 워렛의 일기 내용과 서재의 자료들로 미루어 볼 때, 밤 대륙의 영주들은 참전하는 순간까지도 이속성 연구에 치중했던 것으로 보입니다.]

영주들이 이속성 연구라. 이건 여태까지 알려진 사실과 달랐다.

전쟁 전, 영주들은 마계의 유일한 종교인 여명회를 탄압했다. 영지민들이 구원자라는 빛 대신 영주를 신으로 떠받드는 것이 더 도움이 되었을 테니 당연한 일이었다.

눈엣가시였던 여명회를 탄압한 영주들은 기어이 신 대접을 받았다. 덕분에 영지민들은 마력과 권력을 지닌 영주에게 무릎 꿇었다. 영주들은 그 숭배를 발판 삼아 전쟁을 벌여 마계의 유일한 황제가 되려 하지 않았던가.

그랬던 그들이 겉으로는 여명회를 탄압하면서도 한편으로는 여명회의 신인 빛을 연구했다는 건, 그 쓸모가 객관적으로 증명되었기 때문이리라.

[밤 대륙의 전쟁 전 4대 가문은 빛의 힘을 이용해 대륙 통일을 달성하고, 나아가 마계의 황제가 되려 했습니다. 각 가문이 치중한 연구는 아래와 같습니다.]

땅의 로이펠은 이속성 자체를 연구했다. 바람의 워렛은 로이펠에 막대한 자금을 투자했다. 물의 시엘리아는 신의 힘이라는 빛을 이용해 죽지 않는 군대를 만들려 했다. 불의 엘리타는 빛의 힘을 이용해 기억을 조작하는 첩보전을 꾀했다. 글을 읽던 클라우드가 멈칫했다.

'기억 조작? 엘리타의 마지막 영주라면 빌리아의 약혼자를 죽였던 놈일 텐데.'

마력으로 누군가의 정신을 움직이는 것은 불가능했다. 마력이 아닌 랭커의 동요로도 기억을 삭제하거나 조작하는 일은 할 수 없었다.

그러나 여명회의 설화에 따르면 이속성 중 빛은 그 모든 일을 가능하게 만든다. 그것이 사실이라면 영주들이 전쟁 전 이중적인 태도로 빛을 연구한 것도 이해가 갔다.

그렇다면 자신이 지닌 어둠은 무엇인가.

쓴웃음을 지은 클라우드는 옆에서 새근새근 자는 세이린을 바라봤다. 어스름한 분홍빛 광채가 도는 모습이 음란 마귀라곤 생각할 수 없을 정도로 신성해 보였다.

마계를 창조한 것은 빛이다. 구원자인 빛을 숭배하라. 빛의 잔재일 뿐인 더러운 그림자는 빛이 재림하는 순간 사라진다. 온 마계를 빛으로 물들여라. 이것이 여명회의 중심 사상이었다. 여명회의 창세 신화에 따르면 어둠은 그저 빛에서 유래한 찌꺼기일 뿐이었다. 숭배받기는커녕 신이 천시해도 좋다고 인정한 유일한 존재.

사실, 보고서를 읽기 전부터 여명회의 창세 신화가 사실이라는 것을 은연중에 알고 있었다. 그랬기에 스피카 블랙에게 조언을 구했던 것이 아닌가.

클라우드는 자연 발생한 순간부터 창세 신화에 시달렸다. 여명회 신도 중에는 미천한 그림자의 통치를 받으니 차라리 죽겠다며 자살한 마물도 여럿 있었다. 제 존재를 부정하기 위해 목숨을 바치는 마물들. 그들의 눈동자에 담겨 있던 멸시와 혐오. 그것들을 보며 느꼈던 감정이 되살아나 클라우드는 미간을 찌푸렸다.

'……잡생각이 많아졌군.'

클라우드가 웅얼거리는 세이린을 조심히 쓰다듬었다. 따뜻하고 부드러워서 자신이 신에게 버림받은 존재라는 사실이 잠시 잊혀지는 듯했다. 하염없이 바라보고 있으면 자신도 축복받을 수 있지 않을까. 그런 생각이 잠깐 들었다.

클라우드가 이번엔 페일의 보고서를 인쇄했다. 늘 받아 오던 도서관 연체자 목록이 들어 있으리라 생각한 그는 짐짓 놀랐다.

'페일이 플레어 프로젝트의 연구원이었다고……?'

게다가, 로이펠에서 프로젝트를 통해 만들어 내려던 무언가가 '창조신'이라니. 창조신을 만들어 내는 방법 또한 기괴했다. 물 속성의 잼을 지닌 마물에게 계속해서 물 속성 마력을 강제로 주입한다는 것. 물은 곧 생명의 근원이니, 물을 압축하면 빛이 된다는 참으로 간단한 논리였다.

'……막내 연구원이었다면 프로젝트에 직접적으로 참여하진 않았을 텐데. 무슨 일을 한 거지?'

클라우드는 추가 보고를 올리도록 명을 전한 뒤 다음 업무 포털을 꺼 버렸다. 머리가 복잡했다. 모든 것을 잊게 하는 재잘거림이 듣고 싶었다. 그가 기도하는 심정으로 바라봤을 때, 세이린이 응답하듯 스르륵 눈을 떴다.

"클라우드, 안 자?"

"자다 깼어."

"일하고 있었어?"

"잠깐 했어. 더 자."

"싫어요, 전하. 잠 안 와."

세이린이 씩 웃었다. 제릴 하우스에서 온종일을 잠으로 보낸 다음 날이니 잠이 올 리가 없었다. 더군다나 보고 또 봐도 질리지 않는 잘난 마왕님이 옆에 계시지 않은가.

"주말 같이 보내니까 좋아요."

"나흘 동안 있을 거라고 말했을 텐데."

"진짜? 그래도 돼요?"

"휴가야."

클라우드가 뻔뻔하게 거짓말을 했다. 일이야 잠을 자지 않고 하면 되니 정무에도 딱히 지장은 없었다. 아무것도 모르는 세이린은 어린애처럼 좋아했다.

"잘됐다. 마왕님이랑 하고 싶은 게 많아요."

'이러다 정식 청혼은커녕 침대 밖으로 나가지도 못하겠군.'

클라우드가 긴장한 채로 프러포즈 링을 떠올릴 때, 세이린이 무언가를 가져왔다. 내려놓을 때 쿵 소리가 날 정도로 두꺼운 파일에는 〈1919〉라는 라벨이 붙어 있었다.

"이게 뭐지?"

"가 보고 싶은 관광지 1,919개 스크랩해 둔 거예요."

관광? 웬일로? 클라우드는 보고서를 읽을 때보다 더 놀랐다. 음란 마귀가 침대 밖으로 나가자고 할 줄이야.

"우리 마왕님은 출입 금지 구역도 마음대로 들어갈 수 있잖아? 순간 이동도 마음대로 할 수 있고. 영토 순방도 매년 가시죠?"

"당연하지."

"그럼 지리도 잘 아실 테고. 이렇게 완벽한 관광 가이드가 또 어디 있겠어요?"

스크랩북을 열어 본 클라우드가 안도했다. 1,919개의 그렇고 그런 일들 모음이 아니라 정말 관광지가 스크랩 되어 있었다. 죄다 출입 통제 구역이라는 게 문제였지만.

"관광을 하고 싶은 건가, 자료 조사를 하고 싶은 건가?"

"마왕님이랑 아무도 없는 곳에서 은밀한 데이트가 하고 싶어."

"……."

살살 꼬드기는 세이린의 말투는 듣고 듣고 또 들어도 좀체 익숙해지지 않았다. 클라우드는 곧장 마계 지도를 띄운 채로 세이린에게 여행지를 고르도록 했다. 단, 밤 대륙과 황혼 지대 한정으로. 낮 대륙에 가려면 하루 전에 신고해야 지장이 없으니 아쉽지만 여행지 선정 범위를 좁힐 수밖에 없었다.

음란 마귀는 〈1919〉 파일을 바라보며 아쉬운 듯 입맛을 다셨다. 상대가 마왕님만 아니었어도 배 끊길 곳으로 가는 건데. 애인님이 1초에 마계를 일곱 바퀴 반 가로지를 수 있을 정도의 순간 이동 실력을 지녔으니, 교통편 때문에 여기서 자고 가야 한다는 클리셰는 실행 불가였다. 그렇다면 다음 꼼수.

"플래티나 빙하도 괜찮아요?"

플래티나 빙하. 황혼 지대의 북동쪽에 위치한 마계의 극점. 〈마셔널 지오그래픽〉 채널에서 가끔 방영해 주는 빙하의 신비로운 일몰이나 쏟아질 듯 총총한 별하늘을 늘 동경하던 세이린이었다.

"빙하? 추울 텐데."

"추워서 마왕님이랑 꼭 붙어 있을 수 있잖아요."

사르르 웃으며 말하는 세이린에게 홀딱 넘어간 마왕이 즉시 플래티나 빙하로 향하는 마법진을 열었다.

□ ■ □

세이린은 마법진에서 내리자마자 감탄사를 흘렸다. 신비롭다는 말로는 다

표현할 수 없는 아름다움이었다. 플래티나 빙하의 얼음들은 모두 반투명했는데, 발바닥 아래에 어떤 물고기가 지나가는지가 다 비쳐 보일 정도였다. 마계에 온 뒤로 온갖 동식물을 봐 온 그녀였지만 이곳의 생물들을 보고 또 한 번 놀랄 수밖에 없었다. 물고기들의 비늘이 달빛을 머금은 것처럼 은은히 빛났다.

"물고기가 엄청 많은가 봐요."

"마음에 드나?"

"네…… 완전 예뻐."

반투명한 얼음 아래로 빛들이 유유히 헤엄치는 모습이 꼭 불빛 축제에 온 것 같았다. 클라우드가 적당히 흔들거리는 안락한 의자를 만들어 냈다. 나란히 앉은 두 마물은 달빛이 흐르고 엉기는 듯한 빛의 풍경을 찬찬히 눈에 담았다.

'황홀하다는 말이 이럴 때 쓰는 거구나.'

세이린이 그의 어깨에 머리를 기댔다. 단 하나만 빼고 모든 것이 만족스러웠다.

"스크랩해 둔 가이드북을 보니까 지금 시간이면 일몰이 내리기 시작한다던데…… 왜 벌써 해가 진 걸까요?"

일몰을 배경으로 하는 키스를 노리던 음란 마귀가 물었다. 아무 의미 없이 던져진 질문임에도 클라우드는 마른침을 삼켰다. 갑자기 어둠이 내린 이유야 간단했다.

"……내가 와서 그런 것 같군."

"에이. 마왕님은 어둠 속성을 가진 거지, 마계의 어둠이 아니잖아요?"

"……."

공중에 붕 뜬 다리를 앞뒤로 흔들던 그녀가 자세를 고쳐 앉았다. 이 정적은 무엇이란 말인가. 물론 이속성인 세이린도 여명회에 전해져 내려오는 허무맹랑한 창세 이야기가 어느 정도는 사실에 기반한다는 것을 알았다. 하지만 마왕을 이유 없이 미워하는 종교라면, 인정할 수 없었다.

"말이 안 되잖아요. 마왕님이 어둠이면 밤 대륙은 항상 해가 빨리 져야 하는데. 물론 거의 매일 낮이 짧긴 하지만, 황혼의 축제 마지막 날에는 해가 엄청 길잖아요?"

"황혼의 축제 마지막 날에는 마물들이 낮이 길기를 원하지 않나."

"그렇긴 한데, 그게 왜……."

세이린이 고개를 돌린 클라우드와 조심히 눈을 마주했다. 마주 얽힌 시선을 찬찬히 피하는 것이 무언가 혼날 조짐을 읽은 어린애처럼 보였다. 어둠 속성 보유자가 천시해야 할 어둠 자체라는 사고는 여명회 신도들이나 갖는 것이었다. 하지만 어둠은 미천한 존재라는 말을 평생 들어 왔다면.

"마왕님, 황혼의 축제 마지막 날 뭐 해?"

더군다나 클라우드 슈테른은 성군이 되어야 한다는 강박을 가진 마물이 아닌가. 세이린이 대답을 재촉하자 클라우드는 최대한 덤덤한 목소리로 말했다.

"자."

"잔다고요?"

그 잠 없는 남자가 온종일을 잠으로 보낸다니.

"전날은?"

"……축제 마지막 날 종일 잘 수 있도록 계산된 물약을 마시지."

클라우드는 시선을 피했다. 미움받고 싶지 않다. 그 욕망이 자신을 전례 없는 성군으로 만들었다. 백성들이 원하는 왕이 되었으니 한 몸 희생한 대가치곤 후했다. 자연 발생한 후로부터 쭉 그렇게 살아왔기에 캄캄한 삶인 줄도 몰랐다.

색채를 부리는 빛, 세이린 폴룩스를 만나기 전까지.

"클라우드……."

세이린은 목이 메어 말을 이을 수 없었다. 일어나서는 안 될 일이었다. 낮을 좋아하는 마물들을 위해 스스로 약을 먹고 잠드는 성군을 어떻게 미천한 그림자라며 천시한다는 말인가. 세이린의 억장이 무너지다 못해 뺨을 타고 뜨겁게 흘러내렸다.

"여명회 창세 신화는 다 거짓말이야. 혼자 온 미움을 받는 건 말이 안 돼. 마왕님한테는 마왕님의 삶이란 게 있는데."

"……그 이야기들이 거짓이 아니라는 건 너도 잘 알잖나."

"전 미움받아 마땅한 존재가 있다고 가르치는 종교 설화에는 관심 없어요. 설령 그 이야기들이 사실이라고 해도, 우리 마왕님을 미워하게 둘 수는 없지."

세이린이 그새 놀랍도록 강해진 빛의 마력을 일으켰다. 새하얀 달빛의 마력이 대기에 퍼졌다가, 달빛 수정이 되어 유성우처럼 쏟아지기 시작했다.

"여명회는 빛이 세상을 창조했다고 믿는다면서요. 그럼 내가 신이잖아. 신인 내가 당신을 사랑한다는데 누가 반기를 들까."

그의 턱을 살살이 쓰다듬은 세이린이 가장 큰 달빛 수정을 집어 들었다.

"창세 신화를 믿든, 믿지 않든 누구도 이유 없이 우리 마왕님을 미워할 수 없어. 내가 당신을 사랑하니까."

"……."

"클라우드, 나랑 결혼하자."

클라우드의 손 위로 달빛 수정이 아찔하게 반짝였다. 마치 태어날 때부터 신이었다는 듯 오만한 프러포즈였다. 클라우드는 또박또박 불경을 범하는 세이린을 넋 놓고 바라봤다.

역설적이게도, 세이린이 마력으로 빚어낸 달빛 수정 또한 여명회의 창세 신화가 사실이라는 증거물이었다. 클라우드가 뜨거운지 차가운지 모를 달빛 수정을 꽉 쥐어 보았다. 세이린이 그 위로 제 손을 겹치곤 말했다.

"내가 미워하지 않고 사랑해 줄게. 그러니까 약 같은 건 마시지 말아요. 응?"

클라우드의 눈동자가 동요했다. 어쩌면 오랫동안 이런 대답을 기다렸는지도 몰랐다. 온 마계의 미움을 상쇄시킬 수 있는 단 하나의 존재가 눈앞에 있었다. 세이린은 싱겁게 웃는 그를 조심히 쓰다듬었다.

"게다가, 저는 낮보다 밤이 더 좋아요."

"대부분의 마물은 낮을 더 좋아하는 것 같던데."

"저는 음란 마귀잖아요? 밤이 최고야. 원래도 어두운 걸 좋아하긴 했지만 마왕님이 어둠 속성이라 더 좋아졌어요. 물론 밤에만 할 수 있는 소소한 악행이 좋기도 하고."

"……청혼은 내가 먼저 하려고 했는데. 선수를 뺏겼군."

툭, 무언가가 그녀의 손 위로 떨어졌다. 세이린이 낯선 감각에 손을 내려다보았다. 검은 마력이 실처럼 흘러들어 와 왼손 약지에 감겼다. 어둠이 걷히자 칠흑처럼 검은 마력이 일렁이는 달빛 수정이 보였다.

백 미터 뒤에서 봐도 프러포즈 링. 블러 처리 해 놓고 봐도 약혼반지. 당당하게 청혼까지 내뱉은 세이린의 심장이 갑자기 거세게 뛰었다.

'이런 미친…….'

시선을 뗄 수 없을 정도로 영롱했다. 달도 없는 날의 밤하늘을 잘라 넣었다고 해도 믿을 정도로. 마력이 깃든 보석도 큼지막했지만 정교한 세공이 들어간 것이 값어치를 상상할 수 없게 만들었다.

"달빛 수정으로 된 비를 내리는 네게 달빛 수정이 박힌 반지를 주려니 기분이 묘하군."

"저 달빛 수정들이랑 이 반지가 같나요. 마왕님 마력이 들어 있는 건데."

세이린이 왼손 약지에 길게 입을 맞추었다. 가슴이 차분해지는 것이 꼭 갓 샤워를 마치고 나온 탓에 차가운 클라우드의 품에 안긴 느낌이 들었다.

'뭐 이런 완벽한 예물이 다 있냐…….'

한때는 공포에 떨게 했던 고소장이 러브레터로 느껴질 지경이었다. 클라우드가 빙긋빙긋 웃으며 좋아하는 세이린을 폭 껴안은 채로 나직한 목소리를 냈다.

"격하게 미안한 일은 이걸로 하지."

"격하게 미안한 일?"

따라 웅얼거리자 머릿속에 떠오르는 장면이 있었다. 드레스 찢는 장면을 따라 하다 술에 취했던 날. 취해서 엄한 일을 벌여 죄송하다고 사과하니 클라우드가 했던 대답.

'사과 안 해도 돼. 나도 격하게 미안할 일 하나 만들도록 하지.'

그걸 기억하고 있다니. 무엇을 두고 '미안한 일'이라고 하는지는 뻔했다.

"법적으로 얽히는 게 두 번째긴 하지만…… 하나는 없던 일로 할 수 있잖아요?"

"진도표를 얼른 끝내 버리는 게 좋겠군."

돌려 말했음에도 찰떡같이 알아듣는 클라우드였다. 세이린이 그를 제 무릎에 눕히며 나른히 말했다.

"그 전에, 확답을 하나 받고 싶은데."

"사랑해."

"어후……."

이런 확답 감사합니다.

"황혼의 축제 마지막 날. 약, 안 먹는다고 해 줘."

세이린이 당돌하게 요구했다. 클라우드는 약혼반지를 낀 세이린의 손을 제 뺨에 느리게 문지르며 대답했다.

"내년 축제 땐 네가 내 아내일 테니, 그렇게 하지."

"올해는? 아직 황혼의 축제까지 두 달 정도 남았잖아."

"이미 백성들에게 약속한 터라."

"흐음……."

이미 한 약속을 무르라고 할 수는 없었다. 세이린은 그가 내린 결정을 함께 받아들이기로 했다.

"그럼 올해는 어쩔 수 없으니까, 자고 일어났을 때 마왕님 곁에 있을게."

그의 입가에 희미한 웃음이 지어졌다. 애틋한 눈 맞춤 때문에 세이린의 말이 축복인지 약속인지 구분할 수 없었다. 그녀가 나른하게 웃으며 덧붙였다.

"대신 축제가 끝난 다음 날을 불태우는 걸로."

"그렇게 하지."

칼 같은 답을 얻어 낸 세이린이 왼손을 쭉 펴 보았다. 다른 남자도 아니고 밤 대륙 전체를 관장하는 왕의 프러포즈 링이라니. 빡빡한 왕실 예법이나 답답한 마왕성의 생활이 걱정될 법도 한데 지금은 아무 생각도 들지 않았다. 좋다, 행복하다, 하는 솔직한 감상뿐.

분위기에 취해 어느 때보다 아름다운 밤하늘을 올려보았을 때, CG처럼 떠오르는 얼굴이 있었다.

'어머…… 두 분, 드디어!'

햇살 같은 웃음을 지으며 물개 박수를 치는 빌리아리아 에테라.

'이젠 비전하 목소리가 음성 지원이 되네.'

세이린은 픽 웃었다. 처음 왕비님이 클라우드에게 사랑을 가르치라고 할 땐, 이렇게 될 줄 전혀 모르고 있었다.

"마왕님. 궁금한 게 있는데요······."

세이린이 물었다. 하지만 그는 영 엉뚱한 대답을 했다.

"약혼 발표는 네가 편할 때 해도 괜찮아."

"아니, 그거 말고. 비전하는 어떻게 되는 거예요?"

"빌리아?"

갑자기 그런 얘기는 왜 하냐는 투였다.

"빌리아에게 말하지 않는다고 하면 말해 주지."

"어디로 유배 보내고 그럴 건 아니죠?"

농담으로 한 말이건만 클라우드는 진지하게 고려하고 있었다.

"마음 같아서는 그러고 싶군."

"그러면 안 돼요. 둘이 7년이나 같이 지냈는데 왜 이렇게 앙숙이지?"

그 질문만을 기다렸다는 듯 클라우드가 뚱한 얼굴을 하고 몸을 일으켰다. 그 모습이 '선생님, 쟤가 저 놀렸어요!' 하고 이르는 초등학생처럼 보였다.

"밤 대륙에 온 처음 1년은 그럭저럭 괜찮더군. 인형 같았어."

"하긴, 비전하가 엄청 아름답긴······."

"아니. 살아 있는데 말을 안 해서."

"응?"

빌리아가 전쟁을 끝낸 클라우드의 막강한 힘을 두려워했다는 것과 지금도 꺼린다는 사실은 세이린도 들어 알고 있었다. 그런데 말이 없었다니. 두 마물의 살벌한 말싸름을 숱하게 목격한 터라 믿을 수가 없었다.

"분명 아는 것도 많고 의견도 뚜렷한데 지나치게 얌전하더군. 생각도, 욕망도 드러내는 법이 없고. 지금 모습을 생각하면 믿기지 않겠지."

믿기지 않는 정도가 아닌뎁쇼.

"그다음 1년은 개처럼 굴리더군. 얼른 황제 수업을 끝내고 에테라로 돌아가 왕위를 계승하겠다는 목표를 세운 거지."

두꺼운 책을 완벽히 외울 때까지 자리에 앉지도 못하게 하는 건 기본. 어느 땅을 다스리는지는 알아야 하지 않겠냐며 마계 지도를 완벽히 외워 그릴 때까지 조금의 휴식도 허락하지 않았다.

"2년이 지났을 때까지만 해도 빌리아는 답답할 정도로 말이 없었어."

세이린은 열심히 머리를 굴려 보았지만 아무런 욕망도, 말도 없는 얌전한 빌리아는 그려지지 않았다.

"그랬는데요?"

클라우드가 말한 이후의 빌리아는 이랬다. 과로 왕비 생활이 3년 차에 접어들자, 그동안 알뜰하게 굴려진 마왕의 지식수준이 빌리아를 넘어서기 시작했다. 클라우드는 점점 빌리아에게 도움을 청하거나 조언을 구하지 않았다. 대신 보통의 마물이라면 못 끝낼 양의 일을 끌어와 나눠서 했다.

"그랬더니 1년 만에 지금 성격으로 바뀌더군."

클라우드는 이유를 모르겠다는 투로 말했다. 하지만 세이린에겐 빌리아의 성격 변화가 당연한 수순으로 느껴졌다.

"비전하 성격 바뀐 이유를 알겠네. 과로 때문이에요."

"과로?"

'과로'라는 두 글자는 마왕 사전엔 없는 단어였다. 딱 생존에 필요한 만큼의 잠만 자고 나머지 시간은 일하는 성군이 아니신가. 세이린이 고개를 절레절레 저으며 설명했다.

"비전하가 똑똑하고 유능하니까 전후 처리가 어느 정도 끝날 때까지 안 놔주려는 거잖아요. 개처럼 일하는데 일은 줄어들 기미가 안 보여, 왕위 계승은 못 하게 생겼어. 못 쉬어서 오늘내일해. 그럼 나 같아도 성격 험해지지."

클라우드의 눈이 동그래졌다. 마치 여태까지 단 한 번도 생각해 보지 않은 이론을 듣는 것처럼.

"……진짜 관심 없구나. 비전하한테 관심 좀 가지세요. 쇼윈도 부부라고 해도 마왕님이 자연 발생하고 나서 처음 사귄 친구잖아요?"

"갓 청혼받은 내가 다른 마물한테 관심 쏟게 생겼나?"

"그래서. 진짜 마왕님 일 나눠서 해 준 비전하 유배 보낼 거예요?"

그랬다간 가만두지 않겠다는 효용 없는 으름장을 덧붙이려는데, 클라우드가 고개를 젓더니 확고한 계획을 말하듯 입을 열었다.

"보낼 생각이야."

"어, 어디로요?"

"에테라의 왕좌로."

"······왕좌?"

여태까지 비전하 뒷담화 비슷한 것을 하던 클라우드의 입에서 나온 말이라고는 믿을 수 없었다. 에테라의 왕이 되는 것이라면 빌리아의 숙원 사업이 아닌가.

"비전하가 원하는 대로요?"

"······."

클라우드는 에테라 왕좌의 주인은 온 마계를 뒤져도 빌리아리아 에테라뿐이라는 말을 굉장히 돌려서 했다. 절대 자기 입으로 '빌리아는 왕을 하고도 남을 재목이다' 라고 말하기 싫어하는 게 눈에 보일 정도로.

'하여간, 자기 감정은 절대 인정 안 하시지.'

둘이 어느 정도 유대감을 가지고 있으리라고는 생각한 그녀였다. 그러나 클라우드의 빌리아를 향한 신뢰는 상당히 돈독했다. 세이린은 이 상황을 조금 더 훈훈하게 만들기 위해 말했다.

"그러고 보니 클라우드가 황제가 되어 제후를 두고 마계를 통치하면, 마물들에게 그만한 축복은 없을 거라고 하셨어요."

"누가?"

"맥락상 당연히 비전하죠."

그렇게 앙숙이면서 서로의 능력을 누구보다 인정해 주는 사이라니. 소년 만화에나 나올 법한 우정 같아서 왠지 가슴이 찡해졌다.

"그 얼굴은 뭐지?"

물론 마왕은 빌리아와 자신의 관계에 세이린이 감동하는 걸 무척 싫어했다.

"아니, 뭐 그냥······ 근데, 언제쯤이요?"

지금 클라우드의 군주적 지지율은 빌리아 없이도 정당성을 인정받고도 남았다. 본인 말대로 빌리아를 왕위에 앉히려면 언제든 보낼 수 있었다.

"원래 부동산법 개정 때까지만 곁에 두려고 했어."

마왕이 변명하듯 말했다.

"그거 3년 전이잖아요."

"……부동산법을 손보니 주거복지법 보수가 필요하더군."

마왕의 욕심은 끝이 없고, 매번 같은 실수를 반복한다던가. 클라우드는 경치를 구경하는 척하며 말을 돌렸지만 이유는 간단했다. 빌리아는 일중독 마왕이 탐낼 정도로 지독히 유능했던 것이다.

'본인이 알면 당장 파업하실 텐데.'

세이린이 빌리아에게 동정을 느끼는 걸 눈치챘는지 군더더기 없는 말투를 추구하는 마왕이 답지 않게 사족을 덧붙였다.

"에테라의 세력을 완전히 정리하기 전까지 빌리아를 에테라로 보내는 건 도박이야. 에글론 에테라가 왔을 때 봤을 텐데."

에글론 에테라. 그가 마왕성에 머물렀을 때 빌리아가 무언가에 얽매인 것처럼 굳어 있던 것을 세이린도 기억하고 있었다. 위축된 채로 평소보다 배로 얌전한 모습. 확실히 클라우드와 있을 때보다는 소극적인 태도였다.

"근데 마왕님은 벨제바브 에테라를 못 죽이잖아요. 비전하와 나눈 쥠의 맹세 때문에. 그냥 일 잘하는 비전하를 안 보내고 싶은 거 아니에요?"

클라우드는 괜히 헛기침을 하다가, 포기한 듯 말했다.

"차라리 질투를 해."

"안 그래도 비전하한테 질투가 나긴 나요. 얼마나 유능하면 상사가 못 붙잡아서 안달이지?"

"이번 일만 끝나면 보낼 거야."

"이번 일?"

클라우드는 약간의 기대가 서린 눈을 하곤 세이린을 빠히 봤다.

"아, 맞다…… 기초 교육 사업 말하는 거 맞죠?"

세이린의 답에 그의 표정이 눈에 띄게 구겨졌다.

"결혼은 나 혼자 하나 보군."

세이린이 소리 내어 웃지 않기 위해 입술을 맞물었다. 남에겐 절대 보이지 않는 토라진 모습이라니.

"전하, 삐졌어요?"

"이럴 때만 존댓말 하지."

"부동산법 얘기하다가 나온 말이라 저렇게 대답한 건데."

무언가를 말하려던 마왕이 그대로 굳었다. 세이린이 귓가에 바짝 다가와 입술 스치는 소리로만 속삭인 탓이었다.

"미안해요."

세이린은 그가 대답을 하지 못하게 귓불을 살짝 물었다. 이젠 정말 마물이 다 된 것인지 이 정도 도발쯤은 눈 감고도 할 수 있었다.

순식간에 피가 몰려 이곳이 빙하라는 것도 잊을 뻔한 클라우드가 겨우 숨을 내쉬었다. 눈앞의 치명적인 마물이 팔랑팔랑 돌아다니다가도 결국엔 제 곁으로 돌아올 것이라는 생각을 하니 표정이 절로 풀렸다. 세이린의 그의 얼굴을 보며 픽 웃었다.

"분명 미안하다고 말한 것 같은데, 왜 사랑한다는 말을 들은 얼굴을 하실까."

"그렇게 말하지 않았나?"

"그런 것도 같고."

클라우드가 세이린을 안아 제 무릎 위에 앉혔다. 그러곤 그녀가 했던 것처럼 귓가에 바짝 다가갔다.

"사랑해."

"고전적인 의문이 드네. 얼마나 사랑해요?"

능청을 떠는 음란 마귀의 입을 그가 키스로 막아 버렸다. 세이린은 찬찬히 파고드는 그의 입술을 쪽 빨아들이곤 답을 재촉했다.

"얼마나 사랑하냐고 물어봤는데."

"언제부터 말로 설명하는 거 좋아했다고."

"여읏시 우리 마왕님은……."

두 입술이 다시 맞물렸다. 마네스코 문화유산으로 지정된 청정한 플래티나 빙하를 배경으로 하기엔 너무도 뜨거운 입맞춤이 길게 이어졌다.

Chapter 15

플레어 프로젝트

마침내 나흘이 지나고 맞이하게 되는 아침. 몇 시간 전 맞춰 둔 요란한 알람을 들은 세이린은 찌뿌드드한 몸을 있는 힘껏 스트레칭하며 일어났다. 이젠 근육통 없이 일어나는 게 어색할 정도로 그렇고 그런 일에 적응을 마친 그녀였다.

"허, 참……."

오늘도 옆자리에 누워 있는 클라우드는 반짝반짝한 모습 그대로 자고 있었다. 밤새 쓰다듬고 헤집은 머리가 까치집이 된 것만 제외하면. 세이린이 굴욕 없는 모습에 은근한 질투와 감사를 동시에 느꼈다. 볼에 자국을 남길 기세로 진득하게 뽀뽀하자 그가 부스스 눈을 떴다.

"남편 되실 클라우드 전하. 전 이만 가 보겠습니다."

"어딜 가려고."

"아카데미 갈 시간이에요."

새침한 답을 들은 클라우드는 세이린을 온몸으로 끌어안곤 목에 얼굴을 묻었다. 나흘이 끝나는 날인 오늘 세이린이 아카데미에 갈 것을 생각하니 마냥

462

마음에 들지는 않았다.

슬슬 황혼의 축제 기간이니 일이 쏟아질 것이었다. 새벽단과 괴도, 플레어 프로젝트를 말끔히 처리하려면 공을 들여야만 한다. 게다가 결혼 준비까지. 자신이야 밤샘과 철야가 익숙했지만, 종잇장 같은 체력을 자랑하는 세이린에겐 일정이 버거울 듯했다. 그러니 시간적 여유가 있는 지금 조금 더 그녀를 탐하고 싶었다.

"데려다줄게. 조금만 더 있다 가."

"안 돼. 별궁 가서 챙겨야 할 것도 많고."

세이린이 그의 품에서 기어 나와 전날의 흔적들을 돌아봤다. 고용인들이 참으로 고생하겠다 싶을 정도로 개판이었다.

'카펫이 왜 없지? 욕조에 있나? 커튼이 반쯤 떨어진 건 금방 수리하겠지……?'

5초 만에 침대 및 베개 커버를 교체하고 귀신처럼 사라지던 고용인들이니 괜한 걱정인 것도 같았다. 삐걱삐걱 걸어 나가려는 세이린을 클라우드가 불러 세웠다.

"세이린."

그가 상체를 일으키자 근육으로 뚜렷이 갈라진 데다 적재적소에 핏줄까지 돋은 몸이 서서히 드러났다. 음란 마귀가 침을 꿀꺽 삼키는 것을 본 그가 낮은 목소리를 냈다.

"진짜 갈 건가?"

"그럼요. 당장 가야……."

스르륵. 클라우드가 제 손으로 이불을 딱 골반까지 끌어 내렸다.

"역시 그냥 가는 건 좀 정 없죠? 아침만 먹고 갈게요."

세이린이 침대로 뛰어들며 말했다.

□ ■ □

녹초가 된 세이린은 별궁의 침대에 몸을 던졌다. 결국 먹으라는 아침은 안 먹고 그의 살갗만 머금고 싶었다. 이대로 아카데미에 갔다가는 기절할지도 몰랐다. 세이린이 이불을 끌어안고 눈을 감았을 때였다.

똑똑—

"작가님. 잠깐 들어가도 될까요?"

평소보다 배로 화사한 빌리아의 목소리였다. 세이린이 무거운 몸을 이끌고 달려가 방문을 열어 주었다. 빌리아는 환히 웃으며 인사했다.

"오랜만에 뵙는 것 같네요."

생글생글. 부채로 입을 가린 왕비가 세이린을 스캔하곤 놀랐다. 색기가 넘쳐 흐르다 못해 개울 정도는 이룰 모습이라니.

'대체 얼마나…… 침대 커버가 아니라 침대를 점검하라고 했어야 했나?'

샴페인을 따도 여러 병을 터뜨려야 할 듯했다.

"작가님, 오늘 아카데미 가는 날 아닌가요?"

"조금만 쉬다 가려고……."

"어머, 어머."

빌리아가 재빨리 릴리트 에테라를 사용했다. 초록빛 마력이 일자 세이린의 몸이 완벽한 컨디션으로 돌아왔다. 세이린은 무슨 일이 있었는지 모두 알고 있다는 듯한 그녀의 눈웃음이 민망했다. 무언가 다른 행동을 해 왕비님의 시선을 분산시킬 필요가 있었다,

"비전하, 차 드시겠어요?"

세이린이 다급히 집어 올린 탓에 주전자 뚜껑이 요란한 소리를 내며 땅에 떨어졌다. 뚜껑을 주우려 뻗은 흰 손 위로 새카만 달빛 수정이 반짝였다.

"……!"

프러포즈 링을 발견한 빌리아가 상전 모시듯 재빨리 일어나 세이린을 자리에 앉혔다.

"차는 제가 준비할게요."

빌리아가 우아하게 박수를 짝짝 치자 티타임 준비가 순식간에 완료되었다.

'이것이 바로 귀족들의 필살기, 티타임 준비……!'

세이린이 자리에 앉아 자동으로 차오르는 찻잔을 바라봤다. 무엇을 우린 차

인지는 몰라도 조명의 빛을 머금어 영롱한 황금빛이 도는 액체였다. 끓는 황금에 유리를 녹여 넣으면 이런 느낌일까. 찬란한 빛깔을 바라보던 세이린이 흠칫 누군가를 떠올렸다.

"실링 워렛⋯⋯."

"실링 워렛이요?"

빌리아가 눈을 크게 뜨며 되물었다.

"황금색을 보니까 생각나서요."

말을 뱉고 생각해 보니 눈앞의 왕비님은 실링의 사랑 '아리아' 였다. 이런 우연이 있나. 세이린이 차오르는 궁금증을 어찌하지 못하고 차를 들이켰다. 빌리아는 왕실 작가의 호기심을 즉각 알아챘다.

"역시, 지금 작가님껜 사랑 얘기를 들려드려야겠죠?"

"그럼요, 그럼요. 물 들어올 때 노 저으셔요."

"들으셨다니 아시겠지만, 실링은 제 구혼자 중 하나였어요. 그놈의 뜻대로 되진 않았지만요."

세이린이 초롱초롱한 눈으로 졸라 얻어 낸 왕비님의 공주님 시절 이야기는 예상보다 더 흥미로웠다.

낮 대륙을 통일해 황제를 배출하기 직전이었던 에테라와는 달리, 워렛은 밤 대륙의 4대 가문이긴 하지만 상대적으로 약세에 돈만 많은 집안이었다고 한다. 그래서인지 당시 워렛의 가주였던 실링은 끈질겼다.

마계 최고의 자본력을 적극 활용한 선물 공세, 서재로 초대해서 지적인 면모 어필하기, 가죽 재킷 안에 상의를 생략해 맨살 드러내기 등등. 당시 빌리아는 '워렛' 이라는 지명만 들어도 머리가 아플 지경이었다.

"저희 집안 어른들은 실링 워렛의 구혼에 대해 긍정적이었어요. 남동생이 왕위를 계승하는 데에 전 방해물이었을 테니까요."

"본인의 의사보다 가문의 결정이 중요한 약혼이라니⋯⋯."

"그러게요. 이상하죠? 그분이 나타나시기 전까진 꼼짝없이 실링 워렛이랑 결혼하는 줄 알았어요."

"'그분' 이라면⋯⋯."

세이린의 물음에 빌리아가 대답 대신 은은한 미소를 지었다.

생각만 해도 입가에 미소가 얹히는 존재라. 세이린은 상대가 누구인지 짐작하고 있으면서도 장난이 치고 싶었다.

"클라우드요?"

"……작가님."

갑자기 분위기가 싸해졌다.

"죄솨다. 카인 시엘리아라고 들었어요."

그 이름을 들은 빌리아가 엷은 웃음을 내비치곤 말을 이었다. 실링이 빌리아를 포기해야 했던 까닭은 실로 놀라웠다.

때는 워렛과 에테라가 혈연으로 이어지는 기념비적 약혼식의 며칠 전.

"에테라 성으로 시엘리아의 인장이 찍힌 서신이 날아왔었죠."

"비전하를 원한다, 뭐 그런 내용이었겠죠?"

"그렇게 직설적인 내용은 아니었지만……. 아무튼, 어른들이 곤란해하셨죠. 시엘리아라면 밤 대륙 최고의 가문인데, 이미 실링과 약혼하기로 얘기가 마무리된 상태니."

빌리아는 꼬인 약혼이 어떻게 해결되었는지 똑똑히 기억하고 있었다. 에테라의 원로들이 곤란하다기보다는 기회를 놓치게 된 아쉬움에 입맛을 다실 즈음, 그토록 집착하던 실링 워렛이 먼저 꼬리를 내리고 아리아 공주를 포기한다는 서신을 보내오지 않았던가.

"탐욕의 랭커가 포기도 할 줄 알아요?"

세이린이 놀라 물었다.

"제 약혼자와의 결투에서 졌다는 얘기를 한참 후에야 들었어요."

세이린이 이 순간 실링의 일기장에서 본 내용을 떠올리는 것은 당연했다. 어쩐지. 황제 후보랑 힐러가 붙은 이유는 역시 사랑싸움이었다. 이제야 이해가 갔다.

"왼쪽 눈을 그때 잃었다고 하던데, 그 후 그놈 얼굴을 본 적이 없어서 사실인지는 모르겠네요."

빌리아의 말에 세이린이 놀랐다.

"멋 때문에 가린 게 아니었어요? 그나저나, 이게 말로만 듣던 사랑의 결투……!"

세이린은 당사자보다 더 흥분했다.

"결투는 맞는데, 사랑의 결투인지는 잘 모르겠네요."

"에이. 왕비님께 반하지 않는 남자는 클라우드뿐이에요."

이건 아부도, 실없는 너스레도 아니었다. 맹세컨대 세이린은 세 번의 삶을 사는 동안 빌리아만큼 아름다운 여인을 본 적이 없었다.

"결투까지 할 정도면…… 어휴."

"작가님, 그런 거 아니라니까요……!"

"그래서, 그다음엔 어떻게 됐어요?"

"카인 님은 약혼식 때 모습을 드러내지 않으셨어요. 그 후로도 쭉. 이용당하는 것 같지만 실링이랑 결혼하는 것보다야 나았으니까요."

빌리아는 머리카락을 괜히 만지작거렸다. 그 뒤로 그를 한 번도 본 적이 없었다. 약혼반지조차 시엘리아의 사신을 통해 전달했을 정도이니. 무언가 연구에 미쳐 있다는 소식만이 간간이 들려오다, 그의 죽음을 전해 들은 것이 관계의 끝이었다.

세이린은 예리한 눈으로 왕비님의 표정을 읽어 냈다.

'한 번도 만난 적 없다는 듯이 말씀하시는 것치곤 너무 애틋한데.'

인생 3회차 로맨스 소설 작가의 관록으로 볼 때, 빌리아는 무엇인가를 숨기고 있었다. 가령, 비밀스러운 밀회라던가.

"비전하. 약혼자분이랑 처음 만나셨을 때 얘기 듣고 싶어요!"

"……역시 작가님은 못 속이겠네요. 제가 카인 시엘리아를 따로 만난 적 있다는 것은 저희 집안 어른들도 몰랐는데."

빌리아가 품에서 약혼반지를 꺼내 손에 쥐었다. 그러자 달빛 수정에 견줄 만큼의 순도를 가진 얼음이 달그락 잔에 채워졌다. 그 얼음을 애틋하게 바라보다 그녀가 말했다.

"벨제바브가 전쟁에 미쳐 있을 때, 간간이 전투 지원을 나갔거든요."

세이린이 눈을 동그랗게 떴다. 밀랍 인형처럼 내성적이었던 왕비님이 참

전이라니. 벨제바브 놈은 자기 능력 때문에 황제가 된 거처럼 말하더니만. 이런 배은망덕한 동생을 살리려 젬에 맹세까지 한 빌리아가 참으로 대단하게 느껴졌다.

"지원이라면, 힐링?"

"아뇨. 벨제바브 대신 마법을 쓰는 일이 많았죠."

벨제바브가 립싱크를 하면, 빌리아가 백스테이지에서 폭풍 고음을 올리는 식의 지원이었다. 일은 누나도 같이 하는데 공은 황제 자리를 노리던 동생이 다 차지한 것이다.

"모습을 보이면 안 되기 때문에 높은 성의 꼭대기에 숨어 있곤 했는데, 그때 카인 님을 봤어요."

냉혈의 가문이라 불리는 시엘리아의 가주는 푸른 달빛을 받아 시리도록 아름다웠다. 인상을 한층 차갑게 하는 안경을 벗은 그가 찬찬히 다가올 때, 빌리아의 심장은 지금처럼 뛰었다.

"벨제바브의 능력 이상이라 수상했는데 이제야 이유를 찾았다. 그렇게 말했어요."

빌리아는 그의 목소리와 호흡, 손짓까지 정확히 기억하고 있었다. 저를 동정하듯 내려다보던 얼음 같은 눈빛까지도.

"그게 끝."

"네?"

세이린이 믿을 수 없다는 듯 되물었다.

"거슬리던 수수께끼를 푼 것처럼 지그시 보다가 사라졌어요."

어째 로맨스와는 거리가 먼 첫 만남에 세이린이 갸우뚱했다. 확실한 건, 카인이 그날의 인상 때문에 에테라의 공주에게 전략적 약혼을 제안했다는 것뿐. 강력한 바람의 마력을 부리는 비전하를 보고 무슨 생각을 했는지는 카인 본인만 알고 있을 터였다.

"약혼자가 그리우세요?"

세이린이 조심스레 묻자, 빌리아가 어깨를 으쓱했다.

"글쎄요. 개인으로서는 호감이 있어도 군주로서의 그분은 영 아니에요. 그렇게 백성을 돌보지 않을 줄 알았다면 마음을 주지 않았을 텐데."

이미 지나 버린 사랑을 잊기 위해서는 단점을 끄집어낼 수밖에 없다. 왕실 작가가 이별 후 연인들이 겪는 증세를 떠올리곤 입술을 일자로 맞물었다. 실링과 약혼을 파기하게 해 준 남자이니 쉬이 미워할 수는 없겠지만.

'결투라는 귀찮음을 감수하고 실링의 황금색 눈동자까지 뽑아 버렸…… 잠깐만.'

찬물을 옷 속에 퍼부은 듯 일순간 소름이 쫙 돋아 올랐다. 진짜 황금보다 더 영롱한 실링 워렛의 눈동자. 그리고 카인에게 빼앗겼다는 그의 왼쪽 눈.

'그게 왜 거기 있지?'

세이린은 이미 그것이 어디에 있는지 알고 있었다.

테이르시아 타워에서 벨제바브 에테라의 환영을 만나기 전 총장실에 들렀을 때. 예언 마법이라는 것을 쓰기 위해서인지, 다른 이유에서인지 스피카 총장은 안대를 벗은 상태였다. 세이린은 총장이 평소 가리고 있던 쪽의 눈동자를 기억했다.

감탄이 나올 정도로 황금 같은 눈동자였으니 착각일 리는 없었다. 실링이 가리고 있는 눈과 스피카가 가진 눈의 방향 또한 일치했다.

'그때는 그냥 총장님이 오드 아이라고 생각했는데…… 지금 생각해 보니 실링의 눈동자잖아? 눈을 뽑다가 총장님께 심은 건가? 카인이 왜 그런 짓을 했지?'

분명 여명회를 가장 탄압한 가문이 물의 시엘리아라고 했다. 스피카 블랙은 시엘리아 선대 영주의 추방을 받아 밤 대륙에 들어오지도 못하는 몸이라고 하지 않았던가.

'카인이랑 총장님은 분명 관련이 있어.'

도서관장의 기억을 복구할 방법을 알고 있는 것부터 수상하긴 했다. 스피카 블랙은 무언가 거대한 것을 숨기고 있는 듯했다.

'문제는 F반 학생인 내가 어떻게 총장님과 개인 면담 시간을 갖느냐는 건데…….'

세이린은 눈을 날카롭게 뜨고 고개를 떴다. 그러자 왕비님이 잔에 코를 박을 기세로 한숨을 푹 쉬는 것이 눈에 들어왔다.

"사랑 얘기를 했더니 우울하네요."

빌리아가 괜히 릴리트 에테라를 만지작거렸다. 세이린은 우울한 비전하에게 어떤 처방이 특효인지 잘 알고 있었다. 서류함의 삼중 보안을 열고 아주 얇은 파일을 꺼내 건네자 왕비의 눈이 동그래졌다.

"이게 뭐예요, 작가님?"

"외전 원고예요. 역시 우울할 땐 야한 게 최고죠."

"작가님……."

유일 작가를 향한 왕비의 호감도가 천장을 뚫고 수직 상승했다.

□ ■ □

클라우드가 특별히 마련해 준 통학용 차량에서 내린 세이린은 아카데미 정문을 통과하자마자 걸려 온 전화를 받았다. 발신인은 같은 수업을 듣는 커밋이었다.

"어디야?"

— 거의 다 왔어. 지각까지 할 수는 없지. 너는 다 나았어?

세이린은 하마터면 휴대폰을 떨어트릴 뻔했다.

"낳았……냐고?"

— 나았냐고. 제이드가 너 독감이라던데. 내 발음이 그렇게 안 좋아?

잘못 들은 게로군.

— 아직 기겁할 일은 말하지도 않았는데, 뭐 그리 놀라?

"마치 내가 기겁할 일이 있는 것처럼 말한다?"

— 너 아직 시계탑에 붙은 공지 글 못 봤어?

커밋의 말을 듣곤 곧장 시계탑으로 향하려던 세이린을 누군가가 붙잡았다.

"세이린 아가씨."

목소리만 듣고도 아벨인 것을 눈치챈 그녀가 고개를 돌렸다. 살짝 미안해하는 표정이 무언가를 부탁하리라는 예감을 풍겼다.

"커밋, 잠깐만. 내가 이따가 다시 걸게."

전화를 끊은 그녀는 무릎을 굽혀 아벨에게 인사했다. 세이린이 손을 방방 흔들며 웃을 것이라고 예상한 아벨은 왠지 허를 찔린 기분이었다. 뉴빌리지에서 공수해 온 케이크를 미끼로 잠깐 대화를 나누기엔 너무 성숙한 아가씨가 된 느낌.

'그러고 보니 아가씨가 호수에 빠진 후로 가까이에서 보긴 처음인데.'

달라진 외모 탓인지 공손한 인사 탓인지 가슴이 찌르르 울렸다. 사뿐사뿐 걸어와 무슨 일로 부르셨냐고 물을 때면 더욱 심하게.

"아가씨, 잠시 시간이 있으십니까?"

"수업 땡땡이칠까요?"

다행인지 불행인지 말투는 그대로였다.

"부관이 케이크를 사 왔더군요. 좋은 차가 있으니 잠깐 들러서 드시고 가시겠습니까?"

바쁘고 급하게 움직이느라 아침은커녕 커피도 제대로 못 마신 세이린이 이 제안에 넘어가지 않을 리 없었다. 세이린이 팔랑팔랑 아벨의 뒤를 따랐다.

처음으로 들어선 아벨의 연구실은 어쩐지 처음 봤던 자취방, 호수가 보이는 별궁을 연상시켰다. 먼지도, 거미줄도 없이 화사하게 꾸며진 공간임에도 숨을 쉴 때마다 쓸쓸함이 같이 밀려들어 왔다. 아벨은 단정한 테이블 위로 푸짐한 토핑이 올라간 케이크와 뜨거운 차를 내놓았다.

'이건…… 마법당 스페셜 에디션……!'

세이린이 하나둘 차려지는 케이크에서 눈을 떼지 못했다. 유명세만큼이나 맛도 훌륭했다. 혀끝에서 사르르 녹는 크림을 양껏 맛본 그녀가 함박웃음을 지었다. 아벨이 따라 웃으며 물었다.

"맛있습니까?"

"네. 엄청. 특히 젤리로 코팅된 롤케이크가 환상적이에요."

방긋거리는 왕실 작가를 보고 있자니 꽉 막혀 있던 마음이 사르르 녹아내리는 것 같았다. 온전히 자신을 향한 웃음이 이렇게 예쁜 것은 처음이었다.

'……이건 뭐지?'

미소를 머금고 있던 아벨이 의문의 두통을 느꼈다. 분명 자신을 향한 환한 웃음은 왕실 작가가 처음이라고 생각했건만 어째서인지 머릿속에 떠오르는 단편들이 있었다.

작은 눈사람을 손에 들고 환하게 웃는 어린 여자애. 그마저도 활짝 웃고 있는 입과 낡아 빠진 하인용 옷으로 유추할 뿐, 눈을 비롯한 얼굴은 정확하게 기억나지 않았다.

세이린이 그의 이상 징후를 눈치채곤 말했다.

"왜 그러세요, 아벨 경?"

아벨은 어쩌다 이 기억을 떠올렸는지는 꽁꽁 숨긴 채로 넌지시 물었다.

"아가씨, 속성 개방 후에 젬의 기억을 읽을 수 있게 되었다는 것이 사실인가요?"

"네. 젬에 손을 대면 기억이 보이더라고요. 이것도 빛 속성 개방 특전인가 봐요."

"괜찮으시다면 제 기억을 봐 주실 수 있나요?"

세이린은 퍽 놀랐다. 그동안 젬에 손을 대면 기억이 보인다고 말하면 사생활 침해의 소지가 다분하다는 사실을 눈치챈 상대는 방어 자세를 취했다. 하지만 눈앞의 푸른 기사단장은 잘됐다는 듯 자신의 젬을 꺼내 보였다.

"아가씨에겐 제 어린 시절 기억이 보일 수도 있으니까요."

"진짜로요? 아직 마법이 서툴기도 하고…… 무엇보다 남에게 밝히기 찝찝한 기억을 볼 수도 있는데."

"남에게 밝힐 수 없는 기억?"

그렇다. 푸른 기사단장은 남에게 밝힐 수 없는 일 따위는 하지 않는 바른 생활 마물이었다. 문득 교육상 좋지 않은 장면투성이일 것이라며 자신의 젬을 숨기던 담임 교수의 얼굴이 스쳤다. 대비도 이렇게 극명한 대비가 없었다.

"……그럼 진짜 볼게요."

세이린은 눈을 감고 꽁꽁 얼린 얼음 같은 직삼각형의 젬에 손을 얹었다. 경계하듯 튀기던 푸른 마력이 곧 어미 닭에게 파고드는 병아리처럼 따스하게 변해 손에 감겼다.

클라우드의 젬에서 자신의 모습을 봤던 때처럼 기억은 1인칭으로 스멀스멀 보이기 시작했다. 가장 먼저 보이는 것은 먼지 낀 거울에 빼꼼 보이는 어린 아벨의 모습이었다.

하늘빛 머리카락과 푸른 눈동자는 지금과 마찬가지로 청명했지만 훨씬 여리고 귀여웠다. 한창 클 시기임에도 비쩍 마른 데다 간소하기 짝이 없는 옷차림을 보니 창고에서 보낸 그의 유년 시절인 것 같았다.

가구가 적고 온기가 없어 횅한 공간에 얇은 한 줄기 빛과 함께 누군가가 들어왔다.

'돌봐 준 건 유모뿐이라고 하셨으니까 저분이 유모겠구나.'

세이린은 라임색 머리를 한 늙은 여인의 정체를 어렵지 않게 추리해 냈다. 전지전능한 신이라도 된 듯 콧대가 높아진 그녀는 곧 제 눈을 의심할 수밖에 없었다. 유모 하나만 출입할 수 있었다던 시엘리아 성의 창고에, 한 사람이 더 찾아온 탓이었다.

'이 얼굴은…… 이리스 경?'

분명 기억의 주인에게 틈만 나면 구애를 일삼는 이리스의 얼굴이었다. 한쪽으로 머리를 땋아 내린 지금과는 달리 가지런히 자른 단발을 찰랑거리는 모습. 마계는 외모와 나이의 상관관계가 느슨해 확실하지는 않지만, 기억 속의 어린 아벨 경보다 나이가 많아 보였다.

'이상하다. 아벨 경은 아카데미에 입학해서 이리스 경을 처음으로 봤다고 했는데…….'

기억 속의 어린 아벨은 유모로 보이는 노부인의 드레스 뒤에 숨어 있다 툭 튀어나온 이리스를 향해 달려갔다. 아마도 그때 느꼈을 두근거림과 설렘이 기억을 훔쳐보는 세이린에게도 느껴졌다. 단번에 거리를 좁히고, 고사리 같은 손으로 봉숭아 물을 들인 어린 이리스의 손을 잡아 드는 감각. 시엘리아식 예법대로 손등에 입 맞출 때의 두근거림까지도.

얼른 눈사람 만들고 싶어요!'

이리스를 독촉하는 앙증맞은 아벨의 목소리는 천진했고, 꼬마 숙녀를 향한 사랑이 듬뿍 담겨 있었다.

'이리스 누나, 얼른!'

누나. 두 글자에 깜짝 놀란 음란 마귀가 반사적으로 손을 거두었다. 마력이 흐트러진 탓인지 손을 다시 가져다 대도 기억은 보이지 않았다.

'아벨 경이 이리스 경에겐 마성의 연하남이었다니……!'

왕실 작가는 왜 연하남 캐릭터가 인기가 많은지 단번에 이해했다. 사근사근한 목소리로 누나라니. 이리스의 숱한 고백을 가차 없이 거절하던 냉랭한 모습과 동일 인물이라고는 생각할 수 없었다. 도대체 둘 사이에 무슨 일이 있었단 말인가.

"아가씨. 괜찮으십니까?"

아벨은 자신의 잼을 물끄러미 바라보는 세이린을 걱정 어린 목소리로 불렀다.

"죄송해요, 아벨 경. 수련이 부족한 탓인지 기억이 잘 안 보이네요."

"제가 갑자기 부탁드린 탓이겠지요. 아가씨가 죄송할 일은 아닙니다."

세이린은 술잔 비우듯 찻잔을 비웠다. 아벨이 친절한 웃음을 지을수록 '누나'라는 두 글자가 내레이션처럼 들려와 목이 탔다.

"아벨 경, 제가 수업이 있어서……."

"언제 시간이 이렇게 흘렀죠?"

세이린이 케이크와 차를 대접해 주셔서 감사하다고 꾸벅 인사했다. 그러나 아벨은 어쩐지 문을 열어 주기가 싫었다. 세이린은 문손잡이를 그러쥐는 아벨을 바라보며 고개를 갸웃했다. 그제야 단꿈에서 헤어 나온 그였다.

"조심히 가세요, 아가씨."

"다들 왜 저를 걱정하실까요?"

그렇게 칠칠치 못했나. 세이린이 픽 웃자 아벨이 문을 열어 주었다.

"……아가씨를 아끼기 때문입니다."

그녀가 빠져나간 후, 아벨이 작게 중얼거렸다.

한편, 연구실을 빠져나온 세이린은 복도로 나오자마자 휴대폰을 확인하곤 놀랐다. 커밋과 제이드에게서 부재중 전화가 여러 차례 와 있는 탓이었다.

"이놈의 인기는……."

세이린이 고개를 절레절레 흔들며 오만방자한 웃음을 지을 때, 복도에 등을 기대고 서 있던 커밋이 세이린의 곁으로 다가왔다.

"대체 무슨 생각을 하길래 그런 얼굴을 해?"

"나 여기 있는 줄 어떻게 알고 왔어?"

"아까 전화할 때 아벨 목소리가 들리길래."

"너 자꾸 기사단장님들한테 존칭 생략할래?"

"앞에서만 존댓말 잘 하면 되지, 뭐."

커밋은 별일 아니라는 듯 눈썹을 으쓱였다. 세이린은 커밋을 따라 걸음을 옮기며 휴대폰을 만지작거렸다.

"너는 수업 때문에 전화했다고 치고. 제이드는 나한테 왜 전화했지?"

"글쎄. 뱀파이어가 딴 맘이라도 먹었나?"

"딴 맘?"

"진짜 이럴 때만 눈치 없다, 너?"

세이린은 커밋의 말을 상큼하게 무시한 채로 계속해서 휴대폰을 내려다봤다. 제이드 성격에 용건이 없는데 문자도 아닌 전화를 할 것 같진 않았다.

'부잣집 도련님이 대체 왜…… 아!'

그녀의 머릿속에 일주일간 깜깜히 잊고 있던 이름이 떠올랐다.

"알았다. 자료 조사 때문일걸?"

"자료 조사는 무슨 자료 조사?"

"너 완전 까먹고 있었지? 그때, 명예의 전당에서 플레어라는 마물에 대해 조사해 오기로 했잖아."

"어쩐지 주말 내내 찜찜하더니만."

아닌 게 아니라, 커밋은 완전히 숙제를 까먹은 듯했다. 세이린이 아쉬운 얼굴을 하자 커밋은 오히려 적반하장으로 나왔다.

"어차피 너도 못 했을 거 아냐. 눈코 뜰 새 없었을 텐데."

"네, 네가 그걸 어떻게 알아?"

"독감이었다며. 당연히 병원 다니고 약 챙겨 먹느라 바빴겠지."

"……."

음란 마귀는 정신없이 지나간 나흘을 차근차근 되새겼다. 마왕님의 탄탄한 품에 안겨 있느라 다른 생각을 할 틈이 없던 건 맞았다. 하지만 일 중독자는 틈틈이 보고서를 확인했고, 그중 몇 가지를 세이린에게도 보여 주었다. 가령, 플레어 프로젝트가 신을 만들려던 로이펠의 시도라는 사실 같은 것을.

"글쎄, 난 했는데. 낙제생은 숙제 안 해 왔지?"

"뭐야?"

다른 누구도 아닌 같은 F반 학생에게 낙제생이라는 놀림을 받은 커밋은 묘한 수치심에 사로잡혔다.

"플레어 프레자일에 대해서라면 나도 알고 있거든?"

"플레어…… 프레자일?"

세이린이 처음 듣는 풀 네임을 따라 발음했다. 영 낯선 이름이었다. 마왕에게로 향하는 보고서에도 '플레어 프로젝트'라는 로이펠의 원대한 계획만 나와 있을 뿐이었다. 멈춰 선 채로 눈동자만 굴리는 세이린의 앞에 제이드가 툭 튀어나왔다.

"플레어 얘기하려고 찾았는데 놀라운 걸 들어 버렸네. 커밋 글레이시아. 네가 어디에도 안 나와 있는 그 사람 풀 네임을 어떻게 알지?"

제이드의 눈동자가 형형한 붉은 빛을 냈다. 일순간 복도가 정적에 휩싸였다. 서부 영화의 한 장면처럼 바람이 머리카락을 흩트린 후에야 커밋이 입을 열었다.

"플레어 프레자일. 물 속성 수석 졸업생. 졸업 파티에서 댄싱 퀸 타이틀을 얻은 전력이 있는 열렬한 여명회의 신도."

"그러니까, 그걸 어떻게 알았냐고."

제이드가 경계를 늦추지 않은 채로 대답을 독촉했다.

"어떻게 알긴. 봤으니까 알죠."

"웃기지 마. 세이린이 집에 간 걸 알려 주려고 박쥐를 풀어서 널 찾았는데, 한 마리도 널 찾지 못했어."

"전화를 하시지, 뱀파이어인 거 티 내려는 것도 아니고 왜 굳이……."

"시끄러! 아무튼, 서류를 뒤지지도 않은 네가 그 이름을 봤다는 걸 믿으라고? 난 온 아카데미를 다 뒤졌는데도 못 찾았거든?"

"애먼 데를 뒤지셨으니 그렇죠."

커밋은 깍지를 껴 뒷머리에 댄 채로 걸음을 옮기며 말을 이었다.

"기록 보존실에 있던데요?"

"기록 보존실이라면⋯⋯."

"아카데미 졸업생들은 물론, 교직원들의 신상 정보까지 가지런히 정리되어 있는 창고죠."

모처럼 막힘없이 설명하는 커밋에게 세이린이 딴지를 걸었다.

"거기, 입학식 날 절대 들어가면 안 되는 장소 설명할 때 나왔던 곳 아냐?"

지하에 있는 난방 조절실, 교직원 식당 등등. 아카데미에는 학생의 출입이 금지된 몇 개의 장소가 있었다. 커밋은 알고 있었다는 듯 당당했다.

"그럼 달리 어떻게 정보를 찾겠어?"

의외로 대담한 구석이 있는 F반 낙제생이었다. 지극히 마물다운 논리에 설득당한 세이린과는 달리, 제이드는 커밋의 멱살을 휘어잡았다.

"네놈이 자꾸 이렇게 나오니까 저런 게 붙지!"

그의 검지가 향한 곳에는 아카데미의 시계탑, 정확히는 그 위에 붙은 공지 글이 있었다.

출입 금지 구역 무단출입 및 기물 파손 징계

제○드 ○○ (불 속성)

커○ ○○○○○ (물 속성)

세○린 ○○○ (빛 속성)

해당 학생들은 사유서를 작성해 총장실로 찾아올 것

학생들의 개인 정보 보호를 위해 이름 일부를 모자이크 처리해 주는 것까진 좋았다. 전교에 하나뿐인 이속성 보유자, 세이린에게는 소용이 없는 조치라는 게 문제였지만.

"명예의 전당 창문도 막 깨더니, 이젠 기록 보존실까지 들어가?"

제이드가 커밋을 원망스러운 눈으로 쳐다봤다.

"수석 입학생 배짱하고는. 그리고 명예의 전당은 다 같이 들어갔잖아요!"

"얌전히 자물쇠 따고 들어갔다 나왔으면 아무도 몰랐을 걸, 굳이 창문 깬 게 누구더라?"

제이드와 커밋이 1초가 멀다 하고 서로에게 독설을 내뱉는 동안, 세이린은 계산을 마치고 말했다.

"어쩔 수 없지. 30분 후에 총장실에서 보자."

세이린이 순순히 수긍하다니. 서로의 멱살을 쥐고 있던 두 남학생이 어리둥절한 눈으로 그녀를 바라봤다.

□ ■ □

세이린은 거침없는 걸음으로 총장실에 다다랐다. 마음 같아서는 벌컥 문을 열고 싶었지만, 앞을 가로막는 경비원이 있어 걸음을 멈출 수밖에 없었다.

"시계탑에 붙은 공지를 보고 왔습니다. 친구들도 곧 올 거예요."

세이린이 얌전히 대답하자 예상대로 경비원은 별 의심 없이 문을 열어 주었다. 우연의 일치일까. 스피카 총장은 이전처럼 안대를 벗은 채로 무언가를 급히 메모하고 있었다.

"세이린 양, 왔습니까?"

입으로는 환영하면서도 정신이 메모에 쏠려 있는 모습이었다. 세이린은 예를 갖추곤 스피카를 바라봤다. 정확히는 메모를 마친 총장의 왼쪽 눈을. 빛을 등지고 있음에도 환한 조명 아래에 놓인 황금처럼 빛나는 눈동자는 아무리 봐도 실링의 것이었다.

"앉아도 될까요?"

"물론. 앉아서 잠시만 기다리세요. 하던 일을 마무리해야 하니."

세이린은 미리 봐 둔 책상이 보이는 자리에 앉았다. 스피카는 테이르시아 타워 일을 메모했을 때와 마찬가지로 장소와 시간을 빠르게 적어 내리고 있다.

[오늘 21시, 로이펠 성지.]

'로이펠 성지?'

메모의 내용이 의외였다. 로이펠이라면 밤 대륙 남서쪽을 지배했던 땅 속성 가문이자 그들이 지배했던 영지의 명칭이었다. 마물들이 지명의 뒤에 '성지'라는 말을 덧붙이는 이유는 그곳에서 클라우드 슈테른이 자연 발생했기 때문이었다. 가장 먼저 어둠의 심판을 받은 곳이기도 했다. 어마어마한 어둠의 힘에 휩쓸려 성 안 마물들이 죄다 증발하듯 죽었다니.

'총장님은 어둠을 미천한 것 취급하는 여명회 신도면서도 로이펠을 성지라고 생각한단 말야?'

예전이었다면 그러려니 하고 넘어갔겠지만, 총장이 안대로 가리고 있는 눈이 누구의 것인지 알아채고 나니 그럴 수가 없었다. 스피카는 이식받은 눈을 통해 보이는 모든 것들을 종이에 옮긴 후에야 자리에 앉아 안대를 착용했다.

"나머지 둘은 어디로 가고 세이린 양 혼자 왔나요?"

"궁금한 것이 있어서 질문드리려고 먼저 왔어요."

세이린의 눈빛은 입학시험에서 낙제점을 받아 상담하러 왔을 때와 완전히 달라져 있었다. 조금 더 날카로웠고, 의지에 찬 눈이었다. 가만히 보고 있으면 몸이 굳을 것처럼 위협적이기까지 했다.

'그새 지키고 싶은 것이라도 생긴 모양이군.'

스피카가 차분히 차를 따랐다. 입에 찻잔을 가져다 댄 세이린이 차를 마시는 시늉만 하고 잔을 내려놓으리라곤 상상도 못 한 채로.

"총장님이 일전에 말씀하신 미래를 보는 능력은 안대를 벗은 채로만 쓸 수 있나 봐요."

"뭐, 그런 셈이지요."

"제 미래도 봐 주실 수 있나요?"

"아무 미래나 볼 수 있는 게 아닙니다. 미래는 현재 어떻게 하느냐에 따라 바뀌기도 하고요."

"그래도 변할 가능성이 적은 미래도 있으니까요. 예를 들어 테이르시아 타워에 벨제바브 에테라의 환영이 나타나리라는 사실 같은 거요."

"……."

스피카가 세이린을 뚫어져라 바라봤다. 명예의 전당에 무단 침입한 것에 대한 사유서를 써 오기는커녕 총장실에 들어올 때부터 기죽은 기색이라곤 없었다. 즉, 무언가 짚이는 것이 있어 이리 묻는 게 분명했다.

"워렛의 전 영주, 실링 워렛을 본 적이 있어요. 한쪽 눈동자가 없더라고요. 카인 시엘리아와의 전투에서 패배했을 때 잃었다고 들었어요. 진짜 황금보다 더 영롱한 눈동자라 한 번 보면 잊을 수 없을 만큼 아름다웠는데."

"……지금 그 얘기를 하는 이유가 뭐죠?"

"오늘까지 두 번 봤으니, 총장님의 안대에 가려진 게 실링의 눈동자란 걸 제가 모를 리 없다는 말이랍니다."

생글생글. 입꼬리를 부드럽게 끌어 올린 세이린이 예상한 경우의 수는 총 세 가지였다.

첫째. 카인이 실링의 눈동자에 마법을 걸어 스피카 총장을 제 마음대로 조종하고 있다. 둘째. 카인과 스피카 총장 사이에 모종의 거래가 있었고, 황금색 눈동자는 그 대가다. 셋째. 카인과 총장은 협력 관계를 구축하고 있다. 실링의 눈동자는 둘의 연락 수단이다.

어느 쪽이든 카인과 스피카 총장이 접촉한 적 있다는 전제는 틀리지 않을 듯했다. 문제는 여명회를 가장 심하게 탄압했던 시엘리아랑 총장님이 어떻게 엮이게 되었냐는 것.

카인도 전쟁 전 이속성 연구에 관심을 보였다지만 그것 하나만으로는 둘의 관계를 설명할 수 없었다. 둘에게 공동의 목표나 공공의 적이 생겼다면 모를까.

'하지만 딜런네 집에 벨제바브의 환영이 나타났을 땐 레이 경이 먼저 와 있었어. 클라우드의 명을 받았다고 했는데.'

총장과 카인이 온전한 새벽단 소속이라면 같은 편인 벨제바브의 위치를 마왕에게 굳이 노출시킬 이유가 없었다. 새벽단에 말뚝 박은 것도 아니고, 마왕에게 완전히 충성하는 것도 아니다. 그렇다면 대체 무엇을 위해 움직이고 있단 말인가.

'이게 만화에 자주 나오는 고독한 늑대 캐릭턴가? 자기 뜻대로만 움직이고, 뭐 그런……?'

잠시 딴생각에 빠진 그녀를 스피카가 깨웠다.

"그래서, 제게 하고 싶은 말이 무엇인가요?"

"카인 시엘리아가 뺏었다던 실링의 눈동자를 왜 총장님이 가지고 계신지 듣고 싶습니다."

"그 질문에 대한 답이라면 간단합니다. 제 왼쪽 눈동자는 카인 시엘리아의 아버지가 도려냈죠. 그 보상을 아들에게서 뜯어낸 것뿐입니다."

"이상하네요."

능청을 떠는 목소리에 스피카가 움찔했다.

"무엇이?"

"총장님의 눈동자 뒤에 차갑고 환한 마력이 고여 있는 게 보여요. 보존 마법이거나 비슷한 거겠죠. 훔친 눈동자에 이런 마법을 걸어 두다니. 실링의 눈동자로만 할 수 있는 중요한 일이라도 있는 것 같잖아요?"

스피카는 한 걸음 물러나기로 마음먹었다.

"아가씨의 말대로 예언은 안대를 벗어 실링의 눈을 노출시켜야만 할 수 있습니다."

"이상한 예언 마법이네요. 꼭 원래 눈 주인의 시야를 엿보는 것처럼 느껴져요."

"시야를 엿보다니. 그 무슨……."

세이린은 스피카가 내비친 아주 짧은 침묵을 놓치지 않았다.

"혹시, 총장님의 예언 마법은 새벽단과 관련된 미래만 읽어 낼 수 있는 건가요?"

묘하게 승부욕을 자극하는 말투였다.

"그럴 리가요. 아까 세이린 양의 미래가 궁금하다고 했던가요?"

"……."

"세이린 양의 빛은 점점 어둠을 좀먹겠지요. 클라우드 전하는 결국 세이린 양에게 목숨을 바칠 겁니다. 아가씨는 그제야 온전한 빛, 신통력을 가지게 되겠지요. 이것이 바뀌지 않는 미래입니다."

잠깐 당황했던 세이린이 표정을 굳혔다.

"설령 그것이 사실이라고 해도 전하의 앞에선 입에 담지 말아 주세요."

"전하께서도 이미 알고 계실 사실입니다. 그렇게 부탁하는 이유가 뭐죠?"

우리 마왕님 상처받을까 봐. 그렇게 대답하고 싶었던 마왕의 약혼녀가 결연한 표정을 지었다.

"제가 그것을 원하기 때문입니다."

순간 스피카의 눈이 커졌고, 암흑처럼 새카만 동공이 가늘게 떨렸다.

"세이린 양은 세이린 양이 진정으로 원하는 것이 무엇인지 모르실 겁니다. 빛은 고작 어둠 따위를 원해서는 안 돼요. 더 크고 원대한……."

"제가 뭘 원하는지는 제가 결정합니다."

쨍그랑! 총장의 손에서 미끄러진 찻잔이 깨져 바닥을 엉망으로 만들었다. 그럼에도 스피카는 세이린에게서 눈을 뗄 수 없었다. 오래전에 잃은 친구도 똑같은 말을 하지 않았던가.

'내가 원하는 건 내가 결정할 거야, 스피카. 내 결정은 로이펠의 프로젝트에 참여하는 거고.'

세이린의 모습 위에 흐릿하게 여인의 모습이 겹쳐 보였다. 눈동자 색도, 머리카락도 달랐으나, 아득한 곳에 있는 무언가를 좇으려는 눈빛만은 소름이 돋을 만큼 똑같았다.

"플레어……."

"네?"

무심결에 목소리를 낸 총장이 입술을 맞물었다. 그 중얼거림을 놓칠 세이린이 아니었다.

"플레어 프로젝트에 대해 아시나요?"

"프로젝트에 대해 아는 것은 없습니다. 하지만 플레어 프레자일에 대해서는 누구보다 잘 알지요."

"어떻게……."

"그 애는 내 친구였으니까. 저기 들어오는 두 남학생처럼요."

스피카가 턱짓으로 총장실의 문을 가리키자마자, 제이드와 커밋이 옥신각신하며 들어왔다.

"사유서는 당연히 자필로 써야지, 멍청아!"

"제이드 님처럼 악필로 쓸 바에야, 알아먹을 수 있는 프린트가 더 낫거든요?"

"깔짝깔짝 타이핑한 걸 사유서라고 내면 누가 반성하고 있다고 생각하겠냐?"

"갈겨쓴 사유서보단 이게 낫다니까!"

잡아먹을 기세로 서로를 헐뜯던 커밋과 제이드가 문득 심각하고 진지한 분위기를 눈치채곤 입을 다물었다. 스피카가 마법으로 사유서를 뺏어 들곤 팔짱을 꼈다. 마치 방금까지 아무 일도 없었다는 듯이.

"명예의 전당 무단 침입은 사유서 정도로 봐주겠지만, 기물 파손은 안 돼요. 다른 학생들이 다치면 어쩔 뻔했어요?"

기물 파손. 네 글자에 세이린과 제이드는 손을 빳빳이 펴 커밋을 가리켰다. 그렇다. 기물 파손은 커밋이 혼자 저지른 짓이었다.

"……너희 정말 이러기냐? 친구끼리 의리도 없어?"

커밋이 어이없다는 듯 둘을 번갈아 봤다.

"너랑 내가 친구냐? 주인과 하인이지."

"수시로 나 팔아먹으면서 의리는 무슨."

제이드와 세이린에게 깔끔하게 버림받은 커밋이 헛웃음을 지었다. 스피카는 픽 새어 나오려는 웃음을 사유서로 가리며 적당한 처분을 내렸다.

"커밋 글레이시아는 여기 남아서 기물 파손에 대한 반성문 오십 장을 쓰고 가세요. 세이린 양과 제이드 군은 자유 주제로 리포트를 작성해 오세요. 둘은 이만 가 봐도 좋아요."

들어오자마자 퇴장당한 제이드는 그럭저럭 괜찮은 처분에 어깨를 으쓱했다. 그러나 기분 전환 겸 달콤한 간식이라도 먹일까 하고 바라본 세이린의 얼굴이 오묘했다.

"제이드 님. 우리 로이펠 성지 탐사 리포트 쓸까요?"

무엇을 계획하는지 종잡을 수 없는 얼굴이었다. 얼른 마음에 안 드는 총장이 내준 과제를 끝내고픈 마음이야 같았지만 로이펠 성지 탐사 리포트라니. 뜬금 없었다.

물론 마왕님을 향한 충성심이 남다른 제이드의 버킷 리스트 중 하나가 로이 펠 성지에 가 기념사진을 촬영하는 것이었다. 절차만 까다롭지 않았더라면 진작 성지 순례를 다녀왔을 것이다.

"근데, 로이펠 성지에 들어가려면 후견인 동의서가 필요하잖아. 나야 아버지 서명쯤은 위조할 수 있지만……."

"대기업 회장님 서명을 그렇게 함부로 위조하면 어떡해요?"

"그러는 너는?"

세이린은 잠시 멈춰서 대리석에 비친 제 몸을 바라봤다. 욕실에 들어가 낑낑대며 허리의 마왕님 서명을 보고, 그 서명을 다시 종이에 옮기는 건 유연성 문제로 불가능할 듯했다. 물론 후견인이 마왕님인지라 어마어마한 윤리적 문제도 있었다.

"네 후견인이 누군진 모르겠지만 허가증도 있어야 해. 마왕님 도장이 찍히는 거라 지금 접수해도 일주일은 기다려야 할걸?"

"흐음……."

세이린이 무심결에 턱을 쓸다 움찔했다. 아직 익숙지 않은 프러포즈 링에 뺨이 약간 긁힌 탓이었다. 네 개의 눈동자가 일순간 반지의 칠흑 같은 달빛 수정에 몰렸다.

"제이드 님, 마왕성 들어가 보고 싶으시죠?"

"……!"

세이린이 좌표를 줄줄 읊었고, 제이드는 어렵지 않게 이동 마법진을 그려 냈다.

□ ■ □

무서운 집중력으로 정무를 보던 클라우드는 제발 10분만 쉬라는 간청에 못

484

이기는 척 등받이에 몸을 기댔다. 등 뒤에서 쏟아지는 햇살이 책상 위에 놓아둔 청혼 보석, 달빛 수정에 파고들어 이리저리로 산란했다. 그 모습을 가만히 바라보고 있자니 머릿속이 복잡해졌다.

복잡한 이유는 술에 취한 피고소인과 첫 키스를 나눈 이후로 언제나 비슷했다. 유일한 약혼녀는 지금쯤 무얼 하고 있을까. 하나뿐인 왕실 작가는 어떤 표정을 짓고 있을까. 유이린은 어떤 생각을 하고 있을까. 한눈팔기를 좋아하는 세이린 폴룩스의 머릿속에, 마왕이라는 작자의 지분이 얼마나 있을까.

'······모르겠군.'

도통 모르겠으니 온종일 품에 안고 싶은 게 아닌가. 그가 청혼의 순간 건네받은 달빛 수정을 책상 위에서 이리저리로 굴렸다. 도르륵 소리를 내며 굴러가는 것이 꼭 팔랑팔랑 돌아다니는 세이린을 연상시켰다.

하지만 세이린은 아카데미에 갔다. 앞으로 다섯 시간 후에야 올 것이다. 갑자기 약속을 잡거나 누군가를 만나려 하거나, 어쨌든 심경의 변화가 생긴다면 그보다도 더 늦게.

'5분도 아니고, 다섯 시간?'

마왕은 신경질적으로 머리를 헝클이다가 멈칫했다. 빌리아리아 에테라의 감시하에 강독하던 숱한 고전들이 말하지 않았던가. 집착은 곧 화를 부른다고. 아무리 약혼자라고는 하나 세이린 폴룩스의 사생활에 압력을 가하거나 집착할 마음은 없었다. 적어도 머리로는 그랬다.

충동대로 하자면, 그래도 아무런 문제가 생기지 않는다면 온종일 제 무릎에만 앉혀 놓고 싶었다. 온종일. 집무실에 있든, 침실에 있든, 살갗이 닿는 거리에 있는 세이린이라니. 놀라울 정도로 생생한 장면들이 머릿속에 그려졌다.

처음엔 지루하다고 투덜대겠지. 그다음엔 따분하다고 중얼거릴 게 뻔하고. 시간이 더 지나면 딴짓을 하자고 슬슬 꼬드길 게 분명했다. 그러다 반응이 없으면 슬그머니 다가와 진짜 안 넘어올 거냐고 애타는 목소리를 내다가, 옷깃을 슬슬 매만지다가, 성큼 다가와 키스할 터였다.

그러나 약혼자든, 왕이든, 고소인이든, 무슨 잘난 이름을 대든 그녀가 팔랑팔랑 나돌아 다니는 것을 막을 수는 없었다.

책상 위에는 밤 대륙의 모든 것이 제 것임을 확인시켜 주는 수많은 증거품이 있었으나, 그것들이 세이린 폴룩스의 시간과 공간을 멋대로 침범해도 된다는 증거는 아니었다.

'다섯 시간……'

순식간에 지나간 나흘을 생각하니 헛웃음이 나왔다. 다섯 시간이라는 말이 이토록 막막할 줄이야.

열이 오르는 것 같아 이마를 짚으려 할 때, 마왕성 전체에 장막처럼 깔아 둔 마력이 반응했다.

곧, 아주 가까이에서 상큼한 마력이 느껴졌다. 클라우드가 즉각 몸을 일으켜 집무실의 문을 열었다. 바람이 인 탓에 갓 마법진에서 나온 세이린의 머리카락이 마구잡이로 휘날렸다.

세이린이 물놀이를 마친 개처럼 얼굴을 휘저어 시야를 확보했을 땐, 애처로울 정도로 자신을 원하고 있는 마왕이 보일 뿐이었다.

"어휴…… 우리 마왕님, 어쩌면 좋아. 상사병엔 약도 없다던데."

"낫게 해 줄 생각은."

"당연히 없……."

입술이 금방이라도 닿을 듯한 거리였다. 하지만 세이린은 몸을 뒤로 뺐다. 클라우드에겐 영 달갑지 않은 반응이었다.

"왜 피해."

그가 물었다. 대답 대신 보랏빛 눈동자가 향하는 곳으로 고개를 돌리자, 얼굴이 새빨개진 제이드 제릴이 눈에 들어왔다. 존경하는 인물 1위의 저돌적이다 못해 위험한 유혹을 코앞에서 본 탓이었다.

"우리 잠깐 얘기 좀 해요."

세이린이 굳은 목소리로 말하곤 먼저 집무실로 들어갔다. 같은 아카데미 학생이 보는 앞에서 다짜고짜 입을 맞추려 했으니 쓴소리를 들어도 싸긴 했다. 그러나 클라우드가 완벽한 방음을 자랑하는 집무실 문을 닫자마자, 세이린이 그에게 와락 달려들었다.

"얘기는."

그가 묻자, 세이린이 픽 웃었다.

"얘기는 무슨 얘기."

완전히 그에게 매달려 다리를 감은 세이린이 살금살금 입술을 탐했다. 미열이 있는 것도 아닌데 남편 되실 분의 몸이 구석구석 뜨거웠다. 입 안의 연한 살결을 혀로 건드리다 아랫입술을 머금고 살살 녹이면 자신도 함께 녹아내릴 것 같았다.

클라우드가 한 팔로 세이린을 추켜올려 안은 다음, 나머지 팔로 책상 위에 있던 물건들을 한쪽으로 밀어 치웠다. 그 모습을 본 세이린이 빙긋 웃었다.

"내 생각 하고 있었어?"

"보면 모르나?"

"그렇다고 말해 주면 기특해서 뽀뽀라도 해 줬을 텐데."

이미 더 큰 것을 원하는 것 같지만. 세이린이 손을 꼼질거리며 그의 눈치를 봤다. 그녀의 머리를 쓰다듬던 클라우드가 나직한 목소리를 냈다.

"달리 누구 생각을 했겠나. 그러니까 옥새에서 손 떼고 나한테 집중해 줬으면 좋겠는데."

클라우드가 옥새에 슬쩍 가 닿은 세이린의 손을 잡아챘다. 후견인 승인과 로이펠 성지 방문 허가증을 한 번에 해결하려던 그녀가 움찔했다.

'역시 마왕은 제비뽑기로 뽑은 게 아니었어……!'

그러나 옥새 무단 이용 현행범을 포착하고도 여유로운 그의 얼굴을 보니, 당황스럽기는커녕 피가 빨리 도는 듯했다. 픽 웃으며 손을 놓아주는 모습이 섹시해도 너무 섹시했다.

"로이펠 성지엔 왜 가려고."

"우리 마왕님 고향에 가 보고 싶다는 아주 러블리한 취지야."

이렇게 말하니 말문이 턱 막혔다. 마왕이 두 장의 서류에 서명을 해 주며 걱정스레 물었다.

"위협이 느껴지면 어떻게 해야 하지?"

"순정 만화 주인공처럼 양 뺨 감싸고, 꺄악?"

"……"

"농담이에요. 119에 신고한 다음 위험에 노출된 상태로 하릴없이 기다려야지."

아무래도 왕실 작가는 걱정을 증폭시키기로 작정한 것 같았다. 세이린이 어디 한 군데 다쳐서 낑낑거릴 상상을 하니 벌써 가슴이 철렁했다.

"코로나. 왕실 작가를 보필하도록."

그의 말이 끝나기 무섭게 검은 연기가 피어올랐다. 어느덧 원래 사이즈로 돌아온 그림자 기사단장을 본 세이린이 환한 웃음을 지었다.

"코로나 경!"

"아가씨!"

이산가족 상봉이라고 해도 믿을 만큼 드라마틱한 재회였다. 클라우드에게는 영 마음에 들지 않는 장면이었지만.

"오랜만입니다. 어디 가서 아이스크림 선데나 먹으며 그동안 못한 이야기를 해야 할 텐데……."

"시끄럽군. 보필하라는 말 못 들었나?"

날카로운 주군의 목소리에 깨갱 기죽은 코로나가 곧장 로이펠 성지로 향하는 마법진을 그렸다.

"가시죠, 아가씨. 구석구석 설명해 드리겠습니다."

"앗, 잠깐만요!"

세이린이 집무실 밖으로 토도도도 달려 나가 제이드를 붙잡아 왔다. 외부인에게 철저히 감춰진 마왕성에 들어온 것만으로도 격한 감동을 받았던 제이드는 심장이 아플 지경이었다. 세이린은 제이드를 클라우드 쪽으로 데려가며 말했다.

"존경하는 클라우드 슈테른 전하. 기념 촬영 해 주실 거죠?"

제이드가 입을 떡 벌렸다. 마왕의 초상화나 사진은 명백히 불법이었다. 하지만.

"짠. 마왕님을 위해 밤새 연습한 필살기!"

"……."

빛의 마력을 일으켜 예쁜 하트 모양의 달빛 수정을 책상 위에 와르르 쏟아

내는 세이린의 부탁이라면 클라우드는 무엇이든 할 준비가 되어 있었다. 주군의 마음을 읽은 코로나가 재빨리 카메라 앱을 실행했다.

찰칵!

"방금 제가 너무 예쁘게 나온 것 같아요."

"한 장 더 찍어야겠군요. 아가씨의 예쁨은 전하께서만 보셔야 하니."

찰칵!

"이번엔 너무 발랄했나?"

"또 한 장 찍겠습니다!"

죽이 척척 맞는 세이린과 코로나였다.

Chapter
16

로이펠 성지

로이펠 성지에는 빛이라곤 없었다. 일찍 내리는 밤 대륙의 어둠이 지평선을 진작 집어삼킨 탓도 있었지만, 바닥에서 스멀스멀 어둠이 피어오르는 탓도 있었다. 방송이나 취재 등 특별한 경우를 제외하곤 사실상 출입 허가가 나지 않는 지역인지라 가로등이 깜빡거리거나 아예 고장 난 채로 방치되어 있었다.

제이드는 스산한 기운들 속에서 홀로 결연한 의지를 다졌다.

'세이린 다치면 내 출셋길은 그날로 막힌다……'

물론 전설의 그림자 기사단장, 코로나와 함께 있어 다칠 일은 없는 듯했지만.

머리부터 발끝까지 목탄처럼 검은 기사는 세이린과 기밀이라도 주고받는 듯 낮은 목소리를 냈다.

"아가씨, 이번에 마케아에서 새로 나온 조립 선반 보셨습니까?"

"색깔 괜찮던데요? 제 방에 두면 화사할 것 같아서 하나 주문했어요."

"역시…… 저도 보자마자 아가씨의 별궁이 생각나지 뭡니까. 컬러가 차분하고 디자인이 깔끔하더군요."

대화의 내용을 모르는 뱀파이어는 기념사진이 들어 있는 휴대폰으로 라이트를 켜 착실히 비춰 줄 뿐이었다.

"금색 몰딩 장식 들어간 선반, 완전 고급…… 어?"

멀쩡히 걷던 세이린이 걸음을 멈추곤 주변을 둘러봤다. 순간이지만 클라우드가 곁에 있는 듯한 착각이 들었다.

"아가씨도 느끼셨군요. 지금 우리는 로이펠 성지 안으로 들어온 겁니다. 바로 저곳에서 전하가 자연 발생하셨죠."

코로나가 몰락한 로이펠 성의 뒤편으로 거대하게 자리 잡은 산을 가리켰다. 마력을 볼 수 있는 세이린에게는 그곳이 무너진 새벽하늘처럼 보였다. 저렇게 캄캄한 곳에서 무언가가 태어날 수 있다는 게 신기할 정도로.

"저 산에서 자연 발생하시자마자 에테라로 이동해 한창이던 전쟁을 끝내신 거죠?"

제이드가 박물관에 온 학구열 가득한 학생처럼 물었다.

"그렇습니다. 발생 직후엔 어둠의 힘을 제어하시지 못해 어찌나 숨 막히던지……."

코로나는 눈을 초롱초롱 빛내며 귀 기울이는 뱀파이어 도련님이 무척 마음에 들었다.

한참을 전쟁 마지막 날에 대해 설명해 주던 그는 갑자기 오한을 느꼈다. 아니나 다를까. 시야 안에 왕실 작가가 없었다. 순간 등줄기에 땀이 흐르다 못해 폭포수를 이뤘다.

"세이린 아가씨! 어디 계십니까!"

"코로나 경, 쉿!"

다행히 세이린은 비교적 가까운 곳에 있었다. 모든 것이 괜찮았다. 세이린이 그새 작은 빛을 만들어 성을 둘러보다 작은 출입구를 발견한 것만 빼면.

"들어갈 생각일랑 마십시오. 로이펠 성의 내부로 들어가는 모든 출입구는 누군가에 의해 봉쇄되어 있습니다."

코로나가 근엄하게 말했지만 세이린은 작은 문을 톡 밀었다. 소름 돋는 소리를 내면서도 문은 어이없을 정도로 잘 열렸다.

"하인들이 쓰는 출입구인가 봅니다. 워렛 성에도 여러 개 있어서 인수한 직후 조사를 했습니다."

제이드의 설명대로 하인들이 쓰는 자잘한 출입구라면 미처 봉인하지 못한 것도 이해가 갔다. 세이린이 허리를 숙이며 코로나에게 물었다.

"한번 들어가 볼까요?"

"이미 들어가고 계시면서 의견 묻는 척하지 마십시오."

"에이, 사실 코로나 경도 궁금하시잖아요?"

"적어도 제가 앞장서게 해 주십시오!"

선봉을 차지한 코로나가 빛을 나눠 받곤 조심조심 걸음을 뗐다. 봉쇄된 채로 오래 방치된 터라 공기가 텁텁하고 뽀얗게 먼지가 쌓였지만 성의 보존 상태는 좋았다. 좁은 굴처럼 느껴지는 복도를 따라 걸으니 큰 복도가 나왔고, 마침내 밤 대륙에서 가장 번성했던 땅 속성 가문의 로비가 드러났다.

"이 카펫 슬쩍하면 안 되겠죠? 뭔가 신성한 기운이 느껴지는데."

"안 됩니다, 아가씨. 별궁 벽지 색이랑 안 어울리기도 하고, 전하께 바로 걸릴 겁니다."

두 마물이 시시콜콜한 농담을 주고받으며 성의 인테리어를 구경하는 동안, 제이드는 입구에 쳐 놓은 봉인을 살폈다.

'성의 주인만 열 수 있는 봉인인 것 같은데…… 어?'

뱀파이어답게 어두운 곳을 대낮처럼 훤히 볼 수 있는 그의 동공이 세로로 길게 수축했다. 누군가가 왔다. 제이드는 한 치의 망설임도 없이 이동 마법진을 열어 코로나와 세이린을 2층의 복도 구석으로 옮겼다.

일행이 숨을 고르기도 전에, 로이펠 성의 모든 문이 일제히 열렸다.

낯설지 않은 제복을 입은 단원들이 입구부터 일렬로 섰다. 그들 사이로 돌돌 말린 붉은 카펫이 데구루루 굴러와 깔렸다.

'역시 총장님의 예언 능력은 새벽단과 관련 있는 것만 읽어 내는 건가?'

세이린은 곧 등장하는 남자를 보곤 다시 확신했다. 실링 워렛, 그의 황금색 눈동자는 몇 번을 보아도 스피카 총장의 것과 같았다. 황금색 넥타이를 두른 새벽단 단원들이 일제히 예를 갖추자마자, 실링이 관광지를 둘러보는 듯 여유로운 걸음으로 레드 카펫을 밟았다.

'어라?'

그러나 오늘의 실링은 조금 달랐다. 성 내부를 한 차례 훑어본 다음 잠시 백 스텝을 밟더니, 누군가를 태운 휠체어를 끌고 들어왔다. 처음 보는 휠체어. 그 위에 앉은 것은 누군가, 라고 칭하기도 애매한 인형(人形)이었다. 살아 있는 사람을 먹물에 여러 번 담갔다 빼면 저런 모습일까.

'저번에 흘린 드라마 같이 보는 누님이 저 여잔가?'

길게 늘어뜨린 머리카락과 드레스 자락으로 막연히 여자라는 것을 추측할 뿐, 휠체어에 앉은 마물은 불에 그을린 것처럼 새카매서 신상을 파악할 수 없었다. 재빨리 마왕성에 보고를 올리려던 코로나가 여자를 훑어보다 멈칫했다.

'이 마력은 분명······.'

여자를 뒤덮고 있는 새카만 힘을 느껴 본 적 있는 탓이었다. 7년 전, 전쟁을 종결시켰던 그 무자비한 어둠. 대체 뭐 하는 마물이길래 그 힘에 침식된 상태란 말인가.

"누님. 오랜만에 와 보니 어떠세요?"

실링이 친절한 요양 보호사처럼 물었다. 그러자 휠체어 위에 앉아 있던 여인이 힘겹게 입을 열었다.

"남편이, 생각나."

한 글자 한 글자를 발음하는 것이 버거워 보였다. 혀는 물론이고, 머리카락 한 올까지 모조리 어둠에 집어삼켜진 듯 검었다.

"역시 남는 건 사랑뿐이네요."

실링이 감성 충만한 목소리로 읊조리곤 휴대폰을 꺼내 들었다. 봉인되어 있던 로이펠 성에 발을 들였으니 인증샷을 찍어 마스타그램에 업로드해야 했다.

"거기. 일렬로 서 있지만 말고 이리 와서 환하게 웃어 봐. 그림이 안 살잖아, 그림이."

몸을 숙여 여자와 가까이 한 실링이 단원들을 배경으로 여러 장의 사진을 찍었다. 그중 자신의 얼굴이 가장 잘 나온 사진을 업로드하고서야 이곳에 온 목적을 떠올린 실링이었다.

"누님. 월식의 수정이 이 아래 있다는 거죠?"

"응."

대답이 떨어지기 무섭게 첨예한 바람의 마력이 바닥을 훑었다. 세이린이 탐 냈던 카펫이 5초도 지나지 않아 발랑 뒤집혔다. 실링이 손을 몇 번 더 까딱이자 지하실에 잠들어 있던 금고가 지상으로 모습을 드러냈다. 쿵 소리를 내며 먼지 가 구름처럼 번지기를 잠시. 실링은 휠체어를 잠금 장치의 코앞까지 옮겼다.

"다른 데 보고 있을 테니까 얼른 풀어 주세요, 누님. 슬슬 마왕성에서도 눈 치챘을 거예요."

"어차피, 생체, 인식……."

여자가 금방이라도 부서질 듯한 손목을 자물쇠에 가져다 댔다. 탁한 땅의 마 력이 뱀처럼 꾸물거리며 금고에 빨려 들어갔다.

— 성의 안주인, 레이디 로이펠을 위한 1번 슬롯이 열립니다.

레이디 로이펠. 2층 복도에 숨어 있던 세 마물이 그 이름을 듣고 깜짝 놀랐 다. 난데없이 나타난 여자가 로이펠 영주의 아내였다니.

'로이펠은 클라우드가 자연 발생할 때 휩쓸렸다고 했는데…….'

세이린이 입술을 깨물었다. 레이디 로이펠은 실링처럼 아예 죽었다 살아난 것 같지는 않았다. 그렇다고 좀비처럼 자의식이 없는 것도 아니었다. 도대체 어 떻게 살아 있는 거지? 온갖 가정들이 머릿속에 솟구칠 즈음, 레이디 로이펠이 금고에서 작은 보석을 꺼냈다.

"어라? 왜 반쪽밖에 없어요? 게다가 혼수품이라면서 왜 두 동강이 났지?"

실링이 눈을 휘둥그레 뜨곤 반원 모양의 보석을 살폈다. 월식의 수정은 본래 완전한 원형이어야 했다. 플레어 프로젝트에 투자하기 위해 들렀을 때도 분명 흠 없이 동그란 구형이었건만. 슬쩍 눈치를 보니, 레이디 로이펠도 그 이유를 모르는 듯했다.

찝찝하긴 하지만 어쨌든 할 일은 했고, 마음 같아서는 오랜만에 온 로이펠 성을 구석구석 탐방하고 싶었지만 아무래도 방해꾼이 도착한 것 같았다. 실링 은 뒤도 돌아보지 않고 이동 마법진을 타고 온 방해꾼의 정체를 눈치챘다.

"역시 연구만 할 줄 아는 시엘리아 남자보단 워렛 남자가 섹시하지?"

"닥쳐!"

기사단원들을 이끌고 온 이리스가 허리춤에서 채찍을 빼 들어 허공에 휘둘렀다. 물의 마력이 퍼지자 잿빛 비구름이 양 떼처럼 몰려와 맹렬한 비를 퍼붓기 시작했다. 실링은 이리스를 향해 즉각 불평했다.

"너무 매너가 없는 것 아냐? 휠체어 탄 환자가 있는데! 게다가 넌 괴도 전담이잖아?"

"그걸 알고도 가짜 예고장을 그렇게 뿌렸나?"

"쳇. 들켰네. 그렇다면 도망갈 타이밍인데……."

실링의 움직임이 급격히 느려졌다. 비단 실링뿐만이 아니었다. 빗방울에 조금이라도 스친 모두가 격한 오한을 느끼며 몸을 오들오들 떨었다. 열 감기에 걸려 둔해진 환자처럼 움직임도 마음대로 컨트롤할 수 없었다. 숨어 있던 아군까지 휘말렸다는 게 문제지만.

"세, 세이린 아가씨……!"

코로나가 입 모양으로 세이린을 불러 젖혔다. 실내에서 비가 내리는 게 신기하다며 날름 손부터 내밀더니만! 다행히 적군의 피부에 이리스 레인의 장대비가 스몄으니 이 이상 위험한 일은 벌어지지 않을 듯했다. 코로나는 그저 경계에 온 신경을 집중하기로 작전을 변경했다.

이리스가 민첩하게 채찍을 휘두를 때마다 황금색 넥타이를 맨 새벽단 단원들이 나가떨어졌다.

"크윽…… 보스! 피하십시오!"

"나도 피하고 싶거든?!"

실링이 바득 이를 갈았다. 클라우드 슈테른이라면 모를까, 이리스 레인 정도의 잔챙이에게 최후를 맞는 건 있을 수 없는 일이었다.

실링이 주머니를 뒤져 마법식이 들어간 달빛 수정을 꺼내 들 때였다. 짜악! 이리스의 채찍이 실링의 허리를 후려갈겼다. 곧장 바닥에 처박힌 실링의 입에서 고통스러운 신음이 흘러나왔다. 이리스는 눈 하나 깜짝하지 않고 명했다.

"휠체어 탄 여자는 구속하고, 실링 워렛은 숨만 붙어 있게 만든다. 알았나?"

"네, 이리스 님!"

명을 받은 기사단원들이 레이디 로이펠에게 구속구를 사용하려는 순간. 이리스가 눈살을 찌푸리고 높게 트인 창문을 바라봤다. 익숙한 망토와 익숙한 안대. 푸른 마력. 그리고 빠른 속도로 퍼지는 안개. 익숙한 누군가가 왔다.

"……괴도?"

챙그랑! 추측이 정답이라고 말하듯 유리창이 요란한 소리를 내며 깨졌다. 이리스의 빗방울들이 쩌저적 소리를 내며 얼어붙더니 이내 우박이 되어 힘없이 바닥으로 떨어졌다.

"쳇. 네놈도 새벽단 소속이라는 건가?"

이리스가 한발 물러서며 소리쳤다. 하지만 괴도는 그 물음에 쉬이 동조하지 않곤 곧장 실링에게 다가가 심드렁하게 말했다.

"바쁜 마물은 왜 불러?"

"보면 몰라?"

실링이 일으켜 달라는 듯 뻗은 두 팔을 괴도는 가만히 바라보기만 했다.

"……구해 줘."

"내가 왜?"

"젬에 맹세한 걸 그새 잊어버렸어? 신생 플레어 프로젝트를 완성할 때까지 넌 새벽단 간부잖아?"

"지금은 근무 시간 아니잖아."

괴도가 장갑을 고쳐 끼며 제안하듯 말했다.

"네 목숨값으로 얼마까지 쓸 수 있겠어?"

"제길…… 무사 귀환하면 로제 플로리스를 넘기지."

"제 목숨은 끔찍이 여기네."

하지만 마계의 여덟 개뿐인 보물이 대가라면 사양할 이유가 없는 싸움이었다. 지금처럼 승리가 확정된 경우에는 더더욱.

괴도가 손가락을 튕기자 수십 개의 이동 마법진이 동시에 나타나 새벽단 단원들을 다른 곳으로 옮겼다. 괴도가 실링에게도 이동 마법진을 만들어 주며 말했다.

"실링 워렛. 넘어가는 즉시 초승 호수에 월식의 수정을 빠트려 줬으면 해."

"어딜 도망가려고!"

이리스가 마력을 일으켜 이동 마법진 몇 개를 부쉈지만 실링과 레이디 로이펠은 이미 자리를 벗어난 후였다. 이리스는 다 된 밥에 흙을 들이붓는 괴도를 매섭게 째려봤다.

"이제야 진짜 괴도가 나타나셨군. 진작 내려와서 붙지 않고 매일 피하더니."

"그 덕에 네가 지금까지 살아 있을 수 있었던 게 아닐까?"

"그 자신감은 어디서……."

머리를 쓸어 넘기던 이리스가 순간 얼어붙었다. 괴도가 단숨에 거리를 좁혀 코앞까지 다가온 탓이었다.

"물 속성의 최대 약점이 뭔지 예전에 친히 가르쳐 준 것 같은데. 너무 오래전이라 까먹었나?"

괴도가 숨을 들이쉬었다 내쉬자 그의 옷이 찬찬히 바뀌었다. 은은한 광택이 나는 고급 천과 금색 사를 이용해 지은 옷은 완벽한 시엘리아식 제복이었다. 차가운 청색 눈동자와 삐죽거리는 하늘빛 머리카락도 서서히 드러났다.

"압도적인 힘 차이를 지닌 같은 물 속성 보유자 앞에선 힘을 잃지."

쩌저적. 그의 말이 끝나자마자 이리스의 마력이 뿌리부터 얼어붙기 시작했다. 냉혈의 가문, 시엘리아의 주특기인 달빛 수정만큼이나 투명하고 순도가 높은 마력으로.

그러나 그녀는 아무런 반응을 보일 수 없었다. 너무도 익숙한 얼굴. 아벨과 비슷한 듯 다른 외모. 감히 얼굴을 마주하는 것조차 힘든 전직 황제 후보가 눈앞에 있었다.

"카인 시엘리아……!"

"주인님 이름을 그렇게 부르면 쓰나."

카인이 눈동자를 살짝 움직여 이리스의 마력을 박살 냈다. 얼음 가루가 된 마력은 허무할 정도로 가볍게 흩날렸다. 이리스는 동요하지 않으려 소리쳤다.

"주인님은 무슨. 난 클라우드 슈테른 전하의 명을 받는 기사야."

"네가?"

카인이 피식 웃었다.

"시엘리아 성의 도둑고양이. 네 유일한 질서는 아벨이지. 그런 네가 누군가를 섬기는 게 가능하다고 생각해?"

그가 이리스의 귓가에 더 바짝 다가가 그녀에게만 들릴 정도로 작게 말했다.

"네가 아벨을 온전히 차지하기 위해 벌인 일이 무슨 결과를 가져왔는지 봐."

"지금 무슨 소리를……."

"내가 멀린 엘리타에게서 가져온 기억 조작 마법 스크롤이 하나 없어졌고, 곧바로 아벨이 달라졌지."

"……."

이리스의 얼굴이 급격히 창백해졌다. 만일 이 사실을 아벨이 알게 된다면, 카인 시엘리아가 아벨에게 이 사실을 발설한다면. 경멸 어린 시선을 받는 것으로 끝나진 않을 게 분명했다.

한편, 2층의 복도에서 이 상황을 지켜보던 세이린은 깊은 의문을 품었다. 이리스가 굳은 것이 뚜렷이 보이기 때문이었다. 아무리 생각해도 저만큼 놀라려면 카인이 가까이 가서 '내 귀에 캔디' 라고 속삭이기라도 해야 할 듯했다.

세이린이 태평한 망상을 하는 동안 코로나와 제이드는 재빨리 시선을 주고받았다. 일사불란한 움직임의 밑바탕에는 '세이린의 부상=우리의 죽음' 이라는 도식이 깔려 있었다.

상대가 힐링 마법 전문, 실링 워렛 정도만 됐어도 겨뤄 볼 만했다. 일단 쪽수가 많으니. 하지만 카인 시엘리아는 밤 대륙 최강의 영주인 데다 실전 경험까지 풍부했다. 당장 아벨만 해도 기사단장 중 가장 막강한 힘을 자랑하는 마당에, 그보다 막강한 형이라는 전직 영주를 상대하는 건 위험이 컸다.

"가서 뭐라고 말했는지 물어볼까요?"

그러니까, 마냥 해맑게 입을 벙긋거리는 세이린이 다칠 위험이.

두 마물이 황급히 고개를 저었다. 아무리 생각해도 세이린이 있는 상태에서 전투는 무리였다. 신속하게 플랜 B를 짜려는 순간, 풀썩 무언가가 쓰러지는 소리가 들려왔다.

1층 로비에 온통 희뿌연 안개가 깔려 있었다. 카인의 바로 옆 안개가 흐트러진 것으로 미루어 보아 이리스가 정신을 잃고 쓰러진 게 분명했다.

'이 안개는⋯⋯.'

세이린이 드라이아이스에서 피어오른 것처럼 차가운 안개를 바라봤다.

"안개가 흐트러지는 게 보이는데. 잔챙이가 남아 있었나?"

부자연스러운 안개의 움직임을 파악한 카인이 단숨에 세 마물이 은신하고 있는 2층 복도로 올라왔다.

"아가씨!"

코로나가 칼을 찬 허리춤으로 손을 옮겼다. 그러나 이미 안개를 들이마신 후인지라 동작이 굼떴다. 차라리 그림자 기사단장의 경우에는 형편이 좀 나았다. 진작 안개를 들이마신 제이드는 몸을 가누긴커녕 정신을 잃기 직전이었다.

"한심하긴."

카인이 여유로운 목소리를 내며 세이린에게 손을 뻗쳤을 때였다.

"넌 나를 원해."

시선을 단번에 사로잡는 핫 핑크색 기류가 파동처럼 퍼져 로이펠 성을 감쌌다. 세이린이 제법 날카로운 눈으로 카인을 째려봤다.

"카인 시엘리아. 네가 나태의 랭커 맞지? 그동안 실링이나 새벽단 단원들이 달빛 수정에 네 동요를 담아서 쓴 것 같지만 이번엔 안 통해."

이건 그의 예상 시나리오에 없던 전개였다. 세이린의 동요가 카인의 동요를 완벽히 상쇄했다. 답답한 상태 이상에서 풀려난 두 남자가 씩 웃는 세이린을 초롱초롱한 눈길로 바라봤다.

"세이린⋯⋯."

"아가씨⋯⋯."

"아직 더 멋있을 예정인데."

팬 서비스 차원에서 찡긋 윙크를 한 그녀가 다시 말을 이었다.

"네가 실링에게 전리품으로 얻은 눈동자를 어디에 박아 놨는지 알고 있어. 어떤 관계인지 순순히 말하는 게 좋을 거야."

"싫다면?"

카인이 양손을 쥐자, 스치기만 해도 피가 얼어붙을 것 같은 날카로운 고드름 두 자루가 생겨났다. 그러나 세이린도 같은 크기와 모양의 달빛 수정을 금방 만들어 냈다.

"지금 나랑 검술로 겨루겠다고?"

"그럴 리가. 난 시력만 노려!"

세이린이 픽 조소를 흘리곤 있는 힘껏 마력을 일으켰다. 그녀의 손끝에서 뻗어져 나온 섬광이 카인의 눈을 집요히 공격했다. 난데없는 빛 공격에 당황한 카인이 제 시력을 보호하려 잠깐 버둥거렸다.

"이 틈에 얼른 튑시다, 코로나 경."

세이린이 빛을 마구잡이로 휘두르며 말했다. 그러나 카인과 마찬가지로 실명 직전이 된 코로나가 이동 마법진을 제대로 그릴 수 있을 리 만무했다.

"아악! 내 눈!"

몇 천 년간 동굴 생활을 이어 온 뱀파이어의 후손마저 빛에 호되게 당하는 중이었다. 제이드가 눈을 감싸곤 바닥에 뒹굴뒹굴 구르고 있었다.

"이런 미친……."

세이린은 예상치 못한 상황에 입을 다물지 못했다. 왜 하필 같이 온 게 그림자 기사단장님이랑 어둠의 후손인 거야! 하지만 이제 와서 파티원 조합을 고려해 본다고 한들 위기를 모면할 수는 없었다.

"별 어이없는 일을 다 당해 보네."

카인이 깊은 분노가 묻어 나오는 목소리를 냈다. 깊게 찌푸려진 그의 미간을 보니 더 이상 시간 끌기도 불가능할 것 같았다. 그렇다면 최후의 수단. 세이린은 마법소녀가 변신하기 위해 펜던트에 입 맞추듯 약혼반지에 입술을 가져다 댔다.

"보고 싶어."

마계 최고의 소환술을 구사하는 데는 네 글자면 충분했다. 실링에게 '아야 했어.'라는 네 글자에 마왕이 소환되었다는 사실을 들은 적이 있는 카인은 곧바로 안전거리를 확보했다. 그러나 숨 막히는 죽음의 힘은 등 뒤에서 느껴졌다.

휙! 카인은 가까스로 마왕의 일격을 피했다.

"역시 실링과는 다르군."

세이린의 목소리에 곧바로 달려온 클라우드가 말했다. 카인은 실링 워렛과 비교당한 것이 무척 불쾌하다는 얼굴이었다. 같은 편으로 생각하지도 않나 보군. 클라우드는 조소를 흘리다가, 눈을 감싼 채로 바닥을 구르고 있는 코로나와 제이드에게 어둠을 내려 주었다.

"코로나. 경호하라고 했을 텐데."

"헙……."

"상황이 특이하긴 하군."

"그렇습니다, 전하. 죽은 줄로만 알았던 카인 시엘리아가 무덤에서 기어 나온 것인지 어쨌는지 아무튼 살아 돌아왔으니, 전하께서 두 눈으로 확인하심이 옳다고 판단했습니다."

"변명하지 마."

"넵."

클라우드가 카인 시엘리아를 해체하듯 낱낱이 훑어봤다. 분명 환영이 아니라 실체가 맞았다.

'빌리아나 아벨이 알면 기절하겠군.'

이곳은 어둠의 힘이 들끓는 로이펠이었다. 마음을 먹으면 카인의 목숨을 빼앗거나 정신만 살아 있는 불구로 만드는 것도 충분히 가능했다. 그러나 클라우드는 살기를 거두었다. 그에게서 희미하게나마 스피카 총장의 마력이 풍기는 탓이었다.

"굳이 새벽단에 합류해 이속성을 연구하는 목적이 뭐지? 네놈도 날 몰락시키고 싶어 안달이 난 건가?"

마왕이 묻자 카인이 입꼬리를 비뚤게 올렸다.

"실링 워렛이랑 같은 취급 하지 마. 난 그저 연구자일 뿐이야."

"그렇게 말하는 것치고는 괴도 놀이에 너무 빠져 있는 것 같군."

뜨끔. 카인이 참으로 화려하기 짝이 없는 자신의 옷을 떠올리곤 잠시 말을 잃었다. 기껏 괴도 복장을 감추고 평소의 제복 차림을 했건만, 남들에게는 비

숫할 정도로 화려하게 느껴지나 보다. 왠지 낯이 뜨거워져 독설이 툭 튀어나왔
다.

"그러는 네 꼴은. 여자에게 빠져 놀아나기나 하다니."

"약혼녀를 방치한 네가 할 말은 아니군."

"약혼녀? 제 앞가림도 못하는 에테라의 공주를 말하는 건가?"

아직 빌리아의 성격을 몰라도 한참 모르는군. 클라우드가 무미건조한 표정
을 한 채로 바닥에 널브러진 이리스를 일으키며 말했다.

"지금 물러난다면 아무런 추격도 하지 않겠다."

"……."

이를 꼭 맞문 채로 형세를 읽던 카인이 한숨을 쉬었다. 지금 전면전을 벌이
는 건 그야말로 헛된 소모에 불과했다.

"오늘은 이만 물러나지."

황제에 근접했다는 자부심 하나만으로 콧대가 하늘을 찌르는 벨제바브와는
사뭇 다른 반응이었다. 클라우드는 약속대로 창틀을 넘어 사라지는 카인을 도
망가도록 놔두었다. 다음으로는 이리스의 상태를 살핀 뒤 코로나를 불렀다.

"코로나. 이리스를 레인 성으로 데려가도록. 다프네가 퇴근했을 테니 치료
받기 좋겠지. 내일은 근무하지 말고 쉬라고 해. 보고서도 모레 올리도록 전하
고."

"예, 전하."

시력을 되찾은 코로나가 쓰러진 낮의 푸른 기사단장을 데리고 사라졌다. 제
이드는 아직 사라지지 않은 묘한 핑크빛 분위기를 재빨리 읽어 내곤 제릴 하우
스로 향하는 이동 마법진을 그렸다.

"저도 이만 들어가 보겠습니다, 전하."

전투의 흔적이 남았을 뿐, 로이펠 성은 다시 새카만 적막에 휩싸였다. 캄캄
한 공간에 세이린과 단둘만 남았다는 사실을 눈치챈 순간 마왕의 눈동자가 약
간의 음심으로 빛났다.

그러나 세이린은 팔짱을 끼곤 1층 로비로 내려가 주변을 관찰하는 데에 여
념이 없어 보였다.

"그동안 기사단이 픽픽 쓰러진 건 새벽단 임시 간부직을 맡은 카인 시엘리아가 나태의 랭커의 동요인 수면을 달빛 수정에 넣어 줬기 때문이었어요. 기사단원들에게 제 동요가 담긴 달빛 수정을 보급하는 게 어떨까요? 악용의 소지가 크지만 도움이 될 것 같은데."

레이디 로이펠이 카펫 아래에서 꺼낸 금고를 둘러보며 말하는 그녀의 폼이 꼭 탐정 같아 그가 마른침을 삼켰다. 똑 부러지게 상황을 마무리하려는 모습? 물론 보기 좋았다. 자신의 기사들을 제 가족처럼 생각해 주는 것도 고마웠다. 그럼에도 점점 못마땅한 기분이 들었다.

"전하. 잠깐 내려와서 이것 좀 봐 주시겠어요?"

2층에 있던 클라우드는 주머니에 손을 넣은 채로 계단을 하나하나 걸어 내려왔다. 금고에 무언가 대단한 보물이라도 있나, 하고 물으려는 찰나.

"보고 싶다고 말했었는데. 왜 아무것도 안 해 주시지?"

세이린이 살살 녹아드는 말과 함께 그를 기둥 쪽으로 부드럽게 민 다음 까치발을 들어 매달리듯 목을 감쌌다. 클라우드는 그녀가 자신을 손바닥 위에 둔 것처럼 마음대로 주무를 수 있다는 것에 새삼 놀랐다.

"얼른."

그것도 단 두 글자로. 쓰다듬을 받은 그가 얼굴을 푹 숙여 곧장 귓불을 핥았다. 로비가 넓어 집요히 빨아들이는 소리가 희미하게 울렸다. 비와 얼음의 마력이 몰아친 후라 스산한 와중에 귓가에 닿는 숨결만 뜨거워 배로 자극적이었다.

세이린이 클라우드의 넥타이 매듭을 대각선으로 잡아당겼다. 어차피 아무도 찾아오지 않는 빈 성이니 금방 끝내면 문제 될 것은 없었다.

한쪽 다리를 그에게 감느라 스커트가 말려 올라갔다. 클라우드가 드러난 허벅지를 휘어잡아 좀 더 가까이 밀착시켰다. 기둥 하나에 기댄 채로 아슬아슬한 입맞춤을 이어 가느라 닿은 몸이 계속 비벼졌다. 구두가 툭 벗겨져 떨어지든 말든, 세이린은 손을 내려 뜨거운 그의 중심을 쓰다듬었다. 차오르는 신음을 낮게 삼킨 그가 위치를 바꿔 세이린을 기둥에 기대게 했을 때였다.

지잉—

바로 옆에 놓여 있는 금고 안에서 무언가 소음이 들려왔다. 물론 서로가 원하는 것을 주고 싶어 안달이 난 두 마물이 이것을 신경 쓸 리 없었다.

지이잉—

벨트 버클이 거칠게 풀려 나갔을 때, 더 큰 진동음이 들려왔다. 그제야 세이린과 클라우드는 하던 일을 멈추고 망할 금고를 째려봤다. 안에 든 무엇인가가 반응하는 게 분명했다. 그러니까, 지금 벌이고 있던 행위에 말이다.

"……."

가만히 금고를 보고 있던 클라우드가 거대한 이동 마법진을 그려 금고를 마왕성의 어딘가로 옮겨 버렸다. 이제 방해꾼은 없었다.

기둥에 등을 기댄 세이린이 방금처럼 한쪽 다리로 그를 휘감았다. 클라우드는 그 아래로 팔을 넣어 세이린을 완전히 안아 올렸다. 세이린은 완전히 매달린 상태라 클라우드가 제멋대로 굴 수 있는 자세였다. 엉덩이를 받쳐 든 그가 찬찬히 그녀에게 스며들었다. 몸도, 표정도, 마음까지도 녹진하게 풀려 있어 움직임을 이어 가기 수월했다.

"클라우드……."

세이린은 돌처럼 단단해진 팔을 쓰다듬으며 눈을 감았다. 자극이 깊은 데다 확실하기까지 해서 고개가 절로 젖혀졌다. 눈높이가 딱 맞는 터라 클라우드는 그녀가 원하는 속도로 움직일 수 있었다. 붙어 있던 몸이 들리고 맞물리기를 길게 반복했다.

야릇한 목소리가 새어 나오고 끊어지는 간격이 점점 짧아질 때쯤, 블라우스 위로 입술을 움직이던 그가 반사적으로 훅 젖혀지는 허리를 느꼈다.

"그만…… 읏!"

세이린이 가느다란 목소리를 삼켰다. 평소대로라면 곧장 덜 가라앉은 숨을 나누었을 그가 묵직한 움직임을 더했다. 겨우 신음을 참던 세이린이 제복 재킷의 견장을 쥐어뜯을 듯 틀어쥘 때야 클라우드는 짓궂은 움직임을 멈추었다.

"다리에 힘…… 안 들어가."

세이린이 가쁜 숨을 몰아쉬며 불평하듯 중얼거렸다. 얼굴이 새빨갛게 달아오른 지금에야 누가 보면 어쩌나 하는 생각이 들었다. 물론 입술을 겹쳐 오는 잘난 약혼자가 다 알아서 처리해 줄 테니 괜한 걱정이긴 했다.

얼마나 팔심이 좋으면 체중을 지탱하는 데다 제 마음대로 움직이기까지 하는 것일까. 세이린이 수고한 짐승을 달래는 것처럼 이두박근을 토닥이며 힘 빠지는 웃음을 짓자, 맞물려 있던 그의 다른 곳이 기운을 차렸다.

"저기, 마왕님. 그래도 여기 로이펠 '성지' 인데……."

별 의미 없는 핑계를 대고 눈을 감았다 뜬 세이린은 다시 한 번 픽 웃을 수밖에 없었다. 그가 그 짧은 시간에 이동 마법진을 일으켰다. 등에 닿은 것이 익숙한 침실의 기둥으로 뒤바뀌어 있다는 걸 눈치챈 순간, 내뺄 마음이 싹 사라졌다.

□ ■ □

다음 날 아침. 클라우드는 목욕 가운을 걸친 채로 집무실로 향했다. 아침에 일어나 푹 잠들어 있는 세이린을 확인한 순간 잊고 있던 무언가가 생각났기 때문이었다.

'역시 여기로 왔군.'

지난밤, 로이펠 성지에서 이동시킨 대문짝만한 금고는 예상대로 집무실에 놓여 있었다. 아무래도 급히 떠올리느라 가장 익숙한 곳의 좌표를 입력한 듯했다. 그가 금고에 손을 댄 채로 내용물을 짐작했다. 안에 무언가가 들어 있는지 도무지 짐작이 가지 않았다.

'어젠 그렇게 울리더니.'

그렇고 그런 짓에만 반응하는 무언가가 안에 들어 있을지도 모른다는 생각을 하니 금고를 열어 보고 싶었다. 커다란 금고는 총 두 칸짜리였다. '프로메트 로이펠' 이라는 각인이 흘림체로 들어간 것으로 볼 때, 로이펠의 영주였던 그가 주문 제작한 것이 분명했다.

책상 위에 올라와 있는 코로나의 따끈따끈한 보고서에 따르면 한 칸은 죽은 줄 알았던 레이디 로이펠이 열었다고 했다. 내용물은 반쪽짜리 월식의 수정. 그렇다면 잠겨 있는 칸에는 무엇이 들어 있단 말인가. 클라우드가 잠금 해제 마법의 주문을 읊조리자 금고에서 요란한 경고 메시지가 튀어나왔다.

[본 금고는 지정된 인물의 생체 인식으로만 열 수 있습니다.]

지정된 인물이 당연히 금고의 주인, 영주 프로메트일 것이라고 생각한 그가 놀란 눈을 했다.

[지정인 : 로이펠 2세]

'……2세?'

생체 인식 암호를 등록해 둔 것으로 볼 때, 로이펠의 영주 부부에게는 아이가 있었던 듯했다. 자연 발생과 함께 로이펠 성 및 그 뒷산을 쓸어버린 클라우드에게는 그리 달가운 소식이 아니었다. 로이펠의 백성들이 사실을 알게 되면 폭정의 씨앗을 잘라 버렸다며 기뻐할 게 뻔했지만, 일단 아이는 죄가 없지 않은가.

"……"

마음을 가라앉히려 다시 세이린이 자고 있는 침실로 돌아가려던 그를 누군가가 불러 세웠다.

"제발 보는 마물 눈도 좀 생각해 줄래? 이 금고는 또 뭐야?"

목욕 가운 차림을 아니꼽게 여기는 빌리아였다. 그녀의 손에는 오늘도 마찬가지로 마왕을 위한 보고서 및 사업 계획서가 들려 있었다. 뚱한 얼굴로 목욕 가운을 여민 클라우드가 조심스레 물었다.

"빌리아. 로이펠 영주 부부에게 아이가 있었나?"

"보통 영주 집안에서는 출산 사실을 뒤늦게 발표해. 2세가 너무 어릴 때 만천하에 알리면 공격 대상이 되기 쉽거든."

"복잡하게도 사는군."

"둘은 금실이 좋았다고 하니 아이가 있다고 해도 이상하진 않지. 그런데 그건 왜? 보고서에 뭐라도 나와 있어?"

빌리아가 책상 위에 놓인 코로나의 보고서로 시선을 옮기자, 클라우드는 살며시 그것을 뒤집었다. 어떤 술수를 썼는지는 모르지만 카인 시엘리아가 살아 움직인다는 사실을 접하면 빌리아는 꽤나 충격을 받을 게 뻔했다.

코로나의 보고서는 시작에 불과했다. 괴도와 전면전을 벌인 이리스의 보고서가 올라온다면 빌리아는 게거품을 물고 뒷목을 잡을 터였다. 잠시 미간을 찌푸리며 고민한 그가 말했다.

"……빌리아. 여태까지 고생했으니 휴가를 주지."

"뭐? 왜 그래, 어디 아파?"

빌리아는 걱정이 가득 담긴 눈을 하곤 마왕을 살폈다. 금방 째려보는 것으로 보아 상태는 멀쩡한 것 같았다. 그렇다면 황혼의 축제 기간도 아닌 지금, 왜?

"받기 싫은가?"

그럴 리가! 빌리아가 재빨리 입을 열었다.

"이 파일 안에 마계에서 유행하는 웨딩드레스 디자인이 다 들어 있거든? 작가님 취향과 일치하는 순으로 정렬해 났으니까 나 돌아올 때까지 골라 놔. 그럼 이만!"

속사포로 할 말을 우르르 쏟아 낸 빌리아가 기쁨이 묻어나는 투스텝으로 집무실을 벗어났다. 황혼의 축제 기간을 빼면 7년. 무려 7년 만의 자유 외출. 마음껏 놀고먹을 생각을 하니 입꼬리가 절로 올라갔다.

그러나 빌리아는 아직 모르고 있었다. 마왕성에서 벗어나는 순간, 그녀에게 어떤 다이나믹한 일들이 벌어질지를.

□ ■ □

빌리아를 업무에서 성공적으로 배제시킨 클라우드는 연이어 아벨을 집무실로 불렀다. 문을 열어 주기 전, 카인 시엘리아라는 이름이 가득한 코로나의 보고서를 빌리아의 웨딩드레스 파일 아래에 숨기는 것도 잊지 않았다.

"전하, 하명하십시오."

클라우드는 공손히 말하는 그에게 제법 자애로운 목소리를 냈다.

"아벨. 네게 휴가를 주지."

"예……?"

아벨은 푸른 눈동자로 멍하니 주군을 올려 봤다. 그 얼굴이 전날 봤던 카인 시엘리아를 연상시키는 바람에, 클라우드는 어떻게든 아벨을 쉬게 해야 한다는 생각에 사로잡혔다. 물론 휴가를 받은 당사자는 표정이 좋지 않았지만.

"전하, 제가 잘못한 것이 있다면 시정하겠습니다."

"그냥 쉬다 오면 돼."

"전하의 뜻을 펼치는 것이 제 사명입니다. 떠날 때 떠나더라도 부디 제 과오를 깨닫게 해 주십시오."

그동안 아벨을 너무 굴린 듯했다. 클라우드는 휴가를 마치 권고사직처럼 받아들이는 아벨을 보며 잠깐 자아 성찰의 시간을 가졌다.

"네 일을 대신해 줄 기사단장이 여럿 있으니 쉬다 와."

아벨은 벼락이라도 맞은 듯 망연자실한 얼굴을 했다. 마음을 말로 표현하는 게 영 서툰 마왕은 이런 상황에서 세이린이라면 어떻게 말했을지를 상상했다.

"물론 너만큼의 효율을 내려면 레이에 빅토리아, 다프네까지 뛰어들어야겠지만, 그런 비효율을 감수하고서라도 네게 휴가를 주고 싶군."

"전하……."

이건 분명 감동받은 눈이었다. 속으로 안도의 한숨을 내쉰 클라우드가 시엘리아 저택으로 향하는 이동 마법진을 만들어 주었다.

"일주일쯤 푹 쉬다 오도록."

성은에 감명받은 순진한 아벨은 그 아래 무슨 의도가 깔려 있는 줄도 모르고 이동 마법진 속으로 걸어갔다.

Chapter
17

7년 만의 외출

다시 침실로 돌아온 마왕은 침대에 누워 자고 있는 세이린을 톡톡 두드렸다. 하지만 세이린은 돌아눕기는커녕 더 멀리로 꾸물꾸물 이동했다. 클라우드는 그 모습을 눈에 담으며 걸리적거리는 목욕 가운을 바닥에 떨궜다. 그랬더니 음란마귀가 자석에 이끌리는 철 가루처럼 찰싹 달라붙는 게 아닌가.

'……종족 특성인가?'

잠결에도 착실히 클라우드의 잘 빠진 허리를 쓰다듬던 세이린이 나쁜 생각을 하며 비몽사몽 잠에서 깼다. 클라우드가 세이린을 푹 끌어안고 말했다.

"빌리아가 웨딩드레스를 골라 놓으라던데."

"골라 놓으라는 건…… 비전하 어디 가셨어요?"

"휴가를 줬어. 당분간은 보고서를 읽지 못하게 하는 게 나을 것 같더군. 아마 로자리도 데려갔을 테지."

그러므로 별궁은 비어 있을 것이며, 그곳에 찾아오는 이는 아무도 없을 것이다. 그러니 휴가가 끝날 때까지 세이린이 자신과 함께 본궁에 머무는 것을 아무도 방해하지 못할 것이다. 이것이 클라우드가 하고 싶던 은밀한 제안이었다.

하지만 세이린은 그의 의도를 알아채지 못하고 벌떡 몸을 일으켰다.

"진짜요? 항상 비전하랑 놀러 다니고 싶었는데!"

옷을 주워 입을 겨를도 없이 이불을 똘똘 두른 세이린이 이동 마법진을 그렸다. 마왕성 본궁에서 별궁으로 가는 정도의 순간 이동이라면 이제 자신이 있었다. 클라우드가 그 재빠른 행동을 보며 물었다.

"진짜 갈 건가?"

"왕비님의 7년 만의 외출이잖아요."

세이린은 명쾌한 답을 듣곤 뚱해지는 그의 얼굴을 보곤 톡 쏘아붙였다.

"이린이를 아껴 놓고 혼자만 보고 싶은 심정은 저도 거울 볼 때마다 느끼니 이해해요."

순백의 마법진으로 뛰어들기 전 잠깐 뒤돌아 뺨에 입을 맞추자, 클라우드는 체념한 듯 눈을 내리떴다.

"좋은 하루 보내, 우리 마왕님."

"온종일 돌아오지 않을 것처럼 말하는군."

"당연하죠. 워렛에 좋은 클럽이 얼마나 많은데."

"……뭐?"

세이린은 당황한 마왕을 뒤로하고 별궁으로 향했다. 빌리아와 로자리가 어떤 옷을 입고 나갔을지 짐작하며 옷을 갈아입고 꾸미는 일은 상당히 흥미진진했다. 그녀는 행선지를 알아내기 위해 빌리아에게 전화를 하는 것도 잊지 않았다.

"여보세요, 비전하?"

빌리아는 한껏 들뜬 목소리로 자신이 있는 곳의 좌표를 알려 주었다.

"건물 이름은 모르세요?"

— 음…… 마물들이 정말 많아요. 주문하지 않아도 케이크가 계속 나오고요. 꽃도 계속해서 나눠 주는걸요?

어디 무릉도원에라도 가신 걸까. 아무래도 진술을 써먹긴 힘들 듯했다.

"좌표 보고 금방 찾아갈게요, 비전하!"

칙칙 복숭아 향 바디 미스트까지 뿌리자 모든 게 완벽해 보였다. 정문에서 총알택시를 잡아탄 세이린은 추가 요금을 두둑이 지불하고 금방 워렛 시내에 도착할 수 있었다. 과연 밤 대륙의 자본이 몰리는 땅답게 곳곳에 카지노로 향하는 지하 출입구가 위치한 모습이었다. 근처에 마계의 금융 중심지, 뮐스트리트가 있는지라 정장을 빼입고 걸음을 재촉하는 마물들도 넘쳐 났다.

"1919-82-1929-82가 대체 어디야?"

좌표를 받아 적은 메모지에 얼굴을 박을 기세로 전진하던 그녀가 익숙한 남자를 발견하곤 발걸음을 늦췄다.

"……커밋?"

커밋 또한 세이린을 발견하곤 놀란 눈치였다.

"세이린?"

"너 또 주식 샀어?"

"당연히 후궁 테마주. 네 요즘 상태를 보니 이건 분명 오른다."

대체 언제 결혼 발표를 할 거냐고 묻는 듯 그의 눈빛이 초롱초롱했다. 세이린은 피식 웃었다.

"시엘리아에 집이 있다는 놈이 이 먼 워렛까지 오는 걸 보면 정성이 지극해서라도 오르긴 하겠다."

"무슨 소리야. 이게 있는데."

커밋이 세이린의 왼손 약지에 자리 잡은 프러포즈 링을 가리켰다. 이만큼 확실한 주식 상승의 조짐도 없었다.

"그나저나 커밋, 여기 어딘지 알아?"

세이린이 좌표가 적힌 메모지를 내밀자마자 커밋은 선뜻 데려다주겠다는 듯 앞장섰다. 늘 자리가 없던 카페들이 웬일인지 한산했다. 이게 무슨 일인지 골똘히 고민하던 세이린은 곧 눈앞의 카페를 보고 경악했다.

차와 꽃을 파는 카페에 마물들, 특히 남자 마물들이 징그러울 정도로 바글거리는 탓이었다. 커밋이 그곳을 향해 턱짓했다.

"네가 말한 카페가 저기야. 난 근처에 볼일이 있어서 이만."

"커밋, 고마워!"

세이린이 불길한 예감에 휩싸여 인파 속으로 파고들었다. 숨 막힐 정도로 복잡한 카페에서, 단 한 테이블만이 고즈넉한 빛을 받으며 한적했다.

꽃을 파는 곳이라고 해도 믿을 정도로 테이블 위에는 꽃이 소복했다. 테이블에 앉은 두 아가씨가 머리를 쓸어 넘길 때면 곳곳에서 작은 환호성이 튀어나왔다.

"로자리, 워렛 마물들은 참 친절한 것 같아."

"그러게요. 워렛에 처음 왔다는 것만으로도 이렇게나 환영해 주다니 말이에요."

세이린이 흑심 가득한 꽃을 참으로 순진한 눈으로 받아 드는 빌리아와 로자리를 보며 입을 쩍 벌렸다. 빌리아는 머리를 양 갈래로 늘어뜨려 묶고 있었는데, 늘 장식하고 있던 릴리트 에테라도 보이지 않았다. 옷은 또 어떠한가. 늘 입고 다니던 바닥까지 끌리는 드레스는 온데간데없고 환상적으로 어울리는 흰색 원피스가 몸을 조심히 감싸고 하늘거렸다.

로자리 또한 늘 양 갈래로 늘어뜨려 묶던 머리를 풀어 웨이브를 넣은 모습이었다. 귓가의 머리를 땋아 뒤로 묶고 꽃으로 장식해 빌리아가 늘 하던 머리 모양과 비슷했다. 고동색 원피스도 무척이나 잘 어울렸다.

"작가…… 아니, 세이린!"

유일 작가를 발견한 빌리아가 손을 방방 흔들었다. 세이린이 멋쩍게 웃으며 왠지 앉으면 안 될 것 같은 둘의 옆에 앉았다.

"오오, 후광이……?"

"저기 뭐 촬영하는 거야?"

곳곳에서 화사함을 찬양하는 술렁거림이 들려왔지만 그녀는 듣지 못했다. 빌리아가 굳어 있는 세이린에게 제안하듯 속삭였다.

"밖에 있는 동안에는 이름으로 부르기예요. 아셨죠?"

세이린이 침을 꿀꺽 삼켰다. 감히 왕비님의 존함을 막 부를 수 있을 리 없었다.

"뭐, 뭐 하고 계셨어요?"

"제일 한적한 카페에서 시간을 보내려고 했는데, 역시 워렛은 유동 인구가 많네요."

유동 인구 때문에 바글바글해진 게 아닌 것 같은데.

"열심히 떠든 다음 저기로 하루를 마무리하러 가는 게 좋겠어요."

로자리와 빌리아가 창밖의 어딘가를 바라보며 화사한 웃음을 지었다. 고개를 따라 돌린 세이린은 워렛의 꽃이라고 불리는 잭팟 카지노를 보고 얼굴을 갸우뚱했다.

"창밖엔 카지노밖에 없는데……."

"바로 그거죠."

대낮, 그것도 7년 만의 자유 외출에 카지노라니. 소소한 악행에서 활기를 얻어 살아가는 마물다운 행선지였다.

□ ■ □

세이린 일행은 카페의 거의 모든 디저트를 맛본 후에야 자리에서 일어나 워렛의 명물, 잭팟 카지노로 향했다. 그새 해가 저문 탓에 마물들의 핫 플레이스는 더욱 뜨거운 열기로 가득 찼다. 빈 슬롯머신을 찾기 어려웠고, 포커 테이블에는 대부분 사람이 차 있었다. 포커 마니아인 빌리아와 로자리가 조금 실망한 얼굴을 하는 것도 이 때문이었다.

"아쉬운 대로 다른 사람들이 하는 거 구경이라도 할까요?"

"저기 사람들이 모여 있는 테이블에 갈까요? 엄청나게 잘하는 사람이 있나 봐요."

로자리의 말대로 한 포커 테이블에만 어마어마한 구경꾼들이 모여 있었다. 포커에 방해가 되지 않도록 침묵 상태이긴 했지만, 오히려 그 모습이 더욱 시선을 끌었다.

"대체 얼마나 잘 치는 사람이길래……."

슬금슬금 인파를 헤집고 다가간 세이린이 의외의 모습에 놀랐다. 근처에 볼일이 있다던 게 카지노였는지, 캐주얼한 옷차림으로 삐딱하게 앉아 거액의 칩을 베팅하는 남자는 다름 아닌 커밋이었다.

"장난 아니다. 도박의 신이라고 해도 믿겠어."

"다른 플레이어들은 꼭 저 사람이 유리한 패 가졌을 때만 올인하더라."

"저 사람한테 천운이 따르나 보지."

가만히 사람들의 술렁임을 들어 보니 커밋은 카지노에서 어마어마한 돈을 딴 것 같았다. 평소의 심드렁하고 가벼운 모습은 온데간데없고, 진행 중인 게임을 낱낱이 분석하듯 날 선 눈빛이었다.

곧, 커밋 또한 따가운 시선을 보내는 세이린을 발견했다. 움찔하는 것으로 보아 놀란 눈치였다. 세이린은 빌리아와 로자리를 잠시 뒤로하고 슬그머니 커밋의 곁으로 다가갔다. 먼저 입을 연 것은 커밋이었다.

"네가 여긴 어쩐 일이야? 카페 간 거 아니었어?"

"그러는 너는. 언제 주식에 이어 도박까지 섭렵했어?"

"운이 좋은 거지, 뭐."

대화를 이어 가는 와중에도 커밋의 집중력은 깨지지 않았다. 새로 받아 든 한 장의 트럼프 카드를 물끄러미 바라보는 시선도 여전히 차가웠다.

"아까 카페엔 왜 간 거였어?"

커밋이 물었다.

"친구 만나러. 저기 있는 둘."

"……!"

세이린이 가리킨 두 사람을 본 순간, 스트레이트 플러쉬를 노려 볼 만큼 끝내줬던 패가 커밋의 손아귀에서 팔랑팔랑 바닥으로 떨어졌다.

"어이, 포커 안 할 거야?"

"그쪽이 저 대신 하고 계세요."

커밋이 거액의 칩과 끝내주는 포커 패를 신경질적으로 떠넘기곤 자리에서 일어났다. 세이린이 그의 뒤를 쪼르르 쫓았다.

'왜 놀라지? 왕비님의 변장을 눈치챈 건가?'

물론 변장이라고 하기엔 머리 모양을 바꾸고 옷차림을 새롭게 한 것이 전부인지라, 눈치채지 못하는 다른 마물들이 이상하긴 했다.

"커밋, 너 코피 나."

"……어?"

슬쩍 떠보는 농담에도 화들짝 놀라 손등으로 코 밑을 문지르는 걸 보니 어지간히 시선을 빼앗긴 듯했다. 커밋이 다른 마물들에게는 들리지 않을 작은 소리로 물었다.

"비전하가 왜 여기 계셔? 둘이 친해?"

"로자리까지 셋이 친해."

"아무리 그래도 왕실 사람이 이런 곳에 막 돌아다녀도 돼?"

"설마 무슨 일이라도 생기겠어?"

세이린이 피식 웃으며 어깨를 으쓱하려는 찰나.

— 돌발 상황이 발생했습니다! 고객들은 전원 바깥으로 대피해 주세요!

귀가 찢어질 것 같은 사이렌과 함께 테러가 발생했으니 어서 대피하라는 안내 방송이 흘러나왔다.

"무슨 일, 생겼네. 이제 어쩔 거야?"

커밋이 팔짱을 끼고 세이린에게 툭 내뱉었다. 하지만 그간 갖은 사건 사고에 휩쓸렸던 그녀는 태연했다.

"내가 일으킨 사고도 아닌데, 뭐. 원래 인생이 이래. 한 치 앞도 예측할 수 없는 거지."

"인생 여러 번 산 것처럼 말하네."

인생 3회차인 세이린은 할 말이 없었다. 신발코로 바닥을 톡톡 두드리며 무언가 반박할 말을 떠올리던 세이린에게 빌리아와 로자리가 다가왔다. 돌발 상황에 처한 세이린을 걱정한다기보다는 신이 내린 포커 플레이어를 가까이서 보는 데에 방점이 찍힌 움직임이었다. 눈을 반짝이던 빌리아가 입을 열었다.

"커밋 글레이시아, 맞죠? 세이린에게 얘기 많이 들었어요."

커밋은 이렇다 할 대답을 하지 못한 채로 고개만 작게 끄덕였다.

"포커를 꽤 잘하시나 봐요. 독학?"

"아는 사람에게 배웠습니다."

"대단한 사람한테 배웠나 봐요."

"별로 대단한 사람은 아닙니다."

"아닌 것 같은데. 포커 플레이를 한참 구경했어요. 나중에 기회가 되면 가르쳐 주세요."

싱긋 웃으며 대화를 마친 빌리아가 주변을 둘러봤다. 카지노를 가득 메우고 있던 마물들은 정해진 대피로를 따라 일사불란하게 대피하고 있었다.

"이 카지노는 안전 관리가 제대로 되어 있는 것 같지만, 젬이 없는 마물들의 대피를 돕는 게 좋겠어요."

빌리아가 품에서 에글론 에테라의 젬을 꺼냈다. 클라우드에게 너무도 쉽게 당해 버린 에글론의 젬이었지만 그도 에테라이니 대피 정도는 도울 수 있으리라. 그녀가 마력을 일으키자 첨예한 바람의 마력이 수십 개의 이동 마법진을 빚어내 수많은 마물들을 카지노 바깥으로 이송했다. 세이린이 남은 마물이 없나 샅샅이 확인하곤 말했다.

"남은 사람은 없는 것 같아요. 슬슬 저희도 나갈까요?"

"그럴 순 없죠. 분명 보고서를 올리라고 할걸요."

주어가 없는데도 누가 일을 시킨다는 건지 훤히 드러났다.

"로자리, 무슨 일이 일어났는지 확인하고 오렴."

"알겠습니다."

빌리아는 시끄럽게 울리는 사이렌 속에서도 평정을 잃지 않았다. 가방에서 릴리트 에테라를 꺼내 만일의 사태에 대비할 뿐.

"기사단장도 없으니 일단 나가시는 게……."

보다 못한 커밋이 걱정스러운 목소리를 내도 빌리아는 아랑곳하지 않고 주변을 둘러보며 전투태세를 갖췄다.

"커밋. 제가 못 막을 정도면, 기사단장이 와도 못 막는다는 말이에요."

머리카락을 휘날리며 무심히 내뱉는 말에 세이린이 심장을 부여잡았다. 무슨 일이 일어난 건진 모르겠지만 일단 언니는 멋졌다. 도움이 되고 싶어서 주변을 가만히 둘러보던 세이린은 곧 무언가를 발견했다.

"위에 있는 저건 뭐죠?"

천장까지 뻗치는 높은 물줄기를 가만히 보고 있자니 마물의 형상이 보였다. 정확히는 떼거리로 몰려 있는 마물들의 형상이. 황금색 넥타이를 맨 것으로 봐선 모두 새벽단의 단원들 같았다. 선두에 선 한 명은 로자리를 인질로 잡고 있었다.

"왜 대피하지 않았지?"

단원의 물음에 세이린이 답했다.

"대답 듣고 싶으면 로자리를 풀어 줘."

"세이린. 네 허세는 이미 새벽단 안에서 유명해. 이속성인데도 공격력이 형편없다지?"

그 소문이 벌써 거기까지 퍼졌을 줄이야.

"아카데미도 낙제라던데. 솔직히 말해. 낙제생 너 하나지?"

"허, 참……."

세이린은 애정이 가득 담긴 눈으로 커밋을 바라봤다. 낙제생이 둘이니 쪽팔림은 절반으로 줄었다. 정작 커밋 본인은 손으로 눈가를 가리며 시선을 피했지만.

"곧 보스께서 오시니 예를 갖춰라. 어이, 금발 아가씨. 너도!"

황금색 넥타이를 고쳐 맨 새벽단 단원이 소리쳤다. 그러나 삿대질을 받은 당사자, 빌리아는 우습지도 않다는 듯 여유롭게 비웃었다.

"당신들의 보스라면, 실링 워렛?"

"그분의 존함을 함부로 입에 담지 마라!"

"본인은 좋아할 텐데."

빌리아가 릴리트 에테라를 다시 머리에 장식했다. 세이린 일행은 물론, 새벽단 단원들마저 그 고아한 모습을 멍하니 바라봤다. 그 모습에 온 정신을 빼앗겨 실링 워렛이 몰고 온 폭발음을 듣지 못할 정도였다.

"뭘 꾸물거리고 있어? 돈 다 쓸어 담아."

사방에 널려 있는 현금을 알뜰하게 쓸어 모으는 실링에게 조무래기가 무릎을 꿇고 말했다.

"보스! 저 여자, 수상합니다!"

"여자는 무슨…… 어?"

영롱한 황금빛 눈동자에 빌리아의 모습이 비쳤다. 순간 실링 워렛은 가지고 있던 돈 자루를 툭 떨구곤 순정 만화 남자 주인공처럼 풋풋한 얼굴로 말했다.

"아리아?"

"이젠 아리아가 아니라 빌리아예요."

"나한텐 언제나 아리아야."

웃음 지은 빌리아의 이마에 빠직 힘줄이 돋았다.

"그렇게 부르지 마세요."

"그럼, 레이디 슈테른?"

"……."

세이린은 보았다. 비전하의 팔에 오싹 소름이 돋는 것을. 빌리아는 꿋꿋이 웃으며 그에게 제안했다.

"실링. 로자리를 놓아주면 워렛식 인사를 하게 해 줄게요."

"시녀를 당장 놔줘."

실링이 즉답했다. 세이린이 놀랐을 로자리를 데리고 오는 동안 황금색에 미친 놈은 옷매무시를 가다듬고 다가왔다. 망설임 없이 밤 대륙의 왕비에게 무릎 꿇은 다음 워렛식으로 빌리아의 손등이 아닌 손목의 핏줄에 키스한 그가 말했다.

"아리아. 내 금색 눈동자에 네 금발을 가진 아이가 있으면 예쁠 것 같지 않아?"

"그 얘기를 백 번도 더 들었던 것 같은데 이제야 대답하네. 그렇게 황금색 애가 가지고 싶으면 황금으로 아이 모형이나 만들어. 아이가 인형이니?"

"아리아. 말투가……."

실링이 잠시간 멍해졌다. 세이린은 클라우드가 했던 말을 떠올렸다. 비전하를 처음 만났을 때는 답답할 정도로 말이 없고 순종적이었다던가. 그 모습을 기억하고 있을 실링 워렛이 당황하는 건 어쩌면 당연했다. 빌리아는 피식 웃을 뿐이었지만.

"존대를 안 하니까 생각보다 편하네."

"난 아리아가 반말하는 것도 좋아. 친밀감이 느껴지거든."

눈을 반쯤 감고 냉소적인 얼굴을 한 빌리아가 새벽단 단원의 허리춤에서 칼한 자루를 빼앗아 실링에게 겨누었다.

"한 번만 더 아리아라고 불렀다간 가만 안 둬."

"때려 주게? 칭칭 동여맨 다음 어디에 가둘 건가? 아니면, 날 죽이기라도 할 거야?"

실링 워렛은 그러길 바라는 것처럼 말끝마다 아리아, 하고 덧붙였다. 살벌한 분위기 속에서 빌리아가 고개를 끄덕였다.

"카지노 테러범을 잡는 것도 내 일이지."

"아리아. 지금의 너는 나한테 안 돼. 네 젬은 벨제바브에게 있잖아?"

"생일 선물로 받은 젬이 있거든."

빌리아가 보란 듯이 에글론의 풀빛 젬을 꺼내 꼭 쥐었다. 그 모습을 본 실링 이 같잖다는 듯 혀를 내둘렀다.

"생일 선물이 겨우 젬이라니. 황제를 노린다는 놈이 스케일하고는."

"황제 후보였던 적도 없는 네가 그 의중을 헤아릴 수 있을까?"

빌리아가 말하자 순간 실링을 감싸고 돌던 바람의 양상이 날카로워졌다.

"……아리아. 날 화나게 하려고 작정했어? 적어도 난 널 사랑했어."

"사랑은 무슨. 일기장 다 봤어. 방에 가둬 두고 쓰다듬고 싶다는 게 사랑이 니?"

"내 일기장을 봤다고?"

일기장 유출의 범인이 누구인지는 뻔했다. 실링이 즉각 세이린과 커밋을 째 려봤다. 어차피 죽은 사람의 일기이긴 했지만 마물들 사이에서도 남의 일기장 을 훔쳐보는 것은 대단히 양심에 찔리는 짓인지라 세이린이 슬쩍 시선을 피했 다.

"아. 이렇게 하면, 더 화나나?"

빌리아가 도발하듯 품에서 반지를 꺼내 왼손 약지에 끼워 보였다. 세이린이 끼고 있는 클라우드의 약혼반지와는 완전히 다른 디자인이었다. 척 보기에도 커다란 달빛 수정이 신비로울 정도의 푸른 빛으로 아스라이 빛났다. 그 모습을 본 실링의 눈에 핏발이 섰다.

"황제 후보만 상대하는 건 여전해, 아리아."

"에테라는 낮 대륙의 황제를 배출할 집안이었으니. 영주에도 격이 있어, 실링 워렛."

"그래 봤자 지금의 너는 겨우 백성들 목숨 따위에 벌벌 떠는 클라우드 슈테른의 부인일 뿐이지."

"……."

치열한 신경전 끝에 두 바람의 마력이 정통으로 맞부딪쳤다. 카지노의 슬롯 머신들, 수많은 포커 테이블과 카드 탑이 속절없이 쓰러지며 엄청난 굉음을 만들어 냈다. 트럼프 카드와 분수의 물방울들이 어지러이 뒤섞여 날리는 바람에 눈을 뜨는 것조차 어려웠다.

콰광!

빌리아가 사뿐 우아한 걸음을 내디딜 때마다 새벽단 단원들이 열댓 명씩 쓰러져 나갔고, 그녀의 마력을 견디지 못한 에글론의 젬에는 쩌저적 금이 갔다.

"거봐, 아리아. 못 버티지?"

실링의 도발을 들은 빌리아가 이를 으득 갈곤 약혼반지의 마력으로 부서져 가는 젬을 얼렸다. 이렇게 하면 잠깐이라도 에글론의 젬이 제 마력을 견딜 수 있을 것 같았다.

"닥쳐, 실링 워렛. 작가님, 잠깐 눈 감으세요."

화를 꾹꾹 누른 얼굴로 그리 말씀하시니 얌전히 눈을 감으려던 세이린은 그만 보고야 말았다.

"커헉……!"

너무나 극명하게 패한 실링 워렛의 입과 코에서 피가 터져 나오는 것을. 그가 머금고 있던 공기가 바람의 마력에 휩쓸려 몸속에서 연달아 파열하는 듯했다. 빌리아의 마력을 버티지 못한 에글론의 젬은 날카로운 소리를 내며 깨져 버렸다. 그 조각들을 모으며, 빌리아는 쓰러진 실링 워렛의 젬을 밟아 부쉈다.

"에글론이 직계 혈통이 아니라고 해도 그 젬으로 워렛은 누를 수 있나 보네."

"전투 경험도 없는 아리아 네가 어떻게……."

왕비의 머릿속에 벨제바브의 뒤에 숨어 광역 마법을 써 댔던 과거가 잠시 스쳐 지나갔다. 살육을 끝낸 동생이 뭐라고 했더라.

"유약한 건 다 쓸어버린다. 그게 에테라가 살아남은 방식이야. 알아들었어?"

약혼반지에서 투명한 얼음 칼날들이 튀어나와 그의 몸에 박혔다. 빌리아는 싸늘하고도 청순한 웃음을 띤 채로 머리를 쓸어 넘겼다. 실링 워렛은 곧 시체처럼 차게 식어 뻣뻣하게 굳기 시작할 터. 하지만 그의 상태는 빌리아가 예상한 것과 달랐다. 빌리아는 인상을 찌푸리곤 한 걸음 물러나 물었다.

"대체 몸에 무슨 짓을 한 거야?"

클라우드가 젬을 부쉈음에도 끊임없이 가짜 젬을 만들어 마력을 쓴다는 얘기는 이미 들은 적이 있었다. 하지만 그렇다 해도 젬이 산산조각 난 지금, 실링은 너무도 자연스레 마계 최고의 치유 마법을 구사했다. 마치 젬 따위는 없어도 상관없다는 듯이. 빌리아가 찜찜한 얼굴로 입을 열었다.

"죽었다 살아난 것과 젬 없이 마법을 쓸 수 있는 게 연관이 있나?"

"아리아, 잘 들어. 마물들이 젬에 의존해서 마법을 쓸 수밖에 없는 건 다 망할 어둠 때문이야."

"그게 무슨 소리야?"

"이유는 키스해 주면 알려 줄게, 아리아."

"그렇게까지 알고 싶진 않은데. 어쩌지?"

실링이 쓴웃음을 지으며 입을 다물었을 때, 카지노의 다른 구역을 탈탈 털어 챙긴 것인지 두둑한 돈 자루를 둘러멘 새벽단 단원들이 우르르 들어왔다.

"보스! 괜찮으십니까!"

몇몇이 그를 부축해 일으켰고, 남은 단원들은 세이린 무리를 향해 무기를 빼들었다. 그제야 빌리아는 에글론의 젬이 부서져 더는 마법을 쓸 수 없다는 사실을 인지했다.

역시 믿을 건 나뿐인가. 세이린이 비눗방울처럼 동그란 젬을 쥐고 성큼 발을 내디뎠다. 그러자 요원들은 배를 붙잡고 웃었다.

"낙제생이 뭘 한다고."

"개구멍으로 들어가도 입학만 하면 되지, 되게 따지네! 그 구린 넥타이나 어떻게 하시지!"

"감히 새벽단의 트레이드마크인 황금색 넥타이를 모욕하다니!"

바짝 약이 오른 단원들은 마력을 일으켜 세이린을 위협했다. 언제든 싸움이 시작되어도 이상하지 않을 상황에 커밋이 대뜸 입을 열었다.

"거참, 듣는 낙제생 서럽게."

"너도 낙제냐?"

넘어진 슬롯머신에 기대 가만히 보고만 있던 커밋이 슬그머니 몸을 일으킬 즈음.

"······이대로 돌아간다."

잠깐 사이에 눈에 띌 정도로 몸이 회복된 실링 워렛이 명령했다. 그 말을 들은 단원들은 짧고 복종적인 대답만을 내뱉곤 뒤돌았다. 백 명은 거뜬히 수용할 수 있을 것 같은 실링의 이동 마법진이 열렸고, 두둑한 자루를 둘러멘 단원들이 감쪽같이 카지노를 벗어났다.

"워렛과 에테라라니. 승부가 뻔하죠."

로자리는 마치 자신이 응원하는 축구팀이 이긴 것처럼 자부심에 찬 얼굴로 말했다. 과연 왕비의 열혈 팬다운 발언이었다. 정작 빌리아는 한숨을 쉬며 중얼 거렸지만.

"보고해야 할 일이 또 늘었네요······."

세이린은 휴가 중임에도 보고서에 쓰일 사진을 찍는 빌리아에게 어쩐지 측은함을 느꼈다. 왕비의 7년 만의 외출의 끝을 보고서 자료 수집으로 끝낼 수는 없었다.

"비전하, 어디 가고 싶은 곳 있으세요?"

세이린이 묻자 빌리아가 바로 답했다.

"아, 초승 호수요!"

초승 호수라면 마왕성에서도 주기적으로 방문하는 곳이었기에, 의외의 선택이라는 생각이 들었다.

"마키백과에서 봤어요. 초승 호수 들판에 치킨 배달이 온다면서요? 저도 해 보고 싶어요!"

풀밭 위의 식사를 원하시는 거였군.

"그럼 치킨에 맥주, 콜. 커밋 너도 갈래?"

"아냐. 슬슬 들어가 봐야 해."

커밋은 일행에게 꾸벅 인사를 하곤 카지노를 빠져나갔다. 빌리아는 카지노의 민간인 희생자가 0명이라는 공식 발표를 듣고서야 시엘리아의 초승 호수로 향하는 택시에 올라탔다. 매번 클라우드나 기사단장의 이동 마법진을 통해 방문해 온 터라 달리는 차 안에서 보는 풍경은 가히 신비로웠다.

"와…… 예뻐요. 해가 없는데도 물이 저렇게 빛나다니. 마치 호수에서 달빛이 뿜어져 나오는 것 같아요."

"어쩜. 물속에 조명을 틀어 뒀다고 해도 믿겠어요."

빌리아와 로자리의 탄성에 고개를 돌린 세이린은 눈을 가늘게 뜨고 초승 호수를 바라봤다. 두 마물의 발언은 그냥 리액션이 아니었다. 호수의 모습이 평소와 달라도 너무 달랐다.

"……진짜 빛나고 있는데요? 왜 저러지?"

아무래도 왕비의 외출에 마가 낀 것이 분명했다.

□ ■ □

한편, 근거지로 돌아간 실링은 아늑한 흔들의자에 앉아 앞뒤로 느리게 흔들거리고 있었다. 신축이라 깨끗한 기지. 새로 들인 가구들. 몸을 녹여 주는 모닥불과 마시멜로가 둥둥 녹고 있는 핫초코까지. 모든 게 완벽했다.

"아냐…… 가장 중요한 게 없어."

실링은 실의에 빠진 순정 만화 주인공처럼 독백했다. 자신을 공격하고 싸늘하게 비웃어 보이기까지 했던 아리아의 붉은 눈동자가 계속 마음에 걸렸다.

"여태까지 내가 싫다고 했던 게 말로만 튕기는 게 아니라, 진짜 싫었던 걸까……?"

실링이 벽을 따라 줄을 맞춰 선 단원들에게 물었다. 그들 중 아무도 질문에 대답할 수 없다는 게 흠이었지만.

"이렇게 잘생겼는데. 몸도 좋고 돈도 많은데."

실연의 슬픔 탓일까. 그의 목소리는 어딘가 풀이 죽어 있었다. 아리아는 근 몇 년간 실링을 움직이게 하는 요인 중 하나였다. 그런 그녀에게 무참히 짓밟혔다.

"다시 만나면 분명 반겨 줄 줄 알았는데."

실링을 제외한 그 누구도 그렇게 생각하진 않았지만, 어쨌든 워렛의 전 영주는 아리아의 태도가 변한 것이 쓰라리게만 느껴졌다. 흔들의자에 무릎을 끌어안고 앉아 핫초코를 홀짝이자니 정말 세상에 혼자뿐인 기분이 들어 눈앞이 뿌예졌다. 실링은 감성을 놓치지 않고 사진을 찍었다.

찰칵!

"잘 나왔네. 마스타그램에 올려야지……."

나는 오늘 오랜 사랑을 잃었다. 하지만 괜찮다. 아직 밝은 미래가 날 71다리고 있으니ㅠr.. #럽스타그램 #사랑 #새벽단 #워렛 #소통 #맞팔

업로드 버튼을 누르고 픽 웃는 그에게 충심 강한 단원 하나가 다가왔다.

"보스! 자고로 사랑은 사랑으로 지워진다고 했습니다."

단원이 실링에게 내민 책은 마계에서 사랑을 가장 야릇하고 화끈하게 담아낸 베스트셀러, 〈임성운의 5,500가지 그림자〉 1권이었다. 독서에 별 흥미가 없는 실링이었지만, 부하가 생각해서 준 것이니 읽는 척이라도 해 줄 겸 첫 장을 넘겼다. 그런데.

"……."

"왜 그러십니까, 보스?"

실링이 말없이 눈동자만 부지런히 움직였다. 마치 사랑에 빠졌을 때처럼 심장이 미친 듯이 쿵쾅댔다. 책의 1장이 끝나고 나서야 그가 겨우 입을 뗐다.

"1권 다 보기 전에 2권 가져와. 대체 작가가 누구야? 필력이 범상치 않은데."

"아시겠지만 작가의 이름은 '유일'입니다."

평소 부하들이 올리는 자료나 보고서 따위는 전혀 읽지 않는 실링이 재차 되

물었다.

"그러니까, 그게 누구냐고."

"세이린 말입니다. 방금 전 카지노에서 봤던 빛 속성 마물. 세이린 폴룩스."

"뭐라고?"

순간 실링의 머릿속에 화사하게 웃으며 능글스런 말투를 구사하는 세이린이 떠올랐다. 걷잡을 수도 없을 만큼 강력한 환상이었다. 목이 타들어 갈 것 같아 핫초코를 한 모금 들이켠 실링이 책을 와락 끌어안았다.

"나 아무래도…… 진정한 사랑을 찾은 것 같아."

뺨을 분홍빛으로 물들이는 실링을 코앞에서 본 새벽단 단원들은 말을 아꼈다.

□ ■ □

비슷한 시각. 찜찜한 휴가를 받은 아벨 시엘리아는 멋진 여행을 계획하기는 커녕 시엘리아 저택의 서재에서 나오지 않았다. 부지런히 마계의 고전들을 탐독하던 그가 문득 거울에 비쳐 보이는 자신의 모습에 인상을 찌푸렸다. 휴일임에도 기사단장의 옷을 망토까지 갖춰 입은 채로 각 잡고 앉아 독서라니. 전혀 마물답지 않은 모습이었다.

'모처럼의 휴일이니 그동안 못 한 나쁜 일이라도 해 볼까.'

세 시간 후. 나쁜 짓을 하기로 작정한 푸른 기사단장이 저지른 악행이라곤 블루레몬에이드와 민트 초코 맛 아이스크림을 양껏 먹은 게 전부였다. 아벨은 생애 첫 휴가의 첫날에 씁쓸한 사실을 깨달았다. 자신의 몸은 이미 주군의 과로와 야근 패턴에 길들여진 상태였다.

일을 하지 않으니 그사이에 큰 사고라도 났을 것 같아 불쑥 불안했다. 푸른 기사단원들의 훈련을 직접 지도하지 못하는 것도 영 걸렸다. 자신의 소중한 기사들을 껄렁껄렁한 레이 필드가 잠깐이나마 지휘할지도 모른다고 생각하니 두통이 밀려왔다.

다급히 부관에게 전화를 건 아벨은 다프네와 빅토리아, 레이가 다프네의 거

처인 레인 성에 모여 있다는 사실을 알게 되었다. 하지만 레인 성이라면 다프네의 친언니인 이리스의 거처이기도 했다. 어울리자는 이리스의 제안을 매번 거절해 놓고, 할 일 없는 휴일에야 찾아가는 건 무례한 처사라는 생각이 들어 잠시 망설여졌다.

'이리스는 오늘 근무니 레인 성에 찾아가도 마주칠 일이 없겠지.'

한참 고민한 끝에 기사단복을 벗고 가지고 있는 옷 중 가장 캐주얼하다고 판단한 검은 정장을 갖춰 입은 그가 레인 성으로 이동했다. 대문을 지키고 있는 경비병들이 초인종을 누르고 기다리려는 푸른 기사단장을 황급히 안으로 모셨다. 언제든 아벨이 당도하면 즉시 문을 열어 주라는 이리스의 명을 외울 정도로 들어 온 탓이었다.

감사 인사를 시작으로 레인 성에 발을 들인 아벨은 낯설지 않은 내부 장식을 구경했다. 이리스가 물 속성인 탓일까. 장식이 마왕성, 즉 예전 시엘리아 성의 본궁과 무척 비슷했다.

"아벨?"

때마침 저녁을 먹으러 식당으로 이동하던 다프네와 빅토리아, 레이가 아벨을 발견하곤 놀란 눈을 했다. 그를 위아래로 훑은 레이가 픽 웃었다.

"휴일 즐기고 있다는 걸 알리고 싶어서 기사단복 벗은 건 알겠는데, 어떤 정신 나간 놈이 휴일에 정장을 입냐?"

외출 5분 만에 정곡을 찔린 아벨이 무안함에 뒷머리를 긁적였다.

"저택에만 박혀 있으니 시간이 안 갑니다. 제가 도울 일은 없습니까?"

도와줬으면 하는 일이야 넘쳐 났지만, 모처럼 주군의 휴가를 받은 아벨에게 일을 시켰다간 주군의 집무실에서 개인 면담을 갖게 될지도 몰랐다. 가만히 아벨을 지켜보던 빅토리아가 의미심장한 눈웃음을 지으며 말했다.

"그럼 같이 식사라도?"

"아쉽지만 저는 이미 저녁 식사를 했습니다."

"그럼 잠깐 쉬고 있어요. 식사 마치는 대로 불러 드릴 테니까. 왼쪽 복도로 쭉 가면 눈사람 장식이 걸린 방이 있어요. 전망이 좋은 방이죠."

눈사람 장식이 걸린 방. 그곳이 어디인지 아는 다프네와 레이가 눈을 휘둥그레 뜨고 빅토리아를 바라봤다. 하지만 의심이라는 것을 할 줄 모르는 아벨은 호의에 생긋 인사하고 왼쪽 복도로 걸음을 옮겼다. 그가 완전히 사라진 후에 레이가 물었다.

"거기 이리스 방 아냐?"

"맞아. 얼마 전에 이리스가 좋은 레스토랑에서 밥 사 줬거든. 어차피 비어 있을 테니 잠깐 쉬라고 하는 건 상관없잖아?"

빅토리아가 밥이나 먹으러 가자며 재촉할 때, 다프네가 경악했다.

"이리스 언니 오늘 근무 안 해요. 방에 있을 텐데."

"응……?"

세 마물이 아벨이 사라진 복도를 응시했다. 그러니까, 지금 아벨을 사랑한다고 487번도 넘게 고백한 이리스의 방에 아벨을 밀어 넣은 셈이 아닌가.

"이리스한테 밥 한 번 더 얻어먹을 수 있겠네."

빅토리아가 흥미진진하다는 얼굴을 하고 말했다.

□ ■ □

아벨은 앙증맞은 눈사람 장식이 걸려 있는 문을 금방 찾아냈다. 문을 열자 귀여운 장식과 꼭 어울리는 방이 나타났다. 호텔의 스위트룸처럼 여러 개의 방이 복도로 연결되어 있는 구조였는데, 가장 시선을 잡아끄는 것은 침대 위에 볼록하게 쌓여 있는 눈사람 인형들이었다.

'눈사람 테마 게스트 룸인가?'

가까이에서 보니 인형들은 모두 손바느질로 만든 듯 조금씩 모양이 달랐다. 흰색인데도 때가 타지 않은 것을 보아 누군가가 정성 들여 관리하는 듯했다. 고용인들의 부지런함에 흐뭇해하던 아벨은 침대 헤드 위의 선반에 시선을 빼앗겼다.

'……이 그림들은 뭐지?'

여러 개 놓인 액자들에는 모두 몇 겹의 보존 마법이 걸려 있었다. 그 안엔 주로 목탄이나 연필을 이용해 그린 인물화가 자리했다. 남자아이와 여자아이가 각각 다른 액자에서 환하게 웃고 있는 모습. 아벨은 그림 속의 여자아이가 어린 시절의 이리스라는 것을 금방 눈치챘다.

'성의 주인이라 게스트 룸에도 장식해 둔 건가?'

이리스는 어렸을 때나 지금이나 새침한 눈매가 그대로였다. 그림이 조금 더 개구쟁이로 보이긴 했지만. 무릎걸음으로 침대 위에 올라간 아벨은 그림을 더 자세히 들여다봤다. 남자아이가 그려진 액자로 고개를 돌릴 때, 빛 때문에 유리에 비친 자신의 얼굴이 액자 속의 그림과 겹쳤다.

'이 남자애는……'

순간 아벨은 지독한 두통을 느꼈다. 이를 악물어도 눈시울이 붉어질 만큼 고통스러운 통증이었다. 그림이 영 서툴러 누구라고 단정 짓긴 어려웠지만, 그림 속의 남자아이는 유리에 비친 자신과 묘하게 닮은 모습이었다. 그가 머리를 짚으며 모서리에 작게 적힌 날짜와 화가의 서명을 응시할 때였다.

"아, 아벨?"

한참 아래에서 익숙한 목소리가 들려왔다. 고개를 천천히 내린 아벨이 그대로 굳어 버렸다. 수많은 눈사람 인형 사이에 이리스가 파묻혀 있었다. 얼굴이 새빨개진 데다 뺨에 희미한 눈물 자국이 있어 지독한 감기에 걸린 것처럼도 보였다.

"이리스. 울었습니까?"

아벨의 걱정에 이리스의 머릿속은 복잡해졌다. 운 건 맞았다. 전날, 카인 시엘리아가 귓가에 읊조린 말이 머릿속을 떠나지 않아 괴로웠다. 그러나 아벨 시엘리아에게 그 이유를 말할 수는 없었다.

게다가, 지금 자세는 너무 묘했다.

"아벨, 일단 몸 좀……."

이리스가 조심스레 말했다. 지금 아벨의 자세는 '덮친다'라는 세 글자를 인터넷에 검색하면 나오는 사진 같았다. 자세만 본다면 아벨은 그야말로 이리스를 덮치기 일보 직전이었다.

깜짝 놀란 아벨이 이리스의 옆으로 몸을 피했다. 그제야 이리스에겐 아벨의 정장 차림이 눈에 들어왔다. 대낮부터 정장을 입고 자신의 침대 위에 누워 있는 아벨 시엘리아라니. 순진한 푸른 기사단장이 누구에게 낚인 게 분명했다.

'아벨에게 휴가를 주신 클라우드 슈테른 전하, 감사합니다……'

마왕을 향한 이리스의 충성심이 극에 달하는 순간이었다. 그녀의 속을 알 리가 없는 아벨은 진심을 담아 사과했다.

"미안합니다. 빅토리아가 이곳에서 쉬라고 해서 게스트 룸인 줄 알았습니다."

이리스는 빅토리아의 만수무강과 파이어 드래곤의 무한한 번영을 기원했다.

"아니야, 아벨. 온 김에 차라도 마실래?"

이리스가 눈사람 인형 산을 와르르 무너뜨리며 몸을 일으키자 그의 얼굴이 또다시 달아올랐다.

"이리스, 옷."

아벨이 곧장 정장 재킷을 벗어서 목욕을 마치고 바로 침대로 뛰어든 게 분명한 이리스에게 내밀었다.

"이만 가 보겠습니다. 실례가 많았습니다."

"아벨, 잠깐만!"

이리스의 만류에도 불구하고 아벨은 문을 열었다. 그러자 문에 귀를 바싹 붙이고 있던 세 기사단장이 주르륵 끌려 들어왔다. 아벨이 따지듯 물었다.

"빅토리아. 이곳이 이리스의 방이란 걸 알고 있었습니까?"

웃으며 말하는 아벨의 얼굴에 검은 그림자가 드리웠다. 변명이 필요한 타이밍. 빅토리아가 등 뒤의 문을 가리키곤 뻔뻔하게 말했다.

"미안. 내가 말한 건 저거였는데."

이리스의 방 맞은편에 있는 문에 눈사람 모양의 돌이 붙어 있었다. 하지만 아무리 눈치 없는 아벨이라도 그것이 레이가 잔소리를 듣지 않기 위해 마력으로 급조한 조형물이라는 사실 정도는 간파했다.

"도대체 무슨 생각으로…… 음?"

일장 연설을 늘어놓겠노라고 마음먹었던 아벨은 물론, 옷을 갖춰 입고 막 복도로 나온 이리스조차 멈칫했다. 기사단장들의 제복에 달린 통신용 달빛 수정이 붉은빛으로 깜빡였기 때문이었다. 이는 긴급한 일이 터졌을 때 사용하는 신호였다.

"하명하십시오, 비전하."

다프네가 수정에 마력을 불어넣으며 말했다.

— 혹시 초승 호수 근처인 기사단장이 있나요?

빌리아의 목소리였다. 오늘 그녀가 휴가라고 전달받았던 기사단장들은 자못 긴장했다.

"기사단장들은 모두 레인 성에 있습니다."

— ……모두? 캠프파이어라도 하나요? 아무튼, 괜찮다면 초승 호수를 조사해 주셨으면 해요. 물이 달빛으로 빛나고 있어요. 문학적 표현이 아니라 정말 야광 물질을 풀어 놓은 것처럼 빛을 내요.

이리스는 바로 어제, 카인이 실링에게 명령하듯 했던 말을 떠올렸다. 분명 초승 호수에 월식의 수정을 빠트리라고 했었다. 새벽단이 초승 호수를 이용해 음모를 꾸미는 게 분명했다.

Chapter
18

보이지 않는 손

　제이드와 세이린은 이른 아침에 만나 로이펠 성지 탐사 리포트를 총장실에 제출했다. 볼일을 마치고 한가로이 교정을 거닐려는데, 오늘의 아카데미는 왜인지 무척 시끄러웠다. 제이드는 불평조로 중얼거렸다.

　"왜 이렇게 소란스러운 거야?"

　"제릴가 막내아들이 그걸 몰라요?"

　벤치에 앉아 기다리던 커밋이 불쑥 끼어들었다. 손에는 웬일인지 신문을 든 채였다.

　"네가 제릴 포스트도 읽냐? 매일 주식 찌라시만 보는 거 아니었어?"

　"제이드 님도 신문 좀 보세요."

　커밋이 방금 구입한 듯 빳빳한 신문을 제이드에게 내밀었다.

　"너 지금 나한테 우리 집에서 찍는 신문 보라고 주는 거냐?"

　"이거 호외예요."

　"호외? 그런 소식 못 들었는데."

　"방금 막 팔기 시작했으니 그럴 만도 하죠."

두 사람이 지치지도 않고 티격태격하는 동안 세이린은 신문을 더 자세히 들여다봤다. 커밋의 말대로 '호외'라는 글자가 상단에 찍혀 있었다. 즉, 세간에 무언가 대단한 일이 생겨 오늘 자 신문 말고도 추가 기사가 나왔다는 것이다.

[갑작스러운 초승 호수 오염…… 불길한 징조?]

굵직한 헤드라인에 여섯 개의 눈동자가 몰렸다. 기사의 내용은 조금씩 달랐지만, 거울처럼 맑고 투명한 초승 호수의 물이 새카맣게 오염되었다는 소식을 공통으로 다루고 있었다.

어제는 물이 빛나더니 오늘은 어두워졌단다.

초승 호수의 이상 현상은 어제 빌리아와 아벨의 외출을 당일치기에서 끝내 버린 중대한 사건이었다. 기사단장들이 한 차례 조사한 바로는 수질에는 문제가 없다고 했다.

궁금증이 극에 달한 세이린이 물었다.

"초승 호수, 직접 가서는 못 보겠지?"

제이드가 단숨에 초승 호수로 향하는 이동 마법진을 그리며 말했다.

"왜 못 봐."

"제이드 님, 수업 결석하시게요?"

"잠깐 보고 오는 건데 뭐."

어째 F반 낙제생과 A반 수재의 대사가 바뀐 것 같았다.

호숫가에는 제릴 포스트의 호외 기사를 보고 구름처럼 몰려든 취재진과 학생들, 인근 주민들이 가득했다.

"클라우드 전하께서도 이렇다 할 답을 못 내리시는군."

"어쩜 호수 물이 하루아침에……."

인파를 겨우 헤치며 들은 술렁임에 의하면, 저 멀리 건너편에는 마왕 부부를 비롯한 마왕성 사람들도 와 있는 것 같았다. 겨우 호숫가에 다가간 세이린은 입을 틀어막고 놀랐다. 맑디맑던 초승 호수는 구정물이 된 정도가 아니라, 먹물처럼 새카맣게 변해 있었다.

'이 느낌은…….'

세이린이 멍하니 호수 물을 바라봤다. 새카만 잔물결이 아스라이 흐르는 것이 꼭 클라우드의 마력을 연상시켰다. 짙은 청보라색 눈동자나 어두운 머리카락, 낮게 읊조리는 목소리가 차례로 연상돼 마치 호수에 깔린 어둠이 그인 것처럼 느껴졌다.

그 생각을 하자 갑자기 그녀의 머릿속이 아득해졌다. 거부할 수 없는 어떤 힘이 끌어당기는 것 같았다. 이끌리듯 물가에 꿇어앉은 세이린은 생각할 틈도 없이 호수 표면으로 손을 뻗었다. 수면을 어루만지듯 건드리는 순간.

"으……!"

물에 닿은 그녀의 손에서 깨끗하고 투명한 빛이 뻗쳤다. 빛은 마치 나뭇가지처럼 갈라지고 갈라져 순식간에 호수 전체에 퍼져 나갔다. 세이린이 손을 떼자 그녀의 손바닥에서 떨어진 물방울이 수면을 톡 건드렸다. 그리고 한 번 더 원형으로 퍼지는 빛. 그녀의 동작 하나에 기적처럼 온 호수가 투명하게 정화되었다.

세이린은 고개를 들지 않아도 거울처럼 맑은 호수 표면을 보고 알 수 있었다. 구름처럼 몰려든 마물들의 시선과 웅성거림이 온통 자신에게 쏠려 있다는 것을. 당황할 수밖에 없었다.

'어떻게 내가 이런 일을 할 수 있는 거지? 그동안 야한 생각을 너무 해서 음란 마귀 등급이 오르기라도 했나? 설마, 마왕급 음란 마귀……?'

"야, 세이린! 정신 차려!"

제이드가 혼란에 빠진 세이린의 어깨를 흔들었다.

"제이드 님. 얼른 세이린 일으켜요."

커밋이 동물원 원숭이라도 구경하려는 듯 그녀에게로 다가오는 사람들을 저지하며 말했다.

"학생들, 일행인가? 저 아가씨는 여명회 출신이야?"

"정화한 걸 보니 보통 여인은 아닌 것 같은데."

"여명회 출신 여자가 분명해. 기사단에 잡아다 넘기자!"

누군가의 외침을 시작으로, 마물들은 약속이라도 한 듯 스멀스멀 삼인방을 포위했다.

"저런 기이한 일을 벌일 수 있는 건 그 이교도들밖에 없어!"

"여명회가 무죄 판결 받은 게 언젠데!"

커밋이 눈을 날카롭게 뜨며 소리쳤지만, 대부분은 들은 체도 하지 않았다.

"안 되겠다. 아카데미로 돌아가자."

제이드가 이동 마법진을 그리느라 잠시 한눈판 찰나. 누군가의 육중한 손이 세이린에게 휙 뻗쳐 왔다. 졸지에 세이린은 모르는 남자에게 일방적으로 머리채를 잡히게 되었다. 그녀가 반사적으로 제 머리카락을 휘어잡은 남자의 머리채를 줴뜯으려 할 때였다.

"그만."

새카만 마력이 들끓더니 익숙한 등빨과 목소리가 그녀의 앞을 막아섰다.

"밤의 왕이시여!"

"클라우드 슈테른 전하!"

바글바글 몰려 있던 구경꾼들이 존경의 목소리를 내며 절했다. 얼마나 많은 마물이 움직이는지 그 모습이 파도치는 것처럼 보일 정도였다. 호수 건너편에서 이곳까지 단번에 넘어온 듯한 클라우드는 여전히 산홋빛 은발을 쥔 손을 보고 인상을 찌푸렸다.

"잡은 머리카락을 놓도록."

"명대로 하겠습니다."

세이린은 똑같이 머리채를 잡지 못한 것을 못내 아쉬워했다. 클라우드가 그녀를 살피며 물었다.

"세이린. 괜찮나?"

"예, 전하."

아무렇지도 않다는 생각과는 달리 세이린의 몸은 바르르 떨리고 있었다. 누군가가 자신을 해치려 손을 뻗었다는 것을 쉬이 받아들일 수 있을 리가 없었다. 클라우드는 마치 다른 마물들은 보이지 않는다는 듯 그녀의 머리카락을 조심히 정리해 주다, 안아 줄 듯 거리를 좁혔다.

"전하! 그 여자는 여명회 출신이 분명합니다!"

"속히 처벌하소서!"

군중 속에서 불쑥 목소리가 터져 나왔다. 클라우드는 그것이 아주 큰 모욕이라는 듯 눈매를 무섭게 벼렸다.

"영주 시대에 여명회를 지지하는 것은 불법이었을지 모르나, 지금은 아니다."

"하지만 전하, 저런 기이한 일을 벌일 수 있는 것은 여명회뿐입니다! 신원 미상의 여인을 속히……"

"신원 미상?"

클라우드는 가뿐히 말꼬리를 잘라 먹곤 어쩔 수 없지 않냐는 눈길로 세이린을 바라봤다. 그녀는 거대한 불안감에 휩싸였다.

'……잠깐만. 나 음란 마귀 자격으로 마계 영주권 얻은 거 떠벌리려고 이래? 이 군중 앞에서?'

수치도 이런 수치가 없었다. 하지만 신원 미상이 아니라는 주장을 하려면 그 방법밖에 없을 듯했다. 세이린이 소심하게 고개를 끄덕이자 마왕은 보란 듯 그녀를 품에 안고 선언했다.

"세이린 폴룩스는 하나뿐인 빛 속성 보유자다. 곧 나와 부부의 연을 맺을 여인이기도 하니 신원은 내가 보증하지."

순간 동그래진 수많은 눈동자가 둘에게로 향했다. 정확히는 마왕이 부드럽게 쥔 세이린의 왼쪽 손 네 번째 손가락에.

"찌라시에 오르내리던 그 이속성?"

"빛은 빛이라고 치고."

"부부의 연이라면……."

군중은 미친 듯 술렁거리기 시작했다. 드디어 밤의 왕이 후처를 들인다는 소식에 무척 들뜬 모습이었다. 그 모습을 바라보던 음란 마귀가 무언가 생각난 듯 눈을 반짝였다.

'가만 생각해 보니 나 마왕님 신부 될 사람이잖아? 감히 그런 내 머리채를 잡아?'

사극에서 흔히 나오는 장면이 아니던가. 왕과 하룻밤을 보냈다는 이유만으로도 승은이니 뭐니 하면서 끝내주는 대접을 받는 여인들. 그런데 우리 잘생긴 마왕님한테 프러포즈까지 받은, 비전하의 열렬한 지지를 받는, 몇 날 며칠 동안 진도표대로 진도 쭉쭉 나간 난?

'실세 중의 실세잖아?'

상황을 파악한 세이린이 앓는 소리를 내며 머리를 짚었다.

"전하…… 으음, 이린이 머리가 아파요. 호 해 주세요."

예상대로 세이린을 공격했던 남자는 털썩 무릎을 꿇었다. 이것이 바로 짜릿한 권력의 맛! 세이린이 속으로 째지는 폭소를 터트리고 있다는 걸 아는지 모르는지, 클라우드가 당황한 얼굴로 물었다.

"머리?"

"조금 놀랐나 봐요. 쉬면 나아질 것…… 어맛!"

비명이 조금 인조적이긴 했지만, 세이린은 어쨌든 성공적으로 클라우드의 품에 안겼다. 그제야 속내를 알아챈 그가 웃음을 참으며 되물었다.

"괜찮나?"

"으응……."

세이린이 애교스런 콧소리를 흘렸다. 클라우드는 하루빨리 후계자를 생산해 왕실을 안정시켜 달라는 상소를 하루에도 수십 번씩 받는 왕이었다. 그런 그가 거부 끝에 겨우 선택해 마왕성으로 들이는 여인이 바로 이 몸!

"감히 귀하신 분을……!"

"전하의 여인에게 무슨 짓을 한 거야!"

역시 여론은 죽 끓듯 변덕스러웠다. 세이린이 생전 내 본 적 없는 콧소리와 사근사근한 애교를 부리며 머리를 짚는 동안, 왕의 여인에게 섣불리 손댄 남자의 목을 당장 쳐야 한다는 건의가 빗발쳤다.

"전, 전하, 정녕 그 여인이……."

남자는 완전히 정신이 나간 모습이었다. 기세 좋게 머리채를 잡던 손이 줄줄 흐르는 눈물과 콧물을 닦기 바빴다. 측은함을 느낄 법도 한데, 왜 놀리고 싶은 마음이 드는 것일까. 세이린이 속상한 척 흐르지도 않는 눈물을 톡톡 찍어 냈다.

"백성들이 보기에는 제가 전하를 모시기에 한참 부족한가 봅니다. 흑흑."

연기엔 영 재능이 없군. 클라우드가 손발이 오그라드는 세이린의 상황극을 애써 외면하곤 입을 열었다.

"내가 생각하기엔 그렇지 않은데. 당신은 일단……."

"일단?"

세이린이 기대에 찬 눈을 했다.

"문학적 소양이 나보다 훨씬 뛰어나지."

미성년자 구독 불가 소설을 베스트셀러로 만들었다는 말을 아주 돌려서 하시네.

"협상에도 능하고."

그동안 한 밀고 당기기가 끝내줬나 보다.

"가끔 나를 놀라게 해."

……어제 등을 너무 더듬었나?

"성장도 빠르지."

이건 분명 아카데미 성적을 두고 하는 얘기일 거다.

"거기에 두말하면 입 아픈 추진력까지."

하긴, 진도표 끝내 버리자고 선언하듯 유혹한 게 하루 이틀이 아니. 세이린이 엎드려 절 받기에 괜히 기분이 좋아져 웃음을 참고 있을 때, 마왕은 그녀에게만 들릴 정도로 나지막하게 말했다.

"더 해?"

"예쁜 건?"

"굳이 말 안 해도 알아봤을 것 같은데."

선수야, 아주.

"마왕님이 보기엔 내 어디가 제일 예쁜지 백성들한테 말해 줘야 하는 거 아닌가?"

세이린이 싱긋 너스레를 떨자, 클라우드는 위협적일 정도로 낮게 웃었다.

"착한 생각 해요, 마왕님. 여기 어린애들도 있어. 어딜 생각하시길래 이러시지?"

"내 이름 새겨진 네 허리."

"큼, 큼……."

세이린이 괜히 머리채를 잡았던 남자의 눈치를 봤다. 그는 여전히 자신과 마왕의 각별하고도 특별한 사이를 믿기 싫다는 얼굴이었다. 그렇다면 보여 주는 수밖에. 세이린은 눈웃음을 지으며 클라우드를 슬쩍 올려다본 다음, 제 뺨을 톡톡 두드렸다. 클라우드는 제법 놀란 반응이었다.

"진심인가?"

"전하께서 내키신다면."

대놓고 애정을 드러낼 기회만 호시탐탐 노리고 있던 밤 대륙의 왕이 이 기회를 놓칠 리 없었다.

분명 세이린이 톡톡 두드린 건 뺨이었으나 입술은 전혀 다른 곳에 닿았다. 클라우드는 얼굴을 비스듬히 기울여 곧장 그녀의 입술을 머금었다. 그녀가 내빼지 못하도록 얼굴을 감싸 쥐곤 살금살금 입술을 탐하자, 여태껏 보인 적 없는 과감한 스킨십에 군중들이 환호했다. 그가 짧지만 온몸이 짜릿해지는 키스를 선사하곤 짧은 뽀뽀로 아쉬움을 달랠 때, 음란 마귀에겐 못내 아쉬운 것이 있었다.

'이 상태에서 마왕님 셔츠 단추 두 개만 풀렸으면 완벽한데. 두 개, 아니, 세 개?'

"……세이린?"

잠깐 딴생각을 하는 그녀를 클라우드가 조금 당황한 얼굴로 불렀다. 그 시선이 닿은 곳을 보고 그녀도 당황할 수밖에 없었다.

툭, 툭.

넥타이로 가려져 있었지만, 그의 셔츠 단추가 툭, 툭 풀어지고 있는 것이 확실히 보였다.

'……누가 장난치는 거겠지?'

세이린이 애써 고개를 돌렸다. 주변에서 왕의 여자에게 손댔으니 사형을 면치 못하리라는 추측이 들려오기 때문일까. 그녀의 머리카락에 손댄 남자가 새파랗게 질려 있었다.

"전하. 저분께 아무런 처벌을 내리지 말아 주세요. 전하를 위하는 마음에서

한 행동일 거예요."

겁을 줄 만큼 줬으니, 다시는 얕보지 않을 게 분명했다. 유일 작가는 명대사를 쓰는 마음으로 가련하게 이야기했다. 예상대로 남자는 물론 우글거리던 온 마물들이 감동에 젖은 얼굴을 했다. 특히 죄를 용서받은 당사자는 몸소 용서를 실천한 그녀를 위해 목숨이라도 바칠 기세였다.

'뭐, 이런 자비쯤이야. 마음이 코랄 비치만큼 넓은 내가 참는다.'

세이린은 훈훈한 분위기에 어울리는 미소를 머금었다.

"네가 원한다면 그렇게 하지."

마왕은 두 번의 용서는 없다는 것을 견고히 한 후 돌아가도 좋다고 명했다. 그러나 막상 자신을 위협했던 놈이 멀쩡히 돌아가는 모습을 보니 변덕스러운 세이린의 기분이 언짢아졌다.

'에라이, 가다 확 넘어져라!'

쿵!

"……어?"

남자가 아무것도 없던 평지에서 갑자기 넘어졌다. 누구도 발을 걸거나 마력을 가하지 않았는데도. 세이린의 얼굴이 급격히 창백해졌다.

"세이린, 왜 그러지?"

"아니에요, 전하."

신도 아니고, 생각한 대로 이뤄진다니. 과대망상이거나 우연의 일치일 것이었다. 애당초에 바라는 대로 이뤄진다면 빌고 싶은 다른 소원이 많았다. 예를 들어…….

"세이린. 무슨 짓을 한 거지?"

"헉……."

그래. 눈앞에 펼쳐진 것처럼 클라우드가 자취방 침대 위에 매끈하게 누워서 장미꽃을 입에 물고 있는 장면 같은 거. 그것도 상의를 탈의한 상태로.

그 모든 것이 눈 깜짝할 새에 현실이 되어 있었다.

그녀가 침을 꼴깍 삼키자, 클라우드의 드러난 살갗에 오일 같은 것이 발려 근육이 부각되었다.

'이런 미친…… 오일은 진짜 잠깐 상상했는데.'

음란 마귀가 황홀한 광경에 입을 틀어막았다. 상상이 현실이 된다는 것을 인지한 세이린이 곧장 머리에 검지를 문질렀다.

'착한 생각, 착한 생각……'

그러나 그녀가 간과한 사실이 하나 있었다. 착한 생각을 하려고 마음먹으면 더 나쁜 생각을 하게 된다는 것. 이를테면 벨트 버클이 갑자기 풀리는 상황이라던가.

달칵!

'내가 미쳐, 진짜 풀리냐!'

억울해하는 세이린에게 모종의 위협을 느낀 클라우드는 마력으로 이불을 잡아당겨 제 몸을 감쌌다.

"음란 마귀. 무슨 짓을 하는 거지?"

"어떡해. 미안해요. 괜찮아요?"

"괜찮아 보이나?"

"제 눈엔 끝내주긴 하는데……."

"아카데미에서 배우는 종류의 마법은 아니군."

얼른 어찌 된 일인지 불라는 듯 나직한 목소리를 음란 마귀가 그냥 지나칠 리 없었다.

'아, 미치겠네. 목소리는 또 왜 이렇게 좋아. 아무 데나 막 뽀뽀하고 싶게!'

펄럭—

달빛처럼 은은히 빛나는 마력이 그의 몸을 가리고 있던 이불을 돌돌 말아 창밖으로 던져 버렸다. 이 분위기 어쩔 거야! 세이린이 손을 파닥여 새빨개진 얼굴을 식혔다. 머릿속의 상상이 현실이 된다는 건 사기적인 능력임과 동시에 엄청난 눈 호강이긴 했지만, 쪽팔림도 이런 쪽팔림이 없었다.

"그, 그게…… 현실이 되는 것 같은데."

"뭐가."

이 사태를 해결하려면 무슨 일이 벌어지고 있는지 설명해야만 했다. 수치스러워 죽을 것 같았지만 세이린은 꿋꿋이 말했다.

"그러니까, 내……."

"네, 뭐. 네가 쓴 책?"

"아니, 내 상상……."

"상상?"

클라우드가 그게 무슨 개 풀 뜯어 먹는 소리냐고 묻듯 재수 부재중인 얼굴을 했다. 이 얼굴에 껌뻑 죽는 거 뻔히 알면서, 어떻게 이래? 자연스레 나쁜 생각을 한 음란 마귀가 반사적으로 움찔했다.

휘익!

갑자기 어디선가 바람이 불어와 클라우드의 머리카락을 헤집었다. 그가 앞머리를 올리면 얼마나 잘생겼을지 궁금하다고 딱 3초, 3초 동안 생각했건만. 물론 머리를 뒤로 쓸어 넘긴 클라우드는 안 그래도 뚜렷한 이목구비가 더 훤칠히 드러나 숨도 못 쉴 정도로 잘난 모습이었다.

클라우드가 어이없다는 듯 웃음을 흘렸다.

"평소에 이런 상상 하나?"

네. 불건전해서 죄송합니다.

"취향 한번 일관적이군."

아무렴요.

"이제 끝났나?"

이 정도로 끝났으면 영주권 못 받았지, 이 마왕아. 속으로 대꾸한 세이린이 침착하게 아르디노의 아름다운 대자연을 떠올렸다. 짙푸른 녹음을 가르며 뛰노는 짐승들이 둘씩 나란히 붙어서 격렬하게…….

"왜, 왜 이런 장면밖에 안 떠오르는 거야!"

가만히 지켜보던 클라우드가 결국 조소에 가까운 웃음을 터트리며 그녀를 품에 안았다. 물론 지금 상황엔 도움이 되지 않는 조치였기에 그녀는 마왕에게 빌 수밖에 없었다.

"제발 가만히 좀 있어요. 응?"

"가만히 있으면 또 무슨 짓을 할 줄 알고."

"머릿속에 있는 이런 짓, 저런 짓, 그렇고 그런 짓 다 해 줄까? 감당 못 하게?"

사실 클라우드는 늘 세이린이 어떤 은밀한 상상을 하는지 궁금해했다. 원한다면 그 상상을 현실로 만들어 줄 용의도 있었다.

그는 거부하기는커녕 연인을 아래에 두고 팔로 몸을 받쳤다.

"감당 못 할 것 같나?"

세이린이 멀뚱히 마왕을 올려다봤다. 마치 희대의 문제아를 바라보는 선생님처럼 클라우드가 자신을 내려다보고 있었다.

'……선생님?'

펑!

"세상에나……."

검은색 뿔테 안경을 쓴 클라우드라니. 음란 마귀는 이번 생은 이것으로 만족할 수 있다는 듯 흡족한 얼굴을 했다.

"세이린. 안경 쓴 남자 좋아하나?"

"어휴. 저는 마왕님이면 다 좋아요."

흘리듯 진심을 말하자 덮치듯 자신을 감싸고 있던 그의 몸이 바짝 가까워졌다. 세이린이 망설임 가득한 목소리를 냈다.

"아직 대낮이고, 호수에 있던 사람들이 이상하게 생각할 텐데."

"뭘."

"사랑하는 마왕님이 갑자기 눈앞에서 뿅 사라졌으니까."

"……사랑하는 네가 여기로 데려왔잖아."

"아니, 나 말고 백성들이 사랑하는 마왕님."

"넌 아니라는 듯 말하는군."

"어휴, 하죠. 하는데……."

"뭘 해."

세이린이 능글스레 눈썹을 으쓱이곤 말했다.

"사랑."

"……할까."

머릿속으로 '사랑'이라는 단어의 다른 의미를 떠올린 그가 나직하게 물었다. 세이린은 평소처럼 눈을 찬찬히 감는 대신, 자신의 마력이 빚어낸 그의 안경을 찬찬히 벗겼다.

"네 취향 아니었나?"

"키스할 때 불편해서 안 돼."

"이건?"

클라우드는 새카만 머리카락을 건드리며 물었다. 평소와는 달리 적당한 볼륨을 가지고 쓸어 올려진 모양이 어색했다.

"그건 그냥 놔둡시다. 내가 언제 또 마왕님 포마드를 보겠어."

"의견 한번 확고하군."

피식 웃음을 흘린 입술이 가만히 와 닿았다. 세이린이 그의 목을 껴안으며 안경을 바닥으로 던졌다. 툭, 소리가 들려오자 머릿속에선 또 온갖 잡다한 망상들이 쏟아졌다. 오직 연인과 살이 닿았을 때만 드는 그런 창의적인 생각들.

"헉⋯⋯."

"왜, 또."

"잠, 잠깐만요."

음란 마귀가 움찔했다. 여태까지 했던 상상들은 그나마 건전한 편이었다. 하지만 앞으로 할 생각들이 현실이 되는 순간 마왕님이 충격을 받을 게 뻔했다. 세이린의 머릿속에는 차마 〈임성운의 5,500가지 그림자〉에도 담지 못한 그렇고 그런 상상들이 밤 대륙의 마물 수만큼이나 많았다.

'그러니 그 책으로 독학한 우리 마왕님은⋯⋯!'

세이린은 이 불건전한 상상으로부터 우리 마왕님을 지켜야 한다는 의지 하나로 자리에서 일어났다.

"갑자기 할 일이 생겨서 집에 가 봐야 할 것 같아요."

그러자 클라우드는 갑자기 돌변한 이유를 모르겠다는 듯 으르렁댔다.

"여기가 네 집이잖아."

"안 돼요. 마왕님은 내가 지켜."

"무슨 소린지 모르겠군. 누구에게서 지킨다는 거지?"

세이린이 기어들어 가는 목소리로 저한테서요, 하고 대답하니 그는 더 모르겠다는 얼굴을 했다. 자리를 피하려 슬금슬금 움직이는 세이린의 머리를 받친 다음 못 빠져나가게 가두는 팔이 단단했다.

"어흐흑, 이러지 마세요……."

그녀가 우는 목소리를 내며 시선을 조금씩 내리니, 고대 그리스 조각상에나 있을 법한 그의 매끈한 복근이 훤히 보였다.

"……."

음란 마귀에게 문득 떠오르는 생각 하나. 클라우드 슈테른은 가끔 마법을 제 3의 손처럼 사용한다. 즉, 무언가를 잡거나, 쓰다듬거나, 만지거나, 쥐거나, 흔들 때 마력을 사용한다.

"……세이린."

그의 나직한 목소리를 들은 세이린이 쓰나미 같은 불안감에 휩싸였다.

"……내가 무슨 말 할 것 같나."

"왜, 왜 그러세요, 전하?"

"무슨 생각을 하는…… 윽……!"

이런 미친. 어둠 속성 보유자는 신음을 참는 게 종족 특성인 줄 알았건만, 신음을 참다못해 얼굴을 붉히는 마왕님이라니.

'내 마력이 대체 무슨 짓을 하고 있는 거야. 애완동물도 아니고 주인 닮아서 이래? 보이지 않는 손이야, 뭐야?'

사태의 심각성을 느낀 세이린이 급하게 작별을 고했다.

"클, 클라우드, 나중에 봐!"

마력 운용을 제대로 하지 못하는 자신이 마왕님을 위해 할 수 있는 일이라곤 도망, 즉 셀프 격리뿐이었다. 멀쩡했다면 덥석 손목을 잡았을 텐데, 얼마나 충격을 받았으면 막아서지도 않는 것인가.

대체 뭐부터 해야 할지 고민하며 무작정 달리다가, 문득 자신만큼이나 상상력이 풍부한 비전하의 얼굴을 떠올린 세이린이었다. 모르는 게 없는 왕비님이라면 이 총체적 난국을 어떻게든 해결해 줄 수 있을 터였다.

그렇게 생각한 순간 몸이 붕 뜨는 듯한 느낌이 들었다. 마치 공중에 떠 있는 것처럼.

"이런 미친, 진짜 떠 있잖아!"

둥실 떠올랐다 급강하하는 세이린을 땅 속성의 마력이 조심히 받아 들였다. 세이린이 아카데미에 간 틈에 잠깐 짬을 내 빌리아와 포커를 치고 있던 로자리였다.

"아, 아가씨?"

"작가님, 클라우드랑 계신 것 아니었어요? 이동 마법진은 못 본 것 같은데……."

빌리아가 폭신한 침대에 내려진 세이린을 걱정스런 시선으로 살폈다. 마물들이 일반적으로 사용하는 이동술이 아니었다. 마법진도 없이 환영처럼 이동하다니.

'코로나가 쓰는 이동술이랑 비슷한데…….'

빌리아가 진지한 기색을 보이자 세이린은 울상이 되어 초승 호수를 정화한 뒤로 무슨 일이 있었는지를 털어놓았다. 물론 조금의 필터링을 거쳐서.

"울지 말고 천천히 말해 보세요."

심신 안정에 특효라는 릴리마리 허브티를 내민 빌리아는 예능 프로그램을 보는 것처럼 풍부한 표정을 하며 이야기를 들었다. 어쩜 작가님은 삶 자체가 이렇게 재미있을까. 문득 부러운 마음도 들었다.

"그러니까, 머릿속의 생각이 계산 과정도 없이 현실화된다는 거죠?"

"네. 순간 이동이야 그렇다 쳐도, 마왕님을 자꾸 상상한 모습으로 바꾸는 건 못 견디겠어요. 머릿속 생각이 현수막에 전시되는 느낌이에요. 제가 마왕급 음란 마귀가 된 건 아니겠죠?"

"그럴 수도 있지만 가장 큰 이유는 이속성이겠죠."

세이린은 금방 수긍했다. 자신이 생각하기에도 이런 갑작스러운 변화의 원인은 이속성이 가장 의심스러웠다. 문제는 왜 갑자기 그 능력이 개방되었냐는 건데. 문득 괴도 K가 실링 워렛에게 반쪽짜리 월식의 수정을 초승 호수에 던지라고 했던 게 생각났다.

'아니지. 악당들이 내 속성을 개방시켜서 득 볼 게 뭐 있다고. 혹시 내가 이런 짓, 저런 짓 해서 클라우드를 당황하게 할 거라고 판단했나?'

그렇다면 참으로 정확한 분석인데. 괴도 K가 빌리아의 약혼자라는 것을 아는 세이린은 이렇다 할 조언을 구하지 못한 채로 추측만 계속했다.

빌리아가 입을 열었다.

"일반적으로 마법진 계산 없이 마법을 쓰는 건 생각지도 못할 일이거든요. 코로나가 이동 마법을 그렇게 쓰긴 하지만."

"마왕님은요?"

"클라우드도 마법진을 사용하죠. 아무튼 작가님도 조금만 연습하시면 마법이 무작위로 발동되는 걸 통제할 수 있을 거예요. 제겐 조금 아쉬운 일이지만."

"아쉽다는 건……."

이건 또 무슨 말인가. 설마 목숨을 담보로 연습하고 그래야 하나? 불안에 떨고 있는 세이린을 보며 빌리아는 가만히 쥘부채를 펼쳤다.

"자고로 창작이란 다양한 경험이 필수인데. 역시 아쉬워요."

야설 집필 얘기였군. 세이린이 안도했다. 어쨌든, 이속성 때문이고 배우면 제어도 가능하다니 무척 다행이었다. 잘 배울 수 있을지는 모르겠지만.

"음…… 마력 운용을 익히기까지 얼마나 걸리느냐가 변수겠네요. 결혼. 결혼을 해야 하니."

빌리아가 결혼이라는 두 글자에 집착할 때, 세이린의 귀에는 전혀 다른 말만 들렸다.

"네? 음마력이요?"

어머, 하는 짧은 탄성을 내뱉은 빌리아는 결혼에는 문제가 없으리라는 깨달음을 얻은 듯했다.

"아뇨, 마력이라고 말하려고 했는데…… 음마력이라는 별칭도 나쁘지 않네요. 앞으로 그렇게 부를까요?"

"어흐흑…… 제발 그러지 마세요."

세이린이 거의 애원하듯 말했다. 그러나 완강한 거절에도 빌리아는 '음마력'이라는 별칭이 마음에 드는 듯 몇 번이나 되뇌었다.

"걱정하지 마세요, 작가님. 저희 둘만의 비밀로 남겨 둘게요."

부채로 입가를 가린 채로 보이는 사근사근한 미소를 보니 아무래도 죽을 때까지 기억하실 것 같다. 게다기 둘만의 비밀이라니. 무엇에 쓰이는 것인지 모르겠는 마법 장치들을 옮기기 위해 분주히 드나드는 하녀가 열댓 명이 넘었다.

"저분들은 뭐예요?"

"곧 화상 회의를 할 거예요. 작가님도 여기 계시는 게 좋겠어요. 아무래도 당사자 의견이 필요하니까요."

"화상 회의요?"

마왕님이 음란 마귀 얼굴을 차마 못 보겠다고 학이라도 뗀 것일까. 찔리는 것이 많은 세이린은 불안감을 잠재우기 위해 파르르 떨리는 입술을 맞물었다.

"그나저나 클라우드가 늦네요."

"그러게요."

세이린은 대충 대답하며 슬그머니 카메라의 영역에서 벗어났다. 아무리 회의 안건이 담긴 클립보드를 훑어보고 있었다고 해도, 빌리아가 유일 작가님의 수상쩍은 움직임을 놓칠 리가 없었다.

"클라우드랑 무슨 일 있으셨나요? 음성 전송은 잠시 꺼 뒀어요."

"아니, 그게…… 클라우드가 가끔 마력을 손처럼 쓸 때가 있잖아요?"

"자주 그러죠."

똑똑한 사람들은 하나를 들으면 열을 안다고 했다. 그건 마물들에게도 적용되는 말이었다. 빌리아는 손이라는 단어를 중심으로 한 마인드맵을 어렵지 않게 확장시켰고, 곧 얼굴을 우그러뜨리며 입을 틀어막았다.

"대체 보이지 않는 손으로 어딜 만진, 아니, 더듬…… 아니, 쥐신……."

"……."

때로는 침묵이 언어보다 더 많은 것을 전한다던가. 빌리아가 못 볼 것이라도 본 것처럼 인상을 찌푸리고 말했다.

"아니에요. 대답 안 해 주셔도 돼요."

"저는 쓰레기예요……."

세이린이 보이지 않는 손을 탓하며 한숨을 폭폭 내쉬었으나 빌리아는 환하게 웃으며 응답했다.

"작가님이 훌륭한 마물이라는 건 굳이 자화자찬하지 않으셔도 알고 있답니다."

그렇다. 여긴 마계였다. 즐길 만한 나쁜 일이 곧 선행인 세계.

다행이긴 했지만, 인간으로 살았던 전력이 있는 세이린은 양심이 찔려 죽을 지경이었다.

곧, 설치가 끝난 스크린에 기사단장들이 모두 착석한 회의실이 나타났다. 마왕님을 모시러 갔다던 레이 필드가 돌아온 것으로 봐서는 클라우드도 곧 나타날 것 같았다. 단정히 머리카락을 쓸어내린 하녀 하나가 주변을 말끔히 갈무리하곤 말했다.

"이쪽 카메라를 보고 말씀하시면 됩니다, 비전하."

"수고했어. 들어가서 쉬렴."

과연 마왕성의 장비는 그 퀄리티가 남달랐다. 분명 실시간으로 전송되는 영상일 뿐인데, 진짜 회의실에 모두가 모인 것처럼 생생했다. 곧 화면의 중앙, 회의실의 상석에 천천히 앉는 클라우드의 모습이 대문짝만하게 송출되었다. 동시에 세이린이 입을 틀어막았다.

'이런 미친⋯⋯.'

머리는 어딘가에서 뒹굴다 온 것처럼 헝클어진 포마드 스타일에, 꽉꽉 잠겨는 있으나 어딘지 모르게 흐트러진 느낌을 주는 제복. 평소와 비슷한 재수 부재중인 얼굴임에도 묘하게 피곤과 관능에 젖어 있는 얼굴. 퇴폐미라는 것을 뚝뚝 흘리는 클라우드 슈테른이라니.

"작가님, 숨, 숨 쉬세요!"

빌리아가 멍하니 화면을 보며 정신을 잃어 가는 세이린의 어깨를 탁탁 두드리며 말했다. 문제는 작가님이라는 세 글자를 들은 화면 속 클라우드가 몸을 움찔했다는 것.

'망했다, 망했어. 마왕도 감당 못 하는 음란 마귀라니. 이번 생은 여기서 끝이다, 끝.'

퇴폐미에 정신을 놓고 있던 세이린이 눈썹과 입꼬리를 축 늘어뜨렸다. 세이린이 아쉬워하든 말든, 화면 안의 레이는 목을 큼큼 가다듬곤 말했다.

— 아르디노 측에서 회의 모듈을 가동하기까지는 시간이 꽤 걸릴 테니, 그전에 분부하신 사항에 대한 조치를 보고드리겠습니다.

아무래도 마왕에게 무언가 별도의 지시를 받은 듯했다.

— 세이린 폴룩스에게 손을 뻗고 협박한 남자는 간단한 조사 후 귀가시켰습니다. 전하와 왕실 작가의 은혜에 감사하며 집에 도착했을 겁니다. 시간이 꽤 흘렀으니, 지금쯤 다시 잡혀 왔겠군요.

"하긴, 작가님께 손댄 남자를 그냥 보내 줄 클라우드가 아니죠."

화면을 보던 빌리아가 그럴 줄 알았다는 듯 고개를 주억거렸다.

— 남자의 혐의는 할로윈 호박등 미부착, 1인당 스낵류 소비량 미달, 프로그 오케스트라 불법 촬영본 유포, 65도 이상의 탄산음료 섭취입니다.

클라우드가 인상을 찡그리곤 말했다.

— 끔찍한 데다 무겁기까지 하군. 그자의 죄는 그게 전부인가?

— 탈탈 털어 보니 탈세, 허가 구역이 아닌 곳에서의 도박, 마약류 식물 재배 혐의도 있었지만, 이런 귀여운 죄목들로 킬 협곡의 개과천선 캠프에 보낼 수는 없으니까요.

'아무리 생각해도 중죄랑 귀여운 죄목들이 바뀐 것 같은데.'

세이린은 다시 한 번 마계가 인간계와 다름을 느꼈다.

곧, 화면 안에 또 다른 화면이 나타났다. 어딘가 불편한 얼굴을 하고 있는 스피카 총장이었다.

— 전하, 죄인인 제가 왕실의 회의에 끼어드는 것은 사리에 맞지 않다고 생각됩니다.

공손한 목소리였으나 화면 안의 클라우드는 픽 웃었다.

— 귀찮은 건 알겠지만 회의에 참석해 줬으면 좋겠군. 여명회와 관련된 헛소문이 돈다면 그것을 바로잡는 것도 네 일이다.

스피카는 아쉬운 듯 답했다.

— ……그리 명령하신다면 따르겠습니다.

만족스러운 표정을 한 클라우드가 손을 들어 올려 무언가를 지시했다. 손짓을 본 코로나가 유리관이 덮인 벨벳 쿠션을 들고 나타났다.

— 이것입니다, 전하.

클라우드는 조심히 유리관을 벗기곤 정확히 반원 모양으로 잘린 보석을 유심히 들여다보았다.

— 이건 반쪽짜리 월식의 수정이군.

세이린의 잼을 반으로 자르면 이런 모양일까. 일렁이는 마력도 어딘가 비슷한 느낌이었다.

— 빌리아. 월식의 수정에 대해 아는 것이 있나?

"원래는 낮 대륙의 땅 속성 가문, 칼리포의 보물이었습니다. 칼리포의 공주였던 메디아 칼리포가 결혼하면서 혼수품으로 가져갔었죠."

혼수품이라는 단어에 회의의 참석자들이 일제히 물음표를 띠웠다.

'또 이러네. 왜 다들 영주 시대 일을 기억 못 하지?'

빌리아가 찜찜한 기분을 느끼며 설명을 이어 갔다.

"칼리포는 밤 대륙의 같은 땅 속성 가문, 로이펠에 공주를 시집보냈어요."

— 그렇다면 레이디 로이펠이겠군.

이미 코로나의 보고서를 보곤 그녀가 새벽단에 붙었다는 것을 알고 있는 클라우드였지만, 태연한 태도를 잃지 않았다.

— 이 월식의 수정은 누가 수습했나.

— 제가 했습니다, 전하. 아가씨가 정화한 초승 호수의 바닥에 가라앉아 있더군요.

아벨이 깍듯한 말투로 보고하자 스피카가 짚이는 것이 있다는 듯 말했다.

— 그렇다면 세이린 양이 호수를 정화한 것도 이해가 갑니다. 빛과 가장 가까운 것이 물이니. 물은 모든 생명의 기반입니다. 따라서 세이린 양이 지닌 빛의 힘을 가장 가깝게 구현할 수 있는 속성이 월식의 수정, 즉 물 속성이지요.

답을 들은 마왕이 떨떠름한 반응을 보였다.

— 그건 여명회 설화가 아닌가.

— 플레어 프로젝트를 통해 신을 만들어 전하의 어둠을 몰락시키겠다고 떠벌리고 다니는 여명회가 이 사실을 모를 리 없습니다.

화면 구석에서 대화를 듣고 있던 코로나가 초등학생처럼 손을 들고 질문했다.

— 그런데 말입니다. 초승 호수에 월식의 수정을 빠트리라는 것은 괴도 K의 명이었습니다. 그들이 마왕성의 적이라면 아가씨를 각성시켜서 좋을 게 없을 텐데요.

스피카가 '그건 모르시는 말씀'이라며 단칼에 쳐 내자 코로나는 어쩐지 아카데미 낙제생이 된 기분을 느꼈다. 그녀가 이어 말했다.

— 구전으로만 전해 내려오는 여명회의 경전에서는 창조신의 진정한 힘을 '신통력'이라고 표현합니다.

"신통력이요?"

만화나 게임에서 단골로 등장하는 단어인지라, 세이린은 반가움을 느꼈다.

— 네. 빛이 만월처럼 무르익으면 신통력이 되지요. 지, 수, 화, 풍의 네 가지 속성은 빛이 분화한 것입니다. 세이린 양은 신통력이 될 빛을 지니고 계시고요.

"……네?"

세이린의 눈이 휘둥그레졌다. 신통력이 될 빛이라니. 한낱 음란 마귀가 그런 것을 갖고 있을 리가.

— 제 기억으로는 세이린 양의 속성 개방이 초승 호수에 빠진 시점부터 진행되었는데. 맞습니까?

총장은 이미 알고 있는 사실을 물음으로써 재확인받았다.

— 초승 호수는 창조신이 가장 먼저 만든 피조물입니다. 그 호수의 마력에 반응한다는 건 세이린 양의 빛이 신의 것이라는 증거고요. 전해 내려오는 예언에 의하면, 신은 초승달과 함께 재림한다고 합니다. 물론 전해져 내려오는 이야기일 뿐이지만…….

총장은 말끝을 흐렸다. 그러나 회의 참석자들의 호기심을 자극하기엔 충분한 말을 흘린 후였다.

— 새카만 초승 호수의 물이 단번에 맑아지면, 하늘에서 볼 때 초승달이 뜬 것처럼 보이겠군요.

다프네가 사뭇 진지한 어조로 말했다. 그 모습에 깜짝 놀란 세이린이 주변을 둘러봤지만 모두의 표정은 비슷했다. 세이린이 의자 아래로 털썩 무릎 꿇었다.

"저기…… 혹시 정말로 제가 신이 될 거라고 생각하시는 건 아니죠? 세상에 어떤 신이 음란 마귀에 음마력에…… 전지전능한 능력을 애인 더듬는 데다가 써요……."

이건 꿈일 거다. 이럴 리가 없어. 아무리 뒤죽박죽 엉망인 마계라지만 이렇게 아무에게나 신의 능력을 줄 리가!

세이린이 필사적으로 현실을 부정하자, 스피카가 그 근거를 알려 주겠다며 창밖을 보라고 말했다.

— 무엇이 보이나요, 세이린 양?

전지전능한 창조신이라면 누군가의 온화한 미소나 미지의 생명체 같은 것이 보이겠지. 하지만 창밖에는 맑은 햇살이 내리쬐는 마왕성의 정원만 보였기에 세이린은 안도했다.

"화창한 정원밖에 안 보이는걸요?"

— 바로 그게 세이린 양이 신이 되리라는 증거입니다. 지금 밤 대륙이 몇 시죠?

"……!"

오후 다섯 시. 낮이 짧은 밤 대륙의 해는 이미 지고도 남았을 시간. 평소대로라면 거리를 밝히기 위한 가로등이 켜졌을 시간에 아직 해가 떠 있다니.

낮이 길어졌다. 그것도 엄청나게. 이것은 개인의 마력이 일으킬 수 있는 변화가 아니었다. 화면 속 클라우드가 한참 말을 삼키다 의도적으로 대화 주제를 바꾸었다.

— ……약혼을 밝혔으니 결혼 준비를 시작해야겠지.

"그것은 왕비의 소관이니 걱정 마십시오, 전하."

클라우드의 의중을 읽어 낸 빌리아가 재빨리 대답했다. 세이린이 신이 된다는 것이 어떤 의미인지, 그녀도 잘 알고 있었다.

— 회의는 여기까지 하지.

클라우드가 자리에서 일어나자 회의 모듈이 자동으로 종료되었다. 기사단장 중 아벨이 가장 늦게까지, 굳은 얼굴로 회의실에 남아 있었다.

□ ■ □

아카데미는 금연 구역이었지만 마왕의 명을 받고 총장 자리에 오른 스피카 블랙에게 그런 게 문제 될 리 없었다. 회의를 마친 그녀는 발을 굴러 회전의자를 빙글 돌렸다. 마력으로 담뱃대에 불을 붙이려 할 때였다.

"……."

총장이 담뱃대를 주머니에 쑤셔 넣었다. 등 뒤에서 위대한 어둠이 느껴지는 탓이었다. 그녀가 공손히 말했다.

"무슨 일로 이곳까지 행차하셨습니까, 전하."

"그 이유는 네가 더 잘 알 듯하군. 직설적인 네가 웬일로 회의에서 말을 삼 켰지?"

"무엇을 말입니까?"

"……세이린이 신이 되는 순간, 내가 사라질 것이라는 사실."

"세이린 양의 바람이 그러했습니다. 전하를 무척 아끼고 계시더군요."

스피카가 전하는 세이린의 마음은 클라우드를 기쁘게 했다. 하지만 이어지는 스피카의 말이 그를 웃지 못하게 했다.

"초승달이 초승달 모양으로 보이는 것은 달의 일부를 어둠이 가리고 있기 때문입니다. 세이린 양의 마력은 점점 보름달의 형상이 되겠지요."

"그림자가 들어설 자리는 없단 말이군."

"진작부터 알고 계시지 않습니까. 전하께선 세이린 양의 빛에 천천히 침식되고 계십니다."

클라우드는 대답하는 대신 마력을 일으켜 스피카의 안대를 찬찬히 벗겼다. 세이린의 말대로, 누가 봐도 실링의 것인 황금색 눈동자가 보였다. 클라우드는 가련한 것을 동정하듯 스피카를 내려다봤다.

"마왕성이든, 새벽단이든, 카인이든 한쪽에 붙는 게 편할 텐데. 굳이 중간에 머무르기를 선택한 이유를 모르겠군."

"……가르쳐야 할 낙제생이 있어서라고 해 두겠습니다."

"신에게 미움받을 텐데."

"저는 오래전, 탈주 행렬을 성공적으로 이끌지 못해 수없이 많은 여명회 신도들을 죽음으로 내몰았습니다. 이미 세이린 양 이전의 신에게 버림받은 몸입니다. 두렵지 않습니다."

"네가 결정할 일이니 신경 쓰지 않겠다. 다만……."

순간 칠흑의 마력이 총장실을 날카롭게 뒤흔들었다. 공기에 살기가 뒤섞여 들이쉴 때마다 아찔했다. 스피카가 의자 손잡이를 움켜쥘 때, 그가 말했다.

"실험이라는 미명 아래 세이린을 위험으로 내모는 일은 하지 않았으면 좋겠군."

테이르시아 타워. 로이펠 성지. 클라우드는 실링의 시야를 훔쳐볼 수 있는 황금색 눈으로 얻어 낸 정보를 세이린에게 흘리는 스피카의 행동을 질책했다. 그러나 그녀는 안대를 주워 착용하며 반박하듯 목소리를 냈다.

"전하께선 세이린 양과 함께할 수 없습니다. 빛과 어둠은 상극입니다. 그것이 창조신이 이 세계에 부여한 질서라는 것을 아시지 않습니까."

"신이 부여한 질서라……."

클라우드가 픽 웃었다. 몇 달 전이었다면 스피카의 대담한 선언을 듣고 물러났을지도 모른다고 생각하니 웃음이 났다. 하지만 이제는 아니었다.

"스피카 블랙. 여명회는 경전이 없어 신도들이 그 내용을 암기하고 다닌다는 게 사실인가?"

"갑자기 그 무슨…… 물론 사실이긴 합니다."

"아무래도 경전을 살펴봐야 할 것 같으니 외우고 있는 여명회의 모든 것을 글로 옮겨 줬으면 좋겠군. 황혼의 축제가 끝날 때까지."

스피카가 오한을 느끼며 달력으로 고개를 돌렸다. 그러니까, 마왕은 약 2주의 시간을 주면서 한 종교의 모든 것을 글로 옮겨 오라 명하고 있었다. 웃으면서 업무 폭탄을 떠밀다니. 상대가 밤샘을 일삼는 일 중독자 마왕인지라 할 말이 없는 게 한이었다. 가만히 고개를 끄덕인 스피카가 마지막으로 물었다.

"전하. 정말 세이린 아가씨와 함께하실 겁니까? 그것은 질서에 어긋납니다."

"질서는 신이 부여하는 것이라고 하지 않았나."

클라우드의 머릿속엔 오직 한 장면만이 재생되고 있었다. 플래티나 빙하에서 서투른 청혼을 하던 세이린. 여명회의 신화는 모두 허무맹랑한 거짓말이라고 말하는 또렷한 목소리.

"나는 내 신이 부여한 질서를 따르겠다."

그 끝이 죽음이라고 해도, 이것만이 그가 원하는 일이었다.

Chapter
19

음마력

스파르타식 교육을 추구하는 빌리아리아 에테라가 짠 스케줄표는 그야말로 상상을 초월했다. 졸지에 세이린은 결혼 준비와 황혼의 축제 무도회 준비, 그리고 음마력 컨트롤을 동시에 익혀야 하는 상황에 내몰렸다.

'그래, 이렇게 된 거 빨리 끝내 버리고 마왕님이랑 진도 쭉쭉 나가자!'

세이린이 트레이닝복으로 갈아입고 마왕성 구석의 훈련장으로 들어섰을 땐, 이미 다프네와 빅토리아가 훈련 준비를 마친 후였다. 세이린이 입은 것과 비슷한 마력 방어 기능의 트레이닝복을 입은 로자리도 쭈뼛거리며 그녀에게 다가왔다.

"아가씨…… 정말 제가 같이 훈련을 받아도 되는 건가요?"

"저보다 너무 잘하지만 않으면 돼요."

"그게 아니라, 저는 마왕성의 하녀고 아가씨는 클라우드 전하의 예비 신부인데……"

"에이, 그런 게 어딨어요. 저 혼자 배우면 심심하잖아요!"

빌리아의 도움으로 속성 판정을 받긴 했으나 구체적인 마력 운용법을 익히지 못한 로자리가 세이린의 스터디 메이트였다. 속성만 다를 뿐 수준이 비슷하니, 같이 배우면 나중에 로자리에게도 도움이 될 것 같아 세이린이 청한 일이었다.

"아가씨께 누가 되지 않도록 열심히 할게요!"

기합이 잔뜩 들어간 로자리는 최선을 다하겠다고 맹세했다.

그리고 정확히 두 시간 후. 세이린은 금방이라도 쓰러질 것처럼 헉헉대며 애원했다.

"기사단장님, 비전하, 로자리, 잠깐만…… 5분만 쉬어요. 네?"

"아직 본격적인 훈련은 시작하지도 않았어, 아가씨."

세이린은 빅토리아의 따끔한 지적을 못 들은 척 뒤로 벌렁 누웠다. 시위하듯 벌인 행동은 아니었다. 온몸에 힘이 들어가지 않을 뿐.

기사단장들이 제시한 가이드라인대로 척척 마력을 빚어내는 로자리와 달리, 세이린은 계속해서 실패에 실패만 거듭했다. 이제는 소리 없이 다가와 치유 마법을 사용하는 다프네가 무서울 지경이었다. 쓰러질 법하면 슬며시 다가와 훈련이 가능한 상태로 몸을 회복시켜 주니, 비전하의 OK 사인이 떨어질 때까지는 빼도 박도 못하고 마법 운용만 익힐 게 뻔했다.

슬프게도 은빛 기사단장님의 치료는 빠르고 정확했다. 멀쩡해진 세이린에게 빅토리아가 저승사자처럼 다가왔다. 지치긴 마찬가진지 한숨을 쉰 그녀가 공중을 칠판 삼아 불꽃으로 글씨를 쓰기 시작했다.

"자, 아가씨. 다시 설명해 줄게. 마력을 계산한 대로 사용하기 위해서는 마음을 순간적으로 통일시키는 것이 중요해. 뭘 떠올리라고 했지?"

"아무것도 쓰여 있지 않은 매끄러운 종이요."

"맞아. 그럼 다시 해 볼래?"

이 대화가 대체 몇 번째란 말인가. 차라리 이론을 이해하지 못해서 마법을 구현하지 못하는 것이라면 나을 터였다. 하지만 세이린의 이론 이해는 완벽했다. 머릿속에 떠올린 티 없이 하얀 종이는 잡념 없이 통일된 마음을 말하는 것이고, 마력은 그 위에 원하는 마법을 그려 내는 펜이라는 것. 만일 머릿속이 뒤죽박죽이면 떠올린 종이가 흐트러져 마력이라는 펜이 온전한 마법진을 그려 내지 못하니, 중간에 마력이 새거나 폭발이 일어난다는 것까지.

"작가님은 이미 빛을 만들어 낼 줄 알지만, 마력을 컨트롤하기 위해서는 의식적으로 마음을 통일한 뒤 마법을 구상하는 연습이 필요해요."

빌리아의 말대로, 세이린의 문제는 '종이 만들기'였다. 집중하려 애쓰면 자꾸 딴생각이 들어 좀체 정신을 통일시킬 수 없었다. 예를 들어 퇴폐미 가득한 마왕님이 셔츠를 벗어 어깨에 걸치곤 욕실 문을 열다 '같이 들어갈래?' 하고 묻는 장면이라든가.

'음란 마귀한테 야한 생각을 하지 말라면 그게 죽으란 소리지⋯⋯.'

세이린이 최선을 다해 마음을 비우고 다시 한 번 마력을 일으켰다. 머릿속의 종이가 잡념으로 오돌토돌한 탓인지 줄줄 샌 세이린의 마력이 또 폭발을 일으켰다.

"안 되겠어요, 작가님. 오늘은 이쯤 해요. 다프네와 빅토리아도 수고 많았어요. 이만 들어가서 쉬도록 해요."

빌리아가 아쉬운 듯 말하곤 세이린을 의자에 앉혔다. 항상 뻣뻣하던 작가님이 너덜너덜해진 것이 마법 훈련을 더 했다간 큰일이 날 것 같았다.

"내일은 이리스를 불러 드릴게요. 마법 교습엔 자신이 있다고 했으니까. 왈츠 연습한 다음 트레이닝장에 와서 잠깐 마법 훈련을 하고⋯⋯."

듣기만 해도 숨이 턱턱 막히는 스케줄이었다. 세이린이 애원하듯 빌리아의 양손을 붙잡았다.

"비전하⋯⋯ 오늘은 이만 들어가서 쉬면 안 될까요?"

유일 작가의 초롱초롱 눈빛 공격을 받은 빌리아가 잠시 고민하더니 플래너를 덮었다. 이러다 글 쓰는 데 문제가 생기면 재앙이나 다름없으리라.

"얼른 들어가서 쉬세요, 작가님."

왜일까. 따라 나가려는 로자리를 붙잡은 왕비가 세이린을 향해 상냥히 웃어 보이며 말했다.

□ ■ □

자취방으로 돌아온 세이린은 노인들이나 낼 법한 앓는 소리를 내며 그대로 침대 위로 몸을 던졌다. 마력을 탈탈 털어 쓴 탓에 지쳐 금방이라도 잠들 것 같았다. 눈을 감고 숨을 들이쉬기 전까지는. 가슴이 철렁 내려앉을 만큼 좋아하는 냄새가 났다. 우리 마왕님 살 냄새.

착한 생각이 어느 때보다 필요한 상황인데 온 마계가 저를 시험에 들게 하는 기분이었다. 세이린은 물 먹은 솜처럼 무거운 왼손을 말아 쥔 다음 얼굴까지 끌어 올려 약혼반지에 입 맞췄다. 그러자 정말 클라우드가 가까이에 있는 느낌이었다.

"……"

분명 느낌만 들었는데 왜 갑자기 인기척이 느껴지나. 세이린이 이 민망한 상황이 사실인지 확인하려 실눈을 뜨니, 빽빽한 속눈썹 사이로 코앞에 있는 마왕님이 보였다.

'비전하가 나를 따라 별궁으로 돌아오려는 로자리를 붙잡은 데에는 다 이유가 있었어.'

클라우드가 약혼반지에 몰래 입 맞추는 모습을 봤을지도 모른다고 생각하니 피가 얼굴로 쏠려 잠은커녕 자는 척도 할 수 없었다. 뭐랄까. 절대 보이고 싶지 않은 장면을 들킨 것 같은 기분. 머릿속을 훤히 읽고 있는지 그는 그녀가 입 맞췄던 자리에 그대로 제 입술을 가져다 댔다. 눈은 똑바로 세이린을 보는 채로.

'망했다. 봤네, 봤어.'

세이린은 잠들었다가 막 깬 사람처럼 슬며시 눈을 떴다. 코끝이 스칠 만한 거리에도 클라우드는 흐트러지지 않았다. 착한 생각, 착한 생각. 겨우 마음을 다스린 음란 마귀가 물었다.

"임성운이 내 방엔 무슨 일?"

"네가 약혼반지에 키스한 거랑 같은 이유."

"그럼 보고 싶거나 키스하고 싶거나 안고 싶거나, 셋 중 하나란 소린데."

"셋 다일 가능성은 고려하지도 않나?"

어휴. 이제 선수지, 아주.

"클라우드. 지금 어디 안 아파?"

"내가 앓아눕는 상상이라도 했나?"

"아침엔 죄송했어요, 전하. 근데 놀리지 마. 나 심각해."

"안 아파. 그리고, 안 죄송해도 돼."

안 죄송해도 된다는 말이 왜 네가 원하는 건 다 말해 보라는 말처럼 들릴까. 세이린은 가만히 눈동자를 굴렸다. 클라우드가 조금 시무룩한 목소리로 덧붙였다.

"……다 괜찮으니까 아침처럼 도망가지만 마."

"그러기 위해서는 얼른 마력 컨트롤하는 법을 익혀야 할 텐데. 그렇죠?"

세이린이 능글맞게 웃었다. 분명 침대로 몸을 던졌을 때는 돌아누울 힘도 없었는데, 정신 차려 보니 어느 정도 마력이 차오른 상태였다.

'왜지? 우리 마왕님이랑 있어서 그런가?'

그녀가 안기려 끙차 몸을 움직여 바짝 다가갔지만 클라우드는 풀어진 얼굴을 하는 대신 어느 때보다 진지하게 눈을 마주하곤 말했다.

"세이린. 넌 완전할 때만 곁을 내줄 생각인가?"

"……무슨 뜻이에요?"

"질문을 달리 하지. 내가 불완전하면 달아날 건가?"

"불완전?"

"내가 아프거나, 마력을 사용하지 못하는 상태가 되거나, 이전을 떠올릴 수 없을 정도로 변하면."

"그런 게 어딨어. 그럴 때일수록 같이 있어 줘야지."

"내 생각도 그런데……."

가만히 그녀를 내려다보던 눈이 짜증인지 웃음인지 모를 것을 머금었다. 자기가 원하는 대로 일이 풀리지 않을 때 짓는 얼굴이었다.

"왜 무슨 일 생길 때마다 흔적도 없이 사라지지?"

"아니, 그건 당황해서…… 힘들 때 곁에 있어 주는 거랑 그렇고 그런 망상들이 실현되는 쪽팔리는 상황을 모면하려는 게 어떻게 같아요? 우리 마왕님을 지키기 위한 일이었다니까?"

"당황할 때마다 눈앞에서 사라질 건가?"

뭐야. 왜 갑자기 귀엽게 뚱한 얼굴이지? 미인계 쓰시나?

"클라우드, 삐졌어? 왜 눈 피해요?"

"말 돌리는 걸 보니, 마왕성에서 쓸쓸히 늙어 갈 운명인가 보군."

"누구 운명?"

"……나."

미치겠다, 진짜. 내가 마왕님을 이렇게까지 불안하게 했나? 적적한 노년을 생각하게 할 만큼? 세이린이 클라우드의 양 뺨을 감싸 쥐고 어린애를 달래듯 사근사근 말했다.

"클라우드 늙어 갈 때쯤 되면 이미 황제일 거고. 그럼 황궁에 신하들도 엄청 많을 텐데?"

"성의 살림을 책임지는 자들과 네 빈자리가 같을 것 같나?"

"기사단장님들도 계실 테고, 우리 애들도 있을 텐데 쓸쓸하긴."

"빅토리아가 은퇴하고 볼 TV를 벌써 알아보고 있다는 소문이 돌던데. 우리 애들은……."

그녀의 말을 기계적으로 받아치던 마왕은 문득 멈칫했다.

"……우리 애들?"

그러곤 생전 들어 본 적 없는 단어를 발음하듯 반문했다. 세이린이 고개를 끄덕이자 그의 눈이 점점 동그래졌다. 그녀가 눈을 지그시 맞춘 채로 말했다.

"내가 말한 적 없던가? 난 자연 발생이라 가족이 없어서 세 명쯤 낳고 싶은 데. 아, 물론 마왕님 생각이 다르면……."

"다르긴 뭐가 달라."

클라우드는 이미 얼굴에 다 드러난 기쁨을 감추려는지 베개에 잠시 얼굴을 묻었다가, 살금살금 올라타 그녀에게 그림자를 드리운 다음 거리를 좁혔다. 세이린이 눈웃음을 지으며 애교 가득한 목소리를 냈다.

"사랑스러워 죽겠죠, 전하?"

"알면서 묻는 게 네 취민가?"

"응."

새카만 머리카락을 헤집던 손목을 잡아채 입술로 맥박을 짚는 그의 행동이 마치 고양이 같았다. 세이린이 피식 웃으며 눈을 감았다. 따뜻한 숨결이 느껴졌다. 곧 부드럽고 물렁한 감각이 느껴질 것이라고 생각하니 입꼬리가 절로 올라 갔다. 그런데.

"……!"

그녀의 입술에 닿은 건 부드러움이 아닌 까끌거림이었다. 번뜩 눈을 뜬 순 간, 세이린은 심장을 부여잡을 수밖에 없었다.

"이런 미친……."

심드렁한 얼굴로 고양이 귀를 쫑긋거리는 클라우드 슈테른이라니. 고양이 같다고 아주 잠깐, 진짜 짧게 생각했건만.

'이놈의 마력은 어떻게 된 게 긴장을 늦출 틈을 안 주냐!'

세이린이 휴대폰 카메라의 촬영 버튼을 연타했다. 클라우드의 외관은 제복 을 입은 그대로였지만 짙은 검은색 고양이 귀와 꼬리가 추가된 모습이었다. 그 가 헛웃음을 짓고 물었다.

"세이린. 이런 취미도 있나?"

어이없다는 목소리보다도 쉴 새 없이 쫑긋거리는 두 개의 귀와 살랑이는 꼬 리에 세이린의 온 관심이 쏠렸다. 음란 마귀가 조심스레 입을 뗐다.

"마왕님. 근데 꼬리……."

이건 절대 나쁜 생각이 아니라, 그냥 궁금증이었다. 꼬리가 어디에 달린 건 가 하는 지극히 자연스러운 호기심. 세이린이 슬그머니 꼬리 쪽으로 손을 뻗으 니 그가 순간 꼬리를 쭈뼛 세우며 경계했다. 귀여워! 세이린이 거의 애원했다.

"클라우드, 임성운, 우리 마왕님, 나 꼬리 한 번만 만져 보면 안 돼?"

분명 윤기 나는 검은색 꼬리를 만지고 싶다고 생각했다. 하지만 보란 듯 달 칵 소리를 내며 그의 벨트 버클이 풀렸고, 셔츠는 약간 말려 올라가기까지 했 다. 클라우드가 침대 저 아래로 뱀처럼 사라지려는 벨트와 바지를 필사적으로 그러쥐며 말했다.

"……한 번만 만져 보려는 것치고는 준비가 과하지 않나?"

"큼, 큼……."

"말과 마력이 다르군."

신이시여. 그동안 마법 연습을 날로 한 벌을 이렇게 주시나요. 마력만 똑바로 조절할 줄 알았어도 도망 안 가도 될 텐데. 세이린이 셀프 격리를 위해 슬쩍 몸을 빼니, 마왕은 그럴 줄 알았다는 듯 남은 한 손으로 붙잡았다.

"날 이렇게 만들어 놓고 어딜 가려고."

어휴. 우리 마왕님 대사는 또 왜 이래. 세이린이 어느샌가 고인 침을 꼴깍 삼켰다.

"방금 했던 말 똑똑히 기억해 놨다가 마력 운용 다 익히면 다시 해 주기. 알았죠?"

침대에서 일어나 마땅한 도피처를 고민하다 뒤돌았을 땐, 클라우드의 눈이 승부욕으로 이글거리고 있었다.

"네가 자꾸 피하니까, 네가 내게 무슨 짓을 하고 싶어 하는지 궁금해졌어."

아니. 그 시키면 생각들을 왜 궁금해요. 누가 어둠 속성 아니랄까 봐. 심장 멎게 해서 못 튀게 하려는 새로운 전략인가 싶었지만 음마력을 컨트롤하지 못하는 세이린은 어쩔 도리가 없었다.

"안 돼. 황제가 될 마물한테 수갑 채웠다가 잡혀갈 일 있나!"

"……수갑?"

"아무리 마왕님이 울어도 섹시할 얼굴에 몸매, 목소리라고 해도……!"

"울리고 싶나? 나를?"

"애당초에 그런 자세는 영화에서나 가능한 거라고요!"

"무슨 자세를 생각하길래."

"물론 도구가 있으면 색다르다고 하긴 하지만……!"

"도구?"

"게다가, 마왕님도 살아 있는 마물인데 어떻게 그렇게나 많이…… 헙."

은연중에 욕망을 다 털어놓을 뻔한 음란 마귀가 양손으로 입을 틀어막았다. 클라우드가 더 해 보란 듯 턱짓하는 걸 보니 얼굴이 화르륵 달아올랐다. 그가 흥미롭다는 듯 눈을 가늘게 떴다.

"다른 건 몰라도, '많이'는 확실히 알아들은 것 같군."

"어흐흑…… 클라우드 미워!"

"이제 등 뒤로 손 모아서 수갑 차고 울면 되나?"

"아, 좀!"

쪽팔려 미치겠다는 생각이 세이린을 다른 곳으로 옮겼다. 마왕성에서 마왕이 출입하지 못하는 유일한 장소. 바로 빌리아의 방이었다.

"어머, 작가님?"

"비전하…… 저 여기서 자고 가도 돼요?"

빌리아의 눈이 별처럼 반짝거렸다. 유일 작가의 소설에도 숱하게 나온 장면이 아니던가. 일명 친구네 집에서 자면서 수다 떨기.

"물론이죠, 작가님!"

푹신한 소파를 톡톡 두드린 빌리아가 두둑한 파일을 꺼내 왔다. 세이린을 위해 웨딩드레스를 스크랩해 둔 파일이었다. 갖은 간식들을 두둑이 차린 그녀가 한 장 한 장을 넘기며 웨딩 플래너처럼 설명을 덧붙였다.

"마계의 웨딩드레스는 검은색, 흰색이 있는 거 아시죠? 흰색은 순수를 뜻하고, 검은색은 상대에게만 타락하겠다는 뜻이죠."

"검은색 입고 싶어요. 인간계에는 흰색밖에 없었거든요."

"작가님은 머리색이 밝아서 검은색도 무척 잘 어울릴 거예요."

빌리아와 세이린은 긴 시간 동안 드레스를 고르고 또 골랐다. 최종적으로 선택된 드레스는 스커트 부분이 풍성하게 부푼 오프숄더 디자인이었다.

"내일 왈츠를 확실히 배우시는 게 좋을 거예요. 이 디자인은 빙글 돌면 여러 겹으로 디자인된 치마가 예쁘게 뜨거든요."

빌리아가 말했다. 세이린은 웨딩드레스를 입은 채로 턱시도를 입은 마왕님과 춤을 추는 자신을 상상해 봤다. 춤을 열심히 배워야겠다는 결론이 나왔다. 형편없는 스텝으로 결혼식 피로연을 망칠 수야 없으니.

"그런데, 춤은 누가 가르쳐 주세요?"

태어날 때부터 공주님이었던 빌리아. 못하는 게 없으니 왈츠에도 능할 것 같은 로자리. 파티광인 레이나 빅토리아 정도가 세이린이 예상한 왈츠 스승이었다. 그러나 진짜 스승은 의외의 인물이었다.

"페일 세이건이 레슨을 맡아 줄 거예요."

"도서관장님께서요? 어떻게요?"

"이 성에서 춤에 가장 능한 남자가 페일 도서관장이기 때문이죠. 푸른 기사 단장은 무도회에서 한 번도 춤춘 적이 없고, 레이 필드는 춤보단 건배사에 관심이 있죠."

도서관장님과 춤이라니. 세이린은 내일 어떤 그림이 나올지 쉽사리 예상할 수 없었다.

□ ■ □

왈츠 연습 시간이 되자 세이린은 무도회에서 입게 될 드레스와 구두, 액세사리와 장갑을 똑같이 착용했다. 시간이 많다면 편한 차림으로 춤을 충분히 익힌 후에 옷을 갖춰 입고 실전 연습을 했겠지만 발등에 불이 떨어진 상황이니 불편해도 어쩔 수 없었다.

"생각했던 것보다 훨씬 예뻐요, 아가씨."

로자리가 마지막으로 옷매무시를 가다듬어 주곤 말했다. 아무래도 웨딩드레스가 블랙이니 무도회의 드레스 코드는 화이트여야 한다던 비전하의 주장이 빛을 발한 것 같았다.

정교한 레이스로 짜인 장갑과 드레스. 구두와 머리 장식까지. 포인트를 주기 위해 배색한 보랏빛 보석들을 제외하면 거의 모든 것이 흰색이었다. 게다가 오직 왈츠를 추기 위해 만들어진 옷임을 시사하듯 드레스는 허리가 깊게 팬 디자인이었고, 하늘하늘한 천이 양쪽 손목에서부터 허리춤까지 살랑살랑 늘어졌다.

"클라우드가 이걸 봐야 하는데……."

빌리아가 흡족한 미소를 띤 채로 세이린을 바라봤다. 그건 평소와 다름없이 정갈한 옷차림에 안경을 쓴 페일도 마찬가지였다.

"그럼 저녁 훈련 때 뵈어요, 작가님."

빌리아가 한쪽 벽면이 거울인 홀에 페일과 세이린만을 남기곤 사라졌다. 심각한 몸치인 작가님을 위한 일종의 배려였다.

"일단 실력을 가늠해 보지요. 동영상을 찍어 돌려 보면 많은 피드백이 될 겁니다."

페일의 말이 끝나자마자 감미로운 왈츠가 들려왔다. 세이린은 최선을 다해 리듬에 몸을 맡기기로 했다. 눈 딱 감고 음악에 집중하자 몸이 움직이긴 움직였다. 웬일인지 발을 내딛는 방법도, 우아하게 손을 뻗어야 하는 순간도 알 듯했다.

'오…… 내가 왈츠에 재능이 있나?'

하지만 음악이 끝났을 때, 도서관장의 표정은 좋지 않았다. 방금까지 촬영한 동영상을 재생한 그가 콧수염을 만지작거렸다.

"왈츠의 느낌은 기억하고 계시는군요."

이것이 도서관장이 세이린에게 해 준 처음이자 마지막 칭찬이었다.

"느낌만…… 기억하고 계시는군요."

본인의 만족도와 춤의 흐름이 반비례 관계에 있기라도 한 것인지, 실제로 촬영된 왕실 작가의 춤은 끔찍했다. 프로나 다름없는 건 온화한 얼굴뿐이었다. 동영상 속의 페일은 세이린에게 발을 밟히지 않기 위해, 혹은 그녀가 턴 할 때 휘두르는 팔에 맞지 않기 위해 고군분투하고 있었다. 세이린은 참담한 심정이 되어 물었다.

"연습하면 할 수 있겠죠?"

"물론입니다, 세이린 양."

다행이다. 도서관장님이 아직 나를 포기하진 않으셨나 봐. 세이린은 마음을 단단히 먹고 연습에 매진하기로 했다. 이후 세 시간 동안, 둘은 홀을 빙글빙글 돌고 또 돌았다.

'원무곡이라는 이름이 괜히 붙은 게 아니었어!'

멀미가 날 정도로 집중해 스텝을 익히고 몸짓을 받아들인 탓에 세이린의 왈츠는 하루의 성과라고는 믿을 수 없을 만큼 눈부신 발전을 거듭했다. 이제 적어도 페일 도서관장의 발을 밟는 어처구니없는 일은 일어나지 않았다. 춤 선도 한결 유려해져서 가까이에서는 아니더라도 멀리에서 보면 못 춘다는 생각은 들지 않을 정도였다. 페일이 허허 웃으며 세이린을 불러 세웠다.

"젊은이들 체력은 못 따라가겠군요. 조금만 쉬었다 하지요."

"저도 쓰러지기 직전이에요. 도서관장님은 어떻게 이렇게 춤을 잘 추세요?"

질문이 사탕발림처럼 들렸는지 페일은 재킷에서 손수건을 꺼내다 너털웃음을 지었다. 하지만 세이린은 진심이었다. 그녀가 느낀 바, 도서관장님은 딜런과 숱하게 다닌 파티에서 봐 왔던 뭇 남자들은 비교되지 않을 정도로 완벽한 왈츠를 췄다. 페일이 잠시 생각하다 말했다.

"제가 아가씨 나이일 때 배웠지요."

"누구한테 얼마나 배우셨는지 궁금할 정도예요."

"보름 내내 왈츠를 췄습니다. 밥 먹는 것도 잊을 정도로."

엄청 빡빡한 댄스 학원이라고 생각한 왕실 작가가 눈을 가늘게 떴다. 그의 표정이 따스했던 때를 기억하듯 온화해졌기 때문이었다.

"장소는 기억나지 않는군요. 묘령의 여인이 손을 잡아끌었죠. 음악은 없었습니다. 그녀가 왈츠 선율을 흥얼거리며 춤을 가르쳐 줬습니다."

"그분이 도서관장님의 첫사랑일까요?"

"허허. 그런 세부 사항은 아가씨의 복숭아 맛 사탕을 더 먹으면 기억나겠지요. 아무튼 이 이야기가 주는 교훈은 하나입니다. 노력하면 아가씨의 왈츠도 얼마든지 좋아질 수 있다는 겁니다."

그게 아닌 것 같은뎁쇼. 하지만 세이린이 되물을 틈은 없었다. 왈츠가 흘러나오자 마음보다 몸이 먼저 반응했다. 페일은 줄곧 연습했던 것과 같이 세이린의 손을 부드럽게 받쳐 잡았다. 이대로 연습이 끝날 때까지 전혀 흐트러지지 않을 것 같은 견고한 자세였다.

"페일."

그 자세가 우아한 부름에 흐트러졌다. 왈츠의 선율과 부드럽게 어우러지는 목소리는 빌리아의 것이었다. 그간 야근과 보고서 작업을 같이 하며 쌓인 도서관장과 왕비의 팀워크가 발휘되는 순간이었다.

"……!"

페일이 아슬아슬하게 돌고 있던 세이린을 톡 밀어 넘겼다. 스텝이 꼬여 넘어질 뻔한 그녀를 잡아 세우는 누군가의 손길이 익숙했다.

"클라우드 전하?"

"도망간 뒤로 줄곧 연습했다고 하기엔 스텝이 엉성하군. 황혼의 축제까지 보름도 안 남았는데."

"바쁘신 거 아니에요?"

"바쁜 와중에 짬 내서 온 거라곤 생각 안 하나?"

"하긴, 슬슬 나 보고 싶을 때 됐지?"

클라우드는 긍정하듯 피식 웃으며 그녀의 허리에 손을 가져갔다. 넘어지면 잡을 수 있을 정도로만 몸을 감싸던 페일과는 달리 참으로 노골적인 손길이었다. 불건전하기긴 맞잡은 손도 마찬가지였다. 엄지로 맞닿은 살을 은근히 문지르는 행동에 세이린은 애가 탔다.

"마왕님은 이러려고 오셨나?"

"빌리아가 꼬드기더군. 예비 신부가 차려입고 왈츠 추는 거 보러 갈 생각 없냐고."

"그래서, 냉큼 넘어오셨고?"

불리한 대답은 절대 안 하는 그는 왈츠 파트너라는 지위를 십분 활용해 세이린의 손을 바깥으로 잡아끌었다. 이끌리듯 한 바퀴 빙글 돌고 오니 질문이고 뭐고 어지럽다는 생각만 들었다.

"영악해, 우리 마왕님."

"이젠 네가 없으면 잠을 못 자겠어."

"……."

눈 아래로 내리뜨는 걸 섹시하다고 칭찬해 주는 게 아니었어. 이렇게 유용하게 써먹을 줄이야. 세이린이 나른한 목소리로 물었다.

"못 주무셨어요, 전하?"

"잠이 안 오더군."

"마왕님, 안 피곤해?"

"쓰러질 것 같아."

혹 그녀에게 다가온 그가 낮게 깔린 목소리를 냈다.

"그래서 말인데. 오늘 밤 네게 가도 되나?"

세이린이 눈을 질끈 감았다. 이 목소리로는 사약 한 사발 들이켤 생각 있냐고 물어도 네, 하고 고개를 끄덕일 거다. 딱 지금처럼.

"대신 도망갈 수도 있어요."

세이린이 다급히 덧붙이자, 클라우드는 예상했다는 듯 답을 내놓았다.

"도망 못 가게 서론은 생략해야겠군."

"서론을 자르면 본론이랑 결론만 남는데. 어느 게 본론이고 어느 게 결론이야?"

"도망 못 가게 끌어안고 자는 게 결론."

그가 일부러 스텝을 틀려 놓곤 가까워진 뺨에 스치듯 입 맞췄다.

"네가 원하면 밤새도록 해 줄 수 있는 게 본론."

세이린은 그가 눈 하나 깜짝 안 하고 뱉은 말을 듣고도 착한 생각을 하느라 진땀을 빼야 했다.

□ ■ □

짚으로 만든 허수아비들이 줄 맞춰 나열되어 있는 훈련장. 세이린은 간단한 식사 후 마법 훈련에 열을 내고 있었다. 물론 머릿속을 지배하는 건 마왕님의 달콤한 목소리였지만.

"작가님, 마력이 오전과 비교도 안 될 정도로 안정적이에요."

빌리아가 부서진 허수아비의 잔해를 살피며 칭찬했다. 때로는 성욕이 엄청난 학습 동기로 작용한다는 말은 사실인 것 같았다. 클라우드 슈테른 말고 딴생각을 할 겨를이 없으니, 마음을 통일시켜 마법식을 그릴 '빈 종이'를 만드는 기술이 훨씬 늘었다.

'무슨 생각을 하든 하나로 통일하기만 하면 된다는 건가?'

세이린이 마법의 원리에 대해 진지하게 탐구하고 있을 때, 이리스 레인이 트레이닝장에 들어왔다.

"잘 왔어요, 이리스."

빌리아가 오늘의 특별 선생님을 환대했다. 세이린의 상태를 전해 들은 그녀는 곧장 헝겊에 짚을 채워 만든 허수아비를 가리키며 말했다.

"마력을 발산해 보시겠어요, 아가씨?"

콰광!

세이린은 실망을 주고 싶지 않아 최선을 다했지만, 실력 진단을 위한 시연조차 터무니없는 실패였다. 어째 흙먼지가 이전보다 더 나는 것도 같았다.

"젬의 파동을 가다듬고 거기에 집중하면 나아질 겁니다."

이리스의 진단은 깔끔했다. 이번에도 문제는 세이린이었다. 흠 하나 없이 매끈한 구형의 젬을 손 위에서 이리저리 굴려 봐도 바뀌는 것은 표정뿐이었다. 안면 근육을 총동원해 마법을 구현해 내려는 꼴이 차마 눈 뜨고 보기 힘들었는지 이리스가 제안했다.

"아가씨. 제 젬에 손을 대서 파동을 느껴 본 다음 다시 해 보세요."

이 무슨 설리번 선생님 저리 가라 할 정도의 따스한 교육인가. 하지만 세이린은 쉬이 수락할 수 없었다.

"제가 물에 빠진 다음부터 젬에 손만 댔다, 하면 소유자 기억이 보여서……."

"괜찮으니까요. 얼른."

낮의 푸른 기사단장이 구름 한 점 없는 무더운 여름날의 하늘처럼 푸른 젬을 내밀었다.

"사생활 침해의 여지가 있어서……."

"얼른요, 아가씨."

은근히 욱하는 기질이 있는 이리스는 세이린이 공인 인증서 비밀번호를 훔쳐보는 한이 있다 해도 얼른 이 수업을 성공적으로 마무리 짓고 싶어 했다.

"자, 아가씨. 젬에 손을 대고 눈을 감아 보세요. 규칙적인 파동이 느껴지지 않나요?"

"규칙적인 파동……."

같은 건 전혀 느껴지지 않았다. 푸른 마력을 건드리자마자 나타나는 이리스의 기억이 너무도 강렬한 탓이었다.

캄캄한 눈꺼풀에 보이는 이리스의 기억. 그 시작은 눈물을 흘리며 침대에 누운 채로 이리스 레인을 올려다보는, 대략 십 대 후반으로 보이는 아벨의 모습이었다.

"헉……."

봐서는 안 될 것 같은 기억을 본 세이린이 반사적으로 손을 뗐다. 하지만 이리스는 이마에 핏줄을 세우며 왕실 작가의 손을 젬에 꼭 붙여 버렸다.

"이대로 5분 동안 계세요. 훈련이에요."

젬에 손을 뭉갤 기세로 대고 있는 탓인지, 세이린에게 이리스의 기억 속 아벨의 모습이 한층 더 뚜렷하게 보였다. 지금과 머리 모양이나 눈매가 똑같음에도 속눈썹까지 적신 채로 올려다보는 유순한 얼굴 때문에 다른 사람처럼 보였다.

세이린이 봐 온 푸른 기사단장 아벨은 온화함 속에 굳건함을 품고 있었다. 하지만 기억 속의 십 대 후반 아벨은 무언가를 두려워하듯 창백하게 떨고 있었다. 그 모습이 관능적이라기보다는 가여웠다.

'누나…….'

기억 속의 이리스가 힘없는 목소리로 웅얼거리는 아벨에게 입 맞췄다. 그 모습을 영화 보듯 관찰자 시점으로 보고 있는 세이린은 미칠 지경이었다.

'이런 것까지 보고 있으니 정말 미치겠네. 5분 언제 가냐!'

물론 흥미진진하긴 했다.

'아벨. 또 악몽 꿨어? 차 끓여다 줄까?'

이리스가 제안했지만 아벨은 고개를 저으며 그녀를 붙잡았다.

'가지 마요.'

'따뜻한 거 마시면 나아질 거야.'

'……누나마저 없으면 못 버틸 것 같아요.'

아벨의 차가운 손이 이리스의 뺨을 쓰다듬다, 애틋한 눈빛으로 그녀의 얼굴을 조심히 끌어당겼다.

'누나, 사랑해요.'

연하남의 저돌적인 고백을 들은 세이린은 선 채로 굳어 버렸다.

'이런 미친. 둘 사이에서 사랑 고백은 언제나 이리스 경 담당인 줄 알았는데!'

풀린 눈으로 사랑한다고 고백하는 아벨은 그 사랑 안에 제 삶의 이유도 담겨 있다고 말하는 것 같았다. 그에 답하듯 이리스가 아벨의 눈가를 어루만졌다. 시엘리아 혈통의 눈물은 차갑다는 소문이 사실인 듯 약간 움찔하는 게 느껴졌다. 서서히 가까워지는 연인의 모습을 훔쳐보던 음란 마귀가 달아오르는 볼을 식히기 위해 손을 파닥거렸다.

"아직 1분 남았는데 왜 자꾸 손을 떼세요, 아가씨!"

이리스가 어금니를 꽉 물고 말했다. 사실을 말할 수 없는 세이린으로선 무척 억울할 뿐이었다.

"제가 보면 안 되는 은, 은행 업무 처리하시는 장면이 보여서……."

"그냥 보셔도 괜찮다니까요. 제 개인 정보보다 아가씨 마력 운용이 더 중요해요!"

이리스가 다시 세이린의 손을 젬에 꽉 눌렀다.

다시 재생되는 기억은 다행히도 아까의 입맞춤에서 시간이 조금 더 흐른 장면이었다. 아벨은 힘없는 손길로 이리스를 쓰다듬었고, 은청색 눈동자에 비친 이리스는 그런 모습을 안타깝게 바라보다 운을 뗐다.

'낮에 주인님의 서재를 청소했어. 방법이 아예 없는 것 같지는 않아. 그런데…….'

무슨 대화를 하고 있었는지를 모르니 '방법'이 무엇인지 세이린이 알 리가 없었다. 어쨌든, 이리스는 한참 동안 말을 잇지 못하다 결심한 듯 읊조렸다.

'……널 위해서라면 난 뭐든 할 수 있어, 아벨.'

이리스의 목소리가 언제나처럼 결연했다.

"어때요, 아가씨? 마치 밀물과 썰물 같지 않나요?"

본인도 모르게 자신의 젬의 파동과 기억을 송두리째 세이린에게 각인시킨 이리스는 무엇이 그리 즐거운지 자신만만하게 웃었다.

'밀물과 썰물은 무슨. 머릿속에 '두 푸른 기사단장의 알 수 없는 대화.avi'만 반복 재생되는구먼!'

세이린은 이해할 수 없었다. 신중하고 순진한 아벨 경이 먼저 사랑한다고 말할 정도면 둘의 과거 친밀감이 엄청났을 터. 대체 무슨 일이 있었길래 지금은 서릿발 날리는 짝사랑 상태가 되었단 말인가.

'로이펠에서 괴도 K가 이리스 경에게 뭐라고 말했는지 엿들었어야 하는데!'

세이린이 무슨 기억을 봤는지 모르는 이리스는 본분에 충실했다.

"어서 허수아비를 공격해 보세요, 아가씨!"

세이린이 엉거주춤하게 서서 손을 겨누었다. 머릿속이 방금 봤던 장면으로 가득 차 마법 연습에 집중이 될 리가 없었다. 그런데.

쾅!

"응……?"

분명 온통 둘 생각만 하고 있었건만 왜 갑자기 손에서 흰 레이저가 나오나. 그것도 무지 깨끗하고 선명한 광선으로.

"빛 속성이라 레이저의 형태로 공격성이 구현된 것 같습니다, 비전하."

이리스가 뿌듯한 웃음을 지으며 보고했다.

"대단해요, 작가님! 이리스의 교육법이 효과가 엄청나네요. 단번에 성공이라니. 얼른 전하께 보고드려야겠어요."

빌리아 또한 무척 흐뭇해했다. 세이린은 몇 번 더 레이저를 마음대로 쏴 대며 깨달았다. 머릿속의 생각을 하나로 통일하는 건 그냥 아무 생각이든 통일만 하면 되는 것이었다.

온갖 빨간 생각들로 머리를 꽉 채운 음란 마귀가 빛을 산란시키는 달빛 수정과 레이저를 이용해 거미줄부터 눈꽃, 에펠탑 모양을 자유자재로 찍어 냈다. 야한 생각은 야한 생각으로 제어한다. 이것이 세이린의 이이제이였다.

곧, 의구심 가득한 마왕님의 목소리가 들렸다.

"이걸 세이린이 했다고?"

세이린은 대답 대신 손끝을 움직여 훈련장의 허수아비들을 다 쓸어 버렸다. 아직 섬세함이 부족해 건물 벽에도 흠집이 생기긴 했지만 파괴력은 끝내줬다. 클라우드도 제법 놀란 눈치였다.

"생각보다 위력이 강하군. 어제까지만 해도 마법 제어 못 하던 마물 맞나?"

"이리스 경의 젬이 내뿜는 파동을 느껴 보니까 알겠더라고요. 어떻게 해야 하는지."

이리스에게 공을 돌린 세이린이 클라우드에게 작은 목소리로 속삭였다.

"나 이제 도망 안 가도 된다?"

도발적인 세이린을 보고 가장 좋아하는 건 다름 아닌 빌리아였다. 왕비가 갑자기 머리를 툭 짚고 있지도 않은 두통을 호소하며 로자리를 포함한 모든 인원을 훈련장에서 데리고 나가는 데까지 정확히 30초가 걸렸다.

세이린은 모두가 빠져나간 것을 확인하자마자 클라우드를 향해 돌진했다. 몸을 착 붙이고 까치발을 들자 마주한 시선에서 불꽃이 튀는 것 같았다.

"마왕님. 바빠? 서론 잘라?"

"바쁜 건 괜찮은데, 자르지."

숨결이 느껴질 정도로 가까이 다가온 클라우드가 세이린을 번쩍 안아 들었다.

"서론 견딜 여력은 없을 것 같으니."

□ ■ □

오늘 밤 방문할 예정이었던 세이린의 침대 위에 보다 일찍 눕게 된 클라우드는 이 상황이 믿기지 않는지 허, 하고 허탈해했다. 순간 이동이 자신만큼이나 정확했다.

"흐음……."

세이린이 콧소리를 내며 클라우드의 양어깨를 가볍게 짓눌렀다. 아무리 음란 마귀가 각성했다고 한들, 전쟁 영웅 마왕님 힘이 훨씬 세니 마음만 먹는다면 몸을 일으킬 수 있을 것이었다. 하지만 클라우드는 그렇게 하지 않았다. 하지 않는 것인지, 하지 못하는 것인지는 모르겠지만. 세이린이 그의 단단한 몸 위에 올라타 닿을 듯한 손길로 귓바퀴를 어루만졌다.

"귀가 빨개, 클라우드."

"……."

"왜 이상한 눈으로 봐?"

"네가 무슨 짓을 할지 모르겠어서."

"내가 사랑하는 우리 마왕님한테 설마, 나쁜 짓이라도 할까 봐?"

펄럭—

"말하자마자 나쁜 짓을 하는군."

"얼마나 마물다워. 수시로 나쁜 일, 나쁜 생각 하잖아."

아무래도 세이린의 마력은 정말 신의 마력이 맞는 듯했다. 몇 겹이나 되는 클라우드의 옷을 목욕 가운으로 뒤바꾸는 마법은 꽤 어려울 텐데, 마법식 없이도 그 일을 해냈으니.

"이런 것도 된다?"

세이린이 머릿속에 깃털이 풍성한 날개를 떠올리자 곧 클라우드의 빗장뼈 근처에 나풀나풀 깃털이 내려앉았다. 빛의 실을 엮어 만든 듯한 은빛 깃털. 마력을 집중하자 그녀의 등에 돋았던 날개가 펑 터졌고, 침대 위로 어지러이 깃털이 휘날렸다.

클라우드가 그 광경을 멍하니 보다 말했다.

"세이린. 신의 능력을 이런 데에다 쓰나?"

"이런 데에도 쓰고, 저런 데에도 쓰고, 그렇고 그런 데에도 쓸 건데."

"축복도 내릴 기세군."

"축복?"

그것 참 멋들어지게 들리는데. 세이린이 요염하게 클라우드를 바라보고 있다가 찡긋 윙크하며 말했다.

"내가 클라우드 슈테른의 축복인데, 굳이 따로 내릴 필요가 있나?"

클라우드는 아무 말도 하지 못했다. 세이린이 도끼눈을 뜨며 그를 쿡 건드렸다.

"아냐?"

"……아니긴 뭐가 아니야."

클라우드가 희미하게 웃었다. 음란 마귀가 그 표정을 보고 가만히 있을 리 없었다. 음마력을 콸콸 쏟아부어 자신의 감각을 예민하게 만들자 클라우드의 반응 하나하나가 돋보기로 확대한 듯 선명하게 다가왔다. 미세하게 찡그리는 눈썹이나 흘리듯 내쉬는 숨 같은 것들이. 진작 이속성 마력 운용을 익힌 클라우드는 한참 전부터 자신을 이렇게 봤을지도 모른다고 생각하니 왠지 억울했다.

'어쩐지 너무 잘 알더라. 어디를 건드리면 어떻게 반응하는지.'

온갖 나쁜 생각을 한 음란 마귀가 나른하게 속삭였다.

"벌을 줘야겠는데, 우리 마왕님."

"대사는 또 왜 그래."

세이린이 손끝을 휘휘 움직여 음마력을 지휘했다. 목욕 가운 매듭 같은 건 인생에 도움이 안 되니 풀고, 날이 더워 가운이 없어도 감기 안 걸릴 테니 이것도 없애 버리고⋯⋯.

"흐음."

굵은 허벅지랑 환상적으로 잘 어울리는 새카만 드로즈는 살려 두는 게 마계 평화를 위해서도, 지금 상황을 위해서도 좋을 듯했다. 이미 터질 듯 존재감을 드러내는 그의 중심을 보니 입술이 바싹 말랐다.

"다 벗길 기세로 마력을 휘두르던데. 왜 갑자기 멈추지?"

"우리 마왕님 애태우려고."

허리를 세운 그녀가 아래의 상황을 찬찬히 훑어봤다. 그새 운동을 더 했는지 원래도 탄탄하던 몸이 더 매끈해진 것 같았다. 손을 차츰 내리자 근육들이 움츠러들고 또 이완되는 게 아찔할 정도로 섹시했다.

허리에 닿아 있던 몸을 일으켜 허벅지 즈음에 걸터앉으니 그의 온몸에 힘이 들어가는 게 느껴졌다. 세이린은 그대로 푹 주저앉아 복근과 가슴팍의 중간 즈음에 머리를 대고 누웠다.

"⋯⋯뭐 해."

"마력 충전."

"마력 충전을 이렇게 하나?"

"사랑하는 마왕님이랑 닿아 있으면 마력이 쭉쭉 차던데."

클라우드는 세이린의 입에서 나오는 사랑, 이라는 단어에 취약했다. 지금도 마찬가지였다. 시선은 피하면서 속으로는 곱씹고 있었다.

'우리 마왕님이 이렇게 귀여운 걸 아는 게 마계에 나 하나뿐이라니.'

미안함과 황홀함에 동시에 취한 세이린은 혀로 입술을 축인 다음 고개를 돌려 그의 몸 아무 곳에나 입을 맞췄다. 매일 당했던 것처럼 쪽, 소리가 나게 살결을 빨아들이는 것도 잊지 않으면서. 태연한 척 입맞춤을 견디는 게 특기인 마왕님은 오늘도 별 내색을 하지 않았다.

"……!"

세이린이 허리를 조금 일으켜 봉긋하게 솟은 몸 위로 제 몸을 움직이기 전까지는. 춤출 때 웨이브 하는 것처럼, 앞뒤로 딱 한 번이었다. 그러나 얇은 옷감 몇 장을 사이에 두고 맞닿아 있는 몸의 중심이 단단해지기엔 충분한 자극이었다.

방금까지만 해도 음마력에 어이없어하던 그가 상체를 일으켰다. 다정하고 다급하게 키스할 줄 알고 눈을 감았더니만. 큰 손은 그녀를 부드럽게 보듬는 대신 걸리적거리는 옷들을 침대 아래로 내던졌다. 그 다급함을 좋아하는 세이린이 그를 살살 꼬셨다.

"천천히 하면 안 돼요?"

"이럴 때만 존댓말 하지."

"응. 그러니까 조금만 천천히."

세이린이 체중으로 클라우드를 눌러 덮쳤다.

"웬일로 순순히 침대 헤드에 등을 기대어 주실까, 우리 마왕님."

그녀가 뺨을 쓰다듬고, 입술을 짚고, 차츰 입 맞추는 것으로 칭찬을 대신하자 그의 변덕스러운 입꼬리가 픽 올라갔다. 맞닿아 있는 입술도 미소 짓길 바라는지 그가 허리를 간질이다, 큰 손으로 온몸을 쓰다듬어 주는 게 무척이나 만족스러웠다.

그가 예고 없이 허벅지를 움켜잡고 그 사이로 탐색하듯 손가락을 옮겨 갈 즈음, 세이린은 자신이 무언가를 놓치고 있다는 것을 깨달았다.

"……!"

그렇다. 예민해진 것은 클라우드의 반응을 포착할 수 있는 시각이나 후각, 청각만이 아니었다. 감각에 마력을 펑펑 들이면 자신이 느끼는 감각도 예민해지는 것이 당연했다. 즉, 그가 무엇을 하든 더 느끼고 달아오를 게 분명했다. 제 꾀에 제가 빠진 셈이었다.

"클라우드…… 잠깐, 웃."

그의 굵은 손가락 두어 개가 녹진하게 풀린 살결을 쓰다듬자마자 세이린은 움찔 굳었다가, 끙끙 앓는 소리를 냈다. 자신도 모르는 사이에 마왕님 얼굴을 가슴이 뭉개지도록 끌어안고 있을 정도로 성감이 크게 다가왔다. 간지럽고 저 릿한 감각. 숨이 턱 막힐 정도의 희열이 다리 다음에는 배 속으로, 가슴으로 종 잡을 수 없이 퍼져 나갔다.

허벅지에 힘을 주고 몸을 바르작거려도 클라우드는 가슴에 얼굴을 파묻고 핥거나 빨아들일 뿐 자극을 절대 멈춰 주진 않았다. 온 신경이 찌릿거리는 탓 에, 세이린이 바짝 당기고 있던 턱을 치켜들었다.

"하아……."

그녀의 온몸에 강한 전율이 일었다. 한참이나 녹진하게 풀린 살결을 지분거 리던 클라우드가 제 손끝을 핥았다. 은빛 실이 미끄럽게 늘어졌다. 그가 풀린 눈을 하고 물었다.

"들어가도 돼?"

분명 물음인데, 세이린에겐 통보 같았다. 어떻게 거부할 수 있을까. 풀린 눈 에, 헝클어트린 머리에, 젖은 입술로 묻는데.

"언제부터 물어봤다고……."

"네 입으로 말하는 게 듣고 싶어."

대사는 또 왜 이리 섹시해! 목소리는 왜 깔고! 세이린은 불쾌해진 얼굴로 그 의 속옷을 조심조심 끌어 내렸다. 그런데, 마주한 그가 갑자기 재수 부재중인 얼굴을 하고 말했다.

"생각이 바뀌었어."

"……응?"

"네가 앉아."

세이린이 이런 반응을 보이리라고 어느 정도 예상한 클라우드는 그녀의 머 리를 쓰다듬으며 말했다.

"왜. 못 하겠나?"

"……."

이런 말 들으면 오기로라도 할 걸 너무 잘 아시지, 우리 마왕님. 세이린은 일단 아무렇지도 않은 척 클라우드의 위에 자리 잡았다. 문제는 그다음이었다. 핏줄이 불거진, 딱딱하게 부푼 몸 위에 앉으려니 아플 것 같다는 생각만 들었다.

눈치를 슬쩍 봐도 그는 한쪽 눈썹을 쓱 올릴 뿐 발언을 철회할 생각이 없어 보였다. 호수를 정화한 후로 애만 태운 다음 멀리멀리 도망간 복수를 이렇게 하다니.

"아⋯⋯."

세이린이 입술을 깨물었다. 아무리 긴장을 풀고 힘을 뺀 채로 몸을 내려도 아팠다. 그의 것을 받아들이기 버거워 앓는 소리를 내니 동정심이라도 생겼는지 다가와 키스해 주는 건 또 왜 이리 얄미운가. 스스로 생각해도 답답할 만큼 느려 터진 속도로 삽입을 이어 가니 클라우드는 인내심의 한계를 느꼈는지 허리를 쳐올려 끝까지 들이닥쳤다.

그가 고개를 들어 턱에 짧게 입 맞추곤 부탁인지 명령인지 구분할 수 없을 정도로 새카만 목소리를 냈다.

"네가 움직여."

오늘따라 왜 이런 말을 아무렇지도 않게 툭툭 내뱉으시나. 세이린이 찌르르 번지는 체온을 느끼며 클라우드를 바라봤다. 우리 마왕님은 달아오르면 무심결에 본인 입술을 핥는 버릇이 있다는 걸 알까. 욕망만 그득한 눈을 하고 혀로 입술을 축이는 게 얼마나 유혹적인지는. 이런 모습을 보면 아찔해서 머릿속이 새하얗게 바래다가도⋯⋯.

"⋯⋯우리 마왕님이 보고 싶다면."

"⋯⋯."

원하는 대로 다 해 주고 싶단 말이야. 부끄럽든, 아프든 원하는 걸 준 다음, 그 대가로 온 시선을 차지하고 싶다는 충동이 들었다.

세이린은 그의 몸을 사이에 끼고 넓게 벌려 꿇은 무릎을 일으켰다. 클라우드는 그녀의 머리카락이 앞으로 쏟아져 얼굴을 가리는 게 영 마음에 안 드는지 늘 하던 대로 머리를 한쪽으로 넘겨 줬다. 그녀가 어디에선가 본 것처럼, 혹은 본능이 시키는 대로 위아래로 움직이자 온 감각이 뭉근히 달아올랐다.

클라우드는 마력에 매혹된 것처럼 관음적인 시선으로 그녀를 바라봤다. 풀린 눈을 하고 자신을 대놓고 감상하는 그가 조금 민망해 세이린이 목소리를 냈다.

"클라우드…… 계속 그렇게 볼 거야?"

그녀가 앙탈 부리듯 맥 빠지는 목소리로 그의 이름을 부르며 몸을 건드렸다. 그러자 곧 남편 되실 애인분께서는 나지막한 목소리로 예뻐서, 라는 딱 세 글자만 내뱉었다. 생글생글 웃으면서 얼마나 예쁘냐고 물어보면 그는 피식 웃으며 허리를 꼭 끌어안았다.

숨 막힐 정도로 단단하게. 나른한 쾌락의 움직임을 잠시 멈추고 두근대는 가슴을 진정시켜야 할 만큼이나 격하게.

"……사랑해. 아무 데도 가지 마. 내 곁에만 있어."

그러곤 사탕발림보다 더 달콤한 진심을 속삭이는 것으로 쐐기를 박아 버리기까지.

세이린의 입가가 예쁜 미소를 머금었다. 빠져나가지도 못하게 붙들어 안고 있으면서 이런 말을 하는 것으로 짐작하건대, 그동안 도망 다닌 게 어지간히 속상했던 듯했다. 어쨌든 사랑한다는 고백에 대한 세이린의 대답은 하나였다.

"우리 마왕님, 눈 감아 봐."

머리를 살살 쓰다듬는 행동 때문인지 클라우드는 얌전히 눈을 감았다. 머리카락이 마구잡이로 헝클어지고 땀에 피부가 젖었는데도 얼굴의 굴곡이 뚜렷했다. 무슨 놈의 미모가 어둠 속에서도 뭉개질 생각을 안 하는지. 그녀가 검지로 갸름한 턱을 들어 올린 다음 소중한 것 다루듯 양 뺨을 꼭 감싸 쥐자, 그의 큰 손이 그녀의 온몸을 피아노 연주하듯 어루만졌다.

그 색기 어린 손길이 세이린에겐 주문 같았다. 뜨겁게 맞물려 있던 몸을 조금씩 움직이고, 빨아들이듯 키스하게 만드는. 세이린은 단단하고 달콤한 그의 욕망을 수없이 가두었다 놓아주었다. 터져 나오듯 내뱉는 모든 숨과 신음을 클라우드의 입술에 문질러 없앴다가 다시 집어삼켰고, 그러는 동안에도 불같은 체온을 그에게 옮겨붙이려 몸을 맞비볐다.

클라우드는 낮은 숨을 씨근거리며 세이린의 빗장뼈를 핥다 간간이 눈을 마주했다. 허리뼈를 따라 그리며 가슴에 키스마크를 남길 때도 입술로 그녀의 이름을 읊조렸다. 소리가 들리지 않아도 감각으로 알아챌 정도로 수없이. 그러다 잠긴 목소리로 말했다.

"······사랑해."

때맞춰 들려오는 나지막한 목소리. 그를 꼭 껴안은 세이린의 발끝에 바짝 힘이 들어갔다. 발끝 다음엔 무심결에 배를 움츠렸고, 허벅지를 조였다. 절정에 닿은 쾌감이 마른날의 들불처럼 번져 나갔다.

"하아······."

세이린은 마주 안고 있던 클라우드의 가슴팍에 완전히 몸을 기댔다. 배 속과 다리 사이를 사정없이 적시던 뜨거운 무언가가 허리를 타고 올라가 머리에서 터져 버린 것인지 아무런 생각을 할 수가 없었다. 허벅지를 타고 뜨거운 것이 흘렀다.

좋았다. 머릿속을 아수라장으로 만들어 버리는 쾌감도, 그대로 안긴 몸의 잔열을 훔치듯 곳곳에 입 맞춰 주는 클라우드도. 세이린이 머금은 그를 놓아주지 않은 채로 맥없이 말했다.

"임성우운······."

"왜 그렇게 불러."

나란히 누우려 몸을 움직이다 무심결에 훑은 등에 땀이 배어 나와 있었다. 생각난 김에 우리 마왕님 등빨이 보고 싶다고 했더니 지금은 얼굴을 보고 싶으니 안 된다는 까칠한 대답이 돌아왔다. 어째 왈츠 연습할 때보다 눈빛이 섹시한 것 같았다.

"······클라우드 슈테른."

"이름을 끝까지 부르는 걸 보니 원하는 게 있나 보군."

"계속 사랑한다고 말하면서 뽀뽀해 주면 안 돼?"

세이린의 손끝에 하나하나 입술을 가져다 대던 클라우드는 그야 어렵지 않다는 듯 그녀를 바짝 끌어당겼다. 그녀가 요구 사항을 더 쏟아 냈다.

"그리고 내가 그만하라고 할 때까지 쓰다듬어 줘."

재수 부재중인 얼굴이 피식 웃음을 지었다.

"그다음엔 어쩌려고."

"마왕님한테 사랑한다고 고백한 다음 한 번 더 하자고 꼬드기게."

"……."

"제가 원하면 밤새도록 해 줄 수 있는 게 본론이라면서요, 전하."

곧바로 허리를 끌어당기는 걸 보니, 아무래도 꼬드길 필요는 없을 듯했다.

Chapter
20

황혼의 축제

몇 시간 후 세이린은 잠에서 깨어났다. 보통 사랑을 나눈 후에는 지쳐 푹 잠들곤 다음 날 아침에야 일어나던 그녀였다.

'각성하면서 잠이 없어진 건가?'

아무튼, 잠든 마왕님을 마음껏 안아 줄 수 있으니 퍽 마음에 드는 기상이었다. 그를 꼭 껴안은 채로 캄캄한 창밖을 바라보던 세이린은 도서관의 불이 때맞춰 꺼지는 것을 보곤 페일 세이건을 떠올렸다.

'그러고 보니, 최근엔 사탕을 못 만들어 드렸잖아?'

초승 호수에 빠져 나이를 먹었을 때 사탕의 복숭아 맛이 진해졌다고 했으니, 이번에 새로 만드는 사탕은 더 맛이 좋을지도 몰랐다. 세이린은 뒤척이느라 반쯤 깨어난 클라우드의 허리를 쓰다듬었다.

"마왕님, 나 도서관 다녀올게."

"이 시간에? 겁도 없군."

생각해 보니 학교 못지않게 괴담이 많은 곳이 도서관이었으므로, 겁이 많은 세이린은 작전을 변경했다.

"설마 이렇게 예쁜 이린이가 이 야심한 밤에 혼자 도서관에 들어가서 벌벌 떨게 두진 않을 거죠, 전하?"

체념의 한숨을 내쉰 클라우드는 마력을 일으켜 도서관 앞으로 이동했다. 세이린은 빛 속성 마법을 조명 삼아 살금살금 도서관에 진입했다. 과연 혼자 왔으면 지금쯤 후들후들 떨고 있었을 법한 으스스함이었다.

"세이린."

"무서우니까 말 시키지 마세요, 전하."

밤에 활동하는 짐승들처럼 어두운 곳에서도 주변을 훤히 볼 수 있는 마왕은 한동안 그녀를 관망했다. 그러기를 잠시.

"세이린. 왜 멀쩡한 조명 놔두고……."

"조명? 불 들어와요?"

"퇴근한 건 도서관장이지 조명이 아닌데."

"우리 이린이가 삽질 좀 할 수도 있지."

클라우드가 스위치를 건드리자 탁, 하는 소리와 함께 도서관이 대낮처럼 밝아졌다. 세이린이 캔디 메이커를 찾아 헤매는 동안 클라우드는 페일이 책상에 올려 두고 퇴근한 메모패드를 바라보았다. 그곳엔 화살표와 인물들의 이름이 복잡하게 얽혀 있었다. 대부분이 전쟁 전 영주들의 이름이었고, 플레어 프로젝트에 관한 메모도 깨알같이 되어 있었다. 아무래도 도서관장의 머릿속은 새로 떠올린 기억을 정리하느라 혼란한 듯했다.

세이린이 캔디 메이커에 마력을 불어넣자 연분홍색으로 빛나는 사탕들이 도르륵 굴러 나왔다. 척 보기에도 이전보다 복숭아 맛이 더 날 것 같았다.

"저는 임무 완료. 뭐 보고 계세요?"

밤 대륙 왕의 허리를 뒤에서 껴안은 위용을 보인 그녀가 메모패드의 실링 워렛이란 이름을 보곤 인상을 찌푸렸다. 아리아라고 불리는 것을 끔찍이 싫어한다는 것을 알면서도 집요히 아리아, 아리아 하던 목소리가 귓전에 맴돌았다. 클라우드는 실링의 이름을 가만히 바라보는 그녀가 무슨 생각을 하고 있을지 알아챘다.

"카지노에서 있었던 일에 대한 보고는 받았어."

"⋯⋯그 보고를 벌써 받았어요?"

왕비님은 실시간으로 보고서를 올리는 건가. 속도만 보면 뉴스 채널 특파원인데.

"마물이 젬에 의존하여 마법을 쓸 수밖에 없는 건 어둠 때문이라고 말했다지."

"실링이 한 말이니 신용은 안 가지만요."

세이린이 클라우드의 허벅지에 반쯤 걸터앉아 메모패드를 더 들여다봤다. 수많은 이름 중 카인 시엘리아라는 이름이 유독 많은 화살표에 얽혀 있었다. 그 이름을 보는 순간 왕비와 푸른 기사단장이 오버랩 됐다.

"⋯⋯마왕님. 카인이 살아 있는 걸 언제까지 숨길 생각이에요?"

"얼마 못 가겠지. 놈이 새벽단에 협력하고 있는 이상 계속 이름이 나올 테니."

대체 죽은 사람이 좀비도 아닌 멀쩡한 모습으로 어떻게 살아난 것일까. 게다가, 로이펠 성지에서 마주한 카인은 황좌를 노리던 벨제바브와는 사뭇 다른 분위기였다. 더 이성적인 데다 냉철했다.

"폭정을 했다고 들었는데, 맞아요?"

"시엘리아는 대대로 막대한 세금을 거둬들여 가문을 굳건히 하고 황제를 배출하기 위한 연구 자금으로 썼어. 로이펠의 플레어 프로젝트에 투자한 자금도 마물들의 고혈이지."

"그건 카인이 아니라 선대 영주가 한 일 아니에요?"

"조사해 보니 카인 시엘리아도 영주 자리에 오른 후 국고를 풀지 않았더군. 부정한 방법으로 거둬들인 재물이 있다는 걸 알고도 풀지 않은 건 명백한 폭정이야."

단순히 그가 어떻게 살아났는지, 언제 모습을 드러낼 것인지를 걱정하는 세이린과 달리 클라우드는 한층 더 깊은 우려를 가지고 있었다.

"카인 시엘리아가 살아 있는 것 자체는 성가실 뿐, 큰 문제가 아니야."

"무슨 뜻이에요?"

"처음부터 죽지 않았다고 생각하면 얘기가 다를 텐데."

"처음부터 죽지 않았⋯⋯다고?"

세이린은 입을 틀어막았다. 감히 입 밖으로 내기도 두려운 가정이었다. 7년 전 에테라. 전쟁의 끝자락에서 마왕이 직접 파괴한 영주의 젬은 여섯 개. 제외된 두 개의 젬은 막 가주로 임명된 아벨과 벨제바브의 것으로, 각각 때가 타지 않았음과 클라우드의 황제 수업을 이유로 살려 두었다고 했다.

즉, 그 자리에 카인은 없었다.

"빌리아는 카인이 밤 대륙의 불 속성 영주, 멀린 엘리타와의 전투에서 패배해 죽었다고 회상하더군."

"그게 사실 아닐까요? 영지전에 패배해서 아벨 경이 시엘리아의 영주가 되고⋯⋯."

클라우드가 고개를 저었다. 로이펠에서 마주한 카인은 같은 황제 후보였던 벨제바브도 이길 수 있을 듯 강력한 마력을 가지고 있었다. 그러니 상대가 아무리 상극인 불 속성 보유자였다고 해도 밤 대륙에서 가장 강한 마물이었던 카인 시엘리아가 패배했을 리 없었다.

"어떻게 이럴 수가⋯⋯."

세이린의 눈동자가 불안하게 떨렸다. 아벨은 형의 죽음을 소문과 짐작으로만 알고 있을 뿐, 직접 본 적은 없다고 했다. 만일 형인 카인이 살아 있는데도 '창고'라고 불리던 별궁에 가둬 기르던 아벨을 가주로 임명했다면 그 이유는 하나. 전쟁의 마지막을 예감하고, 창고에 가둬 길렀던 아벨을 방패로⋯⋯.

"이거 사실 아니죠?"

말도 안 돼. 어떻게 이래. 잔인해도 너무 잔인하잖아. 이 가정은 절대로 사실이면 안 돼. 세이린은 뒤늦게라도 자신을 가족의 구성원으로 인정해 준 가문의 명예 회복을 위해 기사단장직을 수행하는 아벨을 떠올렸다. 그런 올곧은 존재를 화살받이로 내몰다니. 그것도 다름 아닌 학대의 주체인 시엘리아 직계 혈통들이.

"어떻게 이럴 수가 있어요⋯⋯? 카인은 죽었다 살아난 거 맞죠? 클라우드는 알 거 아니야, 응?"

"정확한 건 나도 몰라."

이럴 수는 없었다. 정말로. 적어도 이 사실을 아벨 경이 알아서는 안 된다.

그렇게 생각하는 순간 등지고 있던 도서관의 문이 갑자기 열리더니 아벨 시엘리아가 들어왔다.

"……아가씨?"

세이린은 클라우드에겐 숨으라는 신호를 잘만 보내 놓고 정작 자신은 숨지 못해 아벨을 정면으로 마주하게 됐다. 왜인지 눈가가 붉어진 아벨은 수신호를 보고 당황한 클라우드가 세이린의 다리 앞, 즉 책상 아래에 꾸깃꾸깃 숨어 있다는 것을 생각지도 못하는 눈치였다.

뒤이어 마찬가지로 얼굴이 붉은 레이 필드가 따라 들어왔다. 그에게서는 알싸한 술 냄새가 났다. 아벨과 마찬가지로 얼굴이 달아오른 상태였으나 세이린은 레이의 얼굴이 붉어진 건 술 때문이라고 확신했다. 그렇다면 문제는 역시 아벨 경. 세이린은 평소와 같은 태도로 그를 대하고자 했다.

"아, 아벨 경! 안녕하세요!"

"아가씨. 왜 갑자기 빤히 보시는 겁니까?"

망했다. 아벨 경 얼굴에서 시선을 거둘 수가 없어.

"아, 아벨 경! 피곤해 보이시네요. 얼른 들어가서 쉬세요."

세이린은 어떻게든 책상 밑의 클라우드를 들키지 않으려 손까지 휘저었다. 하지만 정작 유들유들 대답하는 건 레이였다.

"얘 왜 피곤하게?"

"레이, 말하지 마십시오."

아벨이 그를 막아 세웠지만 그런다고 소악행을 그만둘 레이가 아니었다.

"나랑 술 마셨거든."

"아벨 경이 담임 교수님이랑 술을요?"

세이린이 놀라 물었다. 술 담배를 멀리하며 아침저녁으로 명상과 단련을 빼먹지 않을 것 같은 푸른 기사단장님이 담임 교수님과 술이라니. 세이린은 물론 책상 아래에 있던 클라우드도 놀랐다.

"너는 말하지 마십시오, 레이."

아벨이 조금 느린 어조로 말했다. 그러나 말하지 말라고 하면 더 말하고 싶은 법. 금빛 기사단장은 아벨의 저지를 미꾸라지처럼 피해 가며 몇 마디를 더 흘렸다.

"무슨 충격적인 말을 들었는지 얼빠진 얼굴로 불쑥 찾아와서는, 나한테 먼저 술을 마시자고 하더라. 거의 울기 직전이었어. 딜런이랑 자주 가는 바 있지? 거기서 도수 높은 술을 계속 마시더라니까?"

아벨은 체념한 듯 한숨을 내쉬었다. 들키기 싫은 사생활이 떠벌려진 탓인지 얼굴이 새빨갰다.

"레이 필드, 쓸데없는 소리 말고 들어가세요. 남은 순찰은 제가 할 테니."

"오, 그럼 푸른 기사단장만 믿고 먼저 퇴근하지."

레이는 들어가라는 말만을 기다린 듯 재빨리 이동 마법진을 그리더니 번복할 틈도 주지 않고 칼같이 퇴근했다. 처음부터 이런 상황을 원한 것처럼.

책상 아래에 숨어 있는 클라우드를 제외하면 도서관엔 이제 세이린과 아벨뿐이었다.

'신도 무심하시지. 방금까지 갇혀 자란 시엘리아 차남의 불행 서사를 달달 읊고 있었건만……!'

세이린은 마음을 다잡았다. 아벨에게 알량한 동정심을 발휘하는 실수를 할 수는 없었다. 모종의 충격적인 일을 겪어 술까지 마신 상태라지 않는가. 그럼에도 하늘빛 머리카락, 푸른 눈동자가 카인을 연상시켜 얼굴을 바라보는 것이 괴로웠다.

어색한 침묵을 깬 건 부드러운 아벨의 목소리였다.

"아가씨. 이 시간에 도서관에서 무슨 일을 하고 계셨나요?"

"음…… 클라우드 전하께서 필요로 하시는 책을 빌려다 달라고 하셔서요."

세이린은 아벨이 클라우드를 볼 수 없도록 슬그머니 막아서며 손에 닿는 책들을 마구잡이로 집어 들었다. 마왕님을 가뿐히 팔아먹은 건 아무런 문제도 없으리라고 생각했다. 책장에서 빼낸 책들의 제목을 듣기 전까지는.

"밤의 빗장을 열다, 수갑이란 무엇인가, 안대와 깃털에 관하여, 쾌락으로 가는 길……."

책의 제목을 읽는 아벨의 목소리에서 점점 아득히 영혼이 빠져나갔다. 졸지에 이런 대단한 책들을 빌리는 꼴이 된 클라우드는 이게 어떻게 된 일이냐고 추궁하듯 세이린을 바라봤다.

'왜 이 자리에 하필 이런 책들이 있는 거야!'

세이린은 아벨이 책상 아래의 마왕을 발견하지 못하도록 도서 자동 대출기로 걸음을 옮기며 말했다.

"그나저나 아벨 경이 술이라니. 무슨 일 있으셨어요?"

"무슨 뜻입니까?"

"아까 담임 교수님이 그러셨잖아요. 충격적인 말이라도 들은 얼굴이셨다고."

별생각 없이 툭 질문을 던져 놓고 이상야릇한 제목의 책들을 다른 책으로 바꾸려는데, 어째 분위기가 이상했다. 푸른 사파이어 위에 맺힌 물방울처럼 영롱한 눈동자가 한없이 애처로워졌다. 자신이 가질 수 없는 아름다운 예술품을 포기하는 가난한 수집가. 지금 아벨이 지어 보이는 표정이 딱 그랬다.

"……아가씨가 클라우드 전하와 결혼한다는 사실을 저만 눈치채지 못했나 봅니다."

답지 않게 기어들어 가는 목소리를 들은 세이린이 픽 웃었다. 거의 모든 기사단장이 마왕이 고소장을 보내는 순간 이렇게 될 줄 알았다고 말하는 것에 비하면 눈앞의 기사단장은 눈치가 없었다.

"제가 결혼하는 것 때문에 술 드신 거예요?"

능글능글 말한 세이린의 예상 시나리오는 이랬다. 이렇다 할 반응을 보이지 못하는 푸른 기사단장님을 잠깐 놀리다가, 정말 몰랐냐고 몰아가기. 그러면서 자연스레 도서관을 벗어나도록 유도하기. 하지만 진중한 목소리가 내뱉는 문장은 예상 밖으로 직설적이었다.

"……제가 아가씨께 마음이 있었나 봅니다."

순간 허를 찔린 듯 아무런 말도, 표정도 할 수 없었다. 침 삼키는 소리도 크게 들릴 것 같은 짧은 시간 동안 세이린은 방금 들었던 말을 곱씹고 또 곱씹었다.

올곧은 밤의 푸른 기사단장은 거짓말을 하면 금방 들통나는 사람이었다. 생각하면 할수록 그가 자신에게 거짓이나 농담을 전한 게 아니라는 결론만 나왔다. 오히려 안타까울 만큼 솔직하고 담백한 진심이었다.

"……아가씨."

듣는 자의 마음이 아릴 정도로 처연한 목소리. 하지만 세이린의 머릿속을 뒤흔드는 남자는 그가 아닌 책상 아래에 수그리고 있는 저 마왕이었다. 아벨이 제게 마음이 있었다고 해도, 그 마음이 과분할 정도로 깊고 순수하다 해도 받을 수 없었다. 어떤 말로든 수습, 수습을 해야 한다.

"아, 아벨 경께는 이리스 경이 있잖아요."

"……"

세이린은 절망했다. 뱉어 놓고 보니 스스로 생각해도 최악의 수습 멘트였다. 그의 쓸쓸한 얼굴에 야트막한 그림자가 지더니 나쁜 경험을 떠올리듯 미간이 구겨졌다.

"……저는 이리스가 가까이 오면 두통을 느낍니다. 손이라도 스치면 그날 밤은 악몽 때문에 잠을 못 이루고요."

세이린은 고백인 듯, 변명인 듯 이어지는 아벨의 말에 쉬이 수긍할 수 없었다.

"하지만 이리스 경은……."

분명 어린 당신의 기억에 있었는데. 이리스의 젬에서 엿본 기억을 떠올리자, 어린 아벨과 지금의 아벨 사이의 괴리가 더 크게 느껴져 괴로울 지경이었다. 그녀의 머뭇거림이 잦아들 즈음 아벨이 조심스레 덧붙였다.

"이리스가 나쁜 마음으로 접근하는 게 아니라는 것은 저도 압니다. 하지만 가능하다면 그녀를 피하고 싶습니다."

무어라 덧붙일 수도 없을 만큼 단호한 어조였다. 어쩌다 '누나' 하고 사근사근한 목소리로 불리던 이리스 경이 기피의 대상이 된 것인가. 어린 아벨 경은 이리스 경의 손등에 입 맞출 때, 두통은커녕 아주 조금의 불쾌감도 느끼지 않는 듯했다. 세이린이 본 건 그저 좋아하는 여자애를 마주한 꼬마의 모습이었다.

"……"

게다가, 이 분위기, 이 대화 주제, 이 상황을 어찌하면 좋단 말인가. 이곳에선 클라우드의 얼굴이 보이지 않아 눈치껏 조언을 구할 수도 없었다. 주인 잃은 강아지처럼 불안해하는 세이린을 가만히 눈에 담던 아벨은 무언가를 깨달은 듯 멈칫했다.

"저…… 아가씨를 곤란하게 만들 생각은 아니었습니다."

사실 아벨은 세이린이 당황하는 모습을 보여 줘서 고마웠다. 그 반응을 보니 왕실 작가가 주군을 생각하는 마음이 얼마나 깊은지가 보여 되레 다행이라는 생각이 들었다. 그렇기에 물 흐르듯 마음을 전한 제 고백을 흘려보낼 수 있었다.

"지금 와서 어떻게 해 보겠다는 마음은 없습니다. 아가씨를 사랑하는 클라우드 전하가 계시는 이상 그럴 수도 없을 테고요."

진솔한 목소리가 말을 다시 잇기까지 아주 짧은 정적이 흘렀다.

"다 제가 너무 늦게 마음을 알아챈 탓이니, 그 벌은 달게 받아야겠지요."

"……"

세이린은 입을 뗄 수 없었다. 눈앞의 남자는 자신이 가질 수 없는 것을 포기하는 데에 너무 익숙해 보였다. 가만히, 가만히 그 모습을 지켜보자니 눈가가 뜨거워졌다.

"아가씨?"

아벨은 주머니를 뒤져 말끔하게 접힌 손수건을 꺼내 내밀었다. 시엘리아 혈통이 갖는 하늘색 머리카락과 비슷한 색이었다. 괜히 카인 시엘리아를 연상하곤 눈물을 쏟은 세이린이 건네받은 손수건을 뺨에 문질렀다. 아벨은 그런 그녀에게 사과했다.

"제가 괜한 말씀을 드렸나 봅니다."

"아벨 경은 왜 매일 참으세요? 욕심은 왜 안 내시고요?"

"저도 욕심내는 것이 있습니다. 하지만 이게 있는 한, 아가씨를 욕심낼 수는 없습니다."

아벨이 손수건을 쥔 왼손에 끼워진 세이린의 약혼반지를 바라봤다. 달빛 수정에 담긴 마력이 한 점 빛도 없이 검었다. 왜 이 마력이 진작부터 별궁의 아가씨를 맴돌고 있던 것을 눈치채지 못했을까 의구심이 들 정도로.

"저는 오래전 제 목숨을 구해 주신 클라우드 전하께 충성을 다하기로 맹세했습니다."

7년 전. 전쟁의 마지막 날. 그때 주군이 자신에게 준 것은 생명과 삶뿐만이 아니었다. 모든 것을 감싸는 어둠이 있어 자신은 돌아갈 곳을 얻었다. 더 이상 별궁에서의 유년처럼 쓸쓸해하지 않아도 되었다. 기사단장이라는 이름으로 다른 마물들과 뒤섞일 수 있었다.

그러니, 평생 열병을 앓아야 한다고 해도 주군이 가장 귀하게 여기는 것을 탐낼 수 없었다.

"아가씨께서 더 잘 아실 겁니다. 그분처럼 백성을 위하는 군주는 마계에 존재한 적이 없다는 것을."

그 참된 군주가 책상 아래에 꾸깃꾸깃 은신 중이라는 생각을 하니, 세이린의 눈물이 턱 멎었다.

"제 역할은 전하께서 황제의 자리에 올라 뜻을 펼치도록 돕는 것입니다. 그 일을 위해서라면 기사단장인 저는 모든 것을 포기할 수 있습니다."

마지막 문장만 들으면 사랑 고백인데. 아무래도 때 타지 않았다는 이유만으로 아벨 경을 죽이지 않은 마왕님의 판단은 정확하고도 완벽했던 것 같았다.

"모든 것을요?"

세이린이 되묻자 아벨은 진솔한 어조로 답했다.

"전하께서 원하신다면 기꺼이."

"하지만 전하께선 아벨 경이 그런 삶을 살기를 원하시지 않을 텐데요."

세이린은 미래의 황제가 기사단장들을 제 자식처럼 아낀다는 사실을 누구보다 잘 알고 있었다.

"기사단장이 된 것을 후회하진 않으세요?"

아무렇지도 않다는 듯 움직이던 입술이 멈칫했다. 그러곤 아주 작은 중얼거림이 들렸다.

"……이전까진 단 한 번도."

"……."

"단 한 번도 후회해 본 적 없습니다."

후회의 중심에 자신이 있다는 것을 아는 세이린은 위로할 수도, 섣부른 사과의 말을 내뱉을 수도 없었다. 그저 눈을 내리뜨고 클라우드의 손길이 닿았던

복사뼈에 시선을 내줄 뿐.

정적의 시간이 지나자, 푸른 기사단장은 스스로 마음을 다잡듯 굳은 얼굴을 지어 보인 다음 최후의 부탁을 하듯 손을 내밀었다. 손바닥을 위쪽으로 한 채 조심히 다가오는 손의 의미를 세이린도 알고 있었다. 그가 원하는 것은 손등 위, 오로지 입술이 닿았다 떨어질 만큼의 좁은 공간이 전부였다.

오른손을 조심히 그의 손 위에 얹자 따뜻한 입술이 손등에 짧게 닿았다 떨어졌다. 지극히 경건한 시엘리아식 인사가 오늘은 왜 이리 애틋하게 느껴지는지.

금방이라도 그가 떠나 버릴 것만 같은 불안감에 세이린은 농담조로 당부했다.

"어디로 사라지실 것처럼 말하지 마세요."

"어디가 좋을까요. 플래티나 빙하? 킬 협곡?"

어째 말씀하시는 곳이 죄다 황혼 지대의 북쪽, 험준한 땅인가.

"진짜 그 먼 곳으로 가실 거 아니죠?"

"글쎄요."

태연히 장난치는 목소리에 어쩐지 마음이 안정된다.

"아벨 경이 가시면 전 아카데미 자퇴부터 해야 할 것 같은데."

"그럴 리가요. 전하의 추천 서명을 받으셨으니 무사히 졸업하실 겁니다. 아, 황혼의 축제가 끝난 직후 2차 고사가……."

2차 고사. 세이린은 생각지도 못한 네 글자를 듣곤 우뚝 굳어 버렸다. 아벨은 편안한 웃음을 지으며 농담이라고 덧붙였지만, 그런다고 해서 시험 일정이 사라지는 것은 아니었다. 그녀가 망연자실한 얼굴을 하고 올려다보자 푸른 기사단장은 도움을 줄 때마다 보이던 따스한 얼굴을 하곤 말했다.

"저는 아가씨께 등을 돌리지 않겠습니다. 물론 전하께도."

그가 놓칠 듯 말 듯 쥐고 있던 세이린의 손을 부드럽게 내려 두었다. 그리고 말했다.

"제가 사랑하는 두 분이시니, 목숨을 다해 지켜 드리겠습니다."

라고.

□ ■ □

세이린은 아벨이 도서관 문을 닫고 나간 지 한참이 지난 지금까지 지켜 주겠다는 목소리를 곱씹고 있었다. 물론 예기치 못한 고백의 여파에 시달리는 것은 그녀뿐만이 아니었다. 의도치 않게 푸른 기사단장의 충정을 확인한 이후로, 클라우드 또한 그저 멍하니 생각에 잠겨 있었다.

"일단 책상 아래에서 좀 나오세요, 전하."

"······아."

세이린은 일어난 클라우드의 옷을 탁탁 털어 주었다. 신하를 두고 싶은 건 아니지만 그가 무척이나 부러웠다. 자기 뜻을 이해해 주고 목숨까지 바쳐 지지해 주는 이를 만나기가 어디 쉬운가. 게다가 아벨은 마계의 황제가 될 사람은 클라우드라 단언하고, 그 뜻을 위해 모든 것을 포기하겠다고 맹세까지 했다.

"고백은 내가 받았는데 왜 마왕님이 더 좋아하시지? 이러다 아벨 경한테 웨딩드레스 뺏기겠어."

"마치 먼 곳으로 떠날 것처럼 말하더군."

"저도 그렇게 느끼긴 했는데····· 지켜 준다고 하셨으니 어디로 떠나시진 않을 것 같아요."

확신이 없긴 세이린도 마찬가지였지만, 그저 그렇게 믿고 싶었다. 아벨이 없는 마왕성은 허전하다 못해 휑할 게 뻔하니. 그녀가 팔짱을 낀 채로 드넓은 데다 섹시하기까지 한 등빨을 토닥이기를 잠시. 무언가 서늘한 기류가 느껴졌다.

벌컥!

이번에는 세이린이 더 빨랐다. 아카데미 체술 수업에서 배운 낙법을 이럴 때 쓸 줄이야. 책상 아래로 떨어지듯 재빨리 숨은 그녀와는 달리 피할 때를 놓친 클라우드는 심야에 등장한 도서관장을 보곤 의아함을 느꼈다.

"페일? 이 시간에 무슨 일이지?"

"클라우드 전하. 어찌 이 시간에······."

두 마물은 서로 당황하고 있었다.

"······책이나 읽을까 하고."

과연 마왕 타이틀에 걸맞은 뻔뻔하고 태연한 대처였다. 클라우드는 책을 꺼내는 행동으로 도서관장의 시선을 끌었고, 동시에 발로는 떨어진 세이린의 신발을 슬쩍 밀어 넣어 주었다.

"그 책을 이 시간에 읽으시는 겁니까?"

"독서에는 시간이랄 게 따로 없지."

"그러니까…… 〈길게, 깊게, 세게!〉를 지금……."

페일이 제 눈을 의심하듯 이상야릇한 책의 제목을 보고 또 봤다. 책상 아래에 있는 세이린은 마왕님 표정이 궁금해 미칠 지경이었다. 골라도 왜 하필 그런 책을 고르셔서는.

"전하께서는 언제나 황제의 자질을 갖추는 데에 여념이 없으시군요."

페일이 수습하듯 말했다. 즐길 만한 나쁜 일이 곧 선한 일인 마계를 다스리려면 정말 이런 지식, 저런 지식, 그렇고 그런 지식이 다 필요할 터였다.

수세에 몰린 클라우드를 곤란하게 하는 것이 하나 더 있었다. 바로 책상 아래 몸을 웅크리고 있는 음란 마귀의 엉큼한 음마력이었다.

'하필 허리 아래만 보여서 나쁜 생각 하기 딱 좋네. 착한 생각, 착한 생각……!'

그러나 폼폼 언덕의 흩날리는 민들레 홀씨나 솜털 구름 고양이 같은 건전한 장면을 떠올려 봐도 타고난 상상력은 어쩔 수 없었다. 세이린이 양손으로 머리카락을 쥐며 망했음을 직감했다.

달칵!

"……!"

클라우드가 책상 모서리를 꽉 그러쥐었다. 갑작스런 자극에 목소리를 겨우 삼킨 그였다. 하지만 페일은 눈을 가늘게 뜨고 주변을 살폈다.

"전하, 방금 무슨 소리가 들리지 않았습니까?"

"못 들었는데."

클라우드가 벨트 버클을 풀고도 허벅지 안쪽을 집요하게 문지르는 신의 마력을 거머리 떼듯 떼어 내며 말을 돌렸다.

"그나저나. 로이펠에 대해 아는 것이 있나?"

"아직 기억이 뒤죽박죽이긴 하지만 집중해서 떠올려 보면 무엇이든 생각해 낼 수 있을 겁니다. 무엇이 궁금하십니까?"

다행히 도서관장은 미끼를 덥석 물었다.

"얼마 전에 로이펠에서 금고 하나를 가져왔는데, 열 방법이 없더군."

클라우드가 마력을 일으켜 문제의 금고를 소환해 냈다. 그의 어깨까지 오는 높이에 한 변이 두 걸음 너비를 가진 금고는 상당한 위압감을 풍겼다. 도서관 장은 세이린의 연분홍색 사탕을 입에 넣은 채로 금고를 이리저리 둘러봤다. 과연 로이펠의 문양이 새겨져 있었다.

"흐릿하게나마 기억이 납니다. 막내 연구원인 데다 무속성이기까지 했던 저는 실질적으로 플레어 프로젝트에 참여하는 대신 잡일을 도맡아 했었죠."

페일이 회상해 낸 막내 연구원 시절은 어쩐지 짠했다. 회식 테이블에 티슈 깔고 식기 세팅하기, 황금 비율 폭탄주 만들기, 선임 연구원들의 전자 기기 충전하기, 서류 운반 등등. 대체 어떤 이상을 품고 로이펠 연구에 지원했는지는 기억나지 않았다. 하지만 무슨 열정인지, 누군가가 자신의 이름을 부르면 개처럼 달려가 잡일을 도맡아 했던 그였다.

"심부름도 자꾸 하다 보니 늘더군요. 덕분에 로이펠 영주의 집무실과 서재에도 들어가 봤지요. 이 금고는 그때 본 적이 있습니다."

금고에 손을 가져다 대자 금속의 차가운 질감과 함께 무언가 따스한 감각이 함께 느껴졌다. 페일이 주군께 공손히 고했다.

"안에 든 것은 플레어의 사리입니다."

"플레어의 사리?"

사리라면 성자의 유골을 태웠을 때 나오는 동그란 구슬이 아니던가. 그러나 클라우드는 마물을 화장한 후에 사리가 나왔다는 말을 들어 본 적이 없었다. 페일이 계속 말을 이었다.

"그렇습니다. 플레어 프레자일에게 마력을 흘려보내 그녀를 신으로 만들겠다는 로이펠의 시도는 실패했지요. 하지만 완전히 성과가 없는 것은 아니었습니다."

페일은 로이펠의 영주가 플레어 프로젝트에 자금을 댔던 다른 영주들에게 영롱한 빛의 구슬에 대해 설명하던 순간을 기억했다.

"신을 만들어 내진 못했지만, 신의 마력을 극소량 만들어 내는 것은 성공했었지요."

"플레어의 사리가 신통력이 담긴 구슬이라고?"

"제 기억으로는 그러합니다. 프로젝트가 종료될 즈음, 총 네 개의 사리가 완성되었습니다. 시엘리아의 영주와 로이펠의 영주가 각각 하나씩, 막대한 자금을 댄 워렛의 영주가 둘을 가져갔습니다."

"역시 돈이 좋긴 하군. 그런데 그 신통력이라는 게……."

마왕은 차마 물을 수 없었다. 왜 신의 마력이 그렇고 그런 짓에 반응하냐는 질문은 누가 들어도 이상할 것이었다. 악행을 즐기는 마물들의 신이라 이름값을 하는 것인지 막연하게 추측할 뿐. 말을 하다 멈춘 적이 좀체 없던 주군이 멈칫하는 것을 본 페일이 눈치껏 다른 질문을 던졌다.

"그나저나, 올해의 황혼의 축제도 정말 얼마 남지 않았군요. 전하께선 매년 이맘때가 제일 바쁘시지 않습니까."

동사무소장을 비롯해 공무를 도맡는 마물들이 휴가를 즐기기 위해 결재를 몰아 올렸다. 따라서 클라우드는 사랑을 나눈 후에 잠깐 눈을 붙인 것을 제외하면 잠을 거의 자지 못한 상태였다.

"희생정신도 좋지만 건강이 제일인 법입니다."

페일이 따끔하게 충고했다. 클라우드는 딴생각을 하느라 찌푸리고 있던 표정을 풀었다.

"고맙군."

도서관장이 문을 닫고 사라지자마자, 클라우드는 책상 아래에 쭈그리고 앉은 세이린을 끄집어냈다. 진도표에 나온 갖은 자세들을 따라 하느라 유연성이 많이 좋아졌다고는 해도, 앉아서 글만 썼던 뻣뻣한 왕실 작가의 관절이 안녕할 리 없었다.

"마왕님, 나, 응……!"

세이린이 몸을 바르르 떨었다. 다리가 저려 조금만 건드려도 엄살 가득한 비명이 터져 나왔다. 하필 허벅지와 종아리가 저려 걷지도 못할 것 같았다. 클라우드가 마력을 일으켜 자취방 침대 위에 내려 둘 때도 덜컥 숨이 멎을 지경이었다.

"클라우드, 나 좀 어떻게 해 줘, 응?"

앙앙거리며 앓는 연인을 보는 그의 얼굴에서 점점 웃음기가 사라졌다.

"어떻게 해 줄까."

"안 아프게…… 으웃, 해 줘…….'"

이불을 휘어잡으며 애원하는 세이린 폴룩스라. 걱정 가득하던 클라우드의 얼굴이 어느새 탐심으로 가득 찼다. 처음 그의 손이 닿았을 때, 세이린은 마왕님이 기가 막힌 마사지 기술이라도 보유하고 있어 다리가 저린 것을 지압으로 낫게 해 주리라고만 생각했다. 하지만.

"거긴, 흐읏, 안 저리거든요……!"

"몸 저린 건 움직이면 나아."

"아훗…… 살살, 살살!"

방 안에 한참이나 왕실 작가의 야릇한 비명이 울려 퍼졌다.

ㅁ ■ ㅁ

시간이 빠르게 흘러 어느덧 황혼의 축제 당일이 되었다. 황혼이 내려앉고 양 대륙의 마력 이동을 가로막는 결계가 풀리는 오후 다섯 시에 축제의 시작을 알리는 개막식이 예정되어 있었다. 온 마물들이 해맑게 웃으며 마왕 부부의 개회사만을 기대하고 있을 터.

프로 중의 프로, 빌리아와 클라우드는 일류 배우 뺨칠 정도로 완벽하게 리허설을 끝냈다. 그러나 둘 사이에 끼여 울상을 하고 있는 마물이 있었으니.

"어, 어떡해요……? 이제 30분밖에 안 남았는데."

얼굴이 하얗게 질린 세이린이 애꿎은 시계와 달력을 번갈아 보며 바들바들 떨고 있었다. 마물들이 올해의 축제 개막식에 더욱 주목하는 이유는 바로 마왕의 약혼녀, 즉 자신이 함께 등장할 예정이기 때문이었다. 클라우드처럼 연설을 하지 않아도 되긴 했지만 발코니에 나가 엄청난 인파를 맞아야 한다는 것은 소시민에게 있어서 큰 부담이었다.

빌리아가 풋 웃으며 그녀를 진정시켰다.

"손만 흔들면 돼요, 작가님. 곁에 제가 있을 테니 걱정하지 마시고요. 내년에는 제가 에테라로 돌아가고 없을 테니 올해 제대로 체험해 보셔야 하지 않겠어요?"

빌리아는 '없을 테니'에 특히 신경 써 발음하며 세이린을 바짝 긴장시켰다. 급기야 울렁거림을 느낀 세이린은 체할까 봐 아무것도 쑤셔 넣지 않은 빈속을 감싸 안았다. 배짱이 없는 편은 아니었지만 이건 너무 큰일이었다.

멀지 않은 발코니는 벌써 소란스러웠다. 수도 없이 터지는 카메라 플래시와 셔터 음. 거기에 몰려 있는 마물들의 웅성거림까지. 그녀가 떨지 않으려 책상 아래로 내려 주먹 쥔 손을 클라우드가 맞잡았다. 그의 체온은 그리 따스한 편이 아니었음에도 긴장이 저절로 풀리는 것 같았다. 세이린은 다시 자신이 할 일을 점검했다.

"발코니에 나가서 손을 흔들어 준 다음에, 마왕님 연설 끝날 때까지 웃어 주기, 맞죠?"

"걱정 마세요. 일단 발코니에 나가면 어떻게 해야 할지 알게 될 거예요."

반대쪽 손이 클라우드에게 잡혀 있으리라곤 생각지도 못한 빌리아가 세이린의 손을 톡톡 두드려 주었다. 페일 도서관장이 방 안으로 고개를 빼꼼 내밀어 시간이 다 되었음을 알려 왔다. 이제 입장해야만 했다.

"후……."

깊은 심호흡을 한 세이린이 후들거리는 다리를 진정시키며 일어났다. 무슨 놈의 발코니까지 가는 길이 이리도 길단 말인가. 도살장에 끌려간다고 해도 믿을 불안정한 걸음으로 발코니 앞에 도착한 순간, 빌리아가 잡고 있던 세이린의 손을 놓곤 말했다.

"잠깐 신발 끈 좀 묶어야겠네……."

몸을 숙이기도 힘든 드레스에 유리구두를 신은 빌리아가 능청을 떨었다. 허, 하고 맥 빠지는 웃음을 지은 클라우드는 그 신호를 놓치지 않았다.

쪽. 그의 입술이 세이린의 이마에 닿았다. 따뜻하고 부드러운 감각에 세이린은 잔뜩 머금고 있던 숨을 내뱉었다. 클라우드가 차분한 목소리로 그녀를 안심시켰다.

"긴장하지 마. 네 옆에 나도 있고, 빌리아도 있어."

"그럼요, 그럼요."

있지도 않은 신발 끈을 다 묶었다는 빌리아와 성군 스마일을 장착한 클라우드가 각각 왼쪽, 오른쪽에 서서 세이린을 이끌었다. 커튼이 서서히 걷혔다. 구름처럼 몰려든 각양각색의 마물들과 세 마물의 사이를 가로막은 유리문이 달칵 열렸다.

"와아아아아!"

"클라우드 전하 만세!"

지평선이 어디인지 헷갈릴 정도로 많은 마물들이 발코니 앞을 꽉 채우고 있다. 어린아이와 지팡이를 짚은 노인, 부자와 가난한 자가 뒤섞여 마왕 부부를 목청껏 환영한다. 순간 세이린은 눈앞의 광경에 압도되어 눈물을 흘릴 뻔했다.

클라우드가 경련이 날 정도로 억지웃음을 짓고, 빌리아가 치를 떨면서도 왕비 연기를 하는 이유. 서로 못 잡아먹어 안달인 두 군주가 기꺼이 함께 밤을 새우며 지키려 하는 단 하나의 가치. 그 모든 것이 여기에 있었다.

"작가님. 손 흔들어 주셔야죠."

빌리아가 긴장한 세이린을 톡 건드렸다. 실크 장갑을 낀 세이린의 손이 허공에서 살랑살랑 흔들리자 더 큰 환호성이 터져 나왔다. 빌리아의 말대로였다. 군중 앞에 선 세이린은 자연스레 미소와 환호성에 보답할 줄 알았다.

'생각보다 잘하는군.'

세이린을 보고 안심한 클라우드가 마이크를 톡톡 두드리곤 개회사를 시작했다. 후에 마계의 역사서에서 중요하게 다뤄질 슈테른력 7년의 황혼의 축제가 시작되는 순간이었다.

□ ■ □

황혼의 축제가 한창인 어느 날 저녁. 낮 동안 축제 구경에 여념이 없던 세이린은 양손 가득 간식들을 사 들고 마왕성의 본궁으로 돌아왔다. 음마력을 나름

대로 컨트롤할 수 있게 되니 짐을 들고 이동할 때 무척 편했다.

"들어가도 돼?"

"언제부터 허락을 받았다고."

클라우드는 마력으로 문을 열어 주고도 어마어마한 짐의 양에 놀랐다. 어디 노점상이라도 통째로 털어 온 것일까. 세이린이라면 충분히 가능한 전개였다. 세이린은 열심히 선물을 분류하기 시작했다.

"이건 로자리 거, 이건 비전하 거……."

달빛을 닮은 그녀의 마력이 선물을 배달했다. 손가락을 몇 번 더 휘두른 세이린이 짠! 하고 양손을 펼쳐 보였다.

"이건 우리 마왕님 거."

마계의 축제에서 빼놓을 수 없는 사탕들과 캐러멜, 마시멜로, 보석 모양 젤리와 시럽으로 코팅한 과일들. 모두 세이린이 클라우드를 위해 사 온 것들이었다. 같이 축제를 즐길 수 있다면 더할 나위 없이 좋겠지만, 일 중독자 마왕님께 정무 땡땡이치고 놀아나자는 말은 차마 꺼낼 수 없었다. 해서 이렇게라도 축제의 분위기를 전해 주려 한 것이다.

세이린이 초콜릿이 잔뜩 묻은 딸기를 집어 들어 클라우드에게 내밀었다. 그간 지켜본 바, 그는 입이 짧은 편이 아니었다. 오히려 마왕성에서 생활하는 것 치고는 입맛이 무척 소박했다.

예상대로 세이린이 사 온 음식들은 모두 클라우드의 입에 딱 맞았다. 풀어진 얼굴을 하고 다디단 간식들을 우물거리는 그의 모습이 무척이나 사랑스럽게 보였다. 세이린은 양 뺨을 손으로 괴곤 클라우드를 눈에 담았다. 딜런이 제게 온갖 산해진미를 대접할 때의 기분이 이랬을까.

"왜 그렇게 보지? 새삼 마음에 드나?"

클라우드가 세이린의 말투를 따라 했다.

"어휴, 그럼요."

세이린이 그에게 슬그머니 다가가려 엉덩이를 반쯤 뗐다 다시 자리에 앉았다. 안 그래도 밤샘 때문에 체력이 고갈되었을 마물을 더 괴롭힐 수는 없었다.

그녀가 기특한 생각을 하는 것과 별개로, 클라우드는 상당히 미안한 마음을 가지고 있었다. 팔랑팔랑 나돌아 다니기를 좋아하는 왕실 작가가 때가 되면 제 곁으로 돌아와 준다는 게 행복했지만, 그건 그녀가 축제를 제대로 즐기지 못하고 있다는 뜻이었다.

그가 지그시 눈을 맞춰 오자 세이린은 도를 닦는 마음으로 자세를 가지런히 했다. 참아야 하느니라!

"세이린."

"아니에요, 괜찮아요."

"……?"

세이린이 슬그머니 시선을 피했다. 클라우드가 옆으로 바짝 다가와 앉아 허사가 되었지만.

"옆에 있어 줘서 고맙다는 말을 하고 싶었는데."

"정말 아무런 생각 안 했…… 응?"

세이린이 다소 멍청하게 눈을 끔뻑였다. 클라우드 슈테른이 고맙다는 말도 할 줄 아는 마물이던가. 고맙다는 말에 마법이라도 건 것인지 마음이 활화산의 용암처럼 녹아 흘렀다.

'안 돼. 지금 키스하면 분명……'

겨우 며칠 금욕적으로 구는 게 이리도 힘들 줄이야. 자신이 음란 마귀가 아니라 서큐버스가 아닐지 고민한 게 한두 번이 아니었다.

"얼른 가서 일하세요. 얼른 끝내고 쉬어야지."

좋아. 아주 순수하고 상큼한 데다 공손하기까지 했어. 세이린은 자신의 임기응변에 만족했다. 그러나 클라우드의 입꼬리가 비뚤게 올라갔다.

"이것 좀 놓고 말했으면 좋겠는데."

그렇다. 그가 고맙다는 말을 내뱉은 순간부터 보이지 않는 손이 그의 뒷머리를 틀어쥐고 세이린 쪽으로 붙여 버리려 어지간히 애를 쓰고 있었다.

"과연 신통력이 될 마력은 다르군."

"어흐흑……."

세이린이 모종의 수치심을 느끼며 겨우 마력을 거두었다. 그러곤 자리에서 벌떡 일어났다.

"이만 자러 갈게요."

"내 침대에서 자."

"에이, 일하는 데 방해되잖아."

"보고 싶어."

머리를 한 대 맞은 것처럼 온몸이 뭉근하게 저렸다. 세이린은 말없이 클라우드의 침대로 가 누웠다. 높은 베개를 베고 보니 책상에 앉아 펜을 놀리는 그가 보였다. 시선을 느낀 클라우드가 한 가지를 더 부탁했다.

"목소리도 듣고 싶군."

사실, 고작 며칠 동안의 금욕 생활로 인해 욕구 불만 상태가 된 건 그도 마찬가지였다. 목소리라도 듣지 않으면 미칠 것 같았다.

"음…… 노래라도 불러 드릴까요?"

"노래?"

세이린은 희미하게 기억나는 인간계의 노래들을 느리게 흥얼거렸다. 목소리는 나름 감성에 촉촉이 젖어 있었으나 가사가 멀쩡히 생각나지 않아 지어 부르는 바람에 거의 싱어송라이터라고 해도 무방했다. 원작자가 들으면 뒷목 잡으며 고소장 날릴 수준. 그러나 마계에서 자연 발생한 클라우드가 그 사실을 알 리 없었다. 노래가 끝나고 다시 적막이 찾아왔을 때 클라우드가 물었다.

"내일은 뭘 할 예정이지?"

"음…… 속성 대회가 끝나기 전에 둘러보려고요. 페일 님이 주최석에 계신다니 맛있는 것도 좀 사다 드리고."

속성 대회(大會)는 같은 속성을 가진 아카데미 마물들이 끼리끼리 모여 속성 마법에 대한 심도 있는 토론을 하며 고기를 구워 먹는, 일종의 2박 3일 캠프파이어였다. 참여를 원하는 마물이 많아 경쟁이 치열하기도 했지만 세이린 같은 이속성 보유자나 무속성 마물들은 참여할 방법이 없었다.

"같이 갈까?"

클라우드가 슬쩍 떠보듯 물었다.

"괜찮아요. 내년부터는 쭉 같이 다닐 건데, 뭐. 1년 정도는 참을 수 있어요."

세이린이 생긋거렸다. 클라우드는 도저히 저 웃음을 견딜 수 없었다. 보고 또 봐도 애욕이 끓었다. 결국 탁 소리가 나도록 펜을 내려 둔 그가 침대맡으로 다가왔다. 방금까지 왕이었던 남자는 온데간데없고 사랑에 눈이 반쯤 먼 사내만 덩그러니 남은 느낌이었다.

"한 번만."

이미 침대에 올라왔으면서 허락을 구하는 척하다니. 세이린은 그의 입에서 나온 말이 마음에 들지 않았다.

"한 번만 할 거면 시작도 하지 마세요, 전하."

그의 넥타이를 끄르는 것쯤이야 이젠 눈 감고도 할 수 있는 그녀였다.

□ ■ □

어디가 어떻게 좋다느니, 무엇을 해 줬으면 좋겠다느니, 더 해 달라느니 하고 밤새 떠들었다. 그럼에도 온천욕을 한 다음 푹 잔 것처럼 몸 상태가 최상이었다.

'이것이 바로 음마력의 힘······?'

닭꼬치를 우물거리며 거리를 걷던 세이린은 대문짝만하게 걸린 축제 일정표를 바라봤다. 속성 대회 둘째 날. 오늘을 보내고 나면 축제의 마지막 날이었다. 클라우드가 약을 먹고 잠들 것이라는 생각을 하니 마음이 영 무거웠다. 어쨌든 순간 이동을 사용하니 속성 대회가 진행되는 아르디노까지는 금방이었다.

넓은 들판에 각 속성을 상징하는 색깔과 문양이 들어간 깃발이 펄럭였다. 지, 수, 화, 풍의 네 가지 속성으로 꾸려진 캠프장이 기대와 설렘으로 복작거렸다.

"세이린?"

그녀를 부른 건 마왕성에서 후원하는 행사에 빠지는 법이 없는 제이드였다. 웬일인지 그 옆에는 커밋 글레이시아도 있었다. 그는 마치 선거철을 맞아 시장에 방문한 출마자를 반기는 상인처럼 세이린의 손을 꼭 잡았다.

"······둘이 뭐 하고 있던 거야?"

세이린이 물었다. 커밋 글레이시아는 답지 않게 흥분 상태였다. 얼굴에 혈기가 도는 데다, 맥까지 빨랐다. 세이린이 엉큼한 눈으로 둘을 번갈아 바라볼 때였다.

"얘 대박 터졌잖아."

제이드가 말했다. 황혼의 축제 개회사 때 결혼 날짜를 공식 발표한 후로, 후궁 테마주 그래프는 그야말로 천장을 뚫고 고공 행진 했다. 바로 자신의 주식들을 매각한 커밋은 그야말로 초대박을 쳤다. 정확한 액수는 자신만 알고 있을 테지만 태도를 보니 지갑이 조금 두둑해진 정도는 아닌 듯했다. 커밋이 떨리는 목소리로 의견을 구했다.

"트와일 힐즈에 집 살까?"

"거기가 얼마나 비싼데, 멍청아. 번 돈을 다른 데에 투자해야지 바로 다 쓰게?"

제이드가 따끔하게 쏘아붙였다. 그럼에도 커밋은 기죽은 기색 없이 어깨만 으쓱했다. 세이린의 눈엔 둘의 친밀한 모습이 무척 의심스러웠다.

"그건 그렇고. 왜 둘이 같이 있어? 커밋 넌 원래 이런 행사 잘 참여 안 하잖아."

"원래 나무는 숲에 숨기는 거랬어. 내 재산 노리고 누가 해코지하려고 하면 어떡해?"

바로 옆에 제럴가의 막내 도련님과 영 앤 리치 유일 작가를 두고 하기엔 다소 민망한 대사였다.

'로또 당첨된 사람들이 당첨금 수령하러 갈 때 그렇게 예민하다더니. 얘도 그런 건가?'

세이린이 졸부가 된 커밋에게 모종의 연민을 느낄 즈음이었다.

"그게 정말인가?"

먼 본부석에서 익숙한 목소리가 들려왔다. 선 캡을 쓰고 호루라기를 목에 건 채 확성기를 쥐고 있는 도서관장, 페일이었다. 괴이한 복장을 보니 다른 건 몰라도 캠프에 협력하고 있는 것만은 확실했다. 세이린이 성큼 그에게로 다가갔다.

"도서관장님, 무슨 일이세요?"

"작은 문제가 생겨서 말입니다."

그가 참석자들의 이름과 출석 체크 현황이 담긴 서류철을 펼쳐 보였다. 참가

승인을 받기가 하늘의 별 따기인 만큼 전원 출석이 보통이었다. 페일이 턱을 쓸며 말했다.

"첫날은 전날 과음해 쓰러진 몇몇을 제외한 전부가 출석했습니다. 문제는 오늘 아침 점호인데……."

전날, 즉 캠프 첫날에는 멀쩡히 점호에 참석한 마물들이 오늘 아침에는 돌연 자취를 감추었다. 그것도 물 속성 마물이 열 명이나.

"출석하고 튄 거 아닐까요?"

세이린이 추측했다. 소위 말하는 출튀는 아카데미 학생이라면 기본으로 갖추고 있는 소양이었다. 하지만 출튀라면 물 속성 마물들만 사라진 것을 설명하지 못했다.

"일단 마물들의 소재를 파악하고 있습니다. 호크아이도 돌려 볼 예정이고요."

"이 숲에 호크아이가 있다고요?"

호크아이란 쉽게 말해 CCTV 마법이었다. 마법식이 복잡해 기사단장급 이상이 아니라면 설치가 불가했다. 눈앞의 무속성 도서관장님이 호크아이를 뿌려 뒀을 리는 없고.

"클라우드 전하께서 귀띔하셨지요. 특히 물의 캠프장과 닿아 있는 길목에 마법을 걸어 두라고. 이리스 경이 데이터 추출을 맡아 주셔서 내일 새벽까진 이리로 가져다주신다고 했습니다."

"다행이네요."

그녀가 일이 얼른 해결되기를 바란다는 말과 함께 속성 대회의 장을 더 둘러보려 할 때, 도서관장이 부탁하듯 덧붙였다.

"세이린 양. 오늘 밤에는 꼭 전하의 곁에 있어 주십시오."

세이린은 그것이 황혼의 축제 마지막 날을 위한 '잠' 때문이라는 것을 알고 있었다. 말하지 않아도 약을 들이켜는 그의 곁을 지킬 생각이었지만, 살뜰히 마왕님을 챙기는 도서관장님이 마냥 고마웠다.

"네. 꼭 그렇게 할게요."

세이린이 방긋 웃으며 페일을 향해 손을 흔들었다. 그도 따스한 미소를 지으며 수염을 쓸었다. 눈가에 주름이 질 정도의 미소와 곱게 휘어지는 녹색 눈동자.

이토록 따사로운 미소를 짓는 왕실 도서관장이 며칠 후 새벽단의 간부가 될 것이라곤 아무도 생각하지 못했다.

□ ■ □

자정에 가까운 시각. 마계 최고의 축제가 하루나 남은 날이라고는 믿을 수 없을 정도로 마왕성의 분위기는 어두웠다. 기사단장들이 클라우드가 누운 침대 맡에 줄지어 무릎을 꿇은 채로 대기했다.

빌리아 또한 침대 옆의 스툴에 앉아 클라우드를 바라봤다. 그녀의 손에는 작은 약병이 들려 있었는데, 내용물이 짙은 보라색인 것이 누가 봐도 독약처럼 보였다.

"슬슬 약을 드실 때랍니다, 전하."

빌리아가 마녀처럼 웃으며 말하자 세이린이 울상을 했다. 황혼의 축제 마지막 날, 낮을 사랑하는 마물들을 위해 어둠인 클라우드가 온종일 잠에 빠지는 약을 먹는다는 것은 이미 들어 알고 있었다. 그러나 그냥 알약 먹고 푹 자는 줄 알았지, 이렇게 임종 직전의 분위기일 줄은 몰랐다.

"어머, 작가님…… 누가 보면 제가 전하를 독살하는 줄 알겠어요."

정말 누가 봐도 독살하는 것 같다고요, 비전하!

"전하. 마지막 명을 내리시지요."

빌리아가 웃음을 삼키며 말했다. 유일 작가님은 표정이 풍부해서 놀리는 맛이 있었다. 물론 자신도 왕비가 된 첫해엔 약을 먹고 잠든다는 마왕의 기괴한 계획을 보고 놀라긴 했지만.

"페일 도서관장이 말한 물 속성 학생들은 어떻게 되었지?"

클라우드는 잠들기 직전까지 정무에 여념이 없었다.

"추출 마법이 거의 끝나 가니, 오늘 새벽이면 결과가 나올 듯합니다. 즉시 마왕성과 도서관장님께 전달하겠습니다."

이리스가 답했다. 만족스러운 답을 들은 클라우드는 빌리아에게 정무를 부탁한다는 말을 남기곤 턱짓해 모두를 물렸다. 세이린만이 곁에 남았을 때, 그는 정확히 계량된 수면제의 뚜껑을 열었다. 역겨운 향에 속이 메스꺼웠지만 내색할 수는 없었다.

"세이린. 마력에 휩쓸릴 수 있으니 내가 네게 가기 전까진 절대 가까이 오면 안 돼."

"그런 말 너무 아무렇지 않게 하시면 서운해요, 전하."

금세 뾰로통해진 세이린이 침대에 걸터앉았다. 호수를 정화하고 음마력을 얻은 순간 낮이 길어졌었다. 그러니 마력을 완벽히 운용할 수 있게 되었다면 클라우드가 약을 마시지 않아도 되었을 텐데. 못내 아쉬웠다.

"푹 자고 일어났을 때 옆에 귀엽고 섹시한 이린이가 있는 게 좋지 않을까?"

"이번엔 안 돼."

이럴 땐 참 단호하시지. 세이린이 몸을 기울여 클라우드의 이마에 길게 입맞췄다. 언젠가 그가 이렇게 뽀뽀할 때 이유를 물은 적이 있었다.

'좋은 꿈을 꾸게 해 준다는 마계의 미신이랬지.'

긴 잠을 자는 동안 클라우드가 좋은 꿈을 꾸기를 바라는 마음은 같았다. 마음을 읽은 것처럼 그가 눈을 맞춰 왔다.

"마왕님, 잘 자. 좋은 꿈 꾸고."

한참을 머뭇거리다 겨우 방에서 나와 문을 닫는 순간, 지천의 어둠이 모두 문 틈새로 빨려 들어가는 듯한 느낌이 들었다. 굳게 닫힌 문에 이마를 대고 귀를 기울였지만 아무런 소리도 들리지 않았다.

그녀가 사랑하는 밤 대륙의 마왕은 앞으로 24시간 후에야 깨어날 예정이었다.

〈2권에서계속〉